B, C
W0373330

Undine Gruenter

Vertreibung aus dem Labyrinth

Roman

Carl Hanser Verlag

ISBN 3-446-16570-3
Alle Rechte vorbehalten
© 1992 Carl Hanser Verlag München Wien
Satz: Fotosatz Reinhard Amann, Aichstetten
Druck und Bindung:
Franz Spiegel Buch GmbH, Ulm
Printed in Germany

I

Es war Sonntagmittag, einer jener kühlen Tage des Sommers, an denen Blok empfand, daß Paris eine nördliche Stadt ist, eine Stadt, in der die Sommer durchbrochen sind und heiße Perioden plötzlich von kühlen Tagen mit Temperaturen wie im März abgelöst werden. Als Blok an seinem Haus in der Rue Chaptal angekommen war, als er auf den Messingknopf im Torbogen gedrückt hatte und das schwere, grüngelackte Portal aufsprang, hatte er plötzlich die Empfindung von Herbst, so als sei die Jahreszeit in Sekundenkürze einige Monate voraus gesprungen. Denn im Hof, jenseits des Tordurchgangs, den er nun durchquerte, lagen hingesprenkelt einige feuchte Blätter, die die heftigen Regengüsse der letzten Nacht von dem einzigen Baum geschlagen hatten, der in der Mitte des Hofes stand und in den Sommermonaten die zum Hof gelegenen Zimmer verdunkelte.

In der Nacht hatte er von Franziska geträumt, als wären sie seit langer Zeit schon getrennt und begegneten sich an ihrem alten Treffpunkt wieder. Der Traum begann mit der Farbe *Weiß*. Ein undeutlicher Fleck von gedämpftem Weiß erschien, ein poröses Weiß, mit Staub und Kalk überpudert und an den Rändern grau auslaufend. Ein Fleck wie ein pumpendes Herz, das sich zuckend ausweitete. Plötzlich stand eine weiße Mauer da, von so hartem Weiß wie die Kirchenfassaden Andalusiens unter der schleifenden Sonne eines Hochsommermittags. Vor ihm erhoben sich die Türme von Trinité, und der Platz vor der Kirche war menschenleer. Es war ein Sonntagvormittag im Juni, wie jetzt, als er auf den Treppenstufen im Hof die marmorierten Flecken der hingesprenkelten Blätter sah und zögerte, das Haus zu betreten. Der Himmel im Traum war von einer unwirklichen Bläue, die den Gebäuden rund um den Platz den Charakter einer Kulissenarchitektur verlieh, und vor dem rechts und links im Halbrund zum Kirchenportal ansteigenden Treppenaufgang wiegte sich das fedrige Laub von Akazien sanft im Wind und lief als Schattenspiel über das Weiß der Kirchenfassade. Blok saß der Kirche gegenüber, auf der Schattenseite des Platzes, an einem Cafétisch auf dem Bürgersteig, und hielt die Ecke neben dem rechten Turm im Auge, wo die Rue Blanche in den Platz mündete, denn dort mußte in wenigen Minuten, wie viele Male zuvor, eine Gestalt in blau-weiß gestreiftem Leinenrock und weißer Bluse auftauchen und ihm zuwinken und auf ihn zulaufen. Plötzlich sah er sie tatsächlich um die Ecke biegen, die linke Hand vors Gesicht geschlagen und mit der rechten einen dünnen großen Reifen vor sich her quer über den Platz treibend, unter dem ausgewaschenen Saum ihres Rocks blitzten im Eilschritt nackte braune Kinderknie hervor, und da sah er, es waren Franziskas Kleider und ihr Schritt, aber Hände und Knie gehörten ebensowenig zu ihr wie das Gesicht einer alten Frau, mit dem sie ihm jetzt aus größer werdender Ferne zuwinkte, aus der Ferne zurückliegender Zeiträume, und langsam verschwamm sie, zog sich nach rückwärts ins Bild zurück. Vor seinem Tisch aber standen zwei schwarzgekleidete Herren und forderten ihn auf, seine *carte d'identité* vorzuzeigen.

Franziska aber war da und öffnete ihm die Tür, er hatte ihre Stimme schon im Treppenhaus gehört, als er die enggedrehten, dunklen Treppenwindungen zum dritten Stock hochgestiegen war. Blendendes Licht fiel in den düsteren Hausflur, auf die von Stockwerk zu Stockwerk durchs Haus laufenden Rohre und elektrischen Leitungen und den fadenscheinigen Teppich auf den Stufen, und Blok stolperte geblendet über die Schwelle und verfluchte die Dunkelheit der Pariser Treppenhäuser, die Dunkelheit in den Häusern dieser enggebauten Stadt, in der das Tageslicht für ihre Bewohner zu den immer unerschwinglicher werdenden Gütern gehörte. Die Zimmer rochen nach frischer Farbe, im Flur standen Leitern und Farbtöpfe herum, gegen die Wand lehnten eingeknickte Teppichrollen, und hochgestapelte Umzugskisten versperrten den Durchgang.

– Sofa, sagte Franziska, ich sage, das Stichwort heißt: Sofa, verdrehte die Augen und zog ihre beim Waschen eingelaufene graue Strickjacke nach unten. Wie immer, wenn Blok ihre durchgescheuerten Ärmel sah, ihren zerknitterten Rock und ihre abgelaufenen Absätze, die gerstengrauen Haarzotteln, die ihr in die Augen fielen, mußte er an eine in die Pariser Mauern eingesperrte russische Exilantin der dritten Generation denken.

Über die Zeit ihres Anfangs gab es verschiedene Fassungen, die in den Jahren, die sie zusammen verbracht hatten, gewechselt hatten wie die abwechselnd hervortretenden Ausschnitte eines Photos bei unterschiedlichem Lichteinfall.

Nach einer der von Blok entworfenen Fassungen verlief die Geschichte so: *Am Anfang stand eine Krise, eine Künstlerkrise, versteht sich, denn dies ist auch ein* Künstlerroman, *der Roman eines, der es auf nicht weniger und nicht mehr als ein einziges Theaterstück brachte, an dem er Jahre schrieb. Als ich Franziska traf, hatte mich gerade das Schreckgespenst des Scheiterns erfaßt, nach drei, in fragmentarischer Fassung verbliebenen Versuchen. Meine Nächte verliefen dramatisch: Asthmaanfälle, Gedanken, die wie Spinnen im Kopf herumkrochen, das Gehirn mit Schleim überzogen, die Augen verklebten und die Mundwinkel zusponnen, ein erhöhter Pulsschlag, ein zappelndes Herz – diese Krise war wie ein Tor, und als ich Franziska traf, dachte ich, wie ein Kind, das Tor führe in einen verwunschenen Garten. Franziska schien mir geeignet. Ich hatte lange genug nach einer Frau gesucht, in deren Haut ich schlüpfen könnte. Es erwies sich als schwierig, denn sie war ein Sieb. Eine durchlöcherte Frau, eine Frau ohne Gedächtnis, eine Frau, die in den Schlaf floh. Als ich sie zum ersten Mal sah, schlief sie, mit untergeschlagenen Beinen und vornübergefallenem Kopf, zusammengezogen in einem tiefen Sessel. Der Sessel stand im 10. Bezirk, in einer niedrigen Wohnung über einem indischen Lebensmittelgeschäft, in der sie mit einem Mann lebte, der ein Stückeschreiber wie ich war, und ich kam zu ihnen zu Besuch. Als sie aufwachte, blinzelte sie mit kurzsichtigem Blick in meine Richtung, und als ich mich verabschiedete, folgte sie mir ins Treppenhaus. Drei Monate später zog sie zu mir, und ich nahm ihre Farbe an. Weiß war ihre Farbe, die Farbe ihrer Vergangenheit, die ihr abhanden gekommen war wie sie selbst. Schön, dachte ich, eine Frau ohne Geschichte. Ich kroch in ihre Haut, ich schlüpfte in ihre Farbe, ich hielt ihr das Weiß vor wie einen Spiegel, in dem sie sich wiederfinden könnte. Wir mieteten eine Scheune auf dem Land, in der Nähe von Auxerre, und Franziska machte sich daran, die vorhandenen Möbel in ihrem Sinn umzustellen. Das Haus bestand aus einem einzigen Raum. Durch das Dach und die Fensterritzen zog der Wind. Im Winter fuhr ich am frühen Morgen mit dem Fahrrad im Zimmer umher, um mich aufzuwärmen, wenn ich darauf wartete, daß das Wasser für den Kaffee kochte. Franziska kochte auf dem Gaskocher, indem sie die Töpfe übereinandertürmte, denn es gab nur eine einzige Flamme. Am Küchenfenster standen im Winter Eisblumen. Im Sommer stand es offen. Ich saß im Garten und schrieb eine neue Fassung meines Stücks. Rund um das Haus zog sich ein ausgetrockneter Graben, in dem Gräser und Brennesseln wuchsen. Franziska lag im Liegestuhl und las. Sie ging durch den Wald, sie schrieb Briefe an entfernte Verwandte, die sie nie sah, sie stopfte ein Loch in einem Hemd. Sie bekam jeden Monat eine kleine Summe von ihrer Familie, die froh war, in mir einen geduldigen Begleiter für sie gefunden zu haben und die Verantwortung los zu sein, und so verlebten wir glückliche Tage. Sie sagte: bald, und meinte: nächstes Jahr. Sie füllte die Zeit mit Überflüssigem. Ich fand sie in der Küche, wo sie mit einem scharfen Küchenmesser Tabletten zerteilte, kleine Portionen von Vitamin-, Schlaf- und Magentabletten für die nächste Woche. In der Küche stapelten sich schmutzige Töpfe. Sie verbrachte Tage damit, zerbrochenes Porzellan zu kitten, und überall lagen die gekitteten, zum Trocknen ausgebreiteten Stücke herum. Ihre Langsamkeit war mehr als Zeitvergeudung, sie war Widerstand gegen die Zeit an sich. Ei-*

nes Tages warf ich einen Blick auf einen Stapel mit Briefen, der auf dem Garderobentisch lag. Wir sammelten dort unsere Briefe, um sie dem Briefträger mitzugeben, der zweimal in der Woche die Post brachte. Ich entdeckte plötzlich, daß ihre Handschrift sich der meinen so sehr angeglichen hatte, daß sie auf den ersten Blick nicht mehr zu unterscheiden war.

Franziskas Version hörte sich so an: *Es ist an mir,* sagte sie, *das Bild des Anfangs immer wieder zu zerstören und neu zusammenzusetzen. Nicht die Zukunft, sondern die Vergangenheit ist unendlich. Und so kehre ich immer wieder zum Anfang zurück, an den Ort, an dem ich uns finden könnte.*

Über den Anfang haben wir oft gestritten. Blok sagt, er erinnere sich genau. Es sei ein schöner Sommerabend gewesen, als er in Paris eintraf. Er habe in einem kleinen Hotel am Fluß gewohnt, ein wenig stadtaufwärts, und aus dem Fenster habe er die Hochhäuser der Vorstadt gesehen. Auf dem Tisch habe ein Brief mit einer Einladung zum Abendessen gelegen.

Es stimmt, wir haben Blok eingeladen. Er hatte ein Stück geschrieben, Blaubart, *und er trug die vierte Fassung in seiner Tasche. Ich erinnere mich, ich verspürte nicht die geringste Lust, diesen Gast einzuladen und unser kleines Zimmer aufzuräumen. Aber dann kam er und brachte das Carnegie-Hall-Konzert von 1936 mit. Ich spielte die Platte und muß sofort eingeschlafen sein, denn als ich aufwachte, war er bereits gegangen, und ich hörte unten im Hausflur die Tür zuknallen.*

Was ist in Blaubarts verbotenem Zimmer, fragte ich Blok beim nächsten Mal. Ich weiß es nicht, sagte er, vermutlich ist es leer. Wir saßen in einem Café auf dem Boulevard des Capucines. Regen klatschte auf das Pflaster und spritzte in kleinen kreisrunden Fontainen, und die Häuser verschwanden hinter einem Schleier von Dunst. Blok war bis jetzt überall untergekrochen, von einem Unterschlupf zum anderen. Er war der ewige Vagabund, Odysseus der östlichen Bezirke zwischen den Métrostationen Stalingrad und Austerlitz. Ich sah mich einer Flucht durch Hotelzimmer, einem Leben mit und aus Koffern, Kochen auf einem Spirituskocher und einsamen

Liebesspaziergängen im Wind gegenüber. Wollte ich das? Ich war mir nicht sicher. Ich war nicht für Opfer. Ich drehte ihm eine Zigarette.

Auf den Steinfliesen lag ein fadenscheiniger roter Teppich. Das war das nächste Mal, in einem weißgestrichenen Schulzimmer, in dem ein Vortrag stattfinden sollte. In der Mitte war ein niedriges Podest aufgebaut, auf dem ein leerer Stuhl stand. Es war ein abgewetzter Holzstuhl, wie man ihn damals noch fast überall in den Pariser Cafés fand. Ein Scheinwerfer war auf das Podest mit dem Stuhl gerichtet. Der Stuhl, allein in dem schweigenden Raum, rückte unablässig auf eine Grenze zu, auf eine Überschreitung des Gegenständlichen.

Der Mann lehnte an der Wand, mit dem Rücken zu mir, und ich erkannte ihn sofort. Alles an ihm war Imitation. Sein Aufzug schrie nach Beifall, nach Gelächter. Er trug die Tweedjacke meines Vaters, die schwarze speckige Hose des Stückeschreibers, mit dem ich lebte, meine eigenen weißen Tennisschuhe. Eine Persiflage meiner Biographie, eine Flucht in die Imitation, als wäre das Ich nur in den Kleidern der andern noch möglich?

Sofort trat ich den Rückzug an. Die hereinströmenden Besucher versperrten mir den Weg, ich drückte mich an der Wand entlang, in Gegenrichtung. Als ich den Ausgang erreicht hatte, stand er bereits auf der Treppe und hielt einen Regenschirm über mich. Der Platz vor dem Schulgebäude hatte sich in einen Wasserfall verwandelt, und die Gebäude verschwammen hinter einer fließenden Wasserwand. Im Rinnstein trieben Papierfetzen, Bananenschalen und rohe Eier, und rauschend, klatschend, rieselnd, plätschernd, gurgelnd floß das Wasser in Fäden an den Seiten des Regenschirms herab, unter dem wir gingen.

– Übrigens, sagte er, ich heiße Blok.

– Ich weiß, sagte ich, ich habe Sie gleich erkannt.

Nach einer Viertelstunde kamen wir an ein Café auf der Place des Abesses, in dem wir Licht sahen. Aus unseren Mänteln flossen dünne Rinnsale und bildeten auf dem Fußboden feuchte Lachen. In dem Café saß kein Mensch, und aus einem Radio dröhnte Ich schwöre auf deine Augen *aus* Don Giovanni.

– Ich heiße übrigens Blok, sagte er und legte eine feuchte Zigarettenschachtel auf den Tisch.

– Ich weiß, sagte ich, ich habe Sie gleich erkannt.

Der Wirt drehte das Radio lauter und machte sich an der Espressomaschine zu schaffen.

– Was wollen Sie von mir, fragte ich und legte meine Ringe auf den Tisch. Ein Mirabellenbäumchen vor dem Haus? Die Wiederholung des Immergleichen?

– Was wollen Sie von mir, fragte Blok und versuchte vergeblich, eine der feuchten Zigaretten anzuzünden. Einen Abenteurer oder den idealen Gatten*?*

– Legen Sie sie auf die Heizung, schlug ich vor. Um anderen Gerüchten vorzubeugen, meine Geschichte ist schnell erzählt. Ich habe eine weitverzweigte Familie in Deutschland, Vertriebene aus dem Osten, wie es so schön heißt, ein deutsches Schicksal. Jedes Jahr gibt es ein Familientreffen, und es gibt sogar eine Familienzeitschrift, die vierteljährlich erscheint. Sie alle wollen diese erzwungene Grenzüberschreitung rückgängig machen und bauen sich Jahr um Jahr, Stunde um Stunde das Double des Verlorenen wieder auf. Angesichts so vieler Suche nach Heimat habe ich es vorgezogen, eine weitere Grenze zu überschreiten, die nach Frankreich.

Es gelang ihm, eine Zigarette anzuzünden. Und, fragte er, ist es Ihnen gelungen, das Halseisen abzustreifen?

– Ich warne Sie, sagte ich, ich bin eine Frau, die nichts vorhat. Manchmal kitte ich altes Porzellan oder koche ein Hühnersüppchen. Kurzsichtig bin ich dazu. Am liebsten liege ich auf dem Sofa oder im Liegestuhl.

Der Regen auf dem Platz wurde schwächer. Ein Strom von Leuten, die sich in der Métrostation untergestellt hatten, kam die Treppe herauf.

– Wo sind Sie geboren, versuchte ich.

Er zog ein kleines Notizbuch aus der Tasche.

– Das ist meine Biographie, sagte er.

– Sind Sie nicht, fragte ich zögernd, ein bißchen jung für eine Autobiographie?

– Verzeihung, sagte er, was ich meinte, war Autobiographie. Heutzutage schreibt man Autobiographie als Stückwerk.

– Also nichts über Krankheiten, Haustiere, bevorzugte Getränke? Ich blätterte in dem Notizbuch, das bis zur letzten Seite mit geraden, krummen und diagonalen Linien beschrieben war. Was machen Sie mit Ihrer Zukunft, fragte ich, auf diesen Seiten ist kein Platz mehr übrig. Ungefähr in der Mitte stieß ich auf einen Satz: »als ich zur Welt kam, lag Schnee im Garten, und die Statue in der Eibenhecke, deren Nase und Arme abgeschlagen waren, hatte in den Vertiefungen des Körpers weiße Flecken.«

Ich klappte das Buch wieder zu. Von der Markise vor dem Café klatschten die restlichen Tropfen auf die Straße.

– Wie kommen Sie an diese Kleider, wechselte ich das Thema. Die Jacke, die Hose, die Tennisschuhe –

– Ich erkläre es Ihnen später, sagte er und drängte zum Aufbruch. Er rief ein leeres Taxi, das vor uns auf der Straße fuhr. Fahren Sie nach Trouville, sagte er und zog die Tür zu.

– Blok, versuchte ich wieder, als das Taxi anfuhr, ist Blok ein Pseudonym? Ich nahm ein zerknülltes Taschentuch aus der Handtasche und rieb mit einem Zipfel ein Loch in der beschlagenen Fensterscheibe frei. Auf der Straße gingen gerade die Laternen an.

Blok lehnte sich zurück. Es wird Nacht, wir werden in einer Stunde am Ziel sein und versuchen, es in dieser Zeit herauszufinden.

– Ein bißchen kurz, finden Sie nicht, warf ich ein.

Blok zog ein Paar Wollsocken aus der Jackentasche und drückte es mir in die Hand. Ziehen Sie die Schuhe aus, befahl er, Sie haben nasse Füße. Morgen werde ich an Ihrem Krankenbett sitzen müssen. Und, was die Kürze der Zeit betrifft, Sie werden wie die meisten Leute nicht länger als zehn Minuten zuhören können, also haben wir Zeit genug. Erinnern Sie sich –

Ich zog die Wollstrümpfe an, wickelte mich in meinen Mantel, legte die Beine über seine Knie und machte es mir in der Ecke bequem.

– an ein Buch, auf dessen Umschlagbild Scheherazade und der Sultan sitzend durch die Lüfte schweben, über die Köpfe einer Heer-

schar von Lastträgern hinweg, die durch den Brunnenhof eines Palastes eilen, erinnern Sie sich?

– Ja, sagte ich und rollte mich unter der einschläfernden Wirkung seiner Stimme noch mehr zusammen, ich las darin vor dem Einschlafen, als ich ein Kind war. Die Nachttischlampe brannte, und wenn ich sah, daß sich der Vorhang bewegte, blätterte ich schnell eine Seite um, weil ich mich fürchtete.

– Auf der Rückseite des Buchs schliefen Vögel im dichten Blattwerk eines Baums und, zwischen weißen Blüten, ein Kind. Es hatte beschlossen, seinen Vater und seine Brüder zu verlassen, die in den Krieg zogen, und fortan im Baum zu leben. Erkennen Sie mich?

Das Taxi fuhr durch eine leere Dorfstraße. Vor einer Kneipe standen ein paar Tische, und über der Eingangstür hing eine Girlande mit bunten Glühbirnen. Eine Gruppe von Männern saß um einen Tisch, sie spielten Karten und blickten dem Taxi nach, als es vorbeifuhr.

– Dann kam eine andere Zeit und ein klarer Wintermorgen, sagte Blok, und wir waren vor einem Hotel verabredet, das Kristallpalast hieß.

– Nein, murmelte ich schläfrig, der Name des Hotels war Cristallo, und es hatte eine Treppe, die in einem Schwung in die Halle führte wie in einem Ufa-Film der Dreißiger Jahre.

– Auf der Straße lag hoher Schnee, eine weiße unberührte Fläche, die in der Wintersonne spiegelte und in den Augen brannte. Kein Auto war unterwegs, es war ein Sonntagmorgen, und aus der Altstadt klingelten die Kirchenglocken zum Ausgang der letzten Messe herüber.

– Vergessen Sie nicht die Litfaßsäule, warf ich ein.

– Alles der Reihe nach, sagte er, vergessen Sie nicht die Pelzmütze. Die Pelzmütze war ein Relikt aus Ihrem früheren Leben, ich hatte sie aufgesetzt, damit Sie mich erkennen. In jenem früheren Leben, dem Kinderleben jenseits der Grenze, an das Sie sich kaum erinnern würden, gab es lange Wintermonate, und Sie erinnerten sich nur an eine weiße Winterlandschaft, die sich lautlos bis zum Horizont dehnte, wo sie mit einer schwarzen Linie, dem Waldrand, *verschwamm. Das Haus, in dem Sie schliefen, wurde mit Kachelöfen geheizt, und wenn Sie morgens angezogen waren und an den Frühstückstisch gesetzt, waren die Zimmer noch dämmrig, und in den Kachelöfen brannten die Kohlen.*

– Auf dem Garderobentisch lag die Pelzmütze meines Vaters, der bereits vor dem Frühstück ausgegangen war, und war feucht von Schnee, und ich erinnere mich an den Geruch der Feuchtigkeit, wenn die Eiskristalle schmolzen und ich über den Pelz strich.

– Ich wanderte, mit der Pelzmütze Ihres Vaters auf dem Kopf, vor dem Hotel auf und ab und wartete und war gespannt, ob Sie sehr gewachsen wären in den Jahren, die dazwischen lagen. Aber nach einer Stunde ging ich fort, weil niemand gekommen war.

– Ich hatte mich hinter der Litfaßsäule am Straßenrand versteckt, sagte ich, und verbrachte eine Stunde damit, das Programm des Schauspielhauses, des Opernhauses, das Lichtspielprogramm und das eines Cabarets zu lesen. Ich sah Sie auf und ab gehen, und ich wußte, daß Sie auf mich warteten, aber ich habe niemals auf jemanden zugehen können, verstehen Sie, auch später, irgend etwas hielt mich immer zurück, andere Aufgaben, Verbote, Hindernisse, ich verlief oder verspätete mich; dieses Mal hinderte mich nichts, es trennten mich nur wenige Schritte von Ihnen, aber ich wünschte, Sie gingen fort, ohne mich auf meinem Posten zu entdekken.

– Bei der nächsten Begegnung, sagte er, war ich wieder ein anderer, und diesmal war Sommer. Sie wohnten in einem Haus mit vielen Stockwerken an den Bahngleisen, die mitten durch die Stadt führten. Das Haus war vollgestopft mit armen Verwandten, die nach dem Krieg hier Unterschlupf gefunden hatten und gut durch die fünfziger Jahre gekommen waren. Es war ein richtiges Familiennest mit Tanten, Onkeln, Cousins und Cousinen, Fahrrädern im Hauseingang, ausgetretenen Treppen und sanierungsbedürftigen Bädern.

– Meine Mutter, sagte ich leise, war die, die auf dem Sofa lag und selbstgedrehte Zigaretten mit einer schwarzen Zigarettenspitze rauchte, wir bewohnten die Dachzimmer, und sie beklagte sich ständig über die schlechte Isolierung. Und wenn Verwandte auf der

Durchreise vorbeikamen, kochte sie russischen Tee und setzte ihnen, aus Sparsamkeitsgründen, klumpigen Reissalat mit Kochfisch vor.

– Das war die Periode des Anfangs, sagte Blok, des Neuanfangs, *der fast zwanzig Jahre dauerte. Als ich Sie das erste Mal in diesem Haus besuchte, wo Sie unter all diesen Leuten wohnten, sah ich gleich, daß nichts zu machen war. Wohl freuten Sie sich, mich zu sehen, brachten mir Kaffee und wichen nicht von meiner Seite. Wohl waren Sie älter geworden und trugen Kleider mit engen Gürteln und weiten Röcken, aber mich begleiteten Sie nur bis zur Haustür, und keinen Schritt weiter.*

– Aber das nächste Mal, sagte ich, habe ich geheiratet.

– Nebenbei, sagte Blok, denn Sie behandeln die nebensächlichen Dinge immer wie die wichtigsten, und die wesentlichen erledigen Sie obenhin, haben Sie auch geheiratet, es war eine Sache von fünf Minuten. Im übrigen gingen Sie weiter tagtäglich in das Haus mit den Tanten und Onkeln und hörten sich die Klagen ihrer verwitweten Mutter an, und als es ihr und den anderen besser ging und sie anfingen, die verlorene Heimat *in den vier Wänden ihrer Mietwohnungen wieder aufzubauen, als sie überall nach geretteten Fundstücken fahndeten und Familienphotos auf den Kommoden ausstellten, als sie sich Visitenkarten mit englischer Gravur drucken ließen und auf Karten mit Stahldruck Einladungen verschickten, da zerrten Sie mich zu Familienabenden, an denen es süße deutsche Weine und harte kleine Kuchen gab und über nichts anderes gesprochen wurde als über in alle vier Winde verstreute Familienmitglieder, die ich nie gesehen hatte.*

Die Dunkelheit war, wie angekündigt, hereingebrochen, das Taxi fuhr auf der Küstenstraße. Seitlich lag das Meer als eine dunkle seidige Fläche, der Regen hatte wieder eingesetzt, verschwommen strahlte ein Leuchtturm, und man hörte die Motoren der auslaufenden Fischkutter.

– Es wird leicht werden, sagte ich, Ihre Geschichte über mich ist schon fertig, ich brauche sie mir nur noch anzupassen wie einen neuen Schuh. Zwei Tage, um sie einzulaufen, wird genügen. Wir treffen uns in der Geschichte meines Lebens. *Sie selbst gehen darin auf, und für den Rest ist gesorgt.*

Das Taxi hielt am Rand einer kleinen Ortschaft. In einiger Entfernung sah man ein erleuchtetes Strandcafé, einen flachen Glasbau mit einer Veranda, auf der ein Kellner stand und aufs Meer blickte. Wir stiegen aus und gingen über den Strand, auf dem schwarze Felsbrocken aus porösem Gestein verstreut herumlagen. Es war Ebbe, der Regen ging hauchfein nieder, und das nächtliche Meer klatschte leise und gleichmäßig auf den Sand.

– Und wann sagen Sie mir, wer Sie wirklich –

– Ich bin Blok, sagte er. Sie haben mir den Namen selbst gegeben, erinnern Sie sich, an der Métrostation La Chapelle, *in der Hand hielten Sie einen Fisch für das Abendessen.*

– Und in welcher Episode befinden wir uns heute abend?

– Erinnern Sie sich, sagte Blok und ging auf das Café zu, in dem man von draußen einige Leute beim Essen von Fruits de Mer *beobachten konnte. Dort drüben, an der Ecke, steht das Hotel, in dem Sie gewohnt haben, es ist erst drei Jahre her. Ich werde versuchen, ein Zimmer zu bekommen.*

Wir betraten das Café von der Straßenseite. Im Spiegel über dem Buffet mit den Weinflaschen erschien die glitzernde Hafensilhouette von Le Havre, das jenseits der Seinemündung lag. Wir suchten uns einen Platz in der Ecke, beglückwünschten uns zu der Aussicht – vom Meer war in der Dunkelheit nicht viel zu sehen – und der erholsamen, ländlichen Stille und bestellten, wie die Leute an den anderen Tischen, eine Platte mit Meeresfrüchten. Als wir das erste Glas getrunken hatten, entschloß ich mich, eine Forderung zu stellen. Tun Sie mir einen Gefallen, sagte ich, und ziehen Sie, für heute abend wenigstens, die alten Klamotten aus. Ich komme sonst mit Ihren Vorgängern durcheinander.

Blok folgte Franziska durch den mit Kisten vollgestopften Korridor in die zwei großen, ineinander übergehenden und zum Hof gelegenen Zimmer, wo er zwei weitere Personen vorfand. Es waren Fanny, auf einem Sofa unter dem Fenster mehr hingestreckt als sitzend, und eine Unbekannte, die sich, dem eintretenden Blok den Rücken zuwendend, an einem offenen Wandschrank mit Gläsern zu schaffen machte. Als sie sich umdrehte und, ungeschickt die Gläser absetzend, mit kindlicher Verlegenheit im Gesicht zur Begrüßung auf ihn zukam, wurde sie ihm von Franziska mit jener Selbstverständlichkeit, mit der sie Wildfremde als längst Vertraute zu behandeln pflegte, als Fernanda vorgestellt. Fernanda, das Kind von Sophie, du weißt. Blok wußte nicht, bis ihm aufdämmerte – während ihm mitgeteilt wurde, daß sich Fernanda ein Jahr in Paris aufhalte, *zwecks Sprachstudien*, ein, wie Blok aus eigener Erfahrung wußte, weitgefaßter Begriff, der alle möglichen Tätigkeiten ebenso umfassen mochte wie das Nichtstun, dem er selbst sich zum Ärger aller auf Arbeit und Pflichterfüllung bedachten Beobachter seiner überflüssigen Existenz sein Leben lang hingegeben hatte –, es könne sich um jene Sophie handeln, eine rothaarige Freundin Franziskas aus einem früheren Abschnitt ihrer Lebensgeschichte, mit der ihn ein flüchtiges Liebesverhältnis verbunden hatte. Flüchtig, da es nicht länger als einen Sommernachmittag gedauert hatte und in einem Fiasko geendet war. Die Rothaarige, voller Selbstironie und unfähig, sich für ein paar Stunden dem Selbstbetrug hinzugeben, der zu einer Liebesunternehmung immerhin gehört, war in schallendes Gelächter ausgebrochen, als Blok die Kleider abgeworfen und sich der bereits Entkleideten nähern wollte. Während Fernanda ihm eine kalte Hand entgegenstreckte, ging ihm flüchtig durch den Kopf, welch verrücktem Zufall zufolge die Namen der drei anwesenden Frauen alle mit dem Buchstaben *F* begannen – *F* wie Fenster, Fest, Finsternis, Fieber, Findelkind, Fron, Folter, Folie –, aber da er gewohnt war, die Wirklichkeit nicht unter dem Aspekt des Zufälligen zu betrachten, sondern als ein System von Zeichen, die plötzlich die unvermutetsten und überraschendsten Verbindungen miteinander eingehen können, hätte er wachsamer sein müssen und wissen, daß die *unerhörten Begebenheiten* nicht mehr mit lautem Getöse auftraten, sondern sich lautlos und unbemerkt einschlichen, verborgen im Lächerlichen und Nebensächlichen, etwa im Buchstaben *F*. Im Unscheinbaren, denn Fernanda hatte breite

Backenknochen und blasse verschreckte Augen, und ihr Haar war von undefinierbarer Farbe, als sei es in Scheuerwasser gewaschen.

Das Sofa war ihnen ins Haus geschickt worden, ein Erbstück, wie Franziska ironisch sagte, nach vielen Jahren der beiderseitigen Nichtbeachtung ein Geschenk zum Einzug, und ihm haftete noch der Rumpelkammergeruch jenes verschachtelten Familienkäfigs an, in dem Franziskas Familie ihr Dasein verdämmerte. Es war gebaut wie ein römisches Lastschiff, auf dem Ölkrüge und Weinschläuche transportiert wurden: eine ausladende Biegung an Bug und Heck, in rosettengeschmückte Velutenschnecken auslaufend, und im tiefen Bauch, wie Vorratskammer und Lagerraum für Getreidesäcke und Stoffballen, eine fast bis zum Boden sich senkende Schublade für Tischtücher und Servietten. Es war, wie Blok erfuhr, ein englisches Sofa, und vielleicht war ihm auch deshalb für das Kastige und Bugartige des Möbels die Schiffsmetapher eingefallen, es war das Möbelstück eines seefahrenden Volkes. Das polierte Mahagoni des Rahmens wies keine einzige stumpf gewordene Stelle auf, der Polsterbezug von Rükken- und Sitzfläche war jedoch brüchig geworden, und Fanny fuhr mit der Hand über einige verblichene und ausgedünnte Stellen, an denen das Muster nicht mehr zu erkennen war. An der dem Sofa und dem Fenster gegenüberliegenden Wand lehnte ein mannshoher breiter Spiegel, und in der durch den regnerischen Himmel eingedunkelten Spiegelfläche erschien die Gruppe der drei Frauen unter einem von der Decke herabhängenden Wiener Lüster, dessen Kristallklunker in der Form von Eichenblättern geschliffen waren und als kaltes, üppiges Laubdickicht von der weichen melancholischen Laubmasse abstach, die grüngrau und regenfeucht das Fenster zum Hof verschattete.

Die wichtigste Beobachtung aber, die Blok plötzlich gemacht hatte, war, daß das Spiegelbild eine ihm nie zuvor aufgefallene Ähnlichkeit zwischen Fanny und Franziska hervortrieb, als sei die eine Variation, Echo oder sogar fast Kopie der anderen. Je nachdem, wie sie sich bewegten, verschwand die Ähnlichkeit oder trat blitzartig hervor, und Blok begriff, daß sie weniger auf einer physischen Verwandtschaft beruhte als auf einer Form der Angleichung und Nachahmung, mit der Fanny über die Jahre hinweg Franziskas Stil übernommen und sich ihr Schritt für Schritt angenähert hatte. Es war die gleiche Mischung von Extravaganz und Schlampigkeit der Kleidung, derselbe verzottelte und in die Stirn hängende Fransenhaarschnitt, dieselbe Gestik und Kopfhaltung, und schließlich ein bisweilen nasaler Tonfall und gemeinsame Redewendungen, wie sie sich nur bei engen Verwandten oder langjährigen Freunden entwickeln, etwa Franziskas Manie, Anglizismen in ihre Sätze einfließen zu lassen, wie das mit hochgezogenen Augenbrauen hervorgebrachte *really?* oder *so what?* oder auch *sweetie*, eine zärtliche Anrede, die sie unterschiedslos bei jedem anwandte, der ihr sympathisch war, was sowohl ihr weites Herz als auch die Unverbindlichkeit in ihrer rundum gestreuten Herzlichkeit bezeugte. Blok konnte nicht entscheiden, ob Fanny die der Natur in gewisser Weise sogar widersprechende schrittweise Verwandlung – während Franziska, kleiner gebaut und von blasserer Gesichtsfarbe, zwischen Zuständen der Aufregung und Erschöpfung hin- und herpendelte, war Fanny, eine hochgewachsene, langgliedrige Amazone, von gleichmäßigem Temperament – aus Bewunderung für Franziska oder aus Liebe zu ihm vollzogen hatte, möglich war beides.

Wenn Franziskas Farbe das Weiß war, so war Fannys Farbe das Goldbraun des Bernsteins. Als Blok sie das erste Mal allein besucht hatte, saß sie, auch sie eine Deutsche im Pariser Exil, in ihrer kühlen Altbauwohnung am Hang des im Kern noch unangetasteten Belleville, es war das letzte Haus der Rue Ramponneau, daneben wuchsen gleich Bäume und wilde Gräser am Hügel, rötlicher Wein rankte durchs Fenster, ein sonniger Mittag im Spätherbst vor fünf Jahren, und die Wohnung zeigte noch die Spuren der Begräbnisfeier für Fannys

Mann, die vor zwei Tagen stattgefunden hatte. Sie saß auf einem blauen geschwungenen Sofa einer deutschen Großtante, die Fanny geheißen hatte wie sie und, völlig aus der bäuerlichen Herkunft geschlagen, Tänzerin gewesen war; die Masse ihres Haares hochgesteckt – um ihren Kopf war eine Glorióle, in der sich Gold- und Honigton mischten, Abstufungen von hellstem Bernstein und wäßrigem Topas, die Farbe aus dem Meer gefischter Algen und trockenen Küstensandes. Ihr langes Gesicht war gerötet, und aus ihren durchsichtigen Bernsteinaugen flossen Tränen. Sie saß wie ein ruhendes Pferd in einer Urwaldlandschaft des *Zöllners*, denn das Zimmer war überfüllt von Beileidsgaben, von Töpfen mit Kamelien, Azaleen, Hortensien, Sträußen mit Lilien, Nelken, Anemonen, Girlanden aus Efeu und Stechpalmen, dazwischen Hibiskus und Lorbeer. Und zwischen Witwenschleier und -tränen, zwischen Weihrauch- und Sargstimmung erzählte sie ihm ein erotisches Abenteuer.

Sie sei kaum verheiratet gewesen, gerade ein halbes Jahr, da habe sie zusammen mit ihrem Mann eine Reise nach Spanien unternommen. Für die erste Etappe nach Barcelona hätten sie auch die Nacht durchfahren müssen, und während sie, in einem besonders dafür reservierten Abteil, bei Zeitungen und einer Flasche Rotwein darauf gewartet hätten, daß der Schaffner ihre Betten für die Nacht richtete, habe sich die Tür geöffnet, und ein weiterer, vermutlich ebenfalls auf sein Nachtlager wartender Reisender habe sich zu ihnen gesetzt. Es sei spät gewesen, die anderen Reisenden hätten sich längst zum Schlafen begeben. Der Reisende habe sich neben sie auf die lange Polsterbank gesetzt, dem Wandtisch gegenüber, auf dem ihre Gläser standen und die Weinflasche, von dem ihr Mann dem andern ein Glas angeboten habe, was dieser dankend ablehnte. Er habe ein Buch aus der Jackentasche gezogen und zu lesen begonnen. Sie selbst müsse dann, von der langen Zugreise ermüdet und vom gleichmäßigen Rollen der Räder eingelullt, für kurze Zeit eingeschlafen sein. Als sie durch einen langgezogenen Pfiff der Lokomotive hochgeschreckt sei, habe im Abteil nur noch eine dämmrige Notbeleuchtung gebrannt, bei der man die Hand vor Augen kaum habe sehen können. Sie selbst habe sich, in die Polsterecke am Fenster gedrückt, in der Umarmung des Reisenden gefunden, aber bevor diese Tatsache ihr richtig zu Bewußtsein gekommen sei, habe der Fremde sich bereits von ihr gelöst und das Weite gesucht, nicht ohne ihr allerdings einen Zettel in die Hand gedrückt und die Erinnerung an seinen warmen Atem auf ihrem Gesicht hinterlassen zu haben. Wenige Minuten später sei ihr Mann erschienen, der ihr verkündete, das Abteil sei nun fertig. Sie sei ihm zwar, immer noch sprachlos und ohne ihm von dem Vorgefallenen zu erzählen, gefolgt, aber ihre Müdigkeit sei verschwunden gewesen, und sie habe die Nacht schlaflos, im Dunkeln an die Decke starrend und auf die Geräusche des fahrenden Zugs horchend, verbracht. Die Reise sei dann ohne weitere Zwischenfälle verlaufen, aber eine winzige Verschiebung innerhalb ihres Verhältnisses sei eingetreten, möglicherweise infolge dieses Abenteuers, eine gewisse Relativierung und Befreiung des Körperlichen bei zugleich wachsender Innigkeit, und so sei es auch in Zukunft geblieben, ungeachtet ihrer Neugierde, was auf dem Zettel gestanden haben mochte, den sie auf dem Weg zwischen beiden Abteilen verloren haben mußte, denn am nächsten Morgen, als sie in der Jackentasche danach suchte, war er verschwunden.

Von jenem Nachmittag an verbrachte Blok die meiste Zeit in Fannys Wohnung oder in ihrem eiskalten und staubigen Atelier, das sie, ein paar Häuser weiter die Straße hinab, in einem Hinterhof-Garagen-Komplex mit einigen anderen Bildhauern von der Stadtverwaltung gemietet hatte. In der ersten Zeit nach dem Tod ihres Mannes war sie auf mythische Themen der Zerstückelung fixiert: sie machte isolierte Figuren mit abgeschlagenen Händen und Füßen, Figuren, denen die Eingeweide aus dem Rumpf quollen, Figuren mit zerschnittenen Augen oder in deren Köpfen Scherben steckten; darauf folgte eine monatelange menschenleere Phase, in denen sie sich nur Motiven der unbelebten Dingwelt widmete: Blutlachen aus Onyx, dem roten Teppich aus Spiegelsplittern, der zu Agamemnons Empfang bei seiner Rückkehr ausgerollt wird, Torflügeln aus Marmor, unter denen Blutrinnsale hervorrinnen, Granitöfen, an deren Türen Haarbüschel kleben; schließlich folgte eine Serie von Paaren, die sie unter dem Titel *Liebesgeschichten aus dem Bois de Boulogne* zusammenfaßte, lebensgroße Figuren aus Drahtgestell. Später umwickelte sie ihre Figuren mit Lappen und Verbänden und tränkte sie mit Jodflecken. Im Jahr darauf spannte sie sie in schneeweißen Gips.

Vor allem aber übernahm sie es, Blok beim Schreiben anzutreiben und Verträge auszuhandeln, als er endlich sein Stück *Blaubart* abgeschlossen hatte. Im Gegensatz zu Franziskas Müdigkeit war sie von einer nie erlahmenden Wachheit, und wenn Blok die beiden Pole, die sie als Gegensatzpaar verkörperten, hätte bezeichnen sollen, so hätte er wohl gesagt, daß der einen die Rolle der *Überflüssigen* und der anderen die der *Unentbehrlichen* zugefallen sei. Wie es nun aber um die Unberechenbarkeit im chemischen Haushalt der Gefühle bestellt ist, tauschte Blok nun keineswegs die *Überflüssige* gegen die *Unentbehrliche* aus, im Gegenteil, je mehr Zeit er unter Fannys Dach verbrachte, zu der er zeitweilig sogar gezogen war, desto mehr sehnte er sich nach der lautlosen, in sich verkapselten und ihn zuweilen an die Selbstgenügsamkeit von Pflanzen erinnernden Existenzweise von Franziska. Fanny aber, ihn eines Nachts in ihrem breiten Bett umklammernd, in der schwülen Luft hinter den gehäkelten Gardinen in ihrem Schlafzimmer, flüsterte, mit Schweiß auf den Lippen, ich möchte ein Kind.

In den letzten Jahren wurde sie träge – sie entwickelte eine dem sinnlichen Blinzeln verwandte Trägheit von jemandem, der sich in der Sonne räkelt. Es war eine gefährliche Trägheit, eine als Gleichmut getarnte. Sie steckte in der Art, wie sie Küchenkräuter auf dem Balkon zog, wie sie ihre Zähne putzte, ihre Haut pflegte (sich zweimal am Tag von Kopf bis Fuß eincremte) oder sich angewöhnte, jeden Abend eine Dosis Valium mit Vodka herunterzuspülen. Ihre Trägheit versteckte sich in der unterschiedslosen Sorgfältigkeit, die sie auf die unterschiedlichsten Tätigkeiten anwendete. Nur in Momenten der Anspannung erschien noch ihr alter spöttischer und frivoler Gesichtsausdruck, wenn sie nicht, in einem unbewußten Tick, aus ihrer Handtasche eine Tube zog und begann, sich die Hände einzucremen. Es gab Wochenenden, die sie, halb angezogen, mit ungekämmten Haaren und einem Glas in der Hand, auf dem Fußboden in einer Ecke verbrachte. Franziska ging zu ihr, räumte die Küche auf, warf vertrocknete Zwiebeln oder bereits Sprößlinge treibende Kartoffeln auf den Abfall und kochte Kaffee. Manchmal fing Fanny an zu weinen, sie klammerte sich an Franziska und zeigte eine fast hündische Dankbarkeit. Für Blok hatte sie keine oder nur bissige und verzweifelte Blicke. Nachts, wenn sie nicht schlafen konnte und Franziska bei ihr übernachtete, sprach sie im Dunkeln vor sich hin. Ihre Monologe kreisten um ihren toten Mann, um den sie einen Mythos zu spinnen begann, in dem die wirkliche Person verschwand, unaufhaltsam zusammenschrumpfte wie der Mann in dem Film von Jack Arnold, *The Thin Man*, ein streichholzgroßes Schrumpelpüppchen in der erdichteten Fettschicht eines vergangenen Glücks-Mythos.

Nach drei Jahren des Kampfes, so erinnerte Blok sich jetzt – und er rechnete nach, was ihm damals nicht aufgefallen war –, hatte sie plötzlich ihr Haar abschneiden lassen.

In dem Spiegelausschnitt erschien das erst halbwegs eingerichtete Zimmer wie eine provisorische Bühne. Franziska ging ins Nebenzimmer und kam mit einer Auswahl von Stoffmustern zurück. Sie warf sie über die Sofalehne, und während sie mit Fanny die einzelnen Stoffe befühlte und hin und her wendete und sie sich nicht entscheiden konnten zwischen grobgewebtem weißem Leinen und einem matt glänzenden, himbeerfarbenen Chintz, der, im Faltenwurf die Farbe changierend, je nach Lichteinfall blasser ins Silbriggraue oder tiefer ins Purpurrot spielte, *wie auf einer Pastellkreidezeichnung von Boucher oder in einem Stilleben von Chardin, nein, wie die Kleiderstoffe bei Watteau*, so Franziskas Kommentar, empfand Blok dankbar, wie sehr er hier an den Rand gedrückt war. Denn wenn er hätte wählen können, hätte er für sich immer eine Einfühlungs- und Beobachterexistenz entworfen, ein Entwurf, der wie jedes Selbstporträt auch eine Stilisierung war und als solche Ausschnitt bleiben mußte; aber so viel Wahres steckte doch darin, daß er es vorzog, sich zum Verschwinden zu bringen, als daß er überflüssige Spuren des *Selbstausdrucks* hinterlassen hätte.

Fernanda stand wie er selbst im toten Winkel des Spiegelradius und hatte bis jetzt zu den Vorschlägen und Fragen der beiden Frauen geschwiegen. Nachdem sie ihnen ein Glas Sherry eingegossen hatte, fragte sie ihn, ob er auch eins wolle, und er nickte geistesabwesend – obwohl er dem Geschmack von Sherry noch nie einen anderen Reiz hatte abgewinnen können als den von öliger (*Cream*) oder sandiger (*Dry*) Pappe –, damit beschäftigt, sich aufs neue über Franziskas Versunkenheit in eine *Spielzeugwelt*, wie er für sich ihre um Fragen der Dekoration kreisenden Beschäftigungen nannte, zu wundern. Das Wort *Dekoration* war ein Stichwort – er sah sie zwischen *Dekoration* und *permanentem Umzug* hin- und herpendeln, wie eine Schlafwandlerin freilich, da Trauer und Angst, die von anderen Frauen vielleicht verdrängt worden wären durch den Versuch von *Dekoration* und *Umzug*, schon seit je in die tieferen Schichten ihres Unbewußten abgesunken waren und nur zuweilen aus dem Rest eines fast geleerten Weinglases wie aus der Tiefe eines ins Unendliche reichenden Brunnens zu ihr heraufschimmerten.

Fernanda hatte ihm den Sherry gebracht, und er hatte mit automatischer Höflichkeit, für die er sich gleich darauf auf die Zunge hätte beißen mögen, gefragt, wie es ihr in Paris ergehe. *Sich ergehen*, was für ein Ausdruck. Ein Blinder konnte sehen, daß sie sich nicht in Paris *erging*. Sie antwortete aber mit derselben nichtssagenden Höflichkeit, viel gesehen habe sie noch nicht, sie arbeite als Au-pair-Mädchen bei einer Familie mit zwei Kindern. Dann aber, in einem explosionsartigen Ausbruch, wie er manchmal bei Leuten vorkommt, die ein Problem zu lange allein mit sich herumtragen, eröffnete sie ihm, *wie es ihr in der Stadt erging.* Seit dem ersten Monat, sagte sie, besuchte ich nachmittags zwischen zwei und vier einen Sprachkursus an der Alliance Française, Sprachschule für Ausländer aller Nationalitäten, Boulevard Raspail. Manchmal ging ich mit einem der Japaner, Skandinavier oder Italiener, die ich im Unterricht kennengelernt hatte, in ein Café, aber insgeheim nannte ich sie alle *Techniker*, denn sie sprachen, radebrechend, in ihrer neugelernten Fremdsprache über nichts anderes als über Strategien und Taktiken, die es ihnen ermöglichen sollten, sich in Paris zu integrieren. Eine verwachsene Chinesin, deren Freund in einem Restaurant im Chinesenviertel arbeitete, studierte Computerwissenschaften, und sie selbst erschien mir wie die vollkommene Maschine, angefüllt mit gespeicherten Informationen und errechenbaren Kombinationen; es war ein Grundkurs in Existentialismus, eine wahre Freude, sie sprechen zu hören. Wenn ich mich von ihnen getrennt hatte und ein Stück zu Fuß zu einer der nächsten Stationen der Linie 85 ging, fühlte ich mich, inmitten des Nachmittagsverkehrs auf den Boulevards, wie das sprichwörtliche Staubkorn in der Luft, was manchmal beängstigend ist, manchmal aber auch etwas Erleichterndes hat. Grundkurs in Existentialismus, zweiter Teil. Wenn ich den Weg durch den Jardin du Luxembourg einschlug, setzte ich mich auf einen der dort herumstehenden eisernen Stühle, betrachtete die von der Nässe dieses regenreichen Frühlings überzogenen Statuen der Königinnen und versuchte die Enden meines Ich, die wie Schnüre aus mir heraushingen, aufzusammeln und miteinander zu verknüpfen. Was konnte ich der Stadt entgegensetzen, die mich *zer-streut* hatte? Ich habe kein Jetzt mehr und kein Früher, keine Neugier auf das Neue und keine Erinnerung an das Alte, dachte ich und schrieb mit der Spitze meines Regenschirms in den Sand vor dem Stuhl: Ich Ich Ich, wie eine Vergewisserung, daß es mich, wenn auch nur im anonymen Rest des Wortes *Ich*, noch gab. Natürlich stand ich dann auf und ging weiter, natürlich erregte irgend etwas meine Aufmerksamkeit und nahm mich gefangen, bis zum nächsten Anfall, *santé*, und sie hob das Glas mit Sherry, von dem sie infolge ihres Redeanfalls noch nichts getrunken hatte, an den Mund.

Blok kam nicht dazu zu antworten, denn Franziska, die sich entschieden hatte, für den weißen Leinenbezug, wie hätte es anders sein können, besann sich darauf, daß Fernanda zum ersten Mal zu Besuch gekommen war, und wollte ihr den Rest der Wohnung zeigen.

Sie verschwand mit ihr, Fanny war durch die offenstehenden Türen in der Küche zu sehen, wo sie gewaschene Salatblätter in einem Küchentuch schwenkte, und Blok fand sich allein am Fenster. Aus einer höher gelegenen Wohnung auf der anderen Seite des Hofs hörte er jemanden Klavier spielen, möglicherweise war es ein Kind bei seiner täglichen Übungsstunde, jedenfalls war es ein Anfänger, denn er wiederholte immer wieder die gleiche Sentenz aus den *Französischen Suiten* von Bach. Der gleichmäßige, leise herüberdringende Klang der kunstlos nach dem Metronom abgehackten Töne und die ergebene Geduld, mit der sie, immer wieder zum Anfang zurückkehrend, hervorgebracht wurden, hatte etwas Beruhigendes und Anrührendes, und Blok dachte an die Hände des Kindes, die auf den Tasten lagen, und stellte sie sich weiß vor, kleine weiche Knäuel aus Schafswolle.

Blok hörte Franziskas kindliche Stimme aus den zur Straße gelegenen Zimmern und ab und zu Fernandas einsilbige Antworten. Sie waren vor zwei Monaten umgezogen, und zuerst hatten Installateure die Wohnung besetzt, dann Anstreicher, aber die Einrichtung wirkte noch immer so fragmentarisch als sei längst beschlossen, daß dies Vorläufige der endgültige Zustand sei – falls ein fremder Betrachter nicht seine Phantasie treiben ließ und sich vorstellte, das wenige Vorhandene sei das auf der Flucht nach einer Brandkatastrophe oder einer Ehetrennung zufällig Gerettete, oder die Bewohner dieser

Wohnung hätten aus naheliegenden Gründen den Großteil des Mobiliars soeben einem Auktionator zur Versteigerung überlassen müssen. Blok hatte in den Monaten des Umzugs seine Zuflucht zu Fannys Atelier genommen, wo sie in einer Ecke einen Zwischenboden hatte einziehen lassen, auf dem eine Matratze, ein Gartentischchen, ein durchgesessener Rohrsessel und eine Serie ihrer unvermeidlichen Drahtfiguren untergebracht waren – letztere warfen nächtliche Schattenrisse an die Wand, wenn Blok unter dem gläsernen, von Taubendreck getrübten Schrägdach lag, und wiesen ihm Fingerzeige bis in den Traum. Er hatte den Umzug Franziska überlassen, es war der achte in den elf Jahren ihrer Ehe, denn nichts war ihm mehr zuwider, als Pläne zu machen, denen ein Bild zugrunde lag: das Bild des *Gehäuses*, das Franziska, sooft sie es auch gewechselt hatten – in den ersten beiden Wohnungen wurde der Vertrag nach Ablauf nicht verlängert, in der nächsten brach das Wasserrohrsystem zusammen, und das ganze Haus mußte saniert werden, in einer anderen störte das Lärmen der spielenden Kinder im Hof, so daß Blok nicht arbeiten konnte, eine andere wurde ihm von seinem Verleger angeboten, die jener jedoch nach kürzester Zeit selbst beanspruchte, dasselbe geschah mit der nächsten, die durch einen anderen Autor vermittelt war, und schließlich, die letzte stellte sich als so dunkel heraus, daß es Franziska dort nicht aushalten konnte –, mit ihren nicht gerade üppigen Mitteln wieder ausbaute. Sie hatte, vermutlich unbewußt vom Beispiel der Mutter in ihrer frühesten Kindheit geprägt, die Mentalität einer Flüchtlingsfrau, und noch das schäbigste Hotelzimmer, das sie einmal auf einer Durchfahrtsstraße von Le Havre, dem Bahnhof gegenüber, für zwei Monate bewohnt hatten, als die Proben für eine Inszenierung seines Stücks dort anliefen, hatte sie mit ein paar Tüchern und Photographien in ein *Gehäuse* verwandelt. Blok wußte, welches Vergnügen ihr die Phase des Einzugs jedesmal machte, und er ließ es ihr, wußten sie doch beide, daß auch das neue *Gehäuse* unter der Hand in einem Provisorium für Durchreisende stekkenbliebe – in einem Wartesaal, in dem im einen Zimmer eine verwelkte Rose in einer Flasche auf dem Fußboden stand, in einem anderen eine Pendule die falsche Uhrzeit zeigte und zu unvorhergesehenen Zeiten in eine hysterische Salve von Glockenschlägen in silberstem Klang ausbrach, und in allen Zimmern alte Sofas mit heraushängenden Federn an den Wänden standen, die ihnen nach und nach geschenkt worden waren und von denen sie keins hatten abstoßen können, da sie es nicht übers Herz brachten, sich von den wenigen Flößen, Inseln (und Sofas sind eine Art Inseln in einer hektischen Stadt wie Paris) zu trennen, auf denen sie sich während ihrer gemeinsamen Geschichte hatten ausruhen können. (Es gab übrigens auch ein Récamier in Franziskas Zimmer, sie liebte es, dort zu lesen, bei ihm waren die Federn zwar in Ordnung, dafür fielen die kurzen Beine am Fußende aus der zu weit gewordenen Windung, sooft sich jemand zu heftig darauf niederließ.)

Solche und andere Anekdoten hörte Blok Franziska erzählen, *Toile de Jouy,* sagte sie gerade, auf das Muster eines Vorhangs vor einer Nische in ihrem Zimmer weisend, das war das Muster meiner Kindheit, allerdings nicht in Blau wie hier, sondern in Rot, meine gute Mutter hat ein Stück Stoff dieses Musters aufgetrieben, nachdem wir geflohen waren, und einen Paravent damit bezogen, der vor dem Waschbecken in meinem Zimmer stand. Wenn ich im Bett lag, blickte ich immer auf die Bilder dieses Paravents, dahinter tropfte der Wasserhahn, darüber hingen meine kratzenden Wollstrümpfe, meine Leibchen und Hemden, und ich zählte die an der Kante abgeschnittenen Figuren.

Franziskas Zimmer war zur Straße gelegen und heller als die beiden zum Hof blickenden, es war genauso geschnitten wie Bloks, das daneben lag, neben der Tür gab es eine tiefe Nische, in der ihre Sofabetten standen, und seinen Schreibtisch hatte Blok am Morgen vor das Fenster geschoben. Er hatte auch zwei Bücherkisten ausgepackt, er hatte in Büchern geblättert, von denen er wußte, daß es seine eigenen waren, die ihm aber vollkommen unbekannt und überflüssig erschienen waren; er hatte beschlossen, sie verschwinden zu lassen, in einem Antiquariat an der Seine oder wo auch immer; immer weniger Bücher braucht man mit den Jahren, hatte er gedacht und die Bücher, die er behalten wollte, auf dem Fußboden die Wand entlang gereiht, da die Wände noch nicht ganz trocken und die Regale noch nicht aufgestellt waren, und da – war Franziska gegen die Flasche mit einem Rest Portwein gestoßen, die neben den Büchern auf dem Boden stand, gerade noch gutgegangen, hörte er sie sagen, während die Flasche über den Boden (Parkettboden, ein besonderer Echoraum) rollte, offensichtlich hatte der Korken den Inhalt dicht verschlossen gehalten.

Blok bringt es fertig, hörte er Franziska sagen, daß all seine Zimmer in gleicher Weise unpersönlich aussehen, tatsächlich wirft er alle Dinge, die ihm zuwachsen, fort oder verschenkt sie. Du kannst keine Unordnung ertragen, sage ich, um ihn zu ärgern, du bist ein ängstlicher Mensch, Angst hast du vor dem Zufall, dem Chaos, dem Unbekannten. Aber das ist nicht wahr, mußt du wissen, es liegt ihm bloß weniger an den Dingen, an die andere ihr Herz hängen, und vielleicht ist auch das nicht wahr, ich weiß es bis heute nicht, wahr ist, daß er hinnimmt, was er vorfindet.

In Franziskas Zimmer, das wußte Blok, sah es ganz anders aus. Kaum eingezogen fanden sich bereits wieder überall kleine Anhäufungen von Dingen, in dem unaufschlüsselbaren Durcheinander, wie es im Traum oder in der Hosentasche eines Kindes zu finden ist, wenn man sie umstülpt: Muscheln, weißgewaschen und rosa, lagen auf dem grünen glattgewetzten Filz ihrer Schreibtischplatte, im Bücherbord ein offenes Säckchen mit Steinen und Kristallen, auf dem Stuhl neben ihrem Bett ein offenstehendes Kästchen aus schwarz-weißem Marmor, gefüllt mit Knöpfen aller Sorten, vor allem die weißen, mit Leinen bezogenen stachen ins Auge und die perlmuttfarbenen, auf der Fensterbank in einem Etui eine Anzahl von Scherchen und Nagelfeilen, ein Geringel von Halsketten und Armbändern zwischen an den Spiegel gesteckten Photographien, eine ausgedünnte Haarbürste, von deren Rücken das Elfenbein an den ovalen Kanten abgesprungen war. Manchmal ging Blok in Franziskas Zimmer, wenn sie nicht zu Hause war, und betrachtete ihr Sammelsurium von Überflüssigem. Es kam ihm wie ein aus Erinnerungsstücken errichteter Schutzwall vor, auch wie ein Rückzug in eine Kinderwelt, und der Rückzug überwog in seinen Augen das kindliche Entzücken, das der ursprüngliche Grund gewesen sein mochte, solche Dinge aufzuheben.

Fanny kam mit der Salatschüssel, Essig, Öl, Salz- und Pfeffermühle, Tellern und Gläsern ins Zimmer – das alles balancierte sie auf einem alten Holztablett mit hohem Rand, eine Art viereckiger Tragewanne, die sie vor Jahren von einem Trödelladen in Südfrankreich mitgebracht hatte –, stellte alles auf den Tisch und wühlte in einer Kiste, um einen Aschenbecher zu suchen.

– Du trägst noch immer den *Möchtegern-Schmuck*, zog er sie auf, aber Fanny hörte nicht zu, rannte zum Lichtschalter, knipste den Lüster an, um besser im dunklen Grund der Kiste wühlen zu können, und ließ sich fluchend auf den Knien neben der Kiste nieder. Ich weiß, daß er hier drin steckt, ich habe ihn selbst eingepackt, sagte sie, ich meine den glasgrünen mit der Aufschrift *Pernod*. Wo die anderen sind, weiß ich sowieso nicht. Heiliger Strohsack, Blok, sagte sie, während sie sich auf die Hacken fallen ließ und ihr Gesicht in ihre Handflächen stützte, womit man seine Zeit verbringt, wenn man nicht pünktlich um acht vor einer Schulklasse stehen oder in einer Kanzlei erscheinen muß.

– Du trägst noch immer den *Möchtegern-Schmuck*, wiederholte Blok, und Fanny spreizte abwesend die Finger ihrer linken Hand, an dem ein vom Tragen stumpf gewordener Bernsteinring steckte, strich automatisch über die zarte, ein wenig trocken gewordene Haut ihrer außergewöhnlich langen schmalen Hände – Hände, so dekadent wie von Edith Sitwell, pflegte ein schwuler Verehrer von ihr zu sagen, der ab und zu mit einer Flasche *Marc de Bourgogne* in ihrem Atelier auftauchte, und Fannys Antwort auf seinen Ausspruch, ein Gelächter, das alles andere als von einer englischen Dekadenten, sondern von einer Mutter Courage oder der rauchverhangenen Stimme Jeanne Moreaus hätte stammen können, nicht im geringsten übelnahm – und sagte, mit einem Lächeln, das, wie Blok wußte, nach Zigarettenrauch schmeckte, du weißt, der Ring ist mein einziger Patriotismus.

Patriotismus war nun vielleicht zu hoch gegriffen. Der Ring stammte von jener Tante, einer Tante ihrer Mutter, der Fanny ihren Namen verdankte und deren unrühmliches Ende sie Blok eines Nachts in der Zahnradbahn gestand, die den Berg nach Sacré-Cœur hochfährt. Jene Tante – 1889 in einer kleinen Stadt an der belgischen Grenze geboren –, deren Aufbruch, wie Fanny in der Zahnradbahn zugab, sich weniger ihrer tänzerischen Begabung verdankte als dem, für die Geschichte der weiblichen Emanzipation freilich verfrühten, Ausbruchsversuch einer gegen die beschränkte Weiblichkeitsdoktrin im väterlichen Arzthaushalt Rebellierenden. Weit war auch der Sprung nicht, den sie machte, oder besser, er vollzog sich erst allmählich in Etappen durch die Provinzen der Vorkriegszeit, von Aachen, wo sie vor gelangweilten russischen Kurgästen in der Oper im *Corps de Ballet Giselle* oder *Dornröschen* zum besten gab, gelangte sie über Köln und Stuttgart schließlich nach Berlin, wo sie in die Kreise einer gerade entstehenden Richtung geriet, die sich später Ausdruckstanz nannte. Blok hatte eine Photographie gesehen, die in einem von Fanny gehüteten Tagebuch jener Zeit steckte – eine kleine, fast untersetzte Frau mit kräftigen Waden saß im Schneidersitz auf der Bühne, in einer Art orientalischem Kostüm, wie es dem postsymbolistischen, von Figuren wie Sarah Bernhardt und der Duse geprägten Geschmack der Zeit entsprach, halbnackt, in einem mit Perlen und Pailletten bestickten Trikot, um Fuß- und Handgelenke schwere engschließende Reifen. Das Gesicht, dessen Kinngrübchen dem pathetischen Gestus der Heroine widersprach, trug sie ägyptisch geschminkt, mit dunklen, die Augenwinkel verlängernden Strichen und einem Reifen um die Stirn, an dem ein Schleier befestigt war, offensichtlich das wichtigste Requisit ihrer Bewegungsabläufe. In dem von Fanny gehüteten Tagebuch fand sich vor allem die Geschichte einer zwar kurzen, aber nicht weniger dramatisch verlaufenden Freundschaft mit einer überzeugten Sozialistin, und wenn das Tagebuch auch weniger über die politischen Debatten der beiden Frauen berichtete, denn Fanny schien keine politischen Ansichten zu haben, oder wenn schon, war sie, in Bühnenglanz und Garde-du-Corps-Helme verliebt, eine Royalistin, so um so mehr über das Schicksal ihrer gemeinsamen Freunde, von denen eine Reihe, so sie noch lebte, nach Kriegsende nach Rußland gingen, um sich der Revolution anzuschließen; so auch Fannys Freundin. Zum Abschied schenkte sie der ahnungslosen Fanny, die nicht wußte, wen sie zuweilen bei sich beherbergte oder durchgefüttert hatte, jenen Bernsteinring, den die jetzige Fanny, aus einer Art sentimentaler Heldenverehrung heraus, als Vermächtnis einer Vermählung von Kunst und Politik hochhielt – womit Blok sie stets aufzog und ihren im allgemeinen kaum, in diesem Fall aber doch vorhandenen Snobismus um so empfindlicher verletzte, als es sich bei ihr nicht um einen gesellschaftlichen Snobismus handelte, sondern um einen moralischen; und wenn er sagte: Bernstein ist der Schmuck der kleinen Leute, dann fühlte sie nicht eine in Geschmacksfragen als unterlegen qualifizierte Klasse gedemütigt, sondern eine in moralisch-politischen Fragen überlegene nicht anerkannt –, die Großtante aber hatte in den Zwanziger Jahren, der Anstrengungen der Kunst müde, einen Bahnbeamten geheiratet, just jener Deutschen Reichsbahn, die einige Jahre später die Judentransporte abwickelte.

Eben jenen unrühmlichen Rest, der aber kein Rest war, sondern in Wahrheit den Großteil der der Tante noch verbleibenden Lebensjahrzehnte ausmachte, gestand Fanny ihm in der Bahn um so kleinlauter, als sie stets sagte: *Ich* ist auch ein Teil der Geschichte der Vorfahren.

Um *Familien*geschichte – freilich nur in der aufgesplitterten Form von Anekdoten, die die Wahrheit, wie Blok dachte, für Tischgespräche zugeschnitten, immer eher verschleiern, als sie aufblitzen zu lassen, oder vielleicht, dachte Blok, liegt nur in diesen aufs Ganze verzichtenden Zugaben, Beigaben und Anhängseln Wahrheit, weil es sich nicht um eine, sondern um viele handelt – ging es jetzt auch, als sie sich an den Tisch setzten und Franziska, die Vorzüge einer kleinen Bügelkammer neben der Küche preisend und damit die Beschreibung der Wohnung abschließend, die Salatblätter mit einer Marinade von Wein, Olivenöl, Estragonessig und Dijoner Senf übergoß und vermischte. Blok erzählte von jenem gründerzeitlichen Schachtelhaus, der siebenstöckigen Mietskaserne aus der Bismarck-Ära, das reichen Verwandten im Rheinland gehört habe, die Franziskas Mutter bei Kriegsende mit ihren beiden Kindern dort Unterschlupf geboten haben. Ein Haus, sagte Blok, das von den unterschiedlichsten Gerüchen durchweht war, aus jeder Wohnung, jeder Küche, jedem Zimmer, von der Kellerwohnung bis zum Dachboden, sobald man den schweren Filzvorhang beiseite geschoben hatte, der in den Wintermonaten vor der Tür im Innern des Hausflurs angebracht wurde und vor Zug und Kälte schützen sollte, und das Haus betrat (dieser Vorhang war übrigens charakteristisch für das Haus, überall war es nach draußen abgeschirmt mit Filz, Wolle, Decken, Tüchern, es bestand aus lauter kleinen dämmrigen Wigwam-Zellen), tauchte man in diese Windhose von Gerüchen, ein Gewaber von Tabak, Seife, Räucherstäbchen, Teeblättern, getrockneten oder soeben aufgegossenen und im kochenden Wasser sich entfaltenden (vom russischen bis zum chinesischen Tee gab es in diesem Haus alle Abstufungen, den chinesischen bot die Professorenwitwe im fünften Stock ihren Besuchern aus hauchdünnen Tassen an, die sie für chinesisch hielt, die aber eine mit Pagodenlandschaft und in Kimonos eingehüllten Gestalten bedruckte Westware aus dem Kaufhaus waren, ein Geschenk ihres verstorbenen Mannes), Möbelwachs, Parfum, Kerzen, Gewürzen (Muskat und Nelke war die dominierende Mischung im vierten Stock), Kaffee, Fahrradschläuchen, eisernem Treppengeländer und Hering mit roten Beten. Franziskas Familie wohnte im Dachgeschoß, in zwei kleinen Zimmern. Es war keine abgeschlossene Wohnung, sondern die Zimmer gingen, wie Küche und Bad, vom obersten Treppenabsatz ab. In der Küche stand ein Sofa, und dort, im Licht eines niedrigen ovalen Dachlukenfensters, verbrachte der Bruder die Nachmittage über den Schulbüchern. Franziskas Mutter, sagte Blok zu Fernanda, müssen Sie wissen, lag zeit ihres Lebens am liebsten in langen Pumphosen und einem Cashmereschal um die fröstelnden Schultern auf dem Sofa, rauchte russische Zigaretten, ließ den Samowar brodeln und hörte sich die Geschichten ihrer Besucher an. Sie hat diese Gewohnheit nie aufgegeben, auch als sie ernsthafte Anstalten machte, etwas zum gemeinsamen Lebensunterhalt beizusteuern und in einer Privatschule eine Stelle annahm, um einige Stunden in der Woche Kunst und Französisch zu unterrichten, ein Vorgang, der nur in den ersten Nachkriegsjahren möglich war, da sie niemals entsprechende Examen abgelegt hatte und diese Arbeit auf Vermittlung des ehemaligen Freundeskreises ihres verschollenen Mannes erhielt, deren Kinder auch den hauptsächlichen Schülerkreis des Instituts bildeten. Für Erziehung war sie freilich vollkommen ungeeignet, jedenfalls in einem nach pädagogischen Maßstäben ausgerichteten Sinn. Solange Franziska sich erinnern kann (aber sie erinnert sich schwer, und deshalb bin ich es, der ihre Geschichte erzählt, als ob einer des anderen Erinnerungsgefäß sein müsse, Aufbewahrer und Schichtenaufdecker, Aufschreiber und zugleich Verfälscher der *eigenen Geschichte*, die, da niemand mehr, und am wenigsten Franziska, sie noch von sich selbst besitzt, auch die fremde ist, und deshalb immer wieder neu entworfen, erfunden, gefunden werden muß, vom anderen, von mir), saß sie auf der Treppe, wenn die Mutter kochte, oder auf einem Fußbänkchen in deren Zimmer, ihr Schulheft auf den Knien – und bei dieser Lebensweise hat sie nur überflüssige Dinge gelernt. Die Mutter verstand sich vorzüglich auf den Umgang mit Katzen, auf das Kunststück, abgetakelte Möbel zu beziehen, auf das Verfassen von Briefen, auf Gastfreundschaft, auf Rosenzüchten (in Töpfen, und die Früchte ihrer Züchtungen zierten, dicht an dicht gereiht, den winzigen Balkon vor ihrem Fenster und hinderten, daß jemand Platz fand, um sich zu setzen) und auf Brotbacken (obwohl sie im übrigen miserabel kochte und alles durcheinander in den Topf warf, und auch der Nikotingeruch ihrer Hände, auf deren Mittel- und Zeigefinger sich in einer seitlichen Kerbe gelbe Nikotinflecken für immer eingefressen hatten, erhöhten nicht gerade die Geschmacksnuancen der mit ihnen in Berührung gekommenen Lebensmittel, sondern gaben ihnen einen bitter-teerigen Beigeschmack). Um Politik hat sie sich nie gekümmert, oder nur in der vagen Form, daß sie den sektenähnlichen Heimatkult der anderen über Westdeutschland verstreuten Ostvertriebenen ablehnte, oder besser, er war ihr fremd, wie ihr alle Überzeugungen fremd waren, und so hat sie, glaube ich, nie verstanden, warum der Vater ihrer Kinder bei Kriegsende in das von ihnen bereits verlassene Haus zurückkehrte und sich *dort von den Russen gefangennehmen ließ, stellt euch vor, sagte sie, dieser Mann hat die Dummheit besessen, sich gefangennehmen zu lassen, zu einem Zeitpunkt, an dem jeder vernünftige Mensch sich bereits auf und davon gemacht hatte,* zwölf Jahre später kehrte er zurück, beraubte sich des Vernügens, seine geduldig wartende Kriegerwitwe je wieder zu Gesicht zu bekommen, sondern ließ sich blitzschnell scheiden und heiratete die Tochter eines holsteinischen Grundbesitzers, auf deren Feldern er das Leben fortsetzen konnte, das er vor Kriegsausbruch geführt hatte. *Oh, I'll take the high road, and you'll take the low road*, summte Fanny und räumte die abgegessenen, mit einer restlichen Schicht von gelblichem Öl und grünen Kräutereinsprengseln überzogenen Teller zusammen, *er gab den Namen und sie gab das Gut*, sang sie weiter und verließ mit dem Tellerstapel das Zimmer.

Einen Moment blieben die drei am Tisch Zurückgebliebenen schweigend dort sitzen, dann stand Franziska auf und suchte Fannys Zigarettenschachtel und Aschenbecher. Vor dem Fenster fiel feiner Regen in den Hof, Juniregen, der leise im Laub rauschte und das Zimmer verdunkelte. Franziska, plötzlich von hinten an Fernandas Stuhl tretend, raffte deren lange, in glatten Strähnen herabhängenden Haare hoch, hielt sie auf dem Hinterkopf zusammen und betrachtete Fernandas Profil. Das bekommen wir schon hin, sagte sie, die Verlegenheit übersehend, mit der Fernanda diese Geste zwar widerspruchslos, aber doch widerstrebend hinnahm. Während eine sich rasch tiefer färbende Röte über Gesicht und Hals flog, während ihre Rückenwirbel sich versteiften, als stellte ein Igel seine Stacheln auf, während ein verunglücktes kleines Lächeln über ihr Gesicht huschte, das sie vielleicht Franziskas Aufmerksamkeit schuldig zu sein glaubte, das aber vielleicht nur ein instinktiver Schutzreflex war, um die Verlegenheit zu verbergen, die ihr das Bewußtsein verursachte, von Franziska und Blok *angesehen* zu werden, was auch ihr halb auf die Tischdecke gesenkter Blick verriet, die *halbgeschlossenen Augen* einer Halberwachsenen, die, nicht hinsehend, meint, selbst weniger gesehen zu werden, ein halbausgereifter Vogel Strauß, und das Tischtuch mußte für den Sand herhalten – während sich also dieses Sich-den-Blicken-der-Anderen-Entwinden lautlos ereignete, setzte sich dem *Entwinden* ein genau gegenläufiger Bewegungsprozeß entgegen, ein *Verwinden*, indem sie die beiden Stränge einer langen dünnen Kette mit kleinen Perlen, durchsetzt mit grünen und blauen Steinen, die sie um den Hals trug, so eng ineinander drehte, bis sie sich enger und enger um den Hals schnürten. Franziska ließ den über Fernandas Hinterkopf hochgehaltenen Schopf wieder auf die Schulter fallen, Fernandas Finger ließen die Kette los, die sich lockerte, und Blok sah an ihrem Hals die eingedrückte Schnur der runden Kugeln.

Fanny brachte eine tiefbauchige Terrine ins Zimmer, in der warme Flußkrebse in einer rötlichen, von Safran, Cayennepfeffer und Fischsud dampfenden Suppe schwammen. Franziska wischte mit einer Serviette den Staub von ein paar tiefen Tellern, die, bereits ausgepackt, neben Gläsern und Besteck auf der Fensterbank standen, und eine Weile waren in dem farbenfeuchten Zimmer – in dem der nach kurzer Zeit von Krebsschalen, ausgedrückten Zitronenhälften, Brotresten, Weinflecken, aufgezogenen Korken und feuchten Ringen unter den schmelzenden Butterfäßchen übersäte Tisch, auf dem die zerknüllten, mit rötlichen Sprenkeln befleckten Servietten glänzten, ein langsam im regendämmrigen Mittag treibendes Floß war, auf dem Besteck und Glas wie matte Fischschuppen oder hängengebliebene Gischttropfen funkelten – keine anderen Geräusche zu hören als die des Knackens, Brechens und Ausschlürfens. Bloks Mutter, sagte Franziska in das dem Genuß von Zunge und Nase gezollte Schweigen (in dem nur Fernanda langsam vorankam, da sie offensichtlich zum ersten Mal, wie Blok aus den Augenwinkeln beobachtete, Krebse vorgesetzt bekam und das erste Stück sogar mit der halben Schale in den Mund gesteckt hatte und geduldig darauf herumkaute, bis sie, durch einen Blick auf Fanny belehrt, die Schale wieder aus dem Mund zog), erzählte mir einmal, in den dreißiger Jahren sei in den Standardverträgen der Dienstmädchen der Vermerk anzubringen gewesen, daß in ihrer Verpflegung Flußkrebse nicht mehr als einmal wöchentlich vorkommen dürften, solch billige Massenware war das, wie auch Hering und Salm, zu jener Zeit der klaren, von Chemikalien nicht verseuchten Flüsse.

Sie wischte die im Fischsud gebadeten Finger ab, verteilte einen weiteren Schwung aus der Terrine auf die Teller und sagte, Bloks Vater, müßt ihr wissen, existiert nicht. Ich habe eine Photographie gefunden, sie fiel eines Tages aus einer vergilbten, mit Stockflecken durchsetzten Ausgabe von *Gregorovius*, und nach langem Zögern gab Block zu, ja, es könne sein Vater sein, er wisse es nicht, er erinnere sich nicht. Das Photo zeigte einen Offizier der Wehrmacht, der von dem Rücken seines Pferdes, das er am Zügel hielt, abgesessen war und es an einem der Brunnen auf der Place de la Concorde tränkte. Der Platz lag in einem weichen Frühlingslicht, die Bäume im angrenzenden Jardin de Paris zeigten die ersten Blätter, und an der Fassade des *Hôtel Crillon* spannten sich Fahnen mit dem Hakenkreuz. Als ich Blok das Bild zeigte, auf dem Gesicht und rechte Schulter durch einen Schattenstreifen, den ein sich näherndes Militärflugzeug auf ihn warf, weniger deutlich zu sehen war, was mich nicht hinderte, nach Zügen der Ähnlichkeit zu forschen, sagte er, nachdem er es lange betrachtet hatte, ja, es könne sich tatsächlich um seinen Vater handeln, denn in dieser Geste zeige sich der gedankenlose Idealismus, den sein Vater stets der Realität entgegengehalten habe, in dem Glauben, ein Band Homer oder ein vornehmes Schweigen wären subtilere und wirksamere Mittel gegen sie als eine direktere und, wie er fand, *pöbelhaftere* Frontstellung, und so glaube er, Blok, daß in den Augen seines Vaters im Tränken des Pferdes sogar eine leise Hommage an das alte Europa gelegen haben mochte, das Pferd trinkt aus den Wassern Lutetias, während er selbst nur die lautlose Brutalität empfinden könne, die im Sich-Bemächtigen und selbstverständlichen Verfügen über einen im kollektiven Gedächtnis des besetzten Volkes so tief verankerten Ortes wie der *Concorde* läge.

Ihr müßt wissen, sagte Franziska, indem sie aufstand, in der Küche verschwand und mit einem heißen Gratin zwischen zwei Topflappen wieder erschien, das sie mit der Warnung *Vorsicht heiß* in der Mitte des von Fanny abgeräumten Tischs absetzte, dieses Photo ist das einzige Zeichen, das ich je von der Existenz dieses Mannes erhalten habe, abgesehen von einigen Worten in Bloks Sprachgebrauch, in denen ich plötzlich die verborgene Spur dieses aus Bloks Leben Verbannten zu finden glaube, Worte wie *dekantieren* oder *petrifizieren*, denn jene Schattenfigur muß eine Vorliebe für schon in seiner Generation ausgefallene, um nicht zu sagen, geschraubte Formulierungen gehabt haben, während Worte wie *Päonien*, ja, ihr lacht, aber manchmal, wenn er gut gelaunt ist, benutzt er tatsächlich dieses Wort, das ihn vielleicht an frühe Pfingstferien erinnert, an den Garten hinter dem Haus, in dem er aufwuchs, dieses Wort jedenfalls scheint mir von seiner Mutter zu stammen, der ich einige Male das Vergnügen hatte zu begegnen, Begegnungen voll beäugenden Mißtrauens, die mir im übrigen nicht weiterhalfen, um Bloks Vater auf die Spur zu kommen, im Gegenteil, denn abgesehen davon, daß ich erst in späteren Jahren durch eine Todesanzeige erfuhr, daß der Mann während all der Zeit noch am Leben gewesen war, deutete die Mutter, in der sich Willensstärke mit Empfindlichkeit, Lebensfreude mit Mißtrauen und Einfachheit mit Koketterie mischten, mir in einem, wie mir scheint, familientypischen Hang zum Verrätseln, eine Liebesgeschichte mit einem ebenfalls verheirateten Fabrikanten aus dem Freundeskreis an, der die Gewohnheit hatte, des Nachts lange Telephongespräche mit ihr zu führen und sich von ihr bestimmte Lieblingspassagen auf dem Klavier vorspielen zu lassen – ob ich darin den Grund für das Totschweigen und Übersehen von Bloks Vater zu sehen habe, der, Blok meine ich, in späteren Jahren sogar, so habe ich verstanden, für Chaperondienste in Anspruch genommen wurde bei gemeinsamen, als Familienausflüge getarnten Reisen, ich weiß es nicht. Soviel jedoch scheint sicher, daß in Bloks Familienuniversum, falls man überhaupt von einem solchen sprechen kann, nur eine Mutter existierte, weshalb ich mich, allerdings erst im vierten Jahr unserer Ehe, so lange dauerte es, bis ich, wie im Phantomporträt eines von der Polizei Gesuchten, einige Züge jenes Verschollenen rekonstruiert hatte, fragte, ob Blok unbewußt eine Wiederholung dieser Mutter-Sohn-Konfiguration anstrebe, wie ich es bei vielen früheren Freunden, die im Krieg geboren und ohne Väter aufgewachsen waren, beobachtet habe.

Franziskas Redefluß war begleitet vom Verteilen neuer Teller, vom Aufschneiden des Gratins, dessen Kruste bei der ersten Berührung mit der Messerklinge aufplatzte wie eine Naht, wie eine Erdspalte, aus der heiße Dämpfe aufsteigen, und in die bewundernden *Ahs* und *Ohs* von Fanny und Fernanda rollten, aus den sorgfältig ausgehobenen, goldbraun überkrusteten Dreieckstücken, Erbsen und Mais über die Teller. Blok teilte mit seiner Gabel das von der Kruste Zusammengehaltene, und als dessen Bestandteile in zusammengewürfelte Reste des vorigen Tages zerfielen, spärliche Reste von Fleisch, Geflügel, Reis und Gemüsen, mit verquirltem Ei angedickt und gebunden, konnte er nicht umhin, sich zum ungezählten Mal zu fragen, ob solche Resteverwertung, die im Widerspruch zu Franziskas eher auf Großzügigkeit als auf Sparsamkeit angelegten Charakter stand, einer untilgbaren Angst vor der Vergeudung von Lebensmitteln entsprang, deren Wurzeln sowohl in den mageren Nachkriegsjahren ihrer Kindheit wie in ihrer protestantischen Erziehung zu suchen sein mochten. Es verging kein Tag, an dem sie sich nicht eine solche Reste-Kuriosität, wie Blok es nannte, leistete. Auf diese Weise bestand ihre Küche aus Extremen, aus Delikatessen und Resteverwertung, als suche sie für das eine Extrem das Gegengewicht, und im übrigen gab es von beidem stets eine Spur zuwenig. Fanny, mit der er einmal dieses Thema angeschnitten hatte, hatte behauptet, Franziskas Resteverwertung sei ihre Art von Rebellion, auf diese Weise versuche sie ihm, der von Gelddingen keine Ahnung habe, aber im übrigen erwarte, daß seine Ansprüche stets befriedigt würden, fühlbar zu machen, daß er für die geringe Summe, die ihr zur Verfügung stünde, eben nicht mehr erwarten könne. Blok aber, gewohnt, die Empfindlichkeiten, die Geldprobleme bei Franziska auslösten, mit in Betracht zu ziehen, sah in dieser scheinbar nebensächlichen Marotte eine kompliziertere Brechung. Für ihn drückte sich darin sowohl ein Schuldkomplex aus, den er ihr nicht auszutreiben vermocht hatte, ein Minderwertigkeitskomplex, den er auch ihren kleinen Ehefrauenkomplex nannte (so wie sie sich standhaft weigerte, mit ihm teure Pariser Restaurants aufzusuchen), als stünde ihr nichts anderes zu als Reste, mit denen sie ihre Ausgaben rechtfertigte, und manchmal zog er sie auf und sagte: zur Kurtisane fehlt dir entschieden das Zeug – als auch Hochmut (den Gästen gegenüber, denen sie ihre mageren Reste vorsetzte, und das, so schien ihm, war ebenfalls Familientradition, hatte sie ihm nicht von einer Tante in Schlesien erzählt, die, ungeachtet ihrer nicht geringen Einkünfte, zu ihren Donnerstagstees nur harte, vertrocknete englische Kuchen servierte, die sie im übrigen von einem weitläufig verwandten Vetter, der in London ansässig war, zugesandt bekam? Oder von dem Onkel, einem Diplomaten in Bonn, der billige Weißweine aus dem Supermarkt kistenweise zum Mengenrabatt einkaufte, sie in andere Flaschen umfüllte und bei diplomatischen Empfängen seinen Gästen als erstklassige Rheingauer oder Mosel vorsetzte?).

Über den Tisch hatte sich eine gewisse Trägheit gebreitet, die heißen Wohlgerüche hatten sich in erkalteten Küchendampf verwandelt, der Teller und Schüsseln beschlagen hatte, Fernanda kaute auf einer ihrer langen Haarsträhnen, zog sie unter der Nase durch, roch daran – und Blok fragte sich, ob sie jetzt nach Blumenkohl röche, der in dem Gratin verarbeitet war, unvermeidlicher Blumenkohlgeruch, der sich in ihrer aller Haare gesetzt hätte, und sah versonnen auf ein kleines, halbzerfallenes Röschen, das allein auf seinem Teller prangte, eine winzige Blumenkohlruine, Schnitzwerk aus angebranntem Elfenbein, Verästelungen wie in einer spanisch-arabischen Alhambra, Gitterwerk mit dem Geschmack des Verkochten, und während Fanny und Franziska, vom Wein bereits weicher, träger und zugleich lauter geworden, darüber stritten, ob die Jahreszeit für eine Reise nach Rom günstig sei, sagte er leise: eine Ode auf den Blumenkohl. Fernanda, die sein Selbstgespräch gehört hatte, blickte ihn amüsiert an, beugte sich über den Tisch und flüsterte, der Blumenkohl, der Blumenkohl, der tut der ganzen Menschheit wohl, worauf sie wie die Verrückten ihre Gläser hoben, anstießen, hastig ihr Glas leerten, es absetzten, und während Fernanda an ihrer Unterlippe nagte und sichtlich an einer Fortsetzung ihrer Reimkünste arbeitete, sagte Franziska, durch dieses Intermezzo in ihrem Streit mit Fanny unterbrochen, nach einem kurzsichtigen Blick auf Fernanda, an einem der nächsten Wochenenden mußt du mit nach Tarduz kommen.

Nun hätte, nach Bloks Meinung, das vorhin erwähnte Stichwort *Päonien* fallen können, mit um so größerer Berechtigung, als vor der Wand der dem Haus gegenüberliegenden Remise in Tarduz gerade die ersten, in diesem Jahr wegen der häufigen Regentage um zwei Wochen verspäteten Pfingstrosen aufgeblüht waren, es fiel aber nicht, war längst abgesunken in den Schlacken des Gesprächs, statt dessen war von Dachreparatur die Rede, denn die letzten Stürme hatten ein großes Loch in die ohnehin altersmorschen Dachziegel auf der Remise gerissen. Fanny schob die Teller zusammen, stellte eine Flasche Grappa auf den Tisch und ein großes Blechsieb mit winzigen Waldbeeren, steckte zwei in den Mund, kaute, spuckte den Stiel wieder aus, sagte bösartig, *Familienleben auf dem Lande*, auf eine Bemerkung Bloks anspielend, der einmal gesagt hatte, wovor man sich am meisten fürchte, das hole einen unwiederrufbar ein, und schenkte kleine Eierbecher voll Grappa.

Zwei Jahre, nachdem sie ihre Scheune verlassen und nach Paris gezogen waren, hatten sie Tarduz für einen kaum nennenswerten Zins, allerdings mit der Auflage, es instand zu halten, für zehn Jahre gepachtet. Es war ein schmales, einstöckiges Haus aus Bruchstein, mitten im Dorf gelegen, und als sich Blok bei der ersten Besichtigung aus dem Badezimmerfenster beugte, aus dem man einen weiten Blick über den angrenzenden Obstgarten und die dahinter sich erstreckenden Felder hatte, hatte er Franziska gesehen, die Schuhe und Strümpfe ausgezogen und auf den Stufen vor der Tür zurückgelassen hatte, sich unbeobachtet glaubte und mit verzücktem Gesicht barfuß durch das knöchelhohe Gras ging. In einer zwischen zwei niedrigen Birnbäumen gespannten Hängematte lagen ein alter Gartenhut, ein kleines blaues Kissen und ein Buch, die von dem derzeitigen Besitzer, einem älteren Herrn, der zu seiner Tochter in den Süden ziehen wollte, wohl dort vergessen worden waren, und von ferne näherte sich das gleichmäßig dumpfe Stampfen einer Dreschmaschine. Blok sah einen noch schwachen, schräg fallenden Lichtstreifen auf der Gartenmauer, den die soeben über dem Dach der Remise aufsteigende Sonne dorthin warf, es war noch früh am Morgen, der Garten noch schattig und die Luft noch kühl, aber er roch schon die über das Feld sich nähernde Wolke von Spreu, Körnern und warmem Staub, von der in zwei Stunden die ganze Gegend getränkt wäre, Mittagsweizen, Glutwand und ein einsames Hundegebell am Ende der ausgestorbenen Dorfstraße, aber jetzt war die Luft klar und frisch wie kühles Wasser aus einem Bach. Er sah die ordentlich an der unteren Treppenkante nebeneinander aufgestellten Schuhe, die zusammengeringelten, darübergeworfenen Strümpfe, Hut und Kissen in der Hängematte, einen Fuß, der sich aus dem Gras hob, eine aufgescheuchte Maus, die ins Dunkel der offenstehenden Remise flüchtete, eine neben dem Eingang abgeknickte Pusteblume, er sah jede Einzelheit überdeutlich und zugleich wie im Schlaf, so, wie er auch das Geräusch der in der Ferne hin und her über das Feld fahrenden Dreschmaschine hörte und zugleich nicht hörte, und jetzt, während Franziska ausführlicher den Schaden im Remisendach beschrieb, in der früher ein Einspänner untergestellt war, dessen Wagenräder noch in einer Ecke lehnten, die aber heute zum Aufbewahren von Geräten, Kaminholz und als Garage diente, dachte er, eine intensivste und zugleich bewußtlose Empfindung, das ist Glück, und erst in der Erinnerung treten Bewußtsein und Empfindung wieder zusammen und lassen die über-hörten, über-sehenen Einzelheiten jenes Glücksmoments in Erscheinung treten. An jenem Morgen hatte er sich alterslos gefühlt, es war einer der Augenblicke, wie er sie vor zehn Jahren, vor zwanzig Jahren, in seiner Kindheit oder in dreißig Jahren empfinden könnte, er nahm an, daß es allen Leuten so ging, und daß die Möglichkeit, immer wieder im Lauf eines einzigen Lebens etwas ganz neu zu empfinden und die Kette der Jahre und der Erfahrungen, all das, was eine Person im Alltag ausmachte, in den Hintergrund treten zu lassen, einer der Gründe war, weshalb Leute wie er weitermachten. An jenem Morgen war er die Treppe hinabgestiegen und hatte sich in der großen Küche an den langen Tisch gesetzt (seitdem er Franziska kannte, hatte er, in diesem Punkt, sein Leben geändert: früher hatte er sich niemals länger als nötig in einer Küche aufgehalten, jetzt aber hatte er von ihr die Angewohnheit übernommen, dort länger zu bleiben, an diesem traditionellen Ort des Erzählens, des Aufwärmens von Erinnerungen, wie Franziska sagte, wenn es auch meist eine *verschwundene Figur* war, der von Menschen umringte Tisch, und es imaginäre Gestalten waren, mit denen er, Erinnerungen austauschend, dort saß) und Franziska gerufen, die damals schon auf dem Rückzug war, nach einem kurzen Höhenflug – dem kurzatmigen, nicht weiter als von einem Ufer des Sees zum anderen reichenden Flug eines Vogels, der sich besser im Unterholz zurechtfand als in der Luft – am Anfang ihrer Ehe, von dem er sich hatte täuschen lassen, war sie zurückgefallen in ihre Passivität, ihre Abkapselung, ihr Verschluß-Dasein, und in Zukunft blieb sie wochenlang allein in Tarduz, ohne daß er wußte, womit sie ihre Zeit verbrachte; aber wenn er von Paris dort anrief, schien sie zufrieden, sprach von dem Dorfirren, der, harmlos und ein freundlicher Besucher in ihrer Küche, die Hecke geschnitten habe, die über Kopfhöhe gewachsen war, und am Abend habe er reglos bis in die Nacht dort gestanden und in ihren Garten gestarrt, als habe er, seit die Hecke nicht mehr die Sicht versperrte, die Vision eines neuen Erdteils; seltsam sei seine Gestalt im Zwielicht gewesen, hinter ihm das violette Licht der Dämmerung, vor ihm bis in Brusthöhe der schon fast nächtlich schwarze Streifen Grün der Hecke und, in der Luft über der Hecke hängend, die helle Scheibe seines Gesichts.

Dieses Mal war es Fernanda, die, bereits *ganz eingebunden* in die kleine Gesellschaft, zuerst aufgestanden war, um die Teller in die Küche zu tragen; auch die anderen verließen den Tisch, Fanny und Fernanda mit zusammengezogenen Gesichtern, denn in ihrer von einer seltsamen Mischung von aufrichtigem Gefühl und diplomatischem Kalkül geprägten Freundschaft lauerte immer auch ein plötzlich ausbrechender Streit – sie erinnerten Blok an zwei Katzen, die, nach einer Phase der Ruhe, des wechselseitigen Ohrenleckens und Aufdemselben-Kissen-Liegens, sich langsam umkreisten und plötzlich die krallenbewehrte Pfote zum Schlag zückten –, und obwohl Blok nicht gehört hatte, was zwischen ihnen vorgefallen war, erinnerte er sich an ihren letzten Wortwechsel, von dem sie nicht wußten, daß er ihn zufällig mitangehört hatte, in dem plötzlich eine andere Franziska zum Vorschein kam, eine höhnische und kalte, wie eine Figur aus dem Uhrkasten sprang sie heraus aus ihr, an einer langen Feder wippend, und zischte mit einer Geistesgegenwart, die sie gerade sonst vermissen ließ, natürlich, du würdest nie an einen anderen Ort ausweichen und zugeben, daß du es nicht mehr aushalten kannst, du bist standhaft und lebst der Kunst, deinen edlen Gefühlen und der Treue zu deinem Verstorbenen. Vorausgegangen war eine kleine Jeremiade, in der Franziska über den Regen, die Kälte, Blok, das Älterwerden geklagt hatte und sich der Sehnsucht nach einer Rettung bringenden Reise hingegeben hatte, und Fanny, in ihrer unnachahmlichen Strenge Franziska insgeheim, wie Blok wußte, für undankbar haltend, ein Vorwurf, der einer der ersten war, die er zwischen ihnen gehört hatte, waren sie erst in die Niederungen des Selbstmitleids und des Ressentiments hinabgestiegen, hatte gefragt: was willst du? Ein Ortswechsel wird nichts nützen. Man nimmt seine Schwierigkeiten überallhin mit.

Wieder war von der anderen Seite des Hofs Klavierspiel zu hören, aber das Spiel, wie es jetzt in den trägen, lautlosen und verschlafenen Sonntagnachmittag drang, schien Blok mechanischer als am Mittag, und nach einer Weile hörte er es nicht mehr, obwohl es weiterlief, es zerrann wie die Regentropfen an der Fensterscheibe in eine leere Zeitblase. Die zerknüllten Servietten auf dem Tisch, die Salzfässer, geleerten Weingläser, die schwimmenden Zitronenscheiben in Wasserschalen, die herabgetropften Kerzen in den Haltern waren die verschont gebliebenen und nicht hinweggeschwemmten Dinge auf dem gestrandeten Schiff, in die sich die Spur des Mittags eingegraben hatte, und nun, da er vorbei war, standen sie in einem Augenblick des Stillstands wie ausgebrannte Ruinen auf Deck.

Fanny stand auf, murmelte etwas von einer Verabredung in Montparnasse, zwängte sich durch die Kistenstapel in den Flur, nahm ihren Mantel vom Bügel und rief, nach kurzem Zögern, morgen helfe ich dir, den Schrank zusammenzubauen, ich ruf dich an, und schlug die Tür hinter sich zu. Franziska verließ ebenfalls den Tisch und ließ sich, wie es nach langen Gelagen ihre Gewohnheit war, mit untergezogenen Beinen in den tiefen Sessel in der Ecke neben dem Fenster fallen, nahm eine Zeitschrift auf, blätterte darin und stopfte gedankenlos ein herumliegendes Stück Marzipan in den Mund.

Wie leben Sie da oben, fragte Blok, als Fernanda, ins Zimmer zurückgekehrt, neben ihm am Fenster stand, und sie antwortete: in der Küche, während unten im Hof die Concierge durch den Toreingang kam, im Sonntagsstaat, mit frisch gedrehten Locken, schwerfällig auf den Hintereingang zuwatschelnd, einen weiß trippelnden Spitz an der Leine zerrend. Am Küchentisch spielen die zwei Kinder, wenn ich das Essen vorbereite, sagte Fernanda, und in der Conciergeloge ging das Licht an, der Fernsehapparat wurde eingeschaltet, und hinter dem Vorhang liefen bunt flimmernde Bilder ab. Eine Küche also, sagte Blok, betrachtete aus den Augenwinkeln Fernandas Scheuerhaar und ihr verschlossenes, mißmutig wirkendes Gesicht, wobei er nicht entscheiden konnte, ob der Mißmut eine Form von Übergangs-Melancholie oder Schüchternheit war, denn in einem Übergangsstadium war sie, einem *Zwischen* ihrer biographischen Abschnitte. Er verschwieg, daß er, soweit es Familienalltag betraf, Küchen für den Inbegriff privaten Terrors hielt, den Mittelpunkt der Diktatur durch Fütterung, die die immer enger werdenden Kreise dieser Institution zusammenhält, und wiederholte nur: die

Küche. Ja, sagte Fernanda, und in der Hintertür erschien die Concierge, die ihre Schuhe gegen hellblaue Plüschpantoffel vertauscht und einen Stumpen im Mundwinkel stecken hatte, da sich die meiste Zeit meines Tages dort abspielt, lebe ich also in der Küche. Ich lebe dort, so wie andere Leute da leben, wo sie die meiste Zeit verbringen, auch wenn sie sich immerzu an einen anderen Ort wünschen, und vorsichtig an seinem Arm zupfend und ihn auf die in ihrem Sessel eingeschlafene Franziska aufmerksam machend, flüsterte sie, vor dem Küchenfenster ist ein kleiner Balkon, einer von diesen fußmattengroßen, Sie wissen schon, die Aussicht reicht bis zum gegenüberliegenden Hügel am anderen Ende von Paris, Panthéon und Tour Montparnasse, also Südlage, Sonne ab mittags; und während Blok versuchte, sich eine in der Sonne sich räkelnde, in einem Buch lesende und sonnenbrillenbewaffnet den Blick *sur les toits de Paris* genießende Gestalt vorzustellen, was ihm nur gelang, indem die Balkonfigur nichts mit der bläßlichen und sich jetzt flüsternd von ihm verabschiedenden Gestalt neben ihm zu tun hatte, hob Franziska, einen Augenblick aus dem Schlaf auftauchend, witternd den Kopf, wie ein Hund, dem der Traum eine Fährte im Wald vorgegaukelt hat, sagte, das ist das einzige, was hier fehlt, ein Balkon, und sank, mit ineinander verschränkten Händen, wieder in ihre Bewußtlosigkeit zurück.

Blok beobachtete, wie Fernanda den Hof überquerte. In dem zu weiten Mantel, den er ihr wegen des noch immer anhaltenden Regens geliehen hatte, verloren sich ihre Schritte, die die Wasserpfützen mieden, sie sah kleiner aus von oben, strich sich, als wüßte sie, daß sie beobachtet wurde, in unbewußter Abwehr eine Haarsträhne hinters Ohr, und in einer unvorhergesehenen Gleichzeitigkeit ereigneten sich plötzlich zwei Bewegungen, ein Hochblicken und ein Verstecken – doch obwohl die Gleichzeitigkeit das Merkmal eines *coup de foudre* hätte sein können und bis in das Herzklopfen der Überraschung und des Erschreckens diesem auch ähnelte, blieb es doch ein Blick-Blitz als Fragment, da es nicht als das gleichzeitige Aufeinandertreffen von zwei Bewegungen, sondern als ihr Auseinanderreißen geschah – Fernanda also drehte, kurz bevor sie im Tordurchgang verschwand, plötzlich den Kopf und blickte in derselben Sekunde zum Fenster hoch, in der Blok zur Seite, hinter die Wand trat, wie ertappt – ertappt? es gab nichts zu verbergen –, als hätte er, in einer blitzartigen Vorwegnahme, gewußt, daß sie gleich aufblicken würde.

II

Wieder saß Blok auf dem Platz vor Trinité, an einem Cafétisch auf dem Bürgersteig an der Ecke zur Rue de la Chaussée d'Antin. An den Nebentischen saß noch niemand, das Café war seit einigen Minuten geöffnet, und ein Kellner verteilte Aschenbecher auf den gerade erst herausgestellten Tischen. Wieder war der Himmel strahlendblau, aber dieses Mal war es kein vom Traum gefärbtes Blau, Indigo, murmelte Blok, sondern ein von der Wirklichkeit eines milden Junimorgens gewaschenes Blau, Aquamarin, murmelte Blok (der wirkliche Morgen: wäßriger, dünnflüssiger, klarer als der farbverschluckende, dunklere Traum) und bestellte einen *express*. Er sah das *Blau des Himmels* (das in ihm wieder das Motiv einer Reise nach Spanien anstimmte, einer Wirklichkeit wie das *Horn des Stiers*), das Weiß der steil in die Luft ragenden Kirchenfassade, so wie nur er das Blau und das Weiß sehen konnte, das *Wirkliche*: den Platz mit dem Rasenrondell in der Mitte, die Akazien, die den Kirchenaufgang flankierten, die bleifarben in der Sonne funkelnden Austernschalen an einem Stand neben dem Café und die zwischen Algengras, auf dem die Austernkörbe ausgebreitet waren, hängenden Wassertropfen. Unerschöpfliche Wirklichkeit, dachte er und trank seinen Kaffee, vielschattige, -schattierte, -schichtige Wirklichkeit, jeder andere sähe das Blau anders, das Weiß, jedem Kopf seine eigene Wirklichkeit, und dennoch hieß es angesichts einer aus allen Nähten platzenden Wirklichkeit, einer Raserei des Wirklichen, dachte Blok und ließ sein unausgewickeltes Zuckerstück auf dem Rand der Untertasse balancieren, seit hundertfünfzig Jahren sei Langeweile die Zivilisationskrankheit.

Jemand rief aus dem Café, und Blok, als habe er unbewußt ein Gerufenwerden erwartet, meinte, seinen Namen gehört zu haben, ausgerufen von Fernandas Stimme, an die er sich mit schlafwandlerischer Sicherheit zu erinnern meinte, obwohl er sie seit jenem Sonntag vor zwei Wochen nicht wiedergesehen hatte, und er drehte sich um. Seinen noch vom Flimmern des Sonnenlichts geblendeten Augen erschien der Innenraum des Cafés dunkel und undurchdringlich, und als er langsam einzelne Gegenstände unterscheiden konnte, erschienen die nur in ihrer unförmigen Masse erkennbaren Lederbänke, Tische und Sessel wie dunkle Felsblöcke in einer von Lautlosigkeit, Kälte, Nebel und Schatten beherrschten Moränenlandschaft. Tod an einem Sommermorgen, dachte Blok, Ruf aus dem Schattenreich, oder wie die Schlagzeile lauten könnte, dachte er, während das Erschrecken noch wie Eisspitzen in seinen Adern steckte; und er mußte sich längst wieder umgedreht haben, in die *Wärme des Sommers*, denn als er zu sich kam, sah er, daß er eine halbgerauchte Zigarette zwischen den Fingern hielt, und da, vor ihm auf dem Tisch, stand seine halbgeleerte, dickwandige 3-Francs-Tasse, weißes Pariser Gastronomieporzellan mit einer am Henkel abgesprungenen Stelle, die anbetungswürdige Entität der Brasserie-Restaurant-Bistro-Bar-Tasse; dem Leben zurückgegeben durch eine Espressotasse, dachte Blok, und da: im Bodensatz des schwarzen Kaffees spiegelten sich die Blätter der Akazien, und aus dem Spiegelbild stieg ein Rest jenes Magischen auf, das in der Wirklichkeit verankert ist und an das zu glauben – wenn auch nur als Vexierspiel, als durchschaute Illusion, versteht sich, wie Blok sich einredete, sein schlechtes Gewissen beruhigend, das ihn stets bei solchen Anfällen animistischer Phantasien überfiel – einem immer wieder ins Kindliche, Unverantwortliche und Spielversessene Zurückstrebenden wie Blok zum Überleben notwendig war. Unverantwortlich? Kindlich? Spielversessen? Die Frage nach der

Wirklichkeit und die Frage *wer bin ich?* waren bei Blok eng miteinander verknüpft. Um es vorwegzunehmen: Auch die Frage *was ist der Andere?* gehört mit in diesen Komplex, aber da Blok sich erst in fünf Minuten erheben würde, um den Berg hinaufzusteigen und Fernandas Leben in der Rue Caulaincourt auszuspionieren, bleibt die Frage vorerst im Hintergrund.

Das Ende jenes Traums fiel ihm ein, der an ebenjenem Platz stattgefunden hatte, an dem er sich jetzt befand, nur daß er danach nicht seinen müßigen Gedanken über Wirklichkeit und Identität nachhängen konnte und an den zum Café gehörigen Hund, der sich in der Nähe seines Tisches auf ein sonnenfleckiges Pflasterstück gelegt hatte, verbotenerweise sein inzwischen ausgewickeltes Zuckerstück verfüttern konnte, sondern zwei schwarzgekleideten Herren seine *carte d'identité* vorweisen mußte. Hätte er sich überhaupt ausweisen können? Er zog seine Brieftasche aus der Innentasche seiner Jacke – prallgefüllt, aber nicht mit Geldscheinen, sondern mit Adreßzetteln, Notizblättern, alten Rechnungen, Wäschereibons und Métrofahrscheinen – und entnahm ihr jenen kleinen, in graues Kunstleder gebundenen *Personalausweis*, mit dem deutsche Staatsbürger die Grenze passieren konnten, soweit es sich um Länder der Europäischen Gemeinschaft handelte. Er betrachtete die Photographie auf der dritten Seite – das Photo lügt nie, pflegte Franziska trocken zu sagen, wenn er eine der, wie er fand, verzerrten Aufnahmen betrachtete, die sie von ihm machte und im zyklischen Austausch in verschiedenen Rahmen in ihrem Zimmer aufstellte, und fragte sich, welche Methode die Grenzbeamten anwenden mochten, um in jenen Hunderten von Photographien, die ihnen täglich von den Reisenden vorgelegt wurden, die Gesichtszüge ihrer Besitzer zu erkennen, wenn es ihm selbst unmöglich erschien, sich mit eindeutiger Bestimmtheit auf dem Ausweisphoto zu erkennen. Er erinnerte sich, daß er früher ab und zu in der Hoffnung, in der Zwischenzeit habe sich eine erkennbare Ähnlichkeit eingestellt, den Ausweis aufgeblättert hatte, und daß er den Grund für den ausbleibenden Reflex des Wiedererkennens in der schlechten Bildqualität des Photoautomaten, dem das Paßphoto entstammte, gesucht hatte, um die ängstliche und in solchen Augenblicken hochsteigende Gewißheit zu verdecken, daß er unter einer falschen Identität lebe. Allgemein versuchte er sich von der Undurchschaubarkeit der menschlichen Psyche zu überzeugen – verschlüsselten sich nicht auch die Bilder vertrauter Gesichter auf Familienphotos, je länger man sie betrachtete, und bekamen nicht gerade diese Realitätsdokumente einen rätselhaften Zug? –, und eine Weile hatte er geglaubt, wie ein Käfer in die Larve eines anderen zurückzukriechen und sich in diesen fremden Verpuppungszuständen einzunisten, sei eine Methode, dem eigenen im fremden und dem fremden im eigenen Ich auf die Spur zu kommen, und obwohl er seit einiger Zeit nicht mehr wußte, ob diese Methode Ursache oder Folge seiner Schwierigkeit war, verließ Blok den Tisch, stieg den Berg hoch in die Rue Caulaincourt und anschließend die Treppen bis zum siebten Stock, klingelte und traf Fernanda an.

– Ich möchte die Küche sehen, sagte er und behielt für sich, was er als Rechtfertigung seines Besuchs hatte vorbringen wollen, daß der Voyeurismus die säkularisierte Form des Ausweidens sei, was wiederum mit der Kunst des Jagens zu tun habe, die in früheren Jahrhunderten die Grundlage nicht nur eines königlichen, sondern auch des künstlerischen Handwerks gebildet habe, und sein Beobachtungsfeld sei das *Leben der Frauen*, er betrachte es wie das *Leben der Bienen* unter einem Vergrößerungsglas, wenn er nicht gerade selbst in einer ihrer Waben stecke, und hier verlor er fast den Faden seiner stummen, hochtrabenden Ansprache, während Fernanda die Wohnungstür schloß, und eins dieser Wabenlöcher sei offensichtlich die Küche.

Sie ging, ohne das geringste Anzeichen von Erstaunen zu zeigen, durch einen schmalen, dunkelgetäfelten Flur vor ihm her in die Küche, während die auf ihrem Rücken verknoteten

Schlaufen einer Schürze vor seinen Augen wippten und ihn zum Lachen reizten und an die Schlaufen jener Schürze erinnerten (an die schlaufenverschlungene Form und den Knoten des Gedächtnisses), die er in der letzten Nacht über der Türklinke hatte hängen sehen, als er aufgewacht und sich durch die Wohnung getastet hatte, um in der Küche ein Glas Wasser zu trinken. Als er, ins Licht der Birne über dem Waschbecken blinzelnd, die Plastikflasche mit Vittel aufgeschraubt hatte, hatte er gesehen, daß Franziska ausnahmsweise die Küche nicht in einem Chaos von schmutzigen Töpfen, Geschirr und Resten des Abendessens zurückgelassen hatte, sondern daß als einziges Zeichen ihrer üblichen Unordnung im Obstkorb vor dem Fenster ein aufgeschlagenes Kochbuch mit angeknickten, fettverfleckten Seiten lag, in dem sie offenbar Geldscheine und Zettel mit Adressen aufbewahrte, daß Tütchen mit Blumenzwiebeln im Regal mit den Weinflaschen steckten und ihre Brille in der frischgezogenen Kresse lag. Hinter einem Stapel von Konservenbüchsen lehnte ein großer Umschlag, in dem von Franziska für lehrreich befundene und deshalb von ihr ausgeschnittene Zeitungsartikel steckten, warum sie sie aufhob, wußte er nicht, aber sie war ohnehin keine strategische und Geschlossenheit anstrebende Sammlerin, sondern eine Aufbewahrerin des Überflüssigen, des angeschwemmten, aufgelesenen und gehorteten Strandguts; er hatte einen Zeitungsausschnitt aus der Tasche der Schürze, die an der Türklinke hing, gezogen, *wie oft müssen die Krallen Ihrer Katze geschnitten werden?*, kopfschüttelnd hatte er den Text überflogen, denn sie hielten seit Jahren keine Katzen mehr, dann hatte er eine Zigarettenspitze aus Elfenbein aufgenommen, die unter die Küchenmesser geraten war, hatte ein Kalenderblatt gelesen, das sie an den Küchenschrank geklebt hatte – all diese Dinge, hatte er gemurmelt, auf dem Holz der Zigarettenspitze kauend, üben eine magische Anziehungskraft aus, gerade weil ich Ersatzstücke, Zeichen eines *Lebens zweiten Grades* in ihnen sehe, ich kann nicht genug davon bekommen, ein Augenvielfraß –, in karierten Kolonnen standen Namen eingetragen, *3. Juni: Agnes, 4. November: Fanny, 8. August: Sophie usw.*, die Geburtstage von lauter Leuten, die sie kaum mehr zu Gesicht bekam, eine nicht namen-, aber gesichtslose Gesellschaft, der sie aber, in einem unantastbaren Ritual, mit Hilfe von Papierbögen, Scheren, Klebstoff und Bändern zu den Kalendertagen Päckchen schnürte und versandte, und er hatte ein Stück Band aufgehoben, einen abgeschnittenen Rest vom Nachmittag, das unter den Küchentisch gefallen und dort vergessen war, und hatte den Gedanken *Leben zweiten Grades* gestrichen, denn in dem Band, sagte er sich, steckt auch ihr zwar verschwindendes, aber einziges Leben; breites Bandstück aus Samt, in einem tiefen, fast violetten Blau, die Sorte Band, aus dem auch Haarschleifen für Kinder angefertigt sind, und er hatte sich erinnert, daß Franziska, die diese Bänder meterweise aus einem der Warenhäuser am Boulevard Haussmann anschleppte, als müsse sie immer über einen genügenden Vorrat verfügen, um ihr Ritual einhalten zu können, nach mehreren Versuchen, deren Ergebnis sie nicht befriedigt hatte, *schweigsam und versunken*, eine pompöse Schleife auf einem Päckchen zustande bekommen hatte.

Die Küche, in die Fernanda ihn führte, war hell, und wie versprochen sah man durch die offenstehende Fenstertür auf Dächer, Schornsteine und Balkone, die mit Töpfen vollgestellt waren, in denen Geranien und Efeu wucherten. Neben der Tür stand ein Karton mit Spielzeug und Bilderbüchern. Auf der Platte des Küchentischs lag ein rechteckiges Stück tiefgefrorenen Blätterteigs, in dessen Mitte noch, wie ein silbriger Belag, kleine Eiskristalle saßen, während die Ränder, bereits aufgetaut, lappig ausliefen.

– Wo sind die Kinder, fragte Blok, setzte sich auf einen Stuhl an den Tisch und sah Fernanda zu, die den Teig mit den Fingerkuppen knetete, auseinanderzog und mit einem Nudelholz ausrollte.

– Sie besuchen eine Vorstellung von *La Belle et la Bête*, die eine ältere Klasse in ihrer Schule aufführt, sagte Fernanda in das knarrende Geräusch des Hin- und Herrollens, ihre Hand, so dachte Blok, verlängernd in die Bewegung, in das gleichmäßige Vor und Zurück, und etwas in dieser lautlosen Art, sich, mit der Hand als Brücke, in diese Beschäftigung zu verlängern, in dieses Nudelholz, in den Tisch, in den Raum einzugehen, erinnerte ihn an Franziska; Frauen wie sie, dachte er, halten sich nicht wie jeder andere in Räumen auf, sie veräußern sich den Wänden, dem Tisch, den Dingen, und plötzlich, während Fernanda aus einem Regal eine feuerfeste Schüssel nahm und den Boden mit der Hälfte des ausgerollten Teigs auslegte, fiel ihm der Ausdruck *ein unbeschriebenes Blatt* ein, *unbeschrieben* nicht einen Zustand der Unschuld meinend, sondern der Leere, des Spurlosen, als müsse man Franziska und Fernanda nicht da suchen, wo sie waren, sondern außerhalb ihrer selbst, in den Abdrücken, die sie in ihrer Umgebung hinterließen, und während er ihren gesenkten Blick betrachtete, ihren abwehrenden Vogel-Strauß-Blick, den er schon bei ihrem ersten Besuch wahrgenommen hatte, fragte er sich, ob sein Besuch sie störe, da dieser Blick, im Widerspruch zu ihrer selbstbewußten Haltung, so offensichtlich ihre Abneigung vor dem Angesehenwerden ausdrückte.

– Sie passen nicht hierher, sagte er, eine von Fernandas wortkargen Antworten erwartend, aber statt dessen erzählte sie ihm, wie damals von der Wortkargheit in die Redseligkeit wechselnd, nachdenklich und weitschweifig ein Erinnerungsstück, mit der Entgegnung ansetzend: da irren Sie sich gewaltig, und nach kurzem Zögern fortfahrend: ich habe etwas herausgefunden, vor zwei Jahren, als ich zu Besuch zu einer Freundin gekommen war, die Mutter hatte mir die Tür geöffnet, und ich sah die Freundin plötzlich durch die offene Balkontür auf dem Balkon vor der Küche. Sie hatte ihren Trainingsanzug angezogen und saß auf dem Sattel eines Heimfahrrads und kämpfte gegen eine unsichtbare Steigung, die sie auf der Skala am Lenkrad eingestellt hatte. Ich sah sie strampeln und keuchen und kämpfen wie ein Don Quichotte gegen Windmühlen, und ich sah, im Gegenlicht, die Gestalt ihrer Mutter, die in der Küche vor der Waschmaschine stand, einen Haufen schmutziger Wäsche sortierend, und vollkommen davon in Anspruch genommen, Weißwäsche von Bunt- und Feinwäsche zu trennen, wirkte sie, als könne sie geradesogut in einer anderen Küche vor einer anderen Waschmaschine stehen, sie wirkte fehl am Platz, so wie das Strampeln meiner Freundin fehl am Platz wirkte, oder besser: aus dem Platz gerutscht – ein Zustand, in dem sich etwas anderes ausdrückte als Verlorenheit oder Einsamkeit, deren Bild für mich immer mit dem Element des Statischen, einem Moment von Untätigkeit verknüpft ist, während diese beiden sich umgekehrt durch Tätigkeit in ihre Umgebung einzufügen schienen – sehen Sie, sagte Fernanda, einen schweren, noch warmen Topf vom Herd nehmend und auf die Tischplatte stellend, plötzlich dachte ich, daß alle Leute in falschen Anzügen und an falschen Orten stecken –

– Und, sagte Blok und zeigte auf ihre von Saucen- und Obstflecken verkrustete Schürze, die Lösung ist das da?

– Ich weiß nicht, sagte sie, wahrscheinlich gibt es nur Übergangslösungen, nahm den Deckel vom Topf und schüttete den Inhalt, ein helles Ragout mit Kapern und Pilzen, über den Teigboden, deckte die zweite Schicht Blätterteig darüber, und sie mit einer gestockten Masse aus verquirltem Ei, geriebenem Käse und gehacktem Basilikum bestreichend, die sie offenbar vorher bereits zubereitet hatte und aus dem Kühlschrank nahm, fuhr sie fort: die Leute denken immer, sie müßten das Richtige finden, und verplempern ihre Zeit damit, herauszufinden, was es sein könnte. Wenn sie bei dem angekommen sind, was sie für das Richtige halten, geht die Suche von vorn los. Sie, sagte sie, ihm einen Blick zuwerfend, den ersten direkten, schief-schiefer-schilfgrauen Blick, wie Blok dachte, Sie haben es einfacher mit Ihrer Einstellung, überallhin und nirgends zu gehören, oder –

– Und Sie, sagte Blok, stand auf, ging um den Tisch, packte sie an den Schultern und schüttelte sie, in ihren Nakken beißend wie eine Hündin ihr Tierjunges, Sie wissen zu viel über andere. Und Sie selbst wissen vermutlich nicht, was Sie wollen. Er band ihre Schürze auf und hängte sie an die Türklinke. Räumen Sie das weg, sagte er, und: was halten Sie von einem Spaziergang?

– Zwei Minuten, sagte sie und verschwand. Er hörte die Wohnungstür ins Schloß fallen und ihren Schritt im Treppenhaus, der sich nach oben entfernte.

Allein gelassen, wanderte er, die Hände auf dem Rücken, durch die Küche, einen Schrank inspizierend, dessen obere Halbtüren, durchsichtige Gittertüren aus weichem Holz, Schnitzwerk verschlungener Arabesken, aufgeklappt waren und ein breitgefächertes Spektrum von getrockneten Kräutern in Glasröhrchen, von kaltgepreßtem Olivenöl, Estragon- und Apfelessig, Knoblauchschnüren und körnigem Senf aus Dijon bot, es fiel ihm, dies mit Franziskas breiter Fensterbank zum Hof vergleichend, auf der sie solche Ingredienzien bewahrte, ein Mangel an Selbstverständlichkeit auf – hier steckten keine Garnrollen oder Brillen zwischen Pfeffer- und Muskatmühle, die Anordnung von Mangofrüchten, Avocados, Kiwi und Auberginen in einem mehrstufigen, an den Türflügel gehängten Netz schien vielmehr auf ein neben dem Schrank an die Wand geklebtes Plakat abgestimmt, das den Schattenriß einer Palladiovilla im Veneto zeigte –, ein Zug zum hedonistischen Perfektionismus, dessen Glätte an Zeitschriften wie *Maison et Jardin* geschult schien, und er nahm aus dem oberen Fach eins der zahlreich aneinandergereihten, opulent aufgemachten Kochbücher heraus, eine Sammlung, die sich auf italienische und französische Regionalküche konzentrierte, und blätterte in den Hochglanzphotos.

Sein Blick fiel auf einige Bogen Briefpapier, die neben einem Stapel mit Büchern in einem Regal lagen. *In der Ecke neben dem Fenster steht ein Rattanregal*, las er und sah, daß die Blätter von vollkommen gleichmäßigen Schriftzügen bedeckt waren, einer Schrift wie gemalt, als stehe nicht eine Person dahinter, sondern ein anonymer Schreiber, ein Kalligraph mit verdünntem Sepiastift, *in dem sind Steingutteller von Villroy und Boch untergebracht (die mit dem geometrischen Gartenspalier-Muster), das Alltagsgeschirr der Familie; auf dem oberen Brett ein Satz mit achteckigen Wein- und Wassergläsern und in den unteren Fächern Kupferkessel in verschiedenen Größen. An der linken inneren Seitenwand ist mit einer Heftzwecke eine Postkarte mit einem Stillleben von Luis Mendelez befestigt, auf dem, vor einem stumpfen dunklen Hintergrund, eine am Rand Kerben und Schnittspuren aufweisende Holzplatte zu sehen ist und, auf ihr angeordnet, fünf Dinge: in der linken hinteren Bildhälfte eine Dreiergruppe mit Kupferkanne, Tonkrug und Messingschale, davor ein Stück rohen Lachses und, isoliert davon und nach vorn an die Holzkante, zum rechten Bildrand gerückt, eine Zitrone.*

Ich beschreibe diese Dinge, weil sie den Ort bilden, an dem ich mich die meiste Zeit des Tages aufhalte. Es ist kein Ort, den ich gewählt hätte oder der von mir geprägt wäre, aber du kennst meine Angewohnheit, meine Zeit in Räumen zu verbringen, die eigentlich nur als Durchgangsstadium vorgesehen sind. Die Leute, bei denen ich arbeite, werfen kaum einen Blick in die Küche, und sie ziehen es vor, ins Restaurant zu gehen, wenn sie Zeit für sich haben. Yvonne ist eine kleine Frau, ein Federgewicht, mit einem kurz geschnittenen roten Lockenkopf. Sie hat eine blasse Haut und grüne Augen und trägt einen zyklamenroten Lippenstift und hat mir, während ich das Möhrenrot ihrer Haare und den zyklamenroten Klecks, die gelackte prallgefüllte Lippenblase in ihrem Gesicht anstaunte, vorgeschlagen, sie beim Vornamen zu nennen. Ich bin froh, daß ich bei ihr gelandet bin. Es hätte schlimmer kommen können. Ich bin den ganzen Tag beschäftigt. Sie haben eine Menge Bücher, genug für mich für ein Jahr, und wenn ich nicht mit den Kindern spiele, die Mahlzeiten vorbereite oder die Wohnung aufräume, lese ich ihre Bücher. Im Augenblick ist es Miltons Paradise lost. *All diese Beschäftigungen sind wie Tarnkappen, denn in der Kappe bleibe ich selbst inkognito. Manchmal, wenn ich allein bin, betrachte ich die Wände und beglückwünsche mich, daß ich einen so geeigneten Ort gefunden habe, um zu verschwinden. Wenn die Sonne scheint, öffne ich die Balkontür und habe einen Blick über Paris. Manchmal sitze ich bis in die Nacht am Küchentisch und höre dem gleichmäßigen Zischen der Gasflamme im Ofen zu. Die Balkontür beschlägt vom Küchendampf, und man sieht die Lampen in den umliegenden Häusern nur noch als verschwommen schimmernde Lichtkugeln.*

Fernanda stand in der Tür. Sie hatte sich geschminkt nach Art ihrer Hausherrin, mit einem glänzenden blutroten Strich auf dem Mund. (Das Gesicht: eine kleine Maske von Spott.)

In der Rue Ordener nahmen sie den Bus und fuhren in Richtung Belleville, denn Blok hatte, als sie auf der Straße angekommen und ein wenig ratlos waren, welchen Weg sie einschlagen sollten, vorgeschlagen, Fanny zu besuchen. Sie hatten einen der wenigen, noch im Pariser Linienverkehr eingesetzten Busse mit offenem Heck erwischt, und im Fahrtwind auf der offenen Plattform auf und nieder wippend, wie auf Deck eines Schiffes im Wellengang des bleiverpesteten Verkehrs gewiegt, empfand Blok, daß die Wände der Küche, luftig, hoch über den Dächern, lichtdurchlässig, sie wie eine Fruchtblase umschlossen hatten – o heilige Symbiose, dachte Blok, die Bewegung von Fernandas Handtasche verfolgend, die im Fahrtwind, im Anrucken und Stoppen der Räder hin- und herschlenkerte, Sehnsucht nach dem Zurück in die Fruchtblase, und gleich als *Zwei*, in einer Haut mit dem weiblichen Anderen –, die jetzt zerrissen, schlaff und verstaubt an ihren Füßen hing, obwohl sie, von nachrückenden Fahrgästen immer enger zusammengedrängt, Haut an Haut, nein: Stoff an Stoff, aber immerhin so dicht nebeneinander standen, daß er die außerhalb der Reihe wachsenden Härchen im äußeren Bogen ihrer Augenbrauen sah und bei einer leichten Drehung ihres Kopfes flüchtig den Kunststoffgeruch ihres grellen Lippenstifts wahrnahm, eine seltsame Mischung von *Teer und Geflügelleber*, wie er fand, obwohl er zwei Minuten vorher weder vom einen noch vom andern gewußt hätte, wie es roch. *Teer und Geflügelleber*, das waren Worte, die ihm aufgestoßen waren (wie ein Rülpsen beim Anblick von rohen, glitschigen Entenherzen), sie umschrieben die triefend gelackte Stummheit in Fernandas Gesicht, die auf ihrem Mund, die jetzt in seiner Kehle saß, hochgestiegen; und die Häuser brannten staubig weiß in der Sonne, als sie den Bus verließen, im Schatten offener Tordurchgänge, die zu Auto- und Reparaturwerkstätten führten, saßen zwischen alten Reifen, Ersatzteilen und Kanistern Katzen und putzten sich, und in Fannys Wohnung empfingen sie hinter zugezogenen Vorhängen brütende Zimmer und ein trockener, ein wenig muffiger Geruch, als wäre seit Tagen nicht mehr gelüftet worden.

– Richtig, sagte Blok, das hatte ich vergessen, Fanny ist mit Franziska nach Tarduz gefahren. Ich habe seit Jahren ihren Schlüssel, damit ich ihre Wohnung benutzen kann.

Fernanda betrachtete eine Zeichnung, die neben der Tür hing, eine Bleistiftzeichnung, die Blok vor Jahren angefertigt hatte – Blok, der *Vielbegabte*, in jüngeren Jahren zwischen seinen Begabungen *Zerrissene*, auch im Zeichnen dilettierend, im Halben steckenbleibend –, ein Halbakt, mit kleinen Brüsten und glatten Achseln, Brust und Bauch en face, das Gesicht rechtwinklig dazu im Profil, Fanny, in eine Sofaecke gelehnt, ihre Arme über Rücken- und Seitenlehne gebreitet, dahinter ein Fensterausschnitt. Vor dem Fenster ihr Gesicht im Profil, spitzer und zarter als in Wirklichkeit, mit einem großen hellen Auge, das, parallel zur Fläche des Fensters, auf einen unsichtbaren Punkt außerhalb des Bildes gerichtet war.

Blok betrachtete Fernanda, während sie das Bild von Fanny betrachtete. Das Betrachten schien ihm – ebenso wie das Aufschließen der Tür, das Eindringen und das Umfangenwerden von der Stille und Verlassenheit der Zimmer – wie ein Initiationsvorgang, der Fernanda (durch die Öffnung der aufgestoßenen Tür, durch die Tiefe des Bildes) in Fannys Leben führte, in sein Leben, in den Anfang einer Flucht von unbekannten Zimmern, die, leer oder besetzt, bereits ausgefüllt und ausgekleidet waren von Figuren, die ihr neu und unbekannt, oder zugleich fremd und vertraut vorkämen.

In Fannys Selbstporträt (*Spiegelungen über dem Raps*) in einem vor wenigen Monaten erschienenen Katalog einer Ausstellung hieß es: *als ich sechs war, wurden die alten Ziegel auf unserem Dach abgetragen und durch neue ersetzt. Als das alte Dach weg war, fühlte ich mich verlassen. Ich verlor den Wind, der in den alten Schindeln geklappert hatte, der mich am Morgen weckte, wenn es draußen noch dunkel war, der mich am Nachmittag unterhielt wie andere Kinder Musik aus dem Radio, wenn ich am Tisch saß und einen Schulaufsatz schrieb, und mich am Abend in den Schlaf sang.*

Unser Haus war das letzte im Dorf. Das Dorf bestand aus einer einzigen Straße. Am Ende des Dorfes stand an einer Weggabelung eine Marienkapelle. Im Mai standen Maiglöckchen vor der Marienstatue, im Dezember Christsterne. Das schönste Haus hatte der Lehrer. Vor der Tür standen zwei Linden, hochgewachsen bis über das Dach, und die Fenster hatten grüngestrichene Läden. Der Giebel war geschwungen, und in der Stirn stand eine Jahreszahl: 1749. *Uns gegenüber wohnte die Witwe Iven. Im Sommer sah man sie täglich hinter dem Zaun, mit nackten Armen hantierte sie mit der Gartenschere. Sie war stolz auf ihre Stockrosen und Malven, und hinter dem Haus zog sie Tomaten und Bohnen. Im Sommer setzte sie sich vor die Stachelbeerbüsche und las den Fortsetzungsroman in der Fleischerzeitung.*

Als ich vierzehn war, kamen die Türken. Sie zogen in ein halbzerfallenes Haus am anderen Ende des Dorfs, das der Bauer niemandem sonst hätte vermieten können. Sie beklebten die Wände mit blauen Tapeten und saßen meist in der Küche. Sie blickten uns blöde und freundlich an. Niemand sprach mit ihnen, und als unsere Scheune brannte, dachten alle, sie hätten es getan. Eines Tages wurde eins ihrer Kinder überfahren, ein zweijähriges Mädchen, das auf der Straße spielte, als ein Auto mit neunzig Stundenkilometern durch das Dorf raste. Tagelang hörte man das Weinen der Frauen und ihren Klagegesang, der durch die offene Tür auf die Straße drang. Zwei Stuhlreihen waren einander gegenüber an den Wänden im Flur aufgestellt, auf denen saßen sie aufrecht, und ich sah das Wiegen und Vornüberbeugen ihrer Körper im Rhythmus des Klagens und ihr regloses Sitzen während der Schweigeminuten. Durch die Klage-

monotonie zog der süßliche Geruch der Rapsblüten. Es war Juni, und hinter unserem Haus dehnte sich ein weites blühendes Rapsfeld. Flirrendes Gelb unter schweren Sommerwolken und ein süßlicher Geruch, dem Mohn verwandt.

Die Mutter hatte keine Augen für den Raps. Sie stand jeden Morgen um vier Uhr auf und trieb in kniehohen Gummistiefeln die Kühe auf die Weide. Als sie den Vater vom Dachbalken abnahmen, an dem er sich erhängt hatte, zeigte sie keine Tränen. Sie wünschte sich nichts, sie freute sich nicht, sie hatte nur eine Sorge: daß alles seinen Gang ging. Haus und Hof, der Rhythmus der Arbeit. Am Nachmittag spritzte sie die Rinder im Stall mit dem Schlauch ab. Ihr Bruder fuhr mit dem Traktor aufs Feld. Als der Vater tot war, war ihr Bruder ins Haus gekommen. Am Abend saßen sie um den Eßtisch, er schrieb die Rechnungsbücher, sie häkelte eine Baumwollgardine. Sie brauchte keinen Mann, sie brauchte keine Kinder. Da die Kinder einmal da waren, machte sie sich Sorgen. Der kleine Bruder hatte ein schwieriges Temperament. Er war weich und grausam. Als der Festtag seiner ersten Kommunion zu Ende ging, weinte er, weil vorbei war, worauf er sich so lange gefreut hatte. Er hatte ein Fahrrad bekommen und kurvte wie wild im Dorf herum. Er sah gern zu, wenn die Schafe geschoren, die Schweine abgestochen und das Fleisch zu Würsten verarbeitet wurden. Als er elf war, zündete er unsere Scheune an. Die Versicherung stellte Brandstiftung fest, aber konnte nie nachweisen, wer es war. In den Nächten klapperten dem Bruder die Zähne, und er schrie im Schlaf. In die Schule ging er nicht gern und schwänzte den Unterricht, wo er konnte. Plötzlich wuchs er und bekam riesige Hände und Füße. Er streunte allein auf den Feldern herum, und manchmal brachte er ein totes Kaninchen mit. Einmal fand ich ihn in der Küche, als niemand im Haus war, er saß auf einem Schemel und ließ immer wieder die Klinge seines Messers aufspringen und einklappen. Er war versunken in die Beobachtung der Klingenbewegung und hörte nicht, als ich ihn anrief.

Mit vierzehn ging er von der Schule ab, aber er tat nichts, sondern saß überall herum und schaute zu. Er schaute aber nicht, sondern es schien nur so, als ob er schaute. Er saß mit offenen Augen da, und alles ging in diesen Blick hinein, ging durch den Blick hindurch, fiel hinein wie in die Dunkelheit eines tiefen bodenlosen Brunnens, alles fiel durch, nichts blieb liegen. Manchmal schnitzelte er mit seinem Messer an seinem Handrücken herum. Dann kam er aus der Stadt zurück und hatte den Schädel kahlrasiert und auf dem Handrücken eine feuerrote Windrose eintätowiert. Messer *und* Windrose *waren nicht meine Insignien. Ich ließ ihn* im Stich. *Kurz darauf wurde er eingefangen, als er am hellichten Tag auf offener Straße wie wild auf unsern Nachbarn einstach, einen Mann, der ihm nie etwas getan hatte.*

Wieder war Sommer, und wieder blühte der Raps. Als der Bruder abgeführt war, senkte sich eine Stille auf den Mittag, als sei die Sonne aus Blei. Die Mutter saß im dämmrigen Hausflur im Durchzug, zwischen offener Haustür und offenen Fenstern, aber der Mittag war windstill und drückend; und sie verknotete ihr Schultertuch und starrte auf einen bemalten Steingutteller, der an der Wand gegenüber hing. Es war ein Jahreszeiten-Bild, ein Schnitter mähte gebückt das Heu. Von dieser Stunde an war das Zeichen des Bruders: die Sichel. *Sensensichel und Mondsichel (das Kind, kurz vor dem Einschlafen,* in den Federn, *im Fenster der Mond).*

Manchmal machte ich auf dem Nachhauseweg einen Umweg und radelte an der Anstalt vorbei. Man sah nichts außer einer grauen Fassade und vergitterten Fenstern. Aber immer hatte ich das Gefühl, daß der Bruder hinter dem Gitter eines der Fenster stände und auf die gegenüberliegende Mauer (einer Schokoladenfabrik, und der verblassende Schriftzug Novesia *zog sich über die Wand) starre und sehen könne, wie ich unten in der Straßenschlucht vorbeiradelte.*

Man hat ihm Gürtel und Schuhriemen abgenommen, hatte die Mutter gesagt, als er eingeliefert worden war. Dieser Satz klang mir jahrelang in den Ohren. Ich stellte mir die offenen Schuhe und die schlotternde Hose vor. Lange Zeit sammelte ich Schuhriemen. Aber ich ging nie hin, um sie ihm zu bringen.

Die Mutter hatte im Flur gesessen und ihr Schultertuch verknotet. In schwierigen Augenblicken saß sie immer da – auf der Truhe von Tante Fanny. Man hatte mir auch ihren Namen gegeben, um die Erinnerung an sie wachzuhalten, aber ich hatte beschlossen (in dem Irrtum, daß es möglich sei, derartiges zu beschließen), das Erbe die-

ses Namens nicht anzutreten. Ich hatte beschlossen, aus der Familiensaga *auszubrechen, aus dieser Geschichtenkette randvoll mit Tod, randvoll schäumend von Tod wie die weiße Milch der Kühe in den Blechkannen,* überschwappend – *und ich trank keine Milch mehr und mied das Weiß. Diese Tante Fanny war eine Tante des Vaters gewesen, man hatte sie aus Gründen, die ich nie erfuhr, in ein Kloster gesteckt, und sie hatte sich zu Tode gehungert. Die Truhe stand eines Tages vor der Tür meines Ateliers, ein Geschenk der Mutter, und ich schickte sie umgehend an das Kloster, in dem Tante Fanny gestorben war. Weg, weg, dachte ich – und erhielt einen langen Brief des Priors, voll des Dankes und der ausschweifenden Erinnerungen.*

Personen sind Teile von Namen. Auf Fanny *folgte* Dorsch – *und ihr Mund öffnete sich rund, nach Luft schnappend zwischen den Worten, und ihr Hals blähte sich an den Seiten wie atmende Kiemen.* Dorsch *war eine Frau mit einem satten, luftgefüllten Lachen, und hatte Worte im Körper, der Stummheit der Fische entstiegen, und sie spannten den Körper bis in die Fingerspitzen. Die Worte waren:* anima *und* animal, cor *und* caelus *und* cantare. Silva *und* lumen, flumen *und* somnium. *Die Worte zogen mich aus den Wiesen, aus dem Raps in die Stadt. Die Endsilbe des Wortes* hostes, hostis *klang wie die Spitze des Speeres.*

Dorsch *war die Brücke. Vom Raps (der Kindheit) kam ich zur Luft (der Sprache), später zum Stein, zur Bildhauerei. Eines Abends, als ich die Schule gerade verließ, besuchte ich* Dorsch *in der Stadt. Sie nahm mich mit und klingelte an der Haustür eines Nachbarn. Der Nachbar wohnte an einem stillen Platz auf der anderen Seite des Flusses. Der Platz hatte etwas von einem holländischen Kirchplatz. In der Mitte wuchsen Akazien, und die Giebel der Häuser ragten in den windklaren Himmel wie auf einem Bild von Vermeer. Das Tor öffnete sich, und der Nachbar begrüßte uns. Er trug eine schlotternde geblümte Weste, und um seine Beine sprangen drei Hunde. Er führte uns über einen Hof, auf dem sich das Rohmaterial seiner Arbeit stapelte, Teppichrollen, Drahtrollen, Schiffsseile, Hundeschädel, Musikautomaten, Bleiplatten und elektrische Birnen. Der Nachbar ging mit uns durch das Haus in ein ebenerdiges*

Zimmer, in dem ein Flügel stand. In dem gelackten Schwarz des Flügels spiegelten sich der Garten und ein Goldfisch, der in einer Kugelvase aus Glas hin- und herschoß.

Seine Frau – grau, mit einem weichen griechischen Knoten im Nacken und langen Ohrgehängen – brachte Tee.

Der Nachbar saß – in den Rauch (das Rauchblau) einer Zigarre eingehüllt. Sein Haar, auch grau, eisengrau, fiel fast bis auf die Schultern. Der magere Hals stak in einem offenen weißen Hemd.

– Ich möchte –, sagte ich schließlich. Der Nachbar nickte. Das ist ein Fehler, sagte er, eine veraltete Einstellung. Die Asche seiner Zigarre fiel auf den Teppich. Die Hunde lagen auf den Fliesen vor der Gartentür und blinzelten in die untergehende Sonne.

– Aber heute nacht können Sie hierbleiben. Morgen suchen Sie sich ein Zimmer in der Stadt. Es reicht, wenn Sie mir einige Wochen bei der Arbeit zusehen und mir zur Hand gehen. Sie werden Schweißen und Löten lernen und elektrische Leitungen verlegen.

Nach dem Abendessen bekam ich Heimweh. Der Nachbar brachte eine Flasche Wein und hörte sich meine Lebensgeschichte an. Gegen Mitternacht flossen mir die Tränen aus den Augen. Der Nachbar brachte mich ins Bett und löschte das Licht. Die Holzbohlen waren eiskalt, und ich hatte kein Nachthemd. Der Platz lag, mit angehaltenem Atem, im Licht von zwei Laternen, und man hörte die ganze Nacht keinen Schritt auf dem Kopfsteinpflaster.

Als ich aufwachte, gegen fünf, stand dichter Nebel vor dem Fenster. Der Nachbar hatte mich schon verlassen, ich hörte ihn im Nebenzimmer auf und ab gehen. Das Zimmer, in dem ich schlief, war ungeheizt, in einem Bücherregal standen Kinderbücher und in der Ecke ein Schaukelpferd.

Die Frau des Nachbarn trug dieselben Ohrringe wie am Abend zuvor. Auf dem Frühstückstisch brannten Kerzen und wärmten den nebligen Morgen. Der Nachbar ließ auf sich warten. Die Frau des Nachbarn brachte Kaffee und erkundigte sich nach meinen Zukunftsplänen. Während wir sprachen, stocherte sie mit einem winzigen Perlmuttlöffel in einem Salzfäßchen aus blauem Glas. Die Luft ist zu feucht hier, sagte sie, immer klumpt das Salz.

– Zukunft, sagte ich. Ich kenne nur die Gegenwart. Früher dachte *ich, die Gegenwart ist der Raps. Dann dachte ich, die Gegenwart ist die Sprache. Was Zukunft ist, weiß ich nicht.*

– Machen Sie trompe l'œils, *riet sie mir und zeigte mir eine Schale mit Früchten aus Stein, Pfirsichen, Trauben und Feigen; machen Sie das, sagte sie, das hat Zukunft.*

Ich brauchte ein Jahr, bis ich die Aufnahmeprüfung bestand. Die Mutter schickte mir Geld, und den Rest verdiente ich in einer Kneipe. Ich fand ein Zimmer in der Nähe der Akademie, auf dem Eiskellerberg in der Altstadt. Vom Fenster aus sah ich auf die Kastanienallee, die zum Fluß führte.

Der Nachbar kam zweimal in der Woche. Er legte seine Ringe auf den Tisch vor dem Spiegel und machte es sich in meinem Korbsessel bequem. Der Korbsessel knarrte noch, wenn wir im Bett lagen. Er hatte eine weiche gepuderte Haut wie die Haut eines Babys. Er schlief mit einem offenen Buch auf der Brust ein und trug in Ungarn handgefertigte Schuhe. Er sagte, ein Künstler ist, wer in Ungarn handgefertigte Schuhe trägt.

Die Rapsfelder versanken im Pflaster der Straßen. Die Wörter krochen in die Bücher zurück und standen im Regal. Das Material stand ungenutzt auf seinem Hof. Er arbeitete nur noch wenig. Er war seinen Schülern an der Akademie Lehrer und Anreger. Er lag auf mir, mit dem Druck seiner Verlangsamung, und die alten Federn meiner dreiteiligen Matratze stachen mir in den Rücken. An den Abenden knallten die Korken. Der Nachbar kam öfter. Halb lebte er schon bei mir. An den anderen Tagen ging ich über die Brücke zu ihm ins Haus. Das Leben war schön. Auf dem Eiskellerberg gab es viele Feste, und wir gingen eingehakt, der Nachbar mit bunten Westen und weißen Hemden und ich in weitfallenden, räderschlagenden Röcken, von Fest zu Fest unter Lichtergirlanden durch Hinterhöfe und Gartengelage.

Ich saß am Fenster und blickte in die Kastanien. Hinter der Akademie floß der Fluß. Die Gebäude der Akademie sahen am Abend aus wie eine viktorianische Burg, und aus der langen blanken Fensterfront fiel blaues Licht auf die Straße. Das Innere des Gebäudes sah ich kaum noch. In meinem Kopf saß ein Balken – ein schwarzer Strich, wie die durchgestrichenen, unlesbaren Zei-

len eines Briefes, der durch die Zensur gegangen war. Der Balken hatte durchgestrichen, was ich war, was ich wollte, bevor ich in die Stadt kam. Der Balken war die Liebe selbst, eine Besetzung. *Der Balken hatte mich ausgelöscht und in das Bild verwandelt, das der Nachbar von mir entworfen hatte, in ein* Passe-Par-Tout, *wie er sagte, mir über den Kopf streichend. Er brachte einen spanischen Kamm, eine Rose oder eine silberne Zigarettenspitze. Ab und zu fuhren wir in die freie Landschaft, in die Einsamkeit. An einem schmalen Flußlauf setzten wir uns ins Gras und hielten ein Picknick ab. Der Nachbar aß kalte Gurkensuppe. Er zog ein Buch aus der Tasche und las mir einen Abschnitt daraus vor. Er hob den Kopf und stellte Betrachtungen an über eine Wolke oder einen Baum. Ich kraulte das Fell seiner Hunde und kratzte mich an der Nase, wo mich die hohen Grashalme kitzelten. Ich streckte mich im Gras aus und roch das warme fließende Wasser. Für einen Augenblick wollte ich einer Wolke gleich werden oder einem Baum. Der Nachmittag warf seine Schatten, und ich setzte mich auf. Der Nachbar lag, mit offenem Mund, im Gras und schlief. Die Hunde hatten die Gurkensuppe ausgeleckt. Ich blickte vor mich hin. Ich war nicht in der Hülle einer Wolke, nicht in der Rinde eines Baums, nicht in der Haut meines Körpers. Der Nachbar setzte sich auf und sagte, werde, was du nicht bist. Aber, sagte ich, wenn man leben nur kann, wo man eine* Möglichkeit *von sich selbst ist –*

Ich saß am Fenster und blickte in die Kastanien. Wieder war Abend, und unten schlug die Haustür zu. Auf den Stufen im Treppenhaus hörte ich den Schritt des Nachbarn. Zwischen den Knien hielt ich eine Glasschüssel. Ich blickte in die Kastanien und rührte eine Mayonnaise für das Abendessen.

Fernanda saß, den aufgeblätterten Katalog mit Fannys Text auf den Knien, mit ausgebreiteten Armen in die Sofaecke gelehnt, die Hände über Rücken- und Seitenlehne hängend, und Blok wurde sich, während draußen auf der Straße jemand vorüberging – jemand, dessen Schritt auf dem heißen Pflaster zu hören war, dessen Schatten über die Wände durchs Zimmer ging, geteilt durch die Gitterstäbe, die vor dem niedrigen

Fenster angebracht waren, rostige, zur Straße hin vorgewölbte, an den Ecken abgerundete Käfigstäbe, an denen ausgedörrte, pergamentdünne, brüchig-steife Efeuranken sich kümmerlich hochzogen –, des unschuldigen Doppelspiels bewußt, der von selbst sich fügenden Verdoppelung, da Fernanda dieselbe Haltung eingenommen hatte wie Fanny auf dem Porträt, absichtslos und wie gelenkt; ein pornographisches Vexierspiel, dachte Blok und setzte sich auf die Kante des Sofas, denn was anderes ist Pornographie als Betrachten und Beschreiben einer zum Bild geronnenen Vorstellung, die keineswegs um das Motiv der Nacktheit, wohl aber um ein wie immer geartetes Element der Verführung und der Okkupation kreist, dachte er und legte sich ihren linken Fuß, die ungeduldig über das Polster scharrende Ferse, übers Knie.

Fernanda ließ ihre Blicke durch das Zimmer schweifen (während sie den Fuß ein wenig hin und her drehte, als wolle sie ihn wegziehen, und dann liegenließ), das, eng und mit Möbeln, Teppichen und Tüchern vollgestopft wie eine feudale und verstaubte Rumpelkammer, von einem prächtigen, für die Dimensionen des Zimmers viel zu ausladenden Kamin aus dunkelrotem Marmor beherrscht wurde, der, wie das obenauf sich stapelnde Durcheinander von Briefen und Büchern, sowie eine geschlossene, kleine eiserne Schiebetür in der Öffnung verrieten, nicht in Gebrauch war. Blok strich, seine Hand auf Fernandas gebräuntem Fuß, an dem die Sonne die Härchen gebleicht hatte, ein weicher, an den Spitzen farbloser Flaum, an der Stelle, wo die Hand den Fuß umschloß, kurz über dem Gelenk, über einen winzigen blauen Fleck. Wo sie sich da wohl gestoßen hatte, in ihrer Küche, im Bus, an einer Tür? Auf der Kommode neben der Tür lag eine kurze Flöte, und Blok sagte, einmal war Fanny ein kleines Mädchen in einem Dorf, das in der Zwergschule, in der in einem einzigen Raum die Kinder aller Klassen gleichzeitig unterrichtet wurden, Blockflöte spielte, zwei Zöpfe, blond und straff, und an hohen Tagen, dachte ich mir, an Schulfesten und

Sportturnieren gab es *In einem kühlen Grunde* und *Bunt sind schon die Wälder*, kleine Fingerkuppen, die exakt die Löcher im Holz schlossen, exakt und übergenau, wie Fanny war, das angespannte Gesicht, der auf die Noten gesenkte Blick (warum nur, habe ich mich früher oft gefragt, verleiht der beim Spielen gesenkte Blick diesen *unschuldigen* Kindergesichtern etwas Scheinheiliges?), und dann, bei einem neuen Einsatz, das ruckhafte, den Takt angebende Anheben des Kinns, mitsamt Flöte, Fingerkuppen und Ellbogen, das *Aufstreben des Gesichts* (mit immer noch an den Noten sich festsaugendem Blick), und dann presto, prestissimo, und so munter fort.

Während er sprach, hatte sich Bloks Hand zu Fernandas Knie vorgearbeitet, aber sie tat nichts, schüttelte sie weder ab noch gab sie ihre Zustimmung zu erkennen, hatte statt dessen den Kopf in den Nacken gelegt und betrachtete mit leicht geöffnetem Mund die Decke, und murmelte gleichgültig, als sein Daumen sich in die weiche, warme und ein wenig verschwitzte Kniekehle grub, wollen Sie mich verführen, also ich sage Ihnen, wenn Sie mich verführen wollen, das hat keinen Zweck; und kicherte plötzlich und sagte, die Stuckdecke ist geteilt, sehen Sie, das ist ganz unmöglich, wie die hier einfach die Decke abgeschnitten und unterbrochen haben; schüttelte ihr Knie ein wenig und sagte, weiterhin das an drei Seiten umlaufende Stuckfries an der Decke verfolgend, also wenn ich die Cordelia spielen soll in Ihrem *Tagebuch des Verführers*, da staunen Sie, daß ich das kenne, nicht wahr, aber es ist gerade die Lieblingslektüre meiner Yvonne, beim Aufräumen hab ich es aufgeschlagen auf dem Nachttisch entdeckt, oder wenn ich eine dieser Randexistenzen spielen soll, die Franziska oder Fanny heißen, wenn sie auch vielleicht klüger sind und eingesehen haben, daß es nur von den Rändern aus geht, das Existieren, mein ich, und nicht vom Mittelpunkt; aber vielleicht denk ich nur, daß sie klüger sind, und sie sind wirklich Randexistenzen, Sklaven, die sich an den Rand drükken lassen und dort verharren –

– Was ist dann, fragte Blok, und als Fernanda, immer noch den Blick an der Decke, sagte, vermutlich hat man die Zwischenwand später gezogen, um aus dem ursprünglichen zwei Zimmer zu machen, deshalb ist das Stuckband hier unterbrochen; und dann, mit einer vom Flug an der Decke abgestürzten Stimme, einer wispernden, hinter einer Wattewand sprechenden Kehlkopfstimme, ich brauch gar nicht zu lernen, was das ist, *am Rand*, denn ich denk sowieso immer, ich bin im falschen Stück, und ich hab mich daran gewöhnt, ans Randstück, oder ich tu nur so, was weiß ich, aber Fanny und Franziska tun vielleicht auch nur so und all die Leute, die leicht daherreden und Treppen rauf und runter gehen mit Aktentaschen und in Restaurants gehen und Cocktails trinken, als wäre es gar nichts, und sich erzählen, was in der Zeitung steht, als glaubten sie daran – da sagte er, das ist gut, denn ich mache mir nichts aus Zwanzigjährigen, und streichelte die pflaumenweiche Höhlung ihrer Kniekehle, pflaumenweich wie das französische Wort *paume*, dachte er, das die Handinnenfläche meint, *Pflaume* und *paume*, zwei ähnliche Wörter, ähnlich wie die Höhlung von Knie und Hand.

– Wir werden ein Experiment machen, sagte er, ihr Knie loslassend (die Hand, ohne Wölbung des Knies eine Leerstelle, Hand, deren Innenfläche sich, ohne Inhalt, mit einem kalten Lufthauch überzog), ihre Beine hochnehmend und an die Sofawand drückend, er selbst sich flach auf dem Sofa ausstreckend, neben ihr, die noch immer halb sitzend in die Ecke gelehnt war, und das in ihrem Schoß aufgeschlagene Buch rutschte von ihren Schenkeln, als die Polster unter seinem Gewicht sich zusammendrückten, und stach ihm mit einer spitzen, mit Glanzpapier umschlagenen Ecke in die Brust. Ein Experiment, eine Art Sprung, sagte er, die Arme im Nacken verschränkend und von unten herauf in ihr seitlich über dem Rand des Sofas schwebendes Gesicht blickend, das, in dieser umgekehrten Perspektive Wölbungen und Flächen vertauschend, etwas Amorphes bekam und weder Frage noch Antwort bereitzuhalten schien, das Unlesbare, dachte Blok für einen Moment und schickte sich, angesichts dieser wie unter Wasser schwimmenden, sich auflösenden Gesichtsmasse, an, das Gespräch als Monolog fortzusetzen, in einer gegen die Decke gesprochenen monologischen Selbsterklärung; wenigstens, setzte er an, müssen Sie wissen, mit wem Sie es zu tun haben, und überhörte ihr Dazwischenmurmeln, den richtungslos über ihn hinweggesprochenen Einwurf, auch so ein Vorwand, sagte sie, diese Selbstentblößungen, warum müssen die Leute sich immer ihr Leben erzählen? Aber, bat er, sagen Sie jetzt nichts, also. Vor zwanzig Jahren lag ich wie jetzt auf einem Sofa, nur, daß die Frau, die neben mir saß, nicht wie Sie die Jüngere, sondern die Ältere war und verheiratet, und sie zerrte an ihrer Perlenkette und sagte – das sagte sie übrigens jedesmal, wenn ich kam, und sie sagte es noch, als ihre Tränen und Vorwürfe längst eine andere Sprache sprachen, und über unseren Abschied hinaus –, es mache ihr nichts aus, nein wirklich nicht, es gehe ihr nur um die *Sache selbst*. Die Sache selbst war die Liebe, die heilige, hoch- und von allen Niederungen frei-gehaltene Liebe; aber ich, ich fand, daß sie schöne schwarze Augenbrauen hatte, sie gaben ihrem Gesicht etwas Erregtes wie bei jemandem, der, auf das Eintreffen des Zugs wartend, auf einem Bahnsteig auf und ab geht, ich also mochte ihre Augenbrauen und die Nachmittage, wenn ich auf sie wartete und sie sich verspätete, sei es, weil sie vor einem Schaufenster trödelte, sei es, daß sie nicht rechtzeitig von zu Hause losgekommen war, und wenn sie dann, atemlos und aufgeregt, die Treppen hochgestiegen war und in mein Zimmer kam, mit diesen Augenbrauen, die ich mochte – und im übrigen hatte ich mir die Methode eines Kamikazefliegers zugelegt, immer unter Einsatz der eigenen Person und immer *gegen den Strich*, das heißt, gegen die eigenen Wünsche (von denen der anderen ganz zu schweigen), und: wie weit kannst du es aushalten, das war die Frage; eine lächerliche Frage, versteht sich, aber an die *Sache selbst* glaubte ich schon gar nicht. Ich entwarf also ein Programm, ein *Programm der Unterwerfung*, wie ich es nannte, und spielte den Eifersüchtigen; *eifersüchtig wie Othello*, lachte sie, und es schien ihr zu gefallen, denn in einem die Seiten verkehrenden Mißverständnis glaubte sie, in allem, was ins Maßlose ausschritt, ein größeres Zeichen der Liebe zu entdecken, und so wurde ihr meine *maßlose Eifersucht* zum Garant meiner Abhängigkeit, während in Wirklichkeit sie selbst es war, die an der Kette ging, straff wie die um ihren Hals sich drehende Perlenkette, bis sie zerriß und in alle Winde zersprang. Ich habe von ihr verlangt, daß sie sich in häßliche Kleider steckte, daß sie plumpe Schuhe trug und ihr Haar glatt und fettig herabhängen ließ, ich habe ihr einen schwarzen Lackmantel gekauft mit einem enggeschnürten Gürtel in der Taille und verlangt, daß sie sich an eine Laterne im Hafenviertel stellte und wartete, bis einer sie nach dem Preis fragte. Ich habe mitten in der Nacht in ihrem Haus angerufen, in dem sie schlief neben einem Mann, der ein erfolgreicher Rechtsanwalt war, und im Zimmer daneben ihr Kind, ich sah sie am Ende des Flurs im ersten Stock vor dem Fenster, den Telephonhörer in der Hand, und verlangte, daß sie auf die Mole kommt, denn ihr Haus stand am Fluß, jetzt, sofort, mitten in der Nacht. Sie kam, sie kam immer, und später sah ich sie auf der Mole hin und her laufen, ein Vogel in wirrem Zick-Zack, manchmal anhaltend und angestrengt in die Nacht, über das Klatschen der Wellen hinweg lauschend, später, als ich nicht mehr dort auf sie wartete, sondern von fern ihre Spur beobachtete, bevor ich wegging; und zufällig Fernandas Gesicht streifend, als er seine linke Hand unter seinem Kopf hervorzog, sah er, daß es sich zurückverwandelt hatte in das spöttisch-gleichgültige Dreieck, das er kannte, und, langsam eine Haarsträhne zwischen den Zähnen durchziehend, mit einer bedächtigen, mahlenden Bewegung auf ihr kauend, als müsse sie einen zähen Klumpen Kaugummi bewältigen, murmelte sie ungerührt, aber es geht mir nicht um die *Sache selbst*. Da stand er auf, um nachzusehen, ob es in der Küche etwas zu trinken gab.

Die Küche, nichts als eine flecken-teppich-kleine Ausbuchtung des Flurs, ein fensterloser, zugemauerter Traum, hinter einem Vorhang von bunten Perlenschnüren, der allerdings, stumpf überkrustet von einer Schicht aus der Pfanne gespritzten Fetts und anderer Küchenausdünstungen, seit Jahren seitlich gerafft und mit einer Kordel an der Wand hochgebunden war, als lohne es sich nicht mehr, ihn herabzulassen, als gebe es weder etwas zu verbergen noch etwas hervorschimmern zu lassen im bunten Perlengeklirr der sich bei jedem Luftzug leise bewegenden Schnüre; auch war das Maß des Flecken Teppich die Verhöhnung jenes *fliegenden Teppichs*, auf dem Fannys Hang zum Folkloristischen (all die türkischen Kaffeetassen, afrikanischen Masken, persischen Kunstlederkissen und chinesischen Marionetten, das Tausendundeine-Nacht-Potpourri) und der Traum (die Sehnsucht nach weiten Räumen) wenigstens als durch die Lüfte segelnd Platz gefunden hätte – Fanny nämlich kochte seit Jahren für die Teilnehmer eines imaginären Gelages, eines Gelages, das über den halben Tag dauerte, vom Mittag bis tief in die Nacht, ja, bis zum Morgenstreif des anderen Tages, in riesigen Kupferkesseln, die den Umfang von Waschzubern hatten, *Mitternachtssuppen*, manchmal auch Cassoulets, aber vor allem benötigte sie für die aufwendige Bewirtung, die ihr vorschwebte, eine andere Küche als diesen Fetzen, und auch deren Ausstattung stand unverrückbar über die Jahre, in der versteinerten, totgefrorenen Form einer *idée fixe*, in allen Einzelheiten fest, fest bis auf ein breites Fenster, bis auf das Meer, das in der Ferne vor dem Fenster gegen die Sanddünen klatschte, das Singen im Wind sich biegender Strandgräser sich mischend in das Zischeln der kochenden Flüssigkeiten auf dem Herd, und in der Mitte des weiten Raums, auf dem Steinboden, eine lange Tafel mit blankgescheuerter, rissiger, dunkler Platte. So hatte sie, in Behelfsküchen, die aus allen Nähten platzten wie diese, in traurige Ein-Personen-Kulissen, die sich jedem vorausgegangenen und folgenden Mieter anpaßten wie ein Allzweckhandschuh, so praktisch waren sie in ihrer neutralen

Ausstattung Klasse *tout confort*, die Requisiten dieses Traums mitgeschleppt: einen Satz mit Kasserolen, Pfannen und Brätern, von Ausmaßen, die einem Zehn-Personen-Haushalt angemessen gewesen wären; aber da sie, wenn sie etwas zu Hause zubereitete, weder Aufwand noch Zeit verschwendete und nicht mehr benötigte als eine kleine Pfanne für ein Rührei oder ein Töpfchen, um eine Suppe aus der Dose aufzuwärmen, standen diese boterorunden Gerätschaften, platzsparend ineinandergestapelt und von einer Staubschicht bedeckt, in einer Ecke zwischen Kühlschrank und Wand auf der Erde.

Es gab die Töpfe, es gab den Tisch, den sie beim Trödler an der Porte de Clignancourt gekauft und jetzt bei einem Freund, der in einem geräumigeren Atelier neben dem ihren arbeitete, untergebracht hatte, und es gab die *glückliche Zeit,* in der jene Gelage tatsächlich stattgefunden hatten, auf einem hinter dem Haus sich den Hügel hochziehenden Stück Wiese, das inzwischen in einen Spielplatz für die Kinder der aus den ehemaligen französischen Kolonien stammenden farbigen und arabischen Einwanderer und Einwohner dieses Viertels umgewandelt worden war, und aus diesen in einem Gemisch von *Dichtung und Wahrheit* versunkenen Jahren, in denen, wie sie sagte, man gegen vier Uhr morgens, nach der vorletzten Flasche Vodka, sich mit einem Kessel heißer Linsensuppe noch einmal aufraffte, um bis in den frühen Morgen weiterzureden, dem monotonen Singsang zu lauschen, den der Araber, dem die *épicerie* weiter unten in der Straße gehörte (eingelegte Oliven und Peperoni in großen Fässern auf der Straße feilgeboten), begleitet vom Rhythmus, den er auf einer kleinen Handtrommel schlug, und manchmal von der Flöte seines Enkels, in den klaren Morgen aufsteigen ließ, oder um, den Kopf auf den Tisch gelegt, zu schlafen. Aus jener Zeit stammten auch die exotischen Ingredienzien – denn eine Zeitlang hatte sie versucht, angeregt durch die Vielfältigkeit und Fremdartigkeit der in den umliegenden Läden des Viertels ausgelegten Gemüse und Früchte, nordafrikanische Gerichte zu kochen –, die, längst eingetrocknet, wie entwurzelte Hausgeister, als Schrumpelhäute zurückgebliebene Laren und Penaten, auf einem Bord über dem Herd standen, neben deutschen Relikten, verfärbten Reliquien, gehortet in Gläsern mit handgeschriebenen Etiketten, *Nelken, Zimt, Vanille, Wacholder.* Blok, die Etiketten studierend, den Linien der Schrift mit den Augen nachfahrend, während er aus dem Kühlschrank eine Wanne mit Eiswürfeln nahm und die Würfel unter fließendem Wasser aus ihrem Gitter löste, fragte sich, welchem Trägheitsgesetz zufolge die Küchen – selbstgewählte Zellen, verordnete Angstträume, beibehaltene Schutzhöhlen – Fluchtpunkte einer psychischen Topographie waren, in denen das Vergessene *unter der Hand*, gleichsam im Zwiebelschneiden oder Tomatenschälen plötzlich aufleuchtete (wie Markierungspunkte der elektronischen Métropläne in den Eingängen der Untergrundstationen, die sich nach dem Drücken der Wahltaste mit dem Namen des Fahrtziels von blinden in bunte Leuchtkreise verwandelten). Er warf die Eiswürfel in einen Eisbehälter, ein Geschenk von Franziska, wie er sich erinnerte, in Form eines silbernen Pinienzapfens, der zwischen Fannys irdenen und erdfarbenen Gegenständen wie ein herausgeputzter Fremdling herumstand, und er sah Fanny, am Tag nach ihrem Anfang, nach seinem Kondolenzbesuch vor fünf Jahren, zum letzten Mal an jenem langen Tisch in ihrer großen Küche stehen (kurze Zeit darauf zog sie in diese kleinere Wohnung, im selben Haus, aus einem Gefühl heraus, das ihr verbot, in derselben Wohnung, in der sie mit ihrem Mann gelebt hatte, mit Blok zu wohnen), und der Tisch war wie ein überladenes, berstendes Floß, auf das sich, wie Schiffbrüchige, die die Zukunft wegspülen würde, allerhand Materialien gerettet hatten: geschälte Zitronenscheiben lagen da und in langen Spiralen sich ringelnde Zitronenschalen, eine Schüssel mit ausgepulten Krabben, und, auf ausgebreitetem Zeitungspapier, ein Scherbenberg glasiger Schalenstücke, frische Dillsträuße und, auf einem Holzbrett, eine Pyramide von gehackten hartgekochten Eiern, eine Glasschüssel mit püriertem Thunfisch und ein Glas mit Kapern, eine Essigflasche mit grünlichem Bauch, eine Flasche mit weißem, dickflüssigem *Eau de Vie*, schmal gezogen wie eine Flöte, ein Schälchen mit verflüssigter Mayonnaise, eine Pfanne mit erkaltetem Braten in einer gestockten Flüssigkeit, die nach Wein, Schalotten und Estragon roch, Schneebesen und Rührlöffel und kleine Silberlöffel, ein scharfes Fleischmesser, eine Emailschale mit Wasser, in die sie ab und zu ihre Fingerspitzen tauchte, denn sie arbeitete, leidenschaftlich bei der Sache, mit der bloßen Hand. Sie gab den Freunden aus früheren Tagen dieses Abschieds-, Übergangs- und Gedächtnisessen, und Blok – stand im Türeingang und sah zu. Fanny trug keine Trauerkleider, das Schwarz, sagte sie, ist die Farbe meiner Mutter, dieser Inkarnation der ewigen Witwe, mit ihren düsteren Tüchern und Knoten und Gesundheitsschuhen, schwarz, sagte sie, ist die Farbe der Lieblosen, der Prinzipienreiter, die ein ganzes Leben in der Treue zu einem längst Vergessenen, zu einem Gespenst verharren und sich diese Standfestigkeit als eine Tugend auslegen. Ich habe manchmal geglaubt, sagte Fanny, sie fühlt nichts, ließ die Krabbenschale, die sie gerade mit ihren Fingernägeln knackte, auf dem Tisch liegen und schlang, ohne mit ihren nach Fischigem, nach Meer riechenden Händen sein Hemd zu berühren, die Arme um seinen Hals, vollkommen fühllos, murmelte sie, ihren Kopf an seinem Kinn reibend, und eine Haarsträhne löste sich aus ihrem hochgesteckten Haar, aus der *Honigmasse*, und: nirgendwo hat sie wirklich ihr Herz gehabt, schreibt in ihren Briefen gebetsmühlengleich über den Stand von Gerste und Raps und die Prognosen der Bauern über die diesjährige Ernte, und stand wieder am Tisch und pulte die restlichen Krabben aus der Schale. Gerade betrachtete er ihre Silhouette, die im Gegenlicht vor der Balkontür stand, eine Silhouette mit leicht vorgewölbter Bauchlinie, die sich in einem engen, kurzen Courèges-Kleid abzeichnete (einem Fehlgriff, wie er fand, denn in dem knappen geometrischen Courèges-Schnitt wirkten ihre langen Arme und Beine wie die einer dem Kinderkleid zu schnell Entwachsenen), er betrachtete eine sich den Rücken hinabringelnde Haarsträhne und die langen Hände, die mit einer Petersilienmühle hantierten – und in diesem Moment hob sie den Kopf und wandte ihm ihr gerötetes Gesicht zu und sagte, jetzt hab ich vergessen, die Baisers aus dem Ofen zu nehmen. Sie sind sicher ganz eingetrocknet.

Im Zimmer war es dämmrig geworden, nur die Gegenstände auf dem Kamin vor dem Spiegel waren noch deutlich zu erkennen (ein angebissener, an den Rändern des Bisses schrumpelnder Apfel, ein Schlüsselbund als Briefbeschwerer auf einem Stapel mit Rechnungen und Kontoauszügen, eine Flasche Vittel), denn ein schräg zwischen den Dächern ins Zimmer fallender Sonnenstrahl flammte gerade in dem darüber in Deckenhöhe angebrachten Spiegel auf, die Umrisse des Sofas aber verschwammen vor der Wand. Als Blok Whiskyflasche und Eiswürfel auf einem wackligen Hocker abstellte, sagte Fernanda (angestrengt auf das Knacken der Eiswürfel lauschend, die sich unter der zugeschütteten Flüssigkeit im Erwärmen dehnten, als könne sich im Klirren und Knacken etwas enträtseln, das ihr durchsichtiger, *lauschender Blick* verfehlte), vor ein paar Jahren muß ich mit jemandem eine Flasche Whisky getrunken haben, aber ich erinnere mich weder daran, wer es war, noch was sonst geschah, ich erinnere mich nur an eine Stimme, die sagte, wenn du diese Flasche getrunken hast, wirst du alles vergessen haben, was geschehen ist, und tatsächlich sehe ich nur einen Aschenbecher, in dem ein Häufchen angesengten Tabaks liegt und zwei abgebrannte Streichhölzer, und dann schiebt sich ein Bild davor, das Bild eines schneeweißen Kaninchens mit einem granatrot plinkenden Auge, und die Stimme flüstert mir ins schon schlafende Ohr, dein Gedächtnis ist ein Gully, und dann bin ich wach und höre eine dieser verstaubten, nostalgischen Jam Sessions im Jazzkeller in der Rue de Lombard –

Blok, wieder ausgestreckt auf dem Sofa, sein Glas auf der

Brust balancierend, dachte sich die nebelhafte Verdoppelung seiner selbst, den Whiskytrinker, mit der Kette seiner Vorgänger hatte er sich nur beschäftigt, sofern es Verschwundene waren (die Toten oder aus den Augen Verlorenen), deren zurückgebliebene Kleidungsstücke er auftrug, sie hatten verschwinden können, weil sie Konturen gehabt hatten, aber, angenommen, er habe es plötzlich mit einer Figur zu tun, von der nur die Stimme bekannt war, so verwandelte sich die rückwärtsgewandte *Verdoppelung* in eine vorwärtsgerichtete *Wiederholung*; was wollen Sie anfangen, fragte er also seufzend, in diesem Jazzkeller, in Paris, und möglicherweise lieben Sie bereits jemanden?

Fernanda aber, in ihr Thema versponnen, über seine Frage hinweggehend mit einem weniger ausweichend als abwesend dahingesagten Halbsatz (nein, nein, keineswegs, ich halte nichts von Käfigen), beschrieb ihm mit einer ausladenden Geste einen Abend in diesem schmuddeligen, vollkommen anachronistischen Schuppen, wie sie sagte, sehen Sie, da spielt sich einer dieser gedopten Imitatoren mit schweißdurchtränktem Hemd und vergoldetem Halskettchen die Seele aus dem Hals mit nichts als einer Variation von was weiß ich, NOW'S THE TIME oder JUST ONE OF THOSE THINGS, das Ganze ist nichts als Abklatsch, ohne eine Spur von Glanz, Wiederaufguß als Groteske, wiederaufgeschüttet von einem kleinen Kreis von Anhängern, die sich wöchentlich dort einfinden und sich vormachen, in den Attrappen steckten ihre alten Götter, mitternächtliches Ritual des Hörens in einem kaum erleuchteten Kellerraum –

– Aber Ihre Finger sind kalt, unterbrach sie sich und schob die Hand weg, die zuvor das eisgekühlte Glas auf seiner Brust umschlossen hatte und auf der Kinderinnenseite ihres angewinkelten hochgestellten Schenkels Synkopen geklopft hatte, da, wo er einfiel, wo die Haut über einer Einbuchtung zwischen Muskeln glatter gespannt war, sandig-weiches Leder eines jungen Kälbchens über einer Trommel, ein Hohlraum zwischen den Knochen, nahm sie vielmehr auf und zeichnete ihre Linie nach, betrachtete die Nägel, die Rillen am Handgelenk, ab und zu ihr Glas aufnehmend, das sie, gegen die Wand gelehnt, auf der Rückenlehne des Sofas abgestellt hatte, und in kleinen Schlucken trinkend fuhr sie fort, machen wir also ein Experiment, ein Experiment in Zuhören, ein Experiment in Schweigen, im *Geheimnis*, in den Hohlräumen zwischen den Tönen, denn, sagte sie, legte sich die Hand über die Augen und ließ sich tiefer rutschen, Sie müssen mal mitgehen, obwohl oder weil es der pure Abklatsch ist, das Zuhören ist wie ein Gehen auf hohem Seil, man fängt hoch an, man hält sich für einen Trapezkünstler, nur, daß man keine Ahnung hat von Balance –

– Sie sind kein Seiltänzer, wollen Sie sagen, und Blok zog die Hand, unter der sie ein Auge geschlossen hatte, vom Gesicht und steckte seinen Arm unter ihrem Nacken durch, Höhlung des Knies, dachte er, Höhlung des Schenkels, Höhlung des Nackens, Hohlräume des Körpers, Nistplätze des Schweigens, da ist kein Pochen und Pulsen des Blutes, kein Gurgeln der Säfte, kein Sirren der Sehnen, kein Knacken der Gelenke, und gleich, fuhr er fort, werden Sie mir sagen, daß sie auf der Suche sind nach etwas Außerordentlichem, daß sie die Banalität nicht ertragen, daß sie das *Leben selbst* nicht ertragen, und daß Ihre lächerliche kleine Schürze, daß das Hineinkriechen in fremde *Lebensformen* –

– Nein, murmelte sie ins inzwischen vom schrägen, zwielichtigen Wandstreifen einer Straßenlaterne verfremdete Zimmer, so schlimm ist es nicht; und nach einer Pause, in der sie jemanden an der Wohnungstür vorbeigehn und die Treppe hochsteigen hörten, in der sie dem Echo der fremden Schritte, verdoppelt im Hohlraum, im hohlen Singkörper unter den Holzstufen, lauschten, wie sie sich langsam höher und höher hinauf entfernten, diesen anonymen Schritten, die sich in einen ebenso anonymen Abend auflösten (um wo? anzukommen, an einem Kühlschrank, vor dem Fernsehapparat, vor dem Waschbecken im Bad), nach einer Pause also sagte sie, sagen Sie mir eine andere Lösung. Schien aber, für den

Augenblick, gar keine Antwort zu erwarten, denn im gemeinsamen Hören der Schritte eines Mieters, in diesem ersten gemeinsamen Akt – so dachte Blok, wie andere Paare *verzückt* dem Meeresrauschen lauschen bei Sonnenuntergang oder einer Sonate von Brahms (*aimez-vous Brahms*, murmelte Fernanda kaum hörbar hinein), ein trauriger Abklatsch solchen Hörens natürlich, ein verwandelter und der Gegenwart einer Großstadt angemessener, sich selbst durchkreuzender *Abgesang des Hörens* – verstummte ihre Frage; und sie schwammen im fast lautlosen Wellengang diffuser Geräusche, die nur dem aufmerksamen Ohr in der Stille plötzlich vernehmbar wurden. Denn wie in einem nicht genau eingestellten Radiosender mischten sich andere Klänge in das Geräusch der sich entfernenden Schritte, ein Piepsen vom Schleifgerät aus einer Werkstatt, ein Quietschen einer sich öffnenden Tür, ein Hämmern und Klopfen aus einer ferner gelegenen Wohnung, ein Bremsen von einem Auto am Ende der Straße, ein Knall vom zufallenden Deckel einer Mülltonne, ein Wasserrauschen in der Wand, ein Schlüsselklirren; und dann, nach einer Weile, fielen diese Geräusche wieder von ihnen ab, wie das Meer bei Ebbe vom Land, sie tauchten daraus auf, als kehrten sie von einer Reise zurück, in den Alltag, der stumpfere Ohren zum Überleben verlangt, Blok zog den Arm unter ihrem Nacken fort und setzte sich auf. Im selben Moment, als er über das Parkett ging, um eine Lampe anzuknipsen, die auf dem Kamin stand, eine Bronzeplastik, Jugendstilimitation, eine weibliche Gestalt mit hochgereckten Armen, die Hände in die Windung für die elektrische Birne mündend, im langen, fließenden, spiralförmig um den Körper sich drehenden Kleid, und darüber ein orangefarbener Stoffschirm, ballonförmig, mit einer Fransenkette am Saum aus durchsichtigen Glasperlen, waren aus der Wohnung über ihnen Schritte zu hören, jemand ging auf und ab, oder im Kreis, und zwischen den Schritten knackten die Bohlen, und Blok, das zufällige Echo seines eigenen Schritts über seinem Kopf hörend, sah im Aufflammen der Lampe ein Stück von Fernandas Schulter im Spiegel, ein nacktes bräunliches Dreieck, begrenzt vom Halbrund ihres schräg zum Hals hochgezogenen Ärmelausschnitts, ein zwischen die anderen Gegenstände ins Spiegelbild geschobener Fremdkörper, verschlossen ins weiche Licht des orangefarbenen Jahrmarktschirms, und Blok ging, die Hände in den Taschen, im Zimmer umher, im Kreis, als ginge er an der Decke, denn seine eigenen Schritte waren, im Gegensatz zu denen darüber, lautlos, und ihre Frage wiederholend, sagte er, eine andere Lösung?

Kurze Zeit, bevor ich Franziska begegnete, stellte ich mir eine ähnliche Frage.

Es war ein Abend in *Villa Seurat, Villa* heißen hier die Sackgassen, toten Ausstülpungen, Wurmfortsätze, und diese liegt an der südlichen Peripherie. Ich hatte ein Zimmer da gemietet, in einem Haus am Ende der kopfsteingepflasterten Straße. Das Fenster ging auf ein brachliegendes Gartenstück, das als Abstellplatz für den Citroën meines Vermieters benutzt wurde, und unter einem Schuppendach schliefen Katzen in kaputten Autoreifen. Ich schrieb den ersten Akt meines Stücks, und wenn es regnete, ging ich im nahe gelegenen Park Montsouris spazieren, weil ich dachte, das Geräusch des Regens brächte mir neue Einfälle ein. Meistens aber weichten die Sohlen des einen meiner zwei Paar Schuhe auf, und bevor ich mit nassen Füßen nach Hause zurückkehrte, wo ich die Schuhe, mit zusammengeknülltem Altpapier ausgestopft, vor dem Kohleofen trocknen ließ, vertrödelte ich meine Zeit, indem ich mich von einem Clochard in ein Gespräch verwikkeln ließ, der, unter dem Mantel ausgestopft mit einer dicken Schicht von Zeitungspapier, auf einer bestimmten Parkbank unter einer Buche saß.

Am anderen Ende der Straße wohnte eine junge Frau in einem möblierten Zimmer mit Waschbecken, es sah ähnlich aus wie bei mir, nur daß der Blick aus ihrem Fenster auf eine Telephonzelle mit verschmierten Wänden in der Ausfahrtstraße zur Porte d'Orleans ging. Ich hatte sie in einem um die

Ecke gelegenen Café-Tabak kennengelernt, wo sie ihre Briefmarken kaufte, und am Abend besuchte ich sie oft. Ich weiß nicht, wie sie es fertigbrachte, sich über Wasser zu halten, aber sie behauptete, sie fertige Lampenschirme aus Lackpapier an und habe jemanden gefunden, der sie ihr abnähme. Wenn sie betrunken war, malte sie sich das Gesicht weiß und schrieb surrealistische Gedichte, aber im Gegensatz zu den Lampenschirmen fand sie, soviel ich weiß, niemals einen Abnehmer. Das Haus, in dem sie wohnte, hatte einen himbeerfarbenen Anstrich und gehörte der Witwe eines ehemaligen Kolonialoffiziers. Diese Witwe war sehr neugierig und goß immer dann ihre Blumen im Vorgarten, wenn ich kam, sie musterte meinen stets gleichen, altmodischen, aber sorgfältig gepflegten grauen Flanellanzug, den ich vom verstorbenen Mann einer früheren Hauswirtin geerbt hatte, den Knoten meiner Krawatte und die Manschetten meines Hemdes, und fing ein Gespräch über die Abendstimmung an oder erhob eine Klage über die Rußwolken, die aus dem Schornstein einer nahe gelegenen Fabrik in den Himmel stiegen. Offensichtlich zerbrach sie sich den Kopf über die Undurchsichtigkeit meines Verhältnisses zu dem Lampenschirm-Fräulein. Manchmal klopfte sie unter einem Vorwand an deren Zimmertür und versuchte, über die Schulter ihrer Untermieterin einen Blick ins Zimmer zu werfen. Manchmal übernachtete ich dort, und wir versuchten, unsere Stimmen soweit zu dämpfen, daß sie einem vor der Tür Lauschenden nicht vernehmbar wären. Eines Abends – wir saßen im Bett, zwischen uns ein Tablett mit Brie-Sandwiches, unserem hauptsächlichen Nahrungsmittel in jenen Monaten – klopfte die Witwe an die Zimmertür, und ich verschwand in der Tiefe des Kleiderschranks. In der Eile hatte ich vergessen, das bereits angebissene Brot auf den Teller zurückzulegen. Das Gespräch zwischen den beiden Frauen dauerte etwa fünf Minuten, ich saß im Dunkeln des Schranks, mit angehaltenem Atem, und in der steif werdenden Hand hielt ich das Brot. Der Gestank des

Brie war nicht auszuhalten – trotz angehaltenen Atems –, etwas kroch mir langsam über die Hand unter die Manschette und kitzelte meine Haut. Als sich die Schranktür endlich öffnete und ich mit steifen Knien herauskletterte, sah ich zwei winzige Maden, die in dem Halbrund meines Bisses an der Butter hingen.

– Und dann, sagte Fernanda, die mit angezogenen Knien Bloks Rundgang verfolgt hatte, sind Sie hingegangen und haben sich einen Strick genommen. Und in Ihrem Abschiedsbrief stand: zwei Maden im Brie sind zuviel.

– Warten Sie, sagte Blok, die Pointe liegt zwar auch in einer Art Strick, aber es handelt sich um eine Art Leitfaden, nicht einmal das, ein dünnes Fadenende, ein Fädchen, Schnürchen, das ich auflas, als wir, ins Bett zurückgekrochen und, einander gegenübersitzend, unser unterbrochenes Mahl fortsetzten und, uns plötzlich anblickend, in unterdrücktes Gelächter ausbrachen, daß nämlich alles Rohstoff für mich war, die Maden, die Dunkelheit auf der Straße und das kurze durchbrochene Nachthemd des Lampenschirm-Mädchens, dessen Namen ich vergessen habe, aber nicht ihren Blick, die kleine Narbe am Fußgelenk, den abblätternden Nagellack auf den Zehen und das Stück ihrer Haare, das versengte, als sie sich zu tief über den Gaskocher beugte, um einen Kessel mit Teewasser aufzusetzen. Einen Moment erschrak ich, alles eine Beute, dachte ich und streckte schuldbewußt meine Hand aus und flüsterte beruhigende Worte, daß die Alte nicht ein zweites Mal wiederkäme und daß wir die Nacht genießen sollten, und meinte auch das Summen des Teewassers im Kessel und ihre angesengten Haare; und das, sagte Blok, war klar, daß ich da nicht herauskam, aus dieser Schlinge, in der auch ich meine Beute war, aber, sagte ich mir, es ist die *Schlinge des Lebens*, Leben und Tod ineinanderspiegelt wie in einer Acht, und *alles ist fließend*, sagte ich laut, und das Mädchen riß erstaunt die Augen auf, ein Prozeß, sagte ich, es gibt keine Lösungen, weder für mich noch für dich noch für irgendeinen, und ich forderte sie auf, sich anzuziehen und einen nächtlichen Spaziergang zu machen, egal wohin, wohin sie wollte, quer durch die Stadt.

– Liebesgeschichten am Stadtrand, murmelte Fernanda, das Gesicht auf den hochgezogenen Knien und verborgen unter den vornüberfallenden Haaren, und so, zusammengekauert und in sich verkrümmt, mit um die Fußgelenke geschlungenen Armen, war sie nicht das *unbeschriebene Blatt*, sondern, in einer Haltung, die weder Horizontale noch Vertikale war, ein Körperblock – und Stimme. Block, Stimme und *Ohne Gesicht*, dachte Blok, und sich neben sie auf das Sofa setzend, sich ein neues Glas eingießend und zurücklehnend, sah er ihre spitzen, aus dem Stoff ihres Baumwollpullovers herausstechenden Schulterblätter, zwei kleine glatte Knochenflügel mit darüber gespannter Haut, und zwischen den Schultern die zum Hals ansteigende Rinne, und als er sagte, Spuren auf dem Körperblock, murmelte sie, einigen wir uns gleich am Anfang auf das Ende, das Ende ist immer ein guter Ausgangspunkt, finden Sie nicht? Keine Lösungen also, und jetzt müßte ich mich revanchieren, mit einer Stadtrandgeschichte, und ich weiß auch eine; es gab eine Zeit, da lebten wir am Stadtrand, die Luft stank süßlich nach den Abgasen der Chemiefabrik, die die Stadt beherrschte, wir waren drei Kinder, und meine Mutter stand manchmal nachts auf, zündete in allen Zimmern Kerzen an, ließ die Waschmaschine laufen und sang Kirchenlieder. Und nach dem Abendessen schüttete sie zuweilen die Reste auf den Weg vor dem Fenster, den Leuten vor die Füße. Eines Abends zog ich ihren Rock an, einen weiten Rock mit rechteckigen flachen Taschen aus weichem, ein wenig kratzendem, violettem Mohair, langhaarig, ich ging vor dem Spiegel auf und ab, ich schüttete Reis aus dem Fenster und war ihr Double. Dann schlich ich mich aus dem Haus und ging im Stadtwald spazieren mit jemandem, der Tango tanzen konnte.

Vor dem Fenster rumpelte ein Karren vorbei, ein dreirädriger Handkarren mit Schutt von einer zwei Häuser tiefer gelegenen Baustelle, und in das Quietschen, Rumpeln und Knarren hinein sagte Blok, Fernandas Kopf langsam zurückbiegend, machen wir also ein Experiment, ein Experiment in Wiederholungen und Variationen, in *Rock, Schürze und Grauem Anzug* – damals in der Villa Seurat dachte ich, der graue Anzug sei meine Lösung, der unauffällige Anzug eines anderen, machen wir also ein Experiment in Wiederholungen, und ließ sich tiefer rutschen; und während Fernanda über ihn kletterte, ihre Söckchen hochzog und in ihre Schuhe stieg, fuhr draußen auf der Straße der geleerte Handkarren vorbei, befreit vom Gewicht des Schutts, holperte er mit hohlem Bauch über das Kopfsteinpflaster, ein lockeres Bodenbrett klapperte, die Speiche eines der drei Räder quietschte, und vor dem Fenster ging der Schatten eines Mannes mit einer Schirmkappe vorbei, und ein leises Pfeifen war zu hören, Losungsruf und Melodie in einem; und in das Klappern, Quietschen und Pfeifen sagte Blok, ein Experiment von grauem Anzug und violettem Rock, von Grau zu Violett zu Grau zu Violett zu Grau –

III

Am späten Vormittag trafen Blok und Fernanda nach einer Reise von knapp zwei Stunden in Joigny ein, und bevor der Zug hielt und sie ausstiegen, sahen sie vom Fenster aus den kleinen Bahnhof mit der verwaschenen Aufschrift *Joigny* und die schnurgerade, an Vorgärten mit weißen Zäunen und sich an den Eingangstüren hochrankenden Kletterrosen vorbei ins Zentrum führende Straße. Alles atmete die sonnenwarme, satte, sirrende Samstagsstille eines Provinzstädtchens, verpackt hinter Hundsrosenhecken, in denen Bienen summten, und als sie aus dem Zug kletterten und ihre Reisetaschen herauszerrten, flimmerte der weiße Kies des leer wie ein weißes Band sich ausrollenden Bahnsteigs bereits wie Scherben in der Sonne, daß das Ende nicht zu erkennen war und sich irgendwo im trägen Dunst verlor.

Fernanda hatte, in einem Blok bereits vertrauten Zustand von Abwesenheit, die jedoch dieses Mal eine nach außen gerichtete Aufmerksamkeit war, während der ganzen Fahrt aus dem Fenster geblickt und, Blok kaum zuhörend, mehrmals das Wort *Holunderwolken* wiederholt, das Bild der Landschaft, das sich ihr bot, in diesem Wort zusammenfassend, ein Bild, das sich aus zwei hervorstechenden Elementen zusammensetzte, den vereinzelt niedrig und schwer über der Ebene hängenden Meerwolken und den üppig gerade aufgeblühten Holunderbüschen. *Holunderwolken* – solche Worte, eher aus ihr herausgetrieben als von ihr hervorgestoßen, kannte er inzwischen, nach langen Zuständen des Schweigens kamen sie aus ihr heraus, krochen wie Schnecken ans Licht, waren nie an eine Adresse gerichtet, sondern in den Wind gesprochen, wiederholt, um im Sprechen ihrem sich im Geräusch der drehenden Räder zerfetzenden Klang nachzuhorchen.

Hör mir zu, hatte er gedacht, während sie aus dem Fenster sah, aufgesogen von der zurückfliehenden Landschaft, als wolle sie, was unmöglich war wegen der Geschwindigkeit des Zuges, einen Fixpunkt ausmachen, die Konstante, deren Umschreibung das Wort *Holunderwolken* war; sie war absorbiert, so wie sie immer *Ganz Außen* oder *Ganz Innen* war, in den Dingen oder in sich, aber weder bei ihm, oder einem andern, noch bei sich, und Blok hatte einen verschlüsselten Brief gefunden, den sie, ähnlich wie jenen ersten, den er in der Küche gelesen hatte, den sie, ähnlich wie andere, in ihrem Zimmer herumliegen ließ, Briefe, die, seinen Vorschlag *Experimente im Geheimnis* variierend, Selbsterfindungen waren, Sumpfblüten, papierene Nachtschattengewächse, Verschlüsselungen im Offenlegen.

Ich war ein Kind, stand in dem Brief, der in einem Stapel zwischen ihren französischen Sprachbüchern und Kassetten steckte, *ich war ein Kind und kam am Abend in ein fremdes Haus. Die Mutter stand am Tisch, und vor dem Fenster ging die Sonne unter. Setz dich, sagte sie, ich schneide dir einen Pfirsich. Die Mutter hatte einen dunkel verhangenen Blick. Sie trug einen Schlafanzug, und ihre Hand war eine Eiswüste. Schick mich weg, sagte ich, steck mich in einen Koffer und schick mich weg, dahin, woher ich gekommen bin.*

Ich hatte aber vergessen, woher ich gekommen war. Die Mutter setzte sich und betete den Rosenkranz. Iß, sagte sie, iß, sonst bin ich nicht glücklich. Sie stand auf und stellte sich ans Fenster. An den Fenstern standen Koffer, und auf der Fensterbank lag das Besteck. Komm her, sagte die Mutter, siehst du, dort drüben ist der Park. Der Park war schwarz, denn die Nacht war angebrochen, und ich sah nur eine Wand von Blättern, steifraschelnd wie die aufgespannten Flügel von Fledermäusen.

Die Mutter nahm meine Hand. ›Auf ihrem Kopf schwebte ein

Feenhut.‹ Komm, sagte sie, wir wollen ein Lied singen. Die Bäume kamen näher, und sie sang:

Es sang vor langen Jahren
Wohl auch die Nachtigall.
Das war wohl süßer Schall,
Da wir beisammen waren.

Die Mutter war ein schwarzer Vogel. Plötzlich steckte sie in einem fernen Zimmer und rief, bleib stehen, wo du bist. Und sing das Lied. Ich stand am Fenster und hatte das Lied schon vergessen. Warum singst du nicht, rief die ferne Stimme der Mutter. Ich blickte mich um, aber niemand kam. Jahre schienen zu vergehen, und im Fenster zogen eilig die Wolken vorbei.

In einer Ecke hing ein Vogelkäfig von der Decke. Auf einer Stange saß steif ein Papagei. Ab und zu blinkte sein Auge. Plötzlich krallte er sich an die Stäbe und preßte sich gegen das Gitter. Er schrumpfte, wurde dünn wie eine Feder und quetschte sich zwischen zwei Stäben hinaus.

Zwei Männer kamen – die Mutter hatte sie aus dem Friseursalon im Parterre des Hauses zu Hilfe gerufen –, sie gingen mit langen Armen wie Stangen durchs Zimmer und fingen mit riesigen weißen Händen den Papagei, der an der Decke hing.

Der Papagei saß wieder auf der Stange. Er verlor sein Gefieder. Warum verliert er seine Federn, fragte die Mutter. Sie zog sich eine Schürze an und tröpfelte Vitaminsirup in sein Trinkwasser.

In der Nacht sah ich, wie der Vogel versuchte, zusammenzuschrumpfen. Er zog den Kopf ein, er kniff den Körper zusammen, er preßte das Gefieder an sich, er stieß die Luft aus und hielt den Atem an. Aber diesmal gelang es ihm nicht, sich durch die Stäbe zu quetschen.

Seither riß er sich die Federn aus. Er tat nichts anderes mehr als, verrenkten Kopfes, verdrehten Halses, hackenden Schnabels zu rupfen, in einem manischen ununterbrochenen Bewegungsmarathon.

Eines Morgens lag er, von der Stange gefallen, mit blutig aufgehacktem Körper am Boden des Käfigs.

Das Leben ging munter fort. Es gab noch andere Tiere. In der

Standuhr steckte ein Bär. Es war einmal ein Bär, sang die Mutter, den fingen die Häscher und legten ihn an eine lange Kette. Sie brachten ihn in die Stadt, und er mußte auf dem Marktplatz tanzen und eine Trommel schlagen, und die Kinder grapschten nach seinem Fell. Eines Abends fand ich ihn auf seinem Lager und sah, wie er sich die Tatzen leckte. In der Nacht führte ich ihn an seiner langen Kette aus der Stadt und versteckte ihn in der Uhr. Dort liegt er unter dem Pendel und träumt von den Wäldern. –

Ich saß im tiefen Sessel und hörte im Zimmer viele Geräusche. In einem Laufställchen lief ein Kind. In einem Gitterbett schlief ein anderes. Seine Atemzüge waren wie das Klagen des Windes im Schilfrohr. Auf dem Fußboden drehte sich eine schwarze Schellack-Schallplatte, und die Nadel knirschte durch die Suite Nr. 1 *von Bach. Zwischen den Geigen kratzte die Feder der Mutter auf Briefpapier, klingelten ihre Armreifen gegeneinander. Ein Mann pfiff und ging auf leisen weißen Tennissohlen durch das Zimmer.*

Eine Glocke läutete, und die Mutter saß auf dem hohen Stuhl. ›Über ihrem Kopf schwebte der Richterhut.‹ Warum lügst du, fragte sie und pochte mit dem Fingerknöchel gegen den Tisch. Ich schrieb dir viele Briefe, flüsterte ich, in denen stand die Wahrheit. Als du die Wahrheit sahst, schwarz auf weiß, *fuhrst du aus deinem Stuhl. Eine Unverschämtheit, riefst du und ließest dir deine Magentropfen reichen. Du stecktest mich in ein Badezimmer, sperrtest die Tür zu und löschtest das Licht.*

Flüstere nicht, sagte die Mutter. Wer nicht lügt, der stirbt, flüsterte ich, aber wer lügt, stirbt trotzdem.

Die Glocke klingelte, und es war eine andere Jahreszeit. Es war eine Winternacht, und doch war es draußen taghell. Weißglitzernd zogen die Wege im Park sich in die Weite. Unter den Bäumen, Kristall-Alleen, fuhr die Schneekönigin in ihrem Schlitten. Die Fensterscheibe war Eis am Gesicht. Niemand draußen zu sehen. Nachtblau der Himmel und eine weiße Feenlandschaft.

Kommt, Kinder, rief die Mutter. Wir wollen den Weihnachtsbaum anzünden. Die Schwester war schon höher gewachsen als das Gitter des Laufställchens. Der Bruder ritt auf einem Spielzeugesel auf Rädern. Wenn der Bruder aß, stülpte sich sein Magen um wie ein Müllsack und Essensbrocken lagen verspritzt auf dem Boden. Iß, sagte die Mutter, iß, damit ich glücklich bin. Der Bruder konnte aber nur im Freien unter den Bäumen essen, wenn er vergaß, daß er aß. Mittags hatte die Mutter gesagt, iß. Oder es passiert was. Der Bruder fing an zu essen. Zitternd blickte er vor sich in den Teller. Nach dem dritten Löffel stieg es in ihm auf, kochte, schleuderte sich aus dem Mund. Die Mutter drehte den Ofen an. Die Mutter setzte den Teekessel auf. Die Mutter sagte, der Ofen ist heiß. Steck den Kopf in den Ofen. Der Bruder steckte den Kopf in den Ofen. Ist es heiß, fragte die Mutter. Eine Stimme kam aus dem Ofen. Ja, es ist heiß. Komm heraus, sagte die Mutter, willst du jetzt essen? Der Bruder stand vor dem Teller und wimmerte. Die Mutter sagte, zieh den Pullover aus. Der Bruder zog den Pullover über den Kopf. Auch das Hemd. Das Hemd fiel auf den Boden. Die Mutter nahm den Teekessel und spritzte das kochende Wasser über den Rücken des Bruders. Da, wo die Haut weggebrannt war, sah man lange Zeit rosa Flecken.

Jetzt aber war Abend. An dem Baum hingen hektische Streifen von Silberlametta. Die Mutter liebte Silber und Weiß. Weiße Kerzen wie Eis. Kirchenkerzen aus kalten Kreuzgängen. Silberne Kugeln. Die Mutter sang: Es ist ein Ros' entsprungen / Aus einer Wurzel zart.

Der Dorn steckte im Herzen. Der Dorn war eingewachsen. Da, wo der Dorn saß, war ein totes Stück Fleisch. Das tote Stück Fleisch machte, daß die Mutter des Nachts plötzlich den Rosenkranz beten und Kerzen anzünden und ihre Kinder in blaue Samtkleider mit weißen Kragen kleiden mußte. Wenn der Mann kam, mußte sie sich ihm in den Arm hängen und ihm rotgestrickte Hüttenschuhe mit Sternen schenken. Wenn es nichts half, wechselte sie ihren Platz. Sie verließ ihren Stuhl, das helle Zimmer zum Park. Liegend, hoch aufgebahrt blieb sie im hinteren Zimmer. Die Zeit verging, und sie grübelte darüber nach, wo sie ihre Feder verloren haben könnte. Sie rief alle an ihr Bett und sang:

Herr, schicke, was du willst,
Ein Liebes oder Leides.
Ich bin vergnügt, daß beides
Aus deinen Händen quillt.

Ich hatte gelernt, die Worte zu behalten. Wenn sie sagte, sing das Lied, sang ich. Die Schwester streifte draußen vor der Tür. Sie sang keine Lieder. Sie lief aus dem Haus und spielte mit anderen Kindern im Park. Im Park gab es ein Karussell, Klettertürme und Schaukeln. Schwäne auf dem See und Eichhörnchen in den Bäumen. Sie kam mit Sand in den Haaren zurück und schmiß die Tür, und die Weinkelche klirrten im Buffet. Die Schwester war: Draußen. *Ich:* Drinnen. *Ich ging im Zimmer umher und schüttelte die Decken und faltete die frischen Nachthemden. Die Mutter hatte die Stimme verloren, sie lag in den Kissen mit einer tief in die Kehle gerutschten Wolfsstimme. Ich sang an ihrer Statt.*

Es läuft der Frühlingswind
Durch kahle Alleen.
Seltsame Dinge sind
In seinem Wehn.

Der Feenhut lag verstaubt unter dem Bett. Einmal bat sie mich, ihn hervorzuholen. Ich gab ihn ihr, und sie klopfte den Staub ab. Ihre Augen waren funkelnde Räder geworden unter dem spitzen Zylinder. Neben ihrem Bett stand ein Korbwägelchen auf Rädern. Unter dem Deckchen lag eine Puppe. Sie hatte ein Menschengesicht mit sanften Augen und einen Körper aus Bärenfell. Sie zog die Puppe aus dem Wägelchen und warf sie in die Luft. Sie streichelte das Fell und kroch ins Innere der Puppe. Sie sprach mit der Stimme der Puppe. Guten Morgen. Wie ist das Wetter heute? Was steht in der Zeitung? Laß mir das Badewasser ein. Einen Tee, bitte. Wenn die Puppe schlief, sprang die Mutter auf und rannte im Zimmer umher. Sie lief im Kreis, immer rundherum, in ihrem kurzen grünen Hemdchen, sie schwenkte ein Taschentuch und hechelte, ich werde gejagt, ich werde gejagt, ich werde gejagt.

Dann starb ein Freund, und wir gingen alle zur Beerdigung. Wir spielten: Aufmarsch der Familie. Die Trauerkleider hatten wir uns geliehen, denn wir waren verschuldet. Wir waren immer verschuldet. Die Kinder brauchten: Ballett- und Klavierunterricht. Die Mutter brauchte: einen roten Teppich und ein ›Zimmer für sich allein‹. Die Mutter trug einen schwarzen Hut mit einer goldenen

Agraffe am Hutband. Der Hut fiel ihr vom Kopf, als sie den Kopf in den Nacken legte, um die Kommunion zu empfangen. Ich trug ihren Hochzeitsmantel. Es war ein grauer Mäusemantel mit einem Persianerkragen. Die Schwester weinte. Sie hatte Angst vor den Geigen und den vielen Blumengebinden. Die Mutter stand dicht am offenen Grab. Als die Reden beendet waren, nahm sie ihren Hut und warf ihn auf den Sarg in die Tiefe. Dann schüttete sie eine Schaufel mit Erde hinterher.

Als wir nach Hause zurückgekehrt waren, gingen die Gedanken der Mutter im Kreis. Dein Vater wird uns verlassen, sagte sie zu der Schwester, geh hin und zerschneide seine Autoreifen. Die Schwester weinte und nahm ein Messer. Sie ging in die Garage und kroch zwischen Spinnennetzen an der Wand entlang zu den Rädern.

Als der Mann nach Hause kam, sah er, was geschehen war. Einen Moment vor der Totenstille öffnete ich den Schrank. Unter den Schuhen lag die Bärenpuppe. Ich kroch in den Schrank und zog die Tür hinter mir zu. Ich kauerte mich in eine Ecke und schloß die Augen. In der Dunkelheit roch ich die alten Kleider, das Holz und den Wald.

– Wolken, wiederholte Fernanda, Wolken wie auf den Bildern von Ruisdaël, und verschränkte ihre Hände ineinander, wie sie es immer tat, wenn sie eine Entdeckung machte, ein wenig steife Hände mit glatter Haut und farblosen Nägeln, ineinandergelegt wie zusammengeklappte Fächer, die lagen auf ihrem buntgewürfelten Rock, den Blok ihr noch nicht ausgeredet hatte, obwohl er am liebsten wegsah, wenn sie ihn trug, ein Rock mit einem Harlekinmuster, als ginge sie zum Karneval, und mit einer winzigen weißen Narbe an der Wurzel ihres Daumens beschäftigt, fühlte er sich mit diesem Teenager-Röckchen wie unter einem bunten Fetzen Segel zwischen zwei anders gewandeten Galionsfiguren, dem ewigen Blauweiß von Franziskas Streifenkleidern und Fannys folkloristischen Tuchgewändern. Denn wie Galionsfiguren, wie eherne Wächter würden sie an der Treppe vor dem Bahnhof warten, die *Konstanten*, hatte Blok gedacht, und plötzlich erschreckt wie als Kind, als er sich bei der Aussicht, einige Ferientage in der Gesellschaft weiblicher Verwandtschaft verbringen zu müssen, in den Kamin verkrochen hatte, wollte er Fernanda überreden umzukehren, ein einsames Wochenende in Paris, wollte er sagen, wir lassen die Koffer am Bahnhof und verbringen einen wunderbaren Nachmittag an der Bastille, wollte er sagen, obwohl es ihre *erste Reise aufs Land* war, wie sie mit einer überschwenglichen Begeisterung gesagt hatte, hinter der sich aber eine Fügsamkeit versteckte; Fügsamkeit, Folgsamkeit, denn wenn sie auch damit beschäftigt war, aus dem Fenster zu blicken und *Wolken wie von Ruisdaël* zu sagen, so war sie ihm doch gefolgt, zur Gare de Lyon, in den Zug, und vielleicht in eine plötzlich bei der Vorstellung der schönen kühlen Zimmer in Tarduz und eines Wochenendes mit drei Frauen aufsteigende Traurigkeit. An mögliche Schwierigkeiten, die sich aus der abgeschlossenen Situation ergeben könnten, hatte er keinen Gedanken verschwendet, denn er vertraute ihrer Fähigkeit als *Überbrückungs-Künstler*, ein Talent, das sich aus ihren Bitterkeiten entwickelt hatte, im selben Rhythmus wie die getrockneten Hortensiensträuße vor Franziskas Spiegel, ihre Zeitungsausschnitte und Familienphotos in Kartons, ihre Kurzsichtigkeit und Schläfrigkeit, wie Fannys Vodka, ihre in Skulpturen versteinerten Explosionen, ihre Männerhüte und ihre in der Küche aufbewahrten Nagellackfläschchen. Wie zwei Säulenheilige würden sie an der Bahnhofstreppe warten, auf eine gegen sich selbst gerichtete Weise an etwas festhaltend, von dem Blok nicht wußte, ob sie es manchmal Liebe, öfter aber Gewohnheit oder Angst nannten, und gerade für die Dauer einer Räderumdrehung, für den Moment, als durch den Spalt des geöffneten Fensters der Geruch eines reifenden Gerstenfeldes vorüberflog, wußte er, daß seine plötzlich aufsteigende Trauer mit der Figur zusammenhing, die sie in Tarduz, mehr als an anderen Orten, bilden würden; eine Figur, die ihm jetzt, als er sich vorstellte, wie sie am Abend mit ihren Gästen am Tisch säßen, als ein als Anhänglichkeit getarntes Arrangement vorkam, oder schlimmer, als eine als Arrangement getarnte Abhängigkeit, und als

Fernanda ihn von schräg unten anblickte, fragend, Zustimmung erwartend, aber dieses Mal war er es gewesen, der nicht zugehört hatte, sah er das im Arrangement verschwundene tragische Element der Figur, daß Liebe etwas *Gegen-sich-selbst-Gerichtetes* sei, das er früher nur bei Frauen gefunden hatte, auf sich selbst zurückgeblendet, wie der im Bild über Fernandas Sitz, einem Reiseprospektphoto aus der Auvergne, blinkende runde Lichtkreisel, der ihm in die Augen spiegelte. Ruisdaël, wiederholte Fernanda mit spöttisch hochgezogenen Augenbrauen, mit zwei Fingern dicht vor seinen Augen schnippend, Wolken wie auf den Bildern von Ruisdaël, und jetzt erkannte er seinen eigenen Ausspruch, den sie mit weichem Klang wiederholt hatte, denn sie waren, an einem stickigen Nachmittag einige Tage zuvor, im Louvre gewesen. Während Fernanda die Bilder betrachtete, waren, je nach ihrem Standort, durch das halb abgedeckte, gewölbte Glasdach des Museums Licht- und Schattenflecken auf ihr Gesicht gefallen, und im Wechsel dieses Vexierspiels wurde sie ihm entzogen, obwohl er noch wenige Momente zuvor, angesichts ihrer aufmerksamen Betrachtung der Bilder, gemurmelt hatte, mein Wachs, mein weiches weißes Wachs, Wachs in meinen Händen, das nichts weiß, das neugierig ist auf dies und jenes, auf das *Unbekannte*, das ihr an jeder Straßenecke zustößt, die eingesperrten Schwäne in den Käfigen am Quai de la Mégisserie, die Verliese von Marie Antoinette in der Conciergerie, eine Pommes-frites-Bude auf den Stufen vor St. Gervais, an der sie mit drei Clochards ins Gespräch kam, eine Katze in einem Schaufenster, schlafend in der Wärme der Glasscheibe zwischen Stoffballen und müde den Kopf hebend, einen Saxophonspieler auf dem Pont St. Louis – und im *Unbekannten* wurde sie ihm entzogen und angenähert zugleich. *Alles, was du willst*, wollte er ihr zeigen, und sie hatten sich auf einer Brücke, in einem Café oder an einer Straßenecke getroffen, und manchmal, wenn es spät war, war er mitgegangen in ihr *Chambre de Bonne*, wie die Dachzimmer und ehemaligen Dienstbotenzimmer in Paris hießen. Wenn er dort lag, fühlte er sich seltsam zurückversetzt und vertauscht in ihrer *Lebensform Mansarde*, als hätte er dort gewohnt und auch nicht, und das kleine Fenster, das zu einem Bett aufgeklappte Sofa, den dünnen Teppich, den Holzstuhl, den Tisch, die braune Tapete und den kleinen summenden Kühlschrank betrachtend, an den sie Postkarten geklebt hatte, versuchte er, sich an ein anderes Fenster, ein anderes Sofa zu erinnern, während sie ihre Haare bürstete, die Haarbüschel aus der Bürste zupfte und zusammengerollt aus dem Fenster warf. Meist kam sie ohne Umstände zu ihm ins Bett, sie tat es zugleich mit der Miene einer mit Lockenwicklern und Nachtcreme versehenen Ehefrau, die in Gedanken noch mit der fälligen Badewannenreparatur beschäftigt ist, wie mit der einer Elevin in einer Musikmeisterklasse, deren Körper noch einmal den Rhythmus der am Tag geübten Tonfolgen absolvierte. Das *Ohne Umstände* störte ihn sehr, so daß er in diesen ersten Wochen mehr aus dem Grund mit ihr geschlafen hatte, um sie danach einschlafen zu sehen; sie schlief stets vor ihm ein, wenn er noch dalag und den auf den Boden geworfenen hellen Fensterausschnitt betrachtete, ihre Beine durch seine geschlungen, wie es ihre Angewohnheit war, und dennoch weit weg, nicht zu fassen, nicht einmal im Schlaf ausgeliefert und verletzlich, in kindliche Schutzlosigkeit verfallend wie Franziska, sondern wie in einen künstlichen Schlaf versenkt, in einem steinernen Traum befangen, in dem ihr Herz wie ein Stein durch unendliche Müllhalden rollte; dabei leicht und kühl, und er hatte, auf das nicht enden wollende Summen einer Telephonklingel horchend, die durch das offenstehende Fenster aus einem anderen Haus herüberdrang, ihre spöttische Antwort, *ich liebe niemanden*, im Ohr, die sie ihm vor Wochen in Fannys Wohnung gegeben hatte, während sein linkes Bein einschlief und er versuchte, es vorsichtig aus ihrer Umschlingung zu ziehen, um sie nicht zu wecken, und er zwischen Verwunderung und einem, wie er sich sagte, überflüssigen, Anflug von Groll darüber nachgrübelte, daß ihre Zärtlichkeit kein Ausdruck von Liebe, sondern ein Zugang zur Welt war, denn noch im Schlaf streichelte sie zuweilen das Kissen, an der Stelle, wo sein Kopf hätte liegen müssen, wenn er aufgestanden war, um das Fenster zu schließen.

Sie warteten, wie er vorausgesehen hatte, jedoch nicht auf der Treppe vor dem Bahnhof, sondern im grellen Licht auf dem Bahnsteig, eifrig aufeinander einredend und hin- und hergehend, Franziska klimperte mit dem Autoschlüssel in ihrer Hand, und einen Moment faßte er beide Frauen *ins Bild* – Franziska in einem noch schlampigeren Aufzug als gewöhnlich, als sei sie mit Gartenschere und Schaufel ins Auto gestiegen, und Erdklümpchen klebten noch unter ihren Nägeln und an ihren Knien, in einer alten Hose, einem in der Wäsche eingelaufenen, aber heißgeliebten *Wolljäckchen*, das sie um die Schultern gelegt hatte, mit verstrubbeltem, in die Augen fallendem Haar und müden Ringen unter den Augen; und Fanny, hochaufgeschossen wie einer der gußeisernen Pfeiler, die das Vordach trugen, mit einem Hängerkleid und einem lächerlichen kleinen grünen Strohhut, unter dem ihr gebräuntes, zusammengekniffenes Gesicht hervorkam, mit bloßen Füßen und flachen Sandalen, einer großen Tasche, von der sie sich selbst auf einer so kurzen Strecke nicht trennen konnte, als müsse sie auch auf einem Dorfbahnhof darauf vorbereitet sein, Bonbons anzubieten oder Telephonmünzen griffbereit zu haben oder ihre Handcreme aus der Versenkung hervorzukramen, um sich, besessen von der Furcht vor ausgetrockneter Haut, die Hände einzureiben, Fanny die stets Gewappnete, mit steifem weitem Wappen-Schritt ausschreitend, die flache Tasche wie ein Schild an ihre Seite gepreßt – er faßte sie also *ins Bild*, wie sie auf ihn zukamen und ihn begrüßten, und er stellte fest, daß sie *waren wie immer* (obwohl er wußte, daß es das nicht gibt), aber er sagte sich, sie sind wie immer und umarmte sie und Küßchen links und rechts und ging von ihnen umrahmt die Treppe hinunter und hörte den neuesten Dorfklatsch, daß der Nachbar sich immer noch weigere, die Weide, die ihm die Gemeinde abkaufen wolle, freizugeben, bis jetzt habe er sich erfolgreich gewehrt, daß er einen Schafsbock habe verkaufen müssen, weil er ein Ausbrecher war, mehrere Male gegen den Zaun angestürmt war, ihn niedergetrampelt und die Herde mit sich gerissen habe, daß seine Frau sich endlich aufraffe, nachdem sie Monate vor sich hin gedämmert habe nach dem Tod ihres Kindes, nun könne man ihr wieder Weißwäsche bringen zum Flicken und Plätten.

Sie sind wie immer, dachte Blok, Taschenspieler, Spiegelspieler des Immergleichen, das es nicht gibt, aber bei ihnen gibt es im Juni die Erdbeeren, im Spätsommer die Feigen und im Winter die Nüsse. Seine Traurigkeit war verflogen, und er betrachtete Fernanda, die bereits eingehakt ging mit Fanny und sich die Ortschaft erklären ließ und: wo die Eier und wo die Zeitungen? und: hier sind wir einmal fast gegen den Prellbock gefahren, es war Nacht, und wir hatten einiges getrunken, hörte er Fanny sagen, und sie stiegen in den altersschwachen VW, den Franziska seit Jahren fuhr, den *Sandkäfer*, wie sie ihn nannte, denn innen war er vollkommen sandig, es waren keine Sandreste, die man aus den Ferien am Meer mit nach Hause geschleppt hat, auch keine lockere Schicht, sondern eine, wenn auch dünne, Sandkruste, die sich über die Sitze und den Boden gezogen hatte und von Franziskas ewigen Erd- und Gewächstransporten stammte, wobei die neugekauften Pflanzen oft wochenlang in einer offenen Kiste in der Remise herumstanden, bevor sie sie einpflanzte, als habe sie sie, nach der Anstrengung des Kaufs, längst vergessen, und auf die durchgeschabten Stellen in den Sitzpolstern hatte Franziska kleine flache Kissen gelegt. Fanny und Fernanda kletterten nach hinten, Franziska lenkte, und sie fuhren, durch hochgrasige Wiesen, reife Kornfelder, zwischen kurvigen Knicks, die gewohnte Strecke, auf der ihnen jetzt um die Mittagszeit niemand begegnete. Franziska hupte trotzdem mehrmals vor jeder Kurve, die Geschwindigkeit verringernd, um einem Gegenfahrer ihr Kommen zu signalisieren, und beim langsameren Holpern über staubig aufwirbelnden Schotter spürte Blok die kleinen Steinchen, die gegen den

Blechboden schlugen, er mochte das Holpern und Rucken des Wagens, das Krächzen einer Elster, mit dem sie ihren Abflug aus dem Versteck einer dichten Baumkrone ankündigte, das Rieseln der Blätter in den Pappeln, die die letzte Wegstrecke säumten, und im Hintergrund hörte er Fanny erklären und Fernandas erstauntes, höfliches und einsilbiges Ja oder Nein, und Franziska, die ihm sagte, dieses Jahr müßten sie wirklich einen neuen Herd kaufen, so ginge es nicht weiter, nein wirklich, und er dachte, daß alle zufrieden wären.

Aber als sie ausstiegen und das Tor öffneten und den Wagen in der Scheune parkten und das Tor wieder schlossen und den Kofferraum öffneten und die Kartons mit Lebensmitteln ins Haus schleppten, die Fanny und Franziska am Morgen eingekauft hatten, fand er sich plötzlich (obwohl halb erwartet, und obwohl er sie selbst gesucht hatte) eingeschlossen in eine Situation *Wochenende auf dem Lande*, zwischen einer im Durchzug der offenen Haustür zerfahren herumflatternden Franziska, zwischen auf den Treppenstufen vor dem Eingang abgestellten Gummistiefeln, einer Milchkanne mit verwelkten Wiesenblumen, einem Netz Kartoffeln und einer Tüte Vogelfutter, und zwischen einer verlegen-verloren im offenen Scheunentor herumstehenden Fernanda, bis sie sich, um schließlich irgend etwas zu tun, entschloß, einen Karton mit Küchenpapier ins Haus zu tragen, so daß sich Blok, um diesem *Zwischen* zu entkommen, in eine hintere Ecke des Gartens verzog, in der Zeitung der Region blätternd und in den Bleibuchstaben die Kräuselungen des Flüßchens Yonne verfolgend, das durch Auxerre floß und das er halluzinatorisch aus den über das Papier huschenden Sonnenreflexen hervorblinken sah, als Fanny mit einer Schale Johannisbeeren kam, sich neben ihn setzte und langsam anfing, die Beeren von den dünnen Zweigen zu streifen.

Am Abend erwarteten sie Gäste. Blok, an der hinteren Gartenmauer unter der flach wie ein Schirm sich aufspannenden Krone einer Esche sitzend, wiederholte sich, wie Franziska das Wort *Gäste* aussprach – ohne die Breite eines *ä*, brachte sie einen Vokal hervor, der, nasal und eng gesprochen, eher einem *e* ähnelte, und vor diesem *Gäste-Geste* (eine Geste des Schlafs, eine Hand, unter das schlafende Gesicht geschoben, eine Hand, wie am Strand vergessener Seetang über die Sessellehne hängend, schien ihm die Ur-Geste, in der sie zusammengefaßt war) kam er auf Fannys *Fäste* (ihr Feste-Feiern, ihre Festigkeit) und auf Fernandas *Räste* (ihre Alptraum-Reste, die sich in ihren Briefen niederschlugen wie ein Rest Wein im Glas), aber bevor er in diesen düster-rotweinvioletten Resten hängenblieb, unterbrach ihn Franziska, die den Nachmittag lieber im Liegestuhl verbracht hätte, mit ihrem Strohhut und einem Buch, sie hatte zwischendurch ein wenig Unkraut gerupft und den Milchtopf gekittet, denn wegwerfen konnte sie ihn natürlich nicht, obwohl er nur ein paar Francs wert war, wir haben ihn schon so lange, sagte sie und warf ihm, vor den Lupinen hockend, um eine Klette auszureißen, von unten her einen ihrer verschleierten, aufgerissenen, nichts deutlich ins Auge fassenden Blicke zu, weißt du noch, wir hatten ihn schon, als wir noch in der Scheune wohnten, jeden Morgen kam die Milchfrau und füllte die Milch darin ab aus einer großen Kanne, und manchmal vergingen Tage, ohne daß ich einen anderen als sie und den Postboten, der zweimal in der Woche durch den Wald geradelt kam, Briefe brachte und unsere mitnahm und in der Küche saß und mit mir Tee trank, zu sehen bekam. Ins Gras gehockt, zerfahren zwischen den Lupinen rupfend, während in der Küche die Sachen halb ausgepackt herumlagen, dachte sie offenbar nicht daran, mit den Vorbereitungen für den Abend zu beginnen, sondern, drei Meter von ihm entfernt hockend und zupfend, war sie unmerklich, wie an einer unsichtbaren Kette gezogen, näher und näher gerückt, an den Boden gedrückt, über das Gras geschleift wie ein Hund, der es nicht aushalten konnte, nicht im Innern seines, Bloks, Kreises, seines Atem- und Wärmeradius zu sein, und an den Rand gedrängt, lief er unruhig die Linie der Peripherie ab, eine eingewachsene Scherbe zwischen den

Zehen und ein verhallendes Jaulen – sie war ganz *niedergelegt, auf dem Sprung* und *äugend*. Das Äugen war eine Auflösung, war eine Geste gegen Gäste, gegen Tischgespräche, wie sie heute abend stattfinden würden, es war ein Zuviel an Innerlichkeit und ein Zuviel an Gesellschaftlichkeit, denn sie hatte, befremdet von jeder Pose, ein tiefeingewurzeltes Mißtrauen gegen Leute, die Musik, Malerei oder Literatur als Broterwerb betrieben, und unter den Gästen war ein Orchestergeiger, ein Freund von Fanny, auf der Durchreise. Es mußte das Mißtrauen ihrer Vorfahren sein, dachte Blok, die, jeden Morgen über ihre Felder reitend, etwas vom Stand des Korns oder einem Landrats- oder Ministeramt verstanden hatten, und sofern sie zeichneten oder aquarellierten, hatten sie es als mit leichter Hand Dilettierende getan, wie die Skizzenbücher in Sepia, die Reisetagebücher in Kohle und Porträts in Pastellkreide bewiesen, die Franziskas Mutter ihr eines Tages, kommentarlos, wie es ihre Art war, aber mit einem weitschweifigen Brief über eine neue Honigsorte, die sie von einem Cousin als Geburtstagsgeschenk erhalten hatte, in einem Paket verschnürt zugeschickt hatte. Blok, mit seinem einzigen Stück *Blaubart*, bildete eine Ausnahme, weil er eine *Brücke* war, wie sie sagte, weil er alles in sich habe, Großstadtstraße und Bauerngarten, Bibliothek, Atelier und Spieltisch (obwohl er an ihrem kleinen Tisch mit eingelegtem Schachbrett stets nur seine Post gelesen und eine Tasse Tee getrunken hatte), Twist und violette Samtjacke, Horaz und Osborne, und obwohl er sich oft gefragt hatte, ob das Wort *Blok-Brücke* nicht eine Abwehrformel gegen das Wort *Blok-Schriftsteller* war, wiederholte er sich diese Frage und sagte sich, während sie, fast schon zu seinen Füßen, eine Handvoll Brennesseln in einen Abfallkorb warf und mit einer kleinen zweizinkigen Harke die Erde lockerte, ich bin das Bild, das sie sich von mir macht. Verschwunden hinter dem Paravent, den sie wie eine schalldämpfende Tapetenwand vor sich aufgestellt hat aus Abwehr gegen alles Laute, gegen das, was sie, beiläufig und lakonisch, als *laute Männerstimme* bezeichnete, denn, ohne

Vater aufgewachsen, habe ihr die vertraute Gewöhnung an die männliche Stimme gefehlt, aber Blok hatte sie als *Brücke* auserkoren, *Brücke*, die alles war und nichts – und hob fragend den Kopf, mit wieviel Personen sie rechnen müsse am Abend, ob das Besteck reiche oder sie bei der Nachbarin etwas leihen müsse.

Fernanda stand an die Hauswand gelehnt, das Gesicht hinter einer Sonnenbrille versteckt, hochmütig und abweisend, und schien in der nächsten Sekunde fragen zu wollen, wann fährt der Nachmittagszug zurück nach Paris? Als sie merkte, daß Blok sich nach ihr umgesehen hatte, stakste sie mit ihren nackten Beinen, die im Sonnenlicht von einer kalkigen Schuppenschicht überzogen schienen, quer über die Wiese, die, seit langem nicht gemäht, durchsetzt war von Klee, Gänseblümchen und Butterblumen, staksend, weil sie sich beobachtet fühlte, was ihren Gang ungelenkig machte, als sie versuchte, wie über eine Bühne zu gehen, und stellte sich an die Mauer am unteren Ende des Gartens, auf Zehenspitzen, das, was dahinter lag, ins Auge fassend, und sagte, mit dem Rücken zu der übrigen Gesellschaft, der Horizont ist abgeschlossen. Der Wald schließt den Horizont ab.

Blok stand auf und faßte sie um die Schultern und sagte, ich will dir die Umgebung zeigen, komm, später wird es vielleicht regnen, und wußte, während er im Vorbeigehen den anderen beiden zunickte – dem *Bild des Friedens*, das sich zusammensetzte aus einer mit Strohhut im Gras vor Lupinen Hockenden, einer anderen mit nackten Armen und vom Saft der Beeren rotgefärbten Händen, auf den Schenkeln eine Schüssel balancierend, er nickte diesem Bild eines *Nachmittags auf dem Land* zu, mit wilden Schlehen im Hintergrund und den alten grünen Eisenstühlen, die um den Tisch herumstanden, auf dem eine Gartenschere, Rostflecken und weiße Platschen von Vogelscheiße sich ein Stelldichein gaben –, daß ein stummer Katalog von Fragen die Zurückbleibenden bedrängte, während sie mit trockenen Augen den Aufbruch verfolgten, heiter winkten und riefen, bis bald, auf nachher, und seht zu, daß ihr nicht in den Regen kommt, während sie ins Haus gehen würden, eingehakt, und mit den Vorbereitungen für den Abend begännen, sich stellend, als wenn nichts anderes sie beschäftige; sich nicht anders zu helfen wissend, als eifrig durchs Haus zu laufen, sich mit Handreichungen zu unterstützen und zu versuchen, im Auseinanderfalten des Tischtuchs, im Putzen des Gemüses und im Heraussuchen des Bestecks das vage Gefühl, um etwas betrogen worden zu sein, zu begraben.

Sie gingen langsam durch eine Allee von morschen Edelkastanien, die zwei rechts und links sich bis zum Horizont erstreckende Kornfelder durchschnitt und bis ins zwei Kilometer entfernte nächste Dorf führte. Unter den Bäumen stand gewitterschwüle Luft, und die Spitzen der Ähren, die zwischen den Baumstämmen sichtbar wurden, lagen unter einer flimmernden Dunstschicht, in der Blütenstäubchen und Insekten tanzten. Nach wenigen Minuten setzte der Regen ein, aber nicht, wie zu erwarten gewesen, in prasselnden Wassermassen eines sich donnernd entladenden Gewitters, sondern in feinen, gleichmäßigen Fäden herabsinkend, die aber gleichwohl, in den Blättern rauschend und den Staub des Weges durchtränkend, die Schwüle auflösten.

Blok hängte Fernanda seine Jacke um, und nachdem sie eine Weile schweigsam nebeneinander hergegangen waren, sagte Fernanda, das Knirschen des feuchten Kieses zwischen ihren Worten, so lebt ihr also. Sagte es, wie Blok nach einem Seitenblick auf Fernandas Gesicht fürchtete, wie jemand, der schon entschieden hatte, ungeduldig und geblendet von der Erwartung, mit der sie jeden Tag das Haus verließ, einer unbestimmten und von ihr geleugneten Erwartung, weil sie sie glauben ließ, daß ihr, beiläufig und zufällig und gleich *um die Ecke* noch einmal das *Wunderbare* zustoßen könne; genau wissend, was sie suchte (nichts ahnend, ob es das sei, was sie im Zentrum des Rätsels finden würde), mit der Sicherheit eines Träumers wünschend und urteilend, einer Sicherheit, die sie verlöre wie der Schlafwandler, der, in seinem somnambulen Vorwärtstasten angerufen, vom Dach fiele. Ich werde dich nicht anrufen, dachte er, denn du bist das *Andere* (etwas, womit niemand auf die Dauer leben kann, nicht einmal du selbst), und er ertappte sich dabei – während er einige Bruchstücke einer anderen Geschichte *So lebt ihr also* zu beschreiben versuchte, die Anfänge endloser nächtlicher Debatten, der Farbe in einem Glas Campari, des Winds und des Regens an einer bestimmten Bushaltestelle, der Filme, zu deren Vorführung sie sich, einer Geheimsekte gleich, an der Ecke der Rue des Ecoles getroffen hätten, der Liebesspaziergänge durch die Goutte d'Or oder durch die Vorstädte entlang der Peripherie –, daß er diese Geschichten zugleich mit Franziskas Auge betrachtete. Als habe er, ohne es zu wissen, unterwegs das Feld im Schachbrett gewechselt und als brächte erst Fernandas Frage es ihm in dieser Nachmittagsstunde zu Bewußtsein, kam ihm, was er erzählte, plötzlich lächerlich und klein vor, nichts als Stimmungen, würde Franziska sagen und ihre Aufmerksamkeit der lahmenden Pfote einer Katze oder einer abgeknickten Pfingstrose zuwenden. So leben wir, sagte er, im Begriff, ihr zu erklären, was er für sich den kleinen *Alltag der Surrogate* genannt hatte, einen Alltag, in dem das Leben aus den Personen abgezogen war und in allem, was sie sich als Ersatz angeschafft hatten, umhergeisterte; verwundert seinem eigenen Redefluß zuhörend, weil er diesen Alltag plötzlich verteidigte, als müsse er Fernanda dafür gewinnen, als wäre er nicht stets nur sein Beobachter gewesen, sondern sein Mitspieler (auf Franziskas Feld), und wenn es dir banal vorkommt, sagte er – wohl wissend, daß er mit einer *Brückenstimme* sprach, einer *Überbrückungs-Stimme*, als gäbe es keinen Graben, sondern als säße das Ich im Alltag wie im Kartoffelbrei, als ginge es nicht darum, diesen Weg, vor und zurück, immer wieder zurückzulegen –, daß eine Frau, fuhr er fort, in einer Schüssel mit Johannisbeeren wühlt, an einem Nachmittag im Sommer, und eine andere Unkraut zwischen Lupinen rupft – – –.

Der Regen setzte heftiger ein, und sie stellten sich unter einen Baum, um den, wie eine aus dem von der Nässe bereits dunkel gefärbten übrigen Boden herausgeschnittene helle Sandscheibe, ein trockener Kreis geschnitten war, der von Minute zu Minute, je weniger die Blätter das Wasser auffangen konnten, enger wurde. Wenn es dir banal vorkommt, murmelte er, seine Nase an ihrer Haarspange, daß ein Mann mittleren Alters nicht mehr nach unbekannten Wirklichkeiten sucht, die im Alltag verschüttet sind, daß er die Illusion aufgegeben hat, Bücher zu verfassen sei der geeignete Schlüssel dazu, wenn er, der sich einmal als *metaphysisches Temperament ohne Metaphysik* bezeichnet hat, bis zu dem Tag, als er die Treppe herunterfiel, drei Stufen nur, in Tarduz, aber sie haben genügt, um fröhlich mit dem Hut zu winken und aufzuhören, nach dem *Anderen* zu suchen – – –. Nein, nein, rief Fernanda, ihm die Hand auf den Mund legend, rief lauthals, als müsse sie ihn vom anderen Ende der Allee zurückrufen, ich weiß, daß du lügst. Du willst mir ein neues Ende deines Stücks erzählen, Blaubart wird zu Philemon, alle halten Händchen und eine über den Weg rollende, aus ihrer Schale geplatzte und noch feucht glänzende Kastanie gewinnt das Rennen gegenüber der dünnen Luft des Absoluten. Sie stand gegen den Baumstamm gelehnt, Blok sah über ihre Schulter das Feld in einem aufsteigenden Dunst unter dem Regenschleier verschwimmen und deckte, als die Tropfen in immer kürzeren Abständen von den fünfblättrigen, sich unter der Nässe senkenden Blättern rollten, seine Jacke über ihre Köpfe, spürend, daß dieser Augenblick bereits vom Regen weggeschwemmt wurde, der ihn zugleich bildete, in der Gegenwart verflossener Augenblick, während sie den Atem anhielten unter dem Wollgewebe, das nach Tarduz roch, und Fernandas Hand mit einer kleinen gleichförmigen Bewegung über seinen Rücken schabte.

Als er den Kopf wieder unter der Jacke hervorstreckte, glitzerte schräg durch die Bäume einfallendes Nachmittagslicht in den Wassertropfen auf dem Weg, und die Allee war eine Mischung aus Blattgrün, Borkennässe und gesprenkelten

Vogeleiern. Fernanda, den Kopf zur Seite wendend, dahin, wo der schiefergraue Kirchturm des Dorfes zwischen den Bäumen zu erkennen war, stieß im Gehen mit der Fußspitze gegen die im nassen Boden tiefer eingesunkenen Steinchen, eine Geste, als schäme sie sich der Minuten unter dem Baum und versuche, die aufsteigende Verlegenheit fortzustoßen, die ihr, wie er wußte, obwohl sie abgewandten Gesichts ging und das Rollen der Steinchen über den Weg beobachtete, in einer verrückten Umkehrung der Regeln, nach der eine Regenpause unter einer Jacke schwieriger zu ertragen schien als eine gemeinsame Nacht, im Hals saß. – Eigentlich, sagte er, geschieht bei uns seit langem das gleiche. Wir fahren von der Rue Chaptal nach Tarduz, und umgekehrt. Es ist seit langem so eingerichtet, die Gleichförmigkeit, die Nachmittage im Garten, Franziskas Schlafen im Liegestuhl. Wir blättern eine Seite in einem Buch um, jemand holt die Eier beim nachbarlichen Bauern, wir reden über dies und das. Im Sommer warten wir auf den Wind, der sich nach einer trockenen Periode erhebt, und im Winter schaufeln wir Schnee vor dem Haus. Manchmal verirrt sich ein Neugieriger zu uns, geht oder bleibt eine Weile im Nebenhaus von Tarduz. Abends um acht versammeln wir uns vor dem Fernsehapparat, um die Nachrichten zu hören, später spielt einer auf dem verstimmten Klavier, das in der Küche steht, dann erzählt einer den neuesten Klatsch. In Paris ist es schwieriger. In Paris ist es so, als wäre alles ein bißchen zu eng. Paris steckt wie ein Ballon in einer dünnen Haut, die zu platzen droht, je mehr die Besessenheit der Beschäftigung wächst, die die Stadt erfüllt. Ich kenne einen alten Mann, einen lebenslangen Nichtstuer, obwohl er philosophische Aphorismen schreibt, aber mit vierzig radelte er noch als Student auf dem Fahrrad zur Universität, der kriecht erst am Abend, in der Nacht, aus seinem Bau. Manchmal ruft er um zwei Uhr morgens an, jetzt kann man atmen, sagt er, wollen wir uns nicht treffen.

Am Rand des Dorfes angekommen, gingen sie einen schmalen, sich zwischen Bauerngärten hindurchschlängelnden Weg entlang, und Fernanda betrachtete Windmühlen in Miniaturgröße, Wasserteiche mit weißgestrichenen Stegen, im Gras hockende Plastikfrösche und Vogelhäuschen, ein dichtgedrängtes Sammelsurium, das lautlos die hochgebundenen Stockrosen, die in die Höhe sich türmenden Tomatenpyramiden und die niedrig gehaltenen Zierkirschen erstickte; Gartenzimmer wie goldgerahmte Bilder über dem Sofa, sagte Fernanda, die biegsamen Zweige großblättriger Kapuzinerkresse streifend, die sich durch die Maschen der im Rhombenmuster hochgezogenen Drahtzäune rankten, es fehlt nur noch der röhrende Hirsch. Keine Antwort, dachte Blok, keine Bemerkung über das, was sie davon hält, über *So lebt ihr also*, sie bleibt die Zuhörende, das Blatt, auf das geschrieben wird, die Wachstafel, in die sich die Fragmente meiner Lebens*geschichte* eindrücken, aber, dachte er, während Fernanda ein sich gelblich verfärbendes herabgefallenes Blatt Kapuzinerkresse vom Boden aufhob und am Stengel zwischen zwei Fingern kreisen ließ, vielleicht irre ich mich, durch ihre Schweigsamkeit verführt, was weiß ich darüber, ob sie ein eigenes Leben hat, vielleicht hat sie sich, wenige Minuten bevor ich sie heute morgen abholte, nach einer heißen Freitagnacht aus der benagelten Lederkluft der Motorradszene um den Canal St. Martin geschält, bevor sie hier *Ausflug aufs Land* spielt mit ihrem durch und durch Harmlosigkeit vortäuschenden Miniröckchen – erzähl mir, sagte er, etwas aus deinem Leben.

Fernanda steckte den Stengel mit dem Kresseblatt zwischen die Zähne. Ein Köter schoß an einer langen Kette aus seiner Hundehütte und kläffte sie durch den Zaun hindurch an. Als das Gebell langsam in ihrem Rücken verhallte, sagte Fernanda, ich ging an einem Sommertag über ein Feld. An meiner Seite ging ein Mann mit flatterndem Mantel. Der Wind bauschte den Mantel und strich über die Felder. Die Felder waren flach und schon geerntet. Ein Flüßchen zog sich glitzernd zwischen der Böschung. Holunderbüsche wuchsen bis ins Wasser. Der Mann hatte den Schwanz herausgezogen.

Der Wind strich über den Schwanz. Die Erdbrocken der Felder funkelten metallen. In der Luft standen Vögel. In der Ferne sprangen die Kinder des Mannes, die vorgelaufen waren, über den Weg und zogen ihre Mutter an der Hand. Über einen Zaun ragte der Kopf eines Pferdes. Das Auge blinkte in der Sonne. –

Sie stießen auf eine Uferböschung, an der drei Autos abgestellt waren, vermutlich gehörten sie den Männern, die weiter flußabwärts am Wasser saßen und ihre Angelruten ausgeworfen hatten. Die Brücke betretend, die aus drei nebeneinandergelegten, morsch gewordenen und von lehmiger Erde überkrusteten Brettern bestand, rief Fernanda einem der Männer zu, was fischen Sie. An der Spule drehend, die Schnur hochziehend und zurück ins Wasser werfend, sagte er, ohne aufzublicken, wenn man Glück hat, gibt's hier Hechte, Hechte, bis zu einem halben Meter lang. Sie entfernten sich vom Fluß, und während sie in die Hauptstraße des Dorfes einbogen, die unter roten, vor den Schaufenstern herabgelassenen Markisen im verschlafenen Provinznachmittag lag, sagte Fernanda, eine Zeit davor kannte ich einen Jungen, mit dem ich postlagernde Briefe austauschte. Ich nannte ihn den Straßenbahnaufspringer, den Eckensteher und Parkwächter. Es war ihm verboten, eine Verabredung mit mir zu treffen, den Grund habe ich vergessen. So tauchte er plötzlich an einer Ecke auf, wenn ich morgens vor der Schule Brot einkaufte, er sprang auf eine Straßenbahn, in der ich saß. Er begleitete, ohne daß ihn jemand erkannt hätte, unsere Familie beim Sonntagsspaziergang, indem er, wie ein Arbeiter vom städtischen Gartenamt, mit einem Stecken die Blätter und Papiere aufsammelte, die am Boden lagen, und sie in einen mitgeführten Weidenkorb warf. Eines Tages fand meine Mutter einen der postlagernden Briefe und las ihn beim Mittagessen den anderen vor. Ich holte aus dem Badezimmer eine Nagelfeile und feilte am Tisch meine Nägel.

An der Boulangerie am Ende der Straße angelangt, ging Blok hinein, um die Baguettes zu kaufen, die sie zum Abendessen brauchten. Durch die Schaufensterscheibe sah er Fernanda im Rinnstein hocken und mit einer Katze spielen, die sich in seitlicher Lage in der Sonne auf dem Pflaster räkelte, ab und zu den Kopf anhebend, blinzelnd, ein Stück Fell am Hals leckend. Was hast du vor, fragte Blok, als er, mit den Broten im Arm, wieder auf die Straße trat, du hast mir nicht verraten, was du vorhast.

Fernanda spielte mit den Ohren der Katze. Nichts, sagte sie und stand auf, rein gar nichts.

Die Sonne summte zwischen den Wänden. Blok lag auf dem Rücken und betrachtete eine Motte, die mit zusammengelegten Flügeln in einer Falte des vorgezogenen Vorhangs zur Zimmerdecke hochkroch, im Rankengeflecht verschwindend, das im dünnen Chintz auf ziegelrotem Grund gedruckt war, einem Geflecht von sich in die Höhe rollenden Stengeln, von länglich gebogenen und dunkel glänzenden Blättern, von weiß wippenden Blüten, von schwarzen Beeren und in den Zweigen turnenden Vögeln, in denen Blok an der gezackten Kopfhaube den Wiedehopf erkannte; träge und schläfrig von der im Zimmer gestauten Wärme, ab und zu aufschrekkend, wenn das Klappern von Franziskas Absätzen heraufdrang, die über den Ziegelboden in der Küche liefen, oder von Fannys Stimme, wenn sie von weit hinten im Garten Franziska etwas zurief, denn – so hatten sie ihm bei seiner Rückkehr erklärt, als er die Brote ins offene Küchenfenster gelegt hatte, halb ragten sie über die sonnenwarme, gemauerte äußere Fensterbank, halb in das Halbdunkel der Küche, in das Summen der in der Wärme knarrenden Korbsessel, das Knacken des Küchenschranks und in das Knistern der neben dem Kamin in einem Korb gesammelten Zeitungsknäuel – sie hätten beschlossen, das Wagnis einzugehen und den Tisch für den Abend im Garten zu decken. Auch ohne Kinder, Tanten und Großmütter, dachte Blok, während die schlafende Fernanda eine Drehung machte und ihm ihren Atem in die offene Hand blies, die auf ihrer Schulter gelegen hatte, auch ohne das geht es zu wie in einer Familie (Familie, die uns wie ein Messer im Rückgrat steckte), unsere meiste Zeit geht dafür drauf, was sich auf und um den *Tisch* herum abspielt; es lebe der Tisch, was täten wir ohne deinen Stundenplan, ohne deine sanfte Diktatur, ohne all die Aufregung vorher und die Entspannung danach, ohne die Stummheit, die Streitigkeiten und Versöhnungen, ohne die Stütze des Tischs im Alltag, ohne die schweigsamen Trostlosigkeiten, aber auch ohne das Gelächter und die beflügelten Gespräche, ohne die Weinflekken und Tränen und Reste von Kerzenwachs, und Fernanda hatte gemurmelt, kurz bevor sie sich in seinem Arm zusammengerollt und die Augen endgültig hatte zufallen lassen, bloß keine Küche mehr, später, hatte sie gesagt, wenn ich da rauskomme, gibt's nur noch Spiegeleier und Sandwiches, ein Hot dog von der Ecke und Nescafé, kein Wetteifer mehr in Kochrezepten, keine Ente in feinen Speckstreifen, keine Rebhühner auf Weinkraut, keine Wachteln auf Salbeispinat, damit mach ich endgültig Schluß und geh mein Leben lang ins Café.

– Du fängst doch gerade erst an, wollte Blok sagen, mit deinem Au-pair-Jahr, doch ihren schon im Schlaf halbgeöffneten Mund und eine sich über ihre nackte Schulter kringelnde Haarsträhne bemerkend, zog er das Laken ein wenig höher, in ihren tiefen Atemzügen plötzlich die andere Stimme Fernandas hörend, die Stimme ihrer Alpträume, eine winselnde Echostimme, die in geschlossenen Räumen hallte, der Mantel, hatte sie gesagt, der flatternde Mantel des Mannes hieß *Treiber*, eine kullernde, kichernde Echostimme wie der Ruf eines im Laufschritt durchs Unterholz rennenden Sumpfhuhns, eine gläserne Echostimme, die gesagt hatte, der Spiegel ist oval in die Tür des Schranks eingeschnitten, Magnolien spiegeln sich darin aus dem Garten vor dem Fenster, Kochtöpfe neben einer Kochplatte auf einem Küchenregal mit blauem Vorhang, daneben, mit gekreuzten Beinen an die Wand gelehnt, die Gestalt eines nackten Mannes, der Erdbeeren ißt, und meine Stimme im Spiegel, im Schein einer Lampe mit grünem Schirm.

Die Motte hatte den Saum des Vorhangs erreicht und lief die Gardinenstange entlang, vor dem Haus klapperte Franziska mit einem Stapel Teller, die sie durch den Garten zum Tisch trug, und niemand wußte, daß Fernanda hier oben schlief, ein Speichelfaden versickerte auf ihrem Kinn, *mitten im Haus,* dachte Blok, während Fanny und Franziska unten vor dem Fenster vorbeigehen oder aus dem Schrank auf dem Treppenabsatz Tischwäsche nehmen, mitten im Alltäglichen, dachte er, während er schläfriger wurde und seinen Arm unter Fernandas Nacken wegzog. Gewohnt, ans Wahrscheinliche zu glauben, wird das Wirkliche oft übersehen, dachte Blok, das, was sich *unter den eigenen Augen* abspielt, Fernanda wird jetzt am Fluß vermutet, wo sie den Anglern ein wenig zuschaut, nicht zwischen diesen Wänden in norditalienischem Gelb, mit einem Stich ins Ziegelfarbene, das das tiefere Rostrot der Vorhänge vorwegnimmt, eine Farbe, die Franziska nach einer Postkarte aus Siena gewählt hatte, die an ihre Kommode geheftet war, eine um Grade zu südliche Farbe, wie er eingewandt hatte, für dieses von rauherem Klima geprägte und im übrigen einfach geweißte Haus, aber sie hatte darauf bestanden, denn die Postkarte stammte von einer viele Jahre zurückliegenden Reise, die zu wiederholen ihre natürliche, sich im Ausmalen der Reiseroute erschöpfende Trägheit bis jetzt verhindert hatte. Die Bohlen hatte sie jedoch weiß streichen lassen wie gewöhnlich, und als sie das Zimmer betraten, knarrten sie unter ihren Schritten, und in das Knarren flüsterte Fernanda, jeder Schritt ist unten im Haus zu hören – (erst jetzt, als sie schlief, fiel ihm auf, daß sie geflüstert hatte, ein dünnes Flüstern, dünn wie das Kettchen, das sie um den Hals trug, ein zimperlicher Mädchenton, ein hoher Ton, der wie ein Faden in der zum Schneiden dünnen Luft im Zimmer hing, in dem die Wiesenblumen in der Vase knisterten und auch der dicke Staub zu summen schien) –, und während er die Tür schloß, sich auf die moosgrüne, bräunlich verblichene, einen ins Muffige konservierten Geruch von Franziskas Badeöl ausströmende Steppdecke fallen ließ, die unter seinem Gewicht raschelte, und ein auf irgendeinem Wochenmarkt in der Gegend aufgestöbertes kleines Ölbild betrachtete, das an der gegenüberliegenden Wand hing, ein in Grüntönen gehaltenes Laiengemälde mit Flußlandschaft und Schleppkähnen vor Auxerre, hatte sie, gebückt in der Mitte des Zimmers stehend, ihre flachen, am Rand mit Gras verklebten Schuhe ausgezogen. Die Schuhe in der Hand, war sie auf nackten Füßen ans Fenster getreten und hatte, einen Fuß auf den anderen gestellt und mit dem großen Zeh des einen über den Fußrücken des anderen schabend, eine Haltung, die ihr, im Zusammenspiel mit dem nach vorn geneigten Körper und dem vorgestreckten Hals, etwas von einem mit eingezogenem Bein am Rand eines Tümpels stehenden Reihers verlieh, versucht, durch einen Spalt in den geschlossenen Fensterläden in den Garten zu blicken. Das durch die Ritzen in den Fensterläden einfallende Licht hatte ihr Bein, ihren Rock, ihren Pullover, Arm, Hals und Gesicht, das Haar, in Streifen geteilt, und Blok, ausgestreckt auf dem Bett, hatte darauf gewartet, daß die geteilte und auf diese Weise verflüchtigtere Gestalt sich umdrehte und ihren lautlos gesprochenen Einwand, *nicht hier*, einen Einwand, den ihr ganzer Körper und die, wie Blok dachte, Verzögerungstaktik, mit der sie am Fenster herumtrödelte, ausdrückte, während er ein totes und an einer Ecke herabhängendes Spinnengewebe an der Decke betrachtete, überwinde, fand er sie plötzlich neben sich, lautlos herangeschlichen, ihre Schuhe hatte sie auf der Kommode abgestellt und im Vorübergehen die namenlosen Wiesenblumen gestreift, so daß ein Schnee von winzig zusammengerollten Blütenblättern im Halbkreis auf die Bohlen rieselte, und sie über sich ziehend und ihren Pullover über den großen Leberfleck an ihrer linken Schulter streifend, murmelte er, an welchem Traum kaust du nun. Aber Fernanda hatte geflüstert, sich den Pullover über den Kopf ziehend und danach den Rock und beides vor das Bett auf einen kleinen Teppich fallen lassend und sich rittlings auf ihn setzend, nicht jetzt, man könnte mich hören unten im Haus –

aber jetzt, im Schlaf, nach einer langsamen und lautlosen Umarmung, schien die verspätete Antwort in ihr hochzusteigen, denn, sich mit einem Ruck auf die Seite wälzend, murmelte sie, das Gesicht unter ihrem linken, über den Bettrand hängenden Arm, im Bett war eine Nackenrolle. Und draußen war November.

Der Abend war da. Blok, bereits umgezogen und in Erwartung der Gäste, ging mit einem Glas in der Hand im Garten hin und her. Der Tisch war gedeckt, und gerade löste sich ein zu schwer gewordenes Beerenpaar vom Holunder und klatschte auf das weiße Tischtuch, aufplatzend und in einen schwärzlichen Flecken auslaufend, und Blok stellte sich vor, was für ein Gesicht Franziska zöge, wenn sie das sähe. Die drei Frauen waren im Haus verschwunden und zogen sich um, und der Garten lag, unter wachsenden Schatten sich selbst überlassen, in einem Augenblick der Windstille, einem weißen Raum von *Zwischenzeit*, in dem nichts geschah – nur die weißen Lupinen und Schneebälle am Strauch fingen stärker zu leuchten an, als gäben sie das Licht, das sie am Tag aufgesogen hatten, jetzt langsam wieder an den Abend zurück –, und nur außerhalb dieses Raums gab es Bewegung, denn unter den tief herabhängenden Zweigen der Kastanien sah er das Flüßchen vorbeifließen, glitzernd und flimmernd wie flüssiges Metall und in unaufhörlicher Strömung den Rest des Tages einfangend und wegtragend.

Mit einem Schlag kamen alle drei Frauen aus dem Haus, und während sie durch das hochgewachsene Gras auf ihn zukamen, sah er einen Augenblick das Negativ seiner selbst in ihren Augen: eine kräftige Hand mit kurzen Nägeln, auf deren glatter Haut einige bräunliche Flecken versprenkelt waren, in halber Höhe vor der Brust ein hochkelchiges, dickwandiges Glas mit kurzem Fuß umschließend, mit schrägen Schatten im Gesicht, die die linke Gesichtshälfte zurücktreten und das Dreieck zwischen rechtem Ohr und Nasenflügel hervortreten ließ, einen grauen, aus der Mode gekommenen Anzug, einen leichten Sommeranzug, der an den Knien ein wenig durchscheinend geworden war; er liebt es, seine Kleider zu tragen, bis sie am Körper zerfallen, sagte Fannys Auge vielleicht; er trägt seine Kleider, auch wenn sie bereits fünfzehn Jahre aus der Mode gekommen sind, er trägt sie, obwohl er wegen ihres überständigen Schnitts stets älter wirkt, sagte vielleicht Franziskas Auge, das sie ein wenig zusammengekniffen hatte, ob, um den Gegenstand besser in den Blick zu fassen, ob aus bloßer Angewohnheit der Kurzsichtigen, ließ sich nicht sagen; er trägt sie, sagte Fannys gutwilligeres Auge, aus einem Hang zum Immergleichen, aus Trauer über jede Nuance der Veränderung im Gewohnten.

– Seht euch den Tisch an, rief er, auf das Beerenpaar in seiner kleinen schwärzlichen Lache weisend, doch jetzt, beim zweiten Hinsehen fand er, daß der an den gezackten Rändern ins Violette spielende und in hellere Spritzer auslaufende Fleck der vorherigen Unberührtheit des Aufbaus – der sich zwar aus zusammengestückelten Tellern zusammensetzte, aber wie üblich aus weißen Versatzstücken, wie das steif auf den Boden fallende Tischtuch, die Servietten und die für den späteren Abend bereitgestellten Windlichter, ein Weiß, bei dem Blok keineswegs die Werbesprüche der Waschmittelreklame einfielen, *weißer als weiß*, sondern Franziskas Vergangenheiten, Berliner Porzellan und ein spätklassizistisches Mietshaus, ein Weiß, zu dem nur die halbreifen, noch grünlichen Schneebälle, die in bauchigen grünen Landweinflaschen steckten, an deren Hals ein Kranz von drei fünfzackigen Sternen eingepreßt war, einen schwachen Gegenpol bildeten, der in diesem Augenblick verstärkt wurde, als ein abgefallenes Blatt vom Essigbaum langsam auf einen Teller segelte –, der ihm nachträglich in seiner Abgeschlossenheit sogar steril vorkam, eine Öffnung gab, ein Loch im Bild, eine Abweichung von der Regel war, die ein Gewinn an Schönheit war wie ein schwarzer Schönheitsfleck im Gesicht einer weißgeschminkten Frau. Franziska aber raffte ihren langen gestreiften Rock und rannte zum Tisch, entfernte mit spitzen Fingern die Beeren und stellte ein Salzfaß über den Fleck.

Der Garten schallte von Stimmen, die Tischdekoration löste sich auf und wich einer lebendigen Unordnung, und am anderen Ende des Tischs zog einer der Gäste, ein Orchestergeiger, der, auf der Durchreise in die Dordogne, auf Fannys Einladung den Umweg über Tarduz gemacht hatte, mit den Zinken seiner Gabel Notenlinien ins Tischtuch und zeichnete mit der Spitze des Käsemessers Baßschlüssel und Noten ein. Blok sah, wie sich Franziska, zu den Erklärungen des Geigers nickend, über die Zeichnung beugte, eine kleine Gesellschaft im Schatten (denn sie kamen gerade noch ohne Licht aus), aus dem das weiße, um die Knopfleiste gefältelte und unter der aufklaffenden Jacke sich prall spannende Hemd des Geigers leuchtete, dem, als er sich im Stuhl zurücklehnte, unbemerkt die Serviette vom Knie rutschte und als weißschluchtiger Hügel neben dem Stuhlbein liegenblieb, während er mit abgespreiztem kleinem Finger sein Weinglas zum Mund führte und es leerte und Franziska ihn kurzsichtig und ganz bei der Sache von schräg unten her anlächelte. An ihrer anderen Seite saß ein Handschriften-Spezialist, der sich seit Jahren der Herausgabe einer neuen Flaubert-Gesamtausgabe widmete und Fanny, indem er es vermied, über sein Fachgebiet zu dozieren, mit Anekdoten aus dem zwanzig Kilometer entfernten Dorf unterhielt, in dem seine Familie seit drei Generationen ein kleines Haus besaß, wo er seine freie Zeit verbrachte, die allerdings, so wußte Blok, der ihn in den Kellergewölben eines Weinbauern kennengelernt hatte, der im selben Dorf seine Niederlassung hatte, dank seiner Obsession niemals frei war, oder auf andere Weise frei, war er doch, wenn nicht mit Entzifferungsarbeit und dem Verfassen eines auf enzyklopädische Vollständigkeit abzielenden Kommentars, mit Verhandlungen, Auktionsankäufen, Briefwechseln mit verstreuten Verwandten und der Organisation von Symposien, die den jeweils neuesten Stand der Forschung kundgaben, beschäftigt. Er war ein kleiner drahtiger Mann, unablässig zu Witzen aufgelegt, der die Angewohnheit hatte, um die Pointen zu unterstreichen, mit der rechten Hand, an dessen kleinem Finger ein ovaler Siegelring steckte, über seine Halbglatze zu streichen, mit einer sanften und vorsichtigen, sich selbst ein wenig verhätschelnden Bewegung, als koche er sich einen Vanillepudding, dachte Blok, der sah, wie Fannys Gesicht bei den geistreichen Anekdoten ihres Nachbarn, der seine Hand ab und zu vertraulich auf ihrem Arm ruhen ließ, immer mehr verfiel, eine Reaktion, die im Gegensatz zu ihrer sonst in Geselligkeit stets aufblühenden Redseligkeit stand, und als er nach einer Weile wieder hinsah, fand er ihren Platz leer und Fanny im dunklen Haus auf der Treppe sitzend, sich mit dem Saum ihres langen Rocks die Tränen wegwischend und düstere Sätze ausstoßend über dieses oberflächliche Tischgeschwafel, über diese ewigen Tischrituale, die verlogenen Artigkeiten und selbstverliebten Geistreicheleien; ich gehe nach Afrika, stieß sie hervor, und als Blok, dem die absurde Komik ihrer Drohung nicht entging, sie hochzuziehen und zu trösten versuchte, hing sie ihm plötzlich am Hals, und er spürte ein Rinnsal ihrer Tränen seinen Hals herunter und unter seinen Hemdkragen sickern, was ihm vielleicht ein noch größeres Unbehagen als ihre folgenden Worte verursachte, du wirst doch, sagte sie, nicht auch Fernanda da mit hineinziehen.

Gleich darauf hatte sie sich beruhigt und stolperte, nachdem sie neben dem Gasherd eine Schachtel mit Streichhölzern zum Anzünden der Windlichter gefunden hatte, durch das hohe Gras zum Tisch zurück, einen an sich selbst gerichteten Fluch ausstoßend, verdammt, Tränen und Champagner machen Flecken, der Blok, im Lichtrechteck des geöffneten Kühlschranks kniend, um eine neue Flasche Wein herauszuholen, durch die offene Haustür erreichte, im Nacken.

An den Tisch zurückgekehrt, sah er, daß der Zerfall der Tischgesellschaft sich beschleunigt hatte, als verhindere die Dunkelheit, aus der auch der unruhig flackernde Schein der inzwischen angezündeten Windlichter nur kleine über den Tisch fallende Kegel herausschnitt, die Durchlässigkeit einer alle beteiligenden Debatte und rücke jeweils zwei der am Tisch Sitzenden in eine zufällige und unfreiwillige Nähe. Es blieb ihm nichts anderes übrig, als sich der Frau des Flaubert-Spezialisten zu widmen, die sich einen Kindergarten zur Aufgabe gemacht hatte, eine Vorschule für *Gehörlose*, wie sie sagte, ein Wort, das, für Bloks Hören, sofort zerstörte, was es scheinbar beabsichtigte, nämlich die Vermeidung einer Diskriminierung, vielleicht durch das dem *Gehör* aufgezwungene, angehängte *lose*, was dem Sinn nach als Synonym für *ohne* eingesetzt war, in viel stärkerem Maß aber seine andere Bedeutung suggerierte, die des Losen, Lockeren, Losgelösten, weshalb sich Blok das Bild eines lose am Kopf baumelnden, aus dem Kopf heraushängenden Gewindes von Gehörgängen aufdrängte, eines kleinen labyrinthischen Miniaturapparats, in dem sich Grausamkeit und Sterilität auf die gleiche Weise mischten wie im wissenschaftliche Objektivität vortäuschenden Ausdruck *Gehörlose*. Während Blok der Vorstellung feinster Flimmerhärchen im Gehörgang nachhing – durchscheinend? ein Heer von gelblichen Spitzen im bläulichen Gang? von weißlichen im violetten? metallic? –, taub wie Gras, das den Wind nicht weiterleitet, berührungsunempfindlich wie eine taube Stelle am Körper, eine Narbe oder eine eingeschlafene Hand, versuchte seine Nachbarin offenbar, durch ein Übermaß an Hörbarem den Mangel der Gehörlosen auszugleichen, den Blok im doppelten Sinne als Mangel an Verstehen deutete – ein Mangel, der jedoch in seltenen Fällen auf eine gegenläufige Weise produktiv werden konnte, wie eine Miniaturgeschichte Fannys ihm gezeigt hatte, die sie ihm vor Jahren erzählt hatte. Einmal, hatte sie gesagt, habe sie sich unsterblich verliebt, wegen eines einzigen Worts, aber das Verrückte sei, daß sie sich an das Wort nie mehr habe erinnern können, sie habe es gehört und doch nicht gehört, oder, in einer seltsamen Brechung habe es einen anderen Weg genommen als den üblichen, es sei ein Abschiedswort gewesen, und sie habe den Betreffenden auch nicht mehr zu Gesicht bekommen, eine Liebe im nachhinein also, eine Treppenliebe, nachdem die Tür sich leise geschlossen habe, des Gefühls sei sie sich noch einige Wochen gewiß gewesen, aber des Wortes nicht, ob es leb wohl, bye bye, adieu, ciao, take care oder ade hieß, offenbar sei nicht das Wort, sondern der Laut der Schlüssel gewesen. Seine Nachbarin aber hatte eine bescheidene Sendung und schüttete, mit einem Mund wie die zahngezackte Schaufel eines Baggers, die Löcher im Grund der Sätze zu, das Soziale, sagte sie, sei eine Domäne der Frau, ihm ihrerseits ihre Hand auf den Arm legend, eine längliche, blutleere Hand mit blassen Nägeln und einem halbpfundschweren in Eisen gefaßten Skarabäus, unbewußt in dieser Geste die Geste ihres Mannes, seine Hand auf Fannys Arm, verdoppelnd, aber bevor Blok darüber nachdenken konnte, ob sich in der Doppelung die Gewohnheit eines langen Zusammenlebens ausdrückte, unbeabsichtigte Nachahmung als Aufgabe des Eigenen oder Spiegelung als Annäherung, hörte er sie eine Liste von Haustieren aufzählen, die bei der *Sozialisation von Gehörlosen im Kleinkindalter*, wie sie sagte, eine fördernde Rolle spielten. Hamster, Mäuse, Hunde, Katzen, Kaninchen, auch Vögel, weniger Fische, denn wichtig sei der physische Kontakt zu den Tieren, Pelztiere bevorzugt, in gleicher Weise wichtig wie Zeichnen und Modellieren, demnächst veranstalte sie in der Mairie ihres Dorfes eine kleine Ausstellung mit Arbeiten ihrer *Schützlinge*, und bevor Blok fragen konnte, ob das Ablesen von den Lippen eine veraltete oder noch immer angewandte Methode sei (eine Frage, die seinem schlechten Gewissen entsprang, denn plötzlich war er froh, daß Franziska ihre kostbare Zeit lieber im Liegestuhl verbrachte, als unterstelle er der Form des Mitleids, die sich zwischen Sancerre und frischen Feigen breitredete, die Funktion einer Selbstberuhigung zu haben, Leere, die mit gutem Gewissen gefüllt wird), lehnte sie sich erleichtert in ihrem Stuhl zurück und sagte, von einer Feige die blauviolette Haut abziehend und das Fleisch, rötlicher Brei mit gelben Kernchen, in zwei Hälften platzen lassend, es ist schön, bei Ihnen ein offenes Ohr für diese Probleme zu finden.

Als Franziska mit der Bemerkung, der Wind werde zu kühl, man solle lieber ins Haus gehen, die Tafel aufgehoben hatte, gesellten sich auf dem Weg durch den Garten, in einem von allen gebildeten Zug, mit Kissen, Gläsern, Tabletts und Schals bepackt, beide Männer zu Blok, und Blok, plötzlich zu beiden Seiten von Satzfragmenten eingekreist, als bestünden Gespräche an einem solchen Abend nur in den eilig hingekritzelten und an den Adressaten gehefteten Zettelchen, hörte zur Linken den Klageton des Geigers, Intrigen bei der Besetzung im Orchester, hörte er, Streichung von Haushaltsgeldern im letzten Jahr, Entlassung alter Mitglieder, häufiger Wechsel der Leitung, und zur Rechten den Flaubert-Spezialisten, dessen Witz unter dem Einfluß des Alkohols ein wenig gedämpft war, ein schönes Haus, ein schönes altes Dach, Nachthimmel über Burgund, und, wiederholt, Rückzug der Intelligenz in die Provinz, dies schien das Stichwort, doch auch hier bekam Blok keine Gelegenheit zu einer Frage, denn bevor er sich erkundigen konnte, ob dies eine Prognose für das Verhalten großstadtflüchtiger Intellektueller in den kommenden Jahren oder sein Lieblingsthema, Flaubert und dessen Rückzug in die Provinz nach dem Scheitern der 48er Revolution, meine, betraten sie das Haus. Es gab ein unruhiges Hin und Her, bis Kissen, Decken und zusammengeklappte Stühle unter der Treppe abgestellt waren, jeder im neben der Küche liegenden Zimmer einen Platz gefunden und in den tiefen alten Sofas versunken war, in deren einem vor Jahren eine Mäusefamilie gehaust hatte – und Fernanda ging im Zimmer herum und brachte Kaffee und Cognac. Die beiden Männer hatten sich plötzlich, ihre Kaffeetassen auf den Knien balancierend, den Kaffee schlürfend, im vorhin angeschlagenen Thema Provinz gefunden, sie sprachen über den Musikgeschmack des Publikums, in Paris sei er keineswegs besser als in der Provinz, im Gegenteil, in Paris sei das Publikum verwöhnt und betrachte ein Konzert als Zerstreuung, in Provinzstädten dagegen setze sich das Publikum häufig aus Kennern, Liebhabern, musizierenden Dilettanten zusammen, und Blok sah Fernanda, das *Mädchen aus der Provinz*, die sich in eine Ecke gehockt hatte, unter eine rote Lampe, in dessen Schirm sich ein Nachtfalter verfangen hatte und klatschend gegen die steifen Wände aus Lackpapier stieß. Die Flugbahn des Falters war als Schattenspur auf dem Rücken der am Boden hockenden Fernanda zu sehen, und das Geräusch des Flatterns, Kreisens und Anklatschens in dem vom Licht der elektrischen Birne sicher überhitzten Käfig (ein kleiner Feuerofen der Aufklärung, dachte Blok), das in einer halben Stunde, oder in zwei Stunden, oder drei langsamer werden würde, unterlegte das Small-talk-Gemurmel im Zimmer mit einem explosiven Grundton, einem Ton wie elektrische Schläge zwischen den Sätzen. Fernanda kramte in den alten Platten, die aus seiner Anfangszeit mit Franziska stammten, hoffentlich erwischt sie jetzt nicht das Falsche, dachte Blok, aber da hatte sie schon eine Schellackplatte, eine mit 78er Umdrehung, herausgefischt, deren Hülle längst verloren war, und hielt sie ins Licht, um die Inschrift, goldene Buchstaben auf violettem Grund, besser zu lesen. Etwas kam ihm fremd vor, und erst jetzt bemerkte er, daß sie die Haare abgeschnitten hatte, sie mußte es in der kurzen Zeit, bevor sie mit den anderen in den Garten gekommen war, getan haben, eine Angleichung an den Stil des Hauses, dachte Blok und sah sie vor dem winzigen runden Rasierspiegel, der im Badezimmer an einem Nagel hing, stehen und mit einer kleinen Nagelschere Zipfel für Zipfel, Strähne für Strähne abschneiden. In ihrer Reisetasche hatten sich nur Jeans, ein Shetlandpullover mit Zopfmuster und Turnschuhe gefunden, aber jetzt steckte sie in einem grau-weiß gestreiften Sommerrock, den sich Franziska vor Jahren aus einem Vorhangstoff genäht hatte, weil ihr das Muster gefiel. Fernanda legte die Platte auf, und als die Nadel aufsetzte und knisternd durch den Staub der Rillen fuhr, hob sie den Kopf, und Franziska, in einer anderen Ecke des Zimmers sitzend, in einer neueren, verwandten Ausgabe des gestreiften Sommerrocks, der ihr über die Füße fiel, nickte ihr zu, auf den Armlehnen ihres Sessels saßen die Frauen des Geigers und des Flaubert-Spezialisten, sich über ihre Schultern und die Seiten eines Bildbandes beugend, den Franziska langsam aufblätterte – ein Photoband mit Torsi und Körperfragmenten: Leistenschnitt, Achselmuschel, Armstumpf, Fußgrat, Nackenhöhlung, Brustsack, Nabelnarbe –, ein Gruppenbild, in dem Bloks Blick, ob er wollte oder nicht, sogleich das unwirkliche Element des Wirklichen, die unsichtbaren Türen aufspürte, um so mehr, als der untere Teil der Gruppe – ein tiefer Sessel mit vorgewölbten Seitenpolstern, an ihnen herabhängend die übereinandergeschlagenen Beine der auf den Armlehnen sitzenden Frauen, die im Bogen fallenden Seiten des in Franziskas Schoß liegenden Buchs, ihre unter dem Saum des Rocks sichtbaren Schuhe, der vor dem Sesselsitz herabfallende Stoff ihres Rocks, die Händepaare der Frauen, deren eine, ein wenig vom Sessel weggespreizt, eine Zigarette hielt – in dem gegenüberliegenden Fenster zum Garten erschien, durch das plötzlich ein Licht flackerte, der Schein einer Taschenlampe, mit dem Fanny im Garten umherirrte, um die restlichen Gläser, Salzfäßchen und Servietten einzusammeln, für den Fall, daß es in der Nacht regnete. Gleich nach den ersten Takten hatte die Platte einen Sprung, und Fernanda setzte die Nadel weiter, mitten in den Anfang von Dave Brubecks *Take Five*. Sie blieb in der Ecke hocken und las mit schräg geneigtem Kopf die Titel der auf dem Fußboden neben dem Koffer-Plattenspieler gestapelten Platten, das staubzerfressene *Take Five* blies weich in die Gespräche, und es gab keinen Grund, sich zu beunruhigen, dachte Blok, weder über ein nächtliches Unwetter, noch über Fernandas abgeschnittenes Haar, noch über diese alten Platten, nein, alles konnte so weitergehen, und die beiden Männer, angetrunken, wandten sich, auf der Suche nach einer gewissen Zeile von Hafis, die Stockhausen vertont hatte, oder war es doch Zimmermann, nein, Henze, zu ihm um. Er wußte es nicht, und er sagte, daß er es nicht wisse, und wünschte, sie würden über Schuhcreme reden oder Türklinken oder einen verrückten Nachbarn, aber jetzt summte der Geiger die Stelle, um Blok auf die Sprünge zu helfen, Gott sei Dank und ein netter Zug, und schlug mit den Fingern leicht den Takt an sein Cognacglas. Aber sie kamen zu keinem Ergebnis, und der Flaubert-Forscher fühlte sich zu dem Geständnis gedrängt, daß er Uhren sammle, Pendulen, vor allem aus der Epoche Ludwigs XVI. und Napoleons III., tempora mutantur et nos in illis, dachte Blok augenverdrehend, ihm waren Sammler verdächtig, vielleicht, weil ihm das systematische Denken fremd war, das er hinter dem Anhäufen, Horten, Verschließen, Katalogisieren vermutete, und er stellte sich vor, wie in dem schmalen Haus in der Dorfstraße, während geräuschloser Provinzmittage, in pedantisch aufgeräumten Zimmern die Uhren tickten und schlugen, sorgfältig gewartet, geölt, aufgezogen und eingestellt, tick tack, tick tick, pling pling. Flaubert, Uhren und ein Kindergarten, dachte Blok und schüttete dem Geiger noch einen Cognac ein, was fangen Sie bloß mit all der Zeit an, fragte er, die die Uhren anzeigen, und jetzt fiel ihm ein, der Mann hörte auf den Namen Fabian, und er sah das schöne traurige Gesicht einer gleichnamigen Schauspielerin aus einem alten Film von Rohmer, *Meine Nacht bei Maud.* Fabian zuckte die Schultern und starrte in sein Glas. Besser zuviel Zeit als zuwenig, sagte er, viele Uhren zerstören die falsche Ordnung der Zeit, an der alle leiden, und aus dem Überfluß an Zeiten entsteht kein utopisches Uhrenkabinett, kein Zeit-Gefängnis, sondern eine Anti-Zeit, eine Art von Langsamkeit. Phantasien eines Philologen, sagte der Geiger, Zeit sei Zeit, Takt sei Takt, eine Sonate von Ravel könne er nicht langsamer spielen als vorgeschrieben, aber vielleicht gehe in der Provinz die Zeit auch in Stücken von Ravel, Debussy und Mussorgsky nach? Seine Manschette hochstreifend zeigte er seine Armbanduhr, die er in einem Warenhaus in Tokyo gekauft habe, während eines Gastspiels, ganz billig, sagte er, und sie gehe vorzüglich.

Zwischen *Gastspiel* und *vorzüglich* hatten sich, aus der anderen Ecke des Zimmers, zwei Worte eingeschoben, und wie das aufgeregte, sich überstolpernde Ticken einer Uhr wiederholten sich Blok diese zwei Worte im Kopf, *ja sicher ja sicher ja sicher*, und zerschnitten den Nebel aus Nacht und geleerten Cognacgläsern, aus Lampenlicht und *Take Five*. Er hatte sie bereits am Abend gehört, am Tisch, mit halbem Ohr, er hatte sie bereits früher gehört, er hatte sie vergessen, aber sie saßen wie kleine Haken in seinem Ohr, Haken, an denen Bilder aufgehängt waren, das eines halbgefüllten Portweinglases, das ihm Fernanda im ersten Kapitel gebracht hatte, *ja sicher, es gehe ihr gut in Paris*, das des Regens im Hof und des Klavierspiels des Kindes – (es war Sherry gewesen, aber in seiner Erinnerung war der Spiegel der Flüssigkeit im Glas vom warmen, undurchsichtigen, dunklen Rot böhmischer Granaten) –, und so hatte er Fernanda kennengelernt, ja sicher, vom Balkon vor der Küche habe man eine Aussicht über halb Paris. Fernanda hatte am Tisch neben der Frau des Geigers gesessen, die, den Bügel einer Handtasche von der Größe eines Briefumschlags aufklappend und dem mit rotem Tuch ausgeschlagenen Inneren eine Visitenkarte entnehmend, Fernanda ihre Pariser Adresse gegeben hatte, Sinuz, hatte sie gesagt, ich heiße Esther Sinuz, und vor der Telephonnummer müssen sie eine 4 ergänzen, das gilt jetzt für ganz Paris. Ja sicher, hatte Fernanda gesagt, und Blok hatte gehört, wie sie ihr einsilbiges ja sicher wiederholt hatte, als Madame Sinuz, eine kleine, zarte, stark geschminkte Frau, ihr sagte, was für ein seltsames Leben es sei, mit einem Mann verheiratet zu sein, der die meisten Abende der Woche nicht zu Hause sei. Am Anfang habe sie sich angewöhnt, abends die Blumen zu gießen und Perlenketten für ihre Freundinnen aufzuziehen, aber jetzt arbeite sie in einer Konzertagentur, und sie sähen sich nur noch an Wochenenden wie diesen, und lachte ein mit Paloma-Picasso-Rot gefärbtes Lachen, ein taubenblutrotes Lachen mit beerenschwarzen Augen. Ja sicher, hatte Fernanda gesagt, aber es ließ sich nicht unterscheiden, ob sich hinter diesem automatisch heruntergespulten *ja sicher* Gleichgültigkeit verbarg, Fernandas Abwesenheit; es hatte zugleich eine jahrhundertealte Stimme aus ihm gesprochen, die weibliche Stimme, der die Aufgabe des Besänftigens, Ausgleichens und Beruhigens zukam; zugleich eine Eile, die dem Zweifel zuvorkommen wollte, denn es war ja gerade nichts *sicher*, und Blok wußte, daß Fernanda das ebensogut wußte wie er selbst. Gerade stand sie auf und ging zu Franziska, die in ihrem Sessel mit schräg geneigtem Kopf eingeschlafen war, während die beiden eingeladenen Frauen schon zwischen *I didn't know what time it was* und *Just one of those things* den Platz von Franziskas Sessellehne in die Tiefe des Sofas gewechselt hatten, und nahm ihr die Brille aus der Hand, die über den Sesselrand hing und jeden Moment herabfallen konnte.

Die Gäste hatten sich verabschiedet, mit einer plötzlich unter der Wirkung des Alkohols ausbrechenden Herzlichkeit, im offenen Tor stehend hatten ihre Stimmen über die einsame dunkle Dorfstraße geschallt, über der ein mit dem beginnenden Nachtfrost sich verdünnender Geruch nach Vogelnestern und trocknenden Heurollen hing, sie redeten und lachten und klopften sich auf die Schulter, bis ein Hund auf einem der Höfe in der Nachbarschaft so anhaltend angeschlagen hatte, daß sie fürchten mußten, das halbe Dorf aufzuwecken und mit gedämpften Stimmen ihren Aufbruch beschleunigt hatten und mit aufgeblendeten Scheinwerfern im nächtlichen Dunkel verschwunden waren. Sie hatten das Tor geschlossen – das metallische Klick beim Einschnappen des Riegels, die schwarze Linie des langgezogenen Remisendachs vor dem Himmel und der lange Blick über das kaum noch erkennbare Gras bis zur hinteren Mauer, ein in diesen drei Elementen eingefangenes, verdichtetes, nächtliches Konzentrat von Tarduz –, sie waren den dunklen Weg ins Haus zurückgekehrt, Franziska noch benommen vom ersten Schlaf, aus dem der Aufbruch der Gäste sie hochgerissen hatte, und hatten die Sessel zusammengerückt, um noch ein Glas zu trinken. Blok, im verglimmenden Feuer im Kamin stochernd, sah, daß Franziska nach zwei Sätzen, ineinandergerollt, sich klein machend, im Schlaf verdichtend zum Knotenknäuel, wieder eingeschlafen war, wenn es Nachtfrost gibt, hatte sie gemurmelt, während ihr die Augen zugefallen waren, muß der Oleander abgedeckt werden, leise atmend, als steige sie im Schlaf Stufe um Stufe der Zivilisation wieder zurück und nähere sich einer Vorstufe, Stufen der Rückverwandlung in Natur, und Blok, den Schlaf der drei Frauen vergleichend, sagte sich, daß Franziskas Schlaf ein langsames Sich-Entziehen, ein Sich-gleiten-Lassen und Aus-der-Welt-Rutschen sei, während Fanny sich in die Welt hineinschlief, mit jedem Atemzug, sich auch mit ihren Tränen, Vorwürfen und Ängsten ins Schlafgewebe hineinwühlend und herausdrehend in einer Bewegung, kein Ausbluten, sondern ein Auftanken, ein Luft- und Farbauftanken (ihre Träume, Blok war sicher, waren Farborgien), und Fernandas Schlaf ein Kampf, ein langes Erstarren und ein plötzliches Zucken, das unter der Haut über den Körper raste, und er entwarf Miniaturmodelle ihrer Schlafgehäuse: ein altmodisches Mahagonibett mit hochgeschwungenen Kopf- und Fußteilen, die *Einzäunung* für Franziska, eine Matratze mit zwei großplustrigen buntbezogenen Kissen, das *Feld* für Fanny, und ein flaches Bettgestell ohne Kissen, den *Rost* für Fernanda.

– Donnerstag nacht, im *Sunset*, sagte Fanny zu Fernanda, und vorher kommst du ins Atelier und holst mich ab. Sie unterhielten sich mit gedämpften Stimmen, das *Sunset*, ein Kellerlokal in der Rue de Lombard, du magst doch Jazz, *Take Five* zum Beispiel, und Fernanda nickte und sagte, sie werde kommen. Von draußen war, durch eine Veränderung der Windrichtung, ein Zug zu hören, der in der Ferne vorüberfuhr, aber als sei der Raum zusammengeschrumpft und ermögliche eine Echowirkung wie kurz vor einem Gewitter, war das Rollen der Räder zu hören, als führe der Zug um die Ecke über die Dorfstraße. Es war halb drei, das Gespräch verstummte, der Zug fuhr durchs Zimmer, und im Kamin krachte ein zusammenfallendes Holzscheit. Franziska, durch das Geräusch hochgeschreckt, hob ihre Hand und rieb mit dem Zeigefinger über die weißen Ränder unter den Augen, über die vom Schlaf gequollenen Lider, und Blok sah, wie zwei Stunden zuvor, das Bild des Zimmerausschnitts im Fenster, während das Geräusch des fahrenden Zugs sich entfernte und im Gebüsch neben der Tür der verspätete Flügelschlag eines Vogels raschelte. Drei Frauen im Bild, im flakkernden Schein des Feuers, ein Bild der Idylle mit durchgesessenen Möbeln und Bücherregalen mit Romanen aus dem 19. Jahrhundert, Romane für Regentage auf dem Land, drei Frauen und Fernandas Träume, *Stufen der Unterwerfung*, drei Stufen vor der Haustür von Tarduz, Blok selbst Voyeur, Beobachter und Verwickelter, und in der Ferne über den Hügeln ein galoppierendes Pferd, drei Frauen, die nicht wußten, daß er ihr Bild im Fenster sah, ihr Bild in seinem Blick, ihr Bild und dahinter, Vexierschatten, das Bild ihrer Gespenster, Krüppel und Skelette, *Stufen der Unterwerfung*, eine schwarze Vision, die sie hinter sich her schleiften wie den Schweif eines Pferdes aus archaischen, aus Traumzeiten, der Körper geteert und gefedert, an den Schandpfahl gefesselt, im Faß ins Wasser gerollt, verbrannt, im toten Herz einen hineingetriebenen Pfahl, auf der hindischen Kriechspur, in der Zeit des Käuzchens und der Puppe, sich nach dem Gesehenwerden, nach dem Blick des Herrn, des Hähnchens richtend, wie die Automate nach dem Schlüssel, der sie aufzieht – und in der Zeitung stand eine Notiz, ein Mann habe seiner Frau die Füße gebrochen, um zu verhindern, daß sie wegging, die Arme, um zu verhindern, daß sie sich festhielt, in der Zeitung stand, er tat es aus Liebe.

Blok stand auf und verließ das Haus. Als er an der Wand vorbeiging, aus der nur das ebenerdige Rechteck des Fensters neben der Küche leuchtete, sah er, jetzt umgekehrt, nicht als in der Spiegelung erweitertes Bild, sondern, von außen nach innen, als verengtes Bild, einen Ausschnitt des Zimmers, die grobgemauerten Ziegel des Kaminrahmens, Fernanda, mit dem Rücken zu ihm, an seiner Stelle in der Glut stochernd, die gesichtslose, schlafende Franziska, und Fanny, hochaufgerichtet, wie immer nicht auf die Asche achtend, die von der Zigarette in ihrer linken Hand auf den Boden fiel, mit einem kleinen Block auf den Knien, in dem Blok den Notizblock erkannte, der gewöhnlich mit einer Spirale als Leiste am oberen Blattrand, an einem in die Wand geschlagenen Nagel in der Küche über dem Kühlschrank hing, ein, zwei, drei Figuren aufs Blatt werfend, ein Gesicht mit zwei sich, wie ovale Plättchen, übereinanderschiebenden Augen, ein Gesicht, das die Umrisse seines eigenen Körpers im Spiegel zeichnete, ein Mund mit schwarzgepinselten Zahnlücken – aber sie wissen nicht, dachte Blok, daß ich hier stehe und sie betrachte, und im Betrachten, wie es im französischen Wort *re-garder* steckt, etwas von ihnen zurückbehalte, als werde ihnen durch die Betrachtung, durch den Blick ein Stück ihrer Existenz geraubt und zurückgegeben.

Er durchquerte den Garten bis zur Mauer und ging durch das Gartentor, das aufs Feld führte. Etwas klatschte ins Wasser, der nächtliche Wind kräuselte die Blätter der Weiden und das Flüßchen, das an der Mauer vorbeifloß, und in der Ferne blinkten einzelne Lichter durch die Bäume, eine in der Dunkelheit zerrissene Kette von Straßenlaternen, die die Straße nach Auxerre säumten. Er sah das Wasser in der Dunkelheit glitzern und unter leisem Gurgeln mit hoher, gleichmäßiger Geschwindigkeit fließen, er sah kleine Strudel und sich in der Strömung bewegende Wassergräser, er sah, als die Wolldecke einen Augenblick aufriß, den Mond in der Tiefe zittern und betrat die Brücke.

IV

Stell dir vor, sagte Fernanda, du steigst an der Station *Sèvres-Babylone* aus der Métro. Es ist der Bahnsteig *Direction Mairie d'Issy*, und du nimmst den Seitenausgang, den mit der Rolltreppe. Es geht steil und langsam nach oben, aus der Tiefe des Schachts, einer Tiefe, in der die Métrogänge an Bunker erinnern oder Luftschutzkeller, in der Nase hast du noch den Staub vom Bahnsteig und im Ohr das Klappern der Glastür mit der Aufschrift *Sortie*, rechts und links die enggerückten weißen Kachelwände, und vor dir, steil hinaufkriechend, wie der metallic geschuppte Rücken eines Reptils, die Rolltreppe. Plötzlich ist, am Ende der Bahn, das Loch der Öffnung mit Blättern ausgefüllt, mit einem Stück Baumstamm, einem Stück klaren Himmels. Blätter, von unten gegen das Licht gesehen, wirken sie heller, gelblicher, durchscheinend, und dazwischen, überdeutlich gezeichnet, kleine Kugeln, bräunliche Früchte mit dünnen Härchen. Es ist Vormittag, vergaß ich zu sagen, nur dann ist das Licht so klar –

– Und die Öffnung im Métroschacht, sagte Blok, ist ein surreales Fenster, mitten am Tag –

Fernanda, den Kopf schüttelnd, sagte, nein, du verstehst nicht, es ist kein Vergleich, es ist das Gegenteil, es ist die Wirklichkeit, der Morgen, für eine Sekunde steht nichts zwischen dir und der Sache.

Sich aus dem Schneidersitz, in dem sie auf dem Boden gesessen hatte, erhebend, verschwand sie in der Ecke, hinter einem Vorhang. Blok hörte den Teekessel pfeifen, er hörte Fanny und Fernanda miteinander reden und kichern, aber ich glaube dir deine Sekunde nicht, dachte Blok, man findet sie nicht am Wegrand, auf verlorenen Streifzügen, die du dir angewöhnt hast, um in meine *Fußstapfen zu treten*, wie du sagst, um mich zu suchen, wie du sagst, und vielleicht plötzlich an einer Ecke mein verlorenes Ich von vor zwanzig Jahren zu finden, jemanden in einer abgetragenen Cordjacke mit Lederekken auf den Ärmeln – so stellst du dir das vor, aber es ist, wie der Stein der Weisen, ein Wunsch, aus dem uns manchmal die Einbildung rettet, weil wir sie, für eine Sekunde, für Wirklichkeit halten. Ich bin ein Trottel, sagte er, als Fanny und Fernanda mit Teetassen hinter dem Vorhang hervorkamen und sie auf einem Messingtablett, das als Tisch diente, aufbauten, ein Spezialist in *Verlorenen Illusionen*, und wenn du willst, glaube ich dir deine Sekunde, deine Wirklichkeit, deinen Morgen.

– Seht ihn euch an, rief Fanny und goß Tee ein, der in einem dickflüssigen, fast schwarzen Strahl aus der Kanne floß, denn stets stopfte sie das ausgebeulte silberne Tee-Ei randvoll, so daß die bröckligen Blätter aus den Löchern drängten und in den Rillen des Schraubverschlusses knirschten, und ließ sie im heißen Wasser ziehen, bis es sich in einen dicken Sud, in gärendes, giftiges Fließgummi verwandelt hatte, in dessen Anblick sie sich, wenn sie, die Tasse in der Hand, noch ungewaschen und ungekämmt gedankenverloren am Morgen durchs Zimmer ging, versenkte, als fände sich in seinem Grund die Zukunft, das Wetter, Orakelspruch und *Philosophie in der Tasse*, einer besonderen, großen Henkeltasse mit einem aufgemalten Kitschmotiv auf der Vorderseite, Sacré-Cœur, die weißen Kuppeln, die *Euter von Paris*, wie sie sie nannte, rosa überhaucht, über den Hügeln der Stadt schwebend, und am Boden das kullernde Tee-Ei, von dem sie sich, wie von einem Talisman, auch auf Reisen nie trennte und bei dem sie, in verzweifelten Momenten, ihre Zuflucht nahm. Blok erinnerte sich an ein kaltes, verregnetes Wochenende in einem Hotelzimmer an der Atlantikküste, an sich selbst, mit zur Wand gedrehtem Gesicht auf dem Bett liegend, an Fanny, auf dem Bettrand sitzend, nach einem langen Schweigen aufstehend, das Ei aus einer ihrer Taschen ziehend, es an der dünnen Kette, an deren Ende ein Haken befestigt war, hin und her schwenkend, den Wasserkran in der Zimmerecke aufdrehend – und als Fanny die Kanne aufsetzte und nach ihrer Zigarettenschachtel kramte, dachte er mit einem Anflug von Zärtlichkeit, daß der Tee ihm wie üblich die Magenwände fast zerreißen würde, und setzte die Tasse an.

– Seht ihn euch an, wiederholte Fanny, den Helden der *Verlorenen Illusionen*, ein bißchen gealtert und stolz darauf, daß er es geschafft hat, daß er sie verloren hat, abgestreift, in irgendeiner Ecke seiner durchlöcherten Hosentasche verloren, daß er abgebrüht ist, abgebrüht wie dieser bittere Tee –. Einen Augenblick fand Blok in diesen Sätzen – wie in der halbgeleerten Vodka-Flasche, die er in einer Ecke auf dem Boden stehen sah – die andere Fanny wieder, die, die sie hinter sich gelassen hatte, die sie abgebrüht, weggebrüht hatte, die Nachtstreicherin mit Zigaretten und Vodka, die hysterische, unglückliche, um sich schlagende Fanny, die den Telephonhörer ergriff und ihn aus dem Schlaf riß, in Nächten, in denen es nichts nützte, das Telephon klingeln zu lassen oder den Stecker aus der Wand zu ziehen und sich auf die andere Seite zu drehen und zu denken, warte nur, du Verrückte, so haben wir nicht miteinander gerechnet. Denn sie gab nicht auf – es war vorgekommen, daß sie sich, Königin der Nacht in Bademantel und Peugot, ins Auto gesetzt und an seiner Tür geklingelt hatte, bis er zu ihr auf die Straße gekommen war, oder er hatte sie, zusammengerollt auf dem Rücksitz schlafend, im Morgengrauen auf der gegenüberliegenden Straßenseite gefunden –, und wenn er schließlich aufstand, vom durchdringenden Klingeln in der nächtlichen Wohnung gerädert und zermürbt, ins Zimmer hinüberging und den Hörer abnahm, überfiel ihn ein Schwall von Verwünschungen, von Bitten und Flehen, von abgebrochenen Sätzen, die in Tränen und kleinen Schluckaufs erstickten (sicher hatte sie die Vodka-Flasche neben sich stehen und die halbe Nacht neben dem Telephon gesessen, Glas für Glas leerend), und unter Rotz und Schleim würgte sie die Fragmente eines langen, spiralförmig sich drehenden und nie zum Ende kommenden Abschieds heraus, während sich vor dem Fenster die Nacht verdünnte und aufhellte und er den Bademantel enger um sich zog, weil er fror. Manchmal zog er sich, vom Ton ihrer Stimme gerührt, einen Pullover über und eine Hose, nahm den Autoschlüssel und fuhr nach Belleville, und wenn sie die Tür öffnete, in die Birne über dem Treppenhaus blinzelnd, mit heißem, vom Weinen verflecktem Gesicht, strich er ihr eine tränennasse Strähne aus dem Gesicht, wiegte sie und flüsterte ihr beruhigende Worte ins Ohr, soviel Aufwand für etwas, das sie Liebe nennt, dachte er, aber es ist keine Liebe, es ist ein *Liebesdrama*, das sie ständig selbst auflädt wie eine Batterie, es ist das Drama eines Ungenügens, dem sie meinen Namen gibt, denn während sie auf dem Sofa lag und sich beruhigte, stammelte sie leise Blok Blok Blok, es hörte sich an wie ein ferner Ruf, wie das Klopfen eines Spechts ans Holz, Blok Blok Blok, rief sie in seine Halskuhle, mit einer Fingerkuppe über die Innenfläche seiner Hand kreisend, den Linien nachfahrend, zwischen seinen Fingern streichend, sein Handgelenk streichelnd, wo der Puls schlägt, und wenn er ihr, in das Gewirr ihrer nassen Haare, ihren Vodka-Atem und das Gestammel ihrer Worte eintauchend, ins Ohr flüsterte, daß es vorbei sei, längst vorbei, und sie wisse es, vorbei seit jener Reise nach New Jersey, oder war es seit jenem Morgen, als sie an der Ecke stand und sich nicht entschließen konnte, zum Friseur zu gehen oder ihr Auto in die Garage zum Waschen zu bringen, schlang sie ihre Beine um ihn, eine Weile waren sie mit einem sanften Ringkampf beschäftigt, und wenn er von ihr fiel und in ihr schläfriges, zufriedenes und triumphierendes Gesicht sagte, es ist längst aus, lachte sie und sagte, mein Herz ist ein Spiegelei.

Nachmittag, und sie saßen in Fannys Atelier, das sie von der Stadt zur Verfügung gestellt bekommen hatte, vier Meter hohe Wände, und vor der riesigen Fensterfront zog sich der

Hang hinunter mit verwilderten Gärten, die niemand dort vermutete, wenn er vor dem Haus auf der Straße stand. Nachmittag, und sie saßen in Fannys Atelier, erdschwer die eine, luftgeisternd die andere, es war Tee da, es war Vodka da, auf dem Kühlschrank sah Blok eine Schale mit Orangen, schlimm konnte es also nicht stehen, dachte Blok, obwohl er fürchtete, daß Fanny in diesem Jahr nichts verkauft und Schulden bei ihrem Galeristen hatte, und sich umsehend, stellte er fest, daß überall die angebrochenen und Fragment gebliebenen Arbeiten herumstanden, die er schon im Frühjahr gesehen hatte.

– Du siehst übernächtigt aus, mein Lieber, sagte Fanny, die, wie häufig mit drei Dingen zugleich beschäftigt, ein Stück Ton ergriffen hatte und, zwischen Sprechen, Rauchen und Teetrinken, einen Arm, eine Hand mit gekrümmten Fingern, eine halbe Faust modellierte, übernächtigt, sagte sie, wenn auch rasiert, *blaurasiert,* du erinnerst dich, *blaurasiert*, ein Lieblingswort aus früheren Zeiten, ein Stichwort, das mehr umschrieb als den bläulichen Bartschatten im Gesicht gleich nach der Rasur, es war ein Erkennungszeichen zwischen dir und deinen Freunden, *blaurasiert*, das war Synonym für einen Lebensstil, des Nichtstuns, des Aufbrechens, der Arroganz, des Dandyismus, auch wenn ihr euch in einer Spiegelscherbe in einem Hotelzimmer in der Rue St.-André-des-Arts rasieren mußtet und das Geld für weiße Hemden und Atkinson-Rasierschaum euch ausging. Ihr erklärtet das Hotel und die Straße zum Eldorado der *Blaurasierten*, das Kino, die Photogalerie, das Antiquariat, aus dem alle Minister ihre Ausgabe der Memoiren von Saint-Simon bezogen, und zähltet zu den *Blaurasierten* keine Geringeren als Oscar Wilde, Baudelaire, Charlie Parker und eine kleine Studentin vom Pont des Arts, die für euch *Nadja, die wandernde Seele* spielte.

Weiß Gott, dachte Blok, sie war mir lieber, die nervtötende, aufdringliche Fanny mit ihren Trennungsbriefen und Abschiedsauftritten, die sie am nächsten Tag wieder rückgängig machte, statt dessen saß sie da, mit dem Nachtmittagslicht auf ihrem kurzen Haar, Verstümmelung der Honigmasse, den Perlen um den Hals, die Franziska ihr geschenkt hatte, und führte Fernanda, mit einer zwischen den Lippen wie kleine Klappmesser hervorzischelnden Zunge, in die *Blaurasierten* ein. Statt dessen predigte sie neuerdings Ordnung im *seelischen Haushalt*, eine Formulierung, die eine Fixierung auf Bloks Beobachtungsgebiet, *die Küche als Insel der Frau*, verriet, auf dieselbe Weise, wie sie sich in der Vorstellung des Herzens als Spiegelei ausdrückte, und er fürchtete, daß ihre neue Liebe zur Ordnung in absehbarer Zeit dazu führen würde, daß sie sich fortan den Kriegsblinden, den politisch Verfolgten oder den Leprakranken der Dritten Welt widmen würde – abgesehen von den Gehörlosen, deren Kindergarten sie unter der Führung ihrer Schutzpatronin, Madame Fabian, bereits besucht hatte.

– Was wird aus Afrika, fragte Blok, sich an den tränendurchweichten Rocksaum in Tarduz erinnernd, in den Fanny, im Dunkeln auf der Treppe sitzend, ihre Drohungen gespuckt hatte, Rocksaum, Saumpfad, Pfadspur, Spurrinne und Spruchband, und stellte sich Fanny vor, in Tropenkleidung den Radius ihres Saumes abschreitend, auf den Schnitzeln ihrer Wörter, *ich gehe nach Afrika*, auf einem Dschungelpfad unterhalb des Äquators; was wird aus Afrika, wiederholte er seine Frage, den Raum durchquerend und dem Regal über dem Gaskocher drei Gläser entnehmend, oder ziehst du es vor, Yoga zu treiben, in den Schoß der Kirche zurückzukehren oder deine Drahtfiguren Unicef zur Verfügung zu stellen? Es wäre weniger aufwendig, und du vermeidest die Gefahr einer Tropenkrankheit, und wenn es ein Ziel ist, das dir fehlt, könntest du Kleider sammeln für Paketsendungen nach Osteuropa. Den Metallverschluß aufschraubend, sah er, daß Fanny noch immer hauchdünn geschälte, grünliche Spiralen von Zitronenschalen in ihre Vodkaflaschen steckte (sie behauptete, seit er sie kannte, das Aroma dieser Schalen gäbe der Schärfe des Vodkas einen *grünen Biß*, der ihn genau mit dem Grad an Säuerlichkeit und einem Spritzer Gift durchsetze, der ihm fehle), sie tanzten, getragen und zugleich in ihrer Bewegung gehemmt von der weißen dickflüssigen Masse, auf und nieder züngelnd, wie junge Schlangen über den Boden, und langsam die Gläser füllend, dachte er, daß ihre Suche nach einem Ziel nur eine Seite sei, vielleicht eine kurze Episode, vielleicht, um sich zu zerstreuen, vielleicht, um dem Gefühl des Scheiterns auszuweichen, nicht allzu wichtig, solange sie ihre Gewohnheiten nicht aufgäbe und stillschweigend geringelte Zitronenschalen in ihren Vodka stopfe; laut aber sagte er, trinken wir auf deinen Abschied von den Blaurasierten, auf die feinen Sächelchen, die du dir früher zusammengedacht hast, daß, wer Schmutz, Unordnung, Chaos als Element nicht zulasse, in vorgetäuschte Sicherheiten fliehe, Sicherheiten, nicht blau-, sondern glattrasiert, kahlpoliert wie supermoderne Einbauküchen, verchromte Seelenlaboratorien, in denen kein Barthärchen an der falschen Stelle sprießt, und leerte das Glas in einem Zug. Fanny aber hatte ihn, ohne von ihrem Tonarm (der Nadel, der Spur, der Rille, dem Pfad, dem Saum, der Dschungelarbeit) aufzublicken, durchschaut und wies das Glas zurück. Das sagst du, sagte sie, den tönernen Daumenballen mit dem Knöchel ihres Zeigefingers traktierend, ein alternder Sentimentaler, der über jedes Zitrönchen im Vodka aus dem Häuschen gerät, nur grün und unreif müssen sie sein, ein Fetischist der Wiederholung, der sich, gebannt wie ein Masochist vom Knöpfstiefelchen seiner Donna, vor allem Wiederaufgetauchten strampelnd auf den Rücken wirft, aus Scham aber über dies Kriechen und Auf-dem-Rücken-Liegen, den Verlust des aufrechten Gangs, seinen Traum der Wiederholung, in Wirklichkeit ein Laboratorium, in dem kein falsches Barthärchen wachsen darf, ausgibt als Interesse für die Variation in der Wiederholung. Auf diese Weise tanzt er nie ohne Netz, abgesehen davon, daß er immer Franziska hat und Tarduz, wenn er seine Zahnarztrechnung eines Tages nicht bezahlen kann, Variationen der Wiederholung, auch uns, und irgendeine wird immer an die Seite, an die Stelle, springen und sagen, *ich schwöre auf deine Augen*, und froh sein, ihm die Nase zu putzen.

Noch vor kurzer Zeit, dachte Blok, hätte sie nichts lieber gewünscht als – *Penthesilea überwindet Achill oder die Amazone im Rosenhag* – meine Sentimentalitäten ganz für sich zu haben, mit Haut und Barthaar und Netz, besitzergreifend, den Schlüssel verwaltend, die fünfte Variation schließt die achte Wiederholung ins verbotene Zimmer. In der Ecke vor dem Fenster stand das alte durchgesessene Sofa, auf dem sie, ganz *junge Witwe*, gesessen hatte, an jenem Tag, an dem er seinen Kondolenzbesuch gemacht hatte, das später, zwischen den bereits übergehenden, sich auflösenden, bizarr verfremdenden Blumen, das leere Rechteck, auf dem der offene Sarg gestanden hatte, im Rücken, ihr Liebeslager, Aufbahrungs- und Lustort geworden war, wobei er sich verboten hatte zu fragen, ob sie mit ihm oder dem Toten schlief, zerreiß mich, rief sie, untergetaucht im Knäuel ihrer verschwitzten Kleider, der Haare, seiner zerdrückten weißen Hemdbrust, der Kondolenzbrust, zerreiß mich, und er wußte nicht, war es die Flucht vor dem Tod oder ein Widerstand gegen ihn, ein Sträuben, so kurz nach, fast im Tod, sich im Dschungel der Totenblumen auf einem zerdrückten Lager zu wälzen, aber wenigstens, dachte Blok, hat ihr Ordnungsfanatismus noch nicht dieses Atelier verwüstet. Über das durchgeschabte Polster des Sofas war eine hauchdünne Decke mit indischem Muster gebreitet, wie überhaupt die verschiedenen Richtungen ihrer Vorlieben, wenigstens zeitweise, kanalisiert zu sein schienen – das Nebeneinander von Dschungel und Indischem Ozean auf der Karte von Belleville, dachte Blok – überall spannten sich indische Tücher, die, an einem Lampenschirm befestigt, weit über den Tisch herabfließend, über die Zimmerecke gehängt, in der sich Kühlschrank, Küchenregal und Mülleimer befanden, über eine alte, gegen die Wand gelehnte Zimmertür geworfen, in der sich ein weiteres, aufgestoßenes Türchen befand, wie die Öffnung einer Guckkastenbühne, der kahlen saalähnlichen Weite des Raums, in dem Steinblöcke, Sägen, Sandsäcke und ein Ofenrohr herumstanden, etwas von einem indischen Märchenzelt verliehen. Gott sei Dank, dachte er beim Anblick des alten Gaskochers, auf dem ein verbeultes Töpfchen stand, beim Anblick der wie Orgelpfeifen nebeneinanderstehenden, glatten, eiförmigen Figuren aus schwarzem Marmor, die sie ihre *Russischen Puppen* genannt hatte, es ist das alte Chaos, das sie, mit einem weniger pathetischen Ausdruck, als ihren Schrotthaufen zu bezeichnen pflegte, und sein Blick wanderte zu dem Zwischenboden, auf dem Fanny auf einer Matratze schlief, wenn sie im Atelier übernachtete, eine schmale Hühnerleiter führte hinauf.

Die Tür wurde aufgerissen, zwei jüngere Männer, Sandspuren an den Füßen, kamen ins Zimmer, hereingetrollt wie junge Hunde, ungeschickt an den Kanten der herumstehenden Hocker anstoßend, in den Ecken schnüffelnd, das eine oder andere der Tücher hochhebend, unter dem die eingegipsten Drahtfiguren unfertig vor sich hin träumten, ließen sich auf dem Sofa nieder, die Beine über den Lehnen baumelnd, mit schweren verkrusteten Schuhen, geschnürten Halbstiefeln mit genagelten Sohlen, Bergsteigerschuhen, die wie klumpige Gewichte an die dünnen, in Röhrenjeans steckenden Beine angehängt schienen. Sie drehten Zigaretten, schwarze, im Drehen aus den Plastiksäckchen rieselnde Tabakkrümel auf den Boden fallen lassend, und machten sich über den Vodka her. Aufgedunsen das Gesicht des einen, überzeichnete hochgewölbte Augenbrauen, schwere Augendeckel, wulstige, sehr rote Lippen, eingebettet in bleiche, teigige Backensäcke, die Miene eines Clowns. Ein massiger, aus seinen Proportionen gerutschter Körper, die seitlich über den Gürtel wegrutschende Bauchblase, ein weichlicher Weinschlauch, aus dem ein sattes, obszönes Lachen hochstieg, ein dionysisches, von den bacchantischen Feldern in den Rinnstein der Clochards, in die Tiefe eines Müllcontainers, in eine leere Echotonne gerutschtes Gelächter, zwischen dem er, ohne Rücksicht darauf zu nehmen, daß zwei ihm völlig Unbekannte zuhörten, einen aus Wut und komischer Verzweiflung gemischten Monolog hervorstieß. Diese Geige, sagte er, diese Geige, die seit je nichts anderes hervorbringt als

Quietsch-, Kratz- und Mißtöne, ein Geigengejaule auf abgerissenen Saiten, auf zerrissenen Saiten, obwohl sie immer die besten verwandte, die Geige war ihr Augapfel, in Samt eingepackt und im Geigenkasten verschlossen und in dem Zimmer mit der besten Temperatur aufbewahrt, immer hatte sie Angst, daß das Holz sich verzöge, und in den Ferien wurde sie nervös, konnte ohne ihre Geige nicht leben, hoffentlich ist nichts mit der Geige, sagte sie zwanzigmal am Tag, während sie sich den Körper mit Sonnenöl einschmierte oder Postkarten schrieb, mitnehmen wollte sie sie auch nicht, die Temperaturen im Süden bekämen ihr nicht, sagte sie, könnte auch schließlich gestohlen werden, das wertvolle Stück, während wir am Strand lägen, fürchtete sie, und hatte erst Ruhe, wenn wir wieder zu Hause waren, sie die Geige, vorsichtig ausgepackt, wieder in Händen hielt, obwohl sie kaum Zeit hatte zum Spielen, immer weniger Zeit, auch nicht begriff, daß eine Bibliotheksseele und ein Geigenspiel nicht zusammengehen konnten. Hundertmal hab ich ihr gepredigt, du hast eine Bibliotheksseele, hab ich ihr erklärt, geduldig und mit der Nachsicht, die ein Ehemann aufbringen konnte, aber kaum kam sie am Abend aus der Bibliothek gehetzt, wo sie es inzwischen zur Leiterin der Schallpatten-, Musik- und Notenabteilung gebracht hatte, griff sie zwischen Mantel-an-den-Haken-Hängen und Frikadellen-in-der-Pfanne-Braten zur Geige, immer stadtbüchereigemäßer wurde ihr Spiel, immer dasselbe Schubert-Gekratze, Schubert voll Inbrunst, Innerlich- und Innigkeit, aber nach einer halben Stunde war Schluß, der Kanarienvogel mußte gefüttert und der Müll noch heruntergebracht werden, es gab gute Abende auf dem kleinen Balkon, ich nannte sie meine Geige, und sie war still, aber nach sechs Jahren hatte ich es satt, eine Frau, nichts anderes gewöhnt, als den engen Durchblick zwischen Regalreihen, kaum ein Lichteinfall und wenn, dann auf Staub, eine Frau, die sich, Tag für Tag auf einem Drehstuhl mit Gesundheits-Rückenlehne sitzend, an Karteikarten satt fraß, eine Regalratte und Karteikartenseele auf flachen Sportschuhen und mit kleinen weißen Kragen über dem Pullover, Knöpfkragen, von denen sie ein Dutzend besaß und die täglich gewechselt wurden, da sie aber gleich aussahen, war es gleich, ob sie sie wechselte, rein und gleich waren sie, rein, weich und gleich, aber mit *Reinundgleich* kannst du nicht Geige spielen, sagte ich, sieh dir an, wie ich arbeite, klatsche den Dreck auf die Leinwand, feuchte Lehmklumpen auf den Kopf eines Porträtierten geworfen, keine Angst vor Auslöschung, Überkrustung des Gemalten, sagte ich, spiel ein paar Lehmklumpen in deinen Schubert, aber wenigstens, das mußte ich ihr lassen, hat sie mich ernährt mit ihrem Bibliotheksgehalt, und die Weihnachtstreffen mit den anderen Bibliothekaren, das Gehetze in die monatlich stattfindenden Konzerte für Abonnenten, das mußt du ertragen, dachte ich. Aber dann, vor fünf Jahren, war es soweit, es mußte etwas geschehen, ich hätte die Geige in die Gepäckaufbewahrung der Eisenbahn oder ins Fundbüro gegeben oder einem Kind auf der Straße geschenkt, die Kragen in den Mülleimer geworfen und die Gummidaumen, mit denen sie die Karteikarten besser aufblättern konnte, dazu, also zog ich aus, ich zog aus und ließ ihr das Kind, die Wohnung, die Geige und schickte ihr eine Einladung zu meiner ersten eigenen Ausstellung, alles lief gut, bis zum heutigen Tag, da schreibt sie mir einen Brief und hätte es in einem einzigen Satz sagen können, sie aber braucht fünf geschlagene Seiten, um mir zu sagen, daß sie in den letzten fünf Jahren jeden Pfennig für mich und daß das jetzt aufhören und ich allein für mich sorgen müsse, den Schrieb hab ich an meine Tür gepinnt, damit ihr ihn alle lesen könnt und euren Spaß habt, schickt mir einen fünfseitigen Brief und einen Scheck über zehntausend, und zum dritten Mal die Flasche aufschraubend, sie einen Moment in der linken Hand haltend und mit der Rechten, die zwischen Daumen und Zeigefinger den Schraubverschluß hielt, einen Bogen beschreibend, sagte er, ich geb dir dreitausend, Fanny, und goß beim Einschenken ein paar Tropfen daneben, damit du dir endlich einen vernünftigen Ofen kaufen kannst.

Er riß sich die Pudelmütze, die, ein pflastergroßes eingeschrumpftes Wollsöckchen, in der Mitte seines Schädels saß, herunter, wischte sich den Schweiß von der Stirn, und Blok sah, daß seine langen Haare wie Schilfgewächs in steifen Binsen um seinen glatten Schädelspiegel standen.

Ist es der oder ist es der andere, dachte Blok, sich erinnernd, daß die zwei jungen Männer in den benachbarten, zum Hof gelegenen Ateliers arbeiteten, einer ehemaligen Glaserei und einer Kohlenhandlung, von denen noch die in einem Schuppen aufbewahrten Schilder und Stapel von verrußten Jutesäkken zeugten, der oder der andere, dachte Blok, der Redselige oder der Schweigsame, der Dicke oder der Magere, in dessen eingefallenem Gesicht mit jedem Zug an der verkrumpelten Zigarette die Knochen stärker unter der zum Zerreißen gespannten Haut hervorzutreten schienen, aber Fanny verriet sich nicht. Noch immer die Hand aus Ton haltend, aus deren Innerem ein kleiner zerfallener Turm wuchs, ein Rundturm mit spitzem Dach, Wehrturm und Monument eines zerfallenden und bewahrten Schweigens, bröckelnd wie ein gezackter Eckzahn – Hand in der Hand haltend, Hand aus der Hand aus dem Turm wachsend, das Umschließende aus dem Umschließenden –, der Turm, dachte Blok, ist die Höhe, die sie hält und zugleich hinabstürzt, Hand in der Hand, Hang in der Hand, Abhang, der Abhang eines unaufhörlichen Wechsels zwischen Herauswachsen (aus der Hand) und Herausfallen (aus dem Turm), ein Wechsel im Prozeß einer immer wiederholten Suche nach der Hülle, nach dem, in das sie sich einpassen könne (nach der Rückverwandlung ins *Passe-Par-Tout*), einer Hülle aus Gesten, der Sprache, dem Haar, den Perlen einer anderen, eine Hülle, die sie sucht und sprengt und durch eine andere ersetzt, durch die Anleitung von Gehörlosen im Modellieren, und plötzlich, nach Jahren, stellt sie fest, daß ihren Skulpturen das Absichtslose und Unwillkürliche fehlt, das Kindliche, Naive und Spielerische, und sie weint und schreit, sie sei eine *Etuifrau* geworden, und den Grund dafür habe er gelegt, jede Ablenkung, jede seiner *interessanten* Beobachtungen, jede Zeitvergeudung sei ihm wichtiger gewesen als sie, als jeder andere; und sie irrt sich auch dieses Mal.

Liebste Fanny, sagte er und merkte, daß er laut gesprochen hatte, als er ihr erstauntes Gesicht sah, wenn du wüßtest, wie anbetungswürdig dein Hang zur Kunst ist – und während sie aufstand und in der Küchenecke zu kramen begann, hinter dem Vorhang, dachte er weiter, vielleicht wäre es besser, du wärst Organisatorin geworden, von Kunstvereinen, von politischen Gruppen, von Pflegeheimen, immer aus deiner Gegenwart flüchtend in die Sache der anderen, während meine eigene Gegenwart aus Beobachtungsfetzen besteht, von jetzigen und gestrigen, sich übereinanderschiebend, da: Fannys Füße in den flachen weißen Leinenschuhen mit Strohsohlen, die sich unter dem Saum des Vorhangs bewegen, da: die auf dem Boden hockende Fernanda, andächtig den Geschichten des Dicken lauschend, der, man sieht es, bald ihren Nacken, den bloßgelegten Nacken unter dem Pferdeschwanz streicheln wird, eine feine gekonnte Geste beim Abschied vielleicht, ein Köder, wie das Ansteckungsgift solcher *Lebensgeschichten*, die sie, mit offenem Mund, einsaugt, da: der schwärzer werdende Abhang, die plötzlich wie eine Wand vor das Fenster gerückte Laubmasse, hinter der die Sonne verschwunden ist – meine Gegenwart als zerbröckelte Vergangenheiten, ein Erinnerungsblock für dich, denn da, Fanny: sehe ich Adamov und Beckett, verstaubt, unsere alten enthaupteten Götter, die wir uns vorlasen, in diesem Raum, mit über die Sofalehne baumelnden Beinen, ganze Nachmittage, einer auf dem Sofa liegend und einer umhergehend, die Fensterfront abschreitend, bis die Dunkelheit so groß war, daß wir die Buchstaben nicht mehr erkennen konnten –, vielleicht solltest du, wie Franziska, keine Sache mehr zu der eigenen machen, wie sie nicht mehr leiden unter der falschen Zeit, weil sie sie ausgelöscht hat in sich, weil sie in der Zeit liegt wie in einem Daunenbett –

Fanny schrie auf, ein rohes Ei klatschte, aus ihrer Hand gefallen, auf den Boden, sie riß den Vorhang zur Seite, und Blok sah einen blasenschlagenden und zäh sich am Kühlschrank herunterziehenden Streifen von Eiweiß. Einen Spüllappen in der Hand, hockte sie sich hin und tauchte ihn in den weißlichen Fleck. Der Magere sprang auf, riß den Lappen weg, warf ihn ins Spülbecken und warte, ich weiß etwas Besseres rufend, rannte er aus dem Zimmer und ließ die Tür sperrangelweit offenstehen. Fanny kam, mit aufgekrempelten Ärmeln, zum Sofa zurück, trank einen Vodka und sagte, um halb zwölf treffen wir uns im *Sunset*, und vorher geh ich mit Fernanda spazieren, als der Magere zurückkam, einen Hund im Gefolge, der sich über das Ei hermachte, den Boden aufleckte und, eine Zugabe erwartend, schwanzwedelnd von einem zum anderen blickte.

Wie heißt der Hund, fragte Fernanda, aus einem herumliegenden Lappen einen kleinen Ball formend und, auf der Erde kriechend, den Hund lockend, eine schwarzweiße Mischung aus Dackel und Spitz, während Blok einen verstaubten, zerfledderten Band mit Adamov-Stücken in die Hand nahm und darin blätterte, verurteilt zur Gleichzeitigkeit verschiedener Gegenwarten – Stoffball, Hundeschwanz, Fernandas Hand, Fannys Füße in den Leinenschuhen, eine Ecke des Messingtischchens zu seinen Füßen, und wieder die frühere Fanny, auf dem Sofa liegend, mit hochgestellten, übereinandergeschlagenen Beinen, seine Sache zu der ihren machend, Adamov und Beckett und Arrabal lesend und genau Bescheid wissend über die *Auflösung der geschlossenen Form*, die *Theorie des modernen Theaters*, über *Performance, Schweigen und Sprachverkrümmung*, der *Schauspieler als Souffleur* und *Entpersonalisierung und Figur als Stimmkörper*, zu einer Zeit, als er selbst längst nur noch Einakter schrieb, die niemand aufführen wollte, denn die Theater, mit denen er zuvor gearbeitet hatte, hatten sich auf aufwendigere Stücke eingestellt, als er es aufgegeben hatte, den Faden im Labyrinth der Moderne weiterzuspinnen, den Ariadnefaden, den Ausgang und das Ziel eintauschend gegen die Penelopearbeit des Vergessens und Erinnerns, des Auftrennens und Verknotens – des Aufblätterns verstaubter Anfänge wie dieses Adamov-Bandes oder untergehender Anfänge wie Fernandas Frage, die der Magere beantwortete, indem er gestand, daß er den Hund, weil er kein Geld für das Futter habe, dem Hausmeister überlassen habe, der, obwohl ein roher Kerl, gut für ihn sorge und ihm Kunststücke beibringe, überzeugt, daß Dressurakte Haustieren, die sich weder als Wach-, Schutz- oder Jagdhunde eigneten, eine willkommene Ableitung ihrer überschüssigen und in den Städten verkümmernden Kräfte böten. Unter anderem besitze er die Fähigkeit, aus dem Stand mit steif und horizontal gestrecktem Körper in die Luft zu springen, was er schon als kleiner Hund zur Verblüffung der Dorfkinder vorgeführt habe, weshalb sie ihn Ping-Pong getauft hätten, wie einen kleinen harten, nicht federnden, weißen Ball, denn er habe ihn aus seinem Heimatdorf mit nach Paris gebracht, einem Dorf in der Auvergne, in dessen Umgebung es in den Wäldern versteckte Plätze gäbe, die die Kinder auf ihren Streifzügen entdeckten, wunderbare, unter Farnen verborgene Flekken, auf denen unbekannte Pilzsorten wüchsen –

– Pilze, rief Fanny über die Schulter, vor dem Gaskocher hantierend, nachdem sie den wackligen Tisch vor dem Sofa in der Mitte freigeräumt, mit einem Ärmel den Staub weggewischt und einen Stapel mit Tellern abgestellt hatte, warum haben wir heute keine Pilze, rief sie, in einer großen Pfanne rührend, nicht einmal Pilze, nur ein Bauernomelette mit Eiern, Schnittlauch und vorgestern gekochten Kartoffeln, es geht zu wie in einer Jugendherberge, Rühreier, Tischgebet und lärmende junge Männer, zu anderen Zeiten trank man in Paris Absinth oder rauchte wenigstens Opium auf seinen durchgesessenen Sofas, andererseits hatten sie keinen Ofen und mußten die kalten Tage im Bett verbringen, Eisblumen vor den Fenstern, wenn sie sich nicht aufheizten an ihren Junggesellenmaschinen, dem *Großen Glas*, dem *Großen Blok*, dem *Großen Aufschreiber*, dem *Großen Einritzer*, den *Demoiselles d'Avignon* –

– *Demoiselles d'Avignon*, fragte Fernanda, und Blok stieß einen Seufzer aus, weil er eine solche Frage befürchtet hatte, jeden Tag stellte sie solche Fragen, und er hatte es aufgegeben, sie, geduldig und mit hochgezogenen Augenbrauen, zu beantworten – *auf der Spitze seines Zeigestocks*, hatte Fernanda eines Tages beleidigt zu ihm gesagt, du kommst mir vor, hatte sie gesagt, wie ein parfümierter Kater, der sich mit weißen Handschuhen die Schnurrbarthaare streichet, sich in die Brust werfend, den Lehrer spielt, mit der Spitze seines Stöckchens auf die Fragen tippend, verwandelst du dich in den Stock selbst, in die Spitze deines Zeigestocks –, er hatte es aufgegeben, denn nach fünf Minuten hatte sie, vertieft in ein neues Wortspiel, in *Holunderwolken, Reifenrosette* oder *Teenägel*, vergessen, was er geantwortet hatte, und da Fanny gerade die Pfanne auf den Tisch setzte, schien niemand Lust zu haben, ihr die *Demoiselles d'Avignon* zu erklären, oder sie überhörten es, beschäftigt mit Omelette und Rotwein, während die Gegenstände bereits in der einbrechenden Dämmerung verschwammen, die Linien und Kanten der Säulenstümpfe, Sockel und Steinplatten, niemand sprach, nur das Klappern der Gabeln auf den Tellern war zu hören und aus den Bäumen am Hang ein anhaltendes Amselzirpen.

– Champollion, sagte Blok, den Namen des Dorfes aufgreifend, aus dem der Magere stammte, Champollion, ein Ortsname mit dem Klang einer Pilzsorte, einer schaumigen, gärenden, moussierenden Pilzsorte, denn es klingt auch Champagner mit, ich kenne dieses Dorf aus einer kalten Augustnacht, in der ich alles andere erwartet hätte, als in einem gottverlassenen Dorf im Inneren Frankreichs einer Figur zu begegnen, von der ich mir zunächst nicht sicher war, ob es sich um einen echten Anachronismus handelte, die, wie man es manchmal dort findet, im Schlaf der Provinz die Gegenwart überdauert hatte, oder um die exzentrische Selbstinszenierung eines reichen alten Sonderlings, die um zwei Generationen verspätete Nachahmung einer literarischen Figur.

Der Dicke, unter der Anstrengung des Essens schnaufend, sagte: introitus. Er wischte sich den Mund, lehnte sich zurück und griff mit kurzen, weichen Fingern in das Plastikbeutelchen mit Tabak. Fangen wir an zu erzählen, sagte er, sich eine Zigarette drehend, intremus silvas imaginis, und während sein kleines Plastikfeuerzeug aufschnappte, das in seiner Hand wie ein auf gepolsterten Wellenkämmen schaukelndes Floß lag – ein Feuerzeug aus der Serie *l'amour, c'est ...*, aber Blok konnte nicht lesen, welche von den fünf möglichen Antworten hier aufgedruckt war, ob *trouver le retour*, ob *toujours l'autre* oder *vivre sans argent* –, während das herausströmende Gas zischte, die Flamme hochschoß, an der Spitze der Zigarette glühte und wieder verlöschte, sagte er: inveniemus fabulas, amici. Blok sah Fanny und Fernanda, ihn anblickend, die eine auf dem Fußboden, mit der linken Hand abgestützt und mit seitlich eingeschlagenen Beinen, die andere auf einem Stuhl, vorgebeugt, die Ellbogen auf die Knie gestützt, mit halbgeschlossenen Augenschlitzen eifersüchtig auf jedes seiner Worte lauernd, bereit, sich auf ein unbekanntes Stück seiner Biographie wie auf eine Beute zu stürzen, als wäre, was sie als Verlust empfand, doch noch gerettet, wenn sie es, als Erzählung verpackt, verschnürt, etikettiert wie ihre Gewürze, in das imaginäre Regal ihrer eigenen Biographie stekken konnte, während Fernanda neugierig, abwartend und ohne Trauer dasaß, denn, ich habe nie verstanden, hatte sie in Tarduz gesagt, warum manche Leute, wenn sie verliebt sind, die Vergangenheit eines anderen als Betrug an sich selbst empfinden, als Betrug oder als Verrat. Es ist kein Betrug, es ist als Vergangenes etwas, das niemand besitzt, weder der, der es erlebt hat, noch der andere, der es wissen will, es ist als Vergangenes nichts Entgangenes, sondern seit dem Moment, in dem es vergangen ist, hat es sich in Geschichte verwandelt, in immer wieder neu und anders bearbeitete Geschichten – fang an, sagte Fernanda, dem neben ihr ausgestreckt liegenden Hund die Ohren kraulend, Fanny und ich wollen ins Marais fahren, bevor es dunkel wird.

– Es war wie heute, Ende August, sagte Blok, es war Abend, und es schüttete bereits den ganzen Tag. Die Scheibenwischer kamen gegen die Wassermassen, die auf die Windschutzscheibe klatschten, nicht an, und obwohl unsere Geschwindigkeit kaum höher als dreißig Stundenkilometer war, mußten wir uns alle halbe Stunde an den Straßenrand stellen, um mit abgestelltem Motor zu warten, bis die Gewittergüsse wieder nachließen. Wir befanden uns auf einer Reise in den Süden, und jemand, den ich flüchtig aus Paris kannte, hatte uns eingeladen, in Champollion Zwischenstation zu machen und dort eine Nacht zu verbringen. Er hatte die Schönheit der Auvergne gepriesen und bescheiden gesagt, erwarten Sie keinen Komfort, es ist ein einfaches Haus mitten im Dorf, es gehört den Eltern meiner Frau, aber ich freue mich, wenn Sie kommen. – Als wir gegen Abend das Dorf gefunden hatten, lag die Dorfstraße bereits im Stockfinstern, einerseits, weil sich der Himmel wegen des Regenwetters früher als gewöhnlich an Sommerabenden verdunkelt hatte, andererseits, weil infolge eines Gewitters im ganzen Dorf die Elektrizität ausgefallen war, wie wir später hörten. Als wir, mit Hilfe einer Taschenlampe, das bezeichnete Haus gefunden hatten – der Wind hatte Franziskas Regenschirm umgeschlagen, das Wasser rann mir in den Kragen und quatschte in den Schuhen, Franziska huschte wie ein aufgeschreckter Vogel mit eingezogenen Schultern neben mir an den Häusern entlang, und ich träumte davon, daß sich eine Tür öffnete, ein warmes Kaminfeuer, trockene Strümpfe, ein Calvados – war niemand zu Hause.

Was tun? Nachdem wir eine Weile im Auto gesessen hatten, entschloß ich mich, bei den Nachbarn nach dem Ausbleiben unserer Gastgeber zu fragen, rannte mit hochgeschlagenem Kragen über die Straße und klopfte an die Tür. Die Front dieses Hauses nahm einen größeren Teil der Straße ein als das Haus unserer Freunde, auch verlief, an das Gebäude anschließend, eine hohe Mauer die Straße entlang, von Efeu überwuchert und von Bäumen überragt, so daß man einen angrenzenden Garten vermuten konnte, aber in keiner Weise, nach der Einfachheit der Dorfstraße zu schließen, darauf vorbereitet war zu sehen, was ich nun sah. Ein Diener in weißer Weste öffnete die Tür und bat mich, nachdem ich ihm unsere Lage geschildert hatte, ins Haus. Er nahm meinen tropfenden, zusammengeklappten Regenschirm entgegen und ließ mich einige Augenblicke im Vestibül warten. Das Haus war in die Tiefe gebaut, und am Ende eines langen Gangs sah ich eine Glastür, vor der ein paar Stufen hinab in einen Park führten. An den Wänden brannten Kerzen in Wandleuchtern, und ich konnte Spiegel, Konsolen und einen Wandteppich unterscheiden. Der Diener kehrte zurück und führte mich in ein getäfeltes Zimmer, dessen Fenster zum Garten gingen. Am anderen Ende saß ein alter Mann in einem Sessel vor einem brennenden Kamin. Kommen Sie, kommen Sie, rief er mir entgegen und erhob sich aus seinem Sessel. Im Schein der Kerzen erkannte ich eine hagere, zarte Gestalt, feine Gesichtszüge und einen schneeweißen Schnurrbart. Sie trug einen Blazer, Flanellhosen und, über schwarzen Lackschuhen, weiße Knöpfgamaschen. Die Zeit der Gamaschen gehörte nach meiner Rechnung in die Zeit vor dem Ersten Weltkrieg, in Champollion aber offenbar nicht. Er bot mir an, ihm Gesellschaft zu leisten und hier auf das Eintreffen meiner Freunde zu warten. Franziska wurde geholt, wir bekamen Tee, Gurkenbrötchen und Eisandwiches und einen alten Armanac. Vor dem Fenster rauschte der Regen, im Kamin knisterten die Scheite, an den Wänden hingen Tapisserien von einem verblichenen Rot, und in den Hintergrund waren Affe, Taube, Kaninchen, Löwe, Orangenbaum und Lilie eingewebt. Zwei Stunden saßen wir da, eingehüllt von dem sanften Ticken der Konversation, die Franziska und der alte Herr, dessen Namen ich bei der Vorstellung aus Überraschung über die weißen Gamaschen überhört hatte, miteinander führten, als wären sie aufgezogene Miniaturpüppchen einer anderen Epoche, einer Konversation über nichts, über Luft – denn ich kann mich an keines der Themen erinnern, die sie anschnitten –, und dieses Kunststück war ein Meisterwerk.

In der Nacht kehrten unsere Gastgeber zurück, die sich bei dem vergeblichen Versuch, aus dem Nachbardorf einen Elektriker zu holen, auf dem Rückweg im Unwetter verfahren hatten. Als wir, wie ich es mir vorgestellt hatte, mit trockenen Strümpfen, Calvados und Kaminfeuer, aber immer noch ohne Elektrizität, unser Abenteuer erzählten, schlug unser Gastgeber die Hände über dem Kopf zusammen. Welch verpaßte Chance, rief er. Euch, als Fremden, gegenüber wäre er vielleicht offener gewesen, und ihr hättet, wenn ihr ihn geschickt ausgefragt hättet, etwas über die Hintergründe dieses Hauses erfahren. Die Sache ist die, daß kein Mensch weiß, wer dieser Mann wirklich ist. Das Haus gehört seit dem vorigen Jahrhundert den Montesquiou, und wie du weißt, gab, neben anderen, ein Sprößling dieser Familie das Vorbild ab für die Figur des Baron Charlus, jener Verkörperung, Karikatur und Negation eines Dandy aus der *Recherche*. Das Haus stand jahrzehntelang leer, erst seit zwanzig Jahren wird es regelmäßig von dem, der euch heute empfangen hat, für mehrere Monate im Jahr bewohnt. Er verkehrt mit niemandem aus dem Dorf, er lebt zurückgezogen, und nur manchmal bevölkert eine Schar von Gästen an den Wochenenden während des Winters das Haus. Es heißt, er sei kein legitimer Träger dieses Namens, sondern ein, aus Rache an seiner Familie, zum Erben eingesetzter ehemaliger Chauffeur von *Charlus*.

Der Dicke sagte, träge in einer Ecke des Sofas hängend, wenn's nicht wahr ist, ist es gut erfunden. Fanny fragte, mit einer Mischung aus Hartnäckigkeit und Naivität, warum schreibst du nicht darüber, was für eine wunderbare Geschichte, sagte sie, mit dem einer Planierraupe vergleichbaren Mechanismus (der Blok im Anfang erbittert und entzückt hatte und ihn jetzt nur noch verwundert den Kopf schütteln ließ) darüber hinwegwalzend, was er ihr oft genug gesagt hatte, daß er keinen *Stoff* wähle, daß er nicht schreiben könne, was *aus dem Leben gegriffen* sei. Aber es war nicht nur Fanny, sagte er sich, aufstehend und die Lampe neben dem Fenster anknipsend, sich der gutgemeinten, schulterklopfenden, zwischen Vorspeise und Nachtisch, auf Stehparties, im Foyer eines Theaters oder im Durchzug einer Bahnhofshalle erteilten Angebote von Anekdotenerzählern erinnernd, die Welt schien voll von Anekdoten zu sein, wert, in einem unablässig in Gang gehaltenen Anekdotengeraune aufgegriffen und erzählt zu werden, stellen Sie sich vor, was ich erlebt habe, hatte er oft genug zu hören bekommen, daraus könnte man einen Roman machen, oder, wenn er eine Geschichte, wie die seiner Nacht in Champollion, erzählt hätte, hieß es, das ist gut, eine gute Geschichte muß einen Kern haben, ein Erlebnis, ein Abenteuer, eine Erfahrung, eine gute Geschichte, die müssen Sie unbedingt aufschreiben.

– Nein, sagte Fernanda plötzlich laut, während sie den Rest ihres Omelettes an den Hund verfütterte, ich glaube nicht, daß man darüber schreiben kann. Ich habe es mir immer so vorgestellt, als tauche man unter, ein Versinken und Aufsteigen, wie nach einem Sprung von einer Brücke ins Wasser, wenn das Wasser sich über dem Kopf zusammenschließt und man viele, viele Fuß sinkt, nach unten gezogen in eine unendliche Tiefe, als fiele man unaufhaltsam an den anderen Ausgang der Welt, um den Kopf ein Geschlinge von Haaren und darüber das tonnenschwere Gewicht einer wachsenden Mauer von Wasser, ein Fall, rasend und verzögert zugleich, in eine eisige Kälte, eine Kälte, die den Körper in verschiedene Temperaturzonen teilt, die Füße schon kälter als der Kopf, das Herz, eingezwängt in einem enger und enger greifenden Panzer, daß der Pulsschlag aussetzt, so habe ich es mir vorgestellt, Schreiben als ein kleiner Tod, ein vorlaufender, ein sich wiederholender, ein Vor-Tod, und, an einer bestimmten Stelle, hört der Körper zu sinken auf und steigt, leicht wie ein Korken, an die Wasseroberfläche zurück.

Fanny, zuerst zusammengezuckt, strich sich, mit gesenktem Kopf, über den Stoff ihrer Hose, ein geistesabwesendes, nachdrückliches und zugleich hilfloses Hin und Her, und Blok konnte, obwohl sie mit dem Rücken zur Lampe saß, ein langsames Begreifen in ihrem Gesicht sehen, ein Einsinken, Einsenken, wie Intarsien waren die Bruchstücke ihres Begreifens in ihr Gesicht eingelegt, kleine Holzbalken, *Einsinken* stand unter dem Jochbein, *Aufsteigen* über der Augenbraue und auf der Stirn *Kälte*, die Haut war verzerrt, der Mund verfiel, und nach einer Weile sagte sie, wer möchte Kaffee, und, bereits aufgestanden und abgewandt, sie steht schon unter deinem Einfluß, drehte den Wasserkran auf, und das Geräusch des Wasserstrahls knallte in die Stille, ein Geräusch, das den Hund die Ohren spitzen ließ und aufspringen und Fernandas Hand abschütteln und zu dem Waschbekken laufen, vor dem Fanny sich gerade bückte und eine große weiße Emailschüssel mit einem blauen, zum Teil abgesprungenen Rand, einem pockennarbigen, metallflekkigen Rand, auf den Boden stellte, eine Schüssel, die sie gewöhnlich als Salatschüssel benutzte, aber es war auch vorgekommen, daß sie Hyazinthen hineinpflanzte oder ihre Rechnungen sich darin ansammeln ließ, und ins deutlich vernehmbare, Wasserspritzer verstreuende Schlappen des Hundes sagte Fernanda, die Fannys Bemerkung überhört haben mußte, ich denke mir, ein weißes Blatt ist wie ein Spiegel. Blok blickt in den Spiegel, weil er wissen will, wer er ist. Aber was er sieht, ist nicht er selbst, sondern Geschichten von anderen, sich durchkreuzend, in unaufhörlicher Bewegung, in plötzlichem Stillstand. Was er sieht, ist nicht *das Leben*, nicht Blok, nicht Wahrheit und nicht Lüge, er sieht etwas Drittes.

Fanny, deren Gesicht seit je die Eigenschaft hatte, jäh, nicht nur im Ausdruck, sondern im Zustand, umzuschlagen, von einer rosigen Morgenschönheit in ihre zerknitterte ältere Schwester, verwandelte sich vom Tagesmüden, Grauen, fast Verweinten ins Zusammengezogene, als rückten die Augen, zögen sich die Augenbrauen enger zusammen, verdünne sich der Mund, eine blasse, blutleere Schlangenlinie, als färbten sich die hochgezogenen dünnen Nasenflügel an den Rändern weiß, erhob sich, räumte mit Geklapper die Teller zusammen und sagte im Weggehen, Fernanda weiß Bescheid. Gleich wird sie uns sagen, was es ist, das Dritte, und, Fernandas hohen, kindlichen Tonfall nachahmend, es ist nicht Lüge, es ist nicht Wahrheit, es ist etwas Drittes. Aber was ist es? Ein Vorspiel des Todes? Grab und Wiederauferstehung? Ein Projektionsschirm für unsere Wünsche? Die Teller ins Spülbecken stellend, Wasser darüber laufen lassend, den Tonfall wechselnd, inzwischen aber, bevor diese Frage beantwortet sein würde, mußte sich jemand darum kümmern, daß Blok noch etwas anderes tut als bei mir herumzusitzen und Vodka zu trinken.

Der Magere öffnete, nach langem Schweigen, seinen Mund. Gelegentlich gefällt sich Fanny in Bewunderung, sagte er, legte den Kopf in den Nacken und schloß die Augen.

Du täuschst dich, dachte Blok, die Bewunderung ist Devotion und die Liebe für Fanny eine Devotionalienhandlung mit geändertem Firmenschild, denn die Religion hat sie mit ihrer Familie zum Teufel geschickt, Nacht für Nacht brennt sie Räucherstäbchen ab vor einem leeren Götterbild, dessen Rahmen sie ab und zu wechselt, auch das Passepartout und die Blumenkränze davor, eine Kevelaer-Kapelle mit Rosenkranz-Songs, *Stormy Weather* ist sehr beliebt und ertönt nach Münzeinwurf beim Rundgang um den verschwundenen Gott, im Hintergrund eingetaucht in blaues, aus Spitzbogenfenster einfallendes Licht (fünfzehn Schritte genügen, und sie ist wieder am Ausgangspunkt), auch *Autumn Leaves* ist zu hören beim Rundgang um diese Leerstelle, in deren Mitte manchmal ein Katzenkopf erscheint, eine Dose mit Thunfisch, eine rosa Kastanienkerze, Devotionalien aus ihrem Liebesleben, und vor den Säulen stehen schweigend ihre Drahtfiguren. Wann wird der Zeitpunkt gekommen sein, daß es dir bis zum Hals steht, du neues Opfer ihrer vollkommenen Fürsorge, denn das spüre ich, daß du es bist, ihre dritte Auflage, Märtyrer oder verkanntes Genie, mager genug bist du, nicht gut in Schuß –

– Wir gehen, sagte Fernanda und küßte ihn hinters Ohr, was, flüsterte sie, geschieht auf der Rolltreppe, wenn sie in umgekehrter Richtung fährt, und wand dem Hund das zerkaute und vom Speichel aufgeweichte Stoffbällchen aus dem Maul.

– Später, flüsterte er zurück, später, Entwurf meines Alter ego, bekommst du eine Antwort, vielleicht noch heute, wenn du dich entschließt, eine andere Verkleidung anzulegen, nicht dieses hüpfende, aufmüpfige Pferdeschwanzwippen, das den Dicken, sieh nur, herausfordert, dir den kitzligen Nacken zu streicheln, später, später, und trink noch den vorletzten Schluck Vodka mit mir, auf eine Nacht mit Spiegelgeschichten –

In der Hand des Dicken lag eine Bronzestatuette, die Figur eines aufgerichteten, tänzelnden Elefanten, deren runder Sockel als Pfeifenstopfer gedacht war, ein Geschenk, das Blok vor Jahren bei einem Besuch im Haus von Franziskas Verwandten gefunden und eingesteckt hatte, einer Augenblickslaune folgend, die er nie als Diebstahl bezeichnet hätte, zumal er den Vorfall in der Minute darauf bereits vergessen hatte, zumal die nicht größer als fünf Zentimeter hohe Figur durch ein Loch in seiner Tasche gerutscht war und er sie erst Tage später, als er das fremde Gewicht plötzlich bei einem Schlag gegen seinen Schenkel gespürt und mit zwei Fingern aus der Tiefe seines Jackensaums gefischt und Fanny geschenkt hatte, nicht ohne ihr zu sagen, woher es stammte, denn Geschenke, so dachte er, verdankten sich dem Zufall, sie fielen zu, wie ein Seestern, ein Stück Holz oder eine besonders gefärbte Muschel am Strand, waren, wie die Kinderreime vom *Ringlein, Ringlein, du mußt wandern / von dem einen Ort zum andern*, wie die Spiele *Reise nach Jerusalem* oder *Bäumchen, Bäumchen, wechsle dich*, stets in einem wandernden, kreisenden Zustand, wurden nach einem, nach zehn, nach dreißig Jahren weitergegeben, wenn eines Nachmittags ein Mann seiner Geliebten die Armbanduhr ums Gelenk bindet, die ein Geschenk seiner Ehefrau war, wenn eine Frau ihrem Freund ein Buch aus der Kindheit ihres früheren Freundes widmet, Talisman und Fetisch in ständigem Tausch, und nun lag die Figur in der Hand des Dicken, während Blok im Wandfach über dem Gaskocher einen zusammengefalteten Brief entdeckte. Auf dem Brief war ein Teebeutel abgelegt worden, der, inzwischen getrocknet, einen bräunlichen, an den Rändern gezackten Fleck auf dem Papier hinterlassen hatte, Siegel und Erinnerungsmal, und ebenso absichtslos, wie er den Elefanten eingesteckt hatte, begann er den Brief zu entfalten, vielleicht auch hier etwas ihm Zufallendes vermutend, einen geheimen Einblick in ein verborgenes Spiel der Wünsche, kein Blick der Indiskretion, denn unter einem Deckel verschlossene Geheimnisse von anderen interessierten ihn nicht, sondern der begeisterte, neugierige und zugleich teilnahmslose, nach immer neuen Spuren suchende Blick des Voyeurs.

Fünf Uhr morgens, las er, *das Kaminfeuer ist erloschen, und ich habe die Nacht in einem Sessel verbracht. Was bleibt, am Morgen beim Aufwachen, ist Asche, Frühnebel vor dem Fenster und eine Handvoll Kinokarten, Restaurantrechnungen und Liebeszettel, die der Zufall aus deinen Taschen gekippt hat, als ich, zu faul, um eine Wolldecke zu holen, gegen Morgen deinen Mantel vom Haken neben der Tür nahm, um mich zuzudecken.*

Plötzlich, während er die Zeilen überflog, begriff Blok, daß er keinen von Fanny verfaßten oder an sie gerichteten Brief in der Hand hielt, sondern eine von Franziska geschriebene Seite, offenbar an ihn gerichtet, obwohl eine Anrede fehlte, aber links unter der letzten Zeile standen Ort und Zeit, Tarduz, und das Datum stammte aus dem Sommer des letzten Jahres. Er wunderte sich über das Auftauchen dieses Briefes in Fannys Atelier, das er bei flüchtiger Überlegung Franziskas aus Trauer entstandener Nachlässigkeit, sogar wachsender Gleichgültigkeit zuschrieb, die sie – der Diskretion, als er sie kennenlernte, so wichtig gewesen war wie Luft zum Atmen – intime Bekenntnisse achtlos herumliegen ließ wie ihre abgerissenen Apfelkitschen, ebenso rechnete er es Fannys Neugier zu oder Eifersucht, die sie den in Tarduz herumliegenden oder aus einem Buch, einer Tasche herausflatternden Brief hatte aufheben, an sich nehmen, weglegen oder vergessen lassen, und nicht zuletzt erkannte er es als Zeichen eines ununterbrochen zwischen ihnen stattfindenden Kreisens und Austauschens von Zeichen und Zuständen. Er selbst hatte es sich seit langem verboten, persönliche Notizen zu verfassen, schrieb weder Tagebücher (Mülleimer der Seele, wie er sie nannte, vollgestopft mit offenen Konservenbüchsen, aus denen abgestandene Selbstbespiegelungen und ranzige Selbstbekenntnisse tropften, mit leeren Milchtüten und ausgedrückten Zitronenhälften, Aphorismen zu Fragen der Kunst oder Gedanken über die menschlichen Schwächen) noch Briefe, jedoch weniger aus Vorsatz, als aus einer wachsenden Scheu vor langatmigen, papierenen Eingriffen in die Sphäre eines anderen, Wortschlingen, Wortfallen, die den anderen, so verstand er es, einkreisten und umstellten und etwas Aufdrängendes, Aufdringliches und Aufdrückendes bekamen, weshalb sich die wenigen handschriftlichen Zeilen an die Frauen – die einzigen Briefe, sagte er, die ihren Namen verdienen, sind an Frauen gerichtete, es gibt keine andere Form des Briefs als diese, denn ein Brief *unter Männern* ist eine Monstrosität, ein Wurmfortsatz, eine aufgeblasene Lächerlichkeit –, die ihm begegnet waren und ihn ein Stück begleitet hatten, sich wie Telegrammkürzel ausnahmen, *Treffen um fünf Uhr vor der Mairie*, stand da, *schönes schwarzes Kleid, wo gekauft, zieh an, wenn komm, ruf an, wenn da* oder *grüße Martinicocktail vom letzten Donnerstag und Wellensittich*, und während er verwundert das wie unter einem Firnis verfärbte Wort unter dem Teefleck anstarrte, *Diskretion*, lief ihm, ein paar Zeilen oberhalb des Datums am unteren Blattrand, der folgende Satz unter den Augen weg, *als wir anfingen, sagten wir, es muß einen kleinen eigenen inneren Raum für uns geben, zu dem der andere keinen Zutritt hat, es ist der Raum, um sich auszuruhen, um Kräfte zu sammeln für das Zusammensein in den anderen Räumen, und wir waren sehr stolz auf unsere Errungenschaft, weil wir fürchteten, zuviel Nähe müsse vieles ersticken, bevor es sich noch entwikkeln könne. Aber jetzt, denke ich, sind wir wie kleine Monster geworden, bleiche Kinder, die niemals, wie es Kinder tun, mitten in*

Regenpfützen herumpatschen und -planschen, Schlamm aufwühlen und Wassertropfen spritzen, sondern sie immer schon von weitem umgehen. Blok sah die Feldwege um Tarduz vor sich, die Schlaglöcher und Kuhlen, die sich bei Regenwetter in schlammige Seen verwandelten, in deren klareren Rändern sich eine aufsteigende Lerche spiegelte, er sah die knirschenden, von der aufgequollenen Erde verfärbten Kieselsteine unter Franziskas grünen Gummistiefeln, über dem Rand ein Stück Wollstrumpf in grünblau kariertem Schottenmuster mit gelbem Streifen, und in dem Brief stand, ein paar Zeilen höher, nach den *Kinokarten* und *Liebeszetteln, ich hatte, in jenem verwinkelten Haus, eine Tante, die, wenn sie von einem Seitensprung ihres Mannes erfuhr, zwei Redensarten bereit hatte, irrwitzige Drohungen, die sie nie in die Tat umsetzte, aber stets wiederholte, als wären sie zum ersten Mal ausgesprochen, und sie sagte es, wie man sagt: die Taufe findet um elf Uhr statt, sie sagte es mit großer Würde, einem an die Brust gepreßten beginnenden Doppelkinn und einem leichten Zittern ihres Spitzenjabots. Der Ausspruch allein schien jedoch zu genügen und sie so zu befriedigen, daß sie auf der Stelle Anlaß und Ausführung ihrer Worte vergaß. Die eine Redensart lautete: ich setze dir die Koffer vor die Tür, die andere: ein Blauer muß dran glauben (womit sie einen Geldschein meinte, den sie als Entschädigung für angemessen hielt).*

Sie schreibt über eine Tante, dachte Blok, aber sie schreibt über sich, denn griff nicht auch sie zu Redensarten, Stützpfeilern und Halteringen in der Wirklichkeit, Brückenbögen vom Ufer des Schlafs an das des Tages, und hatte er sie nicht hundertmal sagen hören, *vis-à-vis ist besser als dicht dabei*, oder *es gibt kein schlechtes Wetter, es gibt nur schlechte Kleidung*, wenn sie in Regenmantel und Gummistiefeln auch bei schlimmstem Landregen das Haus verließ, sie schreibt über sich, dachte Blok, wenn sich auch ihre eigenen Unterlassungen weniger witzig äußern, sondern in einem schweigenden Rückzug, einer melancholischen Verkapselung, wie ihre Hände im Schlaf sich zu runden Fäusten schlossen, Kieselsteinen auf ihrem Rock, in einem Zurückstecken, in dem ein Verlust an Sehnsucht steckte, in einem Zurückschrecken, in dem die Angst überwog, den Verlust anzunehmen, denn die Eifersucht, hätte sie sie sich gestattet, hätte ihr die Augen geöffnet für die Wirklichkeit. *Kleine Monstren*, hatte sie geschrieben, ein Wort aufgreifend, das von Fanny stammte, allerdings im Singular verwendet und gegen ihn gerichtet, das große Monstrum, von dem sie sagte, es sei, wie der Held seines Stücks, in seinen eigenen inneren Wänden eingesperrt, an seiner Handlungsunfähigkeit, seiner Liebesunfähigkeit, seinem Mangel an Freude und Trauer, an Unmittelbarkeit, erstickt (daß in diesem Urteil auch ein Urteil über sie selbst stecke, zu dieser Antwort war er nie gekommen, auch nicht, ob es das Richtige nicht um Haaresbreite verfehlte), denn sie, im Gegensatz zu Franziska, gestattete sich Eifersuchtsausbrüche und Beschimpfungen, lange Tiraden einer Megäre, Tiraden mit flatternden, sich um den Wortkörper drehenden Haaren (anstelle ihrer eigenen, die bei den Auseinandersetzungen ihrer ersten Jahre um ihren Kopf flogen, wenn sie, mit weit ausholendem Schritt, rauchend, gestikulierend und wüste Anschuldigungen ausspukkend, durchs Atelier rannte), und ihre Liebes- und Haßschreie würden noch aus dem hintersten Winkel ihres angedrohten afrikanischen Urwalds, aus einem angepflockten Zelt einer Dritte-Welt-Hilfsorganisation ertönen, auf eine Trommel geklopft, auf die gelbe gegerbte Haut, von der Seele auf die Haut geklopft, auf die eigene Haut, aufs pergamentene (und sie zöge auch da sicher eine Cremetube aus der Tasche) und den singenden Echoraum darunter. Er steckte den Brief in die Tasche, denn er gehörte – zu einem Zeitpunkt angekommen, als der richtige Zeitpunkt längst überschritten war, ein Brief der Wiederholungen, der vorgestern bereits hätte eintreffen können – nun zu ihm, auch wenn er sicher war, daß er ihn nie zu Ende läse, ein offener Brief in seiner Tasche, ein un-zeitgemäßer Brief, aber immerhin angekommen, ein bißchen gegoren unter dem Teebeutel wie Schimmelpilz, während Fanny jetzt mit Fernanda in der Stadt herumzog, um ihr die in den Straßen um das alte Hallenviertel gärenden *Geheimnisse von Paris* zu zeigen, und Fernanda in jeder Ecke und Mülltonne seine Spuren von vor zwanzig Jahren aufsammelte. Sie weiß nicht, dachte er, daß ich einen Gang gegraben habe, einen Gang durch die Erde, daß ich im Innern verschwinden mußte wie ein Maulwurf, um an unbekannten Orten herauszukommen, auf einer Wiese oder in einem Keller, am anderen Ende des Erdballs oder in den Katakomben einer Tiefgarage, an den Ufern eines Flusses oder zwischen den Regalen einer Parfümerie, daß diese Reisen jedoch ohne Reisegefährten geschehen, deren Anwesenheit nur im Echo ihrer Schritte über den Erdboden zu vernehmen ist, das von oben gedämpft in den Gang dringt – wir treffen Fanny und Fernanda um elf, fragte er die beiden Männer, die schweigsam vor sich hin rauchten, und der Dicke nickte und schob ihm den Rest des Vodka hin.

– Diese Geige, sagte der Dicke, versponnen in die Wiederholungen eines Trinkers, der, empfindungslos für Zeitsprünge, immer wieder am selben Punkt ansetzt, als hätten sich nicht Bauernomelette, Fernandas Pferdeschwanz, der mit dem Stoffball spielende Hund und das Einbrechen der Nacht als eine schwarze Wand vor dem Fenster dazwischengeschoben, aber das, dachte Blok, sind nur *Randerscheinungen* für ihn, Dinge, die vom Rand seiner Wahrnehmung wegkippen (was die Vermutung widerlegt, Künstler besäßen besser entwickelte Fähigkeiten, Dinge zu sehen, als andere), um sich auf den Rand zuzubewegen, bedürfte es der Aufhebung seiner Schwerkraft, die ihn im Mittelpunkt festhält, im Zentrum eines Begriffs namens Geige, der aus den Komponenten Kunst, Geld und Sentimentalität besteht, fett und gelb wie eine Butterblume ist er ans Sofa geklebt, weich und filzig, denn er trägt, wie ein Schäfer, der drei Wollmäntel übereinander zieht zum Schutz gegen die Sommerhitze, eine ärmellose Filzweste mit Hornknöpfen. Sie hat ein Kind von mir, sagte der Dicke, vom Spielfeld eines sich von den Zwängen des Familienlebens befreienden *Künstlers* auf das des gepreßten *Vaters* wechselnd, aber sie läßt es mich nicht sehen, sie unterbindet es, wo sie kann, es ist die Rache einer Krämerseele, die mit

Schubert kokettiert, versteht ihr, gegen die Mischung aus Pragmatismus und Innerlichkeit bin ich nicht gewachsen, eine fatale Mischung, weit schlimmer als Pessimismus und Innerlichkeit, dieser Weg führt wenigstens geradlinig steil bergab, während der andere sich auf der einen Seite schräg in die rosaroten Abendwölkchen kräuselt und auf der anderen platt in die Ebene abgezählter Milchkannen fällt. Verstaubt ist sie, wie die langen Reihen von Bücherregalen, an deren Ende sie hockt, eine dünne graue Motte mit Plastikschleifchen an den Bügeln des Brillengestells in einer Ecke von Staub und einer Leselampe, Karteikarten ordnend und alles zusammenhaltend, worüber sie die Hand hält, die Bücher, ihre fest zusammengeklebten Haarsträhnen, das Geld und das Kind, Unterpfand und Geisel, und das einzige, was ihr manchmal auseinanderfällt, sind Notenblätter, die sich aus dem Einband gelöst haben und beim Umwenden aus ihren hastigen, zwischen Bücherregal und Bratpfanne gehetzten Händen zu Boden flattern.

Da hast du die Antwort, meine Süße, auf deine Rolltreppenepisode, dachte Blok, und die meisten Leute würden behaupten, nicht dein Baum-Augenblick sei die Wirklichkeit, sondern dies hier, Kunst, Kind und Kleinlichkeiten, oder Geld, Gier und génou (der Ort, wo die Griechen den Sitz der Seele suchten), Episoden, Anekdoten, nicht aus dem Stillstand der Zeit erfahren, sondern *aus dem (flüssigen) Leben gegriffen*, drei Männer in einem Raum, die sich Geschichten mitteilen, Fragmente, Fadenstücke, Folien, abwechselnd hörbar die Stimme von einem, lautlos daruntergeschoben die Stimmen der anderen, ein Stimmenzopf aus drei Strängen, aus Erinnerungen, Empfindungen, Erfahrungen, ineinandergeflochten für die Dauer dieses Abends, die Stimme des einen Klatschen einer Woge an den Strand, die Stimmen der anderen Wellengekräusel im Sand, hörbare Stimme, die aus der Weite, vom Horizont über dem Meer kommt, lautlose Stimmen aus der Enge, die geborstenes Strandgut anspülen; ein Monolog zu drei Stimmen, Rücken an Rücken, Gesicht an Gesicht gesprochen, im Licht einer einzigen Lampe, die in der Ecke am anderen Ende des Zimmers brannte unter einem indischen Tuch, im Schutz der Dunkelheit und fremder vier Wände, Wände, vor denen unbehauene Steinplatten lehnten, mit Linien, mit Rissen, mit Zacken, Bühnenstellwände, vor denen der Dicke seine Geschichte ausschüttete wie einen Müllsack, samstags, sagte er, geht sie ins Warenhaus und kauft einen Vorrat für die Woche, und mittags kocht sie dem Kind sein Lieblingsgericht, ein Menü aus den Buchstaben *M* und *S*, während das Kind mit dem Löffel den Takt gegen den Tischrand schlägt und den Becher mit rotem Saft umstößt, *S*ardellen-, *S*oja- und *S*enfpüree als Vorspeise, *Miracoli* folgt danach, eine Sorte Spaghetti mit einer Sauce aus der Tüte, gemischte getrocknete Kräuter, Basilikum, Oregano, Majoran, *Miracle Whip* wird gebraucht zum Anrühren der Salatsauce, und zum Schluß eine lange biegsame Stange *Musketiere*, ein Zopf aus Karamel und Schokolade, in bunter Tüte verpackt, mit rot aufgedruckten Comic-Bildchen; und da, im Abfall der ausgeschütteten Geschichte lagen der leere Spaghetti-Karton, das geleerte Salatsaucenglas, ein zerknülltes Tütchen mit Resten getrockneter Kräuterschnipsel, aber, dachte Blok, er könnte uns auch seinen Bauch zeigen, seinen weißlichen Bauch, die kleine Höhlung seines Bauchnabels, ein verknoteter Mond, denn auch das Ausgeschüttete und Offengelegte bleibt, anders als das Verborgene, ein Gemurmel über das Fremde, Lebensbeichten am Tresen oder Bemerkungen wie: nett, sagte der Dicke, die Kleine mit dem Pferdeschwanz, während er mit der Leichtigkeit eines Schauspielers den massigen Kopf ruckte und Fernandas Kopfbewegungen nachahmte, das schräggeneigte Zuhören, das in die Hand gestützte Aufblikken und das gedankenverlorene Aufrollen einer Haarsträhne, eine träge Clownsmaske mit schweren Lidern, einem trüben, traurigen Blick und jetzt mit den Bewegungen eines auf einem Ball balancierenden Zirkusmädchens, Kußhände in die Manege und dem Hund den Vodkakorken hinwerfend und über seine ausgestreckten Füße in hellbraunen Flechtslippern, deren Leder am Randstreifen hellere abgestoßene Flecken zeigten, springen lassend. Der Dicke – war der Bewegliche, der Magere – der Starre, er hatte sich, in tiefen Zügen rauchend, auf dem Sofa ausgestreckt, den linken Arm unter den Kopf geschoben, die Füße über die Lehne gehängt, schweigend, aber aus dem Schweigen und den Ping-Pong-Sprüngen des Hundes auftauchend, sagte er, spiel dich nicht auf, Fernanda ist keine Bibliothekarin und keine Pigalle-Mieze und kein Schulmädchen à la Colette, auch wenn sie jetzt mit Fanny durch die Stadt geht und sieht, wo Colette wohnte, Palais Royal, und darunter ein Spielzeugladen mit mechanischem Spielzeug, in dem Fanny ihre Hasen auf Rädern, ihre hölzernen Gliederpuppen und metallic-geflügelten Fische ersteht, die ihr hier herumstehen seht, die sie als Anregung braucht, wie sie behauptet, für ihre Drahtfiguren, die beweglichen spuckenden Brunnenfiguren, kreisende Mondsicheln, rappelnde Eisentassen, tanzende kupferstumpfe Notenschlüssel, die sie vor zwei Jahren gemacht hat, während sie jedes Wochenende zu der Frau aufs Land fuhr, mit der sie im Garten saß und wartete, mit der sie Blok, den Garten und die Geschichten teilte, während ich hinter der Wand wohnte und hörte, wenn sie sich schlafen legte, in Kleidern, auf der Matratze, und am Morgen, wenn sie die Tür öffnete und über den Hof ging, ihre verstaubten Haare sah –

Aber der Dicke, während das Knattern eines über das Hofpflaster holpernden Motorrads den Rest des Satzes verschluckte, hob, sich eine Handvoll Erdnüsse in den Mund schiebend, seine ins Spiel mit dem Hund zurückgefallene Rede wieder auf und murmelte, tagsüber der angefeuchtete Finger, der die Karteikarten durchblättert, und abends der, der Parfum hinters Ohr tupft und schaukelnde Ringe durchzieht, bevor er auf einem schwarzen Lacketui, einer Abendtasche, seinen Abdruck hinterläßt, oval, stumpf und gerillt auf dem spiegelnden Lack, wie ein Hauch auf einer beschriebenen Scheibe, bevor er die Seiten einer Partitur umblättert (der Finger einer Bibliothekarin liest mit, wenn er ins Konzert geführt wird), bevor er in der Pause auf ein von der kalten Flüssigkeit beschlagenes Glas Streifen zieht und wieder auf der Tasche in den Saal getragen wird, ein Taschentuch herauszieht und wieder zurück zwischen das glatt gerippte Futter steckt. Am Tag, in der Nacht, in der Zwischenzeit, Karteikarten, Parfum und Abdruck, denn der Mensch ist komplex. *Der Mensch* – was für ein handliches Wort. Paßt zu allem. Zum Hohen und zum Tiefen. Zu Kind und Kegel. Zu Tasche, zu Tuch, zu Finger. Auch das, was heute nacht geschieht – er wandte sich an den Mageren –, heute nacht wird deine Schöne sich ihre Menschlichkeit wieder aus dem Hals würgen. Sie wird überm Waschbecken liegen und weinen und sich die Seele aus dem Hals kotzen, und du wirst hinter der Wand liegen und es hören und im Dunkeln an die Decke starren, weil du es aufgegeben hast, an die Tür zu klopfen und Kamillentee zu kochen und ihr eine Wärmflasche auf den Bauch zu legen. So geht das fort mit der Menschlichkeit, ein ewiges Kommen und Gehen, kein vor und zurück, sondern Kreislauf, Karussell, ein Gehen durch die Drehtür. Und was fehlt, ist immer ein weiterer Schluck von dem Vodka.

Gut, sagte er zu Blok, sich ächzend aus der Tiefe der eingesunkenen Federn herausziehend und seine auf zierlichen Gelenken ruhende Masse schüttelnd, als müsse sie an den richtigen Platz gerückt werden, aber zu gut, als daß sie es verwenden könnten. Nicht Wahrheit, nicht Lüge, sondern ein Drittes. Nenne mir, Dichter, das *richtige Wort*, das genaue Wort, und was den Vodka betrifft, werde ich sehen, was sich machen läßt. Heute ist die Nacht des großen Besäufnisses. Abrami, der Araber unten in der Straße, wird noch geöffnet haben, mit seinen auf der Straße neben der Tür stehenden Säcken und Fässern als Torpfosten, Säcken mit getrockneten Datteln und Fässern mit Oliven, er hat einen guten spanischen Cognac, sehr weich, den Fanny nie kauft, weil sie sich der Radikalität verschrieben hat, zumindest in Worten, denn ihre Drahtfiguren sind alles andere, sie hopsen herum wie die bunten Hähne der Niki de St. Phalle, Radikalität und Härte, meint sie, gehören zusammen, Vodka und die Tagebücher von Andy Warhol nennt sie in einem Atemzug, aber Frauen und Kunst, das ist ein eigenes Thema, ich heiße übrigens Marcel, und der da Gregor. Aber wir nennen ihn Abbé. Kommt, weil er immer schwarze Sachen trägt, weil er so hager ist, so bleich, den Priester spielt, oder den Märtyrer. Märtyrer der Kunst, Märtyrer der Liebe, das richtige für Fanny, die in ihrem Dorf zuviel Dostojewski gelesen hat, nur hat sie bis jetzt übersehen, welches Brachfeld sie vor sich hat, das auf ihre Samariterdienste wartet.

Die Tür schlug zu. Im Raum rührte sich nichts. Der Abbé lag auf dem Sofa und starrte gegen die Decke. Blok saß vor der Fensterfront und blickte ins Schwarze. Über dem an der Hinterseite gelegenen Eingang ging das Licht an, eine runde Milchglaskugel, und Blok sah eine blonde Frau den Hügel hinabrennen, und die Scheren ihrer im Laufschritt klappernden Beine zerschnitten die schwarzen Streifen der Baumstämme, und Blok fiel eine Photographie ein, ein Wald von schwarz-weißen Säulen, zwischen denen ein Reiter und ein Pferd zu sehen waren, aber der Körper des Pferdes erschien, von den Streifen der Bäume geteilt, in drei Stücken, zunächst Brust und Kopf mit geflochtener Mähne, ein erhobener Huf und die den Zügel haltende Hand des Reiters, dann ein Teil des Rückens mit gesticktem Satteltuch, Schenkel und Schulter des Reiters, sein Gesicht, Visier und Totenmaske, zurückgewandt, und schließlich der zwischen den Bäumen flatternde Schweif, ein Bild, das er eine ganze Nacht angestarrt hatte in einem Hotelzimmer in Rouen, einem fensterlosen Zimmer neben dem Bahnhofsbuffet, in dem er mit Fanny vor Jahren eine Nacht verbracht hatte, denn wegen der vorgerückten Stunde war nur noch dies Zimmer zu bekommen gewesen, in einem *Hôtel du Parc*, dessen Namen einzig dies Bild eine seltsame Ehre gemacht hatte, während Fanny zusammengerollt neben ihm geschlafen hatte, ungerührt durch den Provinzgeruch, einer Mischung muffiger Steppdecken und Bohnerwachs. Später hatte er das Licht gelöscht und ins Schwarze gestarrt, wie in diesem Augenblick, denn das Licht über der Hintertür hatte sich im Rhythmus seines Drei-Minuten-Takts wieder ausgeschaltet, in eine Schwärze, die vor seinen Augen zu flimmern angefangen hatte, während die zusammengerollte Fanny im Schlaf wie eine Raupe über den Bettrand gekrochen war, so wie auch jetzt eine kleine grünschwarz geringelte Raupe über den inneren Rand des Fensterrahmens kroch, und während Blok sie zwischen Zeigefinger und Daumen aufnahm, hörte er Fernandas Satz: stell dir vor, du steigst an der Station Sèvres-Babylone aus der Métro, und die Raupe, sich zwischen seinen Fingern windend, fiel plötzlich auf das Revers seines grauen Anzugs – des Fünfzehnten, wie er ihn nannte, denn er hatte sie nach Jahrgängen aufgereiht, wie andere Leute ihre Weine oder wie Schauspieler die Kostüme ihrer Auftritte. Die grauen Anzüge waren für jemand zugeschnitten, der jeden Morgen in einer kleinen Industriestadt in der Provinz in eine Fabrik für Lackfarben ging und dort Tapetenmuster entwarf, Anzüge für ein Spiel mit der Identität, das in Bloks Augen ein umgekehrtes Falschspiel war, da die Lüge nicht in Verkleidungen, sondern in ungeschminkten Wahrheiten steckte. Die Raupe kroch über den Schlitz im Revers als stiege sie von einem Bahnsteig auf den gegenüberliegenden, stell dir vor, du steigst an der Station Sèvres-Babylone aus der Métro, hatte Fernanda gesagt und stand noch auf der anderen Seite des Bahnsteigs, in entgegengesetzter Fahrtrichtung, der eines nicht-umgedrehten Falschspiels, wenn sie, schlafwandlerisch einer Fährte folgend, sich in Schürzen und Sommerröcke anderer steckte und, in einer jugendlichen Mischung von Pathos, Schnoddrigkeit und Angeberei, zu ihrem Spiegelbild sagte, ich bin nicht ich, und die Straße hinabging, als habe sie diesen Satz schon in der Wiege gelernt, Versteck und Verweigerung zugleich – (denn dahinter versteckten sich Zweifel und Verzweiflung, und bei jeder Wiederholung tauchte, wie bei einer gehäuteten Zwiebel, eine neue Schicht dieses Satzes auf, keine Variationen, sondern Unterformen, Sätze wie: *Ich* kann nicht ich sein. Oder: Warum ist *Ich* nicht ich? Warum ist *Nicht-Ich* ich? *Nicht-Ich* bin ich? Ist *Ich* nur im *Nicht-Ich* ich? Ist ich *Nicht-Ich* und *Ich*?) – und ein Schnippen mit dem Finger und ein Wippen des Zöpfchens, ich bin nicht ich, als legte sie es darauf an, sich den Hals zu brechen, schlafwandlerisch über die Dächer hüpfend, ohne Seil, außer dem ihrer Stimme, Wimpernnagel, Teerlippe, Zahndornen flüsternd, und Blätter, sagte sie, von unten gegen das Licht gesehen, wirken sie heller, gelblicher, durchscheinend, und dazwischen, überdeutlich gezeichnet, kleine Kugeln, bräunliche Früchte mit dünnen Härchen.

Blok setzte die Raupe zurück auf die Fensterleiste, und der Hund, der vor dem Sofa gelegen hatte, erhob sich, schüttelte sich, tappte zum Fenster und legte sich, den Kopf mit unmerklich spielenden Ohren zwischen den ausgestreckten Vorderpfoten, neben Blok. Vom Abbé war kein Atemzug zu hören, er lag mit über der Brust verschränkten Händen im dämmrigen Teil des Ateliers, einen Hut, der auf dem Boden gelegen hatte, über die Hälfte des Gesichts gezogen, so daß nur die scharfe schnabelartige Nase hervortrat, eine dürre schwarze Stakete auf dem Sofa, vielleicht war er schon den Märtyrertod gestorben, dachte Blok, vielleicht hat er den Hut über die Augen gezogen, um den unterirdischen Schwingungen nachzulauschen, Schwingungen durch das Métronetz, die Kanäle und Gasrohre, die die Verbindung zu Fanny herstellen, die in diesem Augenblick vielleicht auf der Place des Vosges steht, ihre große Tasche über der linken Schulter, Fernanda unterweisend, auf diesem Platz fanden Turniere statt, zur Zeit Heinrichs IV., den ein Fanatiker beim Aussteigen aus seiner Kutsche, gleich um die Ecke, erstochen hat, dies ist das Palais de la Reine, im Eckhaus der Eingang zum Musée Victor Hugo, da das Standbild Ludwigs XIII., und um die Ecke findest du einen Laden mit alten Instrumenten, sieh das Saxophon, die Trompete, die Geige, und da, unter den Arkaden könnten wir gleich ein Glas Muscadet –

Fernanda daneben, unter dem hellen Nachthimmel, einem süßen, sommerlichen und festlichen Zwielicht über den Dächern, hinter ihr, auf der Straße, eine lange Wagenkette, die mit strahlenden Scheinwerfern zum Boulevard Beaumarchais fährt in langsamem, festlichem Aufzug, und hoch über dem Platz schaukeln Laternen mit warmem gelblichem Licht in wie Zepter gebogenen Stangen im Wind, sie geht an das Gitter, das, bereits verschlossen, die Mitte des Platzes umläuft, dahinter verschwimmen leere Bänke und angeleuchtete Springbrunnen, römische Brunnen mit gestuften Wasserschalen, *aufsteigt der Strahl* – du hörst, wie das Wasser rauschend und plätschernd über den Rand der Becken herabfließt, und vielleicht denkst du wieder, wie auf der Rolltreppe in der Métrostation, das ist es, vielleicht, weil es Nacht ist, denkst du es ein wenig anders, ein wenig ekstatischer, du denkst, das ist es, und hörst auf zu denken, es ist ein *Heraustreten* (aus dir, aus den Schürzen und Röcken und aus der eigenen Haut) und ein *Eintreten* (in den Platz), ein Zustand äußerster Leichtigkeit, von Rausch, fast von Fliegen, von Glück, und ich beneide dich darum. Vor einigen Tagen blickte ich in einen Innenhof am Quai Voltaire, zwischen Arkadenbögen lag ein Rasenkarree und auf einer dem Eingang gegenüber verlaufenden Balustrade schimmerten Amphoren schneeweiß in der Nachtbeleuchtung. Es war ein hingerissenes und zugleich melancholisches Sehen, ein Sehen der Erwartung und des Abschieds, aber der Abschied überwog. Ich ging weg und dachte, daß ich etwas verloren hätte, die Verwandlung der Orte in magische Augenblicke. Deshalb verstehe ich, wie du jetzt lautlos sprichst und dich langsam abwendest, denn in dem Augenblick, als ich dachte, ich hätte es verloren, war es, als ob ich mein Herz verloren hätte, es war, als ginge ich allein durch die Stadt wie durch einen gläsernen Wald, einen schweigenden Wald von Eispalästen, ich verstehe, wenn du noch einmal umkehrst und das Gesicht an die Gitterstäbe drückst, ein warmes Gesicht und Geruch nach Eisen, schwarze Stäbe, und, noch einmal alles in den Blick nehmend, sagst, jemand hat auf dem Weg vor dem Brunnen einen Ball vergessen –

– Jemand hat einen Handschuh verloren, sagte Fernanda zu Fanny, bückte sich und hob einen langen blauen Stoffhandschuh auf, der unter der niedrigen, an der Wand entlanglaufenden Bank, auf der sie saßen, gelegen hatte, taubenblau, schlangendünn und an einigen Stellen schwärzlich gefleckt von der auf den Boden verstreuten Zigarettenasche, ein aschenblauer Aschenputtel-Handschuh, der sich in einen Jazzkeller verirrt hatte, aus einer anderen Zeit, vielleicht aus einem der Secondhand-Läden im Marais, wo es spitze Schlangenleder-Schuhe à la Audrey Hepburn und pinkfarbene Sonnenbrillen à la Grace Kelly gab, und mit der linken Hand langsam hineinfahrend und den Ärmel hochstreifend, sagte sie, er sieht aus wie ein Ballhandschuh, ein Handschuh für einen Fächer, ein Opernglas oder einen Champagnerkelch, ein Handschuh für ein Abendkleid mit freien Schultern, aber Fanny, einen achselzuckenden Blick auf Fernandas ausgestreckten, sich hin und her wendenden Arm werfend, sagte, er stammt sicher von einem der Mädchen, die gewöhnlich hier herumsitzen und mit solchen Requisiten ihre Hollywood-Träume ausführen.

Träume aus der Aschenkiste, dachte Blok, denn der Kellerraum, in dem sie saßen, war alles andere als eine Hollywood-Kulisse, ein dämmriger, heruntergekommener und peinlich leerer Schlauch, in dem die wenigen Herumlungernden nur um so deutlicher machten, daß es bereits nach elf war und niemand sich bisher hatte blicken lassen, weder die Spieler noch die Zuhörer, einzig Marcel und der Abbé saßen, Tequila trinkend und trocken knisternde Maischips in der Hand zerbröselnd, an der Theke, einsame Nachtschwärmer, der hagere, in sich verkrümmte Rumpf des Abbé, Steckenschattenriß an der Wand, und der vor einem imaginären Zuhörer die Geschichte der Geige wie unablässig rieselnden Speichelfaden verlierende Marcel, sich auf dem Barhocker räkelnd mit aus der Hose hängendem Hemd und sich die Pudelmütze tiefer über den Kopf ziehend mit der Bemerkung, der Schornstein müsse bedeckt und bei gleichmäßiger Temperatur gehalten werden, sonst rauche der ganze Körper nicht. Vier Füße, um die wackligen, dünngebogenen Beine der Barhocker geschlungen, Schlingpflanzen unter Wasser, buntschillernd angestrahlt wie in einem Aquarium, denn die Beleuchtung kam aus dem Innern des Thekensockels, ein Sockel aus dickwandigen Glaskacheln, der sich nierenförmig durch den vorderen Teil des Kellers wand, eine aus der Mode gekommene Arche der fünfziger Jahre, auf deren anderer Seite, mit aufgestütztem Arm und wie ein Lampion in der Dunkelheit schwimmendem Gesicht, das Mädchen vor sich hin döste, das Fanny und Fernanda Campari gebracht und ein Tonband mit Chet Baker eingelegt hatte, *If I should lose you*, die aufgerissen ins Leere starrenden Augen mitsummend, das Gesicht, eine hellgeschminkte Fläche mit violetten Schatten über den Augenlidern und einem schwärzlichen Strich als Mund, auf den geraden, glatten, glänzenden Pagensträhnen eine schräg aufgesetzte, burgunderfarbene Baskenmütze, *just around the corner waiting for me*, Schlußgeklimper, verplätschernde Barmüdigkeit und lässiges Beifallklatschen auf dem Tonband, neuer Beginn, zwei Anschläge auf dem Klavier, dann Einsatz der Trompete, Töne weich wie gespuckt, und das über den Fußboden sickernde Thekenlicht, über schwarz-weiße Kacheln mit eingelegten Instrumenten, Schlagstöcken, Saxophon, Kessel, Becken, Trompete, und von unten die Beine der schmalen, schlecht gepolsterten Sitzbänke hinaufflackernd, die sich an den mit alten Plakaten bepflasterten Wänden entlangzogen. Das Licht im Oberstübchen ist aus, dachte Blok, *Sunset*, wie der Name dieses Etablissements ankündigt, Sonnenuntergang in der Rue de Lombard, eine Treppe tief, Sonnenfinsternis in den gelangweilten Mienen der Wartenden, noch ein Schluck Campari, heute nacht wird die Musik von den Polizeisirenen gespielt, die draußen in der Stadt die Liebenden jagen, fünf Gesichter, in der Dunkelheit über den Wassern schwebend wie Splitter von Meteoren, und ein verkratztes Tonband mit Klängen aus einer nahen Vorzeit.

Fernanda stand auf und legte den abgestreiften Handschuh auf die Theke, fünf gespreizte Finger, ein langer Arm, ein Algenhals mit einem Seesternkopf, dachte Blok, ein angespültes Fundstück, das sich im Licht der Kellerfunzeln räkelt, *la beauté sera convulsive ou ne sera pas*, aber die Kräfte des Rauschs schlagen nicht mehr um in die revolutionäre Stimmung, nur eine müde Fliege umkreist, krabbelt über den Handschuhberg –

während sich jetzt von oben Schritte über die gewundene Kellertreppe näherten, und durch die offenstehende Tür, eine schwere, eiserne, schwarzgelackte und mit übereinandergeklebten Jazzplakaten dicht gepolsterte Feuerschutztür, hörte man Schülerstimmen, das Quietschen von Turnschuhsohlen auf Stein und das Klappern von Pfennigabsätzen, und das Mädchen hinter der Theke erwachte aus seinem Trancezustand und schaltete eine schummrige Wandbeleuchtung ein. Ein rötliches Licht wie in schäbigen Hotels, aus dem langsam Sessel und Rauchtische auftauchten, fadenscheinige Polster mit Aschenresten, gespreizte Sesselbeine und Stehaschenbecher aus dem Jahr 55, ein Kellerlokal wie abgestandenes Bier, wie der triste Saal eines *Balls für einsame Herzen*, wie der Schuhkarton einer gealterten Ballerina, in dem sie die Photos, Schleifen und Tanzschuhbänder aus ihren Glanztagen aufbewahrt, und jetzt schlurften mit falscher Lässigkeit ein paar Anhänger dieses Clubs herein, und das Lokal verwandelte sich plötzlich in den unterirdischen Treffpunkt einer Gruppe von verrückten Heiligen, die, *den Kräften der Stimmung im Veralteten nachspürend*, in gestreiften Trainingshosen und kurzen Petticoats auf den Auftritt der Spieler warteten.

Blok stand auf und verließ das Lokal durch eine Seitentür. Vor sich sah er einen langen geraden Gang, dessen schwarzgestrichene Wände so eng waren, daß er sie mit den Schultern berührte, ein laut- und fensterloser Gang mit ein paar von der niedrigen Decke herabhängenden Glühbirnen, Vakuumzone, unterirdischer Stollen zwischen zwei Eisentüren an den Enden, die die Geräusche abfingen, ein abgedichteter Totenschlauch, in dem sich sein Fuß, da er es eilig hatte, diesen Ort zu verlassen, in einem von der Wand abgerutschten und halb zusammengerollt auf dem Fußboden liegenden Filmplakat verfing, das eingerissene Werbeposter eines Films, der vor zwei Jahren in einem ebenfalls im Geflecht dieser Katakomben versteckten Vorführsaal gelaufen sein mußte – ein Gang, an dessen Wänden sich, wie Blok im Moment des Ausrutschens plötzlich sah, in die Schicht von Öllack eingeritzt, Jahreszahlen befanden, Runen, Zeichen, arabische Schriftzüge, der Stadtplan von Algier, Glücksräder, Grabhügel, Totempfähle, Palmen, Minarette, die ganzen Wände bedeckt von einer auf den ersten Blick unsichtbaren, sich erst in die Tiefe entfaltenden Schrift. Auf einem langen Küchentisch lag, im Strahl einer trichterförmigen Verhörlampe, zwischen Bergen von schmutzigem Geschirr, erdig verkrusteten Kartoffelschalen, roten, mit weißen Sehnen durchzogenen Fleischstücken, halbaufgewickelten Rollen von spiralförmig sich über den Tisch wellenden Blumendrähten, der halb ausgezogene Körper einer Frau, zusammengeklumpt wie ein Sack voll Abfall, das Gesicht bewußtlos über die Tischkante herabhängend und, abgesehen von den locker über den Rumpf geworfenen Drahtschlingen, keine Spuren von Gewalt zeigend, aber in der nackten weißen Ferse, im Strahl der Verhörlampe glänzend wie ein im Drogenrausch verdrehtes Auge, in den harmlos sich über den Tisch windenden Drähten, steckten die Spuren einer lautloseren und subtileren Drohung als in von Tomatenketchup grell gezeichneten Verstümmelungen und einem Messer. Ein Rätsel lag über dem Bild, unheimlicher als ein Massaker, lag über dem schwarzen, zwischen Kirschsteine und Bohnenhülsen gerollten Schuh, der weißen, prall in einem glänzenden Seidenstrumpf steckenden Wade, dem in der weit weggestreckten, halboffenen Hand liegenden Dosenöffner, ein Floß aus Abfall, starring Lilian Dawn, Stanley Assintzky and Faye Sutters, las Blok, der Küchentisch als Insel der Frau, dachte er, durch die Wand das Rauschen eines Wasserkrans und Fernandas Stimme hörend, die leise und zögernd fragte, ob Blok auf einer Insel lebe, einer Insel von der Größe einer Zigarettenschachtel, einem Land, umschrieben vom Radius seiner Zigarettenkippen, hörte er sie lachen und öffnete die Tür zu den Pissoirs.

– Gib mir deinen Kamm, sagte Fernanda durch die Wand, eine billige Hohlwand, dünn wie ein Trommelfell, Tapetenohr um eine Pissoirinsel, in der, während sich Blok die Hose zuknöpfte, zu den gegenüberliegenden Waschbecken ging, über denen die Spiegel abgeschlagen waren, von der Liebe gesprochen wurde, von Fannys tiefer, schleppender Stimme, die sagte, daß die Liebe ein Mord sei, nichts als ein langsamer Mord, während er sich die Hände wusch und ein Stück blütenweißen Handtuchs aus dem Wandapparat zog, von Fernandas Stimme, die einen Satz ablas, der auf dem Spiegel über ihrem Waschbecken stehen mußte, *l'amour, c'est un rêve du mutilé illuminé*, während Blok sich gegen die Wand lehnte, die Hände flach neben den Körper gelegt, von Fernandas Stimme, die, nach einer Pause, unterstrichen von den Strichen ihres Kamms, sagte, die Liebe kann nur erzählt werden, nicht gelebt; wer sie lebt, kann nur davon schweigen, und die Wand hinter Bloks Rücken war rauh und spröde wie eine hastig überstrichene Spanplatte, und Blok sah das Schweigen in ihren aufgeschlagenen Augen, in ihrer Haut, den Schweißperlen auf ihren Lippen, dem Flaum am Haaransatz, wenn er mit ihr schlief, während hinter der Wand hohe Absätze über den Kachelboden gingen, ein Hammer- und Klopfschritt, eine Tür zugeschlagen, ein Riegel vorgeschoben wurde und das Gespräch verstummte. Die Zeit verstrich, die von Kritzeleien übersäte Wand war wie die Wand eines Schlauchboots, aus dem die Luft langsam entwich, und Kälte kroch durch Bloks Hemd, aus dem Abfallkorb drang ein scharfer Geruch nach Klebstoff, Reste von Schnüfflern aus der Plastiktüte, die Blok an die Geschichte nächtlicher Verhöre erinnerte, die er vor einigen Tagen in der Zeitung gelesen hatte, die Geschichte einer Wahnsinnigen, die ihren Mann, ohne daß er von ihrem Treiben eine Ahnung gehabt hätte, nachts im Schlaf unter Drogen setzte und verhörte, ihm Schritt für Schritt in suggestiven Sätzen den eigenen Wahnsinn in den Kopf pflanzte, bis er, in einem Kreislauf von Angst, dessen Grund er nicht kannte, um den Verstand gekommen, aus dem

Fenster sprang, ein Sprung, den er überlebte und der ihn, nach seiner langsamen Genesung, zum Drogenhändler machte, er hing dieser Geschichte nach, als hinter der Wand jemand sagte: Pardon – und den Wasserhahn aufdrehte. Fanny, auf der anderen Seite, lehnte sich an die Wand, Schulter an Schulter mit Blok, eine Berührung durch die Wand, ohne daß sie davon wußte, Schulterblatt, Armkugel und vorspringender Halswirbel drückten sich gegen Bloks Rücken, während Fernanda, offenbar mit einem Stift, Lippenstift oder Augenbrauenstift, beschäftigt, sagte, vor einem Jahr ging ich am Rhein spazieren und sah am Rand eines Hafenbeckens einen Mann sitzen und eine Zeichnung anfertigen, auf der die alten Speicherhallen und Schienenkräne des gegenüberliegenden Hafengeländes zu sehen waren und die Lastkähne, die im Fluß lagen. Ich habe mein Kind verlassen, sagte er, ohne aufzublicken, als ich mich über seine Schulter beugte. Ich glaube, er hätte es jedem gesagt, er hatte es vermutlich jedem Vorbeikommenden gesagt, so wie man nach der Uhrzeit fragt, während er weiterzeichnete. Geben Sie es auf, sagte ich, Sie haben kein Talent. Er warf das Blatt in den Fluß, und wir gingen Arm in Arm in die nächste Kneipe. Fortan schlief er bei mir im Haus, in einem Zimmer unter dem Dach, und gab sich als Zeichner aus, was er nicht war, Zeichner von Industriearchitektur. Ich schlief im ersten Stock in der Wohnung meiner Eltern, und wenn er nicht da war, ging ich nach oben. Er kroch in das Zimmer wie ein Vogel durch die Ritzen im Dach in ein verstecktes Nest. Alle Tage ging er zu der Frau, die das Kind aufgenommen hatte, denn die Mutter des Kindes war seit Jahren verschwunden. Er sah nach, ob das Kind gewachsen war und Schmutz unter den Nägeln hatte.

Eine ihrer Erfindungen, dachte Blok hoffnungsvoll, denn es kann nicht sein, daß ich die Auflösung des Rätsels durch die Wand höre, Wand als Membran einer Ohrenbeichte, in deren Zentrum eine seltsame Wahrheit steht, denn die Person, dachte er eifersüchtig, die sie beschreibt, der Zeichner, kann geradesogut er sein wie ein anderer, eine Wahrheit, in deren

Kern ein Hohlraum ist, der Umriß einer unbekannten Figur, und deshalb ein echtes Liebesgeständnis, denn die Liebe, sagt sie, die erzählt wird, ist eine Erfindung. Fannys Handfläche, die sich gegen seine an die Wand gelegt hatte – deutlich hatten sich die Reifen ihrer zahlreichen Ringe in seine Finger gedrückt, deren nicht nur einer an jedem Finger steckte, sondern von denen sie oft mehrere über einen Finger zog, ein Prunk, in dem sich ihre Gier, ihre Geschmacklosigkeit, ihre Großzügigkeit und ihre Unfähigkeit, sich von Erinnerungsfetischen zu trennen, ausdrückte, denn es waren Silberringe darunter aus der Frühzeit ihrer Streifzüge über Trödelmärkte, Reifen mit Schlangenköpfen zum Beispiel, und dazwischen der Bernstein ihrer Tante Fanny –, hatte sich von der Wand gelöst, und Blok hörte sie leise murmeln, als drücke sie Fernandas Kopf mit dem Pferdeschwanz tröstend gegen ihre Schulter, verrückte Kleine, was ist daraus geworden, tröstend, denn für sie war Liebe kein Umkreisen, sondern vollzog sich im *Liebesschauprozeß*, sichtbar auch für andere, wirklich erst in der Schaustellung, ein Schauprozeß, der zugleich Suche nach der eigenen Identität war, auf der sie beharrte, der langsame Mord, Auferstehung und Scheitern.

– Eine Art von Sehnsucht, sagte Fernanda, während von fern durch die Wände zu hören war, daß die Musiker anfingen, sich einzuspielen, abgerissene Baßtöne, Kliviersprünge, Schlagzeugwirbel, ein Herumprobieren, ein Anschlagen und Übergehen in längere Sequenzen, Wechsel des Rhythmus, asynchrone Gefüge, Kesselschlag, Baßtakt, Pause – eine Art von Sehnsucht, sagte Fernanda, als rühre man in einem bitteren Tee, der einem die Magenwände zusammengezogen hat. Manchmal denke ich an das Bett in der Ecke und seine Koffer, die auf dem Schrank übereinandergestapelt waren, viereckige steife Kästen mit Lederecken und riesigen Schlössern, an die Fensterbank mit Schachteln voll Zeichenkohle, Federn, Bleistift, Tuschen, Pastellkreiden, Flaschen mit Fixierflüssigkeit, verfleckten Leintüchern, an die Spinnweben, den Staub und die gestaute Hitze unter den Dachziegeln, an den Anfang voll Angst, denn natürlich war es eine verbotene Liebe, ein Zueinanderschleichen und Auseinanderrennen, ein Reißen und Zerren, und als es zu Ende war, war es, als ginge ich weg und bliebe doch da, das Dachzimmer war der Ort, an den ich nicht zurückkehrte und den ich nicht verlassen hatte.

Blok stöhnte leise und warf die Zigarette auf den Boden, die er bis zum Filter heruntergeraucht hatte, und trat sie aus. *Amour fou*, die nicht gelebt werden konnte, Klebstoff und Uringeruch, Geständnisse in einem Waschraum und seine Eifersucht auf eine Erfindung, auf das Rätsel, das nicht gelöst war, und draußen fing endlich die Musik an, wie ein Gewitter. Der Klavierspieler setzte ein, als springe er auf einen fahrenden Zug, tanzte, heisere Schreie ausstoßend, auf den zermatschten Tasten, als werfe er Tomaten und faule Eier ins Publikum, trieb Baß und Schlagzeug an, wie bei einer Jagd mit dem Lasso, und Blok hörte das langsame Summen des Basses, ein Untergrund- und Gegenton, ein in der geräuschvollen Hektik des Klavierspiels verschwindender Ton, Exkurs der Wiederholung und Kontrast der Langsamkeit, und darübergelegt Fetzen vom Schlagzeug. Lieben Sie jemand, hatte er Fernanda in Fannys Wohnung gefragt, hinter der Wand war nichts mehr zu hören, und sie hatte geantwortet, ich glaube nicht. Blok ließ die Tür laut ins Schloß fallen und dachte, sie wird ersticken daran, an diesem *ich glaube nicht*, denn es ist bereits in ihrem Blick, in ihrer Haut, das *nein danke, ich glaube nicht*, das Vage, Abwesende, das Weiß der Untoten, und Fanny und Fernanda saßen aufgereiht auf der Bank mit frisch geschminkten Mündern und nickten ihm heftig zu. Das ist der letzte Aufguß, flüsterte Fernanda ihm zu, als er sich, sein noch halbvolles Glas von der Theke nehmend, anschickte, sich neben sie zu setzen, sie spielen alte Sachen aus der Mottenkiste, sagte sie, und sie hatte recht, die Musik war durchlöchert, mottenzerfressen vor Lärm, was zu hören war, waren Löcher und drumherum Taktfetzen, und den Spielern, die gedopt waren, lief bereits der Schweiß den Rücken hinab und zeigte schwarze Flüsse auf rotem T-Shirt, Talsperren auf dem Nierenbecken und Pfützen in der Nackenkuhle. Der Schwarze am Schlagzeug spielte, den Kopf in den Nacken gelegt, mit zur Decke verdrehten Augen, so daß nur das Weiße der Augäpfel erschien, was dem Gesicht zugleich einen ekstatischen und schlafenden Ausdruck verlieh, von Zeit zu Zeit tastete er, die Augäpfel zurückrollen lassend und die Lider schließend, mit der linken Hand nach dem Rotweinglas, das neben ihm auf einem Stuhl stand, während er mit der Rechten, wie ein Kind, das mit einem Löffel auf einen Kochtopf trommelt, in einem monotonen und abgehackten Rhythmus weiterschlug. Der Baßspieler hielt sein vernarbtes Gesicht gesenkt, das Ohr dicht an den Saiten, mit dem Ausdruck wie der Leibwächter eines Mafia-Bosses, dem das Gehirn weggeblasen ist, träge, stumpf, mit dem verträumten Lächeln eines Idioten, der mit kindlichem Vergnügen ein Spielzeug ausprobiert. Der Klavierspieler, dürr, klein und leicht wie ein gealterter Jockey, malträtierte mit den schiefen Absätzen seiner Westernstiefel die Pedale, ein Spiel, das ein Akt der Verwundung, eine Jagd und eine Verwüstung war, während sein Hintern wie ein Floh auf und ab über dem Sitz hüpfte und seine zu Raubvogelkrallen gekrümmten Finger sich wie im Krampf auf die Tasten stürzten. Der Kreis der Zuschauer schloß sich immer enger um die Spieler, die Luft war geladen, von Klangfetzen, von Rauch, von Unruhe und dem modrigen Kampfergeruch, der, wie Weihrauch bei einer Messe für eine untergehende Sekte, den Kellerwänden und vermotteten Polstern entströmte. Fernanda, neben Blok, vornübergebeugt zuhörend, sagte, ohne ihn anzusehen, blinzelnd im beißenden Qualm, daß dies Musik als Terror sei, Raserei, als teilten sich alle Anwesenden, Schamanen und Zuschauer, langsam in das geopferte Aas, und Blok dachte, als sie sich an die Wand zurücklehnte, steif und abwehrend, ohne wie die Körper der anderen in einen schaukelnden Rhythmus und den glasigen Augenausdruck eines hypnotisierten Zustands zu verfallen, daß sie sich den frenetischen Grenzüberschreitungen verweigere und den umgekehrten

Weg eingeschlagen hatte, Grenzüberschreitungen im Lautlosen, versteckt im Hüten fremder Kinder, die sie am nächsten Morgen pünktlich um acht am Treffpunkt für einen Schulausflug abliefern würde und Gesangstunden, die sie seit kurzer Zeit bei einem ältlichen Mädchen – einer Seherin, Handleserin und Kartenlegerin ähnlicheren Person als einer Gesangslehrerin, wie Fernanda gesagt hatte – nahm, das in seiner Wohnung im Zwischenstock des Palais Royal Privatunterricht gab, in dem es, wie Fernanda berichtet hatte, kein Tageslicht gab, denn die halbrunden Fenster gingen auf den Arkadengang, unmittelbar unter der Bogendecke, versteckt unter den prächtigen, offiziösen und Abstand gebietenden Etagen, die auf den Platz gingen, sei dies die Nacht- und Kellerseite des in abgezirkelter Ruhe verharrenden Gebäudekomplexes, hatte sie gesagt, eine geheime Lotterie-, Glücksspieler- und Tauschhandel-Atmosphäre, und ihre Gesangslehrerin sähe, in dunkle Tücher gehüllt, wie eine aus Humperdincks *Hänsel und Gretel* entsprungene Hexe aus, die sich mit einer Aura von *Turandot* umgebe, in ewigen Groll verstrickt, weil eine Allergie gegen die Bühnenschminke sie von der Oper vertrieben und gezwungen habe, mit talentlosen Schülern Atemübungen zu machen, um ihr Leben zu fristen.

– Das Leben ist eine Pfütze aus Tequila, hörte Blok plötzlich Marcel dicht an seinem Ohr sagen, und die Augen aufschlagend, sah er, daß Fernandas Platz an seiner Seite leer war, sah den schwankenden, mit blutunterlaufenen Augen vor ihm stehenden Marcel, der ihm ein Glas mit weißer Flüssigkeit unter die Nase hielt. Die Musiker hatten ihr Spiel unterbrochen und verschwanden durch die Seitentür, Pause von unbestimmter Länge, abhängig von ihrer Laune, ihren Schweißausbrüchen, ihrem gackernden, pickenden, dürren Gelächter einer verrückten Hühnerschar. Das Leben ist eine Pfütze aus Tequila, wiederholte Marcel, Fanny beobachtend, die an der Theke stand und den Rücken des Abbé streichelte als streiche sie über den eines Rheumakranken, eine Pfütze aus Tequila, wiederholte er, Blok an der Schulter packend, sich herabbeugend, mit flackerndem Blick seine Augen suchend und ihm seinen warmen, feuchten, alkoholgesättigten Urwald-Atem ins Gesicht blasend, eine weiße Lava aus Mondsee und Vulkan, sagte er, im Versuch, seine Stimme anzuheben in eine psalmodierende Tonlage, in Gelalle verfallend, aus flüssigen Kalksteinbrüchen und zerbröckelten, zu Pulver zerriebenen Straußeneierschalen, aus Tipp-Ex, Sahne, weißen Flamingofedern und brennenden Flüssen in der Kehle, aus purem hochprozentigem Alkohol, worauf ihn seine lyrische Inspiration verließ und er sich ächzend auf die Bank neben Blok fallen ließ, nicht ohne mit der linken Hand sein Knie zu tätscheln und mit der anderen sein Glas anzusetzen, und während er mit geschlossenem Auge schluckte, sagte Blok leise, nein, keine Pfütze aus Tequila, sondern ein Knäuel aus aufgeribbelter Schafswolle, eine Spirale aus Draht auf einem Küchentisch, eine Nacht im *Sunset* und ein Finger mit Blutvergiftung, eine Schule für Au-pair-Mädchen, ein Waschbecken für Betrunkene und eine abblätternde Wand mit eingeritzten Graffiti.

Fernanda saß auf einer Bank auf einem Square in der nächsten Seitenstraße, umgedreht, das Gesicht auf die Rücklehne gelegt, in der Armbeuge vergraben, neben sich einen überquellenden Abfallkorb aus bronzebraunem, rund gefälteltem Aluminium, um den auf dem Boden ein Kreis gezogen war von herabgefallenen Pommes-frites-Schachteln, Eispapier, Bierdosen, Zigarettenkippen und einer geknickten Zeitung, und die Szene war, so wie sie sich Blok einprägte, als er um die Ecke bog, Abfall und ein leises Stöhnen auf der Bank, zwei dürre, umgitterte Bäumchen und darüber, wie es sich in einer Nacht wie dieser gehörte, ein wolkenzerfetzter Sichelmond. Fernanda, vorsichtig den Kopf um einen winzigen Grad drehend und unter Tränen blinzelnd, sagte, als sie die vor ihrer Bank anhaltenden Füße Bloks sah, die langen Schatten der Beine auf dem Pflaster, ich habe zuviel getrunken. Warte, sagte Blok, aus dem Abfallkorb eine zusammengeknüllte Plastiktüte fischend, auf deren Vorderseite im Auseinanderfalten ein Schnürschuh erschien, mit der Spitze schräg von oben rechts nach unten links zeigend, und darunter der Aufdruck *tout va, tout va, tout va bien*, und während er die Tüte an beiden Griffen auseinanderzog, dachte er, daß er es hasse, wenn sich Frauen in seiner Gegenwart übergäben, daß er ihre Tränen, Krämpfe, Vorwürfe, rasendes Gelächter, Schüttelfrost, Fieber und Anfälle von Schnupfen überstanden habe, aber das, dachte er, während Fernanda keuchend und von krampfartigen Wellen geschüttelt über der Tüte hing, hat noch keine gewagt, und Fernanda ermunternd wie ein bockendes Eselchen, sagte er, los, los, genier dich nicht, steck den Finger in den Hals, das beschleunigt die Sache. Als sie sich übergab, wandte er unwillkürlich, ihr hustendes Würgen hörend, den Kopf zur Seite, um die aufsteigende Übelkeit zu bekämpfen, und sah geradewegs in ein Schaufenster, in dem die Nachtbeleuchtung längst abgeschaltet war, in den Gesichtern der Schaufensterpuppen schwammen die Blätter der dürren, windbewegten Bäumchen, die kleinen Fische aus den Zimmeraquarien einer Zoohandlung von gegenüber, flache, gestreifte Skalare und flinke Feuerschwänze, und ihre Füße steckten im Pflaster der Straße und im Abfall um den Papierkorb. Da lehnte Fernanda sich zurück und fragte bleich, kalten Schweiß auf der Stirn, in der Hand ein nasses, zerknülltes Taschentuch, mit dem sie den Faden von Magenschleim aus dem Mundwinkel wischte, wo sind die anderen?

– Sie lauschen andächtig dem zweiten Teil des Konzerts, sagte Blok, die Tüte in den Abfallberg stopfend, und betrinken sich mit Tequila. Die Musiker spielen wie ein erleuchtetes Hühnergeschwader, und Marcel sagt, er will die Malerei aufgeben und Fischhändler werden, schottischer Lachs, Austern und Kaviar, und sobald er genug Geld damit gemacht hat, will er mit seinem Sohn eine Weltreise machen und ihn anschließend in einem Internat auf dem Land erziehen lassen, auf dem Land, sagt er, weil es dort noch strenge Klosterzucht, Lateinschulen und Fechtklassen gibt, und Schubert will er aus dem Stundenplan streichen lassen. Übrigens, sagte er, sich auf der Bank ausstreckend, hast du dich vorhin rausgeschlichen wie eine verprügelte Katze.

Fernanda, mit zurückgelegtem Kopf angestrengt die regnerischen Wolken betrachtend, die am aufgerissenen, hellen Nachthimmel, vom Wind getrieben, mit hoher Geschwindigkeit zwischen den Dächern segelten, fragte, das feuchte Taschentuch wegwerfend, was geschieht jetzt?

– Jetzt, sagte Blok, bleiben wir auf dieser Bank sitzen, in der Hoffnung, daß es nicht regnet, und warten, daß wir am Morgen älter sind.

V

Es fängt an mit der Farbe Weiß, sagte Franziska aus dem schmalen Alkoven, in dem ihr Bett stand, genau eingepaßt, das Kistenbett, dessen spartanische, in gleicher Höhe Seiten-, Kopf- und Fußteil umlaufende und an den Bettrumpf genagelte Wände aus Spanplatten sie mit aufgepolstertem Stoff bezogen hatte, gepreßte Holzfasern und Schaumstoff mit Leinenbezug, das Harte und Weiche mit der Hülle des Schönen, dachte Blok, denn sie ist eine Hüllen- und Houssen-Frau, und ihre Arme lagen auf dem weißen, über die Steppdecke geschlagenen Laken, die Hände ineinandergelegt auf eine Weise, die Blok an die geduldige Haltung eines schlafenden Tiers erinnerte, aber Franziska schlief nicht. Ihr Gesicht schien in den Kissen geschrumpft zu sein, eine Vogelmaske mit scharfer Kinnlinie, spitzer Nase und blinkenden Augenplättchen, und auf dem neben dem Bett stehenden Umzugskarton, über den sie ein Tuch gehängt hatte – eine Methode, die noch Jahre so weiterginge, dachte Blok, unausgepackte Kisten und Tücher, eine zur Gewohnheit gewordene Angewohnheit aus ihrer nomadischen Kindheit –, brannte die kleine rote Lampe, die sie aus ihrer Anfangszeit gerettet hatte, als sie noch im 10. Arrondissement wohnte, ein Signal am Fenster, das auf die Straße fiel, auf der er vorbeiging, ein Signal, von dem sie nichts wußte, da sie im Schein dieser Lampe, mit auf den Tisch gelegten Füßen und knisternden, neben ihren Sessel rutschenden Zeitungsseiten, ihre Abende verbrachte, in den Lesepausen lange Gespräche mit seinem ihr gegenübersitzenden Vorgänger führend, der ein schauspielerisches Talent war und mit Hilfe einer modulationsfähigen Stimme und Schattenrissen an der Wand, die er mit Fingerspielen erzeugte, ihre Freunde nachmachte.

– Du schläfst nicht, fragte Blok, im Türrahmen stehend, die Tür ein wenig weiter aufstoßend, und in der nächtlichen Stille war deutlicher ein scharrendes Geräusch zu hören, als die aufgerauhte Holzkante über den harten Sisalteppich schabte und Franziska den Kopf schüttelte, ein Geräusch, das mit dem Anblick der fast geschlossenen, mit einem Klappriegel ineinandergehakten Fensterläden die Nacht bildete, einer weißgestrichenen, quergerillten Eisenfläche, einer nackten Eisenwand, die dem Zimmer, da noch keine Vorhänge den Anblick milderten, für einen Augenblick ein kaltes, an einen Krankensaal erinnerndes Element gab.

– Nein, sagte Franziska, die Decke höher bis zum Hals ziehend und ihre Arme unter ihr versteckend, ich schlafe nicht, ich bin eben aufgewacht, ich habe geträumt, und es fängt an mit der Farbe Weiß.

– Was, fragte Blok, sich auf ihren Bettrand setzend, einen ihrer herabgefallenen Strümpfe aufhebend und über die Lehne des am Fußende stehenden Sessels, über dem ihre Kleider hingen, legend.

– Am Anfang, sagte Franziska, ist es ein verschwommenes Weiß, durch das sich Linien ziehen wie Kratzer, dann tauchen, übergehend ins Grau, wie hinter einem Regenschleier Formen auf, Felder, ausgebeulte Kreise, eine pastose Fläche aus verkrusteten Weißriffen. Dann rückt die Bildfläche näher, wie eine langsam schärfer werdende Filmsequenz – aber es bleibt ein stehendes Bild, in dem zugleich eine gleichmäßige Bewegung ist, ein gleichmäßiges Rauschen, ein leichtes Flimmern –, ich sehe Grün, eine Masse von Laub, von dem das Wasser tropft. In der Tiefe des Bildes steht ein verlassener runder Gartentisch und vier Eisenstühle, die, mit den Rückenlehnen nach vorn gekippt, gegen den Tisch gelehnt sind. Eine kleine Gruppe in der Tiefe des Gartens, sich selbst überlassen im Regen, überhangen von nassem Geäst, eingesponnen in die Schnüre des Regens wie in einen Schleier von Vergessen, und zwischen den Stuhlbeinen hochgewuchertes Gras. Der geschwungene Bogen, mit der die Rücklehne ins Stuhlbein übergeht, die parallelen Geraden der Stäbe in der Sitzfläche, die optisch verkürzte Linie der runden Tischkante, das sind die Umrisse, die weißen Flächen und Linien, die ich anfangs nur undeutlich sah.

Weggewischt war die Schläfrigkeit, die ihrem Gesicht im Erinnern des Traums etwas Kindliches verliehen hatte, sie setzte sich auf, mit dem gewohnten kurzsichtig-abwesenden Fernblick, plötzlich hellwach zum Fußende blinzelnd, wo Blok saß, außerhalb des roten Lichtkegels, die linke Hand auf dem Hügel der Bettdecke, unter dem er ihre gekreuzten Füße spürte.

– Seit einigen Wochen, sagte sie, sehe ich jede Nacht im Traum dieses Bild. Es ist ein Bild, das ich vergessen hatte, aber wenn es auftaucht, drängt es sich nicht chocartig auf, als beleuchte ein Blitz verborgene Landschaften des Vergangenen. Es ist kein Bild eines Erkennens, das einschneidet, sondern das eines Wiedererkennens, aus dem das Befremdliche dieses Vorgangs im Rauschen des langsam fallenden Regens herausgewaschen ist, der Regen zieht durch den Traum, als wasche er das Tote und Verstaubte aus einer vergangenen Momentaufnahme, und ich höre das Rauschen, als hörte ich das Gras wachsen, was ein anderer Ausdruck für das Vergehen der Zeit ist, nur, daß das Gras in die Zukunft wächst, während der Regen in die Vergangenheit fällt, und beide Bewegungen durchziehen in gegenläufiger Richtung das Bild.

Unten in der Straße fuhr klappernd ein Fahrrad vorbei, und Blok sah, ans Fenster tretend, durch den Spalt zwischen den Läden das rote Rücklicht verschwinden und im gegenüberliegenden Haus hinter einem erleuchteten Fenster einen Vorhang sich bewegen, und fragte, während hinter dem Vorhang die Silhouette einer Frau im Bademantel erschien, die im Zimmer hin und her ging, das ist alles, was geschieht?

– Nein, sagte Franziska, ich sehe ein Kind am Strand vor

einer Burg aus Sand, in deren Türmen Fahnen, auf deren Mauer eine Windmühle, in deren Wänden Muscheln stecken. Es erinnert mich an eine Photographie, die du mir gezeigt hast, Sommerferien am Meer, der Wind hat den Kragen deines Matrosenpullovers nach oben geschlagen, und aus dem Hintergrund spritzt die Gischt des Meeres über deinen Kopf. Ich erinnere mich an dieses Bild, aber im Traum weiß ich nicht, wer dieses Kind ist, es könntest du sein, es könnte mein Vater sein, es könnte dieser und jener sein, es kommt mir vor wie ein Amalgam von vielen, die ich gekannt habe, weil im Gesicht eines Kindes der Erwachsene nicht zu erkennen ist und das Gesicht ein Rätsel ist, wie eine Maske des Unbekannten.

– Du weißt es, sagte Blok, ein winziges Lederetui zuklappend, das zwischen ihren Büchern gelegen hatte, aufgereiht blinkten dort Nagelscheren und Feilen, eingesteckt zwischen rotem Samt wie das Puppenbesteck eines Chirurgen, im Traum, sagte er, lösen sich die Rätsel, anders als am Tag, denn nicht der Traum ist undurchdringlich, sondern die Wirklichkeit.

– Nein, sagte Franziska, ich weiß es nicht, oder, wenn ich es wußte, habe ich es beim Aufwachen vergessen, nur die Bruchstücke bleiben mir, und ich versuche, aus ihnen die Figur des Kindes zusammenzusetzen, ich sehe, wie seine Hand aus dem Bild heraus winkt, ich höre einen hohen, vom Wind und vom Klatschen der Wellen zerfetzten Kinderruf, ich sehe, wie die Hand sich wie ein Dach über die geblendeten, blinzelnden und angestrengt suchenden Augen legt, ich sehe, wie das Kind sich nach einer Weile umdreht und durch den Sand stapft, sich bückt, eine Muschel aufhebt und mit ihr einen Graben rund um die Burg aushebt, und ich warte darauf, daß die Bruchstücke sich zusammensetzen, daß ich wissen werde, von wem der Gang, von wem der winkende Finger und das verwehte Gesicht sind.

– Ich sehe keinen Zusammenhang zwischen dem Bild aus dem Garten und dem vom Meer, sagte Blok, den Stöpsel von einer kleinen Karaffe aus stumpf gewordenem, halb erblindetem Glas abnehmend und an der roten Flüssigkeit riechend, deren gesunkener Spiegel einen verwischten Streifen im Karaffenbauch hinterlassen hatte, was verbindet die Gartenstühle im Regen mit dem Kind am sommerlichen Meer, fragte er, mißtrauisch ein wenig von der roten klebrigen Flüssigkeit in ein dünnwandiges Glas gießend, das er in ihrem Bücherregal gefunden hatte, und einen Schluck trinkend, den Kopf schüttelnd, sagte er, was trinkst du für ein Zeug, eine Mischung von Staub aus dem Glas und faulig gewordenem Likör, und stellte, sich wieder ans Fußende auf Franziskas Bett setzend, das Glas auf dem Fußboden neben ihrem Bett ab, es schmeckt wie staubiger Kirschlikör – du trinkst nichts Süßes, wolltest du sagen, fiel Franziska ihm ins Wort, du behauptest, du trinkst nichts Süßes, aber wir haben diesen Portwein während des ganzen letzten Winters in Tarduz getrunken, es war genau diese Marke, du hast sie gelobt und deine Gewohnheiten geändert, kein Whisky um sechs, sondern Portwein, wenn du gegen Abend deine Schreibmaschine verlassen hast, die ich während des Tages nicht ein einziges Mal klappern hörte, und die Treppe herunterkamst, aber solche Tage da draußen, an denen nichts geschieht, als daß die Vögel im Garten über den gefrorenen Rasen hüpfen, solche Tage, die von einer Leichtigkeit sind, daß wir sie nicht bemerken, du oben, ich unten, sind für dich wie weiße Balken im Kalender, blinde Abschnitte der Zeit, weil nichts sie hervorhebt, denn man stochert im Kamin, wie man gewohnte Dinge unbewußt tut, wie man einen verlegten Schlüssel sucht, einen Aufsatz in einer Zeitschrift liest, die Nachrichten hört; du hast den Portwein vergessen, wie ich jenen Garten vergessen hatte, der einer Tante gehörte, bei der wir die Ferien verbrachten, sie war fast nur Haut und Knochen, und ich weiß, ihre Arme erinnerten mich an Bambusstecken. Es gab eine Redeweise über sie, die von meinem Großvater stammte, die sie selbst eines Mittags erzählte, Knochen, Knochen, nichts als Knochen kommen aus dem Bett gekrochen, hatte er gesagt, wenn er sie sah, und meinte es keineswegs böse, wie sie lachend, mit einem sommersprossigen Gesicht unter einem seltsamen kleinen Leinenhütchen, das sie gegen die Sonne schützen sollte, sagte, auch pflegte er, seinen Spazierstock schwingend, wenn er das Haus verließ, zu sagen, Mädchen, die pfeifen, und Hähnen, die krähn, muß man beizeiten die Hälse umdrehn, und meine Tante trug eine Blechkanne mit Kaffee nach der anderen zu dem kleinen Gartentisch, den ich im Regen wiedergesehen habe, im Traum, auf dem sich damals die Illustrierten meiner Mutter stapelten. Sie tranken Kaffee und redeten und lasen, und wir spielten im hinteren Teil des Gartens und kletterten in die Birnbäume. Aber im Traum ist kein Sommer, sondern es regnet, und ich bin nicht im Bild, sondern blicke von außen hinein, und niemand ist im Bild. Es ist die Zeit des Niemand, eine Zwischenzeit, und der Regen bildet den Schleier, hinter dem die Figuren verschwunden sind. Es ist das Abschiedsbild, das sich bietet, wenn man bei der Abreise am Ende des Sommers einen Blick zurück über die Schulter wirft, Tisch und Stühle, schon sich selbst überlassen, eine Kinderlandschaft, über die das Gras gewachsen ist, in einem Monat, in Jahren, ein Bild der Trauer, denn plötzlich verkehrt sich die Optik, nicht ich habe die Dinge, sondern die Dinge haben mich verlassen, und nur in diesem Traum ist aufgehoben, was mich verlassen hat.

In einer Pause, in der Franziska lautlos anfing zu weinen, wobei ihre Augen sich von Tränen verklebt zusammenzogen und ihr Gesicht sich aufplusterte wie der pochende, noch von keinen Federn geschützte, sondern nur von einem rötlichen Flaum bedeckte Körper eines Kükens, hörten sie, wie durch den Schlitz der Tür die Zeitung geschoben wurde, hörten das dumpfe Klatschen beim Aufprall auf dem Steinboden, wie es nur der Fall eines schweren, gebündelten Papierpackens erzeugt, das Zufallen der blankpolierten Messingklappe, und die Geräusche dieser dämmrigen, nach frühem Morgen riechenden Wohnung, Zimmer, die um diese Tageszeit in ihrem diffusen, schläfrigen Dahintreiben Niemandsland waren, bildeten für Blok den Rahmen für Franziskas Traum, und, ihr den Zipfel ihres Bettlakens hinhaltend, um sich die Tränen abzuwischen, sagte er, ob es ein Gartentisch, das Geräusch einer im Wind knarrenden Schaukel, ein altes Spielzeugauto oder eine Kasperlepuppe ist, sie ragen wie ausgebrannte Ruinenstümpfe in unseren Alltag, wem dieses Abschiedsbild, der Blick über die Schulter, nicht gelingt, der irrt, an der Kette im Unterirdischen ihr Dasein fristender Schatten, durch die Kulissenlandschaft des Vergangenen, pendelnd zwischen Schrecken und Paradies, sich an beides klammernd und beides fliehend, beides verklärend, von beiden verfolgt.

– Es ist das Weiß, sagte Franziska, sich aufsetzend und ihre Kissen, zwei große und ein kleines, kästchengroßes und in einem mit umlaufendem Mäanderband verzierten Bezug steckendes, das sie, zusammengeknüllt in ihrer Tasche, auch auf Reisen mitnahm, weil sie behauptete, sonst nicht schlafen zu können, im Rücken zusammenstopfend, manchmal stecke ich im Weiß wie in einem Eimer mit angerührtem Gips, dann ist es das Weiß der Verpuppung und des Vergessens, Weiß, das das Tor zur Unterwelt ist, das Tor zum Tod, wenn es nur nach rückwärts sich öffnet, in eine geräuschlose Kokon- und Kinderwelt, in der ich steckenblieb, weil dir, nachdem sechs Wochen vorbei waren, die sechs Wochen unseres Anfangs, weder meine ausgerissenen Kleidersäume gefielen noch meine Schrift, noch die Art, den Vokal a als ä auszusprechen. Der angerührte Gips sind deine Notizbücher, in denen ich feststecke, sobald er hart geworden ist, mein ganzes Leben hast du rubriziert und katalogisiert, eingesperrt in kleines Kästchenpapier, während ich ahnungslos in den Tag hineinlebte und nie wußte, ob es zu früh oder zu spät war. Vielleicht nimmst du für andere kein weißes Kästchenpapier, vielleicht nimmst du für Fanny bernsteingelbes und für andere rotes oder violettes. Du schreibst sie auf und schreibst zugleich deine eigene, deine einzige und wiederholte Geschichte auf, Bloks Geschichte, und zwischen den Zeilen taucht eine graue Haarecke auf, ein gezogener Zahn oder ein depressiver Kater nach Neujahr, während ich glaubte, daß mir nichts anderes übrigbliebe, als meine Aussprache zu ändern, meine Schrift deiner anzupassen, dir Koffertücher mit deinem Monogramm zu schenken und mich Schritt für Schritt zu bewegen, ohne mich von der Stelle zu rühren, und da zu verharren, wo ich war, als wir uns trafen –

– im Weiß, im Klee, zum Beispiel, schlug Blok vor, denn es gibt andere Geschichten als die, an die du dich erinnerst, du hast recht, ich habe viele Notizbücher gefüllt nur über die Farbe Weiß, denn seit zwanzig Jahren will ich ein Buch schreiben nur über die Farbe Weiß, ein Einfall, der, nie ausgeführt, von Flaubert stammt, denn er träumte von einem Buch nur über die Farbe Gelb, statt dessen schrieb er *Bouvard und Pécuchet*, was der Sache in etwa nahekommt –

– der Klee, sagte Franziska, während Blok verschwand, war rosa, sagte sie, ein zerknülltes Papiertaschentuch aus der Ritze zwischen Rückwand und Matratze hervorziehend, du weißt genau, daß der Klee nicht weiß war, sagte sie vorwurfsvoll, als Blok ins Zimmer zurückkehrte und, ein aufgeschlagenes Notizbuch in der Hand, einige Sätze daraus vortrug.

– Es war Juni, las er, und vor den Hecken blühten die letzten Pfingstrosen. Als das Gartentor hinter mir zuschlug, das Geräusch des sich entfernenden Taxis, das mich vom Bahnhof hierhergebracht hatte, die Stille durchschnitt und ich langsam den ansteigenden Gartenweg hinaufging, wußte ich, daß ich ein alter Mann in einem langen Regenmantel war, der ihm um die Beine schlotterte, und daß die Gegenwart nie die ganze Gegenwart ist, sondern erst im Rückblick und in der Erzählung Tiefe und Farbe bekommt, daß man sie überleben muß, um sie zu gewinnen. Als ich weiterging, sah ich dich auf der Terrasse stehen und ein paar welke Oleanderblätter aus den Töpfen zupfen, und wußte, daß ich du werden mußte, das kleine Mädchen, das schattenhaft hinter dir stand, daß ich mit deiner Stimme sprechen und deine Geschichte finden mußte, um das Spiel des *unendlichen Anfangs* zu spielen, in dem du Franziska, Franziska und Franziska hießest –

– als ich dich den Gartenweg hinaufkommen sah, sagte Franziska, wollte ich dir über den Rasen entgegenlaufen, aber die Sonne lag blendend auf dem Hang, und der Rasen war übersät von Klee. Lange nicht gemäht, dachte ich und hielt mir die Hand schützend über die Augen, so früh hab ich nicht mit ihm gerechnet. Er ist zu warm angezogen, geradezu winterlich, und wie er den Hang heraufkriecht mit schleppendem Schritt und diesen um die Fußgelenke schlenkernden Hosen mit Revers. Die Glastür zur Veranda stand offen, und aus dem Innern des Hauses hallte die Melodie von *The Girl of Ipanema* über den Rasen, leise und gleitend, *but I watches her so sadly*, ich sah, daß ich mit nackten Füßen auf den warmen Steinen stand, ich blinzelte in die Sonne, die hinter den Hügeln langsam unterging, ich sah, daß du nicht ich warst und ich nicht du, daß du nur die *anderen Seiten*, die Kehrseiten meiner Geschichte warst, die Hosen des Vaters, die Brille der ersten Liebe, der Staubmantel des Ehemanns, der Name von Niemand und Jedem, und meine Füße liefen in die falsche Richtung, dir entgegen und zugleich davon, mit nackten Füßen lief ich durch den Klee, mit Händen wie Blättern, Daphne auf der Flucht in den Weidenstamm, ich blieb stehen, hob den Fuß, und ein Stachel steckte im Rist. Du kamst quer über den Rasen, zogst den Stachel heraus und setztest mich in den Korbsessel, der auf der Terrasse stand. Du kanntest dich gleich aus im Haus, das das Haus jener Tante war, du sagtest, wer immer in Häusern von anderen wohnt, dem wird das zur zweiten Natur, und ich antwortete, während du um den Fuß einen Umschlag mit essigsaurer Tonerde wickeltest, daß ich nicht wüßte, ob ich eine erste Natur hätte. Du ließest die abgelaufene Schallplatte wieder spielen, wir saßen in den knarrenden Korbsesseln, der dichte Klee, in dem die Bienen summten, sandte seinen warmen süßen Geruch zu uns hin, und die untergehende Sonne färbte ihn postkartenrosa. Der Fuß schwoll langsam an, und ich sagte, wie werde ich ihn noch in den Schuh kriegen, so was kann zwei Wochen dauern. Aber einem Mann, der Blok heißt, vertraut man seine

Füße an und erzählt ihm sein Leben, gleich auf den Schreibblock.

– Damals, sagte Blok, das Fenster öffnend, den Riegel der Fensterläden lösend und die verstaubten Eisenklappen wie eine Ziehharmonika zusammenschiebend, so daß der erste graue Streif vom Tageslicht, der über den Dächern lag, ins Zimmer fiel und in der ausgestorbenen Straße der erste Amselruf zu hören war, damals erzähltest du mir zum ersten Mal diesen Traum, du nanntest ihn den weißen Traum, und ich fragte dich, ob du deine Träume nach Farben ordnetest, wie Bonbons oder Luftballons, du saßest zusammengekauert in deinem Korbsessel, den umwickelten Fuß von dir gestreckt, in der Dämmerung leuchtete dein taubengraues Sommerkleid, weitausgeschnitten, mit engem Gürtel und einem Schlitz im geraden Rock, ein Stil, der seit zehn Jahren aus der Mode war, und ich vermutete, daß dies eine Wahl deiner Mutter war, die für Fragen der Mode keinerlei Interesse aufbrachte, aber schon damals war es gleichgültig, in welchen Sachen du stecktest, da du ihnen sofort deinen Stempel aufdrücktest, einen Stempel, den du selbst einmal als *Preußische Manufaktur* bezeichnet hast, Jahre später, denn an jenem Abend warst du ein Kind, das mit einem Harlekin aus bunten Stoffetzen im Koffer angereist war und sich vor der Hornisse fürchtete, die, vom Licht im Haus angezogen, im Dunkeln immer wieder gegen die Fensterscheibe brummte. Du hast vergessen, nehme ich an, daß du mir damals schon diesen Traum erzähltest, du saßest in dem Garten, wenn auch an einer anderen Stelle, aber du träumtest zur gleichen Zeit davon, als ob diese Gegenwart schon lange vergangen wäre, eine Folge der Erziehung, dachte ich damals, die man in Familien wie deiner den Töchtern angedeihen ließ, keine Ansprüche zu stellen, sich nur als Gast auf der Erde zu wissen und die Dinge nur treuhänderisch, niemals als Besitzer verwalten zu können, waren die Richtlinien, eine Erziehung des Verlusts und des Verzichts, und die Gegenwart ist immer schon verloren und ins geträumte Erinnerungsbild entrückt. Vielleicht taucht der Traum von Zeit zu Zeit auf, weil du, wie in der Spirale eines lebenslangen inneren Monologs, immer wieder an denselben Punkt gelangst, nur auf einer anderen Ebene.

– Damals, sagte Blok, sich wieder auf Franziskas Bett setzend, aber ich nehme an, auch das hast du vergessen, erzähltest du mir später in der Nacht von einem Freund; ihr hattet, wie sollte es anders sein in diesem Alter, Gespräche über die Unsterblichkeit der Seele geführt, über die Metamorphosen des Ovid und über euren Leitspruch *principiis obsta*, es schien eine wichtige Rolle zu spielen, daß der Name des Freundes Baum war – Baum, sagtest du, das Wort ist nicht der Gegenstand, auch nicht das Symbol des Gegenstands, sondern ein Zeichen, wie eine Linie in einem abstrakten Bild – Namen, sagtest du, sind nicht die Personen, die sie tragen, aber Personen wachsen in Namen (manchmal liegen die Namen auf ihnen, erdrückend wie Blöcke), und erst nach einer Weile begriff ich, daß diese Person namens Baum vollkommen erfunden war. Eine Folge ihrer Daphne-, Philemon-und-Baucis-Lektüre in der Schule, dachte ich, während du mir eine Schallplatte zeigtest, ein Geschenk dieses Freundes, Gitarrenstücke von Rodrigo, und auf der grauen Umschlaghülle prangte eine blaue Gitarre von Juan Gris. Sieh dir das an, sagtest du, dieser Maler heißt Gris, die Umschlagfarbe ist Grau, und als du vor ein paar Stunden den Gartenweg heraufkamst, trugst du einen grauen Mantel. Als ob in jedem Anfang die Kette des Vergangenen wieder neu zusammengefaßt wäre, sagtest du, und weil Baum eine erfundene Figur war, eine Fast-, eine Möglichkeitsfigur, mußtest du später alle Männer Baum nennen, weil die möglichen Dinge manchmal tiefere Wurzeln schlagen als die wirklichen. Nur bei mir hast du eine Ausnahme gemacht, vielleicht, weil ich allzu dicht auf meinen Vorgänger folgte, der zudem noch dasselbe Handwerk ausübte wie ich, vielleicht war es auch eine Variation, weil du an einen Block mit gestapeltem Holz dachtest, einen Holzblock, ein Stück gespaltenen Stamms –

– Nein, sagte Franziska, das rötliche Gesicht mit der Schnabelnase tief zwischen den Kissen, mit wispernder Stimme wie ein Tantchen, das nach durchwachter Nacht darauf wartet, beim ersten Tagesstreif eine Migränetablette neben einem Wasserglas auf dem Nachttisch vorzufinden, auf nackten Füßen durch den Flur zu laufen, die Zeitung aufzuheben und, zurück im Bett, über den von der Morgenluft feuchten Seiten noch einmal einzuschlafen, Baum, sagte sie, war Festigkeit und Bewegung, war gleichbleibender Stamm und wechselnde Blätter, Baum waren die Buchstaben, in die ich kriechen wollte, der hohle Stamm, Verstecke für Kinderspiele, das Holzhaus und Laubdach und abgeworfene Blätter, Baum war Name und Kindheit, das Abgeworfene und Gesuchte, Baum war die Kindergeschichte, in der die Liebenden einer im anderen steckten wie die Puppen in der Puppe, denn hinter dem Baum, so erzählte ich dir damals, als der Traum anders endete als heute, hinter dem Baum, unter dem der regennasse Tisch und die weißen Stühle standen, befand sich eine efeuüberwachsene Mauer. Diese Mauer war der Schnitt, an dem die beiden Bilder sich zusammenfügten, das Bild des Gartens und das Meerbild, die mir heute getrennt und ohne Zusammenhang schienen. Ich stand an der Mauer und sah den Garten, ich blickte über die Mauer und sah das Meer. Dort winkte das Kind, der Wind schlug den Kragen seines Pullovers hoch, und die Windmühle auf der Sandburg drehte sich. Das Kind konntest du sein, das Kind konnte ich sein, und ich stand an der Mauer und sah uns winken.

Wo lag der Fehler, fragte sich Blok, den Mantelkragen hochschlagend, eine Sekunde vor dem Haus stehenbleibend und zu Franziskas Fenster hochblickend, hinter dem im selben Moment das Licht verlöschte. Er wandte sich ab, bog um die Ecke, und auf der Rue Blanche wehte ihm ein eisiger Wind entgegen, eine weiße Straße, die nicht mehr weiß war, sondern grau, in der hinter zugenagelten Schaufenstern die ehemaligen Wäschereien und kleinen Handwerksbetriebe vor sich hin dämmerten, die Katzen an den im Rinnstein sich stapelnden Kartons mit Abfällen nagten und ein Clochard, der auf den Stufen zum Théâtre Blanche genächtigt hatte, ihn wie einen alten Bekannten begrüßte und um eine Zigarette bat. Wo lag der Fehler, fragte Blok den Clochard, der, in geflickten Wintermantel und schmutzstarrende Decken eingehüllt, halb liegend, halb sitzend zu ihm hochblinzelte und seine nackten, rotgeschwollenen Knöchel rieb, die über den Rand seiner ausgetretenen, mit verschiedenen Schnürbändern verknoteten Schuhe quollen. Blok setzte sich neben ihn auf die Treppe, sah zu, wie er umständlich die Zigarette anzündete, mit listig zusammengekniffenen Äuglein im bartstoppeligen Gesicht genüßlich daran zog, während er einen schneeweißen seidenen Schal mit blauen Fransen, den vermutlich ein Theaterbesucher verloren hatte, über die Schulter warf, was ihm einen Anflug von Eleganz gab, die Eleganz eines Bettlerkönigs, denn zugleich verstärkte die verkrumpelte Seide das Rot seiner vom Trunk gequollenen, weißbewimperten Augen. Den Rauch seiner Zigarette in die kalte Morgenluft blasend, ein kleines Fläschchen aus der Brusttasche ziehend, den Verschluß aufschraubend, blickte er mit der bedächtigen Miene eines Philosophen, der gewohnt ist, seine Gedanken in der Regen-, der Mülltonne oder auf den Stufen eines Theaters reifen zu lassen, über Blok hinweg die Straße hinab und sagte, zu einer langsamen Litanei ansetzend, der Fehler ist, daß die Busfahrer Le Pen wählen und ihren Fahrgästen erzählen, warum die farbigen Einwanderer eine Pest sind und aus Frankreich verschwinden müssen. Der Fehler ist, daß sie die alten Pariser Pissoirs abgeschafft haben und den Jardin du Luxembourg bei Einbruch der Dunkelheit schließen, damit die Schwulen sich nicht im Pissoir oder hinter einem Busch, hinter einer ehrwürdigen Statue gar, den Schwanz reichen. Der Fehler ist, daß die Kellner kein Herz mehr haben und Leuten wie mir keinen *petit rouge* mehr gratis spendieren. Der Fehler ist, daß sie die Ufer der Kanäle im Osten planieren und dort sogenannte Appartementhochhäuser hochziehen. Daß eine Concierge, sofern es sie überhaupt noch gibt, nur noch zum

Putzen und zum Verteilen der Post kommt und ihren Stuhl nicht mehr neben die Haustür stellt. Der Fehler ist, daß die Zeit vergeht und uns nichts übrigbleibt, als uns an diesen Erinnerungen zu wärmen wie an ausgebrannten Kohleöfen. Der Fehler ist, daß die Pariser Hunde, wie wir, ihren Charakter verlieren, da sie, seitdem täglich die Müllabfuhr kommt, nicht mehr herrenlos und frei herumstreifen und ihr Leben von den Abfällen fristen können, die sie am Straßenrand finden. Der Fehler ist, daß das schöne eintönige Grau der Stadt sich verwandelt in eine glitzernde, von Magnetbändern durchzogene Vielfarbigkeit, daß man Leute wie mich weniger unter den Brücken schlafen sieht und daß die Liebe die Stadt verlassen hat, um irgendwo in den Bergen ihr kümmerliches Dasein einer Vogelscheuche zu fristen.

Nach diesem pessimistischen Vortrag warf er die Zigarette in den Rinnstein, verschränkte die Arme, rollte sich zusammen und schlief, das Gesicht zur Wand gedreht, ein. In einem schräg gegenüberliegenden Haus öffnete sich die Tür, und eine Frau in einem langen, in der Taille mit einer Kordel verschnürten Morgenmantel von schmuddeligem Rosa und einem weiß getupften, über der Stirn verknoteten Chiffonschal kam heraus und führte an einer kurzen vergoldeten Kette, einer Kette, wie Blok sie, neben violetten Perücken und versilberten Spangen und Kämmen, in einem Frisiersalon an der unteren Ecke der Straße gesehen hatte, am Bordstein ein Hündchen spazieren, das, die Nase am Boden, unruhig hin und her laufend, zwischen den dicht geparkten Autos keinen Zwischenraum fand. Die Frau überquerte die Straße, ohne Blok und den schlafenden Clochard zu beobachten, und als sie, den Morgenrock über der Brust zusammenhaltend und mühsam in ihren hochhackigen, offenen Pantöffelchen, deren ausgeschnittenes Vorderteil mit einem Pompon aus weißem Schwanenfederflaum geschmückt war, über das Trottoir stolpernd, an Blok vorüberkam, fragte er, in welchem Stock wohnen Sie?

– Im fünften, antwortete sie, ihm automatisch ihr Gesicht

zuwendend, dessen dicke Tränensäcke und aufgeschwemmte Backen ihr das Aussehen eines Bullterriers verliehen, während sie das Hündchen, das sich endlich entschlossen hatte, sein Geschäft zu verrichten, zurückriß. Im fünften, wiederholte sie, und das Haus hat keinen Aufzug. Seit zwanzig Jahren will ich dort ausziehen, in eine Wohnung mit einer modernen Küche, aber es wird auch in diesem Jahr nichts daraus. Das Hündchen, das ihrem Zerren an der Kette nicht gehorchen wollte, vom Boden aufnehmend und an ihren Busen drückend, schickte sie sich an, die Straße zu überqueren. Pardon, sagte Blok, sich von den Stufen erhebend, kann ich Ihre Küche sehen, und als die Frau, ihrer bereitwilligen Auskünfte offenbar überdrüssig, ohne ein weiteres Wort in ihrer Haustür verschwand, wiederholte er, ihr auf dem Fuß folgend, seine Bitte, kann ich Ihre Küche sehen, als die Tür vor seiner Nase zuschlug.

Blok ging, die Hände in den Taschen, vor dem Haus auf und ab, die Geranientöpfe, das Heiligenbild im Fensterrahmen und die dichtgeknüllten, verrußten Vorhänge in der Parterrewohnung betrachtend, als sich die Tür langsam wieder öffnete, die Frau den Kopf herausstreckte, eine Mischung aus Säuferin, Puffmutter und Bäckerin, und, neugierig in die Luft witternd, fragte, warum wollen Sie meine Küche sehen, als auf der anderen Straßenseite eine halbleere, zugekorkte Rotweinflasche mit lautem Getöse die Stufen herunterkollerte, die der Clochard im Schlaf umgestoßen hatte, und Blok sagte, in das Lärmen der die Straße hinabrollenden Flasche, ich möchte wissen, wie Ihre Küche eingerichtet ist. Ich möchte sehen, wie Sie in Ihrer Küche sitzen, auf welchem Stuhl, an welchem Tisch, mit welchen Geräten. Ich möchte diese Küche vergleichen mit drei anderen Küchen, drei Küchen, die ich kenne, drei Küchen, die zu drei Frauen gehören, die in diesen Küchen sitzen, als wären sie selbst aufgegangen in die Wände, die Schränke, die Gläser, die getrockneten und frischen Küchenkräuter, als wären sie nur dort ganz anwesend und zugleich als säßen sie in luftleeren Räumen. Manchmal dachte ich, daß diese Küchen der wirklichste Ort ist, an dem sie sich aufhalten, der einzige, der ihnen angemessen ist, und ich möchte wissen, ob Sie auf Ihrem Küchenschemel sitzen, als säßen Sie fest in der Wirklichkeit.

Die Frau stand im Hauseingang mit verschränkten Armen, an denen sie bereits am frühen Morgen schwere Ketten aus Golddoublé trug, fuhr mit einer spitzen, bleichen Zunge in ihre Mundwinkel und starrte Blok an wie ein Glühwürmchen im Winter. Sie lachen zuviel, sagte sie, obwohl Blok nicht gehört hatte, daß er lachte, man hört kein lautes Gelächter, sagte sie, aber zwischen den Sätzen ist ein leise meckerndes Lachen, als hätten Sie Ihre Freude daran, jeden Morgen um diese Zeit auszugehen, die Leute auszufragen und abzuwarten, auf welche Weise sie sich in Ihren Geschichten verheddern.

– Nehmen Sie mich mit herauf, bat Blok, unwillkürlich seinen Fuß in den offenen Türspalt schiebend, vielleicht erfahre ich etwas über die Frauen, von denen ich Ihnen gesprochen habe. Es ist, als müßte ich anderswo suchen, was ich in der Nähe nicht erkennen kann, denn wir sind wie kommunizierende Röhren, deren Flüssigkeiten ineinanderfließen, ohne sich zu vermischen, zu nah und deshalb fern, fließend sind die Grenzen des Gegenüber und manchmal aufgelöst, eine Gruppe, kreisend zwischen Ich, Ich, Ich und Ich, und das einzige, an das wir uns halten können, ist die lange Leine unserer Erinnerungen, Erinnerungsstücke, erzählt, abgetastet nach vorwärts und rückwärts, und deshalb möchte ich, daß es warm ist in Ihrer Küche, daß Sie Kaffee kochen und mich fragen, ob ich Ihnen zwischen zwei Schlucken der heißen, schwarzen Brühe mein Leben erzähle. Ich möchte den Geruch Ihrer Küche kennenlernen, weil Gerüche viel über einen Fremden aussagen, ich möchte Vergleiche anstellen, ich möchte das Muster Ihrer Tapeten sehen und wissen, ob Sie glücklich sind. Dann möchte ich gefragt werden, nicht ausgeweidet, aber immerhin angenagt, fragen Sie nach den Farben meiner Ringelstrümpfe, die ich in der Schule trug, nach meinem ersten Besäufnis und nach den Musikstücken, die meine Vergangenheit begleitet haben.

Die Frau hielt Blok wortlos die Tür auf, stieg schwerfällig, die eine Hand am Geländer – wobei das falsche Gold ihrer Armbänder gegen das Holz klirrte und treppauf einen von ihr gewohnten und deshalb überhörten Begleittakt schlug – und mit der anderen den Morgenrock raffend, die Treppe hinauf, verlor ihre offenen Pantoffel fast auf jeder fünften Stufe und enthüllte im Stolpern eine rötliche, rauhgescheuerte Ferse. Die Wohnungstür war nur angelehnt, und im Flur hingen an einem Wäscheständer trocknende Kleidungsstücke, ein Geruch nach schlafwarmen Betten und nach aufgeschäumter Rasierseife, der aus dem offenstehenden Badezimmer kam. Mein Mann, sagte die Frau, Bade- und Schlafzimmertüren schließend, verläßt jeden Morgen um fünf das Haus, er arbeitet als Lastwagenfahrer, sobald er weg ist, bringe ich den Hund auf die Straße, und danach genieße ich die einzigen zwei freien Stunden, die mir am Tag bleiben. Sie drehte den Porzellanknauf einer Tür, deren Glasscheiben von innen mit einer dicht gekräuselten Gardine verhängt waren und durch eine Handbewegung ihrer weichen, von Leberflecken und Ringen übersäten Hand aufgefordert, betrat Blok die Küche, in der, neben der Tür, ein blaues Sofa an der Wand stand, was sofort an Fanny anknüpfte, die, da sie selbst aus einer Wohnküche kam, wie sie sagte, überall, wo eine Küche ins Wohnzimmer verwandelt war, den Stallgeruch einer klebrigen Nähe witterte, den Mief falscher Gemütlichkeit, aber Blok ließ sich Zeit, sein Entzücken zu genießen, während die Frau, hin- und hergehend, den Morgenrock über der Brust zusammenziehend, sich am Gasherd zu schaffen machte und fragte, ob er Innenarchitekt sei oder beauftragt, zu inspizieren, wie weit das Stadium des Verfalls bei den alten Häusern in der Rue Blanche fortgeschritten sei oder ob es sich lohne, sie zu sanieren. Klappernd rollte der kleine, rund-rostige Metalldeckel einer Gasplatte, den sie hochgehoben hatte, um nachzusehen, warum sich das Gas nicht anzünden ließ, über den Boden, und während Blok, sich an der Tür herumdrückend, antwortete, er sei nichts dergleichen, er sei ein Stückeschreiber, schwankend zwischen dem Hohen und Prosaischen, dem Tragischen und dem Komischen, dem Monolog und dem Dialog, bückte sie sich, hob ächzend den Deckel auf, trocknete das Loch der Gaszufuhr, um das sich ein Ring bräunlichen Wassers gesammelt hatte, setzte den Deckel auf und zündete die Flamme an, die für zwei Sekunden nur als ein leises Zischen und ein süßlicher Geruch aus den gezackten Randlöchern strömte und dann als bläulicher Schein über die morgenkalten Kacheln hinter dem Herd züngelte. Man muß sein Metier verstehen, sagte die Frau, man muß sich entscheiden, denn was sollte bei solch einem Schwanken herauskommen, stellte zwei bauchige Tassen auf den Tisch, und Blok bemerkte mit Dankbarkeit, daß auf der Holzplatte kein Wachstuch lag, Wachstücher erinnerten ihn an Fannys Kindheit, an ihre von Kernseife und Sparsamkeit überschattete Kindheit, an die überwachte Monotonie der Tischrunden, in denen zwei Figuren fehlten, Vater und Bruder, an den wachsbleichen Todeszirkel, aus dem sie herausgesprungen war – Tischrunden mit einer würgenden Fanny stiegen ihm auf, die, das zu Brei zerkaute Essen in die Backen gestopft, darauf wartete, daß die Wachstafel aufgehoben würde, um die Reste ins Klo zu spucken, eine auf dem Teller stochernde Franziska, in deren Kindheit es weiße Tischtücher und silberne Serviettenringe mit Monogramm gegeben hatte, aus Gewohnheit, nicht aus Überfluß, eine alles in sich hineinschlingende Fernanda, auf deren Tischen Sets gelegen hatten, aus Bast, aus Plastik, aus bemaltem Holz, mit Redouté-Rosen, mit Enten, mit Vogelbeerzweigen.

In einer Ecke des Sofas lag zusammengefaltet eine karierte Decke, und als Blok sich in der anderen Ecke niederließ, sprang das Hündchen auf die Decke, kringelte sich zusammen, als sei dies sein angestammter Platz, und blickte ihn mit faltig gezogener Stirn, die Nase unter die Schwanzwurzel gesteckt, von unten herauf an. Im Begriff, seine Hand zu heben, um über die unruhig hin- und herrollenden, seinen Blick in einem fahrigen Wechselspiel streifenden und ihm ausweichenden Augen zu streichen, ließ er sie wieder sinken, als die Frau, nach einigen Minuten der Abwesenheit, zurückkehrte, sich im Hereinkommen die Hände reibend, um die Glyzerincreme, die sie in großen Tupfen auf Handrücken und Innenfläche gesetzt hatte, besser zu verteilen. Auf die Lippen hatte sie eine pastige Schicht weißlichen Rosas aufgetragen und den Morgenrock mit einem Kittel vertauscht, der das üppige Fleisch ihrer Oberarme freigab, die sich erstaunlicherweise ihre Glätte bewahrt hatten – eine Haut, glatt wie Nappaleder, pflegte Franziska in Erinnerung an ihre eigene Jugend zu sagen, wenn sie ihren zuweilen grausamen, ironischen und abschätzigen Blick über die entblößten Körperteile anderer Frauen gleiten ließ.

Sie setzte sich Blok gegenüber an die andere Seite des Tisches, während Blok murmelte, das wäre nicht nötig gewesen, meinetwegen, der Morgenrock genügte vollkommen, und sich die Zunge verbrannte an dem ersten Schluck Kaffee, der heiß war und gut und wie der richtige Pariser Kaffee einen Geschmack von Steinwüste, Blei und Staub hatte, weggeröstet das weiche Grün ins trockene, scharfe Schwarz, auf dessen Oberfläche eine schillernde Haut schwamm, regenblau wie eine Benzinlache, die die Frau gierig und genüßlich schlürfte, ein Stück Zucker in ihre Tasse tunkend, es zwischen ihre Lippen schiebend und krachend mit ihren gesunden weißen Zähnen zermalmend, mit ihrem Hintern die ganze Sitzfläche des Stuhls ausfüllend, denn sie war keine Kantensitzerin, dachte Blok, der, ein wenig benommen und blöde von der langen Nacht, fragte, ob sie schon einmal über Stühle nachgedacht habe, über Korbstühle, Küchenstühle, Gartenstühle, Kinostühle, Caféstühle, über die Stühle, auf denen sie in ihrem Leben gesessen habe –

– über Beichtstühle, sagte die Frau, ihn freundlich und amüsiert anblickend, über Beicht- und Bekenntnisstühle, nicht wahr, das ist es, was Sie wissen wollen, obwohl ich nicht ausschließe, daß Sie die anderen Stühle auch interessieren, Sie sehen so aus, als stellten Sie tiefsinnige Gedanken an über einen langsam herablaufenden Tropfen Schaum an einem Bierglas, als nennten komische Heilige wie Sie das eine Philosophie, aber ich dachte, die Fragen sollte ich Ihnen stellen. Sie stand auf, lehnte sich an die Balkontür und blickte mit verschränkten Armen auf die Straße hinunter. Ich heiße Hélène, sagte sie, und ich war Schauspielerin in einem kleinen Theater, unterhalb der Place du Tertre, ein Kellertheater, eingeklemmt zwischen einem Restaurant und einer Galerie, die ebenso häufig ihre Besitzer wechselten, wie das Theater schließen mußte, weil das Geld für das nächste Stück nicht zusammenkam, ich bekam immer die komischen Rollen, und in den aus Geldmangel erzwungenen Pausen ging ich mit irgendeiner Truppe, die in der Provinz eine drittklassige Revue aufführte, auf Tournee. Ich hatte ein winziges Klappstühlchen, zusammengeklappt sah es aus wie ein Regenschirm und ausgeklappt wie ein Dreifuß, und der Sitz war kreisrund und nicht größer als die Fläche eines Tellers. Ich nahm es immer mit, denn es gab lange Wartezeiten auf diesen Reisen, wenn man in den Hotels herumsaß, bis das Gepäck in den Bus verladen war, oder bei den Proben hinter der Bühne auf den eigenen Auftritt wartete, ich schrieb auf den Knien Briefe nach Hause oder strickte Schals für meine Freunde. Ich glaube, das war mein Lieblingsstühlchen, weil es die Zeit verkörperte, als ich jung war, und weil Leute wie ich ihrer Vergangenheit nachtrauern, schloß sie, eine kleine Messingkanne aufnehmend, in der sich abgestandenes Wasser vom Tag zuvor befand, und tränkte, eine behäbige Provinzlerin, der das Tingeltangel-Leben höchstens an ihrem Hang zu Golddoublé anzusehen war, eine Reihe von Zimmerpflanzen, die in Drahtkörben an der Wand neben dem Sofa hingen. Während sie gewissenhaft die Blätter anhob und mit dem Zeigefinger der Linken fühlte, ob die Erde gut durchgefeuchtet sei, sagte Blok, in einem Anfall von morgendlichem Kater und Selbstmitleid, weit scheint es mit der Trauer nicht her zu sein, das Stühlchen hat längst ausgedient, und vermutlich wissen Sie nicht einmal, wann und wo es Ihnen abhanden kam, denn Sie sehen so aus, als ob Sie hintereinander Ihre Stühle absitzen wie die Jahre, und wenn der Zeitpunkt gekommen ist, stoßen Sie sie ab und wechseln zum nächsten; eine höchst gesunde Einstellung, sagte er und sah, daß der Hund die Augen geschlossen hatte und andächtig zu lauschen schien, während ich der bedauernswerte Gefangene in einem Kreis von Stühlen bin, von Kinder-, Kirchen-, Küchen- und Musikstühlen, den Angebinden von drei Frauen, die, nie oder selten ihrer Kindheit entkommen, ihre Tage damit verbringen, die alten Figurationen wieder durchzuspielen, das *Spiel der Familie* zu wiederholen und allen anderen die Rollen ihrer Väter, Mütter, Brüder und Schwestern überzustülpen.

Die Frau, ihren kräftigen Oberkörper über die Tischplatte lehnend, langte über den Tisch und streichelte Bloks Hand – eine Haltung, bei der Blok plötzlich ein alter Schlager einfiel, den er als Kind aus dem Plattenschrank seiner Eltern gefischt hatte, *ich hab' das Fräulein Helen baden sehn, das war schön, da kann man Waden sehn, rund und schön im Wasser stehn*, ein Lied aus den dreißiger oder vierziger Jahren, von den Comedian Harmonists, wenn er sich nicht täuschte, und es war ihm eingefallen, obwohl die Assoziierte ebenso wenig mit der vor ihm Sitzenden gemein hatte wie die entführte Helena des Paris. Weinen Sie ruhig, sagte sie, wenn Ihnen danach zumute ist, und wenn Sie ausruhen möchten, können Sie den ganzen Morgen hierbleiben. Sie stand auf, holte aus einem Eckschrank, dessen obere Halbtür knarrend aufging und dem ein Geruch entströmte, der Blok an träge, sonnenwarme Samstagmittage in einer Provinzpension erinnerte, eine Mischung aus Muff, warmen Brioches, Rum-Aroma, Guglhupf und Anisette, eine Flasche, entkorkte sie und schnitt Bloks gemurmelten Einwand, daß er ohnehin zuviel trinke, ab, indem sie ein halbes Wasserglas mit Cognac füllte und sagte, wenn Sie versuchen, ewig zu leben, werden Sie keinen Erfolg haben, und bevor Sie sterben, wird ein Glas Cognac Ihnen nicht schaden, sondern die Zunge lösen, um mir zu erzählen, wie es kam, daß Sie sich haben an die Leine legen lassen, obwohl, unter uns gesagt, ich habe sie tausendmal gehört, die beiseite gesprochenen Klagen, die Stammtischjeremiaden und Zetereien beim Abschminken nach der Aufführung, wenn den einen oder anderen das heulende Elend überkam, angesichts einer fremden Provinzstadt und des Cafés an der Mairie, das als letztes um zwölf schloß, die Geschichten der Männer, die zu Sklaven oder Pantoffelhelden ihrer Frauen wurden, Unschuldslämmer, in den Schlachthof der Ehe geführt, wenn man viel herumgekommen ist wie ich, kennt man diese Geschichten als Dutzendware, aber, und sie richtete sich neugierig vor ihm auf, bei Ihnen scheint es eine Abwechslung zu geben, denn es sind immerhin drei Frauen. Sie überhörte Bloks wiederholten Seufzer, während er glasig durch die von der Küchenwärme leicht beschlagene Balkontür auf die Regenrinne des gegenüberliegenden Hauses starrte, ein dünnes, weißes, aus mehreren Stücken zusammengesetztes Rohr, dessen Anblick ihn, verbunden mit dem Ausschnitt der düsteren Mauer dahinter, für einige Minuten gefangenzunehmen schien, bis er, auf das ungeduldige Trommeln ihrer Fingerkuppen auf die Tischplatte, schließlich hervorbrachte, daß es damit angefangen habe, daß er ihre Schatten habe aufsammeln wollen, die andere Seite ihrer Geschichte, die verlorene, über die Erde kriechende Hälfte, sich im Gehen dehnende und zusammenziehende Schlagschatten, Konterfeis ihrer Körper und Scherenschnitte ihrer Seele –

– Schatten, sagte die Frau, die offensichtlich einen anderen Anfang erwartet hatte, bückte sich, stemmte eine in der Ecke neben dem Sofa stehende offene Kiste auf den Tisch und begann, mit spitzlackierten Fingern einen wüst durcheinandergeworfenen Haufen alter Postkarten, den Inhalt der Kiste, zu ordnen. Jeden Abend dasselbe Durcheinander, sagte sie, das mir die achtlos wühlenden Hände der Käufer hinterlassen, und jeden Morgen fange ich von vorn an aufzuräumen, ich verkaufe diese Postkarten in dem Laden unten an der Ecke zur

Place Trinité, auch Trödel, Porzellantiere, silberne Salzwannen, Samthandschuhe, Zuckerzangen, Porzellantassen mit den Porträts unserer Großen, Napoleon, Henri IV., Georges Sand, auch alte Aschenbecher und dergleichen, es ist ein Geschäft mit der Nostalgie und besser, als mit fünfzig über die Dörfer zu tingeln, mit Wärmflaschen und Wolle für rheumatische Gelenke, es stört Sie doch nicht, sagte sie, Daumen und Zeigefinger ihrer Rechten anfeuchtend, ich höre Ihnen nicht weniger aufmerksam zu. Schatten, wiederholte sie, die Karten geschickt wie ein Kartenspieler stapelnd, bei diesem Wort fällt mir ein Stück ein, das wir in meiner letzten Saison im Programm hatten, ein Stück mit Couplets für Tierstimmen, *Orpheus und Eurydike im Untergrundbahnschacht*, das Paar irrte, nach einem Unfall, die Schienen entlang durch den Schacht, Orpheus war ein Gitarrenspieler aus einem Café-Concert auf dem Boulevard Rochechouart und Eurydike tastete sich geblendet und klagend im weißen Chiffonkleid die Wände entlang, in denen künstliche Tiere aus Pappmaché saßen, mit glühenden Augen und rauchenden Nüstern wie in der Geisterbahn, und das Publikum raste vor Begeisterung. Am Ausgang warteten drei Erinnyen und führten Orpheus ab, mit Handschellen und Fußketten, und Eurydike versank im kokelnden Wald ihrer Kunsttiere. Was aber, fragte sie, weiße Trennkarten zwischen die Postkarten steckend, auf denen Blok in einer verschnörkelten Schrift mit schwarzer Tinte geschriebene Aufschriften entzifferte, *Paris* stand auf der ersten, auf der nächsten *Haute-Normandie* und auf einer anderen *Bourgogne*, was aber ist mit Ihrem eigenen Schatten?

– Ich hatte einen Vater, sagte Blok, sich dem prasselnden Geräusch des Kartenbündelns und dem weichen Geruch des spanischen Cognacs hingebend, er war zart und klein, auch wenn er in seiner Jugend zu seinem Vergnügen geboxt hatte, von ihm hörte ich ab und zu das Rascheln von Papier und sah den Lichtschein, der unter der Tür hervordrang, denn solange ich denken kann, war er, wenn er zu Hause war, im Hinterzimmer verschwunden. Ich hatte eine Mutter, die war schön und auffallend, den Mund trug sie rotgeschminkt, und ihre hohen Absätze klapperten den ganzen Tag auf dem Steinboden in der Halle. Tack, tack machten die Absätze und stachen noch in der Nacht wie ein fernes Echo durch den hohlen Raum meines Schlafs. Der Vater war – *Hinten*, die Mutter war – *Vorn*. Das Vorderzimmer hatte einen Erker mit Spitzengardinen, und hier empfing sie ihre Freundinnen zum Tee. Zwischen *Hinten* und *Vorn* war – *Nichts*. War Stille zwischen geschlossenen Türen, die in die Zimmer führten. War ein weiter Flur, war ein buntes Glasfenster in der Tür zum Treppenhaus. War Leere, waren Hüte und Mäntel an den Garderobenhaken, die sich manchmal in einem Windzug regten. War gegen abend ein Ruf: Harry, kommst du zum Essen? Und eine leise Antwort: fangt schon an, ohne mich, ich komme später.

Eine dunkel polierte Tür, sagte Blok, führte ins Schlafzimmer. An der Wand stand das Bett der Eltern, und die seidene Decke schimmerte glatt und kalt wie ein weiter See. In dem Bett durfte ich schlafen, wenn die Eltern ausgingen. In der Ecke stand ein Spiegel, ich zerschlug den Spiegel, als ich aufwachte in diesem Bett und mich im Spiegel sah, allein in der dunklen Wohnung, und über dem Haus flogen Bomber. Ich riß die Vorhänge herunter, wickelte mich hinein und stopfte mir die Ohren zu. Ich kann auch heute nicht schlafen, ohne mir die Ohren mit Wachs zu verstopfen.

Als ich vierzehn war, sagte Blok, traf ich ein Mädchen in einem Café und begleitete es nach Haus. Sie rückte ein kleines Tischchen zwischen Sofa und Sessel und nahm blau-weiße Tassen aus einem großen elsässischen Schrank. Die Tür knarrte durch das Haus, es war später Mittag, und die Mutter des Mädchens schlief im oberen Stockwerk. Das Mädchen sagte, es wolle ein Porträt von mir anfertigen, eine Zeichnung, sie setzte sich in den Sessel, schenkte Tee ein und studierte aufmerksam mein Gesicht. Vor dem Fenster rauschte ein Kastanienbaum, der das Zimmer verdunkelte, und ab und zu fielen ein paar Regentropfen gegen die Scheibe. Ich wagte nicht zu fragen, wann sie mit der Zeichnung begänne, sah auch weder Zeichenpapier noch Kohle- und Bleistifte. Statt dessen sah ich fremdartige Dinge auf dem Schreibtisch vor dem Fenster – ein silbernes Tintenfaß, einen Brieföffner mit einem Löwen als Griff, silberne Vögel mit gespreizten Flügeln, eine Schnepfe mit langem Schnabel und gesenktem Kopf, einen Wiedehopf mit stolzem Kamm. Über meinem Kopf knarrten Bohlen, ich hörte Schritte, und das Mädchen wollte mich plötzlich schnell loswerden. Sie hatte angefangen, ein Lied zu singen und verhaspelte sich vor dem Ende, sie sagte, daß dies nicht ihr Zimmer sei, sondern das Zimmer ihres Vaters, und ich sagte, wenn ich aus der Schule ein gutes Zeugnis mit nach Hause brächte, höre meine Mutter nicht zu, sondern sage, was sie ohnehin vorgehabt habe zu sagen: schlag mir doch mal den Nagel da in die Wand. Dann schickte das Mädchen mich weg. Ein halbes Jahr später schickte sie mir eine Postkarte aus Siena, aber ich habe ihr nicht geantwortet. Ich habe sie nicht wiedergesehen, aber es hatte bereits angefangen. Ich wollte wissen, warum ein Mädchen im Zimmer ihres Vaters saß, warum eine Mutter schlief und unsichtbar blieb, warum eine andere im Vorderzimmer und ein Vater im Hinterzimmer wohnte, und warum in den Zwischenräumen viel Lärm und eine unendliche Stille waren. Ich beschloß, ihre Schatten zu sammeln und zu befragen, die unter dem Regime der *Person* zu Schemen geschrumpften und abgespalteten anderen Ich, dazu verdammt, ein Schattendasein zu fristen, abhängig von den Bewegungen des Körpers und Veränderungen des Lichteinfalls. Ich ging hinter ihnen her und hielt die Umrisse dieser Schatten mit Kreide auf dem Pflaster fest, ich fertigte Skizzen an ihrer Schrittweite, ihrer Ellbogenlänge, der Bewegungen ihres Halses, ich löschte ihre Vergangenheiten, ihre Gegenwarten und ihre Zukünfte, indem ich sie erhellte, Schattenvermessungen, Schattendurchleuchtungen nannte ich das, und am Ende behaupteten sie, wie halbtote Fliegen aus meinen Notizbüchern zu fallen, was mich wunderte, da ich das Gegenteil erwartet hatte.

– Sie haben es falsch angestellt, mein Lieber, sagte die Frau und blickte ihn unter schweren Augendeckeln an, Sie hätten es sich leichter machen sollen und ihnen aus der Hand lesen oder in die Karten gucken, wenn sie die Gründe erfahren wollten, warum ein Mädchen ein angefangenes Lied abbricht, ein anderes seine Abende vor dem Fernsehapparat verbringt und ein drittes mit nackten Füßen durch Pfützen watet. Sie hätten sich ein englisches Pseudonym geben und die Damen auf dem Klavier begleiten sollen – glauben Sie mir, auch wenn Sie die Töne falsch herausgebracht hätten oder vorgegeben, nicht bei Stimme zu sein, auf diese Weise hätten Sie mehr über sie erfahren. Sie hätten sie lieben sollen, oder wenigstens vorgeben, es zu tun, und ihnen die Illusion lassen können, daß Auseinandergehen oder Zusammenbleiben eine Frage von tödlichem Ernst sei und nicht gleichermaßen auf einem Mißverständnis beruhe.

Im Dach des gegenüberliegenden Hauses öffnete sich eine Luke, zwei Hände streckten sich heraus und klemmten ein gestreiftes Hemd an eine dünne, zwischen den Rahmen gespannte Leine, steif stand das Hemd, mit zwei Wäscheklammern an den Schulterecken aufgehängt, mit abgespreizten Armen in der grauen Morgenluft, ein in den Himmel gezeichnetes Schattenbild, eine starre, halbierte Körperhälfte – Blok, zu einer Antwort ansetzend, sah, daß sein *Versuch über das Leben der Schatten* verrückt war, von unauflösbarem Widerspruch geprägt, da Schatten, auch wenn sie den Arm hoben oder sich im Schultergelenk drehten, kein Leben hatten und ihre Bewegungen geliehen waren –, und der Kragen ein wenig seitwärts auf die Hemdbrust gekippt.

– Ich habe, sagte Blok, mir die Umrisse ihres Ich erwandert, ich habe die Linie abgeschritten von der Fußspitze über den Scheitel bis zur Fußspitze, ich habe jede Verästelung verfolgt, Kniekehle, Achselhöhle, Höhlung des Schlüsselbeins, wie man in Sackgassen, Nebenstraßen oder Innenhöfe einer Stadt eindringt, ich habe ihre Gewohnheiten betreten wie man am Morgen nach einer langen Reise auf den Balkon des Hotels tritt und sich umschaut, Schon-Gesehenes mit Nochnie-Gesehenem vermischend, ich saß in ihrem Bauchnabel, ihrer Nabelschau, Verkrümmung und Verknotung, dem tauben Ort, der knopfgroßen Insel, wo kein Geräusch durchzieht und keine Empfindung, und das Ich so fern ist wie Gott, ich habe es getan wie ein Reisender, ein Niemand, dem eine der Frauen den Namen Blok gab, ich habe es auf ihrer Grenze getan, da, wo weder sie noch ich waren, denn ich wollte nichts über sie wissen, sondern sie erfahren, und manchmal, gegen Morgen, hörte ich, wenn sie, *halbtote Fliegen mit schweren Flügeln zwischen den Seiten meiner Notizbücher,* unruhig den Kopf zwischen den Laken drehten, daß sie durch den Nebel ihres Schlafs ihre Stimme hörten – das ist etwas anderes als, bei Begleitung auf dem Klavier, ihre Singstimmchen zu hören, geeignet für Familienfeste oder Trauerfeiern –, ich hörte, als sei der Schatten ihres Körpers ihr Echoraum, daß sie sich selbst sprechen hörten, und ich ging auf der Grenze ihrer Stimme, ihres Schlafs und ihres Schattens, die Spur verlierend, weil eine Regenwolke sich dazwischenschob, die Spur wiederaufnehmend, wenn der Schein einer Laterne oder ein Sonnenstrahl günstig war.

– Sie könnten mich neugierig machen, sagte die Frau, den Karton mit den geordneten Karten auf den Flur tragend und in einem zweiten mit derselben Arbeit beginnend, eine kleine, halbierte Brille auf der Nase, die zuvor, an einem schwarzen Gummiband befestigt, auf ihrer Brust gebaumelt hatte, bekam sie, trotz des weichen Gesichts und des rosafarbenen Lippenstifts, etwas Näselndes, etwas von einer hinter der Kasse einer Boulangerie sitzenden Pythia – fünf Centimes heraus, bitte sehr, danke, auf Wiedersehen, zwei Baguettes, drei Croissants, die Zukunft bleibt ungewiß und vom Regen abhängig, das macht zwölf Francs sechzig, und einen schönen Tag – sie hatte selbst etwas vom Brot, von weichem, lappigem, lauwarmem Brot, fand Blok, und vielleicht sah er sie deshalb, eher als zwischen ihrem Trödel, zwischen aufgestellten Baguettestangen und rund gestapelten Quiches Lorraines; sie hatte etwas vom Brot und vom Geld, an Armen und

Händen zugehängt mit dem harten Glanz ihres Reichtum vortäuschenden Golddoublés, die Anhänger ihrer Armbänder, Münze, Kreuz und Eiffelturm, Seehund und Würfel leise beim Ordnen der Karten kreisend, *Auvergne, Limousin, Roussillon* hießen die Aufschriften, und Blok überlegte, ob sie sie auch im Bett trüge, und ob dies die Stimme sei, die sie im Schlaf hörte. Sie könnten mich neugierig machen, wiederholte die Frau, wenn Sie mich nicht traurig machten. Ihre Schattensammlung kommt mir vor wie eine Sammlung aufgespießter Insekten, ich habe noch nie Leute gemocht, die sich mit aufgereihten Insekten beschäftigen, und die Liebe sollte etwas anderes sein, als sich wechselseitig bei lebendigem Leib die Seele auszutrocknen und in einem Kästchen unter Plexiglas auszustellen, ausgebreitete Schmetterlingsflügel der Seele, Pfauenauge, Zitronen- oder Nachtfalter. Sagen Sie mir etwas über Ihre Methode: wenn Sie, wie ein Voyeur, die Schatten aufgesammelt haben wie die Leute von der Stadtreinigung die Blätter im Herbst, um einen anderen Vergleich zu benutzen, treten Sie dann vor sie hin, überreichen den Packen mit Notizblättern und sagen: sehen Sie selbst, dies ist gelblich, dies schon leicht welk an den Rändern, dies hat nur noch das Geäder des Blattgerippes, und dies ist noch saftig grün? Sagen Sie mir, warum die Leute sich nicht laufenlassen, wenn sie sich nicht lieben? Aber es ist wie es ist, und ich kenne einen Detektiv in der Rue Lepic, die meisten seiner Klienten sind verheiratete Frauen, die jedoch nicht zu ihm kommen, um ihre Ehemänner beschatten zu lassen, sondern mit dem Geld ihrer Ehemänner herausfinden wollen, ob ihre Liebhaber sie betrügen. Oder, hören Sie selbst, sagte sie, wahllos in den Kartenstapel vor sich greifend und eine Karte herausziehend. *6. Juni 1927, Paris*, las sie, *liebe Mutter, lieber Vater, Eve und ich sind wohlbehalten in Paris angekommen. Auf der Vorderseite seht Ihr das Lichterboot, mit dem wir in der ersten Nacht eine Besichtigungsfahrt unternommen haben. Wir befinden uns wohl und hoffen, daß es Euch und den Leuten in der Straße ebenso ergeht. Es freuen sich auf unser Wiedersehen und umarmen Euch Eure Kinder*

Eve und Yves. Lesen Sie diese Postkarten, sagte sie, und sie haben genug Material für Ihre Schattensammlung. Ich habe sie alle gelesen, an einem Nachmittag und Abend, während eines Wochenendes vor zwei Jahren, als ich mich ablenken wollte, mir ist übel geworden von all den lieben Grüßen, den Kosenamen und Postkartensätzen, hier ist es schön, der Himmel ist blau, wir haben Blaubeeren gepflückt, es geht uns gut, wir vermissen Euch, was macht das Baby, gestern waren wir zum ersten Mal baden, ich gebe zu, ich hätte sie nicht an einem einzigen Tag lesen sollen, aber ich habe seit diesem Tag keine einzige Postkarte mehr geschrieben, ich verkaufe sie, ich bringe sie unters Volk, das das alte Frankreich liebt und an ihre Bücherschränke oder Küchenkacheln klemmt. Schwarzweiß, manchmal koloriert, der Garten von Cluny, das Panthéon, Notre-Dame, die Conciergerie, möglichst noch aus der Zeit vor dem Ersten Weltkrieg, der friedlichen Zeit, wie sie meinen, weil sie Pferdedroschken, Gehröcke und wenig Verkehr auf den Straßen mit Frieden verwechseln. Sammeln Sie die Schattenreste dieser verblichenen Schriftzüge, denn die Schatten der Lebendigen können Sie nicht sammeln, ebensowenig wie die Dunkelheit oder die Nacht.

Sie stand auf, räumte den zweiten Karton auf den Flur und sagte, den Kühlschrank öffnend, sich bückend, ein in weißes Papier eingewickeltes Paket herausnehmend und den Inhalt, ein längliches Stück roher, glibbriger und an einigen Stellen durchlöcherter Leber, auf einem Holzbrett in feine Streifen schneidend, Sie sind mit mir heraufgekommen, weil Sie wissen wollten, ob ich glücklich sei. Die Leber strömte einen klebrigen Saft aus, so daß die kleingeschnittenen Stücke in einem blasigen Schleim lagen und die flink hantierenden, dicklichen Fingerspitzen von Madame Hélène mit den durchsichtig gelackten, ein wenig schmuddeligen Fingernägeln wateten, mit dem Messer die geschnittenen Stücke beiseite schiebend, selbstverständlich wie ein Metzger durch den seichten Sumpf der Innereien, daß sich Blok vor Ekel abwandte, sei es, daß die Müdigkeit seine Augen getrübt und eine alltägliche Küchenarbeit in etwas Visionäres und Schreckliches verwandelte, sei es, daß sie seine Empfindlichkeit geschärft hatte. Ich glaube nicht an das Glück, sagte sie, während das Sägen des gezackten Messers den Hund die Ohren spitzen ließ und wie das verzweiflungsvolle und harte Rasseln eines Um-Atem-Ringenden den Morgen durchschnitt, tatsächlich fiel es Blok zum ersten Mal auf, daß die Frau ein wenig schwer atmete, wie viele Übergewichtige, dachte er, auch war es kaum hörbar, kaum ein Schnaufen, die Kurzatmigkeit lag vielmehr in den Worten, obwohl sie langsam und, von ihrer Tätigkeit in Anspruch genommen, wie beiseite sprach, weder an das Glück, sagte sie, noch an den gesunden Menschenverstand, was mich nicht gehindert hat, zuweilen glücklich und manchmal sogar vernünftig zu sein. Vor Jahren begleitete ich eine kleine Garderobiere unseres Theaters, die das Pech hatte, einen Freund zu haben, bei dem man eine kleine Menge Rauschgift gefunden hatte, die er für einen Freund aufbewahrt hatte, ins Gefängnis in der Rue de la Santé, wo er seine Strafe absaß. Bei einem dieser Besuche machte ich die Bekanntschaft eines der Aufseher, wir verabredeten uns, und ich fing eine Liebschaft mit ihm an. Sehen Sie, sagte sie, die geschnittenen Fleischstücke in eine Schüssel schüttend, das Brett unter fließendes Wasser haltend und den Schleim abwaschend, ich verachtete, was er tat, ich verachtete, wie er darüber redete, ich verachtete, daß er sich, aus praktischen Gründen, wie er sagte, eine Wohnung ganz in der Nähe des Santé genommen hatte, das Gefängnis durchtränkte sein Leben, seinen Kopf, seine Kleider, seine Wohnung, schräg gegenüber der Mauer, in einem der dortigen Wohnblocks, mit einem Balkon, auf dem er in Blumenkästen Geranien zog, die er goß, bevor er zur Arbeit ging. Jedesmal, wenn ich dorthin ging, sagte ich mir, daß ich all das verachtete, auch als ich aufgehört hatte, danach zu fragen, was die Worte kontrollieren und überwachen für eine Bedeutung für ihn hatten. Aber wenn ich auf dem Weg zu ihm in den Boulevard du Port Royal einbog, der stadtabwärts sanft abfällt und gegen Abend ein unter den Bäumen gesättigtes Licht ausbreitet, das selbst die trostlosen Steine der Gefängnismauer weniger starr erscheinen lassen würde, überkam mich ein Gefühl der Freude, eine Freude, die so stark war, daß ich auf der Stelle hätte umkehren können, die meine Schritte verlangsamte und fast bis zum Anhalten brachte, bis ich, in einem plötzlichen Umschlag, glaubte, keine Minute mehr verlieren zu dürfen und die letzten Meter in einen Laufschritt verfiel und atemlos in den kleinen Flur eintrat, der meiner Begrüßung nicht mehr als einen handtuchgroßen Fetzen ließ.

In diesen Augenblicken war ich glücklich, sagte sie, einer faustgroßen Gemüsezwiebel die Haut abziehend, obwohl ich nicht an Glück glaube, sondern daß der Stachel tief sitzt und steckenbleibt, daß er manchmal die Wunde aufreißt, wenn wir uns zu heftig bewegen. Die wenigsten begreifen das und quälen sich damit ab, ihn herauszuziehen, sagte sie und sah, bei einem zufälligen Blick über die Schulter, daß Bloks Kopf auf den Tisch gesunken war, auf dem Glas, die seine Hand umschlossen hatte, waren noch die Abdrücke seiner Finger, und seine geschlossenen Augen berührten den Rand der Kaffeetasse. Lassen Sie mich nicht allein, murmelte er, offenbar durch die Stille, die die Unterbrechung ihrer Küchenarbeit hervorgerufen hatte, geweckt, ins Leere sprechend, denn er öffnete weder die Augen noch hob er den Kopf, schien von Müdigkeit überwältigt, von Schwere hinabgezogen. An die Tischplatte gedrückt, knüpfte er, wie ein aus dem Schlaf gerissenes Kind, an dem Faden an, den sie verlassen hatten, bevor Madame Hélène den Boulevard du Port Royal hinabgelaufen war – eine Tatsache, die er nun nie erfahren würde, obwohl es genau das war, was er sie gefragt hatte, der Schlaf hatte sich vor der Geschichte geschlossen wie die Tore in der Mauer der Santé, vor der sie sich abspielte –, ich wollte ihre Schatten aufsammeln, murmelte er, übertönt vom kullernden Kreisen, mit dem Madame Hélène zwischen Daumen und Zeigefinger ein Ei auf dem Brett sich drehen ließ, um zu prüfen, ob es roh oder gekocht sei, während sie sagte, wenn

Sie müde sind, können Sie auf dem Sofa schlafen, ich mache das Geschäft um zehn Uhr auf, und wenn Sie aufwachen und die Wohnung verlassen wollen, ziehen Sie einfach die Tür hinter sich zu, Sätze, die sich über das ruhige Zischen der Gasflamme legten, die sie angezündet hatte, um die Leber zu braten, eine Flamme, die die Situation umkehrte und dem nebligen Morgen, der Küche mit dem Schlafenden, wie gerade von der Nachtschicht nach Hause Zurückgekehrten das zufällige Element nahm und durch das einer vertrauten Gegenwart ersetzte, Sätze, die sich über Bloks aus dem Halbschlaf kommendes Gemurmel legten, er habe ihre Windpokken, das Kratzen ihrer Kinderwäsche, der Wollstrümpfe und rosafarbenen Leibchen, die Farbe ihrer Schultüte und des Schwämmchens kennenlernen wollen, das an einem Band aus dem Schulranzen baumelte. Ich wollte in ihre Schatten kriechen, lallte er, wie der Schmetterling zurück in die Larve. Mich in ihre Vergangenheiten zurückgraben, zurückschaufeln wie ein Maulwurf, in die Hohlräume zwischen ihren Sätzen, in denen die Erinnerungen vergraben sind wie in den abgelegten Anzügen ihrer Männer, die ich angezogen habe, um zu erfahren, wer sie sind, ich, ein Niemand, eine traurige Pappfigur, Ritter von der Schwarzen Gestalt, denn in mir erkennen sie, was sie einmal gesehen haben – den Sieger. Schnarrende Stimmen und knarrende Schritte; gefangen in Käfigen aus Schlaf, Verwüstung und Verrat, schreien sie lautlos bei meinem Anblick und schlagen um sich wie ein Land unter der Besetzung, ein wild flatterndes Um-sich-Schlagen wie das Flattern eines Vogelschwarms beim Krachen des ersten Schusses, sagte er, vorsichtig mit den Augen blinzelnd, denn das Hündchen stand, mit dürren, zitternden Beinen, hinter ihm, am Stoff seiner Jacke schnuppernd und seine herabgefallene Hand leckend, vielleicht aber war es auch ein im Wind gegen das Fenster schlagender Ast, der ihn aufschrekken ließ oder das plötzlich prasselnde Zischen des Fetts in der Pfanne. Kennen Sie, fragte er, sich die Augen reibend, gegen den breiten Rücken der am Herd Hantierenden, eine faltige

Wand aus Kittelstoff, jene kleinen Wachstäfelchen, die ich als Kind benutzte, zwischen Wachstafel und einer darüber in einen Papprahmen gespannten, durchsichtigen Folie befand sich ein verschiebbarer Riegel, mit dem sich das zuvor Geschriebene löschen ließ. Manchmal schien mir, wenn ich gegen Morgen Franziskas Atem im Nebenzimmer hörte oder Fannys unruhigen, wie ein Strahlenkranz von Schlangen über das Kissen gebreiteten Haarschopf sah, alles gelöscht, was ich gesammelt hatte, als hätte ich versucht, ihnen die Brust aufzureißen, ihr Herz zu entblößen und hinabzusteigen, wie man in einen Brunnen, in ein labyrinthisches Abflußsystem unter der Stadt steigt, als wäre ich beim Hinabsteigen eingeschlafen und stünde beim Erwachen vor einer gelöschten Tafel, oder einer, auf der die Zeichen des Vortags sich zu einem neuen Labyrinth verschachtelten, in das ich aufs neue hinabsteigen müßte, das Labyrinth einer geschlossenen Gesellschaft, die in fensterlosen Sälen, in Steinbrüchen des Vergessens umherirrt, die Wände abtastend nach Zeichen, die den Weg weisen, Zeichen des Wiedererkennens, so wie ich an diesem Morgen durch dieses Viertel irrte, dem Zufall einer Begegnung ausgeliefert, auf verzweigten Mäandern, die uns gleichweit vom Zentrum wie vom Ausgang forttragen, auf den Pont des Arts, auf die Rue de Belleville oder den Canal St. Martin, auf dem Weg durch die Gänge findet sich eine kleine fünfstufige Treppe, die auf ein Podest führt, fünf Stufen, die wir abwechselnd erklimmen, um unseren einsamen Monolog abzuhaspeln, und eines Tages fand ich dort ein neunzehnjähriges Mädchen, mir zugefallen bei einem Glas Portwein, nein Sherry, ich verwechsle das jedes Mal, das sie mir in die Hand drückte, während draußen ein Frühsommerregen niederging, der das Laub erfrischte.

Vom Herd war nichts zu hören als ein kratzendes Scharren, mit dem Madame Hélène in der Pfanne rührte, ein hohes, kreischendes Geräusch wie der Schrei eines Pfauen, nichts als dieses im Kreisen intensiver werdende Geräusch, bis sich plötzlich ihre Stimme erhob in einem fetzenhaften Daherreden, einem Wortgestolpere, dem halblauten Selbstgespräch alter Frauen ähnlich, mit dem sie immerzu wiederholte, fegato veneziana, Öl, Basilikum, und die Leber nicht hart werden lassen, ein halber Teelöffel Basilikum, und die Leber werde ich rosa braten, sonst wird sie hart bis heute abend, wenn wir sie essen, das Öl reicht gerade, die letzten Tropfen, und der Hund, was gebe ich dem Hund, hab ich vergessen, einige rohe Stücke für ihn übrig zu lassen, bekommt er den Rest der Frikadellen von gestern, als wollte sie mit diesem Gerede abwehren, was sie zu hören bekam, Schatten, sagte sie dann, die an den Rändern schwarz sich biegenden Fleischstücke umwendend, Schatten und ein neunzehnjähriges Mädchen, was soll das werden, abgesehen davon, daß sie Angst bekommen und weglaufen wird, oder daß er Angst bekommen und sich zurückziehen wird, oder es wird gar nicht erst angefangen, das Fragen, das Nicht-Verstehen, das Abfahren, ja, Abfahren, denn solche Dinge spielen sich immer in Wartesälen ab, zwischen zwei Zügen, man stellt sich ein paar Fragen und läuft auseinander, springt auf den nächsten Zug, so wie Louis und ich damals, Leber aßen wir, wenn auch keine venezianische, im Bahnhof von Lyon, und dann hopp, und er sprang in den Zug nach Marseille zu seiner Frau und ich in den nach Nîmes, wo wir ein Stück von Labiche aufführten, ich war allerdings schon einundzwanzig, sagte sie, drehte die Flamme ab und drehte sich um.

Einen Augenblick sah sie Blok mit dem traurigen, blutunterlaufenen Blick eines Bullterriers in einem im sich verdüsternden Morgenlicht grau gewordenen Gesicht an. Ein neunzehnjähriges Mädchen, sagte sie, haben Sie Angst? – und strich während dieser Frage mit den Händen über ihre Kittelschürze, eine unbewußte und doch nachdrückliche Geste, eine Geste der Müdigkeit, als wolle sie all die Geschichten, die eigenen und die fremden, die sie zu hören bekommen hatte, abwischen, wiederholte aber ihre Frage, als sei sie von großer Wichtigkeit, sagen Sie, haben Sie Angst? Sie ging zum Fenster, warf einen Blick auf die Straße, zum gegenüberliegenden Dachfenster, in dem das Hemd sich unmerklich drehte, nach oben, zum Himmel. Es regnet, sagte sie, das wird anhalten bis gegen Mittag, wie häufig in Paris, ein weicher Nieselregen, der gut für die Haut wäre, wenn er nicht so viel Großstadtdreck mit herunterwüsche, an solchen Tagen sehne ich mich aufs Land, wo ich Tomaten pflücken würde oder Rapunzeln, und ich wünsche mich heraus hier, aus dieser Küche, denn sehen Sie, und sie strich mit den Fingerspitzen über die Risse im Öllack an der Wand neben dem Fenster, dieser Anstrich hat Sprünge, er ist alt, sechs Jahre ist es her, daß mein Mann hier gestrichen hat, und wenn ich mir auch hundertmal sage, daß ich keine Frau bin, die darauf wartet, daß die Sterne vom Himmel fallen, wünsche ich mich doch genausooft hier heraus, so ist es, man wünscht sich etwas anderes und wünscht sich, daß alles so bleibt wie es ist, von einer Stunde zur anderen. Mein Mann ist oft wochenlang unterwegs, und wenn er zu Hause ist, liest er tagelang die Zeitung. Er erhole sich dabei, sagt er, aber wenn er zurückkommt, feiern wir unser Wiedersehen, und er sagt, nichts sichere uns mehr das Glück unserer Ehe, als so oft wie möglich getrennt zu sein. Es ist, wie es ist, ich nehme es, wie es ist, und an Tagen wie heute möchte ich aufs Land fahren, anstatt in meinem funzligen Trödelladen zu sitzen, mir Kaffee zu kochen und auf Kunden zu warten, die ein Porzellanpüppchen oder ein Glastierchen kaufen. Aber ich weiß auch, daß es am Anfang immer um die Angst geht, um den Sprung über die Angst.

Nach einer Weile, in der die Frau, eine fast viereckige, breitbeinige Gestalt am Fenster mit schlecht gefärbtem, onduliertem Haar, reglos am Fenster gewartet hatte, sagte Blok, ja, ich habe Angst. Sie sagt, daß sie niemanden liebt. Ich wünschte, sie sagte etwas anderes. Wenn jemand sagt, daß er niemanden liebt, erwartet er etwas Unmögliches, etwas Absolutes, etwas, mit dem er abstürzen muß wie Ikarus, dessen Wachsflügel schmolzen, als er der Sonne zu nahe kam. Aber es ist zu spät. Wir sind in *einem* Tunnel, Maulwürfe, sagt sie, die sich durch die Erde schaufeln, die sich blind erkennen, sagt sie, was kein Wunder ist, sage ich, schließlich gibt es da unten nichts anderes, ein blindes Erkennen, sagt sie, und sieht mich doch niemals, selbst wenn ich in den Cafés, in denen sie auf mich wartet, am Nebentisch sitze. Ja, sagte er, ich habe Angst, und die Tür war ins Schloß gefallen, als die Frau sich umdrehte.

– Du bist schon da, sagte Fernanda, sich neben Blok auf die Bank am Canal de l'Ourcq setzend, eine einsame Bank in einem unwirklichen Morgen, denn der Wind fegte über das kahle graue Ufer, auf dem ölig sich kräuselnde Pfützen zwischen den quadratischen Pflastersteinquadern standen, über die dürren, neugepflanzten Steckenbäumchen in ihren Gitterrüstungen, die in dem dünnen Nieselregen zu verschwinden schienen, aufgelöst im grauen Schleier, verwischt im Wasserspiegel des Kanals, der flach gegen die Ufer schlug, gegen die braunen Mauern der Speichergebäude, die bleigefaßte Gedächtniswanne einer verödeten Vorstadtlandschaft, die sich unter dem weiten Regenhimmel bog wie die hochgewölbten Eisenbrücken, hochgewölbt, um Platz für die Frachtkähne zu lassen, die an anderen Tagen in Richtung Stadt zogen, Brükken, deren eine, nach der Rue de Crimée benannt, Blok an Verbrechen, an das Wort *crime* erinnerte, auch wäre sie, grünspanleuchtend bei diesem Wetter und direkt ins Herz der gegenüberliegenden Uferlandschaft führend, bei Nachtbeleuchtung einem Jack the Ripper würdig gewesen. Ein Arbeiter in blauem Overall und Aktentasche stieg, von Norden kommend, die Stufen der Treppe hinauf und, am anderen Ufer im Regen verschwimmend, verschwand er im Tor eines der stehengebliebenen rußigen Speicher, so wie Fernandas Schritte sich vor wenigen Minuten in gegenläufiger Richtung genähert hatten, aus der Métrostation Stalingrad hochsteigend, in dessen Eingangshalle sich um diese frühe Stunde niemand befand außer dem gähnenden Fahrkartenverkäufer und einem Händler, der auf einem Tisch eine Pyramide von Orangen und Kiwifrüchten errichtete, auftauchend aus der muffigen Luft und dem weichen Wind, der die Türen klappern ließ und Regenschauer die Treppe hinunterblies, in Fernandas Haar, das als feuchte Haarsträhne vor ihrem Auge hing, als sie sagte, du bist schon da, keine andere Begrüßung als diese vier Worte verlierend und als Geste nur ein gleichzeitiges Wegdrehen des Kopfes in Richtung Rotonde, den Kanal hinab. Ihr Kommen bestand, was er schon kannte, aus einem Sich-Abwenden, obwohl sie bei seinem Anruf keine Sekunde gezögert und leise gesagt hatte, ich komme sofort, sobald alle hier aus dem Haus sind.

Es war kurz vor acht, als er die Wohnung von Madame Hélène verlassen hatte. Im Treppenhaus hatte er eine Weile gewartet und durch die Wand gehört, wie sie im Bad einen Kran aufdrehte und Badewasser langsam sprudelnd in die Wanne lief, er hatte ein unterbrochenes Summen gehört, ein Pfeifen, ein Klacken ihrer Pantöffelchen, und während er die fünf Stockwerke hinabstieg, war ihm wieder die Melodie der Comedian Harmonists durch den Kopf geschossen, Susanna im Bade, im fünften Stock der Rue Blanche, prüfte vielleicht mit der Fußspitze die Wärme des Wassers, den Kopf im zum Turban gedrehten rosa Tupfenschal, Rückenansicht und Variation, dachte Blok, von der Waldlandschaft in die verhängten Prachtgemächer des Orients, in die Kleinbürgerwanne zwischen Wäscheleinen und Gillette-Rasierschaum, ein Nach-Ingres in der Rue Blanche, dachte Blok, wenn auch der Rükken von Madame Hélène nicht mehr so marmorn sein mochte wie jener im Louvre, und statt der geilen Alten im Busch hatte das Hündchen, aus seinem Traum geschreckt, plötzlich gekläfft. Blok war die Straße hinabgegangen bis zu dem kleinen Garten unterhalb von Trinité, und als er Fernandas Nummer gewählt hatte, war Madame Yvonne am Apparat, die, etwas Gehetztes in der Stimme, bereits auf dem Sprung war, und in der Leitung war ein Zögern gewesen, nachdem Fernanda versprochen hatte, an den Kanal zu kommen, ein Zögern, ein Warten und der Knall der ins Schloß fallenden Wohnungstür.

Fernanda blickte noch immer schweigend und mit abgewandtem Gesicht den Kanal hinab, während am anderen Ufer der Arbeiter im blauen Overall als winzige Regenstrichfigur aus dem großen, nur einen Spalt geöffneten Speichertor wieder auftauchte, und, eine Leiter unterm Arm, nach einigen Schritten vor einer Plakatwand anhielt und anfing, große Fetzen Papiers von der Wand zu reißen. Der erste Riß spaltete einen Teil des Glases, in dem drei Eisstücke im gelblichen Pastis schwammen, ab, so daß nur ein gezacktes Glasfragment übrigblieb, halbseitig oval gebaucht, ohne Stiel, mit breitem rundem Fuß, der zweite Riß ging durch das Fenster, vor dem der Pastis auf einem Tisch abgestellt war, und den dahinter erkennbaren Nachthimmel, während plötzlich die Sonne durch die Wolken stach und die Bank, auf der sie saßen, in ein geometrisches Schattenmuster versenkte, das über den Quai gestreut war und von dem Gittertor der Fabrik stammte, die in ihrem Rücken die bebaute Straßenseite säumte. Blok begann, die Stäbe des Schattengitters zu zählen, während er nach einem Anfang suchte für das, was er Fernanda sagen wollte, nach dem er bereits auf der Rue Lafayette gesucht hatte, auf der Eisenbahnbrücke hinter der Gare du Nord, an deren über das Geländer hochgezogenem Drahtmaschenzaun Warnschilder angebracht waren mit dem gezackten Todesblitz der Hochspannungsleitungen über den Gleisen, auf der Rue Marx Dormoy, die er nach Norden eingeschlagen hatte, und auf der langen Rue Riquet, die mit niedrigen weißbröckelnden Häusern begann, mit arabischen Cafés, aus den Fenstern hängenden Bastmatten und ausgebeulten, halbausgeweideten Autos, und in Hochhaussiedlungen endete, deren raketenförmig in die Höhe schießende oder in getreppten Wasserfällen herabsteigende Architektur dem Reißbrett eines Architekten aus einem utopischen Film entstammen konnte, um so mehr, als Blok um diese frühe Stunde kaum jemandem begegnet war. Eine gigantische Architektur der Leere, eine Selbstmörderarchitektur, und an der Ecke ein kleines, stehengebliebenes Hafenbistro, rotgestrichen, eine Palme im Fenster neben der

Schiefertafel mit dem Tagesmenu, in den Wänden der Geruch des Wassers, und in der Mitte des Raums der *zinc*, gebaucht wie ein Schiff, aber weder dort noch hier war Blok das richtige Wort eingefallen, obwohl ihm im Gehen leicht zumute gewesen war, und er, den frühen Wind um den Kopf, lautlos im Rhythmus der Schritte Sätze vor sich hin gesprochen hatte, Sätze, deren einfachste Form lautete, so könne es nicht weitergehen, deren gesteigerte Form lautete, er habe sich getäuscht, in ihr, in sich, sie sollten das Experiment aufgeben, das Experiment des Geheimnisses, deren gesteigerte Form hieß, sie werde es nicht aushalten, keine Frau habe es je ausgehalten, was auch immer sie gegenteilig beteure, es ende in Tränen, und deren letzte Form, entgegen einer Fassung der endgültigen Trennung, die er beabsichtigt hatte, in den Vorschlag gemündet war, Freunde zu bleiben, Fanny und Franziska hätten ihm auf den Kopf zugesagt, was in Tarduz geschehen sei, das Geheimnis sei ein offenes Geheimnis und die Zeiten, in denen eine Liebe nicht in aller Munde gewesen sei, vorbei, ein Vorschlag, der, wie er sich mit einem Lachen eingestand, vor dessen Echo er erschrak, Fernandas Argwohn als bequemes Arrangement erscheinen mochte, bleiben wir doch alle Freunde, würde sie höhnen, eine einzige kleine Familiengesellschaft, und in ihrem Zimmer Tränen vergießen, vielleicht aber würde sie in seinen Vorschlag einwilligen, folgsam und immer noch nach seinen Spuren suchend hätte sie sich führen lassen unter das schützende Dach seines Entwurfs, einer Inselutopie, in der die *Reise nach Cythera*, Aufbruch und Abschied nach und von der Insel zugleich, nicht außerhalb, sondern innerhalb der Gesellschaft stattfand, einer kleinen Privatgesellschaft freilich, die wieder eine Insel bildete, aber statt dessen nahm er eine Zigarette aus der Hemdtasche und fragte, nachdem der Wind die Flamme seines Streichholzes mehrmals ausgeblasen hatte, ob ihr kalt sei, ob sie bereits gefrühstückt habe, ob sie ins Café gehen wolle.

Fernanda lehnte sich, mit dem Kopf seine Frage verneinend, zurück, als habe sie sich endlich entschlossen, auf der

Bank Platz zu nehmen, und sagte, als habe sie seinen imaginären Selbstgesprächen zugehört, du schlägst mir vor, daß wir uns nicht mehr sehen, nicht wahr, während sie im Übereinanderschlagen der Beine unbewußt mit der Fußspitze ein kleines Steinchen anstieß, das über den Quai rollte und auf dem vor Nässe schwärzlich glänzenden Uferstreifen liegenblieb, ein weißes Kieselsteinchen auf schwarzem Grund, und Blok dachte, daß er für immer dieses Steinchen vor Augen haben würde, wenn er an seine letzte Begegnung mit Fernanda dächte, die ihm mit ernsthafter Miene vorschlug, sich keine Gedanken zu machen, solche Sachen passierten an jeder Straßenecke, und schließlich gehörten zwei dazu, für die Verführte oder die Rolle der Galatée sei sie auch bereits zu alt gewesen, und Blok hatte, als sie schon weitersprach, das Wort *Straßenecke* im Ohr, an *jeder Straßenecke* hatte sie gesagt, und er sah sie beide im Regen an der Ecke der Rue Riquet, vor dem niedrigen Vorstadtbistro, von verschiedenen Enden der Stadt aufeinander zuhetzend, dienstags um zwei oder donnerstags um sechs, sich zu einem Betrug treffend, von dem sie dachten, daß er geheimgehalten werden müsse und nur an abgelegenen, windzerfetzten Orten wie diesem stattfinden dürfe, aber in seiner Vorstellung trug Fernanda Bluejeans und ein im Wind flatterndes Kopftuch, während in Wirklichkeit eine Fernanda in einem karierten Faltenrock und schottisch gemusterten Kniestrümpfen neben ihm saß, deren Abstammungsort in ihrer Biographie er nicht kannte. Es war das Kostüm einer höheren Tochter, einer Internatsschülerin, während sie ihm mit trockener Stimme erklärte – der Stimme, die er bereits kannte, den pragmatischen Tonfall, den sie anschlug, wenn es um Gefühle ging, es war dieselbe Stimme, mit der sie vor drei Monaten in Fannys Wohnung verkündet hatte, sie könne ebensogut mit ihm schlafen wie sie ins Kino ginge –, Gewissensbisse könne er sich sparen. Es blieb ihm nichts übrig, als ihr zu erklären, er habe keine, und für einige Minuten herrschte Schweigen. Der Regen hatte aufgehört, der Arbeiter am anderen Ufer bestrich die Plakatwand mit Leim, und die Laternen schaukelten im Wind. Ich frage mich, sagte Blok, und eine Sekunde zuvor hatte er noch nicht gewußt, daß er das Folgende sagen würde, ich frage mich, ob es dir jemals unter die Haut geht, ob es immer am Bettlaken kleben bleibt, jede Umarmung nichts als ein bißchen Schweiß oder ein Haar, das auf dem Kopfkissen zurückbleibt, vielleicht eine warme Kuhle im Bett und auf dem Nachttisch die Kippen der gerauchten Zigaretten, und bereute es gleich darauf, weil Fernanda – während das Steinchen, das zufällig an dieses Ufer gerollte und ihnen zugefallene Gedenksteinchen dieses Morgens, ihr Schweigen, ihre Pausen, ihre Sätze aufgehoben in der Abgeschlossenheit dieses weißen kantigen Würfelsteins, durch einen vorbeistreunenden Hund beiseite gestoßen, in den Kanal plumpste und versank, ohne durch seinen Fall wenigstens einen Ring im Wasser gezogen zu haben – mit plötzlich veränderter Stimme, der schlafwandlerischen Stimme ihrer nächtlichen Träume, sagte, sie habe keine Haut, deshalb könne ihr weder etwas in, unter noch auf der Haut sitzen, sie habe nur ein Loch, ein weißes Loch in ihrem Gedächtnis, dieses Loch sauge auf, was ihr zustoße, und Tage wie die in Tarduz kämen ihr deshalb vor wie schon einmal erlebt, eine Empfindung, die nichts mit den häufigen Déjà-vu-Erlebnissen zu tun habe, die jeder kenne, sondern in der Wiederholung sei ein Schrecken verborgen, er sei das Loch, das Stück, das herausgefallen sei aus ihrem Gedächtnis, das sie zu finden suche, seit sie in Paris angekommen sei, indem sie ihre eigenen, verzerrten Ich aus früheren Zeiten bewohnt habe, ohne sie jedoch immer zu erkennen. Unter vielen Namen, unter seinem Namen habe sie angefangen, das leere Blatt zu füllen und diese Figuren neu und gleich zu schreiben, während Blok die wattierte Wolle ihrer Jacke an seiner Schulter fühlte und wartete, ob sie weiterspräche oder aufstünde und wegginge.

Über den Quai näherten sich Schritte, ein durch die leichte Brise wie Steineklopfen hallendes Geräusch in klaren, leichten, rasch aufeinanderfolgenden Schlägen, in gleichmäßigem

Takt, und mit festem Schritt gingen zwei Frauen an ihnen vorüber, in den Händen große, quadratische, farbig gelackte Einkaufstüten mit dem Namenszug eines Modemagazins, die Tüten pendelten dicht über dem Boden und bildeten mit den darunter sichtbaren, ausschreitenden Füßen das Dreieck jeweils zweier sich bewegender Gewichte und eines in der Amplitude über sie hinausschwingenden Pendels, Füße und Tüte waren das vorübergehende Bild wandelnder Zeitmesser (das Gebilde gegenläufiger Bewegungen vervollkommnend, aus dem sich ihr Treffen zusammensetzte, Abschied und Wiedersehen, Zukunft und Vergangenheit), sie schritten fort in den Morgen, während Fernanda, unbeweglich auf der Bank, im Gewirr früherer Tage zurückschritt, die Füße der Frauen wie Zeiger vorrückend auf dem Uferstreifen, während die Strömung des Kanals, der hinter der Bastille in die Seine mündete, in entgegengesetzter Richtung verlief; zwei Frauen also, heftig gestikulierend, selbstbewußt miteinander redend, schritten zielbewußt an ihnen vorüber, ohne das Paar auf der Bank zu beachten, und während Blok sich fragte, wie so oft, wenn er Vorübergehende betrachtete, auf welchen Punkt ihre Schritte und ihre Aufrüstung, die wie mit dem Lineal gezogenen Rougedreiecke in ihrem Gesicht, sorgfältig gestutztes Haar und knapp sitzende Kostüme mit flachen aufgenähten Taschen, gerichtet sein mochten, sagte Fernanda, ohne ihnen mit den Blicken zu folgen, daß sie sich frage, wie immer, wenn ihr in den Straßen die Zielstrebigkeit der Leute, deren Schritt von keinem Zweifel verlangsamt, aufgehalten oder angehalten schien, so deutlich ins Auge springe wie hier, wo die Schritte dieser Frauen an diesem Morgen endeten, in ihrer Küche, in ihrem Zuhause, in ihrem fest eingerichteten, von Gewißheiten gestützten Alltag, einem Alltag, dem sie für sich den Titel *das geschlossene Netz* gegeben habe, der das Gegenteil ihres eigenen sei, dessen Netz sich nicht schließen lasse, sondern aus Offenheiten, aus eingerissenen und weiter einreißenden Löchern bestünde, was ein Vorzug sei, ein Gewinn an Freiheit, wenn nicht der Balanceakt auf dem Seil, um ein Bild zu gebrauchen, das er einmal verwendet habe, zu einem Balanceakt über einen Abgrund würde, über schwarzen Trichtern, denn die Löcher der Freiheit verwandelten sich an manchen Tagen in Krater der Ängste. Aber, sagte sie, wenn auch das Netz der andern geschlossen sei, so führten auch sie einen Balanceakt aus, einen umgekehrten, denn die ganze Anstrengung ginge darauf, das Einreißen der Löcher zu verhindern, und, wo es geschehen sei, es zu verbergen, vor allem vor sich selbst, sie brauche nur das Paar zu beobachten, bei dem sie lebe, eine Schule für Strategien der Selbsttäuschung, hier bestünden die Löcher nicht aus dem Offenen und Unbekannten, sondern aus den schönen Lügen. Eine der kleineren sei eine Miniatur der Freiheitsstatue, die auf einem Regal zwischen alten Lederbänden ihren Arm mit der Fackel nach oben recke, denn die täglichen Rituale, die Abendgebete mit den Kindern, ein hastig auf dem Rückweg aus dem Bistro eingekaufter Strauß weißer Wicken, die flüchtigen Küsse auf die Nasenspitze der Kinder am Morgen, die Nachrichten im Fernsehen, die kleinen Einladungen am Wochenende, das ewige *vite, vite*, das den Tag überschatte, verdeckten die Löcher, und säßen sie endlich spät am Abend auf dem Sofa, die Ohrclips abgelegt, die Schuhe ausgezogen und die oberen Hemdknöpfe geöffnet, so sähe man, wie sie sich aneinander festklammerten, kaum säßen sie nebeneinander, ginge das Aneinanderfesthalten schon los, als ob sie sich, durch die Hand des andern, selbst festhielten. Tatsächlich glichen sie sich wie ein Ei dem anderen, federgewichtig, spitznasig und dünnlippig, eins sich im andern spiegelnd, und wenn es spät geworden sei, erzählten sie sich, mit Sätzen wie Beschwörungsformeln, die Geschichte ihrer Anfänge, daß sie sieben Jahre in einem einzigen Zimmer gewohnt und auf einem schmalen Sofa geschlafen hätten, daß es dasselbe Sofa sei, auf dem sie jetzt säßen, nur der Bezug sei ein anderer, sie halten, sagte Fernanda, vorgebeugt und mit der Fußspitze kleine Linien und Kreise in den feuchten Sand unter der Bank zeichnend, daran fest, an jenen früheren Nächten, an der Enge, am

Wachliegen und Sich-bei-jeder-Regung-Stören, aber sie halten daran fest, als fielen sie, wenn sie es aufgäben, in einen Abgrund.

– Für die einen, sagte sie, während eine kleine Gruppe von Kindern hinter einem Mann herzockelte, der sich, in einiger Entfernung von ihrer Bank, an einem verschwiegenen und, im Gegensatz zur Ödnis des breiten Kanals und seiner Ufer, von Bäumen überschatteten, schmalen Seitenarm am Ufer niederließ und sein Angelgerät ausbreitete, im Wasser schwammen die Spiegelungen der Blätter und an Holzpflökken festgemachte Boote schaukelten im Wind auf und ab und ließen ein langsam das Klatschen der Wellen begleitendes Quietschen vernehmen, und die Kinder sprangen hin und her über die Bretter eines schmalen Holzstegs, unter dem im sumpfigen Dunst Insektenschwärme standen, sprangen von einem Ufer zum andern, über den Spalt zwischen den Brettern, über den kleinen Abgrund der Flußsenke, und Fernanda sagte, den Arm durch Bloks ziehend, gerade in dem Augenblick, als der Mann bedächtig seine Angel auswarf, für die einen ist der Abgrund ein Sofa, für den anderen eine Vergangenheit, für den dritten ein verregneter Sonntag, und die Strategien der Selbsttäuschung sind wie diese Bretter Brükken über den Abgrund, Wackelstege oder Prunkbögen mit fünfarmigen Laternenkandalabern –

– und auch ein Lachen, sagte Blok, sie aus dem breiten grauen Schal wickelnd, den sie über der Schulter trug, sich den Schal über den Kopf schlingend, seine kleine, halbschalige Lesebrille auf die Nase setzend, kann eine Brücke sein über das, was du Abgrund nennst, von Atem und Stimme in die Luft geworfen wie die Flugbahn eines Vogels, eine Luftbrücke, ein unsichtbares Seil, von einem Ufer zum anderen –

– über die Risse im Herzen, sagte Fernanda, über die vergessenen Gesichter, die zurückblieben wie in der Tiefe des Traums, über die man im Schlaf stolpert wie über Steine am Grund des Flusses, Gesichter, von denen man gedacht hat, daß man sie nur einmal fände, aber bevor man Zeit hatte, ihnen nachzugehen und sie anzusehen, schoben sich, im Gewimmel des Traums, andere dazwischen, ein Gedränge wie in der Métro oder auf der Straße am späten Nachmittag, das, was die anderen die Wirklichkeit nennen, die immer ein Gegner des Traums, der Flüsse und der Liebe ist, und man wacht schreiend auf, die verlorenen Gesichter sind im Dunkel des Zimmers anwesend wie leere Hüllen, aus denen die Bewohner entflohen sind, Hüllen, die, da sie hohl sind, die Einbruchstellen der nächtlichen Gratwanderungen des Wachens sind, Gratwanderung im Wachliegen folgt auf Flußwanderung im Schlaf, aber von hier nach dort führt keine Brücke, sondern nur labyrinthisch sich verschlingende Sackgassen –

Sackgassen, Einbahnstraßen des *man*, dachte Blok, *man*, das niemand ist, keiner und jeder, hohl wie die Hülse der Gesichter, von denen sie sprach, Hülsen wie zerbrochene Eierschalen, in denen sie sich versteckt, im *man*, im Vakuum, eine Leerstelle, trocken wie das Geräusch, das zu hören ist, wenn eine Nuß geknackt wird, Eierschale, die ausgelaufen ist, Nuß, die leer ist, Kokon, in dem die Raupe fehlt, *man*, ein Wort wie ein Loch. *Man*, ein Wort wie das Loch in ihrem Gedächtnis, der Fleck, wo weder Haut noch Narbe ist, die die Erinnerung hätten entstehen lassen, ein Wort wie *Ich in der Verkleidung* –

– erkennst du mich nicht, fragte er Fernanda, während der Arbeiter im blauen Overall auf die Leiter stieg und auf der mit Klebstoff bestrichenen Wand das erste einer Reihe von Filmplakaten entrollte, zwei Schattenrisse auf schwarzem Grund, zwei einander zugewandte Profile vor einem aus dem Schwarz sich aufhellenden Grund, die Gesichter zweier Männer, der eine im Begriff, sich eine Zigarre anzuzünden, zwischen ihnen, in roter Schrift, wie die Stufen einer Treppe, der Titel des Films, *Faux Et Usage De Faux*, erkennst du mich nicht, wiederholte er, ich bin die Hexe, deine Gesangslehrerin aus dem Palais Royal, während Fernanda mit der Fußspitze den Kreisen im Sand nachfuhr, sing etwas, etwas von Hugo Wolf, von Berlioz, von Eissler oder die Tonleiter.

Aber Fernanda, den Kopf schüttelnd, ihre Hände um die

Knie verschränkt, den Blick wieder flußabwärts gerichtet, als säße sie auf einer anderen Bank, an einem anderen Morgen, in einer anderen Jahreszeit, das Rascheln der sich im Wind kräuselnden Blätter zwischen den Füßen, einer Landschaft mit offenem Himmel und geraden Eisenpflöcken auf der weiten steinigen Uferpromenade, saß kerzengerade, eine kleine Gerade zwischen den Geraden der Laternen und Prellböcke, vielleicht in Gedanken in einem der Bühnenprospekte, die sie im Erinnerungskarton ihrer Gesangslehrerin auf alten Photos zu sehen bekam, ein Bühnenprospekt, der, im Flirren der weißen Steine und im Vorherrschen der vertikalen Linien, von Seurat beeinflußt sein könnte, einer Bank wie im Anfang eines Textes – »*Es ist diesen Gestalten eigentümlich, daß sie mir schwarz gekleidet erscheinen – vermutlich tragen sie einen Frack; ihre Gesichter sind nicht zu erkennen; es müssen sieben oder neun sein –, sie sitzen nebeneinander auf einer Bank und unterhalten sich, die Köpfe steif empor gereckt. So immer wollte ich sie auf die Bühne bringen, zu Beginn eines Stücks, als zynische Kommentatoren, welche die Motive der Handlung aufdecken.*« –, der den Titel *L'Amour Fou* trägt, als sie sagte, du weißt, daß ich nicht singen kann. Mein Gesangsunterricht im Palais Royal, das ist, hinter einer Fassade von majestätischer Stille, fauler Zauber und Bühnennostalgie. Und ein bißchen Technik. Sie müssen öffnen, öffnen, sagt sie immer, Sie dürfen die Stimme nicht nach oben abpressen, öffnen Sie, brechen Sie durch, ihr ganzer Kopf ist ein Echoraum, vergessen Sie das nicht, versuchen Sie, das hohe C zu erreichen; aber wenn sie, klein und mit dem mißtrauisch verengten Blick einer Person, die meint, daß das Leben eine Kette von Ungerechtigkeiten sei, den Ton auf dem Flügel anschlägt und auffordernd sagt, versuchen Sie das hohe C, so fällt mir der Fruchtsaft gleichen Namens ein, vitaminreich, aber nach künstlicher Süße schmeckend wie mit Antibiotika versetzte Hustensäfte, ein Klinik- und Laboratoriumsgetränk, versetzt mit dem Mythos kalifornischer Orangen, mit dem ich als Kind durch den Winter gebracht wurde, und während ich versuche, dieses gelbe, dickflüssige, säuerlich-saftige C herauszupressen aus meinem verschlossenen Echoraumkopf, das sich manchmal verwandelt in das rötlichere Gelb der Laternen, die bei Einbruch der Dämmerung in den Arkadenbögen des Palais angehen, eine Kette von Gelbtönen, halte ich mich an den Photographien fest, die dichtgedrängt in der Ecke hängen, in der der Flügel steht. Photographien von sich, von ihren Auftritten, oder besser gesagt, von einem Auftritt, und im Geheimen fürchte ich, es war der einzige ihres Lebens, denn sie trägt auf allen Bildern dasselbe, schräg über der Brust plissierte Abendkleid, das die rechte Schulter freigibt, was den Anschein des Verwachsenen unterstreicht, der auf keinem körperlichen Fehler, sondern auf ihrer Kleinwüchsigkeit und ihrer schiefen, die rechte Hüfte und Schulter ein wenig hochziehenden Haltung beruht, ein knochiges, fahl-fleischiges Schulterdreieck über dem Giftgrün des Kleides, vor dem Hintergrund des mit violettem Stoff ausgeschlagenen Saalhalbrunds hinter dem Podium, ein Saal mit der verhängten, morbiden und kirchenstille Andächtigkeit ausstrahlenden Atmosphäre eines Liederabends, Stoffrose am Gürtel und dünner Zyklamenstrich im bleich-jüngferlichen Gesicht, das sich zur Saaldecke öffnet mit *Ich weiß nicht, was soll es bedeuten* oder *Wer reitet so spät durch Nacht und Wind*, denn sie liebt das *Deutsche Lied*, und obwohl sie, über die Tasten gekrümmt, die Begleitung von *tu fedel? tu costante?* anschlägt, obwohl sie, kleiner Gnom, sich zurücklehnend und von der Musik für Minuten fortgetragen aus ihrem düster beengten, nach halbierten Baguettes und Brotkrumen riechenden Zimmern, auffordernd sagt: con brio, mehr Temperament bitte, dies ist keine lauwarme Liebesklage, sondern der Vorwurf einer Eifersüchtigen, verwandelt sich eine italienische Kantante von Händel unter ihren Händen in *Sah ein Knab' ein Röslein stehn*, als spiele sie das Blau der Albaner Berge als romantische Rheinhügel, der Liedcharakter steckt ihr in den Poren, Lindenbaum und Brunnen, auch wenn sie einen Opernfimmel hat und mir zuweilen, als krönenden Abschluß der Stunde, Arien der *Königin der Nacht* vorsingt, *Zum*

Leiden bin ich auserkoren, denn alles ließ sich so herrlich an, bevor, ja bevor das Unglück über sie hereinbrach, die Tragödie einer abgebrochenen Künstlerkarriere, und eine schreckliche Allergie sie erwischte, noch heute würgt es ihr glatt die Luft ab, und sie ringt nach Atem, wenn sie zufällig den Geruch, die feinen Puderstäubchen von Theaterschminke in die Nase bekommt. Es folgen Fachausdrücke, ein Klopfen mit einem Stöckchen an meinen Rücken und ein Drücken aufs Zwerchfell, um mir die richtige Haltung und Atemtechnik beizubringen, Namen von Leuten, mit denen sie aufgetreten sei, aber ihr Gesang und ihre Geschichten riechen nach übersäuertem Magen und dem Kampfer selbstgereinigter und gewendeter Kleider, als Zuhörer braucht sie Leute wie mich, Anfänger und Stümper, denn oft murmelt sie, sie sei von Flaschen umgeben, lauter Flaschen, und keiner tauge etwas, die Flaschen aber braucht sie, um ihre Baguetten zu zahlen und beifallklatschende Zuschauer ihrer verflossenen Auftritte zu haben, *meiner lieben Eugenia*, steht als schräg über die Ecke geschriebene Widmung auf einer der Photographien, die sie von anderen Sängern gesammelt hat, vielleicht am Seitenausgang der Oper vor oder nach der Vorstellung erpreßt, aber diese Photos sind ihre Menagerie, Springpferdchen-Othellos, Feuerreifen-Aidas, Trapez-Zerbinetten, Elefanten-Sarastros und Jongleur-Papagenos, zuweilen, wenn sie sich vergißt und meine Anwesenheit, spricht sie mit ihnen wie mit lieben Freunden, anwesenden und aus dem Rahmen, dem Gold ihrer Bühnenschminke zu ihr sprechenden Ikonen; zuweilen leuchtet ein kokettes Lächeln über ihr in solchen Momenten von nervösen Zuckungen überfallenes Gesicht, ein Hotel- und Sterbezimmer-Lächeln aus der Rue St. André-des-Arts, das bei ihrem ersten Besuch mit gelben Nelken und violetter Steppdecke ausgestattet war und Schauplatz eines seit dreißig Jahren anhaltenden Kampfes ist, der Freundschaft zu ihrem Begleiter auf dem Klavier, dem Pianisten Coco, wie sie ihn nennt, weil er so langarmig sei wie ein Äffchen, einem Mann, dem ich eines Nachmittags auf der Treppe begegnet bin, ein hagerer Typ mit den wäßrigen Augen der Küstenbewohner, mit dünnem, glatt zurückgekämmtem Haar von undefinierbarer Farbe, gelben langen Zähnen und der Hakennase eines Louis Jouvet; der, stets einen Zahnstocher zwischen den Lippen, ein kariertes Hütchen trägt und sie auf Hochzeiten, Beerdigungen und die runden Geburtstage von Bürgermeistern in der Umgebung von Paris begleitet, um die Gäste mit ihrem Gesang zu verwöhnen, in violettem Hemd und mit gelber Nelke im Knopfloch, ein Vorstadt-Dandy, wie sie ironisch und nicht ohne Stolz sagt, mit einem einzigen schwarzen Anzug für diese Auftritte, denn, seitdem sie nicht mehr in großen Konzertsälen aufträten, wie sie ihre Lage schönfärberisch umschreibt, handle er mit gebrauchten Fernsehapparaten; ein Trinker, der sich wochenlang nicht blicken ließe, um dann mitten in der Nacht bei ihr aufzutauchen und nach den in einer Henkeltasse in der Küche gesammelten Francs für eine neue Flasche zu suchen; ein Mann, der ihr das Leben zur Hölle mache, da sie sich seit dreißig Jahren von ihm trennen wolle, denn er reiße sie an den Handgelenken und sage ihr jede Woche, sie sei häßlich wie eine Vogelscheuche, dumm und ohne Stimme, aber auf dem Höhepunkt ihres ersten Streits in jenem Hotel in der Rue Saint-André-des-Arts habe er plötzlich runde Augen bekommen, die runden Augen und das elegische Lächeln eines neapolitanischen Tenors, sie hätte schwören können, daß er kirschschwarze Augen gehabt habe in jenem Moment, eine Sinnestäuschung, die sie der Leidenschaft zuschreibe, auch wisse sie nicht mehr, ob seine Hand sich nicht tatsächlich auf sein Herz gelegt habe, als er ihr erklärte, um sie ganz zu besitzen, müsse er sie verlassen, es schiene ihr so und habe auch damals nicht den Eindruck des Theatralischen erweckt, den sie, Fernanda, vielleicht beim Zuhören erhalten habe, deutlich aber könne sie sich an etwas anderes in jenem Augenblick erinnern, die gelben Nelken nämlich zitterten auf dem Nachttisch, gerade, als er *besitzen* und *verlassen* sagte, und ein in der schmalen Straße seltener Sonnenstrahl stach durch den staubigen Vorhang und blinkte im zinnenen, von Blumenornamenten umrankten Griff des wackligen Nachttischs, als er sagte, es gäbe nur eine einzige Frage, die für jeden von Bedeutung sei, ob er liebe oder nicht, aber in diesem Augenblick habe jemand die Türklinke heruntergedrückt, Vorhang, Nelken und Staub auf dem Nachttisch wären im Durchzug durcheinandergewirbelt, und das weitergesprochene Satzstück – daß die Grenze zwischen Lieben und Nichtlieben manchmal verschüttet sei wie die Grenze zwischen Wachen und Schlaf, daß dieselbe Person, deren Verlust im Schlaf unerträglich scheine, im Wachen wie ein Fremder erscheine – sei ihm im Mund steckengeblieben wie ein Stück trockenen Brots, als die Portiersfrau hereingekommen sei und ihm die Nachmittagspost ausgehändigt habe. Auch habe sich in den folgenden Jahren nichts geändert außer der gelegentlichen Wiederholung dieser Szene, sagte Fernanda, sich Blok mit hochgezogenen Augenbrauen und einer Handbewegung zuwendend, die auszudrücken schien, da siehst du, wie es ist, eine Szene, sagte sie, wie die gezielt eingesetzte Dosis eines Hintertreppen-Liebestranks, Liebe und Tod, versetzt mit Violett und Gelb, und dazwischen die Samstagnachmittagauftritte in der Vorstadt, *Ich ritzt' es einst in alle Rinden ein*, und dann die umständliche Rückfahrt in die Stadt mit dem Bus und vielleicht ein kleiner Rosé in der Rue du 4 Septembre; aber der Gedanke, sagte Fernanda, während Blok ein wenig von Fernanda abrückte, sich bückte und ein Steinchen, mit dem ihre Fußspitze gespielt hatte, *das Steinchen des Anstoßes*, wie er murmelte, aufhob und zwischen sie und sich auf die Bank legte, der Gedanke, daß es eine Grenze gibt zwischen Lieben und Nichtlieben, könnte von Fanny stammen, die sagt, die Grenze sei der verhängte Spiegel und die Liebe ein langsamer Mord, sie sagte, in einem Jazzkeller in der Rue de Lombard, daß es notwendig sei, durch den Spiegel zu gehen, auf die andere Seite, dahin, wo weder Spiegelbild noch Licht ist, sondern vollkommene Schwärze und der Atem des anderen, und dazwischen die Einsamkeit eines in die Ecke gekauerten Kindes, das in ein dunkles Badezimmer gesperrt ist, daß es notwendig sei, die Schwärze zu bewohnen und beider verlorenen Dritten in der Ecke, für eine Nacht den Spiegel zu vergessen, der andere weder Spiegel noch Echo, in dem du deine eigene Stimme hörtest, nur Atem und der leere Platz der verschwundenen Kinder-Ichs, sie sagte, sie sei mit dir durch den Spiegel gegangen, und am Tag danach sei die Grenze bereits verschüttet gewesen, wie eine ausgebleichte Grenzlinie auf alten Landkarten, und der Morgen war der verblassende Traum und der aus dem Spiegel weichende Tod, sie sagte, daß sie dich seither mit geschlossenen Augen und Ohren im Dunkeln erkenne, auch, wenn du die Anzüge von anderen trügst und deine Zeit vergeudetest mit vollgekritzelten Notizbüchern, die in einem Regal verschimmelten. Aber ich, sagte Fernanda traurig und, während mit unendlicher Langsamkeit ein Schlepper den Kanal hinauf zog, als sei sie dankbar, während des Sprechens dem ruhigen Dahinziehen des Schleppers nachblicken zu können, ein Schlepper in der Farbe von Braunkohle, ein wenig rußig, auf dem sich nichts rührte, auf der aufgespannten Leine flatterte kein einziges Wäschestück, nur die Wäscheklammern klirrten im Wind, aber ich, setzte Fernanda wieder an, als ein kleiner, gefleckter Terrier auf dem umlaufenden Rand des Kahns erschien und den vom Schlepper aufgewühlten Wellengang anbellte, ich erkenne dich nicht, solange du wir bist, Franziskas Schlaf, ihre Abwesenheit, das Weiß von Fannys Milch und das Weiß meiner Schürze, ich erkenne dich nicht, weil ich keine Antwort auf die Frage habe, wer bin ich, weil ich das Loch bin in meinem Gedächtnis und weil die möglichen Antworten mir auf einer verfärbten Photographie und in einem verstümmelten Wort erscheinen, dem zerstückelten Rest eines Worts, Franziskas Worts, das den unendlichen Anfang umreißt, ein Stück ihrer Geschichte, ein Stück ihres Wortes *Baum*. Ich bin das umgekehrte, verdrehte Schwanzstück, ich bin das Wort *Mau*, sagte sie, Bloks Handgelenk mit seiner Uhr umdrehend, deren Zifferblatt beschlagen war, mit einem feinen Schleim überzogen, der von dem Regen stammte, der in plötzlicher Windstille lautlos und glatt aus den bleiernen Wolken fiel, Regen, so fein, daß er nur als feuchte Luft zu spüren war, als der Schleier einer warmen Gischt, verschleierte Zeit in der Kreisbewegung ihrer Worte, unsichtbar sich drehende Zeit an einem aus der Woche herausfallenden Morgen, dachte Blok, an dem nur ein vorbeifahrender Schleppkahn oder über die Brücke springende Kinder Veränderungen anzeigten, und der Regen wie eine flüssige Lösung war, die das Negativ von Fernandas Erinnerungen entwickelte, denn, sagte sie stokkend, es gibt eine Photographie von mir, eine Aufnahme, von der ich nicht weiß, wann sie entstanden ist, ich fand sie durch Zufall wieder in einem der Bücher, die ich nach Paris mitgenommen habe, und mir scheint, jedesmal, wenn sie mir wieder in die Hand fällt, hat sie ihre Farbe verändert. Zuerst dachte ich, es sei ein beschleunigter Vergilbungsprozeß, hervorgerufen durch die von Abgasen verpestete Luft hier, aber nach und nach sah ich, daß der Firnis, der das Bild überzieht wie der aus den Regenwolken stammende Regenschleier deine Uhr, weniger ins Verblassende, Vergilbende spielt, sondern einen die Farben vertiefenden Stich ins Rötliche bekommt, der in mir den Gedanken an getrocknetes Blut hervorruft und die Photographie in den Splitter eines zerbrochenen Spiegels verwandelt, der mir blendend und spitz im Kopf steckt, mehr und mehr jene blassen Figuren verdrängend, Schauspieler der Erinnerung, die gegen Morgen ihren Auftritt haben und in meinem Kopf tanzen, sanfte melancholische Schemen, die mir zuwinken und dann verschwinden, ein Splitter, im Stechen und Blenden die Spur auslöschend und nach und nach wieder hervortreibend, Bruchstücke einer verödeten Ader auskratzend,

und ich sehe einen kahlen Ast vor einem Fenster, auf dem ein Streifen Schnee liegt. Der Himmel im Fenster ist grau, als das Mädchen ins Zimmer kommt. Ein Nachmittag, im Winter. Der Mann nimmt den Mantel des Mädchens und streicht ihr das Haar hinters Ohr. Laß mich raus, sagt das Mädchen, ich hab es mir anders überlegt. Der Tisch ist gedeckt, und auf den Tellern liegen gefaltete Servietten. Du kannst nicht aussteigen, sagt der Mann, es gibt Jägerschnitzel. Neben den Tellern stehen gebündelte Zahnstocher. Das Zimmer riecht nach geschmorten Champignons. Sie trinken Likör aus dünnen Gläsern. Der Mann zieht ein Photo aus der Kamera. Auf dem Photo sind die Farben verändert. Augen, Schultern und Scheitel sind schwarz. Ein freundliches Lächeln, und ein Ohr ist zu sehen, wie auf einem Paßphoto. Später nehme ich eine andere Kamera, sagt der Mann. Aber erst wollen wir essen.

Ich sehe einen kahlen Ast vor dem Fenster, auf dem ein Streifen Schnee liegt. Im Fenster ist Abend, und alle paar Sekunden leuchtet der Schnee bläulich auf. Dann zuckt der Schein der Blitzlichter über den Ast. Die Blitzlichter bewegen sich im Zimmer, rund um das Sofa, das unter dem Fenster steht. Auf dem Sofa sitzt das Mädchen. Dreh den Kopf, sagt der Mann, nach rechts, und blick auf den Boden. Jetzt den Kopf zurück und das Kinn höher. Zeig die Zähne, nicht lachen, nur ein bißchen lächeln. Das Mädchen lächelt, den Rauch einer Zigarette vor dem Gesicht. Im Mundwinkel sitzt der Geschmack von Peperoni. Auf dem Tisch, auf dem Rand der Teller liegt die ausgespuckte, verschrumpelte Haut der Peperoni. Der Mann läßt die Kamera sinken. Er sagt, in deinem Gesicht fehlt etwas. Er bricht eine Ampulle auf und zieht die Spritze auf. Die Zimmertür steht offen. Das Zimmer riecht nach Bratenfett und Deodorant, das der Mann sich in die Achselhöhlen sprüht. Von der Zimmertür bis zur Wohnungstür sind es fünf Schritte. Das Mädchen bleibt auf dem Sofa sitzen. Der Mann kommt mit der aufgezogenen Spritze näher und küßt das Mädchen aufs Ohr. Wir haben einen Spaß, sagt er.

Der Ast verschwimmt zu einer krummen Linie. Der Schnee auf dem Ast schlängelt sich in die Luft wie ein Rauchfaden in den Nachthimmel. Im Kopf des Mädchens steckt Watte, und hinter den Augen schneit ein Schleier. Das Mädchen ist im Kopf betrunken. Die Bewegungen aber geraten von selbst. Laß die Schuhe an, sagt der Mann, leg dich seitlich aufs Sofa, das Gesicht in der aufgestützten Hand. Das Mädchen streckt sich seitlich auf dem Sofa aus. Eine Feder drückt auf den Hüftknochen. Du hast einen schönen Körper, sagt der Mann. Ich könnte nackt auf dem Dachfirst spazieren, sagt das Mädchen. Die Kleider liegen auf dem Boden. Die Blitzlichter brennen warm auf der Haut.

Ich sehe einen kahlen Ast vor dem Fenster. Der Nachthimmel ist eine dunkle Folie, und der Ast sieht schwärzer aus als am Tag. Das Licht einer Straßenlaterne fällt ins Zimmer. Im Bett liegen der Mann und das Mädchen. Der Mann schläft, das Gesicht auf dem angewinkelten Arm. Auf dem Arm glühen grün die Ziffern der Uhr. Das Mädchen schiebt sich lautlos aus dem Bett. Auf dem Nachttisch liegen leere Ampullen und Spritzen mit gebrauchten Nadeln. Das Mädchen stößt gegen den Tisch. Auf dem Tisch stehen abgegessene Teller und Schüsseln mit Speiseresten, liegen ausgeglühte Blitzlichtwürfel und aufgerissene Filmverpackungen. Der Mann wacht sofort auf. Er zieht das Mädchen ins Bett zurück. Er setzt sich auf ihre Brust, den Schwanz in der Hand. Mach den Mund auf, sagt er. Der Schatten des Zweigs spaltet sein Gesicht.

Ich sehe einen kahlen Ast vor einem Fenster, auf dem ein Streifen Schnee liegt. Der Ast bricht ab, und der Schnee stäubt vor dem Fenster. Der Himmel in dem kleinen Fenster ist grau. Ein Morgen, im Winter. Ein nacktes Mädchen liegt unter dem Fenster in einer ausgelaufenen Badewanne und weint. Vor dem Spiegel steht ein Mann und rasiert sich. Der Schnee, der im Fenster rieselt, blinkt in der Klinge.

VI

Zu beiden Seiten der Straße, die nach Süden aus der Stadt herausführte, lag abgefallenes, trocken sich kräuselndes Laub im Rinnstein, das im Licht der über sie hinwegstreichenden Scheinwerfer gläsern aussah, pulverfein sich türmend zu Mumienbergen, die beim ersten Licht des Tages zu Staub zerfallen würden, und erst wenn sie wieder im Dunkeln lagen, wie Blok bei einem Blick aus dem Rückfenster sah, gewannen sie ihre alte Festigkeit wieder, nächtliche Laubwehen, die sich am nächsten Morgen, in die Abwässerbäche gekehrt, die Straße hinabwälzen würden, um in den kleinen grünen Wagen der städtischen Reinigung abtransportiert zu werden.

Mitten in der Nacht hatten sie beschlossen, nach Tarduz aufzubrechen, und hatten, den Kofferraum mit Gepäck für eine kurze Reise nach Deutschland beladen, von der Franziska und Fernanda am Abend zurückgekehrt waren, die breiten, im milchweißen Licht der Laternen verödeten und nur von einigen, zwischen Tüten und Kartons schlafenden Gestalten, die die Hauseingänge in Nomadenzelte verwandelten, belebten Boulevards von Montmartre bis Montparnasse durchquert, ein wackliger Auszug in Franziskas altem Sandkäfer aus der verschlafenen Stadt, den sie bereits unterhalb von Notre-Dame-de-Lorette hatten unterbrechen müssen, im Schatten der Säulenreihe, die der Rue de Chateaudun etwas vom Echoraum einer Theaterkulisse gab, und Franziska war ausgestiegen, um den eingeklemmten Seitenspiegel zurechtzubiegen. Blok, der sich während ihrer Abwesenheit nicht aus der Wohnung gerührt hatte, saß im Fond, die sandigen Polster umschlossen ihn wie klamme Wände, über dem aufgeklappten Aschenbecher hing der pulvrig-bittere Geruch von kalter Zigarettenasche, und vor sich hatte er die Profile von Franziska und Fernanda, die sich unterhielten, Franziska am Steuer, alle Augenblicke mit einem alten Handschuh aus Waschleder über die Windschutzscheibe wischend, die, da das Gebläse nicht richtig anlaufen wollte, immer wieder beschlug, so daß die mit Leuchtschrift umrissene Hochhauskette am Stadtrandring, auf die sie zufuhren, in dem klebrigfeuchten Niederschlag verschwand und sich statt dessen Franziskas Gesichtshälfte davorschob, wenn sie sich vorbeugte, um nach dem Handschuh zu greifen; eine Gesichtshälfte, von grünen Leuchtstreifen durchzogen wie Rillen einer Jalousie, aus der ihr Auge im Sprechen plinkte, Streifen, die von den im Dunkeln des Wageninnern leuchtenden Zeigern im Armaturenbrett stammten und mit den wie Spülmittel in allen Farben schillernden Striemen korrespondierten, die ihre wischende Hand über die Windschutzscheibe zog, während Fernanda eine Dose mit englischen Zitronenbonbons aufschraubte, die sie aus dem Handschuhfach genommen hatte, und die Bonbons, weißbestäubt unter einer Schicht von Puderzucker, in Klumpen zusammenklebend, Franziska unter die Nase hielt, eine Geste, in der sich eine auf der gemeinsamen Reise entstandene Vertrautheit ausdrückte, ebenso wie in Franziskas abwehrendem Kopfschütteln. Ein Gespräch fortsetzend, dessen Anfang Blok nicht gehört hatte, nicht hatte hören können, da er an irgendeinem zurückliegenden Punkt ihrer Reise liegen mußte, sagte Fernanda, die großen Kissen am Kopfende der beiden Betten waren als aufgeplusterte Dreiecke aufgestellt, deren eine Spitze steif nach oben zeigte. Kissen wie steife Riesenohren, in die unsere eigenen Ohren einzubetten wir Schwierigkeiten haben würden, zwei Pyramiden aus weißem Beton, spitze Eisberge, die ein Bürgerschlafzimmer in eine arktische Landschaft und ein Zu-Bett-Gehen in eine Grönlandreise verwandelten, Eisberge auf dem schneeweißen Fluß der mit Stärke gehärteten Laken, sagte Fernanda, den Bonbon in die linke Backe schiebend, ein kaum gebremstes Gurren in der Kehle, als Franziska an der Kreuzung zur Porte d'Orléans bremste. Franziska sagte, die Kissen waren nebeneinander aufgestellt wie ein behäbig gewordenes Spießbürgerehepaar, prall mit Flaum aufgefüllt, einander zum Verwechseln ähnlich geworden im Prozeß des Waschens, Stärkens und Mangelns, gab Gas und fuhr auf die Route Périphérique.

– Wir haben dir viel zu erzählen, hatte Fernanda gesagt, als sie die Wohnungstür geöffnet hatte, durch den dämmrigen Flur gelaufen war und Blok in seinem Zimmer gefunden hatte, wo er während der letzten drei Tage mit geleerten Teekannen, mit auf dem Boden herumstehenden, von bräunlichen, am inneren Rand abgelagerten Schlieren verschmutzten Tassen, mit einem Stapel ungelesen aufgeschlagener Bücher und aufgefaltet auf dem Boden herumfliegenden Zeitungsseiten provisorische Barrikaden gegen das Leben draußen errichtet hatte, zwischen denen Fernanda vorsichtig, als tanze sie einen Eiertanz, ihre Füße aufgesetzt hatte, unmerklich die Nase rümpfend über die halbgeschlossenen Fensterläden und das flüchtig zugedeckte Bett, unter dessen dünner Decke sich die zerknüllten Laken und Kissen wie Maulwurfshügel wellten; sich neben ihn hockend und über seinen drei Tage alten Bart streichend, ihn hochziehend, komm, wir haben dir viel zu erzählen, und Blok plötzlich – denn seit jenem zwischen halb ausgesprochenen Sätzen steckengebliebenen Abschied am Kanal hatte sich eine Situation wie auf Abruf zwischen ihnen eingestellt – in eine Konfiguration ziehend, die damals vorzuschlagen oder auszusprechen er nicht gewagt hatte, die sie bereits bei Fernandas erstem Besuch in Tarduz zu Anfang des Sommers durchgespielt hatten, oberflächlicher freilich und eher als Tarnung für ihrer beider Zusammensein, die sich aber jetzt durch Franziskas und Fernandas Reise vertieft hatte, die Figur eines Familiendreiecks, unterwegs zu einem Ausflug aufs Land; und wie einander vertraute Mitglieder eines

Clans auf Anspielungen und Wortspiele zurückgreifen, die nur ihnen verständlich sind, da sie auf gemeinsamen Erlebnissen beruhen, hatte Fernanda gesagt, Fluß der Laken und Kissen wie spitze Eisberge, während es im Innern des Autos wärmer wurde und die Räder über die leere Autobahn schnurrten. Wir haben dir viel zu erzählen, hatte Fernanda wiederholt, mißtrauisch die Zimmer inspizierend, die sich selbst in so kurzer Abwesenheit ihrer Bewohner hinter einem Mantel von Staub und Vermufftheit zurückgezogen hatten, mit auf den Boden gerieselten Blütenblättern alter Blumensträuße, veralteten Briefen in den Papierkörben, einem achtlos abgestreiften, über einer Stuhllehne vergessenen Unterhemd, hatte es wiederholt, nachdem sie beschlossen hatten, am selben Abend weiter nach Tarduz zu fahren, und während zu beiden Seiten der Autobahn Satellitenstädte und Industrieanlagen mit erleuchteten Rohren, Kesseln und Schornsteinen ins Leere brannten wie die Hänge verlassener Krater, aus denen die Bewohner geflohen sind, erzählten sie sich die Abenteuer ihrer Reise nach Deutschland, die, wie Fernanda Blok mit halb über die Schulter gewandtem Kopf berichtete, damit begonnen habe, daß sie in der Umgebung von Straßburg in einen Stau gerieten und Franziska, nervös das kleine Kissen in ihrem Rücken verschiebend, das sie beim Fahren brauchte, um ihre Wirbelsäule zu stützen, in der Befürchtung, nicht wie verabredet am Ziel anzukommen, einen ausgetrockneten Mund bekommen habe; eine Zunge wie Pappe, habe sie gejammert, und eine sandige Kehle wie eine vertrocknete Zisterne, über deren Boden die Eidechsen kriechen, sie habe zuerst eine ganze Flasche mit Mineralwasser, die sie vorsorglich eingesteckt hätten, ausgetrunken, danach habe sie eine Tüte mit Pflaumen, die sie während der Wartezeit am Straßenrand gekauft hätten, aufgegessen und die Kerne, was ganz gegen ihre Gewohnheit sei, aus dem Fenster gespuckt, schließlich sei sie auf die Idee verfallen, den letzten im Mund unter der Zunge zu behalten, und das habe geholfen. Sie reise jetzt nur noch mit Pflaumenkern.

– Nein, sagte Franziska, während Fernanda das Handschuhfach öffnete, im Dunkeln darin herumtastete, aus einem Stück Papiertaschentuch einen flachen, abgelutschten und vertrockneten Pflaumenkern wickelte und ihn triumphierend in die Höhe hob, die Reise habe in dem Augenblick begonnen, als sie das Gästezimmer im Haus ihres Bruders betreten hätten und am anderen Ende diese zwei Kissen erblickt hätten; Paradekissen, wie Fernanda nach einer Minute des Schweigens gesagt hätte, in der sie, an die soeben geschlossene Tür gelehnt und die sich entfernenden Schritte ihrer Schwägerin im Ohr, das Zimmer auf sich hätten wirken lassen, ein eiskaltes und gut gelüftetes Schlafzimmer, in dem auch die schweren, schmucklosen und düsteren Ehebetten, die Nachtschränkchen an den Kopfenden mit Wasserkaraffen und umgedrehten Gläsern, das grelle Licht eines fünfarmigen Deckenleuchters und der Geruch nach steifer Bettwäsche die Atmosphäre von Puritanismus und Provinz, von Sparsamkeits- und Gesundheitsdoktrin ausgeströmt habe, die, so Fernanda, gnadenlos wie immer in ihrem Urteil, offenbar noch immer die Schlafzimmer bürgerlicher Familien beherrsche oder als Relikt in den weniger benutzten Nebenzimmern überwintere, ein Eindruck, an dem auch die über dem Bett hängende Kopie einer Landschaft von Corot nichts geändert habe; Asepsis und Kunstgenuß, habe Fernanda gesagt und sich aufs Bett geworfen, während sie selbst als erstes zum Schalter gegriffen und die Deckenbeleuchtung ausgeschaltet habe, denn, sagte sie, du weißt, wie ich Deckenlampen hasse, Blok auf selbstverständliche Weise mitten im Satz ansprechend, als wäre er immer in ihren Worten anwesend, auch wenn er schweigend und unbeteiligt wie ein von den beiden Frauen aufgelesener Autostopp-Tramper auf dem Rücksitz saß; und die Kissen, sagte sie, die mit weißgehäkelter Spitzenbordüre umrandeten Paradekissen, haben wir, nachdem wir den Abend mit Hilfe von genügend Apfelschnaps überstanden hatten, aus dem Bett geschmissen, da lagen sie dann steifgebläht, allerdings nicht wie zur Parade aufgezäumte Pferde, sondern wie in gebleckten Weiß an den Boden gedrückte Wachhunde rechts und links neben den Betten.

– Als wir die Treppe herunterkamen, sagte Fernanda, bereits nach den wenigen Minuten durchgefroren, die wir gebraucht hatten, um auszupacken, erwartete uns *toute la famille*, um uns einen Aperitifwein zu kredenzen, zu süß, zu warm, wie es sich für Nicht-Trinker gehört, und gelblich schwimmend in den Reststücken ehemaliger Familiengläser; drei Töchter wie die Orgelpfeifen, Stehkragenblusen und Schleifen im Haar und sich *ganz wohlerzogen* von ihren Stühlen erhebend, als wir ins Zimmer kamen, wie sie es gelernt hatten, wie es sich gehört bei der Ankunft von Älteren: aufzustehen, zu schweigen, zu knicksen, wenn sie an der Reihe sind, begrüßt zu werden, im Zweifelsfall einer älteren Tante die Hand zu küssen, aber bei Franziska, man sah es, waren sie sich nicht sicher, ob diese Tante, die sie nicht kannten, alt genug war; in ihren Gesichtern die Orgelmusik weißgetünchter protestantischer Frühmessen, *Geh aus mein Herz und suche Freud*, in ihren Gesten die Erziehung zu einem altmodischen Stil (der eine Weise der Abgrenzung war, eine Methode der Wiederherstellung – von etwas Verlorenem, einer vergangenen Lebensform, eines Stücks Geschichte), und ich fragte mich, wie dieser erlesen-anämische Stil in der Schule auf den zeitgenössischen Stil ihrer Altersgenossen prallte; denn Protestantismus, das Wiederaufgreifen des altmodischen Stils und die nüchterne Ordnung eines im Bungalow-Stil an den Hang gebauten Hauses sind die Antwort, mit der sich Franziskas Bruder dem Chaos des mütterlichen Haushalts entzogen hat, ein freundlicher Herr mittleren Alters mit einer kreisrunden Brille um ein strenges und zugleich kindlich-erschrecktes Augenblau und dem leisen, begütigenden Predigerton alter Tanten, neben ihm seine Frau, praktisch, in flachgeschnürten Schuhen und weit von dem entfernt, was Franziskas Bruder bei Frauen als männlichen Verstand bezeichnet, die auf den unglückseligen Namen Lore hörte, was in Familien, in denen die Söhne Albrecht oder Carl Friedrich heißen –

– Fernanda, wiederholte Franziska, hat ein gnadenloses Urteil, ein Urteil wie das Messer einer kleinen Guillotine, aber als wir uns schließlich an den Tisch setzten, fragte Lore, ob es im Gästezimmer kühl genug für uns sei; und für Blok verschwammen ein von der Nacht gesponnener Kokon aus weiblichem Palaver, in Geschichten verpackten Bruchstükken von Familiengeschichte, vertraulichem Gelächter, dem Auf- und Zuschrauben der Bonbondose, und ihre im Dunkeln sich undeutlich hin und her wendenden Gesichter zu einem verzerrten Photo, das sich über die nun beschriebenen Photographien legte, die sie vor dem Essen angesehen hätten; eine geschlagene Stunde verbrachten wir mit Zeigen und Betrachten, sagte Fernanda, zuerst ging es um Gegenstände, kleine Dinge, an die sich Geschichten knüpften, ein Satz Obstmesser mit Elfenbeingriff, ein Landschaftsaquarell des Vaters, eine gravierte Zigarettendose, und während wir den süßen Wein tranken und Franziskas Bruder den einen oder anderen Gegenstand hervorholte, kam mir der plötzlich ausbrechende Wetteifer in Erinnerungen, nachdem sie sich seit Jahren nicht gesehen hatten, wie eine künstliche Überbrückung vor, ein Zurückkriechen in die Museumsstücke einer nur noch leihweise zu erneuernden Chronik, einer des anderen Alibi für diese Inszenierung wiedergefundener Anekdoten, bei denen die Kinder Zuschauer blieben, höflich und abwartend, bis sie sich, neugieriger, über die aufgeblätterten Photographien beugten, die vom Bruder sorgfältig gesammelt, nach Jahren geordnet und in Alben geklebt waren (während Franziska die zufällig in ihrem Besitz gebliebenen Photos, achtlos in Briefumschläge gesteckt und wahllos in einer Schublade durcheinandergeworfen, nur ansah, wenn sie ihr in die Hände fielen, wie bei einem ihrer Umzüge, die das Ausräumen der Schublade erforderte), eingerahmt in ledernen Schreinen einer abgetrennten Vergangenheit, deren Stücke er vorgab zusammenzuknüpfen, indem er die Personen erläuterte, die aus quadratisch vergilbten Schwarzweißbildern mit weißgezackten Rändern blickten: sein Vater, im Profil, über einen Schlitten gebeugt, auf dem er und Franziska als Fünfjährige sitzen, drei Ohren, freigelegt unter einer Pelzmütze, unter einem dünnen Zöpfchen, unter einem runden Ponyschnitt, dahinter ein verschneites Haus mit einem dreieckigen Giebel, in dem ein ovales Bullauge eingelassen ist, drei Ohren mit dünnen, angewachsenen Ohrläppchen, in einem ein winziges Loch mit einer runden Korallenperle, und Franziskas Bruder sagte, die angewachsenen Ohrläppchen wären ein Zeichen für die Unmusikalität der Familie, was nicht stimmt, denn Fanny behauptet, Franziska habe das *absolute Gehör*. Auf einem anderen Bild Franziskas Mutter mit scharfem, dunklem Gesicht unter einem großen, im Wind wehenden Hutrand, den sie festhält mit der Handfläche ihrer Rechten, in der bereits zwischen Zeige- und Mittelfinger die ewige, und in den Sommerhimmel über ihrem Kopf rauchende Zigarette steckt. Auf einem anderen Bild Franziska am Strand, in gestreiftem, schlecht sitzendem Baumwoll-Badeanzug, verlegen in die Kamera blinzelnd, eine Muschel an die Brust gedrückt; und während Fernanda über die in allen, bei einem späteren Rundgang besichtigten und keineswegs verschwenderisch eingerichteten Zimmern aufgestellten Photographien der Familienmitglieder aus verschiedenen Lebensaltern spekulierte, silbern oder mahagonigerahmt, wie dynastische Fetische oder empfindsame Reliquien, sagte sie, hörte Blok plötzlich, eingeschoben in den spöttisch plappernden Ton des Familienklatschs, einen anderen Satz, einen Satz, in dem das Klatschen der Wellen und das Rieseln des Regens am Canal de l'Ourcq stand, ich bin ein Stück ihrer Geschichte, ich bin das umgekehrte, verdrehte Schwanzstück des Wortes *Baum*. Während rechts und links die Vorstädte in Landschaft übergingen, vom Himmel sich nur durch eine dunklere Linie abgrenzende Hügel vorbeiflogen, zur Autobahn durch Mauern abgegrenzte Kirchhöfe, Landsitze, geteilte Bauernhöfe, während das kleine Auto zum Gehäuse einer im Geplapper versteckten, von Franziska und Fernanda in zwei Etappen verkörperten Geschichte wurde, in der Franziskas lautlose und in Briefen und Geburtstagspäckchen versteckte Trennung von ihrer Familie – und von dem mit Vorhängen und Portieren verhängten Haus, in dem rauchende Träumer die Erinnerungen an bessere Zeiten gären ließen wie in einem zugeschraubten Glas und versuchten, was ihnen fehlte, mit Einladungen auf englisch gedruckten Karten zu ersetzen, die sie an ihre Spiegel steckten – durch Fernandas Beschreibung erst vollzogen wurde, *ich bin ein Stück ihrer Geschichte*, einer Kette von Auszügen und Umzügen, stellte sich Blok den Widerspruch jener anderen Reise zu zweit vor, nächste Nähe in dem kleinen Gehäuse des Autos und des Geplappers und weiteste Entfernung in dem, was ausgespart blieb zwischen den Sätzen. Vor den Fenstern, verklebt, verschliert und kaum größer als an den Ecken abgerundete Ausgucklöcher, die sanft die Volants herabfallenden Hügel der Rheinebene, Herbst war es und summende Wärme in den Bauerngärten, in denen sich hinter dem Zaun kreisrunde, blutrote Dahlien, gelbe Tagetes und blauer Heinrich hochzogen, Fallobst in den Wiesen zu beiden Seiten der Straße, späte Pflaumen, aufgeplatzt, auch schon kleine gelbe Birnen, mittags Rast im *Goldenen Schlüssel* oder im *Lamm* und: sieh her, sagte die eine vielleicht zwischen zwei Bissen, meine Nägel brechen ab, und die andere erteilte Ratschläge über Kalium oder Calcium, während sie sich über die auf dem Gasthoftisch ausgebreitete Autokarte beugten und mit einem brüchigen Nagelrand die Strecke nachfuhren und für die Fortsetzung kleinere Landstraßen suchten, der Pflaumenkern für die Dauer der Pause in ein Stück Papier eingewickelt; dann kam der Abend, das Koffer-Auspacken, das Schrank-Öffnen und Kleider-auf-den-Bügel-Hängen, hinter schwarzem Wolkenrand der Mond, als Franziska die Vorhänge beiseite schob, *du weißt, wie ich Gardinen hasse*, ihre kleine Nackenrolle landete auf dem Bett, *die reist immer mit, ohne sie kann ich nicht schlafen*, und auf den Nachttisch wurde ein Döschen mit Wachskugeln gestellt, grüne Aufschrift »QUIES« auf beigem Grund, und ein Blick auf den anderen Nachttisch, auf dem, von Fernanda mitgeschleppt, ein Buch lag, *Herbst des Mittelalters*, sagte Franziska, ich las es, als ich Blok kennenlernte, und Blok sah die beiden Frauen nebeneinanderstehen, die eine in dem Buch blätternd, die Kapitelüberschriften überfliegend, Rosenroman und Stilisierung der Liebe, die andere die Spitze am Ärmel ihres Nachthemds zwischen den Fingern zerkrümelnd, und vielleicht kam ihr diese Reise, die wie ein Brutkasten war, obwohl es im Zimmer eiskalt war und sie sagte: die haben hier wohl einen Gesundheitsfimmel, ein Brutkasten der Nähe, plötzlich ungeheuerlich vor, wuchs zu einer nicht vorausgesehenen Anstrengung, in der die Wahrheit sich teilte, in die kleinen Wahrheiten, die sie mit Franziska gemeinsam hatte, die in den ausgepackten Wachskugeln, einem Paar aufgerollter Strümpfe, dem Pflaumenkern steckten, und in die andere Wahrheit, die sie mit Blok teilte und die sie in ihrem Zimmer in der Rue Caulaincourt zurückgelassen hatte (eine Spaltung, der sie nur entkommen konnte, indem sie sagte, ich bin das umgedrehte Schwanzstück, ich bin das Wort *Mau*), in dem großen Spiegel, der in der Tür ihres Schranks eingelassen war, das Bild von zwei Nackten, keuchend einander umschlingend, fast das Gleichgewicht verlierend und in den Spiegel fallend, als das Mädchen versucht, mit dem Fuß das hastig abgestreifte, auf den Boden geworfene Kleiderbündel beiseite zu schieben, plötzlich die Augen öffnend und über die Schulter des Mannes die Hautfalte in seiner Hüfte, die Linie seiner wulstigen, faunischen Rückenkrümmung im Spiegel sehend und über seiner weißen Armkugel die eigenen aufgerissenen Augen, den Speichel, der aus ihrem Mund in sein Ohr läuft, sein Haar, das ihr in den Mund hängt, als er sagt, dreh dich um, und sie sich aufs Bett fallen läßt, als er auf ihr liegt, mit den Zähnen das Metall seiner Armbanduhr und aus der Tiefe der Kissen das leere Spiegelbild streifend, Nachmittag eines Fauns und das Tapetenmuster, das den Hintergrund des Spiegels in der Schranktür ausfüllt, und am unteren Rand des Bildes, über den Bettrand hängend und mit der Spitze zu Boden zeigend sein Fuß, langgestreckt, blaß und mit geraden Zehen, anatomisches Körperstück mit Knöchel und unter der Haut hervortretenden Sehnen, das im Liebeskrampf zuckt; aber in dieser Nacht erschiene ihr die Spiegeltür wie eine Tapetentür, hinter der jener Nachmittag verschwände, wie ein Bild, das beim Zucken des Augenlids dem Bewußtsein unsichtbar wird, obwohl es noch da ist, und Franziska würde vielleicht im Dunkeln fragen, die Matratzen sind zu weich, findest du nicht, und sie würde gähnen und sich die Decke über den Kopf ziehen.

– Später gab es Linsen auf schlesisch, hörte Blok Fernanda sagen, mit der Beschreibung ihres Besuchs fortfahrend und mit verrückter Genauigkeit dem familiären Gruppenbild beim Nachtessen ihre Aufmerksamkeit widmend, das sie im selben Satz als *Stickkissen-Bild* bezeichnete; sie sagte es mit derselben Stimme, mit der sie gesagt hatte, Franziskas Geschichte ist eine der Vertreibungen, und ihre Müdigkeit, ihr Schlaf, die Fortsetzung der Vertreibung, einer Vertreibung, die keine äußere mehr ist, sondern eine aus sich selbst; sie hatte es gesagt am Ende eines Tages, an dem sie Franziska schlafend zurückgelassen hatten und in Fernandas Zimmer gegangen waren, er hatte auf ihrem schmalen Bett gesessen und zugesehen, wie sie im Zimmer auf und ab ging, gehört, wie sie das Wort *Vertreibung* aussprach, als spräche sie über den Auszug aus dem Gelobten Land; gleichzeitig, als drehe sie diesen auf die Vergangenheit gerichteten und der Zukunft den Rücken kehrenden Blick um 180 Grad um, verhielt sie sich, indem sie ein Stück von Franziskas Vertreibung wurde, wie ein Schlafwandler, den keine Zeit begrenzt, der in einen unendlichen, offenen Horizont hineingeht, unendlich wie dieser Augenblick, in dem Blok in ihrem Zimmer lag und in den Nachthimmel blickte, der schräg über ihrem Bett in dem Dachfenster über ihnen lag, dem Himmel ausgesetzt, wie sie sagte, als triebe sie auf den Wellen des Flusses dahin wie Moses in einem Weidenkörbchen. Blok begriff, daß der Eindruck der Farblosigkeit, den er bei ihrem ersten Besuch in der Rue Chaptal von ihr erhalten hatte, daher rührte, daß sie in dieser Drehung zwischen Vergangenheit und Zukunft pendelte und über die Gegenwart hinwegsprang.

Für Blok aber war Gegenwart wie diese lautlose und undurchdringliche Nacht, in der die Räder des Autos eine Spur zogen, wie jene Wachstäfelchen seiner Kindheit, von denen er Madame Hélène in der Rue Blanche erzählt hatte, auf denen alles nebeneinander und übereinander stand, Gelöschtes und frisch Geschriebenes, Linsen auf schlesisch und ein Liebesnachmittag in einem Dachzimmer, die geteilten, die halben und die unteilbaren Wahrheiten, und das Spiel des Alltags, das sie bereits in den Wochen nach ihrem kaum ausgesprochenen Abschied auf der Bank am Kanal und vor ihrer Reise mit Franziska begonnen hatten, den Versuch eines Lebens zu viert, ein Spiel der Normalität, das, ernstgemeint, die Fortsetzung der Vertreibung mit anderen Mitteln war, und unzertrennlich geworden, stellten sie ein Bild dar, ein Bild mit vier Figuren, deren Zusammensetzung unmerklich über den Tag hin wechselte, dessen Struktur aber gleichblieb. Es hatte sich sofort ein Muster ihres Alltagslebens herausgebildet, in dem sie nur die Stunden des Tages getrennt verbrachten, die notwendig waren, um zu arbeiten, und für die anderen hatte sich ein System des Zusammenseins ergeben, in dem manchmal alle vier versammelt waren, manchmal drei, manchmal zwei, in wechselnder Zusammensetzung. Die wichtigsten Knotenpunkte dieses Musters bildeten ihre Behausungen, der Straßenmarkt in der Rue Lepic, wo Franziska ihre Einkäufe machte – gerupftes, von der Decke herabhängendes Geflügel, auf Eis gelegte, schuppig-schillernde Fische und Pasteten aus der Auvergne oder dem Perigord, und dazwischen, eingebettet wie in Aspik, die Librairie-Papéterie, wo sie ihre Zeitungen kaufte und über dem Blättern in den Stapeln der schönen, bilderlosen und mit klassischen Schriftzügen versehenen Bücher der alten Pariser Verlage vergaß, daß ihre Hühnerleber zerdrückt und die Butter warm wurde –, das Café an der Ecke der Rue Ramponneau, in dem Fanny, immer auf dem Sprung, einen Kaffee trank, ihre Telephongespräche erledigte und ein Sandwich aß – ein arabisches Café, in dem der gefleckte Fliesenboden mehrmals am Tag mit Sand gereinigt wurde, ein weiter, fast leerer Raum, in dem nur die Theke zu jeder Stunde von Herumlungernden und Palavernden umlagert war wie ein Karawanenzelt in der Wüste –, und dem kleinen Square unterhalb von Sacré-Cœur, auf den Fernanda die Kinder zum Spielen ausführte – ein neuangelegter und ohne die Patina des Abgenutzten ein wenig pompöser Square, der den Reichtum der Kirche verriet, mit Wasserspielen und Säulen aus dem hellen Stein von Sacré-Cœur, dazwischen Schaukeln und Klettergerüste für die Kinder und zwischen frisch gepflanzten, noch dünnen Rosenstöcken Bänke, von denen man die Aussicht auf die meist unter einer Dunstglocke verschwimmenden Türme und Dächer von Paris hatte. Die Linien dieses Musters setzten sich aus den Strecken zusammen, die sie miteinander verbanden, zum einen aus der Métrolinie No. 2, die sie in Pigalle bestiegen und die sie, ans Tageslicht gekrochen und über die Hochbahn am Rand der ausgeweideten Straßenzüge der Goutte d'Or über Jaurès und Stalingrad rollend, bis nach Belleville führte, und zum anderen aus einer der mit ausgetretenen Stufen, altmodischen Laternen und Eisengeländer den Berg herabstolpernden Treppen, die, mit Unterbrechungen und leichten Versetzungen, von der Spitze des Berges bis zur Rue des Trois Frères hinabführten. Und am späten Vormittag, wenn Fernanda nichts im Haus zu tun hatte und die Frauen in den Wohnungen rechts und links der Treppe ihre Geranien wässerten und die im Rot der Blütenblätter funkelnde Sonne, die Wasserflecken auf der Treppe und die durch die offenstehenden Fenster nach warmem Weißbrot riechenden Küchen dem Weg die Schläfrigkeit eines Provinzmorgens verliehen, trafen sie sich am obersten Absatz, und das wimmelnde Lärmen der Gitarre klimpernden und mit Photoapparaten bewaffneten Touristen am Fuß von Sacré-Cœur hinter sich lassend, knabberte Fernanda – die an solchen Vormittagen den Eindruck eines über unbegrenzte Zeit verfügenden Taugenichts machte, den der Wind mal hierhin, mal dorthin trieb, und an diesem Morgen zufällig auf diese Treppe, ein Eindruck, der auf buchstäbliche und deshalb entgegengesetzte Weise wiederholte, was sie ihm an jenem ersten Nachmittag im Juni gesagt hatte, daß sie sich, seitdem sie in Paris angekommen sei, wie ein Staubkorn in der Luft fühle – eine noch warme Baguette an, die sie Franziska zu einem späten Frühstück mitbringen wollte. Wenn Blok ihr neugierig in die offenen Fenster der Treppenwohnungen spähendes Gesicht sah, das nichts von dem verdüsterten, hochmütigen oder schnippischen Ausdruck zeigte, den er noch vor wenigen Augenblicken gesehen hatte, als sie, sich unbeobachtet glaubend und langsam die Rue Drévet herabschlendernd, auf die Treppe, an deren oberem Absatz er wartete, zusteuerte, als wechsle sie wie ein Vexierbild zwischen den beiden Seiten eines Januskopfs hin und her, je nachdem, ob sie den Kopf nach links oder rechts drehte – in solchen Augenblicken also setzte er laut jenes stumme Gespräch fort, das er in Fannys Atelier mit ihr geführt hatte, als sie mit Fanny das Marais durchstreifte und er sie auf der Place des Vosges vermutete, ein Gespräch, oder vielmehr ein laut gesprochener Monolog, fast eine Unterweisung, über die Verwandlung der Dinge in magische Augenblicke. Weit entfernt von der melancholischen Verfassung jenes Abends, die ihn Fernanda, als seinem jüngeren Alter ego, angesichts des Lanzettengitters um das äußere Karree des Platzes eine noch durch keinen Zweifel getrübte Begeisterung hatte unterschieben lassen, von der er selbst glaubte, daß sie ihm abhanden gekommen sei, hielt er ihr nun die Gefahr des begeisterten Umherstreifens vor, die Gefahr, sich im Taumel bloßer Stimmungen zu verlieren, ohne den Dingen jenen zeitraubenden, aufmerksamen Blick zu gönnen, der erforderlich sei, während Fernanda schweigend und gedankenlos Stücke der Brotkruste abrupfte und in den Mund stopfte. Ein Ekstatiker in Permanenz ist ein Clown, sagte er, wie ein ständig Verliebter, und fügte, abwartend, wieviel Widerstand sie ihm entgegensetzen würde, hinzu, daß erst der absichtslose, von keinem Ehrgeiz und keiner Suche nach Zerstreuung gelenkte Blick ihm zu jener anonymen Existenz verholfen habe, die sie heute neben sich finde. Du behauptest, du könntest nicht singen, sagte er, während sie, am Fuß der Treppe angekommen, in eine kleine Gasse einbogen, die durch einen Tordurchgang in die Rue des Abesses mündete – eine Hinterhofgasse, in der, zwischen abgestellten Motorrädern und Mülltonnen, Kinder mit schmutzigen, aufgeschlagenen oder verkrusteten Knien Ball spielten, und das Echo ihres Geschreis und das Gekläff eines zwischen ihnen umherjagenden Spitzes schallte die engen Hauswände hoch, eng, aber keineswegs trist, sondern lebendig, als wären die Zimmer auf die Straße gehängt –, aber ich weiß nicht, sagte er, ob es wichtig ist, daß du singst, ob es wichtig ist, ob ich ein Autor mit oder ohne Text bin, denn diese Frage tritt in den Hintergrund oder löst sich auf andere Weise, wenn die Wahrnehmung der Dinge zu einer Art von Verpflichtung wird, einer selbstauferlegten Übung, die sich auch als Einübung in die Langsamkeit, als Wiedergewinnung von brachliegenden Zeiträumen und als Widerstand gegen die Geschäftigkeit des mit Zeit rechnenden Alltags versteht, der, gewalttätig nur auf Ziele ausgerichtet, die Wurzeln der Erinnerung und der Erfahrung überschwemmt und ausreißt. – Er blieb vor einem Schaufenster stehen, und während er gleichgültig die ausgestellten buntgewebten und dickwolligen Ponchos überflog, trat ihm gleichsam aus dem Schaufenster die Erinnerung an einen ähnlichen Poncho entgegen, den Fanny bei einer der wiederholt geführten ähnlichen Unterhaltungen an einem kalten Wintertag getragen hatte. Er sah ihre rotgefrorene Nasenspitze und die hilflose Geste, mit der sie ihre kalten Fingerspitzen anhauchte, sich die Hände rieb und tonlos in die Höhlung der vors Gesicht gehaltenen Hände sagte, er mache aus Frauen wie Franziska, wie ihr, wie aus jeder Frau, seinen Text, er schriebe seinen Text, seinen einzigen, wiederholten Text, den Text des Voyeurs, des Beobachters und des Zuschauers in das Bild der Frauen ein, das er von ihnen entwerfe, es sei gleichgültig, wer ihm als Folie, als

Wachstafel diene, und er könne mit jeder anderen wie mit dieser anderen, die zufällig Fanny heiße, dieselben Strecken abgehen und dieselben Gespräche führen, und dieses Gehen und dieses Sprechen Schule der Wahrnehmung nennen. – Fernanda aber, den Kopf schüttelnd und durch den Wasserbach watend, der den Rinnstein entlang die Straße hinabsprudelte, Wasserspritzer aufwirbelnd, sagte, offenbar sei sie bereits ein Clown, da sie, angesichts des offenstehenden Fensterflügels dort drüben in dem weißgestrichenen Haus am Platz oder der rund um die Säule neben dem Métroeingang geklebten Kinoplakate weder Schauer der Ergriffenheit empfinde noch sich nach Weihrauch riechenden Übungen in Andacht und Demut vor den Dingen unterziehen könne, sondern nur ein törichtes Lächeln und ein Händeklatschen zustande bringe. Ihrer Begeisterung sei es gleichgültig, ob es sich um dieses in wildem Tempo auf Rollschuhen rund um den Platz rasende Kind handle, um den Rost, der sich langsam durch den abblätternden Lack am Treppengeländer durchfresse, den sie noch vor wenigen Minuten unter der Hand gespürt habe, um die Taubenfeder, die auf dem Pflaster liege, um das Moos, das sich zwischen den Steinen dort unter den Bänken angesetzt habe, oder die sentimentalen Chansons, die ein alter Mann in der Nebenstraße auf seinem Akkordeon spiele, Begeisterung lasse sich nicht in eine Schule des Sehens, eine Strategie, einen Entwurf verwandeln, sie brauche keine Rechtfertigung, die sie in Arbeit oder Pflicht umdeute, und hatte ihn fortgezogen in das Bistro an der gegenüberliegenden Ecke der Place des Abesses, um einen schwarzen Espresso zu trinken.

– Ein Tisch mit sieben Personen, sagte Fernanda, in einem kleinen, fast quadratischen Eßzimmer, das wie ein Büro wirkte, kalkweiß gestrichene Wände, Stahlrohrsessel mit breiten Lederbändern als Sitzfläche. Durch die breite Fensterfront schimmerten, vom ersten Herbststurm aufgewühlt und grün angestrahlt, die chlorigen Wellenkämme eines hinter dem Haus angelegten Swimmingpools, und auf dem Glastisch stand der dampfende Anachronismus, umrahmt von

Kindergesichtern und Hälsen in weißen Stehkragen, das Gedächtnis- und Begrüßungsessen, Linsen auf schlesisch, mit Essig, Möhren und Entenklein, und das Auto rollte, von der Autobahn abgefahren, über eine Landstraße am nördlichen Rand von Burgund durch längst abgeerntete Kornfelder; die sich in die Dunkelheit dehnenden Stoppelfelder und das Wort *schlesisch* ließen das Auto durch eine imaginäre Landschaft fahren, in der sich dieser kahle und einförmige Teil Burgunds mit den von kontinentalen Sommern ausgedörrten Landstrichen von Franziskas nur wie ein Streifen am Horizont in ihrem Gedächtnis noch vorhandenen Kindheitslandschaft vermengten, die nur in wenigen Photographien und Erinnerungssprengseln – die Pelzmütze des Vaters, eine Schlittenfahrt, eine Winterlandschaft – in ihre zweite, ihre Flüchtlingskindheit hineinragte, genährt von den Erzählungen der Älteren und, wie Franziska sagte, als sie über ein kleines Flüßchen fuhren und das Auspuffrohr holpernd den ausgefahrenen Pflasterstein des Brückenbogens streifte, Gerichten wie diesen, die als Trostessen für schlechte Tage galten, gekocht von der weit besser im Erfinden von Erinnerungsgeschichten als in der Handhabung der Kochtöpfe begabten Mutter, zum Trost für schlechte Noten, beginnende Krankheiten, verlorene Bälle oder zerbrechende Freundschaften. Keiner von uns ist jemals nach Schlesien gefahren, sagte Franziska, es existierte in unseren Köpfen wie die Landschaften aus unseren Puzzlespielen, es existierte in den bunt bemalten, von zurückgebliebenen Verwandten zu Weihnachten geschickten Holzpferdchen und Karussells, deren Dach wie die Flügel einer Windmühle gebaut war, die sich zu drehen begannen, sobald die Flammen der rund um den Rand des Karussells gesteckten Kerzen genügend Wärme ausströmten, es existierte in den aus Schuhkartons ausgepackten, auf der langen Reise hart gewordenen Pfefferkuchen, die in der vollgestopften Küche mit dem ovalen Bullaugenfenster auf dem Tisch lagen, und nun also, fiel Fernanda ein, gab es die Wiederauferstehung einer zweifach gebrochenen Erinnerung aus der Suppenterrine, die Kinder öffneten die Münder als sängen sie im Kirchenchor am Sonntag, *gleichwie der Regen vom Himmel fällt*, und ich dachte, man müsse ein gemeinsames Gericht haben mit jemandem aus früheren Zeiten, eine kleine sentimentale Gedächtnisorgel aus Linsen und Entenherzen –

– als Kind, sagte Franziska, schob er die Entenstücke an den Rand seines Tellers, er mochte sie nicht, und wenn er sich unbeobachtet glaubte, schüttete er sie zurück in die Schüssel, an anderen Tagen behielt er sie, unfähig, sie herunterzuschlukken, in die Backen gestopft und spuckte plötzlich zu unser aller Verwunderung nach Stunden einen zu farblosem Brei zerkauten Klumpen auf den Tisch. Aber ich fand in den sparsamen Gesten, mit denen er den Löffel zum Mund führte, ohne jenen Restekranz zu hinterlassen, der wie ein schwärzlicher Gedächtnisrand für das, was in den Linsen in der Mitte des Tellers unvollkommen aufgehoben war, den Teller umzog, in den Gesten, die so gerade abgeschnitten waren wie seine Kleider an Hand- und Fußgelenken, in dem hageren, zugefalteten Gesicht hinter der Brille und in der leisen höflichen Stimme nicht mehr jene stumme und pausbäckige Verweigerung, sondern die Haltung eines sich hinter liebenswürdiger Strenge verbergenden, pubertär gebliebenen, vor alten Tanten dienernden Konfirmanden, und er erzählte mir, bei der Karamelcreme angekommen, die ebenfalls ein Relikt unserer Kindertage –

– sie kam, sagte Fernanda, in Portionen abgefüllt, in runden Töpfchen, deren Rand wie Jakobsmuscheln gerillt war, auf den Tisch, aufgetragen von der Frau, gehorsamen Dienerin einer ihr aufgepfropften Familientradition, und die obere, bernsteinbraune Karamelschicht war gefroren und splitterte wie eine dünne Eisschicht auf einem gelben Vanillesee, als wir mit dem Löffel hineinfuhren, und noch immer, so hörte ich, pflegt man in diesem Haus Nachspeisen mit Löffeln von der Größe kleiner Suppenlöffel zu essen; und während Fernanda mit Franziska eine eingehende Beschreibung dieser Löffel vornahm, die vom Generationen währenden Gebrauch so abgegriffen waren, daß die Wappengravur im spatenförmigen Griff verblichen war und Stil und Löffeloval weich und biegsam wie Draht geworden waren, dachte Blok an ihr triumphierendes Diktum, nie mehr eine Küche. Für mich wird's nur Nescafé zu Hause geben, hatte sie gesagt, ein Hot dog an der Ecke und aufgewärmte Quiches, eine Behauptung, die im Widerspruch zu ihrer Teilnahme an einer solchen Tafelrunde stand und zu der genauen Beschreibung, die dem Gesehenen freiwillig eine Bedeutung zurückgab, der Franziska bis jetzt mit Verpackungsritualen, Briefen und Geschenken unfreiwillig gefolgt war, der Gewohnheit verhaftet und träge gegenüber jeder Art von Veränderung, auch wenn sie zu ihrem Vorteil wäre, und Fernanda kroch, auch wenn sie sagte, daß Linsen, Karamelcreme, Restbestände von Silberlöffeln und Berliner Porzellan nur aufwendige Vertuschungsmanöver gewesen wären, weil sie gewußt hätten, daß sie sich nichts zu sagen hätten, gleichsam von rückwärts, als sei die Abwehr ein Motor, in eine zerstreute und von einzelnen Mitgliedern wie Franziskas Bruder wieder zusammengestückelte und hochgehaltene Tradition, was sie nicht hindern würde, ihm an einem anderen Tag zu erklären, daß sie ohne Geschichte sei. Ihre Geschichte sei nicht abgeschnitten und im Schlaf untergetaucht wie Franziskas, sondern nie vorhanden gewesen, sie sei, wie Athene, Zeus aus dem Kopf gesprungen, einer Pappel aus dem Stamm gewachsen, sie sei Ursprung ohne Vergangenheit, Natur, die anstelle der Geschichte gesetzt sei, die Linie ausgewechselt gegen Kreislauf und Labyrinth, und, nach einer kleinen Pause, als setze sie zum Sprung an, ohne zu überlegen, ob sie ihm damit einen Schlüssel liefere, ihre Kindergeschichte sei ausgebrannt wie eine Narbe mit einer Streichholzflamme; während Franziska, wieder bei der Karamelcreme und der sie begleitenden Konversation ansetzend, sagte, längst vergessene Namen wären auf sie herabgeprasselt, und sie habe bei ihrer Aufzählung das schlechte Gewissen einer Schülerin vor einem Lehrer gehabt, dem sie auf seine Fragen die Antwort schuldig bleiben müsse,

Namen von überallhin versprengten Tanten und Onkeln, Cousinen und Kindeskindern, zu denen er Kontakt halte und in Briefwechsel stünde – (und Blok stellte sich, in einer Umkehrung der Rollen, die knochigen, asketischen und weichgewaschenen Hände dieses Bruders vor, die Schleifen um Pakete schnürten und Gratulationskarten schrieben) –, auch seine Kinder halte er dazu an, und während ein Streicheln über den Kopf der neben ihm sitzenden Tochter erfolgte und ein aufmunterndes: nicht wahr, Nina?, sei ihr beim Anblick des gescheitelten, stumm und eifrig nickenden Kinderkopfes, das Maschengewebe solchermaßen neuverknoteter *Familienbande* für ein Kind wie ein Spinnennetz vorgekommen, in dem es zappelte mit monatlichen Briefaufgaben, mit regelmäßigen Besuchen und auswendig gelernten Festtagsgedichten – (und Blok fiel das Bild des *geschlossenen Netzes* ein, das Fernanda auf der Bank am Canal de l'Ourcq gebraucht hatte, das Sicherheitsnetz und Gerüst des Alltags war) –, aber schließlich, nachdem vor einem weiteren aufmunternden: nicht wahr, Ninalein?, die Aufforderung erfolgt sei, nach dem Essen etwas auf dem Cembalo vorzuspielen und das Kind, wie ein dressiertes Zirkuspferdchen, die Fingerspitzen in vorübender Spielhaltung auf der Tischkante bewegt habe, sei das Stichwort gefallen; du erinnerst dich, fragte sie, Blok unter ihren in die Augenbrauen hängenden Haarzotteln einen ironischen Blick über die Schulter zuwerfend, an den regnerischen Tag im Juni, an dem Fernanda zum ersten Mal zu uns kam, an dem ich an der Tür zu dir sagte, das Stichwort des Tages heißt: Sofa?

– Ja, sagte Blok, ich erinnere mich. Denn das Sofa war, nach fünfzehn Jahren, Teil einer unter den Geschwistern aufzuteilenden Hinterlassenschaft einer um eine Generation älteren Cousine, die der Grund für Franziskas Reise gewesen war; und als Franziska und Fernanda bei ihrer Rückkehr ein Sammelsurium in Decken gehüllter Gegenstände die Treppen heraufgeschleppt hatten und in der Mitte des zum Hof gelegenen Zimmers, unter dessen Fenster das Sofa stand, abgesetzt hatten, ein verstaubter, nach Stroh und Möbellager riechender Trödelhaufen, dem sich fortsetzenden Umzugsmotiv von Franziska eine neue, mit Streifen von Ölschmiere, die auf den umhüllenden Decken zu sehen waren, versetzte Variation hinzufügend, hatten sie wahllos einige der Gegenstände herausgegriffen, ausgepackt und im Zimmer verstreut, einen Barocksessel mit geflochtener Sitzfläche, die in der Mitte geborsten war, so daß die durchgescheuerten Stränge des Flechtwerks – von Blok nachträglich unter dem Stichwort *Loch im Netz* festgehalten – unübersehbar steif in die Luft ragten, und nur einem pietätvollen Auge war es möglich, den leisen Skandal dieses Erbstücks auszublenden und den Verdacht, daß Franziska mit ausgesonderten, reparaturbedürftigen Reststücken aus der Bodenkammer der Tante abgespeist worden war, und statt dessen, wie es die beiden Frauen taten, den ästhetischen und den Gefühlswert hervorzuheben, indem sie sich über die Schönheit des Holzes und die Linien des Schnitzwerks begeistert äußerten und über das Loch im Sitz stillschweigend ein flaches Kissen legten. Etwas später allerdings, als sie sich in den Sessel setzte, um ihn auszuprobieren, und feststellte, daß der Leim in den Fugen zwischen Sitz und Rückenlehne so ausgetrocknet war, daß die Rückenlehne bei heftigerer Bewegung nach hinten zu kippen drohte, sagte Franziska, offenbar betreibe man in ihrer Familie noch immer den Kult des zerschlissenen Schönen, um nicht, durch den Besitz von Dingen, die entweder wertvoll oder tatsächlich zu dem ihnen zugedachten Zweck zu gebrauchen wären, in den Verdacht zu geraten, mit Gegenständen zu protzen wie ein Neureicher und damit schlechten Geschmack zu verraten. Darauf enthüllten sich nacheinander aus den Decken: ein rechteckiger Mahagonikasten, in dessen mit blauem Samt ausgeschlagenem Innern sich, nachdem der passende Schlüssel umständlich in verschiedenen Taschen von Franziskas Jacke und den Seitenfächern ihrer Handtasche gesucht, gefunden und der Deckel unter kleinen gurrenden Kehllauten von Fernanda aufgeklappt war, aufgereiht sechs Fischmesser und

Gabeln fanden, deren vergilbte Elfenbeingriffe in schmalen Fächern steckten; ein Ölgemälde, von dem es hieß, es komme aus der Schule Poussins, das jedoch so nachgedunkelt war, daß man nur mit Mühe einen sich auf einem Hügel erhebenden, von rötlichem Abendlicht beschienenen römischen Tempel erkennen konnte, dem seitlich eine Grotte mit Wasserfall vorgelagert war, der als ein einstmals eisblauer Streifen aus dem gewölkten Grün der Hügelwand und -ausläufer bedekkenden Laubkronen hervorstach; schließlich ein hoher, kastenförmiger Koffer mit abgestoßenen Lederecken, dessen Körper aus einer Art mit einer Lackschicht überzogener Hartpappe bestand, wie sie nicht mehr hergestellt wurden, der bis obenhin mit Servietten gefüllt war, hundertvierundvierzig Servietten, wie Franziska zählte, glatt und mit Hohlsaum, glänzend und mit gewebten Seerosen, oder mit kleinen, rot- oder weißgestickten Wappen in einer Ecke, und als Franziska, über dem offenen Koffer kniend, einen der mit hellblauen, weißen oder rosafarbenen Bändern zu je zwölf gebündelten Packen nach dem anderen herauszog und gemurmelt hatte, als erstes müsse sie versuchen, die Stockflecken zu entfernen, plötzlich den Kopf gehoben und ausgerufen hatte, endlich haben wir genug Servietten, und den Kopf wieder gesenkt und sich in ihre Zähl- und Begutachtungsarbeit versenkt hatte, hatte Blok die Frage verschluckt: genug Servietten, aber – für wen? Und verzweifelt gedacht, wir werden ertrinken in diesem weißen Schlaraffenberg aus Damast und Leinen, in diesem plötzlichen Strom von Dingen, die wie der verlängerte Arm ihrer Familie sind, nachdem sie immer das Gegenteil getan hat und zu Zeiten, wenn das Geld knapp war, ohne Anzeichen des Bedauerns die wenigen Gegenstände, die sie besaß, verkauft hat, ein Ohrgehänge, eine Taschenuhr, ein Sèvres-Porzellan mit Bildern von Pariser Plätzen, nachdem ich von Anfang an eine Frau hatte, die aus dem Schlaf kam, deren Hintergrund, wie die verwischten Konturen eines Traumbilds, schemenhaft blieb – als Franziska den Deckel des Koffers zugeklappt und vorgeschlagen hatte, das Gepäck im Auto zu lassen und noch in der Nacht nach Tarduz zu fahren.

Eine Frau, die aus dem Nichts kam, dachte Blok, als Franziska die Geschwindigkeit verringerte, langsam aus der Straße ausscherte und das Auto auf dem Randstreifen ausrollen ließ. Der feuchte Kies knirschte unter dem Gewicht der Räder, nasse, eingedrückte Sandrinnen dämpften das Geräusch der gegen den Boden des Autos knallenden Steinchen, und der Wagen hielt am Rand eines Abhangs, auf halber Höhe eines Hügels, über den die im Zickzack gewundene Straße führte, unbeleuchtet und nur von Katzenaugen markiert, während im Tal verschwommen einige Lichter aus dem langgezogenen Dorf blinkten, das sie gerade durchquert hatten, und Blok plötzlich im Lichtkegel der Scheinwerfer einen Marder sah, der geduckt aus dem Dunkel der Straße über den Kiesstreifen huschte und den Abhang hinab zum Ufer des Flüßchens kroch, an dem sich in der Dunkelheit offene, auf Holzpfeilern ruhende Lagerschuppen eines Sägewerks erhoben, und in der raschelnden Linie der hohen Gräserspitzen die Spur des Marders verfolgend, hörte Blok im leeren Tank, wie im hohlen, das Echo verstärkenden Schiffsbauch viele Fuß unter dem Meeresspiegel, ein blechernes Gluckern. Er sah Franziska neben dem Auto stehen, in der einen Hand die Verschlußkappe des Benzintanks, in der anderen den Reservekanister, eine Frau, die aus dem Nichts kam, dachte Blok, aus einer zusammengestückelten Geschichte, deren Anfänge sie, einem mitten im Satz einsetzenden, ihn unterbrechenden und zurückdrehenden *da capo* gleich, immer wieder verlegte, in ihre Schulzeit, ihre Kinderzeit, ihre erste Zeit in Paris, unermüdlich im Erfinden neuer Ansätze, und jeder Ansatz war wie ein plötzliches Auftauchen, das Erscheinen einer Figur in wechselnden Altersstufen vor einem leeren, in undurchdringliches Grau gehaltenen Hintergrund, und wie Fernanda, die in den Franziska imitierenden Anverwandlungen und Metamorphosen zwischen dem Aufdecken und Verdecken ihrer eigenen Geschichte schwankte, hatte er versucht, das Rätsel, das im Wechselspiel zwischen Hintergrund und Figur lag, zu lösen und den Knotenpunkt ihrer gemeinsamen Anfänge zu finden. Deren einer lag in der Scheune im Wald von Auxerre, einem ins schweigende Verfließen der Tage eingesponnenen Anfang, in die langen Sandwege unter den Buchen, in die Treppenstufen vor der Küche, auf denen die Milchschale für eine streunende Katze aus dem Dorf stand, und in das samstägliche Spiel der Gemeindeschwester auf der Heimorgel, das, je nachdem, wie der Wind stand, aus dem Dorf zu ihnen herüberwehte, das sie halb lachend die *Stunde der Anhörung* nannten – eine Bezeichnung, die sich sowohl auf die lobpreisende, an ein unsichtbares Ohr gerichtete Emphase der Laienspielerin bezog als auf die eigene Geduld gegenüber dem Gehörten –, das sie Rücken an Rücken hörten, Blok am Tisch vor dem Eckfenster, das wuchernde Unkraut im ausgetrockneten Wassergraben vor Augen, Franziska, ohne einen Laut von sich zu geben, im Sessel in einer anderen Ecke. Bis nach Stunden die eiserne Zange, mit der sie die brennenden Holzscheite im Kamin wendete oder in anderer Ordnung aneinanderrückte, damit das Feuer besser zog, plötzlich auf den Steinboden klirrte; bis die Tür ins Schloß fiel, nachdem ein kaum merkliches Rücken und ein Knacken in den Stuhlbeinen, das Rascheln ihres Kleidersaums und das fast lautlose, aber in den Drehungen der Schritte quietschende Gummitappen ihrer Tennisschuhe ihm angekündigt hatten, daß sie das Haus verließe, und während kurze Zeit später ihre sich in den Wald entfernenden Schritte zu hören waren oder das gleichmäßige Schnappen der langen Schere, mit der sie die wuchernden Zweige der Johannisbüsche schnitt, fielen die Buchstaben aus der Feder schwarz aufs Papier, sie fielen, denn er schrieb sie nicht, fielen, je weiter ihre Schritte sich vom Haus entfernten, schneller aufs Papier, ihre Abwesenheit, ihre vergessenen Anfänge einkreisend, Buchstaben, die, wenn er sie am nächsten Morgen zu lesen versuchte, ein stummes verschlossenes Feld absteckten, aus dem kein Echo ihm entgegendrang, weder das Rascheln ihres Kleidersaums noch das Klicken der Gartenschere, noch das Tappen ihrer Gummisohlen, und schließlich, nachdem er vergeblich gehofft hatte, daß Franziska in seiner Abwesenheit – denn er begann, für Stunden das Haus zu verlassen, zu keinem anderen Zweck als dem, Franziska die Möglichkeit zu geben, die beschriebenen Seiten zu lesen – die ihm fremden Zeichen entschlüsselte, jedoch, wenn er zurückgekehrt war, die Blätter unberührt an ihrem Platz gefunden hatte, gab er es auf, auf diesem Weg den Ort zu umkreisen, auf dem sie anwesend wäre, und begann, wenn er an seinem Tisch saß, nach hinten zu lauschen, um zu erraten, was in seinem Rücken vor sich ging, und jede seiner Wahrnehmungen in eigens dafür angelegten Notizheften aufzuzeichnen. In den Zeitabschnitten, die er Pausen nannte, eine Bezeichnung, die, da sie als das Übliche eine Ereignishaftigkeit unterstellte, eine Untertreibung war, bestanden doch die Tage in diesem Sommer aus nichts anderem als aus einer Kette von Pausen, die dem Anschein nach sowohl Ähnlichkeit mit dem zeitaufhebenden Glück von Kinderferien hatte als auch mit der zeitabwehrenden Apathie während einer Rekonvaleszenz, aber weder das eine noch das andere noch der zeitvergessene Zustand dessen war, was eine Redewendung als Honigmond bezeichnete (obwohl der Mond tatsächlich des öfteren in diesen Monaten bernsteinfarben wie eine tropfende Honigwabe zwischen den Bäumen stand), sondern ein überwacher Dämmerzustand, in dem Franziska, ob auch aus Rücksicht auf seine Arbeit oder aus Gewohnheit, sich in seinem Rücken zu verflüchtigen schien, in den ereignis- und geräuschlosen Pausen also begann er Listen zu vervollständigen über das, was er ihre Ausstattung nannte: ihre Cremetiegel, ihre Kämme, ihr Schreibpapier, ihre Kopfschmerztabletten (die sie stets, auch als sie längst in Plastikfolie eingeschweißt waren, in die aufbewahrten, ursprünglichen Glasröhrchen füllte), ihre Strümpfe, ihre Wimperntusche, ihr Marzipan und ihre kandierten Pflaumen, ihre Fransenschals und eingelaufenen Baumwollhemden, alle

Dinge, die entweder in, auf oder um ihren Körper verwendet wurden, aber der Sommer verging, ohne daß er seine Aufzeichnungen hätte abschließen können. In einem anderen Heft hatte er ihre täglichen Gewohnheiten und Beschäftigungen verzeichnet, eingerahmt in ihr morgendliches kaltes und ihr abendliches heißes Bad, ihre angebissenen Apfelkitschen und Zettel, die sie überall herumliegen ließ, die kurzen Bemerkungen, die ihre Zeitungslektüre begleiteten, die Redewendungen, die sie verwandte, wenn sie mit dem Briefträger oder der Eierfrau sprach, die Route ihrer Spaziergänge und die Art, mit untergeschlagenen Beinen im Sessel zu sitzen, wie ein in einer Erdkuhle ruhendes Tier, den Rock wie eine Decke über die Knie gezogen. Und obwohl er keineswegs eine naturwissenschaftlichen Erhebungen vergleichbare Vollständigkeit angestrebt hatte, wären diese Listen fast in einer unverbundenen, nur durch die Seiten seiner Notizhefte zusammengehaltenen Aneinanderreihung steckengeblieben und die Person verschwunden unter einer Masse in Belanglosigkeiten auseinanderfallender Eintragungen, hätte sich nicht unter der Oberfläche ein schweigender Dialog zwischen ihnen entwickelt, so schien es ihm wenigstens, denn er wußte nicht, wieviel sie von seinem Treiben ahnte, ein Dialog, der sich manchmal äußerte, wenn sie plötzlich die Hand sinken ließ, mit der sie eine Haarsträhne hochstecken oder eine Buchseite umwenden wollte, und sagte, du beobachtest mich. Eine Geste, die bezeichnenderweise ein Sinkenlassen war und kein Auffahren, denn ihr Widerstand bestand, wie er nach und nach verstand, in ihrer Passivität, in einem Rückzug in die Teilnahmslosigkeit, als vergäße sie mit einer Wendung des Kopfes, was sie vergessen wollte, und nur wenige Male in den folgenden Jahren hatte er sie als Zeichen ihrer Auflehnung brennende Kerzen und volle Weingläser umstoßen und wüste Beschimpfungen ausstoßen hören.

Franziska schraubte die Verschlußkappe zu, verstaute den Reservekanister im Kofferraum, setzte sich wieder ans Steuer, zog ihre Handschuhe aus, hauchte warmen Atem in die Fingerröhren, streifte sie wieder über und sagte, den Zündschlüssel umdrehend und den Motor startend, das Steuerrad ist klammgefroren, die Luft ist schon kalt wie im Winter. Und als der Winter gekommen war, hatte sich ihr Leben verändert, und wie ein altes Ehepaar, einander und der gemeinsamen Einsamkeit überdrüssig, von einem Extrem ins andere fallend, als hätten sie nicht ein halbes, sondern bereits mehrere Jahre miteinander verbracht und bedürften dringend einer Auffrischung, luden sie das Haus, das nach der vorausgegangenen Stille nun zu gewissen Zeiten der Woche von Geräuschen und Stimmen widerhallte, voll Gäste, die – meist aus Paris kommend und im nahen Dorf oder in einer winzigen Nebenkammer untergebracht, die, ursprünglich Abstellkammer, nun als Gästezimmer diente und von Franziska mit getrockneten Hortensien, Rosen und Brennholz für den frisch ausgefegten Kamin versehen war – Franziska für die Dauer ihrer Anwesenheit aus ihrer Ungreifbarkeit zu lösen schienen, und jeder, der sie an Spätnachmittagen, wenn die schwankenden Gesichter im Zimmer die Konturen verloren und zurückzuweichen schienen hinter einer Wand von Zigarettenrauch und in den feuchten Dämpfen, die aus den nassen Mänteln stiegen und die Fensterscheiben beschlugen, kurzsichtig und eifrig nickend, Gurkenbrötchen und englische Teekuchen, heißen Tee und Whisky, Gummistiefel und Regenschirme verteilen sah, und kurz darauf kurzsichtig und eifrig nickend zu Gesprächsfetzen, die sie, von einem zum anderen wechselnd, mit halbem Ohr mitbekam, Gesprächsfetzen, die, wie sie am Abend, wenn alle gegangen waren, sagte, vor Kritik barsten wie explodierende Raketen und von der Anerkennung bis zur üblen Nachrede reichten, denen sie, wie er wußte, kaum etwas abgewinnen und nichts hinzufügen konnte. Jeder, der sie über matschige Feldwege stapfen sah, ihren Fuß auf den weichen, von einer braunen Schicht herabgefallener Tannennadeln bedeckten Waldboden setzen sah, der unter den Sohlen leise knirschend einsank, hätte in ihrer gleichbleibenden, unterschiedslos auf jeden verwandten

Freundlichkeit das Zeichen einer ebenso offenen wie in gesellschaftlicher Diplomatie bewanderten Gastgeberin sehen können, er aber erkannte darin – wie in einer jener kleinen Angewohnheiten, mit denen sie ihn immer wieder überraschte, nämlich auf dem Höhepunkt eines Gesprächs das Zimmer zu verlassen, um eine sich lianenartig um eine Dahlie schlingende Winde, die sie ebensogut bereits vor Tagen hätte entfernen können, die sie aber soeben erst bei einem zufälligen Blick durchs Fenster entdeckt hatte, auszureißen, oder um die Milchschale für die streunende Katze zu füllen, oder um die Brille, die sie im Augenblick nicht benötigte, vom Küchenbord zu holen, weil ihr eingefallen war, daß sie sie dort vergessen hatte – nur einen anderen Ausdruck jener Mischung aus Selbstvergessenheit und Selbstversammlung, die zuweilen für Arroganz und Gleichgültigkeit gehalten wurde. Ob es sich, wie in den Tagen ihres Alleinseins, schweigend äußerte oder an den Wochenenden, in einer Runde vor dem Kamin sitzend, im Gespräch: ohne sich um eine Rangordnung von Gesprächsthemen zu kümmern, maß sie den verschwindenden Dingen des Alltäglichen dieselbe Bedeutung bei wie etwa den politischen Ereignissen des Tages, und sie sprach mit derselben Selbstverständlichkeit – die auch als Naivität oder besonderer Charme ausgelegt wurde – über die Nüsse, die sie gerade knackte und deren Schalen sie ins Feuer warf, oder über den Holzwurm im Bücherschrank, der kleine Hügel aus den Gängen gebohrten weißen Pulvers auf den Fußboden rieseln ließ, wie die Anwesenden über Debatten im Parlament oder einen Artikel eines Theaterregisseurs. Wenn Blok über den Rand einer Tasse Tee, über den leicht dampfenden Flüssigkeitsspiegel (der den Blick bräunlich färbte), oder eines Glases Campari (der den Blick rötlich färbte, mit dem Gelb der Zitronenscheibe und dem wäßrigen Kristallgrau der Eiswürfel) quer durch das Zimmer, das voller Leute war, zu ihr hinblickte, dachte er, daß sie nur das Feld gewechselt hätten und für eine Weile *geselliges Leben auf dem Land* übten, aber es fehlte, um sich nicht zu verpassen, ob er nun zuviel oder zuwenig über sie wüßte, die Lücke zwischen beiden, die das Wissen ausgeklammert und negiert hätte, und in späteren Augenblicken eines nachträglich gewußten, aber nicht mehr gefühlten Bedauerns sagte er zu Fanny, Franziska gehöre zu den Frauen, deren kurzes, punktuelles Aufflackern darüber hinwegtäusche, daß sie nur den Traum, aber keine Wärme hätten, und obwohl er wußte, daß sein Vergleich komplizierter hätte ausfallen müssen, sagte er, sie hätte, wie die Figur der Mutter in seinem *Blaubart*-Stück, vom Eheleben enttäuscht, nur für ein Kind eine – allerdings erstickende – Liebe aufbringen können, sie habe sich mit ihren Schals, Tüchern, Nasentropfen, Wachskugeln für die Ohren, blauseidenen, lichtundurchlässigen Augenmasken für die Nacht und dem Kult ihrer Tablettenrationen in einem verschlossenen Zimmer niedergelassen, dessen Fenster mit blauer Farbe verdunkelt wären und an dessen Türklinke wie in Hotelzimmern das Schild *Bitte nicht stören* hinge.

Aus einer Wiesensenke war der Ruf einer Nebelkrähe zu hören, der krächzte ins Brummen des Motors, in die Stimmen der beiden Frauen, in die immer wieder sich beschlagende Windschutzscheibe, in den Nebel, der in ihrem ersten Winter, am frühen Morgen über der Wiese wabernd, das Haus in Stille verpackt hatte, und erinnerte Blok an das rasselnde Gekreisch der Elster, die um die Weihnachtszeit in einer Pappel genistet hatte und von Franziska mit einem Händeklatschen vertrieben worden war, als sie, im Verein mit fünf weiteren Elstern, die streunende, verängstigte, mit rötlich gesträubtem Fell in der Mitte der Wiese zusammengekauerte Katze umzingelt hatten; er sah Franziska mit erhobenen, in fortscheuchenden Gesten wedelnden Armen in der Mitte der Wiese stehen, mausgrau im winterlich fahlen Licht, mit zusammengekniffenen Augen in die Runde blinzelnd, und deutlicher als an alles andere erinnerte er sich an die Laufmasche in ihrem dunklen Strumpf, die sich vom linken Fußknöchel bis in die Mitte der Wade hinaufzog, diese Masche, ein weißer Eiterfaden, hatte sich durch die folgenden Tage gezogen, denn obwohl sie, in Weihnachtsvorbereitungen und der auch hier, wie bei ihren Einrichtungsversuchen, fragmentarisch bleibenden Bemühung um eine Wiederherstellung dessen, was in ihrem Kopf unter dem Begriff *Weihnachtszeit* spuken mochte, begriffen war, als sie aus dem Haus lief, um die angriffslustigen Vögel zu verscheuchen, schaffte sie es auch weder vor dem Eintreffen ihrer beiden über die Feiertage geladenen Gäste, die Strümpfe zu wechseln, noch später, mußte vielmehr in einem fast zwanghaften Vergreifen immer wieder an diese Strümpfe geraten sein, und das nächste Mal sah Blok die Laufmasche kurz nach dem Eintreffen von Robert und Clarisse, einem aus einer seit Generationen theaterbesessenen Familie stammenden Geschwisterpaar, Bühnenbildner und Souffleuse, als sie, noch in den Mänteln, vor dem Haus zur Begrüßung lauwarmes, dickflüssiges *eau de vie*, das sie aus Paris mitgebracht hatten, tranken, während die Dämmerung einbrach und ein weicher, warmer Regen einsetzte, da sah er plötzlich das nervös schlenkernde Fußgelenk mit der weißlich wie ein Engerling schrumpelnden Laufmasche, er hatte amüsiert und fast gerührt darauf gestarrt und sie als Zeichen ihrer grandiosen Schlamperei genommen, aber im Nachhinein hatte sich die Masche mit Bedeutung aufgeladen wie ein Signal, wie denn das strukturierende Bewußtsein nachträglich Zusammenhänge, die es, da die Geschehnisse im allgemeinen keinem Plan, sondern der Willkür entstammen, so nie gegeben hat, herzustellen versucht, und die Laufmasche war ihm, eine weiß sich in dem dunkleren Strumpf in die Höhe ziehende Vertikalrinne mit den verbliebenen, parallel verlaufenden Querfäden, wie die Skala eines Thermometers vorgekommen, in dem der Quecksilberspiegel nach unten gefallen war, als habe sich ihre gemeinsame Zeit in einem plötzlichen Sturz geleert wie eine gelöschte Spur im Gedächtnis, eine Markierung, nach der eine Veränderung eingetreten war, auch wenn die beiden Wirklichkeiten, die in gewohnten Bahnen verlaufende vergangene und die veränderte zukünftige, in diesem Augenblick als zwei sich übereinanderschiebende existierten, denn das chemische Element, das die Zusammensetzung zwischen ihnen veränderte, war Robert, oder besser: die Kurzsichtigkeit seiner blank wie Knöpfe geputzten Pupillen, auch wenn er im Hintergrund blieb – den schweren Kopf mit den kleinen, kugelrunden Augen hinter der randlosen Brille, stets schräg nach vorn geneigt und auch im Stehen, mit einem melancholischen, fast chinesischen Lächeln, in die linke Hand gestützt, so daß sein Gesicht fast nackt wirkte, wenn er die Hand für andere Tätigkeiten benötigte –, gewohnt, seiner Schwester die Szene zu überlassen, die kurze Zeit später ihren Mantel über einen Stuhl warf, die Schuhe abstreifte und auf bloßen Strümpfen in brennendem Storchenbeinrot in der Tür stand, den Rauch ihrer Zigarette in die Luft blasend und mit dem Fuß zu der Schallplatte wippend, die sie ausgewählt hatte, Benny Goodman in einem Mitschnitt des Carnegie-Hall-Concerts von 1936, eine Wahl, in der Blok, versponnen in seinen Beobachtungszwang, mehr als einen Zufall, sondern eine geheime Korrespondenz vermutete, denn es war dieselbe, in einer in Mondrian-Felder aufgeteilten Plattenhülle steckende Aufnahme, die er Franziska bei einem seiner ersten Besuche im 10. Arrondissement mitgebracht hatte, weil er gehört hatte, daß sie gerade einige Monate mit ihrem Stückeschreiber an der Ostküste Amerikas verbracht hatte, wo er Vorträge an den dortigen Universitäten gehalten hatte, und während sie die Platte ausgepackt hatte – (und den bebrillten, glattgescheitelten, Klarinette blasenden Goodman betrachtet hatte, der sich vor den rot-gelb-schwarzen Farbkegeln des Hintergrunds als eine Halbfigur abhob, die, schräg von unten photographiert, durch diese Technik, trotz oder wegen ihres unauffälligen Äußeren, eine mythische Dimension bekam, eine ins Unscheinbare verpackte Anspielung auf die Freiheitsstatue, und die Klarinette, die als schwarze Diagonale die rechte Bildhälfte durchschnitt, ein Freiheitsfanal) –, hatte sie ihm ein für eine Delegation aus Europa angereister Künstler von einem Rundfunksender arrangiertes Mittagessen geschildert, bei dem die Damen wie unter

Cellophanglocken verschnürte Blumensträuße durch ein Programm aus Cocktails, Hummer, Ansprachen und Reden über die Geschichte des Rundfunksenders, gigantische Eistorten und Fragen über die Stellung der Frau in Europa geschleust worden waren, dessen Höhepunkt in der nach dem Mokka mit freundlichem Nachdruck der Organisatorin geäußerten Aufforderung gipfelte: *sure, you want to powder your nose*, und mit einer Handbewegung, wie ein das Zeichen zum Einsatz gebender Taktstock einer Chorleiterin, habe sie die herausgeputzte Schar der Frauen in die luxuriös ausgestatteten, von Licht, Marmor und Musik überfluteten Waschräume gewiesen.

Es war die Musik ihres Auszugs gewesen, aus dem 10. Bezirk in die Scheune, er sah sie zwischen offenen Koffern und Bücherkartons auf bloßen Strümpfen, wie jetzt die in der Tür stehende und in die winterliche Dämmerung spähende Clarisse, herumgehen, Photos, Halstücher, Steine, Halsketten und Muscheln durcheinander in die Koffer werfend, *Avalon, Loch Lomond, Body and Soul* mitsummend, in einer seltenen, von der Aufbruchsstimmung ihres Anfangs, seiner Anwesenheit und einigen Gläsern Cognac begleiteten, ab und zu in einige Tanzschritte ausufernden Vitalität, so wie sie jetzt, ins Zimmer zurückgekehrt, zwischen Kistchen mit Weihnachtsschmuck tänzelnd, in bunten Kugeln, blaugrünen Ketten, hölzernen Vögeln, Pferdchen, Schneemännern und Wachsengeln kramte, als finde der kurz nach dem Start abgebrochene Flug eines Zugvogels plötzlich seine unerwartete Fortsetzung, die nach einem langen Präludium, das sich über den Nachmittag und Abend hinzog unter der Oberfläche ihrer Gespräche, eines Spaziergangs durch den Wald, zu dem Blok und Robert gleich nach der Begrüßung aufbrachen, des Baumschmückens und späten Tafelns, das in der Nacht in einer Szene in der dunklen Küche gipfelte, bei der Franziska dem ohne seine Brille blind wie ein Maulwurf wirkenden Robert um den Hals gefallen war und seine zwinkernden Augen mit hastigen Küssen bedeckt hatte, eine Szene, bei der Blok, der zwei Schüsseln vom Tisch genommen und hatte heraustragen wollen, die beiden fast überrascht hätte, wenn er nicht aus Scham über seine unfreiwillige Zeugenschaft zurückgeprallt und ins Zimmer zurückgekehrt wäre, wo er sich, scheinbar seelenruhig das Gespräch mit der bereits angetrunkenen Clarisse fortsetzend und sich eine Pfeife stopfend, den verflossenen Nachmittag ins Gedächtnis zurückrief. Er sah Roberts weiches, gelblich aufgedunsenes Gesicht vor sich, in der Dämmerung zwischen den rötlichen Stämmen der Bäume schwankend, sah, wie er ab und zu mit einer zerstreuten und müden Handbewegung die Augendeckel rieb, über Querelen am Theater redend, seine Entwürfe für eine kleine kubistische Oper von Satie, daß er ein Clown sei, ein Träumer und ein Trinker nahe der fünfzig, aus heiterem Himmel in Anfällen von Selbstmitleid versinkend, an einem gewöhnlichen Tag in der Woche nach dem Aufwachen, unter dem weiten Glashimmel seines Pariser Zimmers (das, wie Blok sich erinnerte, im Dach gelegen, groß, hell, weißgestrichen und fast leer war, abgesehen von den bis unter die Decke sich türmenden Metall-Bücherwänden, zwei schwarzen, einander wie schweigende Geschäftspartner anstarrenden Ledercouches und einer meterhohen Glaspyramide, die nachts in kalkweißem Neonlicht das Zimmer erleuchtete, wo er, mit Clarisse im anderen Teil der Wohnung, seit zwanzig Jahren ein *unabhängiges Leben* führte, wie er, in einer Mischung aus Ironie und Resignation, sagte, von keinem Kindergeplärr oder den Anforderungen einer Ehefrau, sondern einzig von den wütenden Anrufen der Intendanten und Regisseure oder denen seines Garagisten, der seinen alten Citroën in Schuß hielt, getrieben; und während Clarisses bittere, wie in den Angeln quietschende Stimme das Zimmer erfüllte, hörte er Roberts schweren Schritt, ab und zu unterbrochen, wenn er einen Tannenzapfen beiseite stieß oder auf einen dürr knackenden Zweig trat, seinen schweren, die Brust weitenden Atem, der die Minuten des Schweigens, zwischen ihnen durchzog, und, in einem Übereinanderschieben der Geräusche, über die Lautlosigkeit des gerade mehr gefühlten als wahrgenommenen Kusses in der Küche hinweg, die letzten Umdrehungen auf dem Plattenteller mit *Blue Sky*, als sie, von ihrem Spaziergang zurückgekehrt, Franziska und Clarisse in dem fast undurchsichtig dunklen Raum vorfanden. Franziska vor leeren Kartons und mit roten Kerzen in der Hand, Clarisse auf dem Sofa liegend, die roten Beine über die Seitenlehne baumeln lassend, rauchend und Ratschläge für eine bessere Verteilung des Baumschmucks erteilend, eine Zeremonie, die sie in ihren eigenen vier Wänden als Zumutung und sentimentalen Plunder bezeichnet hätte, während Robert, in brütenden Trübsinn verfallen, schweigend aus dem Schuppen Brennholz für den Kamin heranschleppte und, als der Abend kam, mit Clarisse, deren kurzes schwarzes Haar in der durch den Baum verbreiteten Dämmerung des inzwischen schwach beleuchteten Zimmers bläulich schimmerte, während ihre Augen in dem bleichen, knochigen Gesicht etwas Irisierendes bekamen wie flüssiges Phosphor, die Flasche *eau de vie* geleert hatte, was schließlich dazu führte, daß Clarisse, die eine vorzügliche Stimmenimitatorin war, in verschiedenen Stimmlagen, die von einem tiefen Baß über einen kreischenden Sopran bis zu einem der ausgestorbenen Kastratenfärbung ähnlichen Falsett reichten, in verschiedenen Sprachen Weihnachtslieder zum besten gab, die grünen Augen zu maskenhaften Schlitzen und die dünnen Arme zu den gewundenen Linien einer Groteske verzerrt, um während des ganzen Abends, der hauptsächlich aus einem für ein Quartett (als das sie die um einen winzigen ausgeklappten und vollkommen quadratischen Tisch versammelte Gruppe bezeichnete) viel zu großen Salm bestand, zwischen hastig angezündeten und ausgedrückten Zigaretten nur eine einzige Bemerkung zu verlieren, nämlich die, daß Franziska vergessen habe, die Kerzen am Baum anzuzünden, den sie seit Stunden mit einem ihr kaum begreiflichen Aufwand geschmückt habe; um erst spät in der Nacht, als sie mit Blok, der seine Pfeife stopfte, allein war, nach den sieben Türen im Blaubart-Stück zu fragen, und, als Blok verlegen und unbehaglich an den Manschetten seines in den Achselhöhlen kneifenden Smokinghemdes zerrte, sich plötzlich unterbrechend, mit veränderter Stimme zu sagen, sie sei, auf dem Sofa liegend, nicht umhingekommen, durch die offenstehende Küchentür die Szene zu belauschen, es müsse zwischen dem fünften Glas *eau de vie* und dem Hereinholen des zweiten Stapels mit Brennholz gewesen sein, daß Robert Franziska an die Wand gedrückt und, unverständliche Worte stammelnd, ihr Gesicht mit Küssen bedeckt habe – ein Satz, der plötzlich die Eindeutigkeit des von Blok Gesehenen zersetzte. Zwei einander gleichende Szenen, in denen die Rollen des Handelnden vertauscht waren, und auch das leise Weinen, das gegen Morgen aus dem tiefen Sessel am Fenster zu ihm herüberdrang, war eine Spur, die er nicht deuten konnte, um so weniger, als sich Franziska und Robert, abgesehen von einigen hilflos ausgetauschten Blicken, für den Rest der Nacht schweigend gegenübergesessen hatten. Ein Schweigen und ein Weinen, das die aus Vermutungen bestehende Wahrheit zu einer aus Festtagsdepression und Alkoholeuphorie entsprungenen Entgleisung hatte schrumpfen lassen (auch wenn sich Blok im nächtlichen Wachliegen und Horchen auf Franziskas Tränen-Schluckauf diese Beruhigungsformel umgekehrt und ihm Anlaß gegeben hatte, in der Dunkelheit über die zerstörerische Macht der Leidenschaft nachzudenken – eine Formulierung, die er sich, trotz seiner Verstörung, kursiv dachte –, wenn sie es fertigbrachte, daß sich Franziska ein halbes Jahr, nachdem sie seinetwegen, wie es hieß, alle Brücken hinter sich abgebrochen hatte – was nicht zutraf, da es kaum welche gegeben hatte –, in ein Abenteuer stürzte), und am nächsten Tag hatten sie eine Runde durch das ausgestorben wirkende Dorf gemacht, in dem nur die Hunde hinter den geschlossenen Toren kläfften, und waren über die nach einem leichten Schneefall festgefrorenen Felder, den Atem in die kalte Dämmerung blasend und die Krallenspuren der Vögel verfolgend, bis ins nächste Dorf gelaufen, wo Robert, in einem spärlich besuchten Café am Bahnhof, zwischen Schweigen und plötzlichen Heiterkeitsausbrüchen Anekdoten aus Clarisses und seinen Kinder-Weihnachtsferien zum besten gab, das erfinderisch von einem Onkel geschnitzte Kasperltheater, dessen Figuren aus mit Stoffetzen behangenen Kartoffeln bestand, die hysterischen Anfälle der Mutter, die sich am Nachmittag vor der Bescherung am Heiligen Abend zu Bett legte und weigerte, an der Familienzeremonie teilzunehmen, die dreijährige Clarisse, die versucht hatte, gleichzeitig auf dem geschenkten Dreirad und seinem Roller zu fahren und in die Schafherde der unter dem Baum aufgebauten Krippe raste, Bruchstücke zerflossener Kinderbilder, wie Robert sagte, bevor sich, wieder unter Einfluß einiger Gläser Cognac, seine vergrübelte Friedfertigkeit in einen Wutausbruch verwandelt hatte, worauf er, nachdem er den anderen Unflätigkeiten an den Kopf geworfen hatte, kopflos und ohne Mantel davonstürzte und, als sie nach Hause zurückkehrten, mit dem klapprigen Citroën verschwunden war. Sie hatten Clarisse zum Bahnhof gebracht und in den Abendzug nach Paris gesetzt, und Blok, der die Küchen- und Kußszene erleichtert als Episode in ein eigens dafür angelegtes Heft mit dem Kennwort *Ereignisse* eingetragen hatte, fuhr fort, Franziskas ereignisloses Leben zu beobachten, ihre Art, Zwiebäcke und kleine harte Kuchen in den Tee zu tunken, ihre Haare hochzustecken und ihre Strümpfe am Abend zu waschen und über die Handtuchstange zu hängen; und manchmal, in Stunden, in denen sie sich in die Stille und Gleichförmigkeit ihres Landlebens aufzulösen schien wie eine Ähre im Winterkorn, fragte er sich, ob sie ohne seine unausgesetzte Aufmerksamkeit überhaupt existent wäre, sie existiert nur durch meinen Blick, sagte er sich in Minuten des Größenwahns, ob er selbst, ohne die Anstrengung der Beobachtung und die Suche nach einer Wahrheit – von der sie zu wissen schien, daß sie ergebnislos bleiben müsse, da sie einmal gesagt hatte, er irre sich, wenn er denke, die Wahrheit sei in dem zu entdecken, was sein Blick auskundschafte –, nicht längst aufgehört hätte, sich lebendig zu fühlen, bis er eines nebligen Morgens, Anfang Februar, bei der

Rückkehr von einem Spaziergang, einen Zettel auf dem Küchentisch vorfand, auf dem sie ihm mitteilte, daß sie für einige Tage verreise, ein Zettel, der ihn um so mehr beunruhigte, als er weder den Grund noch das Ziel noch den Tag ihrer Rückkehr enthielt, eine Kargheit der Mitteilung, die zwar ihrer Verschwiegenheit, nicht aber ihrem überfeinen, vom Protestantismus entwickelten Gewissen entsprach. Und wenn sie die Begründung, von der sie ihrer Veranlagung nach glauben mußte, daß sie sie ihm schuldig war, unterließ, so konnte das keinen anderen Grund haben, als daß sie sie nicht sagen konnte, denn eine Lüge, zu der eine andere Frau unter der Vorspiegelung, ein Besuch bei ihrer Mutter, Tante, Schwester oder ihrem Zahnarzt sei fällig, ihre Zuflucht genommen hätte, kam für sie nicht in Frage; und so marterte sich Blok in den kommenden Tagen – Tagen, die, in einem plötzlichen Temperaturumschwung, die wärmsten Frühlingstage waren, mit einem über dem Flüßchen metallisch irisierenden, in der Luft sprudelnden und den Horizont klar zeichnenden Licht, den ersten Lerchen über den Feldern und hellgrünen Kornspitzen, die aus dem Boden wuchsen – mit einem Knäuel von Vorstellungen, unter denen auch die stereotype Geschichte des Mannes herumspukte, der seine Frau verließ, indem er den Hund ausführte oder am Automaten an der Ecke Zigaretten zog, und die ihm, je länger er darüber nachdachte, gerade weil sie sowenig zu Franziska paßte, als eine mögliche erschien; ein Wuchern der Vorstellungen hatte ihn, während seine übernächtigten, vom Whisky geröteten Augen geblendet in das frische Grün auf den Grasnarben in der Mitte der Feldwege starrten, die er am Tag, wie ein witternder Hund, der nicht weiß, wo er das angeschossene Wild aufstöbern muß, unruhig im Kreis abging, überfallen, das ihm später als die Kehrseite seines auf Beobachtung angelegten Temperaments erschien (und, wie es Franziska, in einer unbewußten Replik auf sein bevorzugtes Beobachtungsfeld, die Küche, einmal bezeichnet hatte: seiner kalten Küche), als ob ein Garten, in dem nie ein Unkraut geduldet war, sich plötzlich in eine Wildnis verwandele, sagte er sich, vor den winterdürren Kletterrosen an der Mauer hockend, und wunderte sich über den botanischen Vergleich, der vermutlich dem nostalgischen Blick auf die in Büscheln aufgeblühten Schneeglöckchen entsprungen war, die Franziska vor einigen Monaten gesät hatte, und das Unkraut bestand aus Ängsten und Zweifeln, aus Zügen, die sie nahm oder verpaßte, Autos, die sie, dicht am Bordstein durch eine Pfütze fahrend, mit Schlamm bedeckten, aus unfreundlichen Kellnern, Schaffnern, Hotelportiers, die ganze Welt schien ihm plötzlich, in einem unerklärlichen Anfall von Fürsorglichkeit, voller Hindernisse, und eines Nachts wachte er schweißgebadet auf, weil er geträumt hatte, sie habe vergessen, ihre kleinen weißen Kissen mitzunehmen, Kissen von der Größe eines flachen Buchs, ohne die sie nicht schlafen konnte; er tastete schlaftrunken auf die leere Kopfstelle neben ihm im Bett, um festzustellen, daß sie dort lagen, und es überkam ihn ein steifes, kaltes Gefühl im Nacken, als sei es selbst gewohnt, sie dort zusammengerollt zu fühlen; so ging es fort über Tage, er versetzte sich in die Albträume einer zur Kindfrau zurückverwandelten Franziska, einzig, um die Frage nach der Ursache ihrer Reise auszuklammern, nämlich eine Verabredung mit Robert, mit ihrem Stückeschreiber, mit wem auch immer. Denn da die Reise für sich genommen ihm so unwahrscheinlich schien, daß er, hätte man ihm die Geschichte vorher erzählt, er sie nicht geglaubt hätte, war die Berechenbarkeit und Absehbarkeit von Franziskas Alltag so ins Schwanken geraten, daß er nicht wußte, was möglich war und was nicht.

Am Ende war das Mögliche das Unwahrscheinliche; es war jedoch ein falsches Unwahrscheinliches, weil es erst durch Bloks Vorstellungen außerhalb des Möglichen gerückt worden war und in Wirklichkeit das Wahrscheinliche war: wortlos räumte Franziska ihre zusammengerollten Strümpfe und ihre schneeweißen, unbenutzten und wie vor ihrer Reise quadratisch gefalteten Taschentücher in den Schrank, Taschentücher wie Gebetbücher, hatte Blok gedacht, und aus einem hing, wie ein Lesefaden, ein blaßblauer Wäschestreifen mit aufgedruckter Nummer heraus; in weißen Batist eingeschlagene Liederbücher von Beginen, oft in der Hand gehalten, aber selten aufgeschlagen, denn Franziska pflegte für Schnupfen wie für Tränen stets Küchenpapier von der Rolle zu benutzen, ob auch dies ein Sparsamkeitstick wie ihre Resteverwertung beim Kochen, wußte Blok nicht zu sagen, nur daß die überall in den Sesselritzen, auf der Fensterbank, dem Fußboden, in ihren Manteltaschen zu findenden zusammengeknüllten Papierbällchen wie ein lautloses Spurenlegen waren und daß es auch hier mit einem Gegenstand aus der Küche geschah, während die Stofftaschentücher meist unbenutzt von einer Tasche in die nächste geräumt wurden. Sie erzählte, wie es ihre Art war, in Splittern von Sinneseindrücken, von den rußigen Fassaden in Rouen, vom schwarzen Regen, vom Moos an den Pfeilern der Kathedralen, von den Cafés, die bis tief in die Nacht gedrängt voll Leuten steckten, und von den kahlen Flußufern, an denen seit den Bombardierungen des Krieges die Bäume abgeschlagen waren, und in einem beiläufig dahingesagten Nebensatz steckte, ohne sich als solche auszugeben, eine mögliche Begründung für ihre Abwesenheit, denn sie sprach von einer Nichte, die dort studiere, die in einem Hotel wohne, das vom Dach bis zum Keller mit Stoffen verhängt sei, ein Haus wie ein Käfig, das von der Witwe eines Zeitungsverlegers geführt werde, verwinkelte Nachahmung eines Belle-Époque-Serails, schwergeraffte Gardinen hingen vor den Fenstern in dunklem Rot und Portieren vor den Türen, in dem enggewundenen und nach mehreren Seiten strebenden Treppenhaus Vogelkäfige mit ausgestopften Vögeln, es sei zum Fürchten gewesen, und die am Morgen, vor dem Frühstück in einer mit blauweißen Delfter Kacheln ausgelegten Glasveranda, mit einem aus Federn zusammengesteckten Staubwedel durch das Haus geisternde Hausherrin sei ihr vorgekommen wie eine Hexe in einem gefiederten Stoffwald. Sie hatte ihre geleerte Reisetasche, eine schmale, langgezogene steiflederne Tasche mit einem Messingbügel und kurzem

Henkel, die sie selbst als Hebammentasche bezeichnete, unter das Bett in der Nebenkammer geschoben, wo sie auch die Kisten mit Weihnachtsschmuck aufhob, und das Kapitel der Reise in der Provinz wäre abgeschlossen gewesen, hätte nicht Clarisse – und er sah, wie sie im Sprechen auf ihre nervöse Art die Telephonschnur um die dünnen Finger wickelte, und hörte, wie sie, Zigarette im Mundwinkel, die Lippen zusammenpreßte und den Rauch einzog – bei einem Anruf einige Wochen später erwähnt, ihre Katze (immerhin eine Katze, hatte Blok gedacht, das Haustier der Dichter, Alkoholiker und Unabhängigen) habe sich auf das in Zeitungspapier eingewickelte Päckchen mit alten Gläsern gesetzt, die Franziska und Robert aus Rouen mitgebracht hätten, naß wie in Gewitter geratene Vögel kamen sie in Paris an, sagte sie, naß und zerstritten, sie müssen in Rouen stundenlang durch den Regen gerannt sein, Regenmäntel, Haare und Schuhe waren durchweicht, auch das Papier, in das die Gläser eingeschlagen waren, Gott sei Dank fünffach, sonst wäre das Paket ihnen beim Überqueren der Straße aus der Hand gebrochen, aber nun sind sie ohnehin zerbrochen, die Souvenirs aus Rouen, sagte sie spöttisch, Franziska habe vergessen, sie mitzunehmen, naß und zerstritten kamen sie in die Wohnung gestürmt, sagte sie, Franziska in einem Zustand, als habe sie eine Nacht in einem Rübenfeld verbracht. Gleich hätten sie die Tür hinter sich geschlossen, aber, wie die größeren Katastrophen in den nebensächlichen untergehen, hätte sie die beiden laut durch die Wand über ihre nassen Schuhe schimpfen hören, über die verstopfte Autoroute auf der Rückreise und die ausgefallene Heizung im alten Citroën, und, fast überhörbar zwischen den Streitworten, dem Hin-und-Herrennen im Zimmer, dem Aufschnüren der Schuhe, die in dumpfem Fall gegen den Teppichboden schlugen und dem Rascheln des nassen Mantelstoffs, der über die Heizung gebreitet wurde, sei ein Satz gefallen, daß es keine Trennung geben werde, daß dies ihre einzige gemeinsame Reise bleiben werde, daß es keinen Abschied geben werde, weil ihre ganze Geschichte aus erzwungenen Abschieden bestünde, daß sie den Bruch nicht ertragen könne, und ich dachte, sagte Clarisse, oh pack dich, hab ich gedacht, pack dich in Watte, damit niemand dir etwas tut, pack dich in bruchfeste Glaswolle, aber statt dessen sind nun die Gläser zerbrochen, weil die Katze sich in einem Sprung darauf niedergelassen hat.

Blok hatte Franziska weder etwas von diesem Gespräch gesagt noch hatte er ihr das Paket mit den Scherben ausgehändigt, das er Monate später, als ein Umweg ihn zufällig in die Nähe von Roberts und Clarisses Wohnung führte, mitgenommen hatte, ein schweres, viellagiges, mit einer Kordel verschnürtes Papierpaket, das im Trocknen steif wie brüchiges Leder geworden war, grobkörniger im Papier und von vergilbten Wasserrändern durchzogen, die in den durch die Feuchtigkeit verzogenen Zeilen der Drucklettern leuchtete wie auf einem Röntgenbild zutage tretende Genzlinien verschwundener Meere auf einer alten Landkarte, er hatte die Kordel aufgeschnürt und, unter dem trockenen, dumpfen Rascheln der Zeitungsbögen und dem leisen, sandigen Knirschen kleinster Glassplitter die zerschlagenen Füße und Kelche hervorgezogen, dickwandig gebauchte Bruchstücke von Hohlformen oder zu Kegelstücken zersplitterte Fußsegmente mit stumpf gewordener Oberfläche, in denen Blasen steckten wie durch die Milchstraße irrende Meteoren, er hielt sie gegen das Licht, drehte sie und sah, wie die Blasen zu tanzen anfingen, dann legte er sie zurück in die weichen Dünen winzigster Splitter und verwahrte das Paket im hintersten Winkel der Schublade, die bereits seine Notizhefte enthielten, wie man ein Päckchen verbotener Liebesbriefe versteckt, unsichtbarer Mitwisser (der, dadurch zum Mitspieler geworden, die Rolle des Liebhabers einnahm und die Spielregeln des aufgehobenen Spiels aufbewahrte), der das Geheimnis selbst den Beteiligten nicht preisgab, im Glauben, die im Kitten von Porzellan geübte Franziska wäre ratlos vor diesen wie Ruinen in der Glaswüste steckenden Fundstücken ihrer Reise gewesen, denn wie sie auch nach der einen Seite den Bruch vermieden hatte, hatte sie auch nach der anderen Seite den unsichtbaren Riß zu glätten versucht und das Geschwisterpaar in den Kreislauf ihrer Ersatzrituale, der Briefe, Telegramme, Päckchen und gelegentlichen Einladungen eingefügt; ein hilfloser und unter der glatten Oberfläche von uneingestandenen Vorwürfen brodelnder Versuch, der in einem verquälten Besuch endete, bei dem Robert, in Begleitung einer mit schneeweißen Jacketkronen und einer Perlenkette aus Plastik ausgestatteten Amerikanerin, Franziska neben einem kleinen Trompe-l'œil, einer Zitrone aus Marmor, Clarisses Zigarettenspitze als Vermächtnis überreichte, sie sei, in einer Nacht in einem Hotelzimmer in Turin, eingeschlafen, während sie die gerade gerauchte Zigarette noch zwischen den Fingern hielt, der Vorhang neben dem Bett habe Feuer gefangen, und seither habe sie das Rauchen, obwohl der kleine Brand rechtzeitig entdeckt und gelöscht werden konnte, aufgegeben.

Das Gespräch der beiden Frauen war verstummt, die Heizung lief auf Hochtouren, und Rück- und Seitenfenster waren gleichmäßig beschlagen, sie rollten, umschlossen von der Dunkelheit der Landschaft, eingehüllt von der feuchten Wärme und dem gleichmäßigen Surren des Motors, in einem trägen, schläfrigen, zeitaufgehobenen Zustand dahin, da weder der Raum (die undurchdringliche Schwärze der Nacht) noch das Gespräch, zwischen vergangenen Familienerinnerungen und dem gegenwärtigen Anbieten englischer Bonbons springend, Markierungen der vorübergehenden Zeit gaben, als Blok plötzlich, den Kopf auf seinen im Nakken zusammengefalteten Mantel gelegt, in der an seinem Ohr kratzenden Tasche den zusammengefalteten Zettel knistern hörte, den Fernanda ihm kurz vor ihrer Abreise mit Franziska zugesteckt haben mußte – denn nie schickte sie ihm länger abgefaßte Botschaften als auf herausgerissenen Ecken einer Heftseite, auf die Rückseite eines Briefumschlags, auf die Lasche einer Zigarettenschachtel oder einer Papierserviette gekritzelte, denn, hatte sie gesagt, nichts wird von uns bleiben, kein Brief, keine Postkarte, nicht einmal ein Stichwort in einem Notizbuch, nichts als das, was du das Experiment genannt hast, ein Experiment im Geheimnis, in den Hohlräumen zwischen den Worten, im Loch der Erinnerung, das jede Geste, jeden Blick von uns aufsaugt, zerstört und bewahrt, nichts wird von uns bleiben als das Verschwundene –, und als er den Zettel gelesen hatte, an einem sonnigen Herbstmorgen, an der Ecke der Rue du Louvre, in seinem Rücken die weite, mit weißem Kopfstein wie mit einer Staubschicht gepflasterte Straße, vom Wind, der vom Fluß heraufkam, durchweht, sich in den offenen Horizont ziehend und zu beiden Seiten ausbuchtend in kiesbestreute Terrassen vor der Front des Louvre und den Zinnen von St.-Germain L'Auxerrois, vor seinen Augen die liebliche Flußlandschaft, Herbstschleier in den wehenden Bäumen und im Gegenlicht die Hügel ansteigenden Kuppeln von Akademie, Panthéon und Val-de-Grâce am anderen Flußufer, und in seiner Hand das Gewirr engstgeschriebener Buchstaben, Miniaturchiffren mit einem rundumlaufenden Schriftrand wie der Rahmen eines Bildes, das eng zusammengerollt in seiner Tasche gesteckt hatte, nicht größer als eine Zigarette, klein wie eine fingergroße Schriftrolle, und kaum hatte er begonnen, sie zu entziffern, fühlte er sich, zwischen Aufblicken in die Luft und Versenken in den Zettel, in der Weite des Außenraums aufgelöst und zugleich in das Spinnenknäuel der Buchstaben aufs äußerste verdichtet und zusammengezogen – (die Liebe ist eine Folter, hatte Fernanda vor kurzem gesagt, eine Auslöschung und eine Vertreibung aus der Sprache) –, er las den Zettel und knüllte ihn zusammen zu einem winzigen Ball, versucht, ihn, in einer Mischung von Leidenschaft und Abwehr, in den Mund zu stecken, zu kauen, mit Spucke zu einem weichen Papierbrei aufgeschwemmt Gaumen und Kehle hinunterrutschen zu lassen, Verzehr und Zerstörung, aber er glättete ihn, steckte ihn in die Tasche und vergaß ihn, so wie er sich oft die Dinge hatte abhanden kommen lassen, von denen er sich bedroht fühlte; ich habe, stand auf dem Zettel, in der Bibliothèque Nationale eine Photographie gesehen, eine Schwarzweißphotographie von 1907. In einen vergilbten aufgerissenen Wolkenhimmel ragt ein Pfahl. Daran hängt, mit zurückgebundenen Armen und Beinen, der nackte Rumpf eines männlichen Körpers. Hände und Füße sind abgeschlagen, die Schnittflächen glatte Scheiben. Der magere Leib, nur von schwärzlichen Hautlappen zusammengehalten. In seiner Mitte klafft ein weißes, an den Rändern ausgefranstes Loch. Aus dem Loch birst das Gerippe, beinernes Weiß. Tiefer, das Gekröse der Därme. Der Kopf, im Schmerz nach hinten gerissen, zum Himmel gewendet, die Augen verdreht. Der Leib aufgerissen, der Blick geblendet, das Lächeln irre und verzückt. Das Lächeln des Ekstatikers. Die Folter hat das Bewußtsein entzündet, ausgebrannt, gelöscht. Schmerz und Ekstase, aus dem aufgerissenen Loch des Körpers gefahren, Ich aus dem Ich – – – Blok hatte sich, den Zettel in der Hand und Fernandas Satz, die Liebe ist ein Bild der Folter, im Ohr, erinnert, daß er die Photographie kannte, es war eins der wenigen Bilder der, Zeugenaussagen zufolge, unter strengster Geheimhaltung bis kurz vor Ausbruch des Ersten Weltkriegs praktizierten Chinesischen Folter, und plötzlich hatte er sich, ihre kleinen, in weißen Baumwollsöckchen steckenden Füße vor Augen, die dazwischen herumgewandert waren, die Fußspitzen zielsicher wie Speerspitzen setzend, an all die Reproduktionen, Postkarten, aus Leihbibliotheken entliehenen und auf dem Fußboden ausgebreiteten und aufgeschlagenen Bildbände erinnert, die, quer durch die Jahrhunderte, Abbildungen von Gefolterten enthielten, von Geköpften und Gehäuteten, aufs Rad Geflochtenen, auf dem Scheiterhaufen Verbrennenden, von Pfeilen Durchbohrten, von Zerstückelten, in siedenden Kesseln Schwimmenden, von Geblendeten, Gepeitschten und Gesteinigten, von Geschleiften und Gevierteilten, und, in einem Stapel photokopierter Seiten blätternd, war er auf einen Text gestoßen, der Folterungen in den Verhörkammern Stalins beschrieb, auf Stühlen festgebunden, wurden die Gefangenen mit Nadeln und Zangen an den Zähnen gefoltert, und als er Fernanda, ihren wollweißen Fußballen im Blickwinkel, der, in fast kindlicher Unschuld und Kapriziosität einen Bogen über die Seiten beschreibend und neben einer geblendeten, ihre Augen auf einem Silberteller vor sich her tragenden heiligen Lucia von Zurbarán landend, im verkörperten Gegensatz zu dem Pathos der abgeschlagenen Füße rundum, auf Blok fast wie eine Herausforderung wirkte, als wolle der Fuß ein über den Schmerz triumphierendes Gelächter der Unreife anstimmen – als er Fernanda also gefragt hatte, warum sie dies Szenarium der Schlächterei (er wußte, dieser Ausdruck war ein Abwiegeln) aufgebaut habe, sagte sie, daß in jedem Körper eine Geschichte der Tortur eingesperrt sei, die sprachlos sei, daß diese Bilder Übersetzungen dieser Geschichte wären, einer Geschichte, die auch in ihrem Körper schlafe, deren Spuren sie verloren habe, daß der Körper ein Gedächtnisraum sei, ein stummer Echoraum, daß, von der Haut umspannt, in den Kniehöhlen, zwischen den Zehen, im Nacken, in den Buchten zwischen Schulter und Schlüsselbein, an den Knorpeln des Rückgrats, in der Linie der Hand, unter dem Jochbogen, zwischen den Rippen, die vergessene, in die frühesten Zeiten zurückreichende Kette der Empfindungen stecke; der Körper, ein Feld der blauen Flecken, der Narben, der Schweißbäche und der gesträubten Härchen, ein Feld, übersät mit unsichtbaren Abdrücken, Abdrücken der fremden Hände, die auf der Haut lagen, sie kniffen, schlugen oder streichelten, ein Sammelbecken von Verletzung und Heilung, ein atmendes atemloses Becken vergessener Klage-, Schmerz- und Lustschreie, ein Hautteppich, eingewebt die Kindergeschichte und die Liebesgeschichte und die des Alltäglichen (eingeschnürt in zu enge Kleider, künstlichen Sonnen ausgesetzt, eingepfercht zwischen andere in der Métro, hart, weich oder nie angefaßt, und am Hals die Bißwunde von der letzten Umarmung und auf dem Arm ein kleiner Brandfleck, weil im Streit jemand seine Zigarette darauf gedrückt hat), das stumme, in einem Zucken des Augenlids, einem Schulterhochziehen, einem Verschränken der Finger, einem unwillkürlichen Stolpern der Füße mumifizierte Gedächtnis, gefangen im Schlaf und in der Ausdruckslosigkeit eines glatten Knies, einer Armbeuge und im schwachen Schlag des wie ein Blatt sich regenden Herzens, das nichts von sich weiß. Sie hatte, in den Bildern auf dem Fußboden blätternd, sich neben ihn kniend und, ihm eine kleine Brandwunde zeigend, die sie sich selbst beigebracht habe, eine der alltäglichen Selbstverletzungen bei der Küchenarbeit, die, wie sie sagte, vom Tag zuvor stamme, als sie, eine Auflaufschüssel herausnehmend, den Rand des heißen, auf 220 Grad erhitzten Ofens gestreift habe, gesagt, daß sie vor einigen Tagen einen Traum gehabt habe, der, wie es ihr selten mit Träumen ergehe, so deutlich gewesen sei, als trenne sie nur ein hauchdünner, durchsichtiger Schleier von der Wirklichkeit, so daß sie im Traum ein Gefühl der Unruhe gequält habe, einerseits das Geträumte als wirklich erlebend, andererseits das Zittern des Schleiers wie ein rätselhaftes Signal mehr spürend als begreifend, das es zu entschlüsseln gelte, auch sei die zweite Figur, obwohl sie zugleich die Gewißheit gehabt habe, daß er es sei, fast unsichtbar geblieben, da im Mittelpunkt des Lichtkegels ihre eigene gestanden habe, angeleuchtet von zwei Lampen, die auf einen vor den geschlossenen Vorhang in ihrem Zimmer wie vor die gestellte Kulisse in einem Verhörraum gerückten Stuhl gerichtet waren, auf dem sie saß. Sie habe sich vorgebeugt und im Sitzen unter dem neben dem Stuhl kurz ins Bild gerückten Bett – (ein Bett, das, anders als ihr eigenes, an Kopf- und Fußende von einem hohen Eisengestell begrenzt, von einer flachen, gestreiften, harten Decke bedeckt gewesen sei, einer Decke wie man sie bei Umzügen benutze oder beim Transport von Klavieren) – einen offenen, über den Holzboden scharrenden Karton hervorgezogen, im Hervorziehen eine Wolke von Staubflocken aufwirbelnd, die für einen Moment vor ihrem Gesicht gehangen, die sie mit der Hand auseinandergewedelt habe. Sie habe aus dem Karton ovale, wie Eier zusammengerollte weiße Knäuel von Mullbinden hervorgezogen, sie eine nach der anderen aufgewickelt und aneinandergeknotet, bis eine lange Schnur entstanden sei, und habe langsam, mit den um die Stuhlbeine geschlungenen Fußgelenken beginnend, von unten nach oben ihren Körper mit der straffen Schnur an den Stuhl gefesselt, Bein an Stuhlbein, Schenkel an Sitz, Rücken und linken Arm an Rückenlehne, bis sie, am Hals angekommen, gesagt habe, den Rest müsse er besorgen. Als er, nach kurzem Zögern, an den Stuhl getreten sei, ihren rechten Arm nach hinten gebogen habe und den Strick fest um Arm und Verstrebungen der Rückenlehne gezogen habe, als sie, seine kräftigen Hände beim Wickeln, Binden und Knoten vor Augen, immer mehr zur Mumie geworden sei, als ein Kältegefühl ihr den Rücken hochgeschlichen sei, eine Erstickungs- und Erstarrungsangst, als sie den Hals nicht mehr wenden konnte, habe sie, in einer Umkehrung der Situation, als bestehe die Tortur darin, den Beginn des Verhörs endlos hinauszuschieben, von selbst zu plappern angefangen, wie ein Bauchredner aus dem hohlen Innern der Mumifizierung, wie ein Papagei, der mit einer fremden Stimme die Geschichte einer anderen nacherzählte, das langsame Aufrollen der Mullbinde sei wie eine lange Litanei, die Litanei einer Fesselung, die sich mit jeder Liebe wiederhole, mit dem Eckensteher, mit dem Vorstadttänzer, mit dem Zeichner am Fluß und dem Mann auf dem Feld, mit ihm, der in diesem Moment ihr Gesicht umwickle, ein verhülltes und trotzdem nacktes Bild, das als Abdruck im Erinnerungsfeld seiner Hände bliebe, und in diesem Augenblick habe er plötzlich den auf ihrem Schreibtisch liegenden Photoapparat ergriffen, sei zur Tür gegangen, habe gesagt, Mund und Augen habe ich frei gelassen, und auf den Auslöser gedrückt. Dann sei er aus dem Zimmer geflohen.

In Fernandas Stimme war, als sie ihm diesen Traum erzählte, der Widerhall jenes papageienhaften Plapperns zu hören gewesen, als habe sie ihre eigene Sprache verloren, als sei sie – wie ein Stotterer, ein Betrunkener oder ein Psalmodierender – aus der Sprache vertrieben, und er wußte nicht, ob es eine glückliche oder eine unglückliche Vertreibung war, eine glückliche, die er sich als Aufbruch vorstellte, als Aufbruch zu einer Reise (wie sie ihm in Watteaus Bild der *Reise nach Cythera* verkörpert schien, eine Liebesreise, die eine Vertreibung mit gegenläufigen Bewegungen ist, das Boot bewegt sich in Richtung Zukunft, doch wenn die Ruder ins Wasser tauchen, bewegen sich die Reisenden zugleich in die Vergangenheit, in die Kindheit, in jenes verlorene Paradies am Rand des äußersten Erdradius, das es, in die Frühzeit der Biographie, der Geschichte verlegt, nie gegeben hat, das für Augenblicke ab und zu am Rand der Zukunft betretbar scheint wie die Insel Cythera, die am Horizont auftaucht), und eine unglückliche, die er sich vorstellte als ein Umherrirren im Labyrinth der Sprache; und als er darüber nachgedacht hatte, wie sie gewöhnlich sprach, fiel ihm auf, daß es Augenblicke gab, in denen sie nicht mit, sondern aus der Sprache zu sprechen schien, als hocke sie in den Wörtern wie der Papagei in seinem Federkleid; wenn sie sagte: Holunderwolken, wenn sie sagte: ich treibe in einem Weidenkorb auf dem Fluß, wenn sie sagte: ich bin das umgekehrte, verstümmelte Wort MAU, wenn sie sagte: Wasser, oder: Baum, sie sprach, als wäre der Riß zwischen den Wörtern, den Dingen und den Sprechenden plötzlich aufgehoben, als wäre die Sprache noch Natur oder reine Empfindung, ein Riß, dessen scheinbare Aufhebung um den Preis eines Kampfes geschah, der sich in ihren halben Sätzen, in ihren Wiederholungen, ihren sich in Mäandern windenden Monologen, in ihren langen Schweigepassagen ausdrückte, als schreie sie, einen Stein unter der Zunge, wie Demosthenes gegen das Meer an, als beiße sie sich, wie Potiphars Frau in der Nacht, als sie mit lispelnder Stimme Joseph verführen wollte, die Spitze der Zunge durch; ein Riß, der nicht aufzuheben war, wie er wußte, wie auch sie wissen mußte, weil sie einen Unterschied machte zwischen Sprechen und Sprache, weil sie im Sprechen die Alltagsperson war, die sagte: genügend Apfelschnaps, Paradekissen, ein bißchen

Tee, der Zug geht um halb sechs, das Kind braucht Ovomaltine, der Henkel der Einkaufstasche ist zerrissen, ich nehme Sandelholzseife; und weil sie, in der Sprache, dieselben Wörter, auf sie angewiesen, anders benutzte, als wären Ovomaltine und Sandelholzseife wie Holunderwolken und Teernägel der Zopf aus dem Sumpf, die Bohnenstange in die Wolken, das Andere, das es nicht gab, das sie gemeinsam herstellten, zwei spielende Verschwörer, wie an jenem Nachmittag, als sie ihm den Traum erzählt hatte, als sie auf ihrem schmalen Bett gelegen hatten, die Beine gegen die Wand gestemmt, das Gesicht in der Dämmerung wie der Schwarzweißriß eines mit zurückgelegtem Kopf, hochgerecktem Kinn und geschlossenen Augen hinter aufsteigenden Zigarettenrauchkringeln verschwimmenden Profils von Claudette Colbert, das auf einem Plakat an der Tür klebte und, hoch angesetzt, gesungen hatte: *ein-mal-nur*, mit einer langgezogenen, kreischenden, von der höchsten Stufe der Leiter ausgestoßenen Silbe *ein* und langsam in zwei Schritten herabsteigenden, fast auf gleicher Tiefe verharrenden Tönen *mal-nur*, danach abgebrochen und mit dem Fuß den Takt gegen die Wand geklopft hatte, und bevor er sich gefragt hatte, ob der dissonante Schrei von Schönberg oder Mahler oder Weill stammte, hatte er geantwortet, *schön bist du, meine Freundin*, und das *Hohelied* zitiert, *ein Lustgarten sproßt aus dir, Granatbäume mit köstlichen Früchten, Hennadolden, Nardenblüten, Narde, Krokus, Gewürzrohr und Zimt, alle Weihrauchbäume, Myrrhe und Aloe, allerbester Balsam. Die Quelle des Gartens bist du, ein Brunnen lebendigen Wassers, Wasser vom Libanon*, angepaßt ihrem Ton, ein-mal-nur, ihrem hohen Ton der Liebe als Passion, der Liebe für Sopran, der Liebe für Solostimme, ein-mal-nur, das ein Einmal-Neu und Immer-Wieder war, ein Ein-Mann-nur-Gesang, Hero singt gegen das Meer, in dem Leander ertrinkt, klagende, händeringende, heroische Gegenstimme der Mimis gegen die Lulus, aber Blok zog der Liebe als Solopart das Mehrstimmige vor, dem ausgestoßenen, angehaltenen und abgebrochenen Ton das Fließende,

Cosi fan tutte, hatte er gesagt, nicht ein-mal-nur, sondern Vertauschungen, Irrtümer, Masken, Narrentanz und *nur ein Mal*, Wundmal, Kainsmal, Liebesmal, sing mir, hatte er gebeten, als sie den Kopf schüttelte, sing mir *Cosi fan tutte*. Das *Hohelied*, sagte sie, *mein Geliebter ruht wie ein Beutel mit Myrrhe an meiner Brust. Eine Hennablüte ist mein Geliebter mir, aus den Weinbergen von En-Gedi*, und sie wandte ihm im Dunkeln ihr Gesicht zu, Zedern und Zypressen, dachte er, Zephir und Schatten, Segel aus der Ferne des Meeres, sing mir, bat er, aber sie wand sich in seinem Arm wie eine Schlange, ohne das Klopfen eines imaginären Taktes gegen die Wand zu unterbrechen, und während er murmelte, *schön bist du, meine Freundin, ja, du bist schön, zwei Tauben sind deine Augen*, beugte sie sich über ihn, drehte sein Handgelenk zu sich, um die Uhrzeit, die im Dunkeln leuchtenden grünen Ziffern zu lesen, sagte, *mein hoher Herr! Du spottest*, drehte die Haarbüschel, die unter der Hemdmanschette über den Handrücken wuchsen, zu einem Zöpfchen und biß darauf. *Mein hoher Herr*, sagte sie, Ihr Haar schmeckt nach Salz und Ihre Haut nach Muskat. Nelken, fragte er, Koriander und Zimt? Nein, hatte sie gesagt, nach dem Salz der Erde, dem Salz des Meeres, dem Salz aus Bergwerken, den Tränen der Frauen und nach Schweiß, und küßte ihn in den Mundwinkel. Liebesmal, Wundmal, dachte er, während ihre Haarsträhnen seine Stirn kitzelten, aber sie zog sich zurück und ließ sich zurückfallen, bevor er sie festhalten konnte, und hinterließ einen festen, warmen Abdruck auf seinem Mund wie den einer Glasmurmel, die man lange in der Hand gehalten hat, Triptychon der Zunge, sagte sie, sagte, Lied, Liebe, Liebesmahl, schloß die Augen, sagte, singen, küssen, verzehren, und behauptete, sie bekäme eine neue Zunge. Zunge, fragte er tastend nach einer Weile, während das Fenster im Widerschein einer aufflammenden Straßenlaterne aufleuchtete, der Fernandas Kleider in hauchdünnes, steifes, lodernd um ihren jetzt ausgestreckten Körper stehendes Papier verwandelte, Zungen der Erleuchteten, fragte er, Feuerzungen vom Himmel, Zunge in Madeira, Zunge auf venezianisch? Ja, sagte sie, mit verzehren fing es an, küssen und singen kam später, mit verzehren fing es an, an jenem Tag im Juni, als ich zum ersten Mal in eure Wohnung kam, Krebse, Oliven, Sherry, aber ich spürte den neuen Geschmack erst Stunden später, am Abend, als ich allein in meinem Zimmer vor dem Spiegel stand und versuchte, meine Haare in der Weise hochzustecken, wie es Franziska am Mittag getan hatte, es war alles da, Erbsen und Mais und Dijoner Senf, ich wälzte die Zunge im Mund, Erdbeeren und Cayennepfeffer, und der Nachmittag stieg vor mir im Spiegel auf, Fannys und Franziskas Gesichter, die Umzugskartons, Toile de Jouy, Chintz und ein altes Sofa, der Regen, der im Lüster rauschte, und eine Leerstelle, die du warst, es war, als hätte ich nie zuvor zu essen begonnen, als hätte ich nie etwas anderes gegessen als Pappe und Papier, an nichts konnte ich mich erinnern als an Pappe, nicht an Thymian, nicht an Rosmarin, nicht an Basilikum, als ob mein Leben bisher nur aus Pappe bestanden hätte, aus mehligem Hühnerfleisch, matschigem Weißbrot, labbriger Mortadella, aus dem Einheitsgeschmack Pappe, aus weißem Weichbrei, zerkochten Nudeln, kalifornischen Pfirsichen in Sirup, aus einem weichen, trockenen Kinderbrei, weder süßem noch salzigem Haferschleim, dem Einheitsgeschmack für alle Tageszeiten, wie die Hostie am Sonntagmorgen, es war ganz einfach, du mußtest nur den Mund aufmachen und die Augen schließen, um in den Genuß der Einheitsnahrung zu kommen, Fütterung der Sperlinge, Speisung der Bedürftigen, wunderbare Brotvermehrung, dann lag sie auf der Zunge, rund und weiß wie der Mond, den mit den Zähnen zu berühren du nicht wagtest, wenn du in die Kirchenbank zurückgingst, Kniebeuge, Gesicht in den Händen und Warten auf die Erleuchtung, im Mund der Mond, weißer Berg, verdorrter Dornbusch, das Plättchen, das ein Leib mit Wunden ist, ein liegendes Lamm mit eingeknickten Beinen, zwischen den Ritzen der Finger schimmerte das Kirchenlicht, blaurotes Glas aus den Fensterbögen, zwischen denen der heilige Rochus schreitet, Heilender der Erstickungsanfälle und Grätenschlucker, während das Plättchen sich vollsaugt voll Speichel, ein kleines wollweißes, wollaufgeweichtes Bällchen, das du herunterschluckst, das in den Magen fällt wie ein Klumpen, ein Lamm mit Hufen im Magensack, und in dir das Heilige, das nach nichts schmeckt. Später, wenn du den Gang heruntergehst und das Kirchenschiff verläßt, findest du auf der Straße das Gegenbild im Profanen, Sonntagmorgen und auf dem Kirchplatz Linden im Wind, hinter dir Orgelbrausen und vor dir, in die Ecke des Platzes gedrückt, eine Bäckerei, vor der die Kinder in der Woche Schlange stehen, Hostien en gros gibt es dort, eine Mode für Schulkinder mit dem Namen Eßpapier, große, feinblättrige, weiße Monde, rund und glatt, nicht zu verwechseln mit Karlsbader Oblaten, denn die Eßpapierscheiben sind *ohne Geschmack*, sie schmecken wie die Hostien, die wie alles schmecken, wie Fleisch von Hühnern, wie amerikanisches Toastbrot *Tip-top*, du kaufst sie und trägst sie in einer Tüte ins Schulgebäude, wo der Priester am Lehrerpult wartet und den Mund öffnet und gelbe Zähne zeigt, wo er in die Hände klatscht und ruft, Kinder, aufstellen zum Morgengebet, während das Eßpapier sich im Mund in pappigen Brei verwandelt, während er sagt, Erstes Gebot: Du sollst keine fremden Götter neben mir haben, und du den Brei wälzst und ihn unter den Gaumen rollst und dich fragst, liebst du fremde Götter, und das Eßpapier ist Wiederholung und Aufstand gegen die Hostie, das Eßpapier ist die Todsünde, das Ungeweihte gegen das Geweihte, der Priester hebt den Arm zum Einsatz des Taktes, du schluckst, es gibt kein Heiliges, du schluckst, Einübung in die Todsünde, du schluckst, kein Klumpen im Magen, kein Lamm mit Bocksfüßen, die gegen die Magenwand treten, du schluckst und füllst dich mit nichts.

Am Ende des Essens legte Franziskas Bruder seine Serviette, die er zuvor sorgfältig wie ein Priester das Tuch, auf dem die Hostie liegt, gefaltet hatte, neben den Teller, sagte Fernanda, Blok aus seinen im Halbschlaf von der Wärme der Heizung hervorgerufenen Bildern in die Dunkelheit des schachtelgroßen Autos zurückreißend, das sich der kurz vor dem Ziel immer karger und einsamer werdenden Landschaft anzupassen schien, indem es sich von einer kleinen ratternden Maschine für Blok, dessen Ohr seit Stunden an den gleichmäßig surrenden Nähmaschinenton des Motors gewöhnt war und ihn deshalb überhörte, in ein lautlos, langsam und geduckt über die dunklen Hügel schleichendes Tier verwandelte. Mund abgetupft, das Tuch geküßt und Schluß, sagte Fernanda, und sofort erschien aus der Tiefe der Nacht eine Abendtafel vor Blok, ein langgestrecktes Tischleindeckdich für sieben Personen in blitzweißem Zimmer, der Mann in der Mitte, den Kopf unter einem gewölbten, in die niedrige Decke eingelassenen milchigen Oberlicht, umgeben von sechs lauschenden Frauen, aber die Geschichte war bereits weiter fortgeschritten, denn Fernanda sagte, Franziskas Schwägerin sei mit einem kleinen batteriebetriebenen Handapparat erschienen, sei über das trotz des Linsengerichts von Flecken verschonte Tischtuch gefahren und habe die Brotkrümel aufgesaugt, Tischgebet, Reinlichkeit und Fondant, sagte Fernanda, denn zum Abschluß habe er Fondant gehabt, das er für Franziskas Besuch von einem befreundeten Psychiater aus der Schweiz habe schicken lassen, das er mit bleichen, feinen Händen, als lege er ihr einen feuchten Umschlag auf die von einem Migräneanfall gepeinigte Stirn, aus der Hülle gepflückt und ihr gereicht habe, Fondant habe sie schon als Kind gemocht, habe er gelächelt, mit einem weißen feinen Bruderlächeln, und wie er sie kenne, gehöre sie zu den Menschen, die ihren Kindergeschmack beibehalten hätten; eine rückwärtsgewandte, auf dem Sand von Erinnerungsgeschichten, ein paar Gegenständen und einer Gebärdensprache von der Behutsamkeit überholter Teezirkel errichtete Gegenwart, habe sie gedacht, in der sich auf widersprüchliche Weise das Anachronistische mit dem Fortschrittsgläubigen und Nüchternen mische, Tischstaubsauger und Fondant, eine Einbauküche, so steril wie ein Chemielabor mit durchsichtigen Töpfen und indirektem Licht, Vertriebenenschicksal, das in Apfelschnaps, Familiensilber und Wappenringen ertrinkt, die die älteste Tochter bereits am kleinen Finger trug, in den Zöpfen und Stehkragenblusen und Gesprächen über den Weihnachtsbasar des Roten Kreuzes, während der Vater, von Hause aus Architekt und besorgt um alte Stadtkerne, ein Plädoyer für hypermoderne Fußgängerzonen, gebrochen mit alten Stadtlaternen, Fachwerk und Gelbanstrich hält, für das milde Licht der Provinz, das es zu schützen gelte, wie er sich ausdrückte, auf den aufgefrischten Mauern der Kleinstädte, denn er sitzt im Stadtrat, als *Wächter*, sagte Fernanda und schnippte mit den Fingern, und Blok sah im Rückspiegel einen Ausschnitt ihres vom Rückstrahl der Scheinwerfer schwach beleuchteten Clownsgesichts, eine spöttische, übernächtigte und verweint aussehende Maske, die, die Augenschlitze in die Höhe gezogen, den Mund öffnete und sagte, *Wächter!*, als sage sie Simsalabim und falle über ihren eigenen Schuh, Wächter, der im Stadtrat sitzt und Vorträge hält über den »menschenfreundlichen Stadtkern der Zukunft«, und Blok versuchte, sich die Person vorzustellen, die er flüchtig vor Jahren gesehen hatte, den Kümmerer, wie Franziska und Fernanda sagten, sich unter leisem Gelächter auf eine Bezeichnung berufend, die er in seinen Kindertagen von seiner Familie erhalten hatte, aber die Geschichte, die Franziska erzählte, schob sich dazwischen, und die Figur blieb eine mit den Insignien des Erwachsenen ausgestattete Kinderfigur, die mit Franziska auf dem Dachboden im Haus ihrer Verwandten gespielt hatte, drei kleine Teddybären waren die Helden ihres Spiels, drei, wie Franziska Fernanda erklärt hatte, weil der dritte einem älteren, bereits vor ihrer Flucht gestorbenen Bruder gehört habe, und Blok hatte zwei selbstvergessen über ihrem Spiel hockende Kinder im blassen Gegenlicht einer spinnwebverhangenen Dachluke vor Augen, den mit Kleiderschränken, Kartons, einem alten Klavier, Gemälden, Gartenstühlen, die, wie vieles Überflüssige, das sich nach einem irrwitzigen Gesetz des Zufalls als Gerettetes dort oben eingefunden hatte, von niemandem mehr benutzt wurden, und kleinerem verstaubtem Trödel, einem Sammelsurium der bürgerlichen Geschichte der Vorkriegszeit, vollgestopften Dachboden, in dessen freigeräumter Mitte eine elektrische Eisenbahn auf einer in ovalem Kreis gezogenen Strecke surrte, ein leises, schnarrendes und manchmal stockendes und ins Leere kreisendes Geräusch, wenn die Lokomotive in einer Kurve umkippte, ein Geräusch, das, wie sie beschrieb, an das Geräusch der Nähmaschine erinnert habe, die in der Küche stand; und plötzlich hörte Blok wieder deutlich das Motorengeräusch des Autos, und in der Nacht verschmolzen Motorengeräusch und das Surren der Spielzeugeisenbahn im gemeinsamen Schnarren einer Nähmaschine. Auf den Waggons hätten in Abständen die Teddybären geritten, sie nannten es Karussellfahren und erfanden ihnen rund um die Pappmaché-Landschaft aus Hügeln, Wäldern, kleinen Städten stattfindende Abenteuer ihrer Reisen, bei jeder Umdrehung freifliegende, imaginäre Kontinente umkreisende Abenteuer, der Kümmerer stets besorgt, daß der Dritte, der Herrenlose und Verwaiste nicht vernachlässigt wurde, während Franziska, weniger weichherzig und mitleidig, wie sie sagte, sondern voll geheimen Grolls, da sie dem Ältesten sein Verschwinden nicht verziehen habe, denn der Tod habe ihr nicht etwas von außen Herangetretenes bedeutet, das ihrem Kinderzimmer den Witz und die Kapriolen genommen hätte, mit denen der Älteste, der Charmanteste, Strahlendste und Leichtblütigste, es erfüllt hatte, sondern ein leichtfertiges Weggehen, und am liebsten hätte sie seinen Bären aus ihren Spielen verbannt.

– Seifenblasen, sagte Fernanda in diesem Moment, Seifenblasen sei das Wort gewesen, das ihr eingefallen sei, als sie Franziska und den Kümmerer bis tief in die Nacht solche Erinnerungen habe austauschen hören, sie habe an die funkelnden, gasleichten Kugeln gedacht, die Kinder durch einen Drahtring in die Luft blasen, die Töchter und die Schwägerin wären längst schlafen gegangen, aber um zwei Uhr nachts wären sie bei den entsetzlichen froschgrünen Halbstiefeln angekommen, die sie, ein mit dem Gepäck und den Kerzenwindmühlen zu Weihnachten angekommenes Geschenk aus dem Osten, zum Gespött ihrer Klassenkameraden hätte tragen müssen, bis sie zu klein wurden, da die Mutter, dankbar für jede Hilfe und für die modischen Empfindlichkeiten ihrer Kinder vollkommen blind, bei ihrem Widerspruch aus allen Wolken gefallen wäre, zumal sie für sich selbst mit ihren Pumphosen und Schulterschals die Kleiderfrage ein für allemal gelöst hatte, sie habe die vier Kinderfüße in den Stiefelchen vor sich gesehen, die Klappleiter hochsteigend und den Staub auf dem Dachboden aufwirbelnd, und es sei ihr vorgekommen, als rollten Franziska und ihr Bruder, eingeschlossen in die Wände ihrer Geschichten, wie in einer durchsichtigen Kugel gemeinsam durch die Stationen ihrer Jahre, zugleich vierzig-, zwanzig- und vierjährig, eingesponnen in einer schillernden Seifenblase Kindheit, die wie eine dünne Haut im nächsten Augenblick platzen würde und nichts zurücklassen als in der Luft hängende Worte, wie Franziska geantwortet habe, als sie schließlich, die trügerische Wärme des Apfelschnapses im Bauch, in den eiskalten Betten gelegen hätten, denn die vergangenen Gemeinsamkeiten, die sie aufzufinden suchten, hätten längst keine Wurzeln mehr, nur die Geschichten, die sich um die erinnerten Gegenstände rankten, um die Teddybären, um die grünen Stiefel, schüfen Wurzeln, trügerische Luftwurzeln, das habe sie an jenem Abend von neuem erkannt (was sie nicht hindern wird, die ihr zugeflossenen Erbstücke wie zerbrechliches Strandgut aufzusammeln, sagte Fernanda mit bedeutungsvollem Blick über die Schulter zu Blok) und, hin und her gerissen zwischen der Einsicht in die Flüchtigkeit und die Dauer des Vergangenen, habe sie Fernanda den Abschluß der Teddybären-Geschichte erzählt, durch den Schnaps, die Kälte, die riesigen Betten in dem kahlen Zimmer und das halbstündliche Schlagen der Kirchturmuhr in einen schwebenden Zustand versetzt, deren blecherner Klang in den von keinem nächtlichen Großstadtlärm gestörten, sondern in abgeschotteter Ruhe unter einem klaren schwarzblauen Herbsthimmel daliegenden Straßen, das Provinzstädtchen in eine Traumstadt verwandelte, in der die Teddybären mit den Gesichtern ihrer Brüder wie skurrile Spukgestalten um die Ecke lugten. In diesem Zustand habe sie, zur kichernden Belustigung von Fernanda, mehrmals ansetzen müssen, um ihr den Abschluß, der auch ein Abschied und Aufbruch geworden sei, zu erzählen, als treibe die Nacht aus ihrer Neigung, immer wieder den Anfang einer Geschichte zu variieren, die tollsten Schattengewächse, und bis sie sich schließlich auf den Satz: *es war ein frostkalter Wintertag* besonnen habe, sei sie durch Sätze geirrt wie: *es war ein schöner Frühlingstag. – es war der erste Tag des Sommers, und die Mohnblüten am Wegrand ließen die Köpfe hängen in der Mittagshitze. – Es war Mittag, in einer Stadt, durch deren Mitte die Eisenbahnstrecke gelegt war, und vor der geschlossenen Schranke stand ein Mann mit einer Aktentasche. Ich kam aus dem Haus gelaufen, und in meiner Tasche lag ein Packen mit Flugblättern. Ich stand vor dem Mann und drückte ihm ein Flugblatt gegen die Brust. Der Mann rührte sich nicht und sah mich an. Ich schob das Blatt in sein Revers, in dem Moment, als die Eisenbahn mit großem Getöse an uns vorbeidonnerte. Das Flugblatt fiel aus seinem Revers, und als er sich bückte, um es aufzufangen, öffnete sich seine Tasche, und ich sah, daß ein kleiner Teddybär darin lag, mit einem Fähnchen am Ohr.* Blok, der sich sicher war, daß Fernanda keine Teddybären-Geschichten zu erzählen hatte, dachte sich ein schaukelndes, wiegendes Erzählen, das in der kühlen, vom Schlaf der Kleinstadt verdünnten Luft wie eine Einschlafgeschichte für Kinder klingen mochte, ein Gedanke, der sich sofort verflüchtigte, da im Verhältnis von Franziska und Fernanda weder die Rolle des Mütterlichen noch die des Kindlichen besetzt war, da sie zwei sich widersprechende und spiegelnde Pole waren, die Jüngere, deren Erinnerungen stets, wenn sie auftauchten, zu einer Flucht vor der Erinnerung zu werden schienen, ein unfreiwilliges Verfolgt-und-überflutet-Werden, das sie hastig und abgehackt hinter sich brachte, und die Ältere, die sich langsam erinnerte, tastend und mit vielen Pausen, deren Verhaftet-Sein an die Anfänge die Suche eines Wünschelrutengängers war, eines Glücksuchers, dem die wiedergefundenen Anfänge als Garanten des Glücks galten, die in einem aufgeweichten Tennisball am Wegrand im Park ebensogut wie in einer geeisten Karamelcreme auftauchen konnten. *Es war ein frostklarer Wintertag*, hatte sie also schließlich gesagt, *und plötzlich waren wir erwachsen. Der rote Boden auf dem Tennisplatz, der in der Wiese zwischen den gelbgestrichenen Gebäuden der Universität lag, war gefroren, und wenn die Tennisbälle aufschlugen, geschah das mit einem Knall, so präzise wie der eines Sektpfropfens beim Öffnen der Flasche. Der Campus war leer, und man hörte weit und breit nur dieses regelmäßige Knallen in der sonnigen, klaren Luft. Ich stand seit einer Weile vor dem Drahtmaschenzaun am Rand des Spielfelds und beobachtete meinen Bruder, der zwei jüngeren Studenten Unterricht gab, und wie immer sammelte er selbst seine Bälle sorgsam auf. Nach einer Weile gab er ein Zeichen zur Pause und kam quer über die Spielfläche zu mir. Ich habe einen Mann geheiratet, der Flugblätter verteilt, sagte ich, der geduldig die trockenen Kekse, den süßen Wein und die Geschichten der Familie über sich ergehen läßt. Ich gehe weg, sagte ich, ich werde mich von niemandem verabschieden, nur du sollst es wissen. Die Sonne blendete seine Augen und spiegelte in seinen ovalen, randlosen Brillengläsern, und er kniff die Augen hinter der Brille zusammen und kniff sein hageres Gesicht zusammen und sagte, ich wußte es schon. Daß du es weißt, ich verstehe es nicht und will nichts damit zu tun haben. Dann ging er und holte einen kleinen Karton, der auf einem Hocker am Rand des Spielfeldes stand. Ich sah ihn durch die Sonne gehen, mager, bekümmert und bereits von seinen Pflichten erdrückt. In dem Karton lagen die drei Teddybären. Das sind deine Statthalter, sagte er und reichte mir den Karton über den Drahtmaschenzaun.*

Rührend, dachte Blok, dem sich ihre Sätze wie die zwischen den Baumstämmen glimmenden Katzenaugen vor die düstere Wand des Waldes schoben, den sie, fast in Tarduz angelangt, gerade durchquerten. Rührend, dachte er, drei Bären, Bim-Bam-Bum, mit Knopf im Ohr, Flugblätter, eine frühe Ehe und der Versuch, wegzugehen. Sie tat es, sie kam wieder, und sie ging von neuem weg, um zu dem Stückeschreiber nach Paris aufzubrechen, kreisend im Verlorenen, das weiter zurückreichte als jede Ursache, die es ungenügend zu benennen versuchte, in ihrer *Geschichte der Vertreibung*, in der sie sich schließlich in den Fragmenten meiner Notizbücher hätte finden können, in einer Sprache, die, je mehr sie ihren Gegenstand umkreiste, ihn desto weniger fassen zu können schien, im Erwachen am Morgen, Wand an Wand, in derselben Wohnung mit mir, in der sie sich, Jahr für Jahr, gegen die Wand gesprochen, hinter der ich saß, die Anfänge unserer Geschichte neu erzählte, in der sie, sich Hoffnung einredend, als öffne sie, vorsichtig und ein wenig mißtrauisch, ein im Winkel ihrer Kindheit wie in einem verstaubten Regal vergessenes Kästchen mit unbekanntem Inhalt, von Zeit zu Zeit das Wort *wir* vor sich hin sprach, ein Wort, das, nie erreicht oder gleich verloren, sofort wieder zerfiel in Ich und Ich, gespiegelt in der pflanzenhaften Ausdruckslosigkeit ihres Gesichts, das sich von der Wand wegdrehte, *wir*, das sich wiederholte wie die Erzählung unseres Anfangs in der lautlosen Bewegung ihrer Lippen: *wir*, wenn wir uns in späteren Jahren in der Küche begegneten und jeder für sich mit kochendem Wasser seinen Tee, seinen Nescafé aufschüttete oder, ohne aufzublicken, ein Rührei in der Pfanne zerteilte, ein Spiegelei hin und her schob, geübt in der Technik, es nicht am Boden der Pfanne ankleben zu lassen, dann dachte sie vielleicht das Labyrinthische dieses Worts *wir*, in dessen schneckenförmigem Gewinde wir feststeckten, ein altes Ehepaar, in Bademänteln und heruntergerollten Strümpfen, Rücken an Rücken vor Herd und Tisch hantierend, und in den Windungen davor wie in einem zurückfliehenden Tunnelgang steckten unsere vergangenen Zustände, Situationen, Momentaufnahmen – und, verschüttet wie der Zugang zu einer Quelle in einem für die Öffentlichkeit gesperrten Bergwerk, der *Anfang*; Blok war, während im Licht der Scheinwerfer das moosbesetzte, pokkennarbig gekerbte, mit schweren, eisernen Scharnieren und Riegeln verbarrikadierte Tor von Tarduz auftauchte, während

Franziska hielt und das ächzende Geräusch der angezogenen Handbremse wie das einer metallenen Spiralfeder die Buß- und Bettagsstille der ausgestorbenen Dorfstraße durchschnitt, das Bild ihrer Geschichte als Schneckenlabyrinth eingefallen, als er an die hilflose, nervöse und abwesende Geste dachte, mit der Franziska an solchen Morgen in der Küche ein Gürtelende ihres Bademantels einrollte, es eine Weile, während sie mit der anderen den Teekessel ergriff oder die Tasse an den Mund setzte, in ihrer breiten Hand hielt, und ebenso unverhofft, wie sie es eingerollt hatte, wieder fallen und aufrollen ließ; doch während Blok durch die vorderen Wagentüren, die Franziska und Fernanda hatten offenstehen lassen, einen Strom feuchtkalter Luft eindringen spürte und er die beiden Frauen im Frühnebel zum Tor stapfen sah, hörte er Fernanda einen Faden des Labyrinths an einer anderen Stelle aufgreifen und fragen: wo sind sie geblieben, die drei Teddybären?

VII

Wieder war es Nacht, und Blok ging über den Boulevard. Er befand sich auf der Höhe, an der der Boulevard de Rochechouart in den Boulevard de Clichy knickte, ein, seit die gegen den Himmel geworfene, Sensationen versprechende Festbeleuchtung verloschen war, um so verrotteter erscheinender Abschnitt, durchsetzt von Spielhöllen, Sexschuppen, Kinos und mit rotem Plüsch ausgeschlagenen Restaurants für japanische Touristen, ein unwirklicher Bereich, in dem sich der Nachhall des fieberhaften, auf kurze Zeit zusammengedrängten Vergnügungsgeschäfts in den aus umgekippten Müllsäcken quellenden, sich über den Bürgersteig ergießenden Abfallbergen fand, ein Abschnitt, der um diese Zeit, gegen vier, wie ein nach einem Bombeneinschlag verwüsteter Kriegsschauplatz aussah, über dessen ausgekohlten Trümmern die Flügel von Moulin Rouge schwarz gegen den Himmel starrten. Bloks hochgeschlagener Mantelkragen kratzte ihn am Ohr, und eng an den Häusern vorbeistreichend, um Schutz vor dem Wind zu suchen, ging er, als verrichte er Schwerarbeit, als trüge er Fernanda, die von Schreckbildern gepeinigte, die vom Aufblitzen des Wunderbaren im Alltäglichen hingerissene und die gleichgültige Alltagsperson dazwischen wie ein Känguruh in seinem Beutel mit sich, und jene drei Nächte, die jeden ihrer drei Zustände verkörperten, die die letzten zehn Tage umspannten, von der ersten, die die Nacht eines klaustrophobischen Albtraums war, über die zweite, in der ein traurig-trunkenes Rendezvous an der Place St. Sulpice stattgefunden hatte, bis zur heutigen, in der er sie sich zufrieden in ihrem Bett räkelnd in ihrem Zimmer zurückgelassen hatte. Eine kalte Nacht Anfang Dezember, in der das bleiche Licht einer sirrenden Bogenlampe den Mauern des Collège Rollin auf der gegenüberliegenden Straßenseite den düsteren militärischen Anstrich einer Kaserne auf einer Insel für Verbannte gab, als Blok, der den Wechsel vom Herbst in den Winter noch nicht vollzogen hatte, der noch Fernandas Füße in den raschelnden Laubbergen von Tarduz hörte und die langen biegsamen Zähne des Rechens sah, mit dem Franziska das welke Laub im Garten zusammengekehrt hatte, plötzlich in seiner Manteltasche die kleine, verschrumpelte Birne fühlte, die er von Fernandas Tisch gestohlen hatte, bevor er ihr Zimmer verließ, wo sie zwischen aufgeschlagenen Französisch-Büchern ein trauriges, braungeflecktes Dasein fristete, dem der mehlige Geruch von fadem, im Keller gelagertem Winterobst bereits anhaftete, obwohl Fernanda sie hart, grün und unreif im Gras von Tarduz aufgehoben hatte – eine Insel-Birne, hatte sie gesagt, nicht auf seine Inselträume, von denen sie nichts wußte, sondern auf die Beschreibung ihres *Insel-Alltags*, gleichförmig und abgeschlossen, wie er gesagt hatte, anspielend –, und jedesmal, wenn er kam, hatte er gesehen, wie sie, über Vokabeln und die zigste Lektion *Les Dupont au Restaurant* gebeugt, ihren Alterungsprozeß vergessen hatte, eine Szene, die ihn immer wieder überraschte, wenn er sie so vollkommen in ihren Au-pair-Mädchen-Alltag eingetaucht sah, und er wußte nicht, ob er es ihr übelnahm oder ob es nagende Neugier war, die ihn plagte, denn es war offensichtlich, daß sie sich in solchen Momenten weder als sein Alter ego verstand, das in seinen Spuren wanderte, noch eine ihrer Verwandlungsübungen durchführte. Sie war nichts als eine Vokabeln lernende und um ihre Prüfung besorgte Studentin, und unsicher, ob er es als Fortschritt werten sollte oder als Verlust an Intelligenz, hatte er versucht, ihr Vorhaltungen zu machen und das Zukunftsbild einer im *wahren Leben* Ertrunkenen zu entwerfen. War es ihm bisher gelungen, die Temperatur gleichmäßig zu halten und Tage verstreichen zu lassen, ohne sie zu sehen, so fand er sich plötzlich jeden Tag vor ihrem Haus, ungeduldig und diesem neuen Rätsel auf der Spur, das sie ihm entzog, Fernanda über den Büchern, Fernanda mit einem der Mitglieder ihres Kurses die Straße heraufschlendernd, die sie im Sommer noch als *Techniker* bezeichnet hatte, und nichts anderes hatte ihn heute nacht aus ihrem Zimmer vertrieben als ihre Bemerkung, sie täte nichts lieber, als nachts mit ihm durch die leeren Straßen zum Canal de l'Ourcq zu streichen, eine Bemerkung, die er zu einer Zeit, als sie ihm ihre Versteckspiele in anderen Rollen offen gestanden hatte, als klare Aussage genommen hätte, die ihm jetzt, da er, in einer Vertauschung der Haltung, ihre Unsicherheit und Empfindlichkeit übernommen hatte und öfter darauf verzichtete, sie in ihren alltäglichen Beschäftigungen zu überraschen und, vor ihrem Haus angekommen, wieder umkehrte, Kopfzerbrechen bereitete. Sie hatte im Bett gelegen, einen Arm unter den Kopf geschoben, mit nacktem, in der Dunkelheit blinkendem Augenweiß, und wiederholt, sie sei zu müde, heute nacht, sonst täte sie nichts lieber, als jetzt mit ihm zum Kanal zu gehen – denn auch das Gehen verfüge über unvorhersehbare Dissonanzen und Harmonien, und im allgemeinen erledige sie es lieber allein –, über die Gleisbrücken und die engen, zerfetzten Straßen hinter der Gare du Nord zu den Kanälen, durch diese schönschreckliche Schrottgegend, wie sie sagte, jede Straße werde, vielleicht, weil die Häuser hinter dem Boulevard de la Chapelle selbst so dünn, so halb ausgehöhlt und häufig ohne Fensterscheiben und Türen wären, zu einer Membrane, einer durchsichtigen und von Tönen vibrierenden Wand (auch die Stille vibriere, das wisse er, und gerade in der Nacht), manchmal stünde sie davor und manchmal dahinter, natürlich sei es dieselbe Stadt, mit demselben staubigen Himmel und denselben Steinfluchten, aber sie spüre den Moment, wenn sie durch die Wand gehe, und der Unterschied sei, daß, stünde sie dahinter, das Kreisen und Tosen der Stadt plötzlich in ihr fließe und sie mit einem unerhörten Glücksgefühl erfülle, und stünde sie davor, die Geräusche an ihr abflössen als ginge sie mit verstopften Ohren durch gut wattierte Räume, dies, glaube sie, sei eigentlich der Normalzustand, da der unerträgliche Alltagslärm einer Stadt wie Paris, auch die von allen Seiten wie kleine Geschosse anfliegenden Gesprächsfetzen der Vorübergehenden ein menschliches Ohr sprengen müsse, wenn nicht ein Schutzmechanismus des Ohrs und der Sinne ihr und vermutlich vielen anderen überleben helfe. Oft staune sie, wenn sie die Leute bepackt, mit verstopften Augen und Ohren über die Straßen hasten sehe, kleine Inseln im Meer des Verkehrs treibend (obwohl radargelenkte U-Boote im Meer der Stadt vermutlich der bessere Vergleich wäre), was beweise, hatte sie gesagt und ihn im Dunkeln angelächelt, daß der Große Blok nicht die einzige Insel in Paris sei – (abgesehen von den ungezählten Kaspar Hausers, den Säufern an der Ecke, Erlösungsfanatikern, tumben Heiligen, verrückten Erfindern und einsamen Café-Besuchern, aber heute rede sie nicht von den Extremfällen der Insel-Welten) –, Blok, eine Insel aus Papier, aus Notizbüchern und dem Wunsch, keine Geschichte zu haben, eine Ohr-Insel, denn manchmal scheine er aus nichts als Ohr (oder Auge) zu bestehen, der Schriftsteller als Lauscher (und Voyeur), nicht sehr ergiebig übrigens für seine Umgebung, aber sie wisse schon, was er fragen werde, seit wann ein Schriftsteller ›ergiebig‹ sein müsse, möglichst nett und freundlich, oder doch wenigstens ordentlich exzentrisch, er habe recht, und zuweilen habe sie geglaubt, er sei ein Magier, der, das Ohr an der Membrane, plötzlich den Finger durchstecke und durch das gebohrte Guckloch die wunderbarsten Panoramen schaffe und ihr zeige, ein Pariser Kaleidoskop als funkelnde Bilder unter dem Meeresspiegel, und das Verrückte sei, daß die *Jules Verne* benannte Straße eine der kürzesten und schäbigsten sei, ein franko-arabischer Müllschlauch unterhalb des Boulevards de Belleville und ohne den Anflug des Wunderbaren. Worauf sie ohne weiteres dazu übergegangen war, sich über die Brotpreise aufzuregen, 2 Francs 70 kostete jetzt die Baguette, welcher Immigrant von der Stadtrandzone könne dieses Nichts aus Luft und Kruste noch bezahlen, diese dreimal am Tag in Heerscharen durch die Straßen von Paris wie Lanzen nach Hause getragenen goldbraunen Stangen, und wo bleibe dann die Idee der Revolution, *Brot für das Volk*, wenn *das Volk* sich statt dessen mit Bergen von Nudeln eindecken müsse, die es, in Familienpackungen zu niedrigen Preisen, in Billigläden angeboten gäbe, Nudeln statt Brot, auch das käme einer Revolution gleich, einer schleichenden allerdings und auf dem Pfeil der Geschichte in die umgekehrte Richtung zeigend, einer teigigen, lautlosen Verwandlung einer zum Mythos gewordenen Gewohnheit, die vom Stadtrand ausginge, für sie selbst aber sei eine Baguette (wie ein Knoten in einer Krawatte, wie ein herabfallendes Blatt, wie ein auf dem Schneidezahn verwischtes Lippenrot, wie die geflochtenen Zöpfe von Yvonnes Kindern) eine von den unzähligen alltäglichen Wirklichkeiten, die, auf der Grundlage ihrer materiellen Seite, Länge, Gewicht, Zusammensetzung, eine Flucht von Türen eröffne, und die in Körben aufrecht stehenden Brotstangen hätten sie neulich, in der mit ländlichen Szenen auf den Glasfenstern am Eingang ausgemalten Boulangerie an der Ecke, an die die Vertikale beherrschenden Lanzen auf einer Judasszene von Giotto erinnert. Blok, am Fußende ihres Bettes sitzend, hatte ihre unter der Decke gekreuzten Füße gestreichelt, den Blick über ihre über den Stuhl gehängten Siebensachen gleiten lassend bis zu einem aus dem im Dunkeln liegenden Holzboden vom Lichteinfall ausgeschnittenen helleren Rechteck, in dem ihre Schuhe standen, glatt und hochhackig und aus dunklem Leder, Größe 36, wie er wußte, du hast die Füße einer Japanerin, hatte er gemurmelt, und sie hatte, ebenso zerstreut, geantwortet, die Technik des Fußabschnürens sei seit einiger Zeit aus der Mode gekommen. Der eine der beiden Schuhe stand aufrecht, während der andere, seitlich ins Dunkel weggekippt, nur mit dem dünnen, bis auf drei kleine Nagelkuppen abgelaufenen Absatz ins helle Feld ragte – eine Vorstellung, sagte Fernanda, noch immer bei dem

Bild der Baguette als Lanze, die sie sich nicht ausgedacht habe, sondern die sie von außen getroffen habe, ein Moment, in dem sich Vorstellung und Wirklichkeit miteinander verschränkt hätten, als halte man erst dann die Wirklichkeit, das warme, nach Korn riechende, mit einem kleinen Stück weißen Papiers umwickelte Brot in der Hand, wenn Vorstellungen sie umlagerten wie ein Hof den Mond, denn das Gerede von der *nackten* Wirklichkeit, von den *nackten* Tatsachen sei ebensolch ein Glaubenssatz wie ein religiöser – Blok betrachtete das kahle Viereck, die Wellenlinien der Schuhsohlen, die die geraden Ritzen der Holzbohlen schnitten, murmelte, die Hand unter der Decke und ihre Fußsohlen kitzelnd, an ihr wäre ein Philosoph verlorengegangen, und dachte, während Fernanda sich räkelte und die Decke über den Kopf zog, daß es ihm egal sei, ob es das Wirkliche, das Wunderbare oder beides zugleich sei, was er sah, den vom Stuhlrand herabbaumelnden Strumpf, ein geringelter Strumpf, grau mit schwarz, mit einem Gummizug, der über dem Knie sitzen sollte, egal, da er sich zuweilen den Luxus erlaubte, auch an solche Unterscheidungen nicht mehr zu glauben, egal, weil er glücklich war, weil er gern dort sitzen geblieben wäre, aber fürchtete, Fernanda würde ihn beim Aufwachen mit verklebten Augen verwundert ansehen wie einen mit zusammengeklappten Flügeln von der Nacht übriggebliebenen Falter und etwas murmeln von zweifelhaftem Gewohnheitsrecht und Leuten, die ihre Nächte auf fremden Bettkanten verbrächten.

Er hatte sie dort verbracht, vor zehn Tagen, und die Kante war so abschüssig gewesen wie der jetzt scharf in die Kurve zur Place de Clichy fallende Boulevard, seifig und glitschig wie die feuchten Steine der rechts abzweigenden Passage Veron, in der vor einem *Jardin d'hiver* betitelten Theaterchen ein funzliges, bläuliches Licht am Fuß mit einer Spur von Rattengift ausgelegten Mauer beleuchtete. Schatten flogen über die wie Benzin schillernden Wasserpfützen, ein Windstoß schüttelte aus einem seitlich gelegenen Hinterhof ein paar letzte Blätter über die Mauer, und der düstere Winterhimmel stand über dem schmalen Durchgang wie über der *freudlosen Gasse* eines expressionistischen Gruselfilms, in der es allerdings weder ein Stundenhotel noch in den Ecken fröstelnde Gestalten gab, sondern nur das Auf und Ab des wie in bewegtem Wellengang schimmernden, holprigen Kopfsteinpflasters, das sich im Dunkel verlor, ein Schimmern, als sei die Gasse ein Fluß aus Blei, die sich mit einer Stimme füllte, einer Stimme, die sagte, daß sie auf einem Fluß aus Blei treibe, einer schlafverfangenen Stimme, die sagte, daß sie auf einem Fluß treibe, eingeschlossen in einer Kiste, einer in einer offenen oder geschlossenen Kiste treibenden Stimme, der Stimme von Fernanda, die im Bett lag und im Schlaf redete und sagte, daß ihre Stimme auf einem Fluß aus Blei treibe und das Echo ihrer Stimme in der geschlossenen Kiste treibe. Ich bin eine sprechende Kiste, lachte sie im Schlaf, aber es hörte sich nicht nach Lachen an, sondern wie das verzerrte Bauchgelächter der Grand-Guignol-Puppe, und Blok, der neben ihr lag, fragte, ist es kein Boot, bist du sicher, daß es kein Boot ist, und du liegst auf dem Rücken und siehst in den offenen Himmel, aber sie jammerte im Schlaf wie ein Kind, der Fluß sei aus Blei und der Himmel sei aus Blei und die langen Zweige der Trauerweiden am Ufer tropften wie hauchdünne Bleiarme ins Wasser, es sei die Nacht der Vertreibung und manchmal verfange sich das Kistchen im Wassergras an den Ufern oder in einem Strudel in der Mitte des Flusses, und die Stimme kollere von Wand zu Wand wie eine rollende Kugel, aber Blok sagte, nach ihren versteiften, vom Körper weggestreckten Gliedern tastend, du liegst im Bett, die Kiste ist dein Bett, du liegst im Bett und träumst, und tastete über ihr tränennasses Gesicht und ihr raschelndes Haar, aber nein, sagte sie im selben jammernden Kinderton, sie singe in einer Kiste auf dem Fluß, eine zugenagelte Kiste, eine zugenagelte Stimme und das Echo sei das Gurgeln des Wassers. Vielleicht bist du ein Kind, das auf dem Fluß treibt wie Moses in einem Weidenkörbchen, fragte Blok, ein Kind in seinem Bett mit einem Nachtmahr auf der Brust, das vor dem Schlafengehen von einem auf dem Fluß treibenden Kind gelesen hat, und rollte sich über sie und horchte in sie hinein und sagte, ich bin der Albtraum und der Deckel, ich bin der Albtraum, der dir auf der Brust hockt, ich bin der Deckel, gegen den du sprichst, ich bin das Echo deiner Stimme, die du hörst, wenn du sprichst, sprich, sprich gegen den Deckel, und er horchte, aber ihre Stimme gluckerte in ihrem Bauch wie Wasser, und sie trieben im Dunkeln dahin, von fernen, nächtlichen und immer schwächer werdenden Geräuschen umgeben, von einem Schritt auf der Treppe im Hausflur, vom Rasseln eines Schlüsselbundes, vom Zufallen einer Tür, vom Sirren der Kugelbirne auf dem Treppenabsatz, und als nichts mehr zu hören war, flüsterte Blok Fernanda ins Ohr, du hast einen Kisten-Albtraum, seit je hast du einen Kisten-Albtraum, und in dieser Nacht werden wir die Nägel aus dem Deckel ziehen und die Kiste auf dem Grund des Flusses versenken, ohne Stimme, ohne Körper und ohne Echo, eine leere Kiste ohne Albtraum, eine mit Wasser gefüllte Kiste, ein gesunkenes Boot mit einem Leck, der gelungene Schiffbruch eines kleinen Holzgefängnisses. Er klopfte mit den Fingerkuppen auf den Rahmen des Bettes, hörst du, sagte er, die Kiste ist hohl, es steckt niemand drin, weder du noch die Stimme, noch ein kleiner Vampir, und biß sie in den Hals, kleine Kiste, sagte er, Stimme der Philosophin in der Kiste, warum rollst du nicht in einem Faß in den Wellen, aber Fernanda wand sich unter ihm und sagte, die Kiste ist ein Zimmer, die Kiste ist eine Zelle, es ist Jahre später, und die Kiste hat keine Nägel, sondern einen Riegel, denn es ist eine Zelle in einem Asyl für solche, die stehlen oder Brände legen oder ihren Familien fortlaufen, für solche, die, weder Kind noch mündig, streunende Übeltäter sind, und ich bin durch die Straßen gestreunt, ich habe meine Familie verlassen, ich bin durch die Straßen gestreunt, ich habe Brände gelegt und gestohlen, bis sie mich aufgegriffen haben, ich sitze in einer Zelle mit einem Riegel und einem vergitterten Milchglasfenster zum Korridor, auf den Fluren gehen Schwestern mit rauschenden Röcken und flatternden Hauben, und in den Straßen heulen die Sirenen der Polizeiwagen, es wird Nacht, vor dem Milchglasfenster brennt eine Lampe und verlöscht, ich sitze in der Zelle auf dem Fußboden, ich habe die Beine angezogen und den Kopf zwischen die Knie gesteckt und die Arme über den Kopf geschlungen, ich sitze in einer Ecke der Zelle an der Mauer, es ist dunkel, und ich weiß, daß neben der Tür das Fenster ist mit den Gitterstäben, daß an der anderen Wand ein Bett steht und eine Kloschüssel in der Ecke, ich weiß, daß man mir meine Kleider abgenommen hat, die Handtasche, in der die kleine Nagelfeile steckte, zu gefährlich, sagten sie, in der Zelle sind spitze oder scharfe Gegenstände verboten, ich weiß, daß sich ein Schlüssel von außen herumgedreht hat, daß ich in der Ecke vor der Wand sitze, daß ich eingeschlossen bin, daß ich für immer eingeschlossen bin, und daß man am Morgen kommen und mich verhören wird, und Blok, ihren Kopf festhaltend, sagte, es war eine Nacht, es war nur eine Nacht, es war keine Nacht für immer, es war eine Nacht, erinnere dich, am anderen Morgen haben sie dich entlassen, und hörte plötzlich ihren ruhigeren Atem, ihre Arme lockerten sich, und er rollte von ihr ab, und als er sich umdrehte, murmelte sie, ich liege in einer Kiste mit engen Holzwänden, ich treibe auf einem Fluß aus Blei, und im Innern der Kiste höre ich von weit her das Heulen der Polizeisirenen.

Als sie aufgewacht waren, hatte sie gelacht, und ihm die Hand aufs Gesicht legend und über ihn aus dem Bett steigend, hatte sie gesagt, meine Hand ist eine Schlafmaske für faule Diven, in ihren blanken, schiefergrauen Augen spiegelte sich nicht die leiseste Spur der Erinnerung an die Vorgänge der Nacht, blanke schilfgraue Augen und ein blankes, vom Schlaf gewaschenes Gesicht, ein erinnerungsloser Blick, der einen Augenblick über seiner Brust hing, als sei es eine andere Person, die ihn in den Bauch kniff, ein noch schlafwarmes, aber tagwaches Knäuel in einem langen Herrenhemd, das sie auf dem Flohmarkt gekauft hatte und als Nachthemd benutzte, und als er in sie hineinlauschte, hörte er nichts als ein leises Magenknurren. Er wartete, aber die sich durchkreuzenden Stimmen waren zum Schweigen gekommen, die Stimmen der Grand-Guignol-Puppe, die auf dem Wasser treibende Kinderstimme, die Zellenstimme, und im Zimmer war nur das Knacken der Holzbohlen zu hören und das Tappen ihrer nackten Füße, als sie zum Fenster ging; das Mädchen mit dem Tag- und Nachtgesicht, dachte er und beobachtete, wie sie, fröstelnd am Saum ihres Hemdes zerrend, einen Fuß auf den anderen gestellt (was ihr, im grauen Gegenlicht und von hinten gesehen, das Aussehen eines auf einem Bein stehenden Wasservogels gab, dessen Schweif der nach hinten sich fast bis zur Kniekehle verlängernde Hemdschoß war), versuchte, durch die mit kaltem Dampf beschlagene Fensterscheibe zu blicken, dann mit dem Finger den Rinnen eines Wassertropfens nachfuhr, mit dem Hemdsärmel ein größer werdendes Loch freiwischte und, den Arm mit dem nassen Flecken im Hemdstoff wieder herabhängen lassend, den Morgen prüfte. Im Zimmer standen die Dächer, von einer kalkigen Frostschicht bedeckt, bleierne Abzugröhren mit Luftklappen und ziegelrote Schornsteine, die im grauen Himmel steckten.

In einem kleinen, mit einem roten Samtvorhang verhängten Fenster neben dem Eingang zu einer Bar steckte, von einer bläulichen Birne mit einem bläßlichen Friedhofslicht angeleuchtet, ein getragener, aus der Mode gekommener Schuh von 1925, hochhackig, in Art-deco-Dreiecken mit Straß besetzt und einer am inneren Stoffrand verlaufenden, bräunlich getrockneten Spur eines Schweißstreifens, schräg davor ein kaum handtellergroßes, ausgebeultes, im bräunlichen Goldton verblaßter Ikonen schimmerndes und am Rand mit dünnen Glasperlenfäden besticktes Käppchen, davor ein umgekipptes, verstaubtes Kärtchen mit dem Namenszug einer *Mistyngette*, und Blok, ein zylindrisch aus dem Schuh ragendes Photo betrachtend, auf dem in einer Schlangenlinie von Armen und Beinen die Figur einer mit nach hinten geworfenem Kopf tanzenden Frau zu erkennen war, fragte sich, ob es sich um eine bewußte oder naive Fälschung der wahren *Mistinguett* handle; eine Fälschung, die, um ein Köder für die Gäste der Bar zu sein, voraussetzte, daß dem hier herumstreifenden Publikum ein Name wie der der Mistinguett vertraut war, was ebenso möglich wie unwahrscheinlich war, da die umliegenden Schaufenster, zu Kuriositätenkabinetts der Fetische umgebaut, einen eher biederen pornographischen Geschmack zu bedienen schienen und vor violett oder giftgrün ausgeschlagenen Wänden nebeneinander himmelblaue Flauschpantöffelchen und pinkfarbene Mohairmorgenröcke mit Stulpen aus weißem Flaum, genagelte Lederpeitschen in der Form von Seepferdchen oder Entenhälsen und schwarzglänzende Hemdchen mit orangefarbenen Spitzen zeigten. Schuh, Kappe, Kärtchen und Photo waren in das Fenster eingelassen wie eine Botschaft in einer Flasche, und der Boulevard war ein Fluß aus Blech, aus leeren, dunklen, in der Mitte abgestellten Reisebussen, aus langgestreckten, geschlossenen Wellblechbuden, in denen um die Weihnachtszeit hinter glitzerndem Eingang, neben dem ein mit einem Mikrophon bewaffneter Ausrufer stand, Striptease-Shows gezeigt wurden, um die von ihren Familien getrennten arabischen Gastarbeiter des Viertels über die Einsamkeit der Feiertage zu trösten, wie Fanny gesagt hatte, ein Areal, das offenbar auch als geschlossenes die Funktion eines Wartezimmers nicht einbüßte, denn Blok sah eine eng zusammenstehende Gruppe frierender und von einem Fuß auf den anderen tretender Gestalten zwischen den Buden. Ein Fluß aus Blech, gesäumt von dürren Winterbäumchen, die das Muster ihrer Zweige auf die Fensterschlitze der Busse warfen, ein Fluß wie der lange, fensterlose Korridor ihrer Wohnung, auf dessen schwarz-weißen Kacheln der Schatten der alten, neben der Eingangstür hängenden Kutschenlampe gefallen war, in der Nacht, als er, durch ein Geräusch geweckt, aufgestanden war und bei Verlassen seines Zimmers Franziska am Ende des Korridors auf dem Boden hatte liegen sehen, einen Fuß in der langen Schlaufe ihres Koffergriffs verfangen, über die sie gestolpert sein mußte, ein verdrehter Fuß in einem weißen Seidenstrumpf und einem weichen, breitgetretenen schwarzen Schuh, ein praller, lebloser, wie der mit Sägemehl gefüllte Fuß einer Stoffpuppe, die als sackschweres Bündel auf den Boden gefallen war, und als das Licht aus dem Zimmer hinter Blok auf sie fiel, hob sie den Kopf und sah von schräg unten hinauf, ein seidenweißer Fuß in der Schlinge wie ein Kaninchen und ein weißes Gesicht mit schlaffen Wangen und einem verweinten Mund, auf dem das Lippenrot verwischt war, der sich verzog und einen Witz machte, daß ihr Unbewußtes ihr einen Streich spiele, um ihre Abreise zu verhindern, ihr diese Schlinge gelegt habe, in der sie sich verfangen habe, als sie zum Mantel greifen wollte, der am Haken an der Wand hing, während der lange, zylindrisch verzogene Schatten der Kutschenlampe quer über dem Boden und über ihrer Hand lag, die, im Stolpern von ihr weggefallen, als halbgeöffnete Faust auf einer weißen Kachel lag, auf allen vieren, sagte sie, zwei Zentimeter über den Boden zur Wand kriechend, an der der vom Bügel gerutschte Mantel als dunkel gewellte Stoffdüne lag, kröche sie nun von ihm weg, zur Glasphiole geworden, durchsichtig, leer, mit einem inwendigen Sprung, und Blok sah plötzlich, diesen kriechenden Abschied vor Augen, ihre zahlreichen gläsernen Röhrengefäße, stumpf geschliffen und mit silbernen, eingebeulten Deckeln verschraubt, die in ihrem Zimmer herumstanden, in denen sie Tabletten, Wattebäusche, Münzen, Steine oder buntglänzende Rollen mit Nähseide aufbewahrte, und in einem Sprung schob sich eine der lautstarken Abschiedsszenen mit Fanny davor, die aufrecht stehende Fanny, die ihm, nach einem Gelage in ihrem Atelier, ein Tablett mit Weingläsern auf den Fuß hatte fallen lassen und einen Ring, den er ihr auf einem dörflichen Wochenmarkt in der Nähe von Tarduz gekauft hatte, einen silbernen Reifen mit Schlangenköpfen, in das von Geschirr aus Essensresten überquellende Spülbecken geworfen hatte, und während Franziska mit leiser Stimme, bereits erschöpft von der ungewöhnlichen Länge ihrer Rede, versuchte, zur Wand zu gelangen, um sich hochzuziehen, und Blok, vom Tonfall ihrer Stimme auf Distanz gehalten, nicht wagte, ihr zu helfen, sah er die vor Wut zitternde Fanny zugleich, während sie ihm seine verdammte Gleichgültigkeit vorhielt, die sich im Gespräch mit ihren Freunden wieder einmal gezeigt habe, in dem Berg mit auseinanderrutschenden Tellern, abgenagten Koteletteknochen, zermatschtem Blumenkohl und Weinpfützen nach dem Ring suchen, nur noch weg wolle sie von ihm, sagte Franziska, weg von seinen grauen Anzügen, die seine Person in eine Wunschform verwandelten, eine Wunschform des Abtauchens ins Alltägliche, in die Tarnung eines x-beliebigen Anzugs, weg von seinen Notizbüchern, die ihn zum Anti-Helden der Autorschaft machten, verschwindend in seinen aufgezeichneten Figuren, weg von diesem Leben, das er entworfen habe, das sie geliebt habe, weil es eine Möglichkeitsform gewesen sei, die Möglichkeit gegen die Wirklichkeit, der offengehaltene Horizont gegen den geschlossenen, weg, weil die Möglichkeitsform eine Hohlform geworden sei, sie selbst eine Hohlform, von ihm gegossen, ein leeres Gefäß, aus dem sowohl das Mögliche wie das Wirkliche gewichen sei, und Blok, dem ein eisiger Wind ins Gesicht blies, bog in einen überdachten Durchgang ein, dessen Gittertür nur angelehnt war und in dem ein schwaches, schwefelgelbes Licht leuchtete. Eine abgemagerte Katze huschte, mit ängstlichen Augen an die Wand gedrückt, an ihm vorüber, als er den Durchgang betrat, das Gitter klappte mit einem rostigen Quietschen in den Angeln wieder zu, und der dämmrige, leere, nach Katzenpisse riechende Gang, in dem sich hinter herabgelassenen Rolläden mit verblassenden Aufschriften eine Wäscherei, eine Schlüsselwerkstatt, eine Druckerei reihten, wurde zu einem jener Orte, die wie pendelnde Schwingtüren sind, die Wirklichkeit eine offene Schwingtür, durch die der Luftzug anderer Wirklichkeiten strömt, wie Fernanda in jener zweiten Nacht, der Nacht ihres traurig-trunkenen Rendezvous an der Place St. Sulpice, gesagt hatte; es war ein

Durchgang zwischen zwei Gegenwarten, zwischen der des Boulevard Rochechouart und der der Rue Duperré, ein Durchgang aus der Absinth-Zeit, aus der Zeit von der Farbe phosphoreszierenden Schwefelpulvers, aus der Zeit der krächzenden Grammophone mit den Liedern der Piaf, die in jenem kleinen Hotel hätte wohnen können, so nahe der Place Pigalle, an dem Blok jetzt vorbeikam, einem Hotel *Secret*, in dem die Tür offenstand, in dem ein Nachtwächter in seinem Sessel hinter der Rezeption eingeschlafen war, Gesicht und Arme auf eine aufgeblätterte Seite von *L'Echo de Paris* gebettet, die glänzende Glatze an den Rand eines dicken weißen Porzellantellers stoßend, auf dem ein angebissenes Brot mit Pâte de campagne lag, daneben eine fast geleerte Karaffe mit rotem Tafelwein, und der Durchgang war ein Echoraum, in dem plötzlich das Klappern der Tassen, Löffel und Gläser aus dem Café an der Place St. Sulpice zu hören war, das Plätschern des Brunnens und die Stimme des Kellners, der eine Bestellung wiederholte: *deux ballons*, das Quietschen eines Fahrrads, das an der Ecke der Rue des Canettes heftig bremste, und das Scharren der Stuhlbeine, als Fernanda einen der Stühle vor dem Café aus der Reihe gerückt und sich darauf niedergelassen hatte. Sie war die einzige, die draußen saß, denn es war kalt, Nacht, und die wenigen draußen gelassenen Tische waren für die Mittagsstunden gedacht, an denen die Dezembersonne für kurze Zeit hervorkam, und es war typisch für Fernanda, daß sie um Mitternacht auf einem Mittagsstuhl saß, allein, vor der breiten, hellerleuchteten Glaswand des Cafés, auf dem Tisch vor ihr ein aufgeschlagenes, französisches Lehrbuch, in dem sie nicht las, und eine Tasse mit Café crème, an der sie ihre Hände wärmte. Blok, auf der anderen Seite der Glaswand, wo er seit einer Stunde lesend gesessen hatte, pochte einige Male vorsichtig an die Scheibe – eine Geste, in der eine Frage steckte, so, wie man plötzlich jemandem von hinten die Arme um den Hals legt und mit den Händen die Augen verdeckt und fragt: wer bin ich? –, aber sei es, weil sie weder verabredet waren und sie ihn nicht an diesem Ort vermutete, sei es, weil sie gedankenverloren auf den Platz blickte, der (auf der Kirchenseite in eine warme, fast byzantinisch gefärbte Nachtbeleuchtung getaucht, die, nicht von außen auf die Fassade gerichtet, sondern in ihren inneren Höhlungen, in den Nischen, Kuppeln und Wölbungen unter den Säulenbögen spielend, der strengen Kirche die Tiefendimension einer dreigeschossigen Bühnenkulisse mit Treppenaufgang, Galerie und Turmlauf verliehen) mit einem Schlag in spiegelglatter Stille dalag, weil um Mitternacht der große Brunnen in der Mitte abgestellt wurde, dessen herabfließende Wasser den Platz mit Rauschen erfüllt hatten und in dessen reglosem Wasserspiegel nun die Türme der Kirche schwammen, sei es, daß dieses Bild ihre Aufmerksamkeit fesselte, sei es, daß sie an etwas anderes dachte, sie hörte ihn nicht, hob vielmehr, als eine Gruppe lauthals diskutierender Männer mit Büchern und Taschen unter dem Arm sich näherte, gerade, als ein bis auf das Filterstück abgerauchter und von einem von ihnen weggeworfener Zigarettenstummel ihr vor die Füße rollte, den Blick, sich an ihren Gesichtern festsaugend, auf eine Weise, die nicht forschend, sondern prüfend war, als suche sie etwas, als suche sie etwas wiederzufinden, als müsse sie sich an etwas erinnern, das in einem der Gesichter plötzlich auftauchen würde. Die Männer verschwanden um die Straßenecke, Fernanda legte zwei Münzen auf den Tisch, erhob und entfernte sich, obwohl sie ihren Kaffee, dessen Milchhaut in der Nachtluft kleine verschrumpelte Fetzen gebildet hatte, kaum angerührt hatte, mit einem schleppenden Gang in entgegengesetzter Richtung wie die Verschwundenen, einem Gang, der angesichts der durch die einem bengalischen Feuer vergleichbare Beleuchtung ins Exotische verschobenen Fassade der Kirche, die an einem anderen Tag ihr Entzücken und eine Bemerkung über die winzigen Verschiebungen und Metamorphosen des Wirklichen ins Wunderbare ausgelöst haben müßte, ungewöhnlich und von dem schlafwandlerischen Tasten, mit dem sie manchmal, eng an die Häuserwände gedrückt, durch die Straßen schlich, verschieden war. Blok blieb, die kleine kreisrunde Tischplatte mit der Kaffeetasse und den Münzen vor Augen, auf seinem Stuhl sitzen, in einer Mischung aus Trauer und Ratlosigkeit, unfähig, ihr zu folgen oder sie zurückzuhalten, wie er immer unfähig war, in ein Geschehen einzugreifen, um es zu seinen Gunsten zu wenden oder die Dinge sich anders als frei, ob für oder gegen ihn, entwickeln zu lassen, eine Unfähigkeit, die Fanny ihm gelegentlich als verdammte Gleichgültigkeit vorwarf. Die Kirchtürme lagen wie Schiffe im Brunnenbassin, als Fernanda aus der im Laternenlicht flirrenden Dezemberluft wieder auftauchte und, wie von einem Magneten gezogen, auf das Café zusteuerte, die Tür öffnete und sich neben ihn setzte. Auf den zweiten Blick sah Blok, daß sie betrunken war, doch war es eine Betrunkenheit, die sie weder schwanken noch singen, noch ein anderes auffälliges Verhalten zeigen ließ, sondern nur das starre Glitzern ihrer weitaufgerissenen Augen verstärkte und sie in einen plötzlichen Redefluß ausbrechen ließ, als hätten sie den ganzen Abend zusammengesessen und als hätte sie ihre Unterhaltung nur für drei Minuten unterbrochen, um den Platz zu überqueren und einen Brief in den Kasten neben dem Polizeirevier einzuwerfen. Siehst du die Zigarettenkippe, fragte sie, die neben den Tisch, an dem ich zuvor gesessen habe, gerollt ist, als sie auf mich zukam, mußte ich aufstehen und weggehen, ein Windstoß, und sie rollte vor meine Füße, als die Männer um die Ecke bogen und verschwanden, und ich hatte keine Zeit, mich zu fragen, woher sie kommen und wohin sie gehen mochten, keine Zeit, mir zu überlegen, ob ich die Zeitungen für Monsieur, den Milchkaffee für Madame, die Windjacken für die Kinder bereitgelegt haben würde, keine Zeit, mir über die nächsten Wahlen, die Verschmutzung der Stadt, das nächste Kino Gedanken zu machen, nie mehr Zeit, einen Ton herauszubringen und über den verlumpten Glanz meiner Lehrerin im Palais Royal meine Nase zu rümpfen, keine Zeit, nie mehr Zeit, aufzustehen und wegzugehen, weil eine Zigarette angerollt kam, eine weiße Filterkippe aus einer blauen Schachtel, der

Farbe, von der jemand gesagt hat, daß bei ihrem Anblick sein Herz platze. Ich ging also bis zur Ecke, bis zu dem Laden dieses Modemachers da an der Ecke, und in den Auslagen lagen wie immer diese schönen kleinen Sachen, mit deren Auswahl man in Paris sein Leben verbringen kann, ein Schal, ein Mantel, eine Manschette, ein Schuh, und ich dachte, daß andere über einen Kurzschluß grübeln, darüber, daß ein Geliebter sie verließ oder ein Bus ihnen vor der Nase wegfuhr, über diesen Problemen, den Gewichten des Alltags, aber, fragte ich mich, hat die Zigarettenkippe kein Gewicht, kein Gewicht angesichts verhungernder Kinder in Afrika und einer übergekochten Suppe oder einem verpaßten Rendezvous, wenn sie kein Gewicht hat, dachte ich, ist es aussichtslos, hörst du, sagte sie, ohne Aussicht, vernebelt, ohne Sicht, ohne Horizont für all die, für die so eine Kippe irgendwo an der Grenze zwischen Aussichtslos und Aussichtslos herumrollt, ein Aussichtslos aber, das ein Protest ist gegen das Aussichtsreich, gegen reiche Aussicht, schöne Aussicht, ruhige Lage, ein Protest der Überraschung und des Zufalls, der, von einem Windstoß angetrieben, plötzlich angerollt kommt, aber Leute, die an Zufälle glauben, an über die Straße gerollte Métrokarten, an Zigarettenkippen und Kinokarten, an die Bettler, die in den Hauseingängen liegen, an Kinder, die ihre Mörder überlebt haben, an streunende Katzen und an explodierende Herzen bei der Farbe Blau, an alles, was zwischen *zum Greifen nah* und *verschwindend nahe* liegt, gehen selbst auf der Grenze, irgendwo zwischen Aussichtslos und Aussichtslos –

und Blok, der den Durchgang fast durchquert hatte, war vor einer Reparaturwerkstatt für Saiteninstrumente stehengeblieben, einem winzigen Laden, in den von der Tür ein paar Stufen hinabführten, einem Arbeitsraum, an dessen hinterer, mit grünem Stoff bespannter Wand Violinen, Mandolinen und Zithern hingen, schwach beleuchtet von einer gelblichen Leuchtröhre, die am Fensterrahmen über dem Arbeitstisch angebracht war, der, zu Bloks Füßen, unter das Fenster geschoben war und Blok aus der Vogelperspektive eine Landschaft mit Saitenrollen, mit Schrauben, mit Lackfäßchen, mit Maschinenöl, mit Zangen, Feilen, Pinseln, Hämmerchen und Schraubenziehern bot, mit Elfenbeinstegen und Perlmuttknöpfen, eine Landschaft, die in ihrer Mischung aus Präzision und Unordnung wie die nächtliche Landschaft des Gedächtnisses war, Saite, Elfenbein und Metall, und die kleine Saitenrolle am Rand des Tisches war der Faden, an dem Fernandas Labyrinth aufgerollt war, Fadenende und -anfang nebeneinander geknotet wie Eingang und Ausgang, über denen *Schrecken* und *Wunsch* geschrieben stand, war die Grenzlinie zwischen den Zeiten, durchlässig wie der Ton, der auf der Saite gezupft wird, zwischen jetzt und dem anderen Abend, an dem Fernanda neben ihm gesessen hatte, zwei Métrokarten in der Hand, die sie aus der Manteltasche gezogen hatte, bereits im Aufbruch, um die letzte Métro zu kriegen, wie sie sagte, die um Viertel vor eins die Endstation verlassen hatte und in fünf Minuten die Station Mabillon passieren würde, unschlüssig sitzen bleibend und die beiden gelben Karten in den Händen drehend, zwei Händen in dicken, buntgestrickten Wollhandschuhen, was ihm die spöttische Bemerkung hatte entschlüpfen lassen, daß sie über die bemerkenswerte Eigenart verfüge, sich die bloßen Hände in eisiger Nachtluft an Kaffeetassen zu wärmen und in beheizten Innenräumen Handschuhe zu tragen, eine Bemerkung, die sie, die zwei Karten noch immer nachdenklich betrachtend und hin und her wendend, überhörte, wie ein Kind, das zwei an Stöcken befestigte Flügelräder sich im Wind drehen ließe, als sie ihm plötzlich, die Geste eines Taschenspielers nachahmend, die Karten, erst die eine und dann die andere, vor die Nase hielt, als zöge sie aus dem Ärmel ihres Mantels zwei Wünschelruten, siehst du, sagte sie, diese Karte heißt Aussichtslos und diese Karte heißt Aussichtslos, du kannst es philosophisch deuten oder so, daß du im Métrotunnel nichts siehst, nichts außer Wänden und ab und zu ein paar Lichtern, nichts oder anderes, denn dazwischen liegt das Reich der Zigarettenstummel, der weggewehten Regenschirme, der Eiswürfelstädte in Whiskygläsern, der Holunderwolken und der zerplatzenden Herzen, dazwischen liegt dieses rätselhafte Zwischenreich, in dem wir uns getroffen haben, so daß sich manchmal der Eindruck einstellte, unterwegs hätten sich die Namen der Karten verwandelt und hießen Porte de St. Ouen oder Porte de Clichy, schwingende Türen, durch die der Wind pfeift, schwingend wie die Ausgänge der Métro, und der braune Streifen auf den Karten ist die Grenzlinie, auf der die Jagd nach dem Unbekannten stattfindet, nach träumenden Uhren, tanzenden Herbstblättern und singenden Wasserkränen, die Grenzspur, auf der ich dir gefolgt bin –

– und Blok, nicht wissend, wie lange er vor dem Schaufenster gestanden hatte, denn die Zeiger einer auf dem Arbeitstisch zurückgelassenen Armbanduhr mit einem spiralenförmig zusammengerollten Metallarmband zeigten auf halb zehn, starrte noch immer auf die kleine Saitenrolle, Grenzlinie, auf der die Durchlässigkeit und die Trennung zwischen ihnen stattfand, einer auf des anderen Spur, Fernanda als Bloks Alter ego, Blok in den Bruchstücken ihrer Vergangenheiten, und sich wieder auf der eigenen Seite der Grenze findend, eine Praxis der Osmose, eine Schule der Auflösung und Bildung von Identitäten, dachte er, während er Fernandas Einwand gegen das Wort Schule hörte, was für eine hochtrabende Bezeichnung, hatte sie gesagt, als er ihre Grenzlinie mit einer Schule des Ich verglich, in dem Wort Schule steckt eine Kasernierung der Liebe, ein Anstaltsgeist und das Regime fester Regeln, was für eine Bezeichnung, hatte sie wiederholt, für etwas, das, immer wieder versucht, nie gelingt, daß nämlich einer in des anderen Haut zu schlüpfen, zu kriechen und sie sich überzustülpen versucht, diese umgekehrte Art von Häutung, die ein Töten und ein Tausch ist, kein Abziehen, sondern ein Anziehen, ein mißglücktes Anziehen freilich, nicht weil die Haut des anderen zu eng oder zu weit wäre, sondern weil es unmöglich ist, nicht aussichtslos, sondern unmöglich, was eine ganze Skala von Möglichkeiten umschließt, es ist die glorreiche Niederlage, und nur die Siegerinnen umspannen mit der abgezogenen und in Streifen geschnittenen Haut ihrer gemordeten Lieben die Ländereien, in denen fortan der Tod wohnt, gib mir deine Haut, sagte sie plötzlich mit einem Strahlen, das immer in ihrem Gesicht auftauchte, wenn sie einen Einfall für besonders gelungen hielt, gib mir die Blok-Haut, die das Zwischenreich umspannt, die Haut mit den schwarzen Härchen am Armgelenk, die man zu Zöpfchen drehen kann, und im Augenblick, als er fragen wollte, was willst du mit meiner alten Eselshaut, war sie mit einem erschrockenen Aufspringen davongerast, um die letzte Métro zu bekommen; jetzt aber war die Nacht ein Stimmkörper und der Durchgang war ein Bildraum und ein Entwicklungslabor, in dem die gespeicherten Bilder jener Nacht an der Place St. Sulpice plötzlich sichtbar wurden, die leere Tischreihe vor dem Fenster, die kahlen Bäume in ihren runden Gittereinfassungen, die Bank an der Bushaltestelle, die bunten Sterne auf Fernandas Handschuhen; was seine Sinne an jenem Abend wie blind und taub aufgenommen hatten, tauchte aus verborgenen Zonen des Gedächtnisses auf, aus einer Speicherkammer, in der es verschüttet gelegen hatte, Fernandas blasse, im schwachen Licht der Dunkelkammer ins Schwefelgelbe spielende Haut, der schwarze Leberfleck unter der linken Augenbraue, die angefrorene Nasenspitze und die hochgezogene Oberlippe, als sie sagte: Blok-Haut, gefiltert durch die schwefelgelbe Beleuchtung (eine Beleuchtung, die der in den unterirdischen Kanalgewölben zwischen République und Hafen ähnlich war, mit den über die feuchten Steine flackernden Schattenspiele der Wellen) war die vergangene Gegenwart gegenwärtiger als sie es damals war, als ob der Durchgang als Katalysator die verlorenen Bruchstücke ausleuchte und die Wirklichkeit jener Nacht erst zur Erfahrung mache, eine ausgeblendete und nun gesteigerte Erfahrung, im Zustand eines Sehens mit umgestülptem Blick, und im Türrahmen stand die ihren Schritt für den Bruchteil einer Sekunde anhaltende Fernanda, den Kopf wendend, mit einer ungeduldigen Geste ihren Schal über die Schulter werfend und mit einem halb entschuldigenden Winken wegen der Eile ihres Aufbruchs das Café verlassend.

Die Nacht hatte sich verdünnt, und Blok ging in umgekehrter Richtung über den Boulevard. Vom Berg her wehte ein schärferer Wind herab, in dem die quer über die Straße gespannten weihnachtlichen Lichterketten, die unbeleuchtet die Farbe von schmutzigem Schnee angenommen hatten, leise klirrten, und von ferne näherte sich das Geräusch der ersten Kehrmaschinen, mit breiten Bürsten über den Asphalt surrend, mit kreisenden Signalleuchten auf den Wagendächern, die zwischen den Baumstämmen auftauchten und verschwanden, auf dem leeren Boulevard eine unwirkliche Stimmung, die Stimmung verlorener Geschäftigkeit in einer Zeit, die weder Nacht noch Tag war, erzeugend, wie ein Fackeln schwingendes und in der Ferne irrlichterndes Geschwader in einem gespenstischen Wald, als sich plötzlich (kurz vor der Ecke, an der die Rue Caulaincourt abbog und, den Berg ansteigend, über den Friedhof führte, die kleine Totenstadt, die in der Tiefe unter der Eisenbrücke lag, ein Grab im Grab, ein offener Krater, viele Gräber in einer versunkenen Schicht der Stadt, und der Rhythmus des sich nähernden Bürstensurrens schien in einem fort zu sagen: kehrt den Tod aus! kehrt den Tod aus! kehrt den Tod aus!) über Bloks Kopf ein Fenster öffnete und, kaum daß Blok die Umrisse einer Frauengestalt wahrnehmen konnte, eine Schüssel mit gekochtem Reis auf die Straße geschüttet wurde, ein Vorfall, der Blok zu seiner eigenen Verwunderung, als ob die flatternde Geste der Frau und der wie ein Meteor im Bogen fallende und zerspringende Reisklumpen die notwendige Ergänzung zu dem morgenkahlen Boulevard sei, nicht überraschte, sondern an eine von Fernandas Kindergeschichten erinnerte, von denen er nie wußte, ob sie wahr oder erfunden waren, die sie ihm unter dem Stichwort *Liebe am Stadtrand* in Fannys Wohnung erzählt hatte, in der eine Mutter vorkam, die die abendlichen Speisereste aus dem Fenster auf den Weg vor dem Haus schüttete und nachts, Kirchenlieder singend, die Waschmaschine in Gang setzte. Ein paar mager über den Asphalt hüpfende Spatzen pickten die verstreuten Reiskörner auf, und als Blok aufsah, sah er in einem der nächsten kahlen Bäume auf dem Mittelstreifen eine Reihe zusammengeklumpter Vögel sitzen, in unheimlicher Reglosigkeit, und an den Zweigen klebend wie schwarze, ausgefiederte Blätter, gerade in dem Moment, als eine Hand die Frau zurückriß und das Fenster mit einem Knall geschlossen wurde.

Von dem Geräusch des Knalls und einem beim Schließen des Fensters aufblitzenden Blinken nach oben gelenkt, blieb sein Blick an einem seitlich neben dem geschlossenen Fenster an einer schiefergrau tapezierten Wand hängenden Spiegel haften, einem kreisrunden, in einem breiten, geriefelten Goldrahmen gefaßten Konvexspiegel, in dessen bleiern verschwimmender Fläche er die verzerrten Gestalten eines streitenden Paars erblickte, eines Mannes in gestreifter Pyjamajacke, den erhobenen Arm der Frau packend und heftig schüttelnd, einer Frau in rotem, hochgeschlossenem Kleid, als sei sie eben nach Hause zurückgekehrt oder habe die Nacht aufrecht sitzend im Kleid verbracht, und so, im Spiegel eingeschlossen, fochten sie ihren Streit aus, einen für die Minute von Bloks Vorübergehen im Zwielicht des Spiegels zum Standbild geronnenen Kampf. Begleitet von einem kaum vernehmbaren Wortfetzen, einem von der Frau wie nebenher hervorgestoßenen: der Reis ist für die Vögel, sie finden nicht mehr genug draußen bei dieser Kälte, versuchte sie, den erhobenen Arm dem Griff des Mannes zu entziehen, und das flüssige Grau im Spiegel umschloß die Umrisse der Streitenden, als der Mann bellte, nur Verrückte werfen gekochten Reis auf die Straße, während die bizarre Schönheit des wie ein rotes Fanal aus dem Spiegel herauswehenden Kleides wie eine Tröstung war. Für einen Moment hatte die Straße sich in das Zimmer verwandelt, das ganz von einer Handlung erfüllt war, die nur die Einsamkeit oder die Liebe hervorbringen konnte, und nur denen, die außerhalb beider Zustände lebten, provozierend vorkommen mußte, und im Weitergehen kam ihm das Gesehene wie eine Urszene vor, die sich seit seiner Kindheit, wenn er, aus dem Schlaf geschreckt, seine Eltern hatte streiten hören, bis zu den aufwendigen und theatralischen Szenen, die ihm Fanny bereitet hatte, als Muster durchzog, als trete die Figur Paar nirgends klarer in Erscheinung als im Bild einer den schwankenden Konturen des Traums nachgebildeten Spiegelszene, angesiedelt im Zwischenraum zwischen Nacht und Tag. Der kleine, breitgerahmte Spiegel aber hatte Blok, der an dem bereits hellerleuchteten, aber noch in der Öde leerer, aufeinandergestapelter Plastikstühle vor sich hin schlafenden Café vorbeikam, neben dem die Treppe zum Friedhof hinabführte, mit einem Schlag in seine Kindheit zurückgeschleudert, dahin, wo die Erfahrung, daß die Dinge sich manchmal in magische Landschaften verwandelten, ihren Ausgangspunkt genommen hatte, denn auf dem mit Photographien und Nippes übersäten Sekretär seiner Mutter, an dem er sie nie länger als eine halbe Stunde hatte sitzen sehen, gerade so lange, um ihre Post durchzusehen oder einen Brief zu schreiben, stand, in ein zierliches Gestänge gehängt, ein ähnlicher, in ein verblassendes Rotgold gerahmter Konvexspiegel, in dem er, auf dem Schreibtischstuhl kniend und die Arme auf die herausgeklappte, auf zwei Leisten ruhende Schreibplatte gestützt, eine in den Tönen abgedunkelte und doch leuchtende Miniatur des ihn umgebenden Zimmers betrachtete: die glänzenden Mahagonimöbel mit schwarzen Einlegearbeiten, die zwischen den Fenstern um einen runden Tisch gruppierten Stühle, das an der Wand stehende Sofa mit schwarzem Ripsbezug, neben dem auf hohem Fuß ein chinesisches Lacktischchen stand, in dem seine Mutter ihre Nähsachen aufbewahrte, ein Bücherschrank mit dreieckigem Giebel, aus dem besonders die Rücken der in hellrotes Leder eingebundenen Bände im Spiegel leuchteten, eine in der Ecke hängende Zeichnung, ein Kinderkopf im Profil, mit kurzen Locken und runder Stirn, die Augen auf die Kerze in einem Messinghalter gesenkt, und, auf einer Truhe mit Eisenbeschlägen, ein ausgebleichter und von feinen Rissen durchzogener Tonkrug, von dem man ihm, sobald er alt genug war, erzählte, daß er von einer griechischen Insel stamme und der Göttin des Herdfeuers geweiht sei. Zusammengedrängt im Spiegel, bekam das Zimmer in seiner ruhigen und in der Verkleinerung noch stärker hervortretenden Ordnung etwas von einer geheimnisvollen Alchimisten- und Gelehrtenkammer, in der die bauchigen Fenster mit den weißen Fensterkreuzen, da sie sich nach innen und nicht nach außen zu wölben schienen, die dämmrige Abgeschlossenheit des Zimmers noch vertieften. Als ob aus jener kindlichen eine später zur Gewohnheit gewordene Sehweise entstanden wäre – aus der doppelten Erfahrung einer phantastisch verwandelten Realität im Spiegel und eines Spiegelbildes, in dem, da Sekretär und Stuhl, auf dem er hockte, im toten Winkel der Spiegelfläche standen, sein eigenes Gesicht nicht vorkam, sah er sich plötzlich wie einen gebückten Gnom auf dem Rand der Bilder hocken und hineinstarren, das Treiben der Leute beobachtend und selbst »nur am Rand« vorkommend, eine Figur, die ihm um so angemessener erschien, als er stets Unbehagen empfunden hatte, wenn er sich selbst im Spiegel sah, und wenn er nicht umhinkam, sein Bild zu prüfen, beim Rasieren, beim Kämmen, beim Zähneputzen, stets unbewußt eine Grimasse schnitt, das Gesicht in die Länge gezogen, den Mund zusammengezogen, betrachtete er sich von oben herab, ein Tick, auf den ihn Fanny aufmerksam gemacht hatte. Er betrachte sich, hatte sie gesagt, mit dem strengen, kalten und taxierenden Blick eines Fechters, der seinen Gegner ins Visier nimmt. Die frühe Faszination durch den Konvexspiegel aber hatte ihn dazu verleitet, die Bühne des Blaubart mit einem riesigen, kreisrunden Bullaugen-Fenster auszustatten, hinter dem die Todeskammer lag, in der die gemordeten Frauen in greller Zirkusarenen-Beleuchtung hintereinander ihre Todesgeschichten erzählten, während der in einem zerknautschten Anzug auf einem das vordere schräg angeschnittene Drittel der Bühne einnehmenden langen düsteren Flur wie an einem zerklüfteten Badestrand flanierende Blaubart dem Spiel der wieder aufgerollten Geschichten hinter der gläsernen Wand zusah, in deren Mittelpunkt ein an den Rockzipfeln seiner Mutter und Schwestern hängender Doppelgänger stand, dem er manchmal fast hautnah gegenüberstand, wenn der eingeschlossene Blaubart an die Fensterwölbung trat und blinzelnd einen Ausblick prüfte, der aus nichts anderem als einem verschwommen zu erkennenden schwarzen Gang bestand.

Ich steckte im fünften Zimmer, hörte Blok, als er die Stufen zu Fernandas Zimmer hochgestiegen war und seine Hand bereits auf der Klinke lag, eine Stimme sagen, in deren tiefer Tonlage er nach einer Sekunde der Überraschung Fannys Stimme erkannte, und, unschlüssig, ob er weggehen solle, da er vermeiden wollte, Fanny um diese Zeit in Fernandas Zimmer zu begegnen, ihn zugleich aber eine Vorstellung vor der Tür festhielt, die ihn wie einen Faden über den Boulevard zurückgezogen und die ausgetretenen, engwinkligen Treppenstufen hatte hochsteigen lassen, das Bild nämlich jenes in einem helleren Rechteck auf dem Boden stehenden Paars hochhackiger Schuhe, dessen einer halb ins Dunkle weggekippt war, ein Bild, das, obwohl Fernanda die Schuhe achtlos abgestreift hatte, keine Spur mehr von ihrem zögernden Gang enthielt, sondern die schräg von der Spitze zum äußeren Rand hin verlaufende Linie aneinandergereihter Wölbungen, in der ihre Zehen sich abgedrückt hatten, hatte die Erinnerungen an diesen Gang konserviert und zugleich verfremdet, als handle es sich um einen in Leder gearbeiteten Gipsabdruck ihrer Füße, ein Gang, aus den Schuhen entwichen wie der Tag aus der Nacht, denn danach waren es ihre nackten Füße mit geraden Zehen, nackte Nachtfüße, die über den Boden getappt und unter die Decke gekrochen waren, und Blok schien, als ob er unter den anderen Geräuschen im Zimmer durch die Tür die Atemzüge einer schlafenden Fernanda hörte, unter dem Hin- und Hergehen von Fanny, dem Rascheln von Stoff und dem Klingen des Metallbügels, als sie ihren Mantel an den Haken auf der anderen Seite der Tür hängte, als sie sagte, ich steckte in der fünften Variante von Blaubarts Zimmer, in dem zwischen weißgestrichenen kahlen Wänden ein hohes Gerüst stand, ein auf kleinen Rädern rollendes Gerüst, auf dem eine große hagere Frau saß, eine Frau mit Gipsstaub auf den Händen und nackten schlenkernden Beinen in offenen Schnürschuhen, neben sich einen Spielzeugbogen mit zerrissener Sehne, deren herabhängende Enden sie im Lauf der Szene abriß, um die Finger wickelte und als Schnürsenkel in ihre Schuhe fädelte, während Blaubart, in einer Ecke des Zimmers stehend, die Szenen einer frühen Mumpserkrankung beschwörend, die Pflege der ältesten Schwester beschrieb, die ihn mitten im Krieg mit warmer Milch verwöhnt hatte, einer Schwester, deren Namen er mitten in der Szene der auf dem Gerüst Sitzenden anhängte, Madeleine, Madeleine, rief er, als erwarte er das Tablett mit der Milch, und Blok setzte sich, als das Licht im Treppenhaus ausging, neben die Tür. Der Boden war kalt, und er hörte, wie im Zimmer ein Stuhl gerückt wurde und Fanny sich setzte, unter der Tür konnte er jetzt, da seine Augen sich an die Dunkelheit gewöhnt hatten, einen schwachen Lichtschein sehen, er lehnte sich gegen die Wand und fühlte eine aufsteigende Müdigkeit und eine dem Glücksgefühl verwandte Leichtigkeit, dem Gemurmel im Zimmer lauschend, das schwächer und unverständlich wurde, als die Tür des Kühlschranks geöffnet und eine Flasche aufgeschraubt wurde, er hörte das Plätschern einer Flüssigkeit, ein hastiges Schlucken und das Absetzen des Glases, das Rascheln eines Kissens, als stopfe sich Fernanda, ihre Lage verändernd, das Kissen in den Rücken, Geräusche, die Blok mit Befriedigung erfüllten, da sie die Stille des noch schlafenden Hauses unterstrichen, da ihre Alltäglichkeit die ungewöhnliche Stunde vergessen ließ, die Fanny für ihren Besuch gewählt hatte und eine selbstverständliche Vertrautheit zwischen den Frauen auszudrücken schien, und als er wieder verstehen konnte, was gesprochen wurde, sagte Fanny, er hat eine mythische, auf einem schwindelerregenden

Gerüst stehende Diana aus mir gemacht, träumend von steinernen Wäldern und versteinerten Tieren, Eulenflügeln, Pegasusfüßen, Eselsköpfen, eine den armen, ängstlichen, auf seine Milch wartenden Hosenmatz verschlingende Megäre, die ihn zudem noch zum Vater machen will, Heroine eines unbewohnten Gerüsteturms, die ihn unter sich begraben wird, wenn sie sich herabfallen lassen und auf ihn stürzen wird, weshalb er sich klein macht und unter das Gerüst verkriecht, eine besitzergreifende, gewalttätige, um sich schlagende Verrückte mit einer hoch über der Stirn mit einer Klammer festgesteckten Haarwelle, wie sie die Frauen der Fünfziger Jahre trugen, und als ich es sah, dachte ich, eine verzerrte Figur wie aus einem Spiegelkabinett, im Theater war es dunkel und mir brach der Schweiß aus, zwanzig Mal hatte ich es gelesen und Verbesserungen vorgeschlagen und eine Ähnlichkeit war mir nicht aufgefallen, denn zu Hause nannte er mich eine Samariterin und spottete über meinen Versuch, ihm wie einem aus dem Nest gefallenen Vogel die Flügel zu schienen, wie er sich ausdrückte, du hast eine Vorliebe für Fußkranke und Flügellahme, sagte er, aber später kam ich zu dem Schluß, daß *Amazone* und *Samariterin* nur die Kehrseite derselben Medaille waren, es war das Bild einer Person, in der eine Karikatur der übermächtigen Frau steckte, die Hosenmatzperspektive von unten, auch wenn gewöhnlich nichts davon zu merken war, sondern er es vorzog, sich, um mich herauszufordern, in finsteren Theorien zu ergehen, und bei einer köstlichen Flasche Sancerre, begleitet von Vogelgesang auf einer Sommerwiese, zu behaupten, es gebe eine Regel, nach der die meisten Leute untereinander nur die Rolle von Ersatzfiguren spielten, jeder des anderen Notstopfen, sagte er und blickte tiefsinnig in sein Glas, überzeugt von der Wahrheit dieses Satzes, wie ich davon überzeugt war, daß die Verzerrungen seiner Theaterfiguren zustande kamen, weil er versuchte, im Leben ein Spiegel zu sein, ein Spiegel für die anderen und er selbst aufgehend in den gespiegelten Biographien, und ich lachte und summte, *und er hängte den Hut an den*

Nagel in meiner Kammer, auch wenn ich den Ton nicht richtig herauskriegte, und hielt ihm vor, er solle sich wie ein rechter Künstler verhalten und seine Figuren in Stein, Gips oder Tinte modellieren, anstatt, ein moderner *creator ex nihilo*, in lebendigem Menschenmaterial zu arbeiten. Siehst du, ich lache, weil ich es weiß, aber ich kenne diese Hohlstelle in ihm, die von ihm fordert, keine eigene Biographie zu haben, und ich sehe eine ähnliche in dir, die dich dazu verführt, ihn nachzuahmen in diesen verschiedenen Weisen, sich selbst nicht zu leben.

Einige Stockwerke tiefer fiel eine Tür ins Schloß, das Licht im Treppenhaus flammte auf, und ein Geräusch war zu hören, das Geräusch von Tritten, von vier Füßen, die scharrend die Stufen hinabstiegen, das Gähnen einer Frau, es waren die ersten, die das Haus an diesem Morgen verließen, um zur Arbeit zu gehen. Aus einer anderen Wohnung hörte Blok ein Wasserrauschen in einem Leitungsrohr in der Wand, das Licht im Treppenhaus verlöschte, und nach einer Sekunde der Finsternis drang durch die Dachluke schräg über dem Absatz, auf dem Blok saß, ein fahles Morgenlicht, ein Licht, das nach einem schneeverhangenen Himmel aussah und langsam die Dinge aus der Dunkelheit herausarbeitete, das im Bogen den Absatz umlaufende Treppengeländer, eine Eisenbrüstung mit gedrehten Stäben und einer breiten Handleiste, die glattpolierten, ausgetretenen Stufen mit schwachen, silbrigen Reflexkreisen, eine von der Decke herabhängende, sich nach unten verjüngende Lampe in Form einer Laterne, eine dämmrige Treppenlandschaft mit Schattenflächen und schärfer werdenden Konturen, so wie im Zimmer hinter der Tür in Fannys Sprechen eine Figur erschien, die seinen Namen trug und im Sprechen zu einem Abwesenden wurde, als vertreibe ihr Sprechen denjenigen, dem es sich annähern wollte, und Blok, vor der Tür sitzend, drückte sein Ohr gegen die Wand, als erwarte er zu hören, wie durch Fannys Porträt der dünne Faden reiße, der ihn mit Fernanda verband, ein Nachtfaden, geknotet im Labyrinth ihrer Träume, sich auflösend wie die

Nacht, die im Fenster zurückwich, während im Zimmer ein Satzfetzen hing: von den *verschiedenen Weisen, sich selbst nicht zu leben*, ein Satzfetzen, der wie ein Rauchkringel in der Luft hing, langsam höher steigend, während die Asche von Bloks Zigarette, die er überm Zuhören vergessen und bis auf die Kippe hatte herabglühen lassen, auf sein Hosenbein fiel, eine Aschenspur, die Spur des Abwesenden, die Fanny vielleicht, wenn sie das Zimmer verließe, verstreut auf dem Boden fände, ohne daß sie eine Verbindung zöge zu dem, was sie gesagt hatte, zu ihren ein wenig belehrenden und traurigen Sätzen, mit denen sie, als müsse sie Fernanda aus den Klauen eines in ihren Augen fragwürdigen Lehrmeisters befreien, auf ebenso vernünftige wie verblendete Weise fortfuhr, Blok zu erklären, und als läge der Schlüssel zu seiner Person in der in Bloks Stück entworfenen Figur des unter dem Gerüst zusammengekauerten Kindmannes, griff sie dieselbe Perspektive auf, die demaskierende, ins Groteske verzerrte Perspektive *von unten*, die Perspektive der Unreife (der sie freilich auch zugestand, ihn zu jenem Lauscher und Voyeur gemacht zu haben, der er war, und jenen Hohlraum geschaffen zu haben, der es erlaube, unzählige Stimmen in sich sprechen zu lassen), und sagte: Blok gehört zu den Unverantwortlichen, den Taugenichtsen, in seinem Hintergrund gibt es stets eine Frau, von der er sich abwechselnd geschützt oder erdrückt fühlt, sie bilden Variationen einer imaginären Mutterfigur, von der er sich nie gelöst hat, und als ich ihn einmal fragte, ob er je eine Frau geliebt habe, die seine Gefühle nicht erwiderte, hat er geantwortet: nein, nie. Nie über die Grenze des Schmerzes hinweggespült, nie derjenige, der jenseits dieser Grenze verloren zurückblieb, nie derjenige, der die Frauen eroberte, sondern derjenige, der sich erobern ließ, immer bereit, sich zurückzuziehen, zurückhaltend, freundlich und misogyn unterhält er ein gleichermaßen beständiges wie unverbindliches Verhältnis zu ihnen, in dem heftige Worte und die unmäßigen Forderungen der Liebe nicht vorkommen, denn woran ihm einzig gelegen scheint, ist, den Kreislauf des Geheimnisses in Gang zu halten, den Mechanismus der Illumination, den er mit jeder Frau wiederholt, ein Mechanismus, dessen elektrische Spannung durch das ursprünglich gesetzte Dreieck aufrechterhalten wird: Blok, Franziska und eine Variable, das Dreieck des Oedipus, in dem der blinde Nomade umherirrt und Geheimnis nennt, was ein zerstörtes Tabu ist, eine unfreiwillige Flucht vor dem Gespenst der anderen Figur, die aus Eins und Eins besteht; Blok oder *Der unfreiwillige Verführer*, so könnte man ihn nennen, denn einmal hat er behauptet, nichts wirke auf Frauen so anziehend wie die Verweigerung – *einmal*, das lange zurückliegt, denn einmal war auch ich diese Variable, in einem Raum – und Blok, der sich gefragt hatte, was Fernanda bei der Eröffnung dessen fühlen mochte, das Fanny den Mechanismus der Illumination nannte, hörte plötzlich ein leises Kichern hinter der Tür, erkannte aber ein paar Sekunden später, daß es nicht, wie zuerst vermutet, von Fernanda, sondern von Fanny stammte, als sie wiederholte: ich war eine Variable in einem Raum, einem hohen Altbauzimmer, das vollgestopft war mit Blumen wie ein Treibhaus, mit Zimmerlinde, Palme und Rosenstock, mit Hibiskus und Kamelie in Töpfen, mit bunten Sträußen in Vasen, Eimern, Gläsern, Krügen, Tassen. Alpenveilchen, Gladiolen und Anturien hatte ich schon an Nachbarn verschenkt, es waren Trauergrüße und Beileidsgaben, aber als Blok ins Zimmer kam, sagte er, du sitzt wie eine Zigeunerin in einem Dschungel des *Zöllners*. Henri, Rousseau und die *sleeping gipsy*, murmelte ich, als er zu mir kam, und hinterher sagte er, wir werden ein Experiment machen, ein Experiment im Geheimnis, denn die Liebe muß bedeckt werden wie das Korn, damit es wächst, solche Sätze sagte er, angesichts meiner Trauersträuße, zwischen denen ich auf dem Sofa lag, und legte eine leichte Decke über meine Füße –

und Blok hörte einen ihrer Schuhe auf den Boden knallen, den sie vielleicht unbewußt im Sprechen abgestreift hatte, als wolle sie die Erinnerung abbrechen, er hörte, wie sie den anderen auszog und auf Strümpfen durchs Zimmer ging, Papier raschelte, ein Knopf wurde eingeschaltet, eine müde, rauchige

Mädchenstimme sang so langsam, als müsse jede Plattenumdrehung gegen die kalte Winterluft ankämpfen, *young and lovely the girl from Ipanema goes walking*, der Lichtstreifen unter der Tür war fast verblaßt, und eine Weile sprach niemand im Zimmer, *when she walks, she's like the thunder that swings so cool*, Blok streckte, gegen die Wand gelehnt, seine Beine aus und schloß die Augen, *but I watched her so sadly*, und leises Rauschen im Hintergrund der Stimme, ob vom Wind, vom Meer oder vom Staub in den Rillen der Platte stammend, konnte er nicht unterscheiden, *but each day, when she walks to the sea*, und als er hochschreckte, war die Platte ausgelaufen und durch die Türritze drang das Summen des Plattenspielers, während sich in seinem Kopf die Platte weiterdrehte, *when she passes I smile but she doesn't see*.

– Eine Weile später, hörte er Fanny sagen, nachdem die Zeit der Blumenorgien, der geheimgehaltenen Reisen in versteckte Provinznester und meiner ersten Samariterdienste vorbei war, merkte ich, daß sein Entwurf sich keineswegs mit seinem Verhalten deckte, denn das *Experiment im Geheimnis*, das er mir auf langen Fahrten über verregnete Landstraßen als einen von der Zivilisation verschütteten Bereich der Empfindungen, einen Gegenweg zu den üblichen Formen des Geredes, den Eindruck erweckend, als sei ich die einzige, die als Begleitung für eine solche Expedition der Aufschlüsselung in Frage käme, erwies sich als Experiment der Durchlässigkeit, denn es sollte nichts zwischen uns geben, das im alltäglichen Sinn geheim, einzigartig, abgesondert, aufbewahrt und nur von uns gewußt bliebe, alles erwies sich als Wiederholung ähnlicher Stationen früherer Experimente oder als Vorlage zukünftiger Wiederholungen mit anderen, so daß das Experiment im Geheimnis sich wie ein zerstückelter, sich stets wieder erneuernder Regenwurm durch sein Leben wand, Franziska und ich, die zu Zeugen aufgerufenen Beichtväter jeder neuen Beziehung, ein System wie in kommunizierenden Röhren, ein offenes System, in dem Briefe, Geschenke und Photographien herumgereicht und ausgetauscht wurden, und um dir seine Gewohnheiten deutlicher zu machen –

sie unterbrach sich, und wieder meinte Blok Fernandas langsame Atemzüge zu hören, als sei ihr Schlaf die durchsichtige Folie, auf der sich Fannys Bekenntnisse abzeichneten, Bekenntnisse vor einer Wand aus kindlichen Träumen, in denen die Brotpreise und eine unterhalb von Belleville gelegene Straße mit dem Namen Jules Verne durcheinandergehen mochten, und wie von ferne durch die Wand des Schädels hineingespült ein im leichten Plauderton gehaltener Prozeß gegen Blok, ein mit übereinandergeschlagenen Beinen auf einem harten Stuhl vorgetragenes Rezitativ: es war ein Morgen vor einigen Tagen. Im Hof vor dem Atelier, hörte er Fanny sagen, hackten die Tauben vergeblich mit ihren Schnäbeln in den gefrorenen Boden, von den Bäumen hingen wie dünne Metallplättchen noch ein paar unter einer Schicht von Reifkristallen steifgefrorene Blätter herab, und Blok kam ins Atelier, eine Baguette unter dem Arm, und behauptete, er wolle mit mir frühstücken, eine Angewohnheit aus unserer ersten Zeit, die er seit Jahren aufgegeben hatte, es war noch früh, gerade erst hell geworden, und ich zog mir, ungewaschen und ungekämmt, einen Pullover über, setzte Teewasser auf und wartete, denn ich sah gleich, daß er den weiten Weg nur zurückgelegt hatte, weil er auf der Flucht war und das Ohr eines vertrauten Zuhörers brauchte. Sich die von der Kälte geröteten Finger reibend, ging er im Zimmer umher, blickte aus dem Fenster und sagte: in der Nacht habe ich in Fernandas Albtraum geschlafen; ich zog die Augenbrauen hoch und sagte, heiliger Strohsack, Blok, womit man seine Zeit verbringt, wenn man nicht pünktlich um acht in einer Kanzlei oder vor einer Schulklasse stehen muß, aber er ließ sich auf den Rand des Sofas fallen, das Teewasser kochte, und ich sah aus den Augenwinkeln, während ich den Tee aufgoß, daß nichts zu machen war, er lachte nicht und antwortete nicht, daß er sich demnächst auf die Suche nach einem geeigneten Beruf machen werde, was er sonst tat, sondern murmelte, den Kopf in den Händen vergraben, Fernanda hat im Schlaf gesprochen, sie hat um sich geschlagen und gejammert, sie sagte, daß sie auf einem Totenfluß treibe, daß sie von Nazistiefeln durch ein gekacheltes Badezimmer gejagt werde, daß sie in einer Zelle eingesperrt sei und durch den Untergrund des Wassers in Wellen die Polizeisirenen aufheulen höre, daß sie auf einem nebelverhangenen Fluß treibe, eingesperrt in einer Kiste, und ihr Körper war selbst diese Kiste, steif und kalt zwischen den Laken, und ihr Schattenreich war ihr Traum, und mir blieb nichts übrig, als das, was sie gesagt hatte, zu wiederholen, ich flüsterte ihr ins Ohr, was ich hörte, als sei ich ihr Echo, das Echo einer aus Fetzen zusammengestückelten Schreckenslitanei mit verkohlten, in einer menschenleeren Landschaft lautlos umstürzenden und in den Fluß sinkenden Bäumen, mit einem zur Puppe geschrumpften Rumpf ihres Körpers, der in der vergifteten Brühe in einer Zinkwanne trieb, mit einem *Fluß des Lebens*, der sich in einen Totenfluß verwandelt hatte, aber als sie am heutigen Morgen aufwachte, hatte sie alles vergessen, und ich kam mir vor wie jene Wachstäfelchen meiner Kindheit, das weiche weiße Wachs, in das sich der Wirrwarr der Traumbilder eingeritzt hatte, nur, daß ich sie selbst nicht löschen konnte,

– siehst du, sagte Fanny nach einer Pause, er kam zu mir, als wolle er die Verantwortung abwälzen, Blok übergibt die ihm über den Kopf wachsende Geliebte dem Kreis der zu Müttern und Schwestern erhobenen Vorgängerinnen, nimm sie unter deine Fittiche, schien er zu sagen, und ich kniete mich neben ihn, bewußt, welche Stunde geschlagen und welche Rolle ich zu spielen hatte, eine Rolle, die mir zutiefst zuwider ist, weil sie meinem Temperament nicht entspricht, Agape oder die aufopferungsvolle Seite der Liebe, aber was nützte es, ihm vorzuhalten, in welche Rolle er mich drängte, der Typ einer liebeszeternden, sich in ein Halseisen verwandelnden Megäre ist mir genauso zuwider, ich nahm die Hände von seinem Gesicht und strich ihm die Haare hinters Ohr und fragte, ob ich mich um dich kümmern solle, aber er hob den Kopf und blickte mich erstaunt an, da blieb ich neben ihm hocken, von Zärtlichkeit überschwemmt, und *welche Stunde* wurde zu meiner Stunde, die verstrich, ohne daß etwas Außergewöhnliches geschah, nichts außer kleinen Pulsschlägen und dem Eingießen des Tees, den ich ihm hinhielt und sagte, er solle seine Notizbücher nehmen und fortgehen, er solle aufhören, zerstückelte Biographien aufzusammeln, er solle auf die Straße gehen und bei den einfachsten Dingen anfangen, einer Hand, einem Blatt, einem Gesicht, einem Kind vor einem Schaufenster, einem Kellner in einem Zugrestaurant, einem alten Mann in einem Bus, ich sagte ihm, neben ihm hockend und das Gegenteil wünschend, daß er seine Füße benutzen solle, um wegzugehen, um auf die Straße zu gehen, um wegzugehen von den Todesbildern in deinem Spiegelfluß, Fernanda, denn in der Nacht hat er in deinem Spiegel in den seiner eigenen Todesbilder geblickt, weg, weg, sagte ich, noch als er sich auf dem Sofa ausgestreckt hatte und längst eingeschlafen war, das Brot lag unangebrochen auf dem Tisch neben seinem Schal –

Als Blok hochschreckte, schleiften die Enden seines Schals über den Fußboden, sein Oberkörper war seitlich gekippt und zusammengekrümmt, und als er versuchte, sich aufzurichten und seinen steifgewordenen Nacken zu bewegen, hörte er im Stockwerk unter sich das Knarren einer Treppenstufe, als versuche jemand, sich lautlos die Treppe hinabzuschleichen. Die Tür zu Fernandas Zimmer war angelehnt und im Zimmer eine Stille, in der nicht einmal ein Atemzug zu hören war, so daß es Blok, einen Moment schwankend zwischen Wachen und Schlaf, vorkam, als sei er soeben von Fannys Schritt geweckt worden, als sähe er deutlich vor Augen, wie sie, den Mantel über dem Arm und die Schuhe in der Hand, über ihn hinweggestiegen und, nachdem sie den Kopf wie in einem lautlosen Gruß an den Schläfer gewandt hatte, die Treppe hinabgestiegen war, blinzelnd ins hellere, aber schneeverhangen aus der Dachluke über den Treppenabsatz stäubende Höhlenlicht, meinte er, ihren gebeugten Nacken noch zu sehen, bevor er nach unten verschwunden war, die Reihe von kleinen Perlen auf dem Hautstück zwischen Haar und dem Rand des Pullovers, aber die Treppe vor ihm war leer und verlor sich nach ein paar Stufen in der Dämmerung, aus der ihn eine Wolke von Kälte streifte, als in der Tiefe des Hauses die Eingangstür zuschlug, eine Wolke von Schneeluft und frühem Morgen. Sich langsam aufrappelnd, verknitterte Jacke und Schal zurechtzurrend, lauschte er einen Augenblick vor Fernandas Zimmertür, bevor er sie aufstieß, und wirklich: da standen, worauf sein Blick als erstes fiel, obwohl er sie über Fannys Reden vergessen hatte, Fernandas Schuhe, fast nicht wiederzuerkennen, obwohl sie unverändert wie in der Nacht zuvor dastanden, der eine aufrecht, der andere umgekippt, nur hatten sie in der bläßlichen Morgendämmerung, die hier im Zimmer die schmutziggraue Farbe von matschigem Schneewasser angenommen hatte, ihr verrätseltes, inmitten der Lichtfläche harrendes Besonderes verloren und sich in ein nichtssagendes Schuhpaar verwandelt, durch keinerlei Eigenschaften, weder Eleganz noch Plumpheit, hervorgehoben, sondern zufällig und verloren neben Fernandas Schreibtisch liegengeblieben, nichts als Ausdruck einer flüchtigen Alltagsgeste, eines gleichgültigen Abstreifens, und einem plötzlichen Impuls der Dankbarkeit folgend, durchquerte Blok das Zimmer, richtete den umgekippten Schuh auf und stellte beide nebeneinander unter das Fußende ihres Bettes, eine Veränderung, die Fernanda, falls sie sich überhaupt erinnerte, an welchem Platz sie ihre Schuhe zurückgelassen hatte, mit einem verwunderten Kopfschütteln wahrnehmen und vermutlich eher Fannys Hand zuschreiben würde, als daß sie seine Rückkehr vermutete. Einen Augenblick schwankend, ob er Fernanda wecken solle, aber angesichts ihres zur Wand gedrehten Kopfes, ihrer das Gesicht verdeckenden Haarmasse, ihrer über den Bettrand herabhängenden Hand, wollte er sich, zufrieden mit so viel Schlaf, als hätte er eine schwierige Aufgabe gelöst, lautlos zurückziehen, als sein Blick auf ein aufgeschlagenes, mit dem Rücken nach oben zeigendes, auf dem Fußboden neben Fernandas Hand liegendes Buch fiel, in dem er ein von Franziska entliehenes Exemplar der Memoirenbände von Simone de Beauvoir erkannte, ein verflecktes, zerlesenes Taschenbuch mit Eselsohren, und als er es aufnahm und darin blätterte, sah er einen dünnen, von Franziskas Hand gezogenen Bleistiftstrich am Rand der letzten Seite, der die abschließenden Sätze hervorhob: *Aber wenn ich jetzt einen ungläubigen Blick auf dieses leichtgläubige junge Mädchen werfe, entdecke ich voller Bestürzung, wie sehr ich geprellt worden bin.* Er dachte, daß Fernanda von Fanny und von Franziska die Fortsetzungsgeschichte einer Fälschung zu hören bekommen habe, in der Blok als Fälscher und die Frauenfiguren als Betrogene auftraten, eine Geschichte, aus der wie aus einer schlecht verheilten, immer wieder aufbrechenden Narbe das Rinnsal ihrer Anklagen sickerte, und als kehre das Motiv des Konvexspiegels ein entscheidendes Mal zurück, kam Franziskas Gesicht, ein bleiches, überanstrengt lauschendes Gesicht, das in der Verzerrung eingefallen wirkte, gleichzeitig Kinn, Nase und Stirn gespannt wie auf Draht, wie ein heller Punkt aus der Tiefe eines kleinen runden Spiegels, der vor Jahren an der Wand neben der Tür seines Zimmers hing, auf ihn zu, und er erinnerte sich eines sonnigen Herbstvormittags, als er mit Fanny in der Mitte dieses Zimmers stand, er erinnerte sich einer mit wildem, zornigem Gesicht auf ihn einredenden, plötzlich verstummenden und an seinem Hals hängenden Fanny, und die Hände in ihren Haaren, hatte er plötzlich im Spiegel jene spitze Maske gesehen, in der er erst Sekunden später Franziskas Gesicht erkannte, das hinter der einen Spalt offenstehenden Tür lauschte, und dieses verzerrte, Wut und Klage zugleich preisgebende wie verschließende Gesicht kam jetzt, für die Minuten, als Blok, das Buch in der Hand, auf einen Punkt an der Wand neben der Tür starrte, wie Schlüssel und Frontispiz ihrer Geschichte der Prellung zurück. Er schloß das Buch, legte es auf den Stuhl neben Fernandas Bett, auf dem Fanny gesessen hatte, und verließ das Zimmer.

Auf der Straße wehte ein feuchter Wind, und Blok ging über den Berg. Er begegnete kaum einem Menschen in den steilen Gassen, aber in den efeuüberwachsenen Mauern summten und zirpten, unsichtbar im Laubwerk versteckt, unzählige Vögel, die Wände in singende Teppiche verwandelnd, als befände man sich nicht in den nach Katzenpisse, Kerzenwachs und Kaminholz riechenden Gassen unterhalb von Sacré-Cœur, deren niedrige, engstehende Häuser, von einer weißlichen Frostschicht überzogen, das unzugängliche Aussehen von während des Winters geschlossener Bastionen hatten, sondern in den sommerlichen Gärten des Südens, wohin die Zugvögel schon vor Wochen aufgebrochen waren. Das verrückte, wie aus Lautsprechern übertragene, vom Echo zwischen den engen Mauern verstärkte Konzert verebbte in Bloks Rücken, als er über die leergefegte, abschüssige, zur Stadt hin sich öffnende Place Goudeau kam, wo zwischen kahlen Bäumen und verwaisten Bänken, vor der tiefer liegenden, im morgendlichen Dunst verschwimmenden Silhouette der Stadt drei Mädchen gingen; eingehakt gingen sie vor ihm her, die Köpfe zwischen den fernen, schwach blinkenden Kuppeln und Hochhaustürmen, gerade über der Dachlinie eines am Fuß der Straße gelegenen, heruntergekommenen und seit langem geschlossenen *Hôtel du Midi* mit der schräg über die Fassade in verblaßten Goldlettern laufenden Aufschrift *électricité / tout confort*, und ihr Atem stieg frostweiß zwischen den Baumstämmen in die Luft. Einsame Rauchsäulen eines hoch über der Stadt wandelnden Dreifußes, dachte Blok, Rauchsäulen eines verwehten Orakels, und ging schneller, um den Abstand zwischen sich und den drei Mädchen zu verringern und verstehen zu können, worüber sie sprachen, aber im Augenblick, als er ihre geröteten Gesichter, die ins Gesicht flatternden Haare, die in der Kälte glitzernden Augen und die runden Öffnungen ihrer Münder sah, rollte der Mittleren, der Hochgewachsensten, der am schnellsten Ausschreitenden und die beiden anderen mit sich Ziehenden, plötzlich ein Apfel aus der Tasche ihres langen Wintermantels, ein Pausenapfel, wie Blok dachte, der sich an die halbierten, in Folie eingewickelten Äpfel erinnerte, die Fernanda ihren Schutzbefohlenen in die Ranzen steckte, er rollte – wachsgelb und auf einer Hälfte von einem rosa Hauch überzogen, als käme er geradewegs aus einem normannischen Bauerngarten, eine kleine rollende Morgenröte im Pariser Nebel – über den abschüssigen Platz, zuerst vor ihren Füßen über die holprigen Quadersteine hüpfend, dann schneller über das glitschige Pflaster rollend, bis er, umspült von den sprudelnden Wasserbächen der städtischen Reinigung, im Rinnstein liegenblieb, kurz vor dem Absatz einer auf die Straße hinabführenden Treppe, und ein kurzes, am Stil gewachsenes Blatt ragte über den Rand des Bordsteins und in den dunstigen Himmel des fernen städtischen Horizonts. Nach einer Pause, in der ihnen der Fall die Sprache zu verschlagen schien, kicherten die Mädchen, hexenhaft, kindlich und anmutig zugleich, die Linksgehende löste sich aus der Gruppe und rannte, eine schmale Zick-Zack-Linie im Horizont, den Berg hinab bis zur Treppe, bückte sich, hob den Apfel auf und drehte sich, den Apfel in der Hand und die Ankunft der beiden anderen erwartend, zum Platz zurück. Im Augenblick, als die Gruppe zusammenstieß, am Treppenabsatz verharrend, die beiden Ankommenden mit dem Rücken zum Platz und die Wartende mit dem Rücken zur Stadt, sah sie den die Szene beobachtenden Blok, und sei es, daß die Neugier in seinem Gesicht sie reizte, sei es aus bloßem Übermut gegenüber einem ihr vielleicht alt oder grämlich vorkommenden Unbekannten, sie ließ, eine koboldartige Grimasse schneidend, den Apfel fallen und rannte, die beiden anderen mit sich reißend, unter kicherndem Gelächter die Treppe herab. Blok, der immer noch Fernandas schrumplige Birne in der Tasche trug, bückte sich automatisch, den harmlosen Apfel als ein aus dem Morgen ihm zufallendes Zeichen begreifend, dessen Verwendung sich noch herausstellen würde, und den Apfel, der kühl und frisch in seiner Hand lag, unschlüssig hin und her drehend, sah er, daß das Mädchen, das ihn hatte fallen lassen, sich halb umgewandt hatte und ihm mit einem Wink über die Schulter, wie es Fernandas Art war, zu grüßen schien, bevor die drei in einer Seitenstraße verschwanden.

Nach einer Weile folgte er ihnen, aber als er an der Ecke der Gasse stand, in die sie eingebogen waren, lag sie verwinkelt, weiß und verschwiegen wie ein Beginenweg, keine Menschenseele war zu sehen, und aus einem kleinen Fenster flatterte eine große Spitzengardine wie der Flügel einer Haube. Er ging den Berg herab bis zur Rue des Abesses, wo vor einigen Läden gerade die eisernen Rolläden hochgezogen wurden, und als er das Café neben dem Métroeingang an der Place des Abesses betrat, sah er in einer Ecke eine strahlende Fanny mit gerötetem Gesicht sitzen, mit Händen in Wollhandschuhen eine Tasse Café crème umklammernd, neben sich auf der Bank der Mantel, den sie vor kurzer Zeit, über den Arm gelegt, die Treppe heruntergetragen hatte, vor sich eine aufgeschlagene Zeitung, in der sie einige Annoncen angestrichen hatte, und ihr Blick schweifte durch das Fenster auf den Platz, auf dem sich eine Horde von Tauben über die Reiskörner hermachte, die ihnen ein alter, auf einer Bank sitzender und die Hände auf einen Spazierstock stützender Mann hingestreut hatte. Blok ging an ihren Tisch, legte den Apfel vor sie hin, sagte, eine Morgengabe, und rückte sich einen Stuhl heran.

– Ich habe deine Kleine besucht, sagte Fanny, den Kellner heranwinkend, ich wollte ihr einen Stoß versetzen, um zu verhindern, daß sie eine allzu leichte Beute ist und in Geschichten verschwindet, die sie nichts angehen, in Franziskas Familiengeschichte und in deiner Geschichte des *Experiments im Geheimnis*, aber ich glaube, sie ist mitten in meinem Vortrag eingeschlafen, sie hat sich verschanzt in ihrer Schlafhaut, die sie von Franziska übernommen hat. Sechs Monate ist es her, seit wir sie kennen, und schon ist sie eine Schläferin geworden. Ich bin über den Berg gegangen, ich habe dies und das gedacht, ich habe gedacht, daß es ein Fehler war, dir niemals eine Wahrheit zuzumuten, ich wollte hier die Métro nehmen, um nach Hause zu fahren, und ich habe mir gedacht, vielleicht sitzt Blok in seinem Stammcafé.

– Nun, lächelte Blok, du hast mich gefunden, während vor dem Fenster ein Pulk von Fahrgästen aus dem Métroschacht stieg, die pickenden Tauben aufscheuchend, die mit hastigem Flügelschlag kurzatmig auf den nächsten Baum flatterten, und als die Passanten sich zerstreut hatten und die Tauben, den Himmel verdüsternd, wie ein Gitterwerk dicht gesetzter schwarzer Tintenklekse im Baum hockten, sah Blok, daß der Platz übersät war von weißen Placken getrockneter, verkrusteter Vogelscheiße, ein bröckliges Staubweiß, das den Boden der Farbe der niedrigen Häuser anglich, das Weiß der Kalksteinbrüche, aus deren Fundus die Stadt gebaut war, ein pulvriges Weiß, das die ganze Stadt wie eine Haut überzog, im Morgenlicht war die Haut unter Fannys Augen weiß, dünn und ein wenig zerknittert, als sie *Wahrheit* und *zumuten* wiederholte und behauptete, die Wahrheit erweise sich daran, ob einer in der Lage sei, einem anderen den Kopf zu halten, wenn er sich übergebe. Bist du dazu in der Lage, fragte sie mit einem Blick, den Blok bei sich den Afrika-Blick nannte, den anklagenden und empörten Samariterinnenblick, bist du dazu in der Lage, wiederholte sie spöttisch; nein, sagte sie und schwieg gekränkt, als er ihre geleerte Tasse ergriff und ihr unter die Nase hielt. Spuck's aus, sagte er, dies ist dein Eimer.

– Blok, sagte sie plötzlich, mit Tränen in den Augen, was ihn an die alte, bernsteinfarbene, in Tränen und Wortgestammel aufgelöste Fanny ihres Anfangs erinnerte, deren gewöhnliche Haltung sich weder als sitzend noch als stehend hatte bezeichnen lassen, sondern, in einer selbstverständlichen und aufwendigen Weise Raum beanspruchend, als *hin-gelagert*, eine Haltung, die ihrem mit Trödel vollgestopften Zimmer etwas von der Szenerie orientalischer Badeszenen verliehen hatte, und während er voll Verwunderung den Afrika- und Rot-Kreuz-Schwester-Blick hinter einem sich verflüssigenden Odaliskengesicht verschwinden sah, zeigte sich, daß die Verwandlung ihres Ausdrucks nicht zufällig war, sondern den

Zeitsprung in ihren nächsten Sätzen ankündigte, Blok, sagte sie, ihre langgliedrige Hand mit dem verrutschten Ring auf seine legend, erinnerst du dich an den Tag, als du zu mir kamst, um mir zu kondolieren, erinnerst du dich des betäubenden Geruchs der vielen Blumen, erinnerst du dich an meine Tränen, meine erschöpfte Passivität, an das ganze opernhafte Durcheinander von Trauer, Tränen und einer überfallartigen Umarmung, in deren Verlauf, ohne daß wir es bemerkt hätten, eine Vase umflog und die Nelken – oder waren es Lilien? – um unsere auf dem Teppich gelagerten Köpfe fielen, erst als ich verschwitzt, zur Ruhe gekommen und die Augen öffnend, merkte, daß ich auf einen Blumenstengel biß, sahen wir die Verwüstung. Eine Umarmung, die eher dem Wirrwarr eines phantastischen Traums als einem plötzlich ausbrechenden Gefühl zu entspringen schien, so sagten wir uns jedenfalls, als wir zu uns kamen, denn im Hintergrund dieses Ereignisses lauerte die unausgesprochene, aber bereits an ihren Kristallisationspunkt gekommene Legende –

sie machte eine Pause, erschöpft vom Rückblick, und schloß mit einem zerstreuten Lächeln: die Legende eines Glücks, das sich aus Zahnseide, Blumenkohl und pünktlich abgelieferten Steuerabrechnungen zusammensetzte.

– Aus Blumenkohl, fühlte sich Blok genötigt zu fragen, dem sich nach dem Panorama erotischer Unordnung plötzlich ein karges Krämerregal auftat, in dem ein Päckchen mit Zahnseide, ein Blumenkohl und eine in Pappe eingeschlagene Steuerakte aufgereiht lagen, ein Bild, das ihn faszinierte, weil es so wenig zu Fannys Gewohnheiten paßte, ebensowenig wie zum Bild jenes Toten, über den er wenig mehr wußte, als daß er sich in den Umwälzungen um den Mai 68 hervorgetan habe und, früh aufgerieben und verzettelt durch die Arbeit in politischen Gremien und Sitzungen und, von Fanny ins romantische Licht eines antikapitalistischen Helden gerückt, mit dreißig einer Herzattacke zum Opfer gefallen war, die sie als Folge von Ärger, Überarbeitung und unmäßigem Zigarettenkonsum hinstellte. Zwischen den hervorstechenden

Männerfiguren aus Fannys Biographie – denen des erhängten Vaters, des gewalttätigen Bruders, des wortkarg-arbeitsamen Onkels und des erdrückenden Kunstprofessors – war er als ein lichtes Gegenbild für Blok fast unauffällig geblieben, in den wenigen, über ihn mitgeteilten Stereotypen wie ausgeblendet, eine Ausblendung, die Blok stillschweigend der Sprachlosigkeit eines Glücks zugeschrieben hatte, das, da es ihr selbstverständlich gewesen war wie die Luft zum Atmen, keines Ausdrucks bedurfte, und er hatte sich daran gewöhnt, in Fannys Neigung zu Solidaritätsbekundungen und Unterschriftensammlungen die deutlichste Spur des Verblichenen zu sehen. Fanny aber, durchdrungen von dem, was sie *ihm eine Wahrheit zumuten* nannte, war dabei, angesichts dieses strahlenden, frostklaren Wintermorgens, in dem die Scheiben der Laternen auf dem Platz leise im Wind klirrten, mit spitzen Fingern die Legende zu zerreißen. Sie habe sie gebraucht, behauptete sie, um das empfindliche Gleichgewicht, das in dem Dreieck zwischen ihm, Franziska und ihr herrschte, auszugleichen, sie habe den Schatten des Toten gebraucht, um an ihrer Seite, an der offenen Stelle, die fehlende vierte Figur aufzustellen und das Dreieck in ein imaginäres Viereck zu verwandeln, und die Legende ihres ehelichen Glücks sei ihr bald wie ein Rückspiegel erschienen, in dem aus der Vergangenheit ein sich entfernendes, aber glanzvolles Gegenbild zu ihrer beider Geschichte des Mangels auftauche.

– Blumenkohl, fragte Blok, den das Bild eines bis zur Kargheit aufgeräumten Regals mit Zahnseide, Blumenkohlkopf, Steuerakte über ihren Ausführungen nicht losgelassen hatte, was ist mit Blumenkohl? Und während Fanny sich Zeit ließ mit der Antwort, ihren Blick verträumt über den Platz trödeln ließ, als gäbe es dort weiß Gott was zu sehen, als wolle sie ihn im nächsten Augenblick, wie einen lieben Besucher, auf die mit Backstein verkleidete Kirche hinweisen, als wolle sie sagen: eine Sehenswürdigkeit, der erste Entwurf einer Kirche als Betonkonstruktion, als wenn er das nicht wüßte, oder auf das kleine, weißgestrichene Gebäude mit dreieckigem

Giebel gegenüber, das immer unbewohnt und für ein Theater zu klein, aber für ein Gartenhaus zu groß schien, während also ihr Blick über längst vertraute Dinge schweifte, schoß in Blok plötzlich die Vision einer nackten, nur mit einem in der Eile nicht ganz abgestreiften und um ihren linken Fuß schlenkernden Seidenstrumpf bekleideten Fanny hoch, statt zwischen Trauerblumen in ein Meer von Blumenkohlröschen gebettet, ein Bild, das mit jener argwöhnischen, nie gestellten Frage, ob sie ihn nicht an jenem Tag mit dem Toten betrogen habe, und seiner Theorie des *bouche-trou* zusammenhängen mußte, jeder des anderen Notstopfen, aber als er sie wieder ansah und sich ihr Gesicht, das sich von dem hellen Anstrich der Bistrowand abhob, statt dessen in einem Teppich mit Blumenkohlröschen dachte, mußte er zugeben, daß dieses Bild eines gewissen komisch-pathetischen Reizes nicht entbehrte.

– Blumenkohl, das war mein Leben, murmelte Fanny und lieh sich, wie immer, wenn ihr nach Seufzen zumute war, sein Taschentuch, zog es ihm, unter der Tischplatte herübergreifend, zerknüllt aus der Tasche, er liebte Blumenkohl über die Maßen und in jeder Form, sagte sie, sich die Nase schneuzend, Blumenkohl mit Krabben, Blumenkohl mit Butterbröseln, Blumenkohl mit Bechamelsauce, Blumenkohl mit Petersilie, Blumenkohl mit gehacktem Ei, ich habe mit Begeisterung gekocht, was er mochte, ich habe mit Begeisterung seinen Schritt gehört, wenn er durch die Wohnung ging und die Blumenkohlreste mit Zahnseide zwischen seinen Zähnen entfernte, ich habe, weil er darauf bestand, jeden Rest des Blumenkohls aufgehoben und am nächsten Tag, in kleine Förmchen gefüllt und überbacken, als Vorspeise serviert, ich habe mit Begeisterung die abgemessenen zwei Gläser Wein eingeschenkt, die er dazu trank, wie ich alles mit Begeisterung begleitete, was er tat – (alles, denn nach dem Gesetz der Verlangsamung, das mir das Leben mit dem *Nachbarn* auferlegt hatte, erschien es mir als die leichteste Aufgabe der Welt) –, das nächtelange Grübeln über einem Entwurf für die nächste politische Versammlung, die pünktliche und sorgfältige Ausarbeitung der Steuererklärung, das, seinen bescheidenen Mitteln angemessene, Anlegen einer Sammlung politischer Karikaturen, und erst als er starb merkte ich, daß ich mit ihm in die Enge meiner Kindheit zurückgekehrt war, die Gegenwart, abgezirkelt und voraus-besorgt, der Zukunft unterworfen, und in meine Tränen, die wir noch im Moment, als du ins Zimmer kamst, für einen Tribut an den Toten hielten, mischten sich Bedauern und Erleichterung, daß sein Tod mir zuvorgekommen war, diesen engen Rahmen zu sprengen –

im Ausschnitt zwischen Fannys Kopf und dem weißgiebligen Gebäude sah Blok plötzlich, in der Höhe über einem sich den Berg hinaufziehenden Streifen verwilderten Buschwerks, den Holzturm einer der wenigen stehengebliebenen Windmühlen, die im Tag durchsichtigen Flügel wie das Gegenstück zu den in der Nacht als schwarzes Gerippe auf dem Boulevard de Clichy Gesehenen, stillgestellt wie das Räderwerk der Vergangenheit, das aus Fannys Augen tropfte, und als sie sich mit einem trockenen Zipfel des Taschentuchs die Augen tupfte, knallte hinter ihnen an der Theke ein aus der Flasche gezogener Pfropfen.

VIII

Bereits am frühen Nachmittag hatte sich Dämmerung über die Straßen unterhalb der Place Blanche gesenkt, eine weiche Dämmerung und wattierte Lautlosigkeit unter tiefhängenden Schneewolken, die die ausgestorbenen Straßen in eine leere Zone zwischen den Zeiten verwandelten, denn es war einer der letzten Tage im Dezember, in eine Zwischen-Zone, dem Schlaf ähnlicher als dem Tag, deren einzige Bewohner die Kinder zu sein schienen, die auf dem Square unterhalb von Trinité, in dem kleinen, eingezäunten, schneeüberstäubten Labyrinth zwischen düsteren Tannen und leeren Bänken Fangen und Hüpfekästchen spielten. Ein leises Spiel, manchmal durchsetzt von schwachen, in der frostigen Luft heiser klingenden Rufen und Schreien, das auf Blok den Eindruck einer Verlegenheitslösung machte, als warteten die Kinder darauf, nach Hause gerufen zu werden, wo sie ihre mit festlichen Vorbereitungen beschäftigten Mütter bei der Arbeit störten, denn Schaukel und Karussell lagen unberührt im sanften Schneefall, stillgestellte Automaten einer Kinderlandschaft, durch die ein kleiner Stein von Kästchen zu Kästchen rollte, in der sich neben den Krallenspuren der über die Rasenstücke hüpfenden Vögel die Fußspuren der sich hinter den Bäumen versteckenden Kinder im Schnee abdrückten, die die lautlos fallenden Flocken bereits Sekunden später wieder verwischten und dem Tag und der Wirklichkeit entzogen, ein nach geheimen Regeln verlaufendes Spiel zwischen Spurenlegen und -verwischen, zu dem auch das freigekratzte Loch unter einer Pinie gehörte, in das ein kleines Mädchen in geschecktem Fohlenmantel eine Tüte mit getrockneten Körnern streute, zu dem auch ihre Haltung gehörte, denn aus ebenso unerfindlich wie notwendig scheinenden Gründen stand sie, während sie die Tüte leerte, auf einem Bein, das angewinkelte Bein im verkrumpelten Wollstrumpf um das Fußgelenk des Standbeins geschlungen, zu dem auch der auf den Mund gelegte Finger gehörte, mit dem sie Blok, als das Gittertörchen in seinem Rücken klappte und er den Square durchquerte, zu warnen schien, eine Geste, die ihn, als Gegenstück und Einspruch, an jene über den Platz im Lauf auf ihn zukommende und sich entfernende Geste des Winkens erinnerte, mit der ihm zu Beginn des Sommers Franziskas und Fernandas Figuren im Traum verschmolzen waren. Aber das Café, in dem er damals gesessen hatte, war geschlossen, die Glasscheiben, hinter denen sich die Stühle türmten, mit bunter Silvestermalerei verkleistert, und die Schweigen gebietende und jede Frage abweisende Geste des Mädchens blieb verschlossen und für Blok nur als Zeichen einer unerklärlichen Komplizenschaft deutbar, die daher rühren mochte, daß jeder sich in einem *Zwischen* befand, das Mädchen in dem geheimen Zwischenraum seines Spiels und Blok in jenem Zwischen, das er als eine zur Gewohnheit gewordene Notlösung bezeichnet hätte, das, weder außen noch innen, ein Bereich des Übergangs war, eines transitorischen Zustands der Zweifel und überraschenden Lösungen, zu denen Strohhalme gehörten, die als Brücken verwendet wurden, was manchmal klappte, manchmal nicht. Ein offener Bereich wie der der Rue Blanche, in die er jetzt einbog, deren Name sich auf einzigartige Weise mit dem Zustand deckte, der in diesem Moment in ihr herrschte, dem leeren, abgeräumten Zustand zwischen eins und vier, wenn alles geschlossen ist und niemand sich auf der Straße befindet, ein Name wie ein weißer Balken, eine blinde Strecke, ein Hohlraum zwischen den Zeiten, in denen sich Flußmöwen verirrt hatten, die von den Seineufern heraufgeflogen waren und auf den Stangen der mit Plastikplanen abgedeckten Verkaufsstände hockten, angezogen von im Rinnstein liegenden Fischabfällen und in Behältern schmelzenden Klumpen von zerstoßenem Eis, auf denen am Morgen frisch gefangene Fischleiber geschichtet waren; ein mit frostigem Weiß ausgeschlagener Hohlraum, in den der Geruch von Algen, von Netzen, des nur zwei Stunden entfernten Meeres spülte, der Geruch eines selbstvergessenen winterlichen Meeres, der im Ansteigen der Straße verebbte und vom Geruch in den wäßrigen Schneeflocken sich lösender, aus den Hinterhöfen auf die Straße wehender Staubteilchen abgelöst wurde, denn die Fassaden der Häuser waren, ihrem Namen widersprechend, längst nicht mehr weiß, sondern von einer klebrigen Schicht überzogen, die ihnen das Aussehen einer düsteren, an einem Feiertag unter Rußwolken vor sich hin dämmernden Bahnhofsstraße in einer Industriestadt gab.

Als Blok in die Rue Chaptal eingebogen war und vor dem Haus stand, in dem er wohnte, leuchteten ihm aus der Concierge-Loge die schiefsitzenden, zerknitterten Stanniolschleifen eines künstlichen Tannenbäumchens entgegen, deren bunte, elektrische Kerzen im Dreißig-Sekunden-Takt aufblinkten und erloschen, einen Reklame-Regenbogen auf das Pflaster des Tordurchgangs werfend, aus dem ihm die Concierge entgegenkam, einen Besen in der Hand und – in ein Selbstgespräch versunken, das mit Schimpfworten in einem ihm unverständlichen Argot gespickt war – die wäßrige Schneeschicht vor dem Haus zusammenfegend. Auf dem Pflaster lagen einige von wer weiß woher gewehte Blätter, sie lagen dort unten, eingesunken im Schneematsch, wie mumifizierte Blicke, und sie erinnerten Blok an Franziskas Augen, von denen er in der Nacht geträumt hatte, versunkene, leuchtend geäderte Augen, die ihn aus einem blassen, kaum erkennbaren Gesichtsrund angestarrt hatten, einem mit Schriftzügen durchsetzten Rund, das sich langsam zu drehen begann, und die Augen drehten sich mit, ihre Farbe verändernd, langsam in eine andere Form gleitend, vom nebeneinanderliegenden Oval in übereinandergeschichtete Schlitze in auf dem Kopf stehende Ellipsen, die Augendeckel wie Schalen unter das flüssige Augenweiß gehalten, der starre Blick in der Bewegung unverändert, eingebettet in eine leuchtende Iris zwei blicklose Pupillen, sich drehend zu einer dumpf aus dem Hintergrund vernehmbaren Musik, einer Musik mit wattiertem Klang, als käme sie aus einem alten Grammophon, ein weiches Lamento vor Streichern, eine ferne, klagende, ein wenig schrille Stimme, gehalten an der Grenze zum Umkippen, die Kopfstimme eines Kastraten aus dem 17. Jahrhundert, *ah! stigie larve vaghe pupille*, übergehend in eine dunklere Männerstimme vor Streichern und Saxophon, *a foggy day in London town*, eine weich, elegant, verhalten spielende Band aus den Vierziger Jahren, und als er aufwachte, erinnerte er sich, daß er diese Musik einige Tage zuvor im Treppenhaus gehört hatte, *had me low and had me down*, sie drang aus der Wohnung, die seit Franziskas Auszug verwaist dalag, da er außer seinem eigenen kein anderes Zimmer betreten hatte, *the British Museum has lost his charme*, er hatte einige Sekunden vor der Tür gelauscht, bevor er den Schlüssel aus der Tasche zog und die Tür aufschloß, *how long, I wonder, could this thing last*, und als er die Tür aufstieß, knarrte sie in *the age of miracles hadn't passed*, und er hatte, blöde im Kopf und ohne sich zu fragen, wer die Schallplatte aufgelegt haben mochte, auf Gershwin, Berlin oder Porter getippt. Alle Zimmertüren standen offen und überall waren die Deckenlampen eingeschaltet, eine grelle Beleuchtung in leeren Zimmern, denn niemand war zu sehen, als ihm, die Tür hinter sich schließend, einfiel, daß diese Platte zu Franziskas Lieblingsplatten gehörte, ohne daß er daraus auf ihre Rückkehr geschlossen hätte. Gershwin, Berlin oder Porter, fragte er sich und meinte, einen aus einem der Zimmer herüberwehenden Zigarettengeruch in der Nase zu spüren, aber Franziska hatte das Rauchen seit Jahren aufgegeben und ihre alten Etuis lagen unbenutzt und schwarz angelaufen in der Wohnung herum, trotzdem gehörten Zigarettenrauch und Musik zusammen, denn wenn sie gutgelaunt war, pflegte Franziska zu sagen, diese Musik sei wie der Rauch einer leichten Virginiazigarette, zündete auch manchmal, wenn sie allein war, eine aus einer von ihm oder irgend jemandem vergessenen Schachtel an und ließ sie im Aschenbecher verglimmen, um den Tabak zu riechen, und behauptete, während sich die Musik auf dem Plattenteller allein in einem Winkel ihres Zimmers drehte, es sei die Musik einer flutenden, in leichtem Rhythmus sich vor und zurück bewegenden Menschenmenge, die Musik – war es die Stimme von Fred Astaire, fragte sich Blok, seinen Mantel an einen der Haken an der Garderobe hängend – des schreienden Geschiebes an der Börse, sagte sie, die Musik von sich in Gegenrichtung schneidenden Rolltreppen in hellerleuchteten Warenhäusern, die Musik von überfüllten Hotelhallen, und auf dem Flur standen Franziskas offene, halb ausgepackte Koffer, Strümpfe, Hemden und Taschentücher herausquellend und über den Boden verstreut, die Musik verwandle ihr Zimmer in den Echoraum einer funkelnden Eislaufbahn, eines mit Samt ausgeschlagenen Theaterfoyers oder einer Music-Hall in gedämpftem Licht, behauptete Franziska, und als Blok die Tür zu ihrem Zimmer weiter aufstieß, drehte sich die Schallplatte vor der Wand, das Zimmer war leer, und auf dem Tisch vor dem Spiegel lagen kleine Zweigbüschel, Eukalyptus, Oliven, Mimosen, Mitbringsel von der Reise, dachte Blok und spürte den Choc erst Minuten später, als der Puls plötzlich stockte, denn dies war kein Mitbringsel aus Tarduz, und er hatte sich geirrt, wenn er die ganze Zeit während ihrer Abwesenheit davon ausgegangen war, daß sie nur dort ihre Zuflucht genommen haben konnte, und durch die Zimmer gehend, spürte er, in einer ihn um Wochen zurückversetzenden Zeitverschiebung, die nagende Ungewißheit über ihr Ausbleiben, die er zuvor hätte empfinden müssen, die aber, da er seit Jahren gewohnt war, jeden ihrer Schritte vorausberechnen zu können, ausgeblieben war wie eine Warnanlage, die, zum richtigen Zeitpunkt, verspätet Alarm schlägt.

Er entdeckte sie schließlich in der Küche, in einer Ecke unter einem halbrunden Tisch hockend, beschäftigt mit einer alten Decke, die sie jahrelang über die Löcher auf dem Rücksitz ihres *Sandkäfers* gelegt hatte, neben sich auf dem Fußboden ihre Brille zwischen einem alten Schuh und einem von Speichel und Grasflecken durchfeuchteten und verfärbten Tennisball, kaum den Kopf hebend und ihm über die Schulter zunickend, mit keinem Wort die Umstände ihres Auszugs und die Gründe ihrer Rückkehr erwähnend, sondern sie drückte, mit gekrümmtem Rücken unter den Tisch kriechend und die Ecken der gefalteten Decke zurechtzurrend, mit jeder Faser dieser gebogenen Rückenlinie aus, daß sie sich durch sein abwartendes Herumlungern im Türrahmen nicht unterbrechen lassen würde; sie war gegangen, sie war gekommen, und, wie sich Blok mit einem Anflug von Verzweiflung verdrängendem Sarkasmus sagte, *auf den Hund gekommen.* Was für ein hübsches Spielzeug, sagte er, als Franziska, mit ihren grauen, in die Augen hängenden Haarzotteln und einer Schweißperle auf der Oberlippe unter dem Tisch hervorkriechend, sich auf den Boden kniete und mit leiser Stimme, einer Stimme, die er noch nie an ihr gehört hatte, ein kleines Hündchen lockte, das an die Wand gedrückt unter dem Fenster saß und sich, mit schräg gelegtem Kopf und glänzenden, runden Augen, deren Weiß schalkhaft beim Drehen des Kopfes hervorblitzte, keine ihrer Bewegungen hatte entgehen lassen. Pechschwarz, das Fell noch kurz und wollig, lief es auf weichen, wackligen Beinen zu ihr hin, während er dachte, daß er Spaniel nicht mochte, nicht ihre seidigen Ohrgehänge, nicht ihren sanften, beleidigten, von unterirdischem Kaninchenbau und aufflatternden Rebhühnern nur träumenden Blick, er dachte, daß er Hunde im Haus nicht mochte, nicht den Geruch nach nassem Fell, nicht die sabbernde Schnauze am Hosenbein, nicht ihre Schlafkuhlen am Fußende des Bettes, nicht das Hecheln, das Hochspringen und Jaulen, nicht diesen lebendigen, atmenden Fremdkörper, den er vor sich sah, wenn er ausgewachsen wäre. Was für ein schönes Spielzeug, wiederholte er, sich mit der Erinnerung an einen Spaniel tröstend, der in fernen Zeiten einer Tante gehört hatte, ein seidiges, dekadentes Geschöpf mit vorwurfsvollem, umflortem Blick, das sich mit zunehmendem Alter nur noch zwischen Kaminfeuer und Pralinen bewegt hatte. Zusammengerollt zwischen den Seidenkissen des Sofas, hatte es eher den Stellenwert eines Einrichtungsgegenstands, dessen ständige Gegenwart notwendig war wie ein Pflästerchen oder ein Beruhigungsmittel, und während er überlegte, ob sich das Hündchen, das vor seinen Augen über den Küchenfußboden rutschte, auf die Dauer von Franziskas Muscheln, Steinen und weißen Gegenständen unterschiede, während er wußte, daß dies eine falsche Überlegung war (er sah sie auf den Stufen der Scheune, auf den Stufen vor der Küchentür von Tarduz hocken und streunende Katzen füttern), sah er im Nu das Bildnis ihrer Zukunft vor sich auftauchen, ein zeitloses, ein Alters- und Gegenwartsporträt zugleich, in dem alle zukünftigen Porträts eingeschmolzen schienen, das Zukunfts- von einem gleichbleibenden Gegenwartsbild aufgesogen, an dem weder Altersflecken noch die Magerkeit des Alters etwas änderten, er sah eine unendliche Serie ineinander übergehender Variationen des Themas *Dame mit Hündchen* vor sich: Franziska, auf der sich in den Hintergrund verjüngenden Fluchtlinie eines Boulevards, im Begriff, die Straße zu überqueren, der ausgreifende Schritt angehalten im Gehen, das Gesicht vermummt zwischen hohem Pelzkragen und Pelzmütze, kaum erkennbar die strenge Mundlinie, die schweren, halbgeschlossenen Augendeckel, das ungreifbare Gesicht einer Abwesenden, deren kurzsichtiger Blick auf den Dingen zu ruhen schien, ohne sie zu sehen, Porträt einer Frau, die beschlossen hat, den Rest ihres Lebens ohne ihr Eingreifen an sich vorbeistreifen zu lassen, Variationen eines Porträts, deren Ähnlichkeit nicht in der sich wiederholenden Situation lag, sondern in der Art, mit der ihre behandschuhte Hand die Leine hielt, an deren Ende das Hündchen fest auf allen vieren stand, blasiert aus dem Bild blickend, und wie sie das Hündchen ohne jenes Zubehör von Schleifchen und wollenen Überzügen, mit denen andere Damen ihre Hündchen traktieren zu müssen glaubten, auskommen ließ, so hielt sie auch die Leine, nicht straff gezerrt, sondern leicht, als sei nicht das Hündchen, sondern sie es, die die Leine zum Festhalten brauche. Die gegenwärtige Franziska aber erhob sich, im Aufstehen mit dem Absatz ihres Schuhs den Rocksaum aufreißend, und packte das Hündchen, ein weiches, nur aus Fell und Knorpeln zu bestehen scheinendes Bündel, das Anstalten gemacht hatte, sich breitbeinig niederzulassen, im Nacken und setzte es auf eine bereits neben der Balkontür ausgebreitete Zeitung, wo es die Schlagzeilen der Tagespolitik mit einem prächtigen See durchfeuchtete, sich trollte und seelenvergnügt an der vom Tisch gerutschten Leine, wo Franziska sie neben ihren dünnen Lederhandschuhen und ihrer Tasche abgelegt hatte, zu kauen begann, einer Leine aus weichem, geflochtenem Leder, die Blok soeben noch im sanften Bogen von Franziskas Hand auf ihrem Zukunftsporträt hatte herabhängen sehen, und in der er jetzt die Leine eines früheren Hündchens erkannte, das sie weggegeben hatte, als sie nach Paris zu dem Stückeschreiber ins 10. Quartier zog – statt Hundespaziergängen Dampfnudeln, nächtliche Tischrunden mit hitzigen Diskussionen, mit zuviel Cognac und zuwenig Schlaf, wie sie diesen Abschnitt ihres Lebens zu umschreiben pflegte –, eine Leine, die klein zusammengelegt und -gebunden jahrelang, neben einem Notizblock für ihre Einkäufe und einem winzigen Körbchen, in dem Bleistiftstummel, Radiergummi und Münzen zum Parken steckten, im Handschuhfach des *Sandkäfers* aufbewahrt hatte, als sei das geduldige Herumfahren die angemessenste Art, mit Reliquien der Vergangenheit umzugehen. (Franziskas Leine aber hatte ihn, als er sie zum ersten Mal entdeckte, dazu veranlaßt, seinem Stück einen Epilog anzufügen. Blaubart und sein Doppelgänger stecken in der Kammer, sie vertreiben sich die Zeit, Witze erzählend, saufend, Fliegen totschlagend, die auf einem in der Mitte der Kammer von der Decke herabhängenden Klebestreifen zucken, sich auf dem Tisch zusammenrollend, um zu schlafen, sie sind hinter der Scheibe zu sehen wie Tiere im Zoo, bewacht von der Serie jener Frauen, die

die Kammer zuvor bewohnten, die an seiner Statt über den einer Strandpromenade gleichenden düsteren Flur flanieren, ab und zu an das Bullaugenfenster tretend, das Treiben der beiden beobachtend und ihnen mit hellen Stimmen herausfordernde Sätze zurufend, alle gleichgekleidet in schwarze Seidenkleider mit giftgrünen Rosen, die die Arme freilassen, Kleider mit engen Gürteln und weiten, knisternden Röcken, mit tiefen Rückenausschnitten und eckigen, großen Kragen, die steif über die Schultern fallen, sie blinzeln in das grelle Licht hinter der Scheibe, sie wedeln mit ihren Kragen, sie rufen, Blaubart, gib uns Taft zum Kragen, sie rufen, Blaubart, gib uns Kraft zum Tragen, und trippeln auf hohen Absätzen hin und her, nach einem im Dunkeln verschwundenen Hündchen rufend, Fifi, rufen sie, Fifi, mit grellgeschminkten Mündern und kleinen Henkeltaschen, aus denen beim Zuschnappen des Schlosses eine Staubwolke quillt, Fifi, rufen sie, und die letzte schwenkt eine weichgeflochtene Leine.)

Als er den Hof fast schon durchquert hatte, rief die Concierge ihm nach, daß sie Post für ihn habe, er kehrte um, und während er vor dem Eingang zu ihrer mit Wachsblumen und Heftchen mit Kreuzworträtseln überladenen Loge wartete, in der sie, brummend in einem Stapel Briefe kramend, nach seiner Post suchte, sah er einige der Blätter, die sie mit dem Schneematsch vor dem Haus zusammengekehrt hatte, an den Borsten ihres neben der Tür an die Mauer gelehnten Besens kleben, feucht, halb zerrupft bis auf das Gerippe, und sie erinnerten ihn nicht mehr an Franziskas geäderte Augen.

Schon im Treppenhaus hörte Blok lautes Stimmengewirr aus seiner Wohnung dringen, und je höher er stieg und je lauter das Stimmengewirr anschwoll, in dem er zwei streitende Stimmen unterschied, Franziskas und Fannys, durchsetzt vom schrill-zerstückelten, wie Raketenexplosionen in die Sätze der Streitenden fahrenden Gelächter Fernandas, desto verhaßter schien ihm der Trubel um die Vorbereitungen für ihre abendliche Einladung und die Vorstellung, daß in ein paar Stunden die Wohnung vollgestopft mit fremden Leuten wäre, doch als er versuchte, möglichst lautlos die Wohnung zu betreten, die Tür hinter sich zu schließen und unbemerkt in sein Zimmer zu gelangen, wäre er im Flur fast über das Hündchen gestolpert, das, in einem versteckten Winkel Schutz vor den streitenden Stimmen suchend, mit eingezogenem Schwanz davonschlich und leise aufjaulte, als Bloks Fußspitze es in der Seite traf, aber als er sich bückte, um das Fell des Hündchens zu streicheln, huschte es, ein schwarzer Troll, eine rollende Schattenfaust, über die schwarz-weißen Kacheln davon. Es gelang Blok, unbemerkt an der Küche vorbeizukommen, wo Franziska, mit hochrotem Gesicht mit einem Obstmesser herumfuchtelnd, Fanny ihre Besserwisserei vorhielt, besser allein unglücklich als zu zweit, äffte sie sie nach, was weißt du schon vom Leben zu zweit, schluchzte sie, auf einen Stuhl am Küchentisch sinkend und das Messer in eine gelbe Pflaume bohrend, um den Kern herauszuholen, was weißt du von einem Leben zu zweit, wenn man immer Dritte im Haus hat, fauchte sie, das schöne glasige Fleisch der Pflaume zerteilend, sich eine Haarsträhne aus der Stirn streichend, und als Blok an dem großen, zum Hof gelegenen Zimmer vorbeikam, das in der Mitte vollkommen freigeräumt war und mit den an den Wänden aufgereihten Sesseln und Stühlen und der wie ein dämmriger See spiegelnden Parkettfläche wie eine Mischung aus Tanzsaal und Wartezimmer aussah, hörte er, wie sie mühelos zum Ausgangspunkt ihres Disputs zurückkehrten, Ingwer oder Cognac, fragten sie, vielleicht ein *eau de vie*, sagte Fernanda, Mirabelle oder Prune, und Blok nahm an, daß es sich um eine Zugabe zu den gewürfelten gelben Pflaumen handelte, die er in einer Fußschale auf dem Küchentisch gesehen hatte, und hörte, als er die Tür zu seinem Zimmer hinter sich schloß, Fannys spröde, mit Spott und Galgenhumor gemischte Stimme, die zu Fernanda sagte, weißt du, was eine Familie ausmacht? Haß und Idylle, und beides überdeckt vom Alltag oder vom Fest. Er hörte nicht, ob Fernanda antwortete, er setzte sich an seinen

Schreibtisch, dessen dunkle, wie immer leere und glänzend polierte Fläche ihn plötzlich an einen pompösen Sarkophag erinnerte, an einen jener wie Schiffe gebauten römischen Sarkophage, deren Abbilder in seiner Schulzeit seine lateinischen Lehrbücher geziert hatten, er stand auf, er ging im Zimmer umher, einige Bücher, Hefte und kleinere Gegenstände, die er vom Boden aufnahm oder im Regal fand, zusammentragend und auf dem Tisch ablegend, ein wahllos angehäuftes Sammelsurium, von dem er nicht wußte, ob er es ausgewählt hatte, um die Leere des Tischs zu füllen oder um es in eine Tasche zu packen und mitzunehmen, denn unterschwellig quälte ihn der Wunsch, durch eine nicht vorhandene Hintertür dem Getriebe im anderen Teil der Wohnung zu entkommen. Er ließ sich jedoch auf seinem Schreibtischstuhl nieder, und gedankenlos in einer Biographie über Dullin blätternd, sah er im Aufblicken plötzlich sein Gesicht im Fenster, hinter dem die inzwischen hereingebrochene Dunkelheit wie ein herabgelassenes Rouleau stand, ein Gesichtsbild, das er, obwohl nur Umrisse, Linien und Flächen zu erkennen waren, als handle es sich um ein Phantombild, um vieles deutlicher empfand, als jene von Franziska aufgenommenen Photographien oder von Photoautomaten ausgespuckten Paßbilder, auf denen er sich nie erkannte, er sah ein Gesicht, das nur aus Augen und Zähnen zu bestehen schien – (natürlich sah er das glatte, dünne, über die Ohren wachsende Haar, die scharfe Nase, die von den Nasenflügeln zu den Mundwinkeln laufenden Linien, das unrasierte, das Gesicht eindunkelnde Kinn, er sah diese Einzelheiten, aber sie spielten keine größere Rolle, als daß sie zur Bestandsaufnahme gehörten) –, aus tiefliegenden, unterlaufenen, zusammengekniffenen Augen, in denen er ein müdes Blinzeln und ein träges Abwarten fand, ein dumpfes Brüten und einen fiebrigen Glanz wie von Fischschuppen, aus entblößten Zähnen, aus denen die hellen spitzen Eckzähne hervorstachen, die Zähne eines streunenden, reißenden Tiers, die Zähne eines Jägers, Zähne und Augen, Jäger und Beute im gleichen Gesicht, über dessen offenstehenden Mund jetzt ein Finger strich, denn Fernanda hatte sich lautlos ins Zimmer geschlichen und beugte sich, ihn von hinten umschlingend, über seine Schulter, ihr Gesicht an seinem Ohr reibend, daß ihre Haare ihn in der Nase kitzelten, ein Finger, der nicht nach nachmittäglichem Liebeslager roch, nicht nach Speichel, Sperma und Schweiß, sondern nach Zimt, ein Geruch, unerbittlich wie Asche oder Gartenerde, der ihn mit Trauer erfüllte, der ihn an ihre für einen der nächsten Tage angekündigte Abreise erinnerte, und er wandte sich um, packte Fernanda an ihren beiden Handgelenken und flüsterte, mach, daß du hier herauskommst. Der Satz war in heiserem Flüstern untergegangen, aber Fernanda, deren Finger jetzt, von der Hand abgespreizt wie ein geknickter Insektenflügel, in der Luft baumelte, mußte ihn wohl verstanden haben, denn ebenso lautlos wie deutlich formte sie die Antwort, ich bin schon auf dem Absprung, sagte sie, sechs Worte, sorgfältig skandiert, was er, mit einem Anflug von Humor, ihren Sprech- und Atemübungen anrechnete, sechs Worte, die ihm einen Stich gaben wie eine nicht vernarbte Erinnerung, denn es war das Echo eines Satzfragments, das er schon einmal gehört haben mußte. Er hatte ihre Stimme im Ohr, während sie um den Schreibtisch ging, während sie durch das Fenster auf die Straße spähte, während sie sich umdrehte und das Buch aufnahm, in dem er geblättert hatte, bevor sie hereinkam, und ihre Stimme hatte sich angehört als schlüge sie um sich, ich-bin-schon-auf-dem-Absprung, als ringe sie um Gehör, als sei sein Ohr, wie ein Wartesaal oder eine Bahnhofshalle, Echoraum und Klangkörper ihres Abschieds. Eine kleine Gratis-Vorstellung, dachte er, um ihn darauf hinzuweisen, daß ihr heutiges Erscheinen Tribut an die *Familien*-Konstellation sei und nichts an der Aufhebung ihrer Beziehung zu ihm ändere, und laut, lächelnd und spöttisch wiederholte sie jetzt: schon auf dem Absprung, mit dem Finger (dem nach Zimt riechenden Finger) über die Leisten seines Bücherregals fahrend und einen Zweig mit getrockneten Holunderbeeren aufnehmend und in der Hand drehend, den sie im Sommer aus

Tarduz mitgebracht und zwischen seine Bücher gesteckt hatte, aber er erinnerte sich nicht, wann er diesen Satz bereits gehört hatte, und fragte, einen Teigkrümel, der auf ihrer Augenbraue klebte, ablösend, Zimt, fragte er, sich ihre Finger unter die Nase haltend, wieso Zimt?

– Für eine *tarte aux pommes*, sagte sie, und als müsse sie sich verteidigen oder die Lücke überbrücken, die sich zwischen *Absprung* und *Zimt* auftat, fuhr sie hastig fort, ein Teig ist ein Teig ist ein Teig ist ein Kuchen ist eine *tarte aux pommes* ist Äpfel, Mandeln und Zimt, und wollte ihre Hand zurückziehen, an deren Fingerspitzen er roch und murmelte, warum vergräbst du diese Fingerchen, warum vergräbst du sie im Zimt, im Teig, in den Äpfeln, warum diese Gräber, aus Teig, aus Brei und aus Mousse, bis sie ihm ihre Hand entwunden hatte, diesen zuckenden Vogelkörper, kleinen Kadaver im Küchenbrei, wie er dachte, laut aber sagte er, wann kommst du wieder, ihren zornigen Blick meidend und den Anblick ihrer hängenden Arme und sich bei ihrer Antwort abwendend, im Januar, sagte sie leise, nach den Ferien, im Januar, an ihren am Hinterkopf festgesteckten Haarzipfeln zerrend, und Blok biß sich auf die Lippen, um nicht lauthals loszulachen über den Widerspruch zwischen dem Unmöglichen und dem Möglichen, über das Mögliche, das bedeutete, was es hieß: *im Januar*, und über das Unmögliche, das hieß: *ich-bin-schon-auf-dem-Absprung* und bedeutete: ich will weg, ich kann das nicht aushalten, das anknüpfte an das *einmal nur*, an den hohen Ton der Liebe als Passion, auf dem sie bestand, den sie lieber abbrach, als ihn in einem zur Gewohnheit gewordenen Arrangement untergehen zu hören; und jetzt, während die Tür sich öffnete, Fanny den Kopf ins Zimmer steckte und sagte, hier find ich dich also, Fernanda, und, sich wieder zurückziehend, laßt euch nicht stören, ich brauch dich später – während Fernanda das *später* offenbar als *sofort* auffaßte und mit Fanny verschwand, erinnerte er sich, wann er diese Phrase zum ersten Mal gehört hatte. Auf-dem-Absprung auf-dem-Absprung auf-dem-Absprung tönte es in ihm fort, der hohe Ton zum Schwanengesang geworden. Es war vier Tage her, er hatte Fernanda ein Stück über die Rue Caulaincourt begleitet, von ihrer Haustür bis zur Bushaltestelle der Linie 95 am Friedhof, und als könne sich die unsichtbare Substanz ihrer Worte materialisieren, hatte sich der Satz *ich-bin-auf-dem-Absprung* mit ihrem Atem in der kalten Winterluft zu einer weißen Rauchfahne kristallisiert. Der vollständigen Geschichte dieses Satzes aber erinnerte er sich erst jetzt, als er das Bild der weißen Atemfahne vor Augen hatte, als sei das wiederholte Echo dieser Phrase ein Vorläufer gewesen und die Erinnerung erst vollständig, wenn Wort-Teil und sinnlicher Teil zusammenfielen.

Ausgangspunkt war ein kleiner Laden in der Rue du Cherche-Midi gewesen, eines Tages, als er Fernanda auf einem ihrer unterirdischen Streifzüge begleitet hatte – welche Métro nehmen wir, hatte es geheißen, und sie hatte sich stillschweigend für die Station Lamarck-Caulaincourt entschieden, Richtung Mairie d'Issy, aber als sie in Sèvres-Babylone ausgestiegen waren, waren sie in eine verhetzte Nachmittagsmenge geraten, die Rolltreppe, von der Fernanda im Sommer gesprochen hatte, war wegen Reparaturarbeiten gesperrt und Blok um den langsamen Aufstieg in eine mit kahlen Ästen gefüllte Himmels- und Ausgangsöffnung gebracht, aus den abzweigenden Gängen tönten ein Largo auf Querflöte aus einer Suite von Bach und eine Variation zu *Take the »A« train* auf Altsaxophon und die heiseren, kreischenden Stimmen der fliegenden Händler, die von wackelnden, quietschenden Popfigürchen aus Plastik über schwenkbare Salatsiebe und billige Kunststoffhalstücher bis zu bereits gebrauchten Musikkassetten alles verkauften, was dem sich drängelnden, nach Hause eilenden Publikum hätte überflüssig sein müssen und keines Blicks wert, gewürdigt zu werden. Sie hatten sich die zahlreichen Treppen hochgearbeitet, auf den schwingenden Türen Filmplakate, und in den Ecken weggeworfene, fettige Fastfood-Kartons, und sie hatten sich, oben angekommen, geschüttelt, als müßten sie den Staub loswerden, obwohl

Fernanda, nie verlegen, wenn es darum ging, Alltägliches als Abenteuer auszugeben, gesagt hatte, es sei köstlicher Métromief, und das Métronetz sei ein Ersatz für die abgerissenen alten Hallen – den *Bauch von Paris*. An jenem Tag also waren sie in die Rue du Cherche-Midi abgebogen, und Fernanda war mit allen Anzeichen des Entzückens plötzlich vor einem kleinen Laden stehengeblieben, dessen mit dunklem Samt ausgeschlagenes und an den Seiten wie von einem gerafften Vorhang eingerahmtes Schaufenster als Szenenbild einer Guckkastenbühne aufgebaut war – die zwischen Büschen, Gesteinsgeröll und Moos in einem angedeuteten Märchenwald auftretenden Figuren waren, sofern sie nicht in ihrer natürlichen Gestalt auftraten, in phantastische Kostüme verschiedener Epochen gekleidet, es gab den mittelalterlichen Heiligen in der gegürteten Mönchskutte, den aufrecht schreitenden Bourgeois im Gehrock mit Zylinder, den in einen venezianischen Domino gehüllten Maskierten, den *ugly young man* in Sonnenbrille und Popkrawatte, es gab einen im Gehen Lesenden, einen im Mondlicht auf einer Violine Musizierenden und einen über einen Bachsteg Tanzenden, eine Gesellschaft des Mann-Katers, zwischen gesporntem Spießer, gestiefeltem Lyriker und Gamaschen-Dandy, denn die Figuren stellten allesamt aus verschiedenen Materialien gearbeitete Katzen dar, und der Laden hieß *Au Chat Enchanté*, offenbar ein Geschäft für Katzenliebhaber, denn im Innern des Ladens sah Blok eine Ansammlung von Körbchen, Kissen und Spielzeug, und in einem Seitenfenster neben der Tür klebten handgeschriebene Zettel und Annoncen, auf denen Geburt oder Verlust eines getigerten, gefleckten oder gestreiften Kätzchens in blumigen, wie gestickte Steckkissen verfaßten Steckbriefen angekündigt wurde. Die weibliche Katze aber war in dem Guckkasten-Schaufenster nur in zwei Variationen vorhanden: in Form eines zusammengekauerten, mit untergeschlagenen Pfoten schläfrig blinzelnden Porzellaneis und, in weißem Häubchen und gestreiftem Kleid, als schlafende Schöne hinter der Rosenhecke, an deren allerliebstem

Katzenmäulchen noch die Tropfen der vor dem Versinken in den Jahrhundertschlaf genossenen Milch zitterten. Die Hecke war aus quadratischen Blöcken getrockneter, steif zusammengebundener Rosen mit geschlossenen Knospen zusammengefügt, und Blok hatte, nach kurzem Zögern und einem Seitenblick auf Fernandas Gesicht, den Laden betreten (ein Vorgang, der von einem silberhellen Glockengeklingel begleitet war, als werde mit dem Überschreiten der Schwelle der Beginn eines Puppentheaters eingeläutet) und vier der Hecken-Blöcke erstanden, Geschenke für Franziska, Fanny, Fernanda und sich selbst, eine kleine Hommage an das Labyrinth von *IchIchIchIch*, an das Hecken-Gebäude, in das sie abwechselnd heraus- oder hineinflüchteten, das manchmal wie jener märchenhafte Rosenwald, manchmal wie das verlassene Gehäuse aus der Vergangenheit Geschlüpfter und manchmal wie die Windungen des Gehirns unter der Schädeldecke war, und er hatte der auf der Straße wartenden und in die Betrachtung im Gewand kleiner Feldmäuse die Falten des Theatervorhangs erklimmender Katzenfiguren versunkenen Fernanda – (Tischuhren, Tintenfässer, Buchstützen in Katzenform, sagte sie, als sich die Ladentür hinter ihm schloß, eine Katzenvorliebe, die zum Horror vacui geworden ist, zum Katzenalbtraum für den, der sich vorstellt, daß alle diese Katzen-Dinge seine Wohnung bevölkern) – einen der Sträuße übergeben. Daß er die gleiche Ausgabe für Franziska und Fanny gekauft hatte, mußte sie wohl anders ausgelegt haben, als es von ihm gemeint war, denn als er, vor vier Tagen, gerade die Treppe in ihrem Haus hochsteigen wollte, hatte er sie dabei überrascht, wie sie, in Mantel und Schal und im Begriff, das Haus zu verlassen, ihren Strauß mit spitzen Fingern in einen der im Durchgang zum Hinterhof aufgereihten Mülltonnen versenkte. Drei Frauen das gleiche Geschenk zu machen, hatte sie auf seinen fragenden Blick geantwortet, brächte nur jemand fertig, der sich über den eigenen Zynismus täusche, der sich als Freund der Frauen verstände, wie geschaffen, ihnen Begleiter und Zuhörer zu sein, der ihre Gesellschaft suche, die er der von Männern vorziehe. Er halte sich für den wahrsten Feministen unter den Männern, ein ›Feminismus‹, der eine andere Art des Rassismus sei und über sublimere Formen der Demütigung verfüge als ein gestandener Machismus; in seinem Spiel der Wiederholung, das er mit ihnen veranstalte, käme sie sich plötzlich wie eine Statistin vor, wie eine dieser vier getrockneten Rosensträuße, schöne Dekorationsstücke, austauschbar, getrocknet und präpariert, und sie glaube, sagte sie, während er die Haustür aufhielt und sie auf die Straße traten, wenn sie so weitermachten, werde sie zum Komplizen ihrer eigenen Beschädigung, wie Franziska, wie vielleicht Fanny, sie glaube, dieser Punkt sei erreicht, vielleicht längst überschritten, vielleicht von Anfang an, und während Blok dachte, daß nun auch Fernanda, während sie die Straßen hinabgingen und er dachte, daß nun auch Fernanda in den Chorgesang seiner Verdammung einstimme, wiederholte sie, vielleicht sei der Punkt bereits überschritten gewesen, als sie mit ihm zum ersten Mal Fannys Wohnung betreten habe, aber vielleicht sei der Anfang immer schon der Punkt, an dem die Grenze überschritten sei, nach einem Zurück werde da nicht gefragt, aber zwischen jenem Tag in Fannys Wohnung, an dem sie gesagt habe, sie liebe niemanden, und heute, da er fast dieser Niemand geworden wäre, lägen viele Augenblicke weiterer Grenzüberschreitungen, jeder wie eine leuchtende Fußspur, eingebettet ins Pflaster der Straßen und in die tote Zeit ihres Pariser Anfangs, als sie, auf einem Stuhl im Jardin du Luxembourg sitzend, mit der Spitze ihres Regenschirms Zeichen und viele Male das Wort *ich* in den regenfeuchten Sand geschrieben und wieder gelöscht habe, als könne sie sich in ihnen finden; in der gleichförmigen Zeit rauschende Augenblicke wie an jenem Morgen, als sie am Canal de l'Ourcq gesessen und ein weißes Kieselsteinchen, von einem vorbeilaufenden Hund beiseite gestoßen, ins Wasser gefallen sei, wie an jenem schwülen Sommertag in Tarduz, als sie in der nach warmem Korn riechenden Kastanienallee unter seiner Jacke Schutz vor dem Regen gesucht hätten, wie an jenem Tag ihrer ersten Begegnung im Juni, als er, die leere Stelle in dem großen, an die Wand gelehnten Spiegel, in dem sich Franziska, Fanny, der leise klirrende Lüster und der regennasse Baum im Hof gruppierten, anwesender gewesen sei als alle anderen; und plötzlich, während sie neben ihm hergegangen war, vor ihrem Mund die weiß aufsteigende, an den Rändern verwehende Atemfahne, hatte er gedacht, daß dies ihre Liebeselegie und ihr Schwanengesang sei, ihre Abschiedsarie, die sie, im Begriff, den Bus zu besteigen, der sie ins Palais Royal und in ihre Gesangsstunde brächte, mit hochgezogenen Augenbrauen intoniere, als ginge es allein darum, den vorgeschriebenen Ton zu treffen und zu halten, was ist es, hatte er listig gefragt, *Pavane für eine tote Infantin, Elegie auf einen sterbenden Schwan* oder *Rosen im Mülleimer*, aber sie hatte mit vollkommen ernstem Gesicht geantwortet, er täusche sich, dies sei keine Probe auf einen Bühnenauftritt, und sie habe die Rosen nicht aus Wut, nicht aus Eifersucht in den Abfall verbannt, nicht aus einer Laune heraus, die sie später bereuen werde, sondern, um *genau* zu sein; und in ihrer Manteltasche nach ihrer Fahrkarte suchend, auf die Stufen des soeben vor der Friedhofsmauer haltenden Busses springend, hatte sie gesagt, versuch, es zu verstehen, ich bin auf dem Absprung, die Türen hatten sich hinter ihr geschlossen und der Bus in Richtung Stadt in Bewegung gesetzt.

Eine Tür öffnete sich, und im Türrahmen erschien Franziska. Im Hintergrund waren Fanny und Fernanda zu sehen, sich mit unterdrücktem Gelächter Kleider über ihre Köpfe streifend, Reißverschlüsse und Haken schließend und ihre im Zimmer verstreuten Schuhe suchend. Einige Minuten vorher, als Blok aus seinem Zimmer gekommen war, hatte der lange Korridor vollkommen verlassen dagelegen, kein Geräusch war zu hören gewesen bis auf ein leises Klirren der bereits für die Gäste auf dem langen Wandtisch im Nebenzimmer aufgereihten Gläser, als die Métro unter dem Haus vorbeifuhr. Es war die Stille vor dem Einfall der Geladenen, eine unaufdringliche und ein wenig erwartungsvolle Stille, in der sich die Zimmer, in denen einige Möbel an einen anderen Platz gerückt waren, wie ein unbekanntes Gelände ausnahmen, eine unaufgeregte und längst vergangene Stille, da sie etwas aufbewahrte, indem sie es ankündigte, das *Ereignis*; ein Ereignis, zu dem auch die im Hintergrund von Franziskas Zimmer erkennbaren Silhouetten gehörten, das Getuschel, das Rascheln der Kleider, die im Zimmer verstreuten Strümpfe und Hemden, das Zischen und Sprühen aus den Parfumflakons, die schweigend verrichteten Handgriffe, eine Halskette, die zu Boden fiel, und im Türrahmen plötzlich Franziska, Figur im Vordergrund, abgedunkelt gegenüber dem gelblichen Licht, das hinter ihren Schultern aus den Lampenschirmen fiel, bereits umgezogen, das kurze Haar im Nacken unter einer Samtrosette zusammengesteckt, an den Ohren schwere, ungeschliffene Gehänge in Tropfenform, die ihr Gesicht fast erdrückten und noch blasser, noch exzentrischer und fiebriger erscheinen ließen, auf dem Mund ein mit ungeübter Hand gezogener Strich, reizbare, erschrockene Stichflamme, Samtrosette, Ohrgehänge und Lippenstift eine Orgie sich beißender Rottöne, vom Burgunder- über Granat- zum Zyklamenrot, die sich aus dem Rahmen löste und den Flur hinabeilte, denn es hatte bereits mehrmals an der Tür geklingelt. Im Ausschnitt des Türrahmens war niemand mehr zu sehen, Blok hörte die Stimmen der beiden Frauen, ihren hin und her gehenden Schritt, dann tauchte Fanny auf, den Ausschnitt des Türrahmens hastig durchquerend, ein rauschender, bunter Kaftan über knöchellangen Pumphosen und hochhackigen Goldsandalen. Sie verschwand, jemand drehte den Radioknopf, und in die Stimme des Sprechers erschien Fernanda, *langsamer Prozeß der Aufklärung*, hörte Blok und ein leises Rauschen und Knistern, *sorgfältige Recherchen über die Folterungen algerischer Widerstandskämpfer durch französische Offiziere*, und Fernanda schwenkte in einem hautengen, schwarzen Minikleid ihren Knabenhintern durch den Türausschnitt, *Schlafentzug und Geräuschfolter*, hörte Blok und sah, wie Fernanda sich vornüberbeugte und, von den Knöcheln anfangend, ihre Strümpfe glattstrich, er sah das weiße Dreieck ihres Rückenausschnitts und die Linie der flachen runden Knöpfe, die sich den ganzen Rücken entlangzog, *im Sand eingegraben bis zum Kopf,* ging die monotone Stimme des Sprechers weiter, aber niemand schien zuzuhören, statt dessen erschien, mit geröteten Wangen, dem wasserblauen Blick der Normannen und hauchdünnen, stark überzeichneten Augenbrauen, eine stämmige Fünfzigerin in der Haustür, die Schwester der Concierge, die beim Nachschenken der Gläser, beim Auffüllen und Verteilen der Teller helfen sollte. Auf ihrem mächtigen Busen zitterte eine aus winzigen Splittern zusammengesetzte Granatbrosche, denn sie hatte sich, wie sie, auf Elefantenfüßchen hinter Franziska in die Küche rollend, kichernd vor Aufregung sagte, *dem Anlaß entsprechend herausgeputzt.* Sie lauschte nun Franziskas Anweisungen, die Hände andächtig auf dem Bauch gefaltet und den Blick abwechselnd ein wenig blöde an Franziskas schaukelnden Granattropfen hängen lassend oder, in namenlosem Erstaunen geweitet, über den Aufbau von Tellern, Gläsern, Besteck, Servietten und die Türme von Eßbarem wandern lassend, der sich, auf mehreren, in der Mitte aneinandergestellten Tischen, durch die ganze Länge der Küche zog. Was sie sah, war eine Zusammenstellung von Speisen, die Fanny, als dächte sie auch beim Entwurf von Speisefolgen in sich während des Arbeitsprozesses härtendem Gips- und Tonmaterial, unter dem Stichwort *unter der Kruste* zusammengefaßt hatte. Es waren in Brotteig eingebackene Kaninchenterrine, Salm in grünlichem Aspik, in dem Wacholderbeeren wie kreisende Planeten standen, in Basilikumblätter eingewickelte Wachteln, Fasanenpastete unter einer Schicht von rötlichem Weingelee, kaltes Reh unter einer Decke von glacierten Früchten. Quer über die Tafel zogen sich Efeuranken und Artischockensträuße, dazwischengerollt bunte Früchte, rote, runde, fast gläserne Pflaumen, kleine, harte, grünliche Birnen, fast schwarze Trauben, winzige gelbe Stechäpfel, und als die Schwester der

Concierge – deren Namen Blok durch die offene Küchentür als Madame Lenôtre verstanden hatte, was, wegen des gleichklingenden Namens des berühmten Architekten, eine Verbindung zwischen der Tafelfläche und einer Rasenfläche in einer höfischen Parkanlage schuf, überzogen mit geometrischen, in Buchsbaum geschnittenen Mustern – eine am Rand liegende Mandel in die Hand nahm, hätte sie sie, überrascht von ihrem Gewicht, fast zu Boden fallen lassen, denn zwischen echten lagen falsche, lagen Früchte aus Stein, und sie wußte ihrer Verwunderung keinen anderen Ausdruck zu geben, als Franziska – hier finden Sie die Eiswürfel zum Kühlen der Weinflaschen, sagte sie gerade – mitten im Satz zu fragen, wo sie die Mäntel der Gäste ablegen solle, denn die paar Haken an der Garderobe genügten doch sicher nicht. Aber Franziska, diese Frage überhörend, fuhr fort, ihr die Dinge zu zeigen, die sie für wichtig hielt, eiskalte Butterkugeln (auf denen kleine Wassertropfen perlten), Senfsauce für das Kaninchen, Mintsauce für den Fasan, Cumberlandsauce für das Reh, hier der weiße, hier der rote Burgunder, hier die frische Baguette, hier der saure Rahm für die *tartes aux pommes*, die warm serviert werden müßten, und jetzt ging sie mit Madame Lenôtre durch das große Zimmer in den hinteren Teil des Korridors und öffnete einen hinter einem Wandspiegel verborgenen Wandschrank. Hier, sagte sie, diese Stange haben wir freigeräumt, hier können Sie die Mäntel aufhängen, knipste das Licht aus und schloß, den ovalen Messingknauf an der Außenseite drehend, die Spiegeltür im Moment, als Fanny und Fernanda auf dem Korridor erschienen und Fernanda vorschlug, ein Glas zu trinken. Nehmen wir einen Aperitif, sagte sie, die Stimme ihrer Arbeitgeberin nachäffend, denn bis zum Eintreffen der Gäste sei noch mehr als eine halbe Stunde Zeit. Im Spiegel erschien das Bild der vier Frauen, Franziska und Madame Lenôtre, einander gegenüberstehend, im Profil, und, ein wenig verschwommen und ferner gerückt, Fanny und Fernanda, eine leuchtende Stoffwolke und ein schwarzer Strich, und plötzlich, während Blok ihre lebhaften, erwartungsvollen Gesichter sah, verwandelte sich das Bild in seinen seitenverkehrten, verblaßten Abzug, als wüsche der Spiegel ihnen die Farben und das der Gegenwart hingegebene Mienenspiel ab, und darunter erschienen ihre zu Masken erstarrten Züge. Franziskas Gesicht, wie schlafend, mit offenen blicklosen Augen ins Leere starrend, Fannys Gesicht, in verzerrtem, von Tränen durchsetztem Lachen, und Fernandas Gesicht, schreckgeweitet, geblendet und spottlustig, aber schon verschwand das Bild, als sei eine Kerze ausgeblasen, die Gruppe löste sich auf und zog, einer nach dem anderen, in Franziskas Zimmer, in dem Blok nicht eine einzige Spur des vorherigen Durcheinanders fand.

– Ich habe dich gesehen, sagte Blok zu Fernanda, als sie zu viert, verteilt auf Sessel, Stuhl und den Diwan in der Nische, an ihrem eiskalten Aligoté nippten, ich habe dich gestern das Hotel LUTETIA betreten sehen (und die beschlagenen Gläser nahmen das Lampenlicht auf wie milchige Mondseen), was macht ein Mädchen am späten Nachmittag, ein Mädchen mit dem Taschengeld einer Au-pair-Aushilfe, in einem Hotel wie dem LUTETIA, fragte er, in die Runde blickend, ist sie verabredet mit einem Verehrer aus der ein Stück weiter oben am Boulevard Raspail gelegenen *Alliance Française*, um über die Feinheiten von *en* und *y* zu diskutieren, geht sie zu einer Modenschau, möchte sie in Ruhe ein Buch lesen, sucht sie einen Job als Telephonistin –

– Es ist gräßlich, sagte Fernanda, die Halle ist ein frisch gepolsterter Versuch in Art deco, tiefe Fauteuils mit hohen ekkigen Rückenlehnen und kirschroten Polstern, und im Hintergrund ein Flügel, auf dem jemand unsichtbar und unaufdringlich für den Geschmack müßiger Damen mittleren Alters zurechtgestutzte Chansons klimperte, der Hotelpianist als Hauslehrer am Katzentisch, man sah nur seine Füße, die sich auf den Pedalen bewegten, eine Stimmung, die ständig zu sagen schien *pas devant les enfants*. Les enfants waren die Hotelgäste, die an delikaten, zu den Getränken als Zugabe gereichten Petits fours nagten, und die Halle schien alles aufzubieten, um dieses *pas devant les enfants* zu ermöglichen, um die lärmende Wirklichkeit der Straßen von ihnen fernzuhalten und im gedämpften Licht und den Vitrinen aufzuheben, die, in Seitengalerien zwischen Säulen aufgereiht, sparsam und diskret Luxusartikel zur Schau stellen. Vor jedem der Treppenaufgänge schien eine Tafel zu stehen, ZUTRITT VERBOTEN, vor jedem der Eingänge, KEIN EINTRITT FÜR DIE WIRKLICHKEIT. Neben einem Seiteneingang ist eine kleine Gedenktafel angebracht, D'AVRIL A AOUT 1945, EN CET HOTEL, ALORS TRANSFORME EN CENTRE D'ACCUEIL, FUT REÇUE UNE GRANDE PARTIE DES RESCAPES DES CAMPS DE CONCENTRATION NAZIS, HEUREUX DE RETROUVER LA LIBERTE ET LES ETRES CHERS, AUXQUELS ILS AVAIENT ETE ARACHES, aber keine Rede davon, daß dies Hotel zuvor während der Okkupation durch die Deutschen Sitz und Residenz der Deutschen Abwehr gewesen ist, Geschichte, mit der der Name LUTETIA doch spielt, bleibt vor die Tür verbannt, aufgesogen im weichlichen Plüsch der Teppiche, heruntergewürgt mit jedem Stück kalten Horsd'œuvres, mit der eine Gruppe Diplomatenköfferchen tragender Geschäftsleute sich im angrenzenden Konferenzsaal vollstopfte –

und sie verschluckte sich an ihrem Wein und schloß, nach einer Pause des Hustens, des Tränen-in-die-Augen-Schießens, des Auf-den-Rücken-Klopfens von Franziska, aber als ich frisch ausgepreßte Orangen bestellte, bekam ich ein Fläschchen mit süßlichem Gesöff, dicklich wie Sirup und versetzt mit künstlichem Geschmacksverstärker.

Das Telephon klingelte, das in einer Ecke des Flurs auf einem Tisch neben einem Sessel stand, nach einer Weile rief Madame Lenôtre, und Franziska erhob sich und verließ das Zimmer.

– Aber wir wissen immer noch nicht, sagte Fanny (während vom Flur her Franziskas helle Stimme zu hören war, ... ein wenig später ..., sagte sie gerade, ... aufgehalten durch Schneewehen...), was du dort gemacht hast, vielleicht hast du dir ein Zimmer gemietet, um dort die Resonanz deiner Stimme zu prüfen und einen Hotelgast aus dem Mittagsschlaf zu reißen (... Scheibenwischer ausgefallen ..., sagte Franziska gerade), und plötzlich waren die Stimmen der drei Frauen in einem unfreiwilligen Trio vereinigt (... eine Tankstelle gesucht ..., hörte man leise aus dem Hintergrund, ... um den Scheibenwischer zu reparieren...), eine Recherche angestellt ..., das war Fannys Stimme, ... um einen französischen Aufsatz über ein Pariser Hotel zu verfassen, ... ich war mit Franziska verabredet ..., das war Fernandas Stimme, ... und als ich ankam, waren sie bereits mitten im Gespräch; und *Scheibenwischer zu reparieren, Recherche angestellt* und *mitten im Gespräch* verschmolzen zu einem eigenständigen Gemisch, in das sich das leise Knurren des Hündchens mengte, das, unter dem Diwan sitzend und auf einem alten Schuh kauend, von Fannys Fuß aufgescheucht worden war, ein Gemisch, das eine Sekunde in der Luft hing, unabhängig von den Personen, die es sprachen, und das zerfiel, als Fernanda schloß, Franziska habe sie ins LUTETIA gebeten, um das Gespräch zu neutralisieren, das sie dort habe führen müssen.

Also Franziska – und kein heimliches Rendezvous, dachte Blok und sah die livrierten Portiers vor den Stufen des Hotels, an dem er oft vorbeigekommen war, die lange Reihe der in quadratische weiße Kübel gepflanzten Lorbeerbäumchen vor der Fassade, die sich entladenden Reisebusse vor dem Haupteingang, aus deren Innern ein Gewirr von leichten Reisetaschen und steifwandigen Koffern auf kleinen quietschenden Rädern quoll, Reisende in zerdrückten Kleidern, die gläserne Drehtür, die das aus der Halle auf die Straße fallende Licht teilte, und sah plötzlich die Hand eines alten Mannes vor sich, dessen altersfleckige, im Krieg verstümmelte Hand sich mit eisernem Griff um den Elfenbeinknauf seines Stocks schloß, eine Hand, auf die er als Kind oft lange und verstohlen gestarrt hatte, wenn sie neben dem Teller auf dem weißen Tischtuch lag, wenn sie die Serviette entfaltete, wenn sie eine Zigarette aus dem Etui nahm, das Etui schloß, die Zigarette darauf ausklopfte und anzündete, eine wegen des Zusammentreffens von Verstümmelung (der kleine Finger der Rechten war zu einem Stumpen verkürzt) und Eleganz (um nicht zu sagen Arroganz – aber kann eine Hand arrogant sein, fragte sich Blok) der Bewegung seinen Blick immer wieder auf sich ziehende Hand, eine Hand, die etwas Echsenhaftes an sich hatte, die ihn oft an den Ohren zu sich herangezogen hatte, um ihn zu verhören, weil er ein Träumer sei, aus dem im Leben nichts würde, sein Atem hatte nach Odol-Mundwasser, Tabac und altem Port gerochen, und Blok war, die Vorstellung des verkrüppelten Fingers hinter seinem Ohr, ein Schauder über den Rücken gelaufen; die Hand aber gehörte dem Bruder seines Vaters und wurde von Fernanda als *auf dem Knauf seines Stocks zusammengeduckte Kröte* beschrieben, denn jener Onkel war es, der einige Tage in Paris verbracht und im LUTETIA gewohnt habe, und, da Blok seit Jahren jede Verbindung zu seiner Familie abgebrochen hatte, mit Franziska habe sprechen wollen.

Als sie zu den beiden gestoßen sei, die, tief in den roten Polstern, versteckt im hinteren Teil der Halle gesessen hätten, habe der Onkel in Erinnerungen geschwelgt, denn er hatte Paris seit den Fünfziger Jahren nicht mehr besucht; Paris sei häßlich geworden, habe er behauptet, der Charme der Quartiers, die Eleganz der großen Cafés sei dahin, und er betrachte es als unvergleichliche Chance, im Winter 40/41 hier stationiert gewesen zu sein, denn es sei die letzte Gelegenheit gewesen, das Paris des 19. Jahrhunderts kennenzulernen, das verschwiegene und das mondäne, das populistische, das ländliche und das vergnügungssüchtige, und das Paris zur Zeit der Besatzung habe über seinen Glanz hinaus eine zusätzliche Dimension erhalten, eine Dimension der Weite, der Leere, der – Erhabenheit, falls du verstehst, was ich meine, habe er, sich zu Franziska vorbeugend und seine Hand auf ihren Arm legend, gesagt, und aus seinem weißen Brusttuch sei die schwache Duftnote eines herben Toilettenwassers zu ihr herübergeweht, ein Geruch, den sie bis heute nicht losgeworden sei und auf immer mit dem Anblick der nackten Hand auf

Franziskas Arm und der folgenden, im schnarrenden Kasinoton vorgetragenen Aufzählung erlesener Etablissements, in denen er verkehrt habe, verbinde, Pariser Besatzung oder Höhepunkte im gesellschaftlichen Leben eines Mineralwasserfabrikanten, ließe sich seine Eloge zusammenfassen, denn erst nach 45 sei in Paris das 20. Jahrhundert eingebrochen, die vielgerühmte Moderne, deren Vorreiter sie in aestheticis (er sagte tatsächlich: in aestheticis) seit hundert Jahren gewesen sei und es dabei auch besser belassen hätte, denn die Nachkriegsmoderne habe, wie immer bei zu spät einsetzenden Verliebtheiten, nur Schaden angerichtet und mit den angeblichen Segnungen der Technik der Stadt verpestete Luft, verstopfte Straßen und die Vulgaritäten der Fast-food-Kultur gebracht. Lutetia, Lutetia, habe der Onkel geseufzt, nachdenklich die hellrote, kandierte Kirsche in seinem *Prince of Wales* genannten Cocktail kreisen lassend, einem Gemisch aus Champagner und Cointreau, und dieses Mal habe er wohl nicht auf den Namen des Hotels, sondern auf den des alten Paris angespielt, auf die Metapher von Paris als schwimmender Insel, auf die Stadt mit dem Schiff im Wappen, Lutetia, ein Wort, daß er auf der Zunge zergehen ließ, als schlürfe er eiskalten, prickelnden Champagner bei Fouquets im Jahre 40, Lutetia, ein Wort, das die Brücke geschlagen habe zwischen Geschichte und Familiengeschichte (wenn auch für ihren Geschmack von *Geschichte* wenig die Rede gewesen sei, kein Wort über seinen Alltag im besetzten Paris, kein Wort über Verwaltung, Zensur, Schwarzmarkt, Denunziation, Judentransporte, Untergrundkämpfe, dafür um so ausführlicher über einen Lunch bei der Gräfin Soundso auf einer Dachterrasse hoch über der Place du Trocadéro), denn von Lutetia, dem Schiff der mittelalterlichen Stadt, das in der Seine liegt, sei er zu den Ufern des Flusses und zu den Bouquinisten übergegangen, bei denen Bloks Vater, ein wenig jünger als er selbst und zur gleichen Zeit in Paris stationiert, ein ständiger Gast gewesen sei. Theodor, habe er gesagt, war immer schon der Schöngeist in unserer Familie der Rechner und Rentiers, und während ich meine freie Zeit in Kasinos, Cafés und Konzertsälen verbrachte, während ich mich umtat und mir den Wind des fremden Landes um die Nase wehen ließ, traf man ihn bei einsamen Spaziergängen im Jardin du Luxembourg, in die Lektüre von Taine, Stendhal oder La Rochefoucauld vertieft, mit einem Bleistift Übersetzungs- und Nachdichtungsversuche von Verlaine in ein kleines Heftchen eintragend, ebenso wie seine Beobachtungen über den Sonnenstand, die mit Holzlatten oder Pappe besohlten Schuhe der Pariserinnen und einen sich die Hände über dem dampfenden Öfchen reibenden Maroniverkäufer an einer Ecke. Ob Franziska ihn noch gekannt habe, habe er gefragt, und, sich gegen die Stirn schlagend, er vergesse, daß Blok sie niemals seiner Familie vorgestellt habe, daß sie nur ihn und Bloks Mutter kenne und Bloks Vater vermutlich nur auf einer Photographie gesehen habe; eine Photographie, habe Franziska genickt, ein junger Soldat, sein Pferd aus einem Brunnen an der Place de la Concorde tränkend, das Gesicht nicht deutlich zu erkennen, halb abgedeckt durch einen schräg ins Bild fallenden Schatten, nicht deutlich zu erkennen, habe Bloks Onkel genickt, weil es ihm an Festigkeit mangelte, ein Mangel, der sich in seinem Verhalten ausgedrückt habe, er habe nicht richtig auftreten, niemals richtig durchgreifen können, aber um Menschen führen zu können, sei es notwendig, ab und zu mit der Peitsche zu winken, habe er, energisch mit seiner Stockspitze auf den Boden klopfend, gesagt, weshalb weder das Militär noch ein Posten in der Familienfirma (Mineralwasser und Limonaden, und zu Theodors Zeiten wären die Flaschenverschlüsse noch aus weißen Porzellanknöpfen gewesen) der richtige Ort für ihn gewesen sei, dazu sei ein Mangel an Ehrgeiz, ein Hang zur Bequemlichkeit gekommen, die mit den Jahren die ursprüngliche Gewissenhaftigkeit und die der Erziehung in einem Jesuitenstift zu verdankende Selbstzucht fast vollständig überdeckt habe. Mehr und mehr habe er sich in die vier Wände seines Studierzimmers zurückgezogen, einen dunkelgetäfelten Raum mit Bücherwänden und Stichen alter Landkarten, wo er seine

Tage mit Übersetzungsversuchen, mit mathematischen Studien und einer in Aquarell dilettierenden Landschaftsmalerei verbracht habe, die Erziehung seines Sohns seiner temperamentvollen, lebenslustigen und stets die Zügel ergreifenden Frau überlassend, die ihn in ebenjenem von Weiberröcken umrauschten, von Landpartien, Hausfesten und Musikabenden erfüllten Freiraum ewiger Ferien aufgezogen habe, in der der Vater, als blasse Figur im Hintergrund des Alltagslebens verschwindend, weder Vorbild noch Widerstand bot, in dem er vor den Unbilden einer auf Leistung und Erfolg gerichteten Gesellschaft weitgehend geschützt war und den er, mit Verlaub, auch späterhin niemals verlassen habe. Er ist, habe er, sein Glas in einem Zug leerend, gesagt, ein ewiger Spaziergänger geworden, liebe Franziska, ein Mann, dessen Hand sich, obwohl ihr nichts fehlte, schon als Kind, wenn man sie drückte, wie ein weiches Nichts anfühlte, weder trocken noch feucht, weder warm noch kalt, eine Hand, weich wie Wachs, leicht wie Watte, bleich wie Papier, Finger, die kein größeres Gewicht als das eines Stifts zu halten in der Lage sind – und spätestens zu diesem Zeitpunkt habe sie, Fernanda, den Eindruck gewonnen, als sei das Gespräch mit Franziska zu keinem anderen Zweck geführt worden, als um eine alte Rechnung neu aufzustellen, die ewig offenstehende Familienrechnung mit den Unzuverlässigen und Ausscherenden, eine Rechnung, die das Recht einräumt, Einspruch zu erheben, gegen eine Hand zum Beispiel, die vielleicht nach den Vorstellungen des Onkels *hart wie Kruppstahl, zäh wie Leder* sein sollte, habe sie gedacht, und es schien keine Rolle zu spielen, ob Jahre dazwischen lagen, ob man in einer Hotelhalle in Saint-Germain-des-Prés saß und *Prince of Wales* oder *Side-Car* trank und der Klavierspieler gerade *Douce France, cher pays de mon enfance* intonierte. Weich wie Wachs, habe Franziska, die bis dahin die Invektiven des Onkels mit vollendeter Höflichkeit habe über sich ergehen lassen, an dieser Stelle eingeworfen, weich wie Wachs, das ist ein gutes Bild, aber in einem anderen Sinn, als es von dir gemeint ist, Bloks Wachshand nämlich gibt manchem den Abdruck seiner eigenen Hand zurück, und mancher erschrickt, wenn er die eigene Hand plötzlich spürt, die eine fremde ist, und ein Handreichen mit Blok wird zu einer plötzlichen Begegnung mit sich selbst – aber sie, Fernanda, glaube nicht, daß der Onkel den Sinn dieser Entgegnung begriffen habe, er habe wohl eher in ihren Sätzen die einer folgsamen Ehefrau gebührende Verteidigungshaltung gewittert und, wohlgefällig auf ihre altmodischen Knöpfschuhe blickend, habe er ihren Arm getätschelt und gefragt, ob sie ihn später ins Theater begleiten wolle, allerdings bitte er darum, ihn mit jenen Stücken zu verschonen, in die seine Frau ihn jahrelang gezerrt habe, als sie in aller Munde waren, ob deren Verfasser Beckett, Ionesco oder Adamov hießen, auch Blok scheine sich, soviel er gehört habe, in diesem Genre versucht zu haben, einem Genre der schwarzen Wüste, der verlassenen Unglückshocker und im Suff ertrinkenden Verzerrungen, ein Genre des Hockens, des Kriechens und Herumliegens, das den aufrechten Gang vermissen ließe, den erhobenen Kopf des freien Individuums, dem die fließende Sprache gemeinsam an der menschlichen Gesellschaft Teilnehmender fehle, zerstückelt sei ihre Sprache, eine Abfall-Sprache, die aus der Mülltonne gezogen, aber nicht aus der Schönheit geboren sei, doch Schönheit sei, mit Verlaub, die Aufgabe der Kunst, und er sei sicher, die dem Häßlichen gewidmeten Exzesse der letzten Jahrzehnte würden verfliegen wie Kinderkrankheiten, ebenso wie jener *nouvelle cuisine* genannte Firlefanz, der auf eine Zerstörung der Tafelfreuden und der Genüsse des Gaumens abziele, der ihre Bestandteile nicht, wie es einer guten Küche gezieme, durch Zugabe bestimmter Ingredienzien zu sich selbst kommen ließe, sondern durch Verzicht auf diese Zutaten von sich selbst abbringe, denn nach dem Theater, und er sei auch, fürs erste, mit einer *opera buffa* oder einem Boulevardstück zufrieden, wolle er mit Franziska soupieren, er sagte tatsächlich *soupieren*, als gehöre dies zu den Selbstverständlichkeiten des heutigen Alltags, nächtliche Tafeln mit Kerzenkandelabern, Weintrauben und

Austern, aber bevor sie ihren Mund habe aufmachen können, um eine nächtlich für rastende Lastwagenfahrer geöffnete Stehhalle in der Nähe des Chatelet vorzuschlagen, habe sich der Onkel zu dem neben Franziskas Sessel zusammengerollten Hündchen herabgebeugt und, ihm den Kopf tätschelnd, Franziskas Wahl gelobt, gute Rasse, habe er gesagt, glänzendes Fell und klare, lebhafte Augen.

Jemand habe an der Tür geklingelt, ob er gehen könne und nachsehen, wer es sei, rief Franziska aus dem Korridor, wo sie, mit Madame Lenôtre in den Tiefen des Wandschranks verschwunden, eingetaucht in den Geruch nach Mottenkugeln und das Gewirr zusammengedrückter Mäntel, grober Winterstiefel und karierter Reisedecken, nach einer hohen Vase fischte, die sie als Schirmständer neben der Tür aufstellen wollte, vor den Fenstern wirbelte ein dichter flüssiger Schnee, geschüttelt wie unter einer Glasglocke vor dunkelblauem Nachthimmel, die Leute kämen sicher mit tropfnassen Schirmen hier an, hörte Blok Madame Lenôtre sagen und sah, gerade in dem Moment, als er in den Flur bog, Franziska mit zerdrücktem Haar und nur noch an einem Ohr baumelndem Ohrgehänge aus dem Schrank auftauchen, gefolgt von Madame Lenôtre, eine meterhohe China-Imitation zwischen sich schleifend, die sie beim Einzug vorgefunden hatten, eine unter mehreren Schichten von Lackglasur glänzende Scheußlichkeit in Blau auf weißem Grund, Lotosblüten und Orchideenranken, in den Zweigen schaukelnde Kolibris und, in die Brust geworfen, quer über die ganze Länge des Gefäßes, ein Papagei, Balzhahn mit der verunglückten Gravität eines Philosophen, dessen streng geschlossener Schnabel und starr plinkendes Auge ein Signal: DENKEN!SCHWEIGEN!DENKEN! SCHWEIGEN! zu geben schien, und Blok öffnete, das Gerumpel im Hintergrund, die Tür. Später, als er begriffen hatte, wer vor ihm stand, bedauerte er, daß kein Fanfarenstoß ihm ihren Auftritt angekündigt hatte, da er sich das Erscheinen dieser Person niemals anders als unter den Begleitumständen eines Bühnenauftritts hatte vorstellen können, so aber, im Körper einer kleinen unscheinbaren Frau in nassem Gummimantel, die sich in der Tür geirrt zu haben und keinesfalls zu Franziskas Gästen zu gehören schien, rutschte ihr Auftauchen auf das Niveau einer Hintertreppengroteske, der jedes atonale Pathos fehlte, denn die Frau sagte, ihn mit dem argwöhnischen Blick einer ältlichen Jungfer musternd, mit dünner Stimme, sie sei von Fernanda eingeladen, und hielt ihm, über seine Schulter spähend und mit zusammengekniffenen Augen ins Licht blinzelnd, einen auseinanderfallenden Männerknirps hin, dessen Bespannung, an zwei Enden von den Stangen gelöst, zerrupft und von schmelzendem Schnee tropfend herabhing. Er nahm ihr den Schirm ab und bat sie herein, und während sie, umständlich und von einem dem Picken eines Vogels vergleichbaren ruckartigen Nicken begleitet, ihren Kopf aus einer durchsichtigen, unter dem Kinn verschnürten Plastikhaube wickelte, sie wie eine Ziehharmonika zusammenlegte und zu einem zentimetergroßen Viereck zusammenfaltete, während sie ein unter der Haube vor dem Regen geschütztes, schräg aufgesetztes, brombeerfarbenes Käppchen abzog und einen weißlich gelichteten Scheitel in mahagonibraun gefärbten Haarsträhnen entblößte, murmelte sie, wenn sie umgekehrt wäre, wäre sie verspätet hier eingetroffen (doch war sie die erste, die eingetroffen war), sie hasse Verspätungen, Pünktlichkeit sei die Höflichkeit der Könige, aber auf der Treppe zum Métroeingang habe sie bemerkt, daß sie ihre Geldbörse zu Hause vergessen habe, vermutlich läge sie auf dem Tischchen neben der Garderobe, vielleicht auch stecke sie in der Jacke, die sie morgens getragen habe, als sie ihre Einkäufe erledigte. Einen Moment sei sie stehengeblieben und habe überlegt, ob sie umkehren solle, aber die Leute seien mit solch grober Rempelei an ihr vorbeigestürmt, daß sie weitergegangen sei, einfach weitergegangen, weil man sie sonst umgerannt hätte, in ihrer Manteltasche habe noch ein Fahrschein gesteckt, das habe sie gewußt, aber nur ein einziger, und den habe sie nun verfahren, aber vielleicht finde sich später jemand, der sie ein Stück mitnehmen könne. Solcherart ins Vertrauen gezogen, zog Blok ihr vorsichtig den glitschigen Gummimantel von den Schultern und ließ sich von Fernanda, die ihn mit der Schulter streifte und der fremden, das wie Gefieder an ihr herabhängende Gewand schüttelnden Besucherin ein Tablett mit salzigen Petits fours unter die Nase hielt, belehren, daß dies Madame Eugénia Jaco sei, ihre Gesangslehrerin. Im Augenblick, als Fernanda sagte, meine Gesangslehrerin, war Bloks Blick auf Madame Jacos Fußspitzen gefallen, und bevor er den Kopf hob mit der vagen Erwartung, daß sie den Mund öffnen und einen hohen Ton ausstoßen würde, sah er ihre spitz zulaufenden, an den Rändern ein wenig abgewetzten, schwarz-seidigen Stoffstiefelchen, in deren hochgezogenes Fersenstück ein weißvioletter Lilienzweig eingestickt war, und die Verbindung dieses ältlichen Mädchens mit einem Dekor, das einer zarten Ophelia oder einer wächsernen Elisabeth Siddal würdig gewesen wäre, rührte ihn, wie die Vorstellung, daß diese Stiefelchen in dem Winkel eines Schranks im Entre-Sol des Palais Royal gehütet und zu Gelegenheiten wie der heutigen hervorgezogen und durch das Schneewasser geschleift wurden, und so erkundigte er sich höflich, ob Fernanda Fortschritte mache. Der Blick in ihr Gesicht enthüllte nun freilich wieder jene zuvor gesehene Wahrheit, den mißtrauischen, fast feindseligen, schräg von unten angesetzten Blick einer unterdrückten Kreatur, die gezwungen war, ihre Tage mit Privatstunden untalentierter *Flaschen* zu vergeuden (er erinnerte sich an dieses Wort *Flaschen*, das sie für ihre Schüler gebrauchte und das er sich nicht hatte erklären können), deren nervöse Finger unablässig an ihrem plustrigen, seitlich geknöpften Kragen zupften, das Stück eines fahlweißen, mageren, einem Hühnerkropf vergleichbaren Halses und einen graziös aufs Schlüsselbein gesetzten Leberfleck freigebend, bis Fernanda ihr zum zweiten Mal die salzigen Petits fours und ein Glas geeisten Cocktails in die Hand drückte, bevor sie sich entfernte, um Neueintreffenden zu öffnen, und Madame Eugénia Jaco, auf einem Salzgebäck kauend und mit sich rötender Nasenspitze den Cocktail schlürfend, halb mißbilligend, halb seufzend sagte, nein, Fernanda hänge zuviel herum, anstatt an ihrer Stimme zu arbeiten (und der jugendliche, in ihrem Mund befremdende Jargon des Ausdrucks *herumhängen* hatte endlich einen Klang, auf den Blok gewartet hatte, nämlich den der rauhen Stimme der Seeräuber-Jenny), und als sei ihr nach wenigen Schlucken der Alkohol bereits zu Kopf gestiegen, machte sie plötzlich runde Augen und flüsterte, dicht an ihn herantretend, vermutlich habe Fernanda einen Liebhaber, mit dem sie ihre Zeit vergeude.

Unablässig strömten jetzt Leute durch die offenstehende Tür, den Flur und die Zimmer füllend mit dem Geruch nach Schnee, nach Kleiderstoffen und fremder Haut. Anschwellendes Stimmengewirr hing über den Köpfen der Geladenen, und das Licht brach sich in den Gläsern; Geruch, Stimmen und Licht umhüllten ihn wie einen Schleier, als Blok sich durch die Menge schob, ein Gast im eigenen Haus, denn in dem durcheinandergewürfelten Gemisch, das Franziska, Fanny und Fernanda eingeladen hatten, sah er kaum ein bekanntes Gesicht, eine *marmite*, hatte Fernanda gesagt, als Blok das Scheitern eines solchen Experiments prophezeit hatte, ein brodelnder Fischtopf, hatte sie geantwortet, in dem die verschiedenen Elemente, je nach Höhe der Temperatur, vom vorsichtigen Köcheln bis zum blasenschlagenden Sieden, miteinander verschmelzen und neue Verbindungen eingehen würden. Aber sie werden kein Amalgam bilden, chemische Wahlverwandtschaften stellen sich nicht im Fischtopf, sondern im Reagenzglas und in den Köpfen der Dichter ein, hatte Blok gesagt, sie werden herumstehen, die Gläser in der Hand drehen und sich fragen, was sie hier zu suchen haben, aber entweder war es den drei Gastgeberinnen gelungen, die richtige Temperatur einzustellen, oder das Ereignis einer Einladung allein genügte, um eine Gesellschaft in Gang zu bringen, das *Ereignis* war das Bindemittel, das diesen Fischtopf zusammenhielt und die Geladenen wie aufgezogene, plappernde und gestikulierende Marionetten zappeln ließ, Marionetten des Zufalls, die auf jeder Ausstellungseröffnung und jeder Opernmatinee dieselben Fratzen schneiden und dieselben schulterklopfenden Lachsalven losließen, eine künstliche Gesellschaftlichkeit herstellend, die, ihre Beliebigkeit verdrängend, das Nach- und Schattenspiel von Gesellschaft darstellte. Eine Nicht-Gesellschaft, die Gesellschaft spielt, dachte er, als er die Frau jenes Handschriften-Experten auf sich zukommen sah, die im Sommer an seiner Seite im Garten von Tarduz gesessen und ihn mit einem Vortrag über ihre Vorschule für Gehörlose unterhalten hatte, in ihrem Kielwasser das zwischen dichtgedrängt aneinanderstehenden Schultern tanzende Gesicht ihres Mannes, ein gelblichblasser Lampion mit randlosen Brillengläsern, das undurchdringliche Lächeln eines Chinesen in den (ob wegen der Helligkeit des Zimmers, ob aus bei der Handschriften-Entzifferung angenommener Gewohnheit) zusammengekniffenen Augenschlitzen, bevor Blok, einer vage aufzuckenden Vorstellung von einem Mitternachtszug nach Süden, einer Ankunft gegen Morgen und einem winterlichen Strand zwischen Agaven und rötlichen Felsen im milden Licht des Mittelmeers folgend, die Flucht ergreifen konnte, stand die Dame, den Kopf in einem schulterbreiten flachen weißen Kragen, der Blok an den Schnitt eines Lätzchens erinnerte und vielleicht als Angleichung an die Uniform ihrer kleinen Tauben zu verstehen war, mit einem runden Kinderlächeln vor ihm, das in nichts jenem wichtigtuerischen Gesicht glich, an das er sich zu erinnern meinte, sondern eine freundliche Ausgabe des hinter ihr schwankenden Chinesen-Lächelns war, in der Hand ein längliches Gebilde aus porösem weißem Stein haltend, das sie Franziska mitgebracht habe, wie sie sagte, einer Grabstele ähnlich, auf deren Vorderseite eine Leier und auf der Rückseite ein Paar geflügelter Kinderschuhe zu erkennen war. Es sei die Arbeit eines Freundes, eines Nachbarn aus dem Dorf, der sich den Luftgeistern und geflügelten Fabeltieren verschrieben habe, ein wortkarger, aber ihren Zöglingen gegenüber aufgeschlossener Mann, der die Bruchstücke der Mythen im kindlichen Alltag, in Kinderschuhen, Zahnputzbechern und Bauklötzen gesucht habe, und nachdem er sich jahrelang mit einem Garagenschuppen im Haus seiner Schwiegereltern begnügt habe, da ihm das Geld für ein eigenes Atelier gefehlt habe, sei er im Moment, in dem er einen Pariser Kunsthändler gefunden und ein erster Erfolg sich abgezeichnet habe, Schritt für Schritt *verblichen*, als hätte seine Kraft nicht weiter gereicht als bis zu dem Punkt, an dem die äußeren Widerstände schwanden. Blok, dem gefiel, daß sich jemand aus seinem Erfolg, aus dem vom Publikum beklatschten guten Ende eines dornenreichen Künstlerromans fortgestohlen hatte, sagte, da habe jemand statt des Tors zum Erfolg gleich das letzte Tor passiert, und das Erröten, das Erglühen und Aufleuchten, mit dem man gewöhnlich den Beginn einer zur Legende gestalteten Künstlerbiographie umschreibe, durch ein Erbleichen und Verbleichen ersetzt, eine Umkehrung und ein Farbentzug –

– Farbentzug? fragte eine von zwei in Fannys Schlepptau zu ihnen stoßenden weiblichen Gestalten, deren Auftreten, ohne wie das verkleideter Männer zu wirken, ohne sich durch eine schreiende oder verschrobene Exzentrik auszuzeichnen wie das der Madame Jaco, auf der Grenze zwischen Weiblichkeit und Künstlichkeit angesiedelt war, auf der die Selbststilisierung zur zweiten Natur geworden war, Farbentzug, wiederholte die eine (hochgewachsen, mit scharfem, bleichem Gesicht, dunklen Augen unter nachtblau gefärbten Lidern und einer schwarzgewellten, über die Schultern fallenden Haarmähne) ihre Frage, das erinnere sie an ihre Salzlaken-Träume, an weite, mit dem Horizont verschwimmende Salzwüsten, an Landschaften, gefärbt vom wäßrig-gräulichen Ton grober Salzkristalle, und – (während Fanny ihm ins Ohr flüsterte, die beiden wären Schauspielerinnen und die Sprechende sei von einem durch ihre wöchentlichen Sitzungen auf der Couch eines Psychoanalytikers ausgelösten Redezwang erfaßt, die jederman mit den Träumen und Visionen überschütte, die sie, ganze Tage im Labyrinth ihrer Einbildungen verirrt, verfolgten) – streute sie aus einem kleinen Salzstreuer, den sie von der in der Küche aufgebauten Tafel mitgenommen haben mußte, einige Salzkörner auf ihren Handrücken und sagte, die dünne weiße Linie betrachtend, im selben Ton, als sage sie: was für ein netter Abend – *Salz der Erde, Salz der Tränen, hier wachsen Blumen*, leckte die Salzkörner hastig und verstohlen auf und sagte, den Kopf schüttelnd, *hier wachsen keine Blumen*, lachte und streckte den noch feuchten Handrücken in die Luft, *in der Wüste aus Salz schlafen Königinnen, da wachsen Salzblumen.* Blok sah ihre langen, bis zur Achselhöhle reichenden Handschuhe aus flaumfederleichtem schillerndem Preßsamt, schwarzblau wie ihre Augendeckel und auf dem Handrücken in leichte Falten geworfen, er sah die Handschuhe, aber er sah sie nicht an den nackten Armen der Salzstreuerin, sondern in den Händen der neben ihr stehenden und mit gelassenem Lächeln an ihren Lippen hängenden Fanny, *Träume wie grobkörnig in den Schlaf gestreute Wellen, Träume, denen die Farbe entzogen ist*, sagte die Unbekannte, und Fanny nickte zu jedem Wort, als folge sie den Auskünften einer Fahrplanansagerin, die sich auf eine Abendgesellschaft verirrt hat (sie hat eine Scheinschwangerschaft hinter sich, flüsterte sie Blok zu, und wenn sie absonderliches Zeug redet, tu so, als spräche sie über die Länge der Rocksäume oder einen neuen Teppich), und wedelte während des Sprechens mit den schlaff herabhängenden Abendhandschuhen herum, denen ein scharfes Geruchsgemisch entstieg, halb Secondhand-Laden-Muff, halb Boudoir-Schwüle, ein stechender Geruch nach einem scharfen Reinigungsmittel (nach flüssigem Benzin oder Terpentin, in Fläschchen beim Drogisten abgefüllt) und ein süßlicher Geruch nach einem schweren Hyazinthenparfum, der schon ein wenig ranzig und schal geworden war, als sei er zu lange in einem überhitzten Zimmer herumgetragen worden. Die Nase ist der Zugang zur Seele, sagte die andere Schauspielerin, ihre Worte mit langen knochigen Händen unterstreichend und in einem schleppenden überdeutlichen

Tonfall aussprechend, als habe sie in langer Arbeit eine manieristische Sprechweise entwickelt, bei der die Vokale fast gleichklingend und die Endkonsonanten betont wurden, und Blok, der einen Augenblick abgelenkt war, weil er den Abbé und Marcel im Eingang auftauchen sah, wußte nicht, ob ihr Ausspruch sich auf den aus den Samthandschuhen herausgewedelten Geruch bezog, auf die Salzträume oder auf die Beziehungen zwischen Geruchssinn und Gedächtnis. Wahrscheinlich aber hatte sie sagen wollen, daß der Zugang zur eigenen Seele verstopft sei, ihre Nase jedenfalls, an deren rechtem Flügel eine nadeldünne Plastikkanüle herabhing, war es, und die Kanüle, winzige Tropfen von Cortison in ihre vereiterten Stirnhöhlen abgebend, steckte dort, damit sie am nächsten Tag auftreten könne, sie spiele in Tschechows *Drei Schwestern*, und Blok hörte sie mit dieser verstopften Nase sagen, *nach Moskau! nach Moskau!*, der verstopfte Atemweg als Entsprechung zu dem unerreichbaren und in der Tiefe der Provinz ferner und ferner rückenden Ziel, *Moskau*, ein nasaler Sehnsuchts-Topos der eingeschlossenen Schwestern, dachte Blok, als Marcel, leicht schwitzend und schnaufend und mit einem neuen, fast eleganten Anstrich eines Bonvivants, ihn schulterklopfend begrüßte und sagte, er habe stets geglaubt, der Zugang zur Seele sei das Ohr, die Musik, sagte er, denken Sie, welche Erschütterungen sie hervorrufen kann, welche vergessenen Landschaften sie neu auferstehen lassen und auf welche rauschhaften, von sich selbst befreienden und entrückenden Höhenflüge sie uns entführen kann, ein Genuß, der freilich nur dem dilettierenden Zuhörer vergönnt ist, nicht dem mühsam auf seinem Instrument herumkratzenden Künstler, ich weiß, wovon ich rede, und schob zu Bloks größter Verwunderung eine verknitterte Blondine mit streichholzkurzem Haar, mit übergroßen, wie von Belladonna geweiteten, grünglänzenden Augen und einem schüchtern vor ihrem knöchellangen Faltenrock geschlenkerten Taschenbeutel, vor Blok hin, meine Frau, stellte er vor, sie spielt Violine. Blok, der noch allzu genau das Wort *Biblio-*

theksseele im Ohr hatte, mit dem Marcel im Sommer seine nach Höherem strebende Ernährerin als eine Mischung von Kirchengebet und Volkshochschulvortrag umschrieben hatte, kam nicht dazu, sich über die verschlungenen Wege dieses Ehelebens zu wundern, weil der Abbé, noch dünner als gewöhnlich und das Gesicht von einem grünlichen Hauch überzogen, mit nervösem Augenzwinkern in einer hastigen, wütenden und fast feindseligen Art hervorstieß: Ohr? Ohr? Zugang zur Seele? Ha, den ganzen Tag nichts als Kindergekreisch, Autohupen und die überlaut eingestellte Operette eines Hausbewohners, Flugzeuglärm über dem Dach, Türenknallen und Treppengetrappel im Haus und vor der Tür die Gespräche der Nachbarinnen, und hat man endlich des Nachts seine Ruhe, klingelt das Telephon und fremde Stimmen zischeln durch den Draht, Zugang zur Seele? ein Reißen und Sägen und Nervenfolter, und er sprühte schwarze Blicke umher, während Fanny erklärte, er habe neulich die ganze Atelier-Kolonie aus dem Schlaf gerissen, indem er in einem nächtlichen Wutanfall das Telephon aus der Wand gerissen und aus dem Fenster geworfen habe. Klirrend sei die Fensterscheibe zersplittert und das Telephon mit Gepolter den Abhang herabgerollt, und die seltsamsten Gestalten hätten sich plötzlich in den seltsamsten Nachtbekleidungen im Hausflur eingefunden, die erst nach und nach ihre Tagesgesichter zu erkennen gegeben hätten, Männerbeine in kurzen Badehosen und Lederpantoffeln, Mädchen in zerdrückten Jogging-Schlafanzügen, Frauen in wolligen Morgenmänteln, vom Lockenwickel über abgeblätterten Zehennagellack zu Fettcremeschichten, vom ausgedienten Parka zum abgewetzten Ledermantel sei alles vorhanden gewesen, was einem künstlerischen Nachtasyl an Banalitäten zur Verfügung stünde, das Telephon aber habe er weggeschmissen, weil er nach Monaten angestrengtester Nachtarbeit, in denen er aus Geldmangel ausschließlich das Holz ausgedienter Apfelsinenkisten verwendet hatte, gegen Morgengrauen durch anhaltendes Telephongeklingel aufgescheucht worden war, während er eine seiner kleinen mit Schrauben und Drähten zusammengefügten Holzmaschinen fertiggestellt habe. Das Telephon ist die Folter der modernen Zivilisation, sagte jemand in das Gelächter eines neben ihm stehenden Grüppchens hinein, das zugehört hatte und sich nun auflöste und sich um den Abbé scharte, dessen düsteres, nervöses und sonderlinghaftes Gehabe wie ein schwarzer Dorn in dieser farbenfrohen Gesellschaft steckte, die schöne und ein wenig abgerissene Exzentrik der beiden Schauspielerinnen plötzlich vermischt mit wohlgenährten, gutgepflegten und auf ebenso unauffällige wie unübersehbare Weise bei den Prêt-A-Porter-Coutouriers des linken Ufers eingekleideten Leuten, die, bis in die Spitzen ihres kleinen, mit einem Siegelring oder einem Goldreif mit eingelassenem Edelstein bestückten Fingers hinein *kultiviert*, in wohlgesetzten Sätzen sprachen, deren oberstes Gebot zu sein schien, auf Gesellschaften weder über ihre Profession zu sprechen noch die Tatsache zu erwähnen, daß Dinge Geld kosten, sondern über eine Shakespeare-Inszenierung zu parlieren oder eine Ausstellung mit Porträts von Nadar, und der Sprechende, der darüber klagte, auch im Auto auf ein Telephon angewiesen zu sein, war, selbst ein Sprößling dieser Schicht, ein unter dem dem Pseudonym *Anatole* bekanntgewordener Porträtphotograph müßiger Damen einer internationalen Gesellschaft. An seiner Seite stand seine derzeitige Favoritin, eine über 1,80 m hohe müde Gräfin in blassem Blond aus der Rue Bonaparte, begleitet von ihrem Ehemann, einem Schokoladefabrikanten mit dem glatten länglichen Kinn eines Nußknackers, dessen Existenz dem Photographen, obwohl er ihm herzlich zugetan war, bei seinen zahllosen Verführungsversuchen den Vorwand lieferte, die Geschichte einer unglücklichen Liebe zu seiner ihn mit ihrem kuhäugigen, sanften und abwesenden Blick streifenden Favoritin ins Spiel zu bringen, um sich auf diese Weise vor den Nachstellungen seiner Bettgespielinnen zu retten. Die bruchstückhafte und im Gewoge und Geschiebe sich drängelnder, mit Gläsern, Tellern und Aschenbechern hantierender Leute immer wieder untergehende Konversation über die verschiedenen Öffnungen und Eingänge zur Seele erreichte ihren Höhepunkt, als ein Freund des Photographen, Sammler und Galerist aus der Rue Dauphine und ebenso bekannt für seine Vorliebe für Zeichner aus dem Umkreis von Watteau wie für seine selbstgemachten Palatschinken, auftauchte und darauf bestand, der Zugang zur Seele sei das Auge, Eingang und Ausgang, das Auge – Spiegel der Seele, der aufnimmt und ausdrückt, sagte er, Nase und Ohr zugleich an Intellekt überlegen, sagte er, da es die Fähigkeit zu Unterscheidung und Auswahl am meisten entwickelt hat, ein Schutzmechanismus, sagte er, denn nähme es alles auf, was es sähe, müßte es auf der Stelle erblinden, und blickte, um Zustimmung heischend, einen der drei ihn wie Leibwächter umstehenden und um Kopflänge überragenden Männer an, der sich gerade ein Stück der Fasanenpastete in den Mund stopfte. Das Auge Gottes, kaute er zustimmend, ein tumber Diener seines Meisters, in dessen treuherzigem Kinderblick etwas Verstörtes steckte, etwas von der Angst eines Kindes im dunklen Keller, nicht umsonst spräche man nie von der Nase Gottes und kaum vom Ohr Gottes, sondern vom alleswissenden Auge Gottes, das im Dreieck der Dreifaltigkeit ruhe und eine christliche Version des heidnischen Scheitelauges, des Stirnauges des Zyklopen Polyphem sei, den Odysseus geblendet habe, und jede seiner eigenen Arbeiten sei wie jener Gewaltakt, ein Mord und eine Selbstblendung, denn das Auge des Zyklopen, das Auge Gottes, das getötet werden müsse, um frei zu kommen, sei zugleich das eigene Auge, jenes dritte, diktatorische Auge, das geblendet werden müsse, um sehen zu können. Die Umstehenden erfuhren, daß der Sprechende (dessen bis zur Hälfte der Oberschenkel reichende Schaftstiefel und der weite fußlange Ledermantel eine ebenso martialische wie phantastische Wirkung hervorrief, an die Verkleidung eines selbsternannten Militärs wie an die Siebenmeilenstiefel des die Welt auf der Suche nach seinem Schatten durchquerenden Peter Schlemihl erinnernd) ein Steinmetz mit Werkstatt am

Cimetière Montrouge, an einem Monumentalentwurf der Abendmahltafel arbeite, einer Open-air-Installation, die zugleich die Inszenierung ihrer eigenen Zertrümmerung und im Wald von Vincennes aufgebaut werden sollte. Auge des Zyklopen, murmelten die beiden anderen Begleiter des Photographen, kleingewachsener Maler mit dem nüchternen Blick eines Physikers der eine und Koch der andere, halbtaub, hochgewachsen, ein *gothic monk* in schwarzem Rollkragenpullover, die knochigen Hände ringend wie ein gefallener Sünder auf einer Radierung von Blake, Stirnauge des Zyklopen, sagten sie, das ist der Künstler als blinder Seher, das ist die Rückkehr des *creator ex nihilo* als Steinmetz, dessen gottähnliches Auge aus dem Nichts schöpft, und Blok erinnerte sich an die monochromen Farbflächen des Malers, von denen Fanny behauptet hatte, daß sie eine Kette von Obsessionen wären, Schicht um Schicht in einer einzigen Farbe übereinander aufgetragen, ginge es um die Spannung der Schichten untereinander, um die Spannung, die eine Veränderung des Lichteinfalls oder des Standorts des Betrachters auf der Oberfläche des Bildes erzeugten. Ach was, Auge, sagte eine alte Dame, deren wollener, aus der Mode gekommener und über dem Knöchel endender Hosenanzug, deren leinenes, über der linken Schulter hängendes Rucksäckchen und deren breite Schnürschuhe mit dicken Specksohlen an eine sportbegeisterte und jugendbewegte Suffragette aus der Vorstadt denken ließ, ach was, sagte sie, den grauen, ausgefransten Pagenkopf schüttelnd und mißbilligend die Lippen schürzend, so daß ein Kranz von strahlenförmigen Fältchen um die Oberlippe erschien, was die jungen Leute vergessen, wenn sie von den Eingängen der Seele sprechen, ist Bewegung, ist Sinnlichkeit, ist Gefühl, sie reden über Nase, Ohr, Auge als sprächen sie über ihre Einrichtung oder einen der schönen Gegenstände, die überall in den Regalen herumstehen, als sprächen sie über Duplikate der Freiheitsstatue, die es zur Zeit in allen Formen zu haben gibt, als Kaffeekanne, als Buchstütze oder als Handtuchhalter, Nase, Ohr, Auge wie tote

Dinge, von Freude und Schmerz nur flüchtig durchquert, und die Devise scheint zu lauten, lüfte die Nase gut durch und du hast, was zu einem umweltfreundlichen Seelenleben gehört, dezent gefärbte Wunsch- und Alpträume und ein gutgeöltes Gedächtnis. Aber welche Rolle, sagte sie, umständlich ihr Rucksäckchen aufschnürend und aus einem Wust von Zetteln und Päckchen Tabak und Zigarettenpapier ziehend, spielt in diesem gutgelüfteten Universum die Haut, und drehte mit feinen langen gelackten Fingern die Tabakkrümel ins Papier, es ist die Haut, sagte sie, durch die alles geht, *von Kopf bis Fuß*, Luft, Wasser und Liebe, Bewegung und Berührung, und ist sie nicht auch ein Spiegel der Seele – anders als das Auge, das sich verschleiern kann im Tagtraum –, an dem sich ablesen läßt, was im Innern vorgeht, an Erröten und Erbleichen, an Narben, Pickeln, blauen Flecken, an der berühmten Pfirsichglätte der Haut junger Mädchen, und Blok warf unwillkürlich einen vorsichtigen Blick auf die pergamentfeine und von wenigen Pigmentflecken durchsprenkelte Haut der Sprechenden, eine straffe Haut, die an die Disziplin von Kneipp-Kuren und Waldläufen denken ließ, eine Reformhaushaut, die im Gegensatz zur keineswegs alltäglichen Profession ihrer Trägerin stand, die sich als in Berlin geborene und nach Paris verschlagene Grotesktänzerin vorstellte, der Grotesktanz ist ein Seitensproß des expressionistischen Ausdruckstanzes, sagte sie, auf der unangezündeten Zigarette kauend und eine Visitenkarte aus dem Wust ihres Säckchens ziehend, der zu entnehmen war, daß es sich um Nicky handelte, Grotesktänzerin mit wöchentlichen Zwei-Stunden-Kursen und Chiropraktikerin, denn, sagte sie, die meisten Leute kommen, um sich ihre verrenkten Halswirbel einrenken zu lassen, und während sie fortfuhr, in einem Gemisch von Poesie und Naturheilkunde über die Verbindung von Haut und Seele zu sprechen, fiel Blok ein, daß Fernanda gesagt hatte, der Körper habe ein eigenes Gedächtnis und die Erinnerung sitze in der Haut, und ihm fiel ihre Beschreibung seiner eigenen Haut ein, sie schmecke nach Salz, nach Wasser und Tränen, hatte sie gesagt und ein hohes Lied der Zunge gesungen, sie sei Lied, Liebe und Verzehr, hatte sie gesagt und auf die Haarbüschel an seinem Handgelenk gebissen, er drehte sich um, um zu sehen, ob er sie in dem Gewirr von Schultern und Köpfen entdecken könne, als ihn eine Unbekannte am Ärmel zupfte und er in ein blaßhäutiges Gesicht unter kurzem rotem Haar blickte, das ihn aus ironisch lächelnden Augen musterte. Einige Sekunden starrten sie sich wortlos an, während um sie her das Gläserklirren, die Rauchschwaden und die Farbtupfen der Getränke in der Luft wogten, Sekunden, in denen sich das im Gesicht stehengebliebene Lächeln durch verschiedene Schichten seines Gedächtnisses senkte, als liefe es durch einen Gang mit vielen Türen, und schließlich, kurz bevor er sich erinnerte, wer die vor ihm Stehende war, sagte sie, ich bin Sophie, Franziskas alte Freundin aus B. und Fernandas Mutter. Blitzartig fiel Blok jener mißglückte Liebesnachmittag ein, die nackte weißhäutige langgliedrige Sophie zwischen den Laken und ihr kurzes Auflachen, das vielleicht ein Ausdruck des Wohlgefühls, vielleicht ein Ausdruck von Verlegenheit gewesen war, aber er hatte es als Ironie gedeutet, als ein kleines und keineswegs gutmütiges Gelächter über die lächerliche Seite dieser Prozedur, bei der der eine im Bett liegt und wartet und der andere sich umständlich aus seinen Kleidern schält, eine Ungleichzeitigkeit, die vielleicht Ursache ihres Mißlingens gewesen war, dachte er, während er in ihre lebhaften Augen blickte und hörte, daß sie sagte, Fernanda war damals knapp über acht, und nicht wußte, ob sie seine Gedanken lesen konnte und mit *damals* jenen Nachmittag oder den Zeitpunkt ihrer ersten Begegnung meinte, Liebespaare, dachte er, sollten sich gleichzeitig ausziehen, Hals über Kopf, und erinnerte sich, daß er, in seinen Kleidern verheddert und verlegen vor ihrem abwartenden Blick, Hose, Hemd, Strümpfe vom Körper gerissen und zusammengeknüllt in eine Ecke geschmissen und sich auf dem Rand ihres Bettes niedergelassen hatte. Ja, sie arbeite noch immer als Übersetzerin, ja, sie sei noch immer verheiratet, noch immer mit demselben Mann, ja er leite noch immer jenes kleine Provinz-Museum in N., schlage sich mit dem mangelhaften Budget und der Verschlafenheit der Gemeinde herum, habe aber dennoch den Bestand des Museums um wichtige Stücke zeitgenössischer Künstler aufstocken können, und während sie ihm die über Monate dauernden Umbauarbeiten in einem der bisher als Depot benutzten Seitentrakte des Museums schilderte, sah Blok durch eine Schneise, die sich plötzlich sekundenlang zwischen einem schwarzgekleideten jungen Mann mit Zigarillo im höhnisch-aufgeworfenen Gesicht und einem älteren, löwenköpfigen und mit wildem, ein wenig aufgedunsenem Gesicht auf den jüngeren Einredenden öffnete, Franziskas Rücken – er sah ihre breiten, ein wenig abfallenden Schultern und die sich darüber spannende zerknitterte Seide ihres altmodischen Kleides, und er sah eine kräftige Hand, die Seide zwischen Zeige- und Mittelfinger zerkrümelnd, mit Nachdruck die Wirbel ihres Rückgrats entlangfahrend, zum Hals hochwandernd und die Haut unter dem Halsansatz streichelnd, eine Männerhand, deren Besitzer hinter dem Türrahmen verborgen blieb, und in einer seltsamen Wendung der Gefühle spürte er, der vor wenigen Minuten noch an seine mißglückte Liebesszene mit der funkelnden Blicks vor ihm stehenden Sophie gedacht hatte, einen Luftzug um die Stirn, als wehe ihn ein kühler Wind aus einem sich plötzlich öffnenden Abgrund heraus an. Ein sanfter Sog erfaßte ihn, als sinke er durchs Parkett in ein unterirdisches Netz von Gängen, als höre er die Schritte der Anwesenden über seinem Kopf, ein ganzes Haus voller Schritte, ein fernes Gelächter und Gläserklirren, ein Rauschen in den Rohren und ein Knacken in den Wänden, und wieder das Getrappel der Schritte, lauter und lauter, als ob das Haus schwanke, und er fühlte sein Herz heftig pochen, als liefen die Schritte, die er über seinem Kopf hörte, über sein Herz, ein wimmelnder Ameisenhaufen von Schritten über seinem Herzen, Säure verspritzend, die seinen Herzmuskel zersetzte, und da fragte ihn Sophie, ob ihm schwindelig sei.

Ja, Schwindel, nickte er, und sie sagte etwas von Schreibtischarbeitern und zu wenig Bewegung und gefährlichem Alter, und zwischen frisch gefüllten, von der auf Elefantenfüßchen herumrollenden Madame Lenôtre herumgereichten und von den Gästen vorsichtig balancierten Tellern, zwischen Kaninchenpastete, Reh und Salm im Aspik, tauchte die Hand wieder auf, eine Hand, die keinen Teller hielt, keine Gabel führte, sondern auf Franziskas Rücken lag, eine Hand, auf die niemand achtete, die deutlich sichtbar und zugleich im Gedränge der Körper verborgen war, die einen Schwindel hervorgerufen hatte (bevor sie Erstaunen, Neugier oder Eifersucht ausgelöst hätte), der mit dem Riß in einer alten Gewißheit zu tun hatte (nicht mit der Eifersucht), der Gewißheit, daß er in Franziska lesen könne wie in einem Buch, daß er ihr Leben bis in jeden Winkel ausgeleuchtet habe und es kein Geheimnis geben würde, von dem sie ihn auf die Dauer ausschließen könne, und im Augenblick, als er sich fragte, ob die Hand auf Franziskas Rücken eine erste oder bereits gewohnte Geste sei, im Augenblick, als Sophie die im Türrahmen auftauchende Fernanda zu sich heranwinkte, verschob sich die Figurenkonstellation in der Schneise, ein grauhaariger Hüne mit Hakennase tauchte neben Franziska auf, im anderen Arm eine gleichgroße Frau in weißem Spitzenkleid, die Hand des Mannes lag dieses Mal auf der Schulter der Frau, deren Gesicht abgewandt blieb, während das Profil des Mannes zu sehen war, Hakennase, buschige Augenbrauen und hohle Wangen, und Franziskas Profil, die sich ihm zuwandte und etwas sagte, der kurzsichtig aufgerissene Blick und ihr schaukelnder Ohrring, als sie den Kopf schüttelte. Plötzlich stand Fernanda neben Blok, leicht angetrunken und zu der Melodie pfeifend, die sich im Nebenzimmer auf dem Plattenspieler drehte und die Blok bisher im Stimmengewirr überhört hatte, in einen leisen Singsang fallend, *oh, I do lovin' things in December*, es war eine Stelle aus *I know why*, dem letzten Titel auf einer Glenn-Miller-Platte, die sie angeschleppt hatte, und draußen war Dezember und es schneite, schneite in dichten

Streifen in den Hof und in dieses Lied, ein dichter werdendes Schneien und eine schwächer werdende Stimme auf der Platte, und Fernanda summte, *and why do I see rainbows*, ihr leeres Weinglas in der Hand schwenkend, und mit der anderen auf einen ihr gefolgten jungen Mann weisend, der, die Hände in den ausgebeulten Taschen, über einer zu knappen, abgeschabten Anzugjacke einen langen gestreiften Wollschal trug und sich Sophie als Stipendiat der Philosophie an der Ecole Normale Supérieure vorstellte, als aus dem Nebenzimmer plötzlich *like a bridge over a troubled water* zu hören war, weil jemand die Platte ausgewechselt und die Nadel irgendwo in der Mitte aufgesetzt haben mußte. Sophie befragte den Stipendiaten über seine Studien und über die Rolle, die Auguste Comte in der französischen Wissenschaftstheorie spiele, immerhin stehe sein Denkmal auf der Place Sorbonne, und Blok sah, wie Fernanda das Wort *bridge* formte, er sah den nächtlichen Fluß durch ihre Augen ziehen, er sah die im Wasser verschwimmenden Lichter, und er wußte, daß er dies schon einmal gesehen hatte, als sie auf einem Nachtspaziergang die Stadt durchquert hatten und an den Pont Neuf gelangt waren, er spürte den kalten Nachtwind, der über die Brücke pfiff, er hörte das Rollen eines Autobusses auf dem harten, festgefügten Pflaster, und sah, auf hohem Sockel, das Standbild Henris IV. mit dem erhobenen Huf des Pferdes, das sich gegen den Himmel abzeichnete, und, an die Steinbrüstung gelehnt, hockte eine Afrikanerin auf dem Boden mit einem kleinen Kind, sie hockte im Schatten, und er sah sie erst, als sie die Hand ausstreckte, denn die Lichter in den zwei hohen rotweißen Renaissance-Häusern, zwischen denen eine schmale Straße zur Place Dauphine führte, waren bereits erloschen, weiter weg auf der Brücke standen ein paar Laternen, deren gelbliches Licht in der Nachtluft zu rauchen schien, und im Moment, als er in die Tasche griff, um der Afrikanerin ein paar Francs zu geben, fuhr ein Schiff unter der Brücke durch, eine hellerleuchtete Glasinsel, und über die Ufer tönte eine Stimme aus einem Mikrophon, Fernanda war vorausgelaufen und stand in der Mitte der Brücke und winkte und rief etwas, das im Lärm der Mikrophonstimme unterging, dann war das Schiff vorbei, und Fernanda rief etwas, das der Wind zerfetzte, er sah sie winken und von Fuß zu Fuß hüpfen, um die Kälte zu vertreiben, und als er näher kam, sah er, daß sich die glitzernden Wellen in ihren weit offenen Augen spiegelten.

In den Zimmern herrschte jenes träge Chaos, das die Entspannung nach einem Fest kennzeichnet, und in einem Durcheinander von leeren Flaschen, umgekippten Gläsern, in allen Ecken sich stapelnden abgegessenen Tellern, hastig in Eimern oder Konservengläsern abgestellten Blumensträußen, auf den Kommoden liegenden zerknüllten Geschenkpapieren, vergessenen Regenschirmen und Schals, von verkrusteten Wachstropfen herabgebrannter Kerzen, von Weinflecken und überfüllten Aschenbechern, unterstützt von bereits ausgeschalteten oder herabgedrehten Lampen, die die Räume in eine dämmrige, schläfrige Landschaft verwandelten, Nährboden der Träume, aus dem sich die Stimmen und das Gelächter der Gäste zurückgezogen hatten und nur das Knacken des Parketts und das kaum hörbare Ticken einer Pendule die Stille unterbrachen. Franziska war mit untergeschlagenen Beinen und vornüberfallendem Kopf in ihrem Lieblingssessel eingeschlafen, neben sich auf einem Tischchen ein angebissenes Stück Marzipan und ein halbgeleertes Weinglas, und Blok ging durch die Zimmer, hier eine zerknüllte Serviette, dort ein angebissenes Stück Konfekt, auf dem sich ein Lippenrot abgedrückt hatte, aufhebend, als er plötzlich von fern, gedämpft durch viele Wände, ein Klavierspiel hörte, ein Hören, auf das er zunächst nicht achtete, sondern das Hündchen, das sich das Kopfkissen seines Bettes als Schlaflager ausgesucht hatte, in sein Körbchen in der Küche scheuchte, ein Spiel, das erst allmählich in sein Bewußtsein drang, weniger, weil er es deutlicher hörte, als er in das große, zum Hof gelegene Zimmer zurückkehrte, in dem Franziska schlief, sondern weil es kein gleichmäßiges

Spiel war, weil es ein alle paar Takte holperndes, neu ansetzendes und sich wiederholendes Spiel war, ein Steckenbleiben, das sich Blok in den Kopf bohrte, dann setzte das Spiel aus, setzte an einer anderen Stelle neu ein, fuhr geläufig fort. Ohne dieses Stocken hätte Blok es für einen durch die Wand dringenden Radiosender halten können, mit dem ein Schlafloser sich die Zeit vertrieb, so aber fragte er sich, welcher Betrunkene oder Verrückte seiner Liebe zur Musik ausgerechnet um diese Zeit Ausdruck verleihen mußte, denn es ging zwar bereits gegen Morgen, aber am Himmelsquadrat über dem Hof herrschte noch nächtliche Dezemberschwärze und die kahlen, verschneiten Äste des Baums gespensterten im fahlen Schimmer einer im Tordurchgang brennenden Nachtbeleuchtung. Als er ans Fenster trat, als seine Augen die geschlossenen Fensterläden auf der gegenüberliegenden Seite abwanderten, fiel ihm jener verregnete Nachmittag ein, an dem er das Klavierspiel auch gehört hatte. Er hatte sich vorgestellt, daß es die Übungsstunde eines Kindes sein müsse, er hatte sich die Hände des Kindes vorgestellt, feine weiße Wollknäuel, hatte er gedacht, die rund und weich auf den Tasten liegen, und ein wenig später hatte er Fernanda in seinem Mantel den Hof durchqueren sehen und ihren Blick aufgefangen, ohne daß sie ihn entdeckt hatte, so wie er sie vor einer Stunde hatte weggehen sehen, in einem Abstand von drei Metern hinter Sophie und dem Stipendiaten hertrottend, und plötzlich, als erinnere sie sich, daß er da oben stehen und ihren Abzug beobachten könne, hatte sie den Kopf gehoben und einen leicht schwankenden Gruß heraufgeschickt, während das vor dem Haus wartende Taxi mit laufendem Motor in die Nacht gelärmt hatte. Hoch oben, im sechsten Stock des gegenüberliegenden Hauses, entdeckte er ein kleines hellerleuchtetes Rechteck, es war das Fenster des Eckzimmers, hinter dem das Profil eines Kindergesichts zu erkennen war, mit klaren Umrissen in die Schneeluft gezeichnet, eine gewölbte Stirn und ein gelockter, im Nacken gebundener Haarschweif vor einem Notenblatt, der Fensterrahmen schnitt den Körper des Kindes unterhalb der Brust ab und erfaßte von dem Klavier nur den oberen Aufsatz, der zwei Armleuchter trug, zwischen denen das Notenheft auf einer vorspringenden Leiste ruhte. Das Spiel hatte wieder ausgesetzt, und Blok sah das Kind nachdenklich an der Unterlippe nagen, den Kopf senken – auf die Tasten, auf denen die Hände lagen, kleine weiße Wollknäuel, kleine weiche Fäuste mit schwarzgeränderten Nägeln? –, als grüble es über den Notenschlüssel nach, über das, was es nicht bewältigen würde, nicht jetzt, nicht heute, und Erscheinung und Erinnerung waren eins, ein hellerleuchteter Erinnerungsfleck, auf die gegenüberliegende Wand geworfen, denn es war er selbst, der dort in der Morgenfrühe auf dem Hocker saß, die Tür würde sich öffnen und eine verstümmelte Hand würde ihn am Ohr ziehen und eine schnarrende Stimme würde sagen, daß er aufhören solle zu träumen, eine Etüde von Czerny sei zum Spielen da. Das Kind hielt sich steif und gerade und die Jacke seiner Schuluniform warf auf dem Ärmel spiegelnde Falten, da flog eine Amsel durchs Bild, und das Kind war verschwunden.